U0946822

中华国学文库

唐语林校证 上

〔宋〕王谠 撰
周勋初 校证

中华书局

图书在版编目(CIP)数据

唐语林校证/(宋)王谠撰;周勋初校证. —北京:中华书局,2023.6
(中华国学文库)
ISBN 978-7-101-16083-3

Ⅰ.唐… Ⅱ.①王…②周… Ⅲ.笔记小说-小说集-中国-宋代 Ⅳ.I242.1

中国国家版本馆 CIP 数据核字(2023)第 006763 号

书　　名	唐语林校证(全二册)
撰　　者	〔宋〕王　谠
校　　证	周勋初
丛 书 名	中华国学文库
责任编辑	许　桁
责任印制	陈丽娜
出版发行	中华书局 (北京市丰台区太平桥西里 38 号　100073) http://www.zhbc.com.cn E-mail:zhbc@zhbc.com.cn
印　　刷	河北新华第一印刷有限责任公司
版　　次	2023 年 6 月第 1 版 2023 年 6 月第 1 次印刷
规　　格	开本/880×1230 毫米　1/32 印张 28⅝　插页 4　字数 598 千字
印　　数	1-3000 册
国际书号	ISBN 978-7-101-16083-3
定　　价	98.00 元

中华国学文库出版缘起

《中华国学文库》的出版缘起，要从九十年前说起。

1920年，中华书局在创办人陆费伯鸿先生的主持下，开始编纂《四部备要》。这套汇集三百三十六种典籍的大型丛书，精选经史子集的“最要之书”，校订成“通行善本”，以精雅的仿宋体铅字排印。一经推出，即以其选目实用、文字准确、品相精美、价格低廉的鲜明特点，最大限度地满足了国人研治学问、阅读典籍的需要，广受欢迎。丛书中的许多品种，至今仍为常用之书。

新中国成立之后，党和国家倡导系统整理中国传统文献典籍。六十余年来，在新的学术理念和新的整理方法的指导下，数千种古籍得到了系统整理，并涌现出许多精校精注整理本，已成为超越前代的新善本，为学界所必备。

同时，随着中华民族以前所未有的自信快速发展，全社会对中国固有的学术文化——国学，也表现出前所未有的关注和重视。让中华文化的优秀成果得到继承和创新，并在世界范围内进行传播和弘扬，普惠全人类，已经成为中华民族的历史使命。当此之时，符合当代国民阅读需要的权威的国学经典读本的出现，实为当务之急。于是，《中华国学文库》应运而生。

《中华国学文库》是我们追慕前贤、服务当代的产物，因此，它自当具备以下三个基本特点：

一、《文库》所选均为中国学术文化的“最要之书”。举凡哲学、历史、文学、宗教、科学、艺术等各类基本典籍，只要是公认的国学经典，皆在此列。

二、《文库》所选均为代表当代最新学术水平的“最善之本”，即经过精校精注的最有品质的整理本。其中既有传统旧注本的点校整理本，如朱熹《四书章句集注》，也有获得学界定评的新校新注本，如余嘉锡《世说新语笺疏》。总之，不以新旧为别，惟以善本是求。

三、《文库》所选均以新式标点、简体横排刊印。中国古籍向以繁体竖排为标准样式。时至当代，繁体竖排的标准古籍整理方式仍通行于学术界，但绝大多数国人早已习惯于现代通行的简体横排的图书样式。《文库》作为服务当代公众的国学读本，标准简体字横排本自当是恰当的选择。

《中华国学文库》将逐年分辑出版，每辑十种，一次推出；期以十年，以毕其功。在此，我们诚挚希望得到学术界、出版界同仁的襄助和广大读者的支持。

中华书局自1912年成立，至今已近百岁。我们将《中华国学文库》当作向中华书局百年诞辰敬献的一份贺礼，更是向致力于中华民族和平崛起、实现复兴大业的全国人民敬献的一份厚礼。我们自当努力，让《中华国学文库》当得起这份重任，这份荣誉。

中华书局编辑部

2010年12月

目　录

前　言

读过唐语林的人，一定会有两种深刻的印象：

一、这是一本很好的书。材料很可贵。研究唐代文史的人，一定得用作参考。

二、这是一本很糟的书。太杂乱。不经过整理，就很难阅读。

这些情况的出现，是由各种复杂的因素构成的。应该加以探讨和说明。

作者的生平和交游

唐语林的作者王谠，历史上缺乏系统的记载，只是经过多年来各家的探索，才能了解到他生活的一些基本情况。

王谠，字正甫，长安人〔一〕。故武宁军节度使王全斌的五代孙，武胜军节度观察留后王凯的孙子〔二〕，曾任凤翔府都监的王彭之子。他还是吕大防的女婿。吕大防于宋哲宗元祐年间拜相，而在他任中书侍郎时，堂除王谠为京东排岸司，后改国子监丞〔三〕，又改少府监丞等职〔四〕。元祐之后，王谠还曾出任邠州通判〔五〕。大约死于崇宁、大观年间，享年当在六七十岁。

王谠出身在一个显赫的家庭，妻党又是很有权势的人物，然而他在仕途上并不得意。看来他在政治上没有什么才能。元祐年间官运虽曾一度亨通，只是依靠吕大防的直接提拔，但随即也就遭到刘安世、吴安诗等谏官的反对〔六〕。当时党争很激烈，与王谠有关系的一些人物，大都属于旧党，就是对他进行弹劾的人也是如此。这倒不像是新党人物出来进行诬陷和攻击，因此吕大防也不能不尊重事实，另作安排。王谠在仕途上的蹇碍，除此之外似乎还难以作出更具体的解释。

吕大防与程颐关系深切，因此王谠与旧党中的洛党中人有交往〔七〕。但在他接触的人物中，最值得注意的一派，是苏轼与其门下学友。

东坡全集后集卷八有王大年哀辞一文，为追悼其青年时代的友人王彭而作。王谠于苏轼年辈为后，但因两代交情之故，关系是很深切的。王谠的从兄王诜也是苏轼的至交。王诜，字晋卿，尚蜀国长公主，在党争中与苏轼同进退，情份非同一般。于此也可见到王、苏之间的多层因缘了。

王谠能书善画〔八〕，和王诜作风相似，与苏轼的作风也有相近之处。苏轼喜读笔记小说，自己也留下了仇池笔记、东坡志林等作品。他又是当时公认的文坛领袖。作为这一流派的宗主，自然会对周围的文人发生影响。

在苏轼周围的一些文人中，有两个人值得提出来讨论一下。

一是赵令畤。令畤，字德麟，元祐年间和苏轼过往甚密，因而牵连入党禁〔九〕。他写有侯鲭录一书。与唐语林比较，二者体例不同，因为他们虽然都采择了前代的许多笔记小说，但侯鲭录中材料的编次较凌乱，里面吸收了不少诗话，而且还加入了自己的创作，例如介绍元稹传奇时附以著名的商调蝶恋花，这和唐语林中只吸收他人的作品，而又依据世说新语的体例加以编排的原则截然不同。但侯鲭录和唐语林中吸收了很多同源的材料，而且二书都不注明出处。有些条目，仅见此二书。例如唐语林卷五716条贺监纳苞苴、卷七994条宗室陵迟两条，均见侯鲭录卷八；卷五717条海上钓鳌客一条，见侯鲭录卷六；卷六761条李幼清知马一条，见侯鲭录卷四。佚文秘籍，赖此二书而传世。后人虽然很难判断二人著书时是否通过声气，但可推知这两本性质相近的书却是同一学术环境中的产物。

另一人是孔平仲。平仲，字毅甫，一作义甫，与兄文仲、武仲都有文名，所谓"清江三孔"是也。孔平仲与苏轼关系深切，同坐党籍〔一〇〕。他著有续世说一书，和唐语林性质相同，也是参考世说新语的体例编纂成书的。

按世说新语共分三十六门，续世说共分三十八门，和前者比较，不列豪爽一门，而多出直谏、邪谄、奸佞三门。唐语林共分五十二门，和世说新语比较，不列捷悟一门，而多出嗜好、俚俗、记事、任察、谀佞、威望、忠义、慰悦、汲引、委属、砭谈、僭乱、动植、书画、杂物、残忍、计策十七门。显然，续世说和唐语林的性质很近似，只是后者的规模要大一些。

唐语林卷五729条，叙京师王侯妃主第宅的奢靡，原出封氏闻见记卷五第宅。中有云："安禄山初承宠遇，敕营甲第，瓌材之美，为京城第一。"下有王氏原注，引续世说"明皇为安禄山起第于亲仁坊"一条，此文见该书卷五汰侈中，足见王谠著书时参考过孔平仲的这部著作。因为这个注释，既不是封演自注，也不可能是永乐大典的编者所加；永乐大典编者于唐语林的条文中有时附以考订，上加“案”字，但没有引用另一种书加以注释的体例。因此，这个注释只能是王谠所加。

续世说也是辑录前人著作而成的。上面这条文字，原出姚汝能的安禄山事迹卷上。王谠熟悉唐代杂史，姚氏此书定然寓目，然而此处不引原出之文，却用同时人的著作，无非为了声气相通，看来也是呼朋引类的意思。这两位苏门学士中人写作同一类型的著作，说明这是同一学术氛围下的产物。

按续世说中所记者，自刘宋迄五代，是贯通几个朝代的小说集子。唐语林则专主一代。二者相比，类似于通史与专史的关系。看来孔氏成书在前，王氏成书在后，后者曾受前者的影响。

唐语林的性质

唐语林的资料来源

唐语林是综采五十种书中的材料分门别类而编成的。直斋书录解题卷十一小说家类叙唐语林云：“长安王谠正甫撰。以唐小说五十家，仿世说分门三十五，又益十七，为五十二门。”他所依据的五十种书，由于原序目还保存，因而给予后人的研究工作不少方便。按永乐大典所保留的原序目，仅存四十八种原书名字，遗佚的两种，四库全书馆臣以为即虬须客传和封氏闻见记，这或许符合事实。只是其中齐集一书，实乃岚斋集之误；玉堂闲话一书，当即王仁裕的开元天宝遗事。这样，通过阅读原书和研究书目，可以了解这五十种书的情况。

这五十种书的性质，也就决定了唐语林一书的性质。今将唐宋以及后代目录书中有关这五十种书的记载，它们所属的门类和卷数，制表列后，说明当时人对这些书的看法和每一种书流传的情况。

书目 书名	新唐书艺文志	崇文总目	郡斋读书志	直斋书录解题	宋史艺文志	四库全书总目提要
国史补	杂史三卷	杂史三卷	杂史三卷	杂史二卷	传记三卷	小说家·杂事三卷
补国史	杂史十卷	杂史六卷			传记五卷	
因话录	小说家六卷	小说二卷	小说六卷		小说家六卷	小说家·杂事六卷
谈宾录	小说家十卷	传记十卷	小说十卷		小说家五卷	
岚斋集	小说家二十五卷				传记一卷	
幽闲鼓吹	小说家一卷	小说一卷	小说一卷	小说家一卷	小说家一卷	小说家·杂事一卷
尚书故实	杂传记一卷	传记一卷	小说一卷	小说家一卷	传记一卷 小说家一卷〔一一〕	杂家·杂说一卷
松窗录	小说家一卷	传记一卷	杂史一卷		小说家一卷	小说家·杂事一卷
庐陵官下记	小说家二卷	小说二卷		小说家二卷	小说家二卷	
次柳氏旧闻	杂史一卷	传记一卷	杂史一卷	杂史一卷	故事一卷	小说家·杂事一卷

续表

书目 / 书名	新唐书艺文志	崇文总目	郡斋读书志	直斋书录解题	宋史艺文志	四库全书总目提要
桂苑谈丛	小说家一卷	传记一卷	杂史一卷		小说家一卷	小说家·异闻一卷
纪闻谈				小说家三卷	小说家一卷	
东观奏记	杂史三卷	杂史三卷	杂史三卷	杂史三卷	别史三卷	杂史三卷
贞陵遗事	杂史二卷	杂史二卷		杂史二卷	故事一卷	
常侍言旨	小说家一卷	传记一卷	小说一卷	小说家一卷	小说家一卷	
传载	杂史一卷	传记一卷			小说家一卷	小说家·杂事一卷
云溪友议	小说家三卷	小说三卷	小说三卷	小说家十二卷	小说家十一卷	小说家·杂事三卷
续贞陵遗事	杂史一卷	杂史一卷		杂史一卷	故事一卷	
开天传信记	杂史一卷	杂史一卷	杂史一卷	杂史一卷	小说家一卷	小说家·异闻一卷
戎幕闲谈	小说家一卷	小说一卷	小说一卷	小说家一卷	小说家一卷	
明皇杂录	杂史二卷	杂史二卷	杂史二卷	杂史一卷	故事二卷	小说家·杂事二卷
异闻集	小说家十卷	小说十卷	小说十卷	小说家十卷	小说家十卷	

续表

<table>
<tr><th>书目
书名</th><th>新唐书艺文志</th><th>崇文总目</th><th>郡斋读书志</th><th>直斋书录解题</th><th>宋史艺文志</th><th>四库全书总目提要</th></tr>
<tr><td>大唐说纂</td><td>小说家四卷</td><td>小说四卷</td><td></td><td>小说家四卷</td><td>小说家四卷</td><td></td></tr>
<tr><td rowspan="2">刊误</td><td rowspan="2">小说家二卷</td><td rowspan="2">小说二卷</td><td rowspan="2"></td><td rowspan="2">杂家二卷</td><td>经解二卷</td><td rowspan="2">杂家·杂考二卷</td></tr>
<tr><td>传记一卷</td></tr>
<tr><td>卢氏杂说</td><td>小说家一卷</td><td>小说一卷</td><td></td><td>小说家一卷</td><td>传记一卷</td><td></td></tr>
<tr><td>剧谈录</td><td>小说家三卷</td><td>小说二卷</td><td>小说三卷</td><td></td><td>小说家二卷</td><td>小说家·异闻二卷</td></tr>
<tr><td rowspan="2">玉泉笔端</td><td rowspan="2">小说家五卷</td><td rowspan="2">传记五卷</td><td rowspan="2"></td><td>小说家三卷</td><td>杂家一卷</td><td rowspan="2">小说家·杂事一卷</td></tr>
<tr><td>又别一卷</td><td>小说家五卷[一二]</td></tr>
<tr><td>金华子杂编</td><td></td><td>传记三卷</td><td>小说三卷</td><td>小说家三卷</td><td>小说家三卷</td><td>小说家·杂事二卷</td></tr>
<tr><td>皮氏见闻</td><td></td><td>传记十三卷</td><td>小说五卷</td><td></td><td>小说家十三卷</td><td></td></tr>
<tr><td>大唐新语</td><td>杂史十三卷</td><td>杂史十三卷</td><td>杂史十三卷</td><td>杂史十三卷</td><td>别史十三卷</td><td>小说家·杂事十三卷</td></tr>
<tr><td rowspan="2">刘公嘉话</td><td rowspan="2">小说家一卷</td><td rowspan="2">传记一卷</td><td rowspan="2">小说一卷</td><td rowspan="2">小说家一卷</td><td>小说家一卷</td><td rowspan="2">小说家·杂事一卷</td></tr>
<tr><td>小说家一卷[一三]</td></tr>
</table>

续表

书目 书名	新唐书艺文志	崇文总目	郡斋读书志	直斋书录解题	宋史艺文志	四库全书总目提要
羯鼓录	乐一卷	乐一卷	总集〔一四〕一卷	音乐一卷		艺术·杂技一卷
芝田录	小说家一卷	传记一卷	小说一卷			
资暇集	小说家三卷	小说三卷	小说三卷	杂家三卷	小说家三卷	杂家·杂考三卷
杜阳杂编	小说家三卷	传记三卷	小说三卷	小说家三卷	小说家二卷	小说家·异闻三卷
本事诗	总集一卷	总集一卷	总集一卷	总集一卷	总集一卷	诗文评一卷
玉堂闲话		传记十卷	传记四卷〔一五〕	传记二卷	故事一卷	小说家·杂事四卷
中朝故事		杂史三卷	杂史二卷	传记二卷	故事二卷	小说家·杂事二卷
北梦琐言			小说三十卷	小说家三十卷	小说家十二卷	小说家·杂事二十卷
唐会要	类书八十卷		类书一百卷	典故一百卷	类事一百卷	政书一百卷
柳氏叙训	杂传记一卷	传记一卷	传记一卷		传记一卷	

续表

<table>
<tr><th>书目
书名</th><th>新唐书艺文志</th><th>崇文总目</th><th>郡斋读书志</th><th>直斋书录解题</th><th>宋史艺文志</th><th>四库全书总目提要</th></tr>
<tr><td rowspan="2">魏郑公故事</td><td>张大业故事八卷</td><td rowspan="2">刘祎之传记三卷</td><td rowspan="2"></td><td rowspan="2"></td><td rowspan="2"></td><td rowspan="2"></td></tr>
<tr><td>刘祎之传记六卷</td></tr>
<tr><td rowspan="4">国朝传记</td><td rowspan="2">杂传记三卷</td><td rowspan="4">传记三卷</td><td rowspan="4"></td><td rowspan="2">小说家三卷</td><td>传记三卷</td><td rowspan="4"></td></tr>
<tr><td>小说家三卷</td></tr>
<tr><td rowspan="2">小说家三卷〔一六〕</td><td rowspan="2">小说家一卷〔一七〕</td><td>小说家一卷</td></tr>
<tr><td>小说家三卷〔一八〕</td></tr>
<tr><td>会昌解颐</td><td>小说家四卷</td><td>小说四卷</td><td></td><td></td><td>小说家五卷</td><td></td></tr>
<tr><td>洛中记异</td><td></td><td>小说十卷</td><td>小说十卷</td><td></td><td>小说家十卷</td><td></td></tr>
<tr><td>乾𦠆子</td><td>小说家三卷</td><td>小说三卷</td><td>小说三卷</td><td>小说家三卷</td><td></td><td></td></tr>
<tr><td>闻奇录</td><td></td><td>小说三卷</td><td></td><td>小说家一卷</td><td>小说家三卷</td><td></td></tr>
<tr><td>贾氏谈录</td><td></td><td></td><td>小说一卷</td><td>传记一卷</td><td>小说家一卷</td><td>小说家·杂事一卷</td></tr>
</table>

续表

书目 书名	新唐书艺文志	崇文总目	郡斋读书志	直斋书录解题	宋史艺文志	四库全书总目提要
封氏闻见记	杂传记五卷	传记五卷	小说五卷	小说家二卷	小说家五卷	杂家·杂说十卷
虬须客传		传记一卷			小说家一卷	

通过这张表格,可以发现如下问题:

一、唐语林所依据的五十种原书,绝大多数是唐人的著作。不见于新唐书艺文志中的书,不到十种。而这些书,有的作者是由晚唐入宋的;有的作者虽是宋人,但其内容实际上是汇纂唐人著作而成。因此,唐语林中的材料,是由当代人记当代的事。相对地说,总是比较亲切可信。这是该书的一个特点。

二、这些著作,到四库全书总目加以著录时,除国朝传记和虬须客传因故未收外,亡佚的已有二十种之多,占到总数的五分之二。在那五分之三加以著录的现存书中,有的原来也已散佚,如金华子、贾氏谈录,还是四库全书馆臣利用永乐大典纂辑而成的。就是顺当地流传下来的那些书,也已与原本有很多出入,这只要看各种书目上记载的卷数的差异就可明白。有些书的卷数古今虽然一致,但实质上已有不同,例如刘公嘉话,各种书目上的记载均作一卷,然而自宋代起,即已羼入其他书中的文字,与刘氏原书大不相同。王谠的生活年代较早,得到的书可能比较接近原书面貌。

三、有些书,就在当时也很难得。比较之下,只有新唐书艺文志和宋史艺文志中的记载比较全备。但宋史艺文志的编者未必一一看过原书，或许只是杂抄各种材料草率编成，例如他们把玉泉子放在杂家中，把玉泉笔端放在小说中，而这两本书只是编纂上有异，性质应是一样的。又如洛中记异一书，小说类中重出两见，可见工作上的草率到了何种程度。其他一些书目，就只收下了唐语林中的部分书籍，即使像晁公武、陈振孙这样一些大藏书家，也没有把这五十种书搜罗全备。相比之下，可说王谠编书时掌握这一方面的材料是很丰富的。郡斋读书志（袁州本）卷四下别集类录吕汲公文录二十卷、文录掇遗一卷，提要曰："大防既拜相，常分其俸之半以录书，故所藏甚富。"陆游跋西昆酬唱集曰："通直郎张玠，河阳人。吕汲公家外甥，藏书甚富。"（渭南文集卷二六）王谠用书，或曾得亲戚支助。

四、上述几种目录书中所用的名词，不出杂史、传记、故事、小说等范围。这就说明，他们对这类书的性质看法上虽还未能趋于一致，但有某些相似的见解，认为这一类著作有别于正史，只是也不能截然否定其记载的事实的可靠性。总的说来，大约处在史与文之间，可以说是一些兼有历史和文学双重特点的作品。至于说到像百卷之巨的唐会要等书，那也只是择取其中有故事情节的个别文字，这只要看唐语林中的一些条目就可明白。又如羯鼓录一书，专门研究一种乐器，但四库全书总目就曾提到，此书近于说部，故而能为王谠所录取。

当然，王谠采录这五十种书时，也不可能先为它们一一定性；他对这些书的看法，不可能像目录学家那么明确，那么具体。但他不取其他书籍，而偏挑上这五十种书，则是思想上总会有一个简单明了的标准，然后据此搜集资料。现在看来，和

他前后同时的文士尤袤的观点可以注意。尤袤在遂初堂书目中也收进了这五十种书中的大部分典籍,他的分类情况是:

〔杂史类〕开天传信记　明皇杂录　开宝遗事　东观奏记　唐史补　贞陵遗事　传载　唐国史纂异

〔杂传类〕唐柳氏叙训　中朝故事

〔杂家类〕李涪刊误　资暇集

〔小说类〕封氏见闻志　大唐新语　纪闻谈　柳氏旧闻　杜阳杂编　尚书故实　常侍言旨　岚斋集　松窗录　卢氏杂说　庐陵官下记　因话录　剧谈录　云溪友议　谈宾录　幽闲鼓吹　玉泉笔端　戎幕闲谈　异闻集传　乾𦠆子　刘公嘉话　洛中记异录　玉堂闲话

〔类书〕唐会要

这里包括进了唐语林中最重要的三十六种书。它的分类倒也简单明了,那就是小说与杂类。杂,就是不纯的意思。杂史,就是不纯的历史;杂传,就是不纯的传记;杂家,就是不纯的学派。王谠的看法似乎与此相合。他挑取了很多典籍,近于历史、传记与学术著作,却又不纯,近于小说。这样的著作,生动有趣,才可以编成唐代的一部"新语",即唐语林。

王谠对资料的考订和整理

我国古代文士的对待历史典籍,有一种奇怪的现象:只要这书已经定为"正史",那就把它看得很神圣;如果这书未为正统王朝所认可,保留着原始记录的样子,那就把它看得很低,似乎与正史属于两种截然不同的范畴。实则任何一位史家著书之时,都要吸收一些杂史、传记、故事、小说……中的材料入内,旧唐书、新唐书、资治通鉴等书的情况莫不如此。

大量援用杂史、传记、故事、小说中的材料入正史，可以上推到裴松之的三国志注。司马迁著史记，也可以说有类似的情况。唐初房玄龄等人修晋书，李延寿父子修南史、北史，都曾大量采用杂史、小说中的材料。中、晚唐后，帝王的实录等史料不能很好地整理和保存，后人修史时，自然更是需要仰求于杂史、传记、故事、小说等材料来补充了。

有水平的史家吸收这类材料时，自然要经过一道细致的考核的工作。裴启著语林，叙谢安事不实，受到本人的指责，此书也就声誉扫地。这是世说新语卷下之下轻诋篇中记载的一件著名轶事。后代文士著作的书，除非是以传奇语怪标榜的小说，可以子虚乌有地编造种种神奇故事，根本用不到考虑真实性的问题，除此之外，凡是记述历史人物或历史事件的书，总是要对这个问题赋予一定注意的。

运用杂史、传记、故事、小说入史的范例，大家无不推重司马光的资治通鉴。据张须通鉴学中统计，仅李唐一代，采录杂史凡六十种，传记凡十九种，小说凡十五种〔一九〕。资治通鉴篇幅巨大，头绪纷繁，然而读来不觉烦冗，反而引人入胜，这当然与司马光的文笔生动有关，但也不能说它与原始资料的故事生动无关。只是司马光在吸收这些材料时，曾经做过细致的甄别工作，他把许多原始资料加以排列，何去何从，是非得失，都写入了考异，于此可见司马光的眼力和功夫。而资治通鉴考异三十卷，也就成了后人研究杂史、传记、故事、小说的有用材料。

王谠著唐语林，看来也想追踪考异，对材料有所鉴别。他的考订成果，有的径附书中条文之后，有的则以注文表现。例如卷六 827 条引芝田录，叙老卒推倒平淮西碑事，王谠下加案语曰："愬妻入诉禁中，乃命段文昌撰文，其时碑尚未立，安得推倒？"又如同卷848条引国史补，叙何儒亮访叔事，王谠于案语中引用另一唐人之说以证其误。这是径把考订成果写入正文的例子。又如卷一119条叙李卫公废卫兵宿直事，原注："李卫公初入相是太和七年，居李石之前，卫兵不因李事。记之者有误。"又如卷七975条叙僖宗幸蜀时舁御座人李再忠经明皇时供奉，原注曰："案广明元年，上距天宝将百年，此说甚妄。"这是用注文形式表示考订成果的例子。情况说明，王谠著书时也曾考虑过考订材料的问题，并且做过部分工作。

唐语林是一部私人的创作

王谠著唐语林时，对该书如何加工似乎还未形成固定的见解。如果说，这是一部集纳前人著作而成的东西，里面有些材料有待于考订，那应该作一些必要的附注或说明，但王谠的工作不止于此，他常对条文任意改写，这样产生的东西，就只能说是他个人的创作了。

例如卷四594条引因话录卷一宫部中文，言柳婕妤"生延王及一公主焉"，王谠则改写为"生延王及永穆公主焉"。又如卷三426条引隋唐嘉话卷中中文，言一老妇陈牒于戴至德前，资治通鉴卷二〇二唐纪十八高宗上元二年八月叙此，亦作"老妪"，王谠则改作"老父"。又如卷五633条引国史补卷中妾报父冤事，首云"贞元中，长安客有买妾者"，王谠则改作"唐贞观元年，长安客有买妾者"。这些地方可以认为王谠是故意如此改写的，好让他人看作这是一本宋人撰记的笔记小说。

在有的条文中，王谠对前人的著录加以增损，这些地方更可看出他编纂唐语林，寓有创作之意。例如卷四520条引国史补卷下叙著名诗公一文，王谠不但删去了“杜工部”、“戴容州”等名字，而且增加了“张水部”、“李杜”等名字。值得注意的是，王谠还增加了一大段文字，“元和后，不以名可称者：李太尉、韦中令、裴晋公、白太傅、贾仆射、路侍中、杜紫微；位卑名著者：贾长江、赵渭南；二人连呼者：元白。”这是因为国史补的作者李肇的生活年代较早，元和之后的人物，社会上还未形成一致的看法，所以李肇不可能把这写入书中。王谠生活在宋代，上述人物，历史上的评价已经固定地形成，王谠也就径自采入，补充国史补中的阙失了。这些地方，应该看成纯粹是王谠的创作。

唐语林在每条文字之下不注原出处，或许就与上述情况有关。因为这些条文经过改写补充，面目已非，实际上已是王谠的创作，自然不能再注出处了。

唐语林似是一部没有正式定稿的著作

王谠著唐语林，书目中屡见记载，但卷数的多寡说法不一。直斋书录解题卷十一小说家类记唐语林八卷，又说“中兴书目‘十一卷’，而阙记事以下十五门；又云‘一本八卷’。今本亦止八卷，而门目皆不阙”。说明当时就有好多种编次不同的本子在流传。郡斋读书志卷三下小说类记唐语林十卷，曰：“右未详撰人。效世说体，分门记唐世事，新增嗜好等十七门，馀仍旧云。”则是晁氏所见之本卷数又有不同，而且连作者之名也亡佚了。

从唐语林的成书到上述各家加以著录，年代相去不远，而在流传的过程中卷数会有很大的出入，想来总是由于缺乏定本的缘故。这时所流传的本子,应当是各种不同的抄本。很难想象,唐语林问世之后,立即会有各种不同的刻本出现。宋史卷二〇六艺文志五小说类载王谠唐语林十一卷,和中兴馆阁书目上记载的卷数相同,这在当时或许是流传得较广泛的一种抄本。但到后来,十一卷本已经失传,明人所记的本子,大都是八卷本或十卷本了。

大家知道,目前流传的唐语林虽说也是八卷本,但编次的情况很特殊。前四卷中,从德行到贤媛十八门,还保留着王谠原书的本来面貌;后面的四卷,则是四库全书馆臣利用永乐大典散入各韵部的条文,汇编而成的了。实则此书散佚的部分不止占全书篇幅的一半。根据此书最早刻本,即齐之鸾所刻残本来看,贤媛之前的文字,原来只占三卷或两卷,那么佚去的部分,就有可能多达九卷,至少也有五卷。又唐语林佚存于宋代类书或其他著作中的条文,尚有不少;而永乐大典中未曾辑出的佚文,也有一些。可以推知,此书遗佚而未见记载的条文,数量是不会少的。

综合上言,似乎可以这样判断:唐语林一书的前面部分,流传的抄本较多,所以后人能够据以刻出;后面的部分,流传的抄本较少,年代早如中兴馆阁书目,著录者已是后半残佚之本,可见唐语林这书很早就出现脱落的情况,后代更是难得见到完整的抄本,所以齐之鸾只能以残本付梓,而自明末之后,书目上也已看不到足本的记载了。

追本究源,只能说王谠著书时本来没有整理出一种定本,又不能将一种完整的抄本及时刻出,这才出现了后来的种种混乱现象。

唐语林中援引大唐新语中的文字很多,而且很少加以删节或改写，但在这里出现一种奇怪的现象，那就是这类保持原始的完整面貌的文字，集中在前面两卷，匡赞、规谏、极谏、刚正四门之中；后面几卷，录引的文字很少，而且对此径加删节或改写。北梦琐言中的文字，所引用者也仅限于前六卷。这就说明，王谠著书时似乎只开了个头，后劲不继，所以在摘录材料时有这种虎头蛇尾的情况出现，而这正是全书尚未完成或未经写定的表现。

前面说到过王谠对唐语林中录引的文字曾有所考订，只是从全书来看，这类文字为数是很少的。可以想到，王谠著书时决不会信笔所之，仅在这几条文字之后缀上几笔，看来他曾有计划，想对有疑问的条目加以考辨，然而此事只开了一个头，没有能够贯彻到底。这也说明唐语林当是一部尚未完成的、没有正式定稿的著作。

唐语林中有些条目的分类也不恰当。例如政事上第87“岑文本谓人曰”一条，下有案语曰：“此条宜列言语。原书分门未当，多有类此。”这条案语当是四库全书馆臣所加，意见是中肯的。所以出现这种现象，也应当是全书尚未正式完成，作者没有细细加工的缘故。

如果上述分析符合事实，那么唐语林中存在的很多问题，也就可以找到解释。

唐语林的价值

唐代是杂史、传记、故事、小说极为发达的时期。这类作品，比之南北朝时的世说新语之类著作，文笔的潇洒隽永或有逊色，而情节的丰富曲折或有过之。因为唐代修史之风很盛，所以这一时期的笔记小说对历史事件的记叙也就更为重视。这类书籍提供了不少有价值的原始资料。就是那些记载有误的作品,有的也可广异闻、供参证,提供当时许多不同来源的独特见解。至于一些记载典章制度或社会风习的文字,则可提供许多解剖唐代社会组织的实际知识,认识唐代社会的许多不同侧面,扩展后人的眼界,这无疑是有很大价值的。

随着岁月的流逝,这类著作不断散佚,时至今日,要想更多地掌握这方面的材料,势必仰求于一些总集、类书等著作。

唐语林是一部少而精的小说总集

保存上述材料最丰富的著作,自然首推五百卷之巨的太平广记,其次就要算到类说、绀珠集等书了。但类说、绀珠集引书节录过甚,常是文意不全,比起唐语林中的文字,可读、可信的程度要差得多。白孔六帖、古今合璧事类备要等类书,部头大,份量重,但杂抄各类典籍,小说所占的比重并不大,而且抄手们任意删节,错别字多,因此类书中引用的文字,一般说来,也比不上唐语林中的引文完整可靠。

拿太平广记和唐语林相比,前者的篇幅要大得多,后者只能说是戋戋小册。从引书来看,太平广记所采纳者在五百种上下,唐语林则仅收五十种,二者也无法相提并论。但太平广记引书很杂,其中绝大多数的书,侈谈神异,没有多大史料价值;就从文学角度来看,也是无甚意味的文字。唐语林中的五十种书,总的说来,都是很有价值的文史类著作。即使像杜阳杂编、剧谈录之类侈陈怪异的书,所采择者,也是其中较可信的部分。因为唐语林一书承接的是世说新语的传统,偏重人事,注重情致,很少涉及鬼神变幻,不以铺张杂博取胜。这是唐语林的一个优点。和太平广记相比，唐语林可说具有“少而精”的特点。

唐语林在辑佚和校勘上有突出的作用

唐语林援用过的五十种书，有的虽然流传了下来，但差不多每一种都有残阙，而这差不多又都可用唐语林来加以补正。唐兰校刘宾客嘉话录，引唐语林中的文字入补遗者达三十六条；赵贞信校封氏闻见记，引唐语林补入佚文四条。这是大段文字可以用来辑佚的例子。有的文字虽然没有这么完整，或为片段记载，或为个别句子，或为若干文字，或为自注，都可用以补正原书之不足。尤其可贵的是，唐语林中还保存着补国史、戎幕闲谈、续贞陵遗事等书中的大段文字，传奇小说刘幽求传的残文和王贵妃传的全文。这或许是其他典籍中都已残佚而仅见于唐语林中的材料，于此也可看到此书的可贵了。

拿唐语林中的文字和原书对校，二者之间时见差异，人们总是认为原书可靠，唐语林中又出现了改错的字或传误的字。大体说来，校勘之时应该尊重原书，但这并不是说原书定然可靠。因为笔记小说少有善本传世，而后人又常是随意改动文字，因此有些单刻传世的原书其实也并不可信。唐语林成书较早，王谠能够见到各种原书的初本，因此经他采入的文字，有的反而比目下流传的所谓原书更可信。这里可举因话录为例以说明之。唐语林卷三306条叙柳元公杖杀神策小将事，中有“不独试臣”一句，此文原出因话录卷二商部，此句作“不独侮臣”。乍一看来，“试”字似为误字，然而资治通鉴卷二三九唐纪五五宪宗元和十一年考异引因话录此文，正作“不独试臣”，可知唐语林中文字不误，而因话录中的文字却已经过后人改动。又如唐语林卷二191条,言代宗独孤妃薨,郭子仪欲致祭,下属反对,"子仪曰:'此事须柳侍御裁之。'时殿中侍御史柳弁,字伯存,掌书记,奉使在邠,即急召之。"此文原出因话录卷一宫部,内云"时予外伯祖殿中侍御史",注曰:"讳芳,字伯存。"读者如果不作细究,一定认为原书可靠,因为柳芳是当时的著名文士,又是赵璘本人的戚属,记载上不可能有什么问题。殊不知这里也已经过后人妄改,出现了错误。新唐书卷二〇二文艺中柳并传曰:"柳并者,字伯存。大历中,辟河东府掌书记,迁殿中侍御史。"这人才真是为郭子仪草祭文的柳伯存,而非字仲敷的柳芳。查齐之鸾本、历代小史本唐语林,此人正作"柳并",可见聚珍本作"柳弁",乃形近致误;原书作"柳芳",乃后人无识而妄改。于此可见,齐之鸾本、历代小史本中的异文不容忽视,唐语林在校勘上有重要的价值,而它所依据的原书不见得都可靠,有时反而应该用王谠的引文来纠正今本之误。

唐语林中不知出处的文字至可宝贵

唐语林中的文字,经过一番整理,依照其所出的原文,参照各种文献中的记载,再加上搜辑而得的佚文,重新加以编排,共得一千一百零二条。其中可以找到出处的,或有可能出于某书的条文,共九百十二条,占全书的百分之八十二点八;一时找不到出处的条文,共一百九十条,占全书的百分之十七点二。于此可见,后者之中保留着天壤之间仅存的许多重要史料。

这些材料可供史学家和文学家参考。例如卷七953条曰:"宣宗崩,内官定策立懿宗,入中书商议,命宰臣署状。宰相将有不同者，夏侯孜曰：‘三十年前，外大臣得与禁中事；三十年以来，外大臣固不得知。但是李氏子孙，内大臣立定，外大臣即北面事之，安有是非之说？’遂率同列署状。”就把晚唐政治上宦官操纵废立大权和大臣颟顸拥位的思想状态典型而生动地呈现于前，读之一定会受到很大的启发。又如卷六 843 条记韩愈二妾，反映了唐代这位古文大家生活上的另一个侧面。宋代文人为了维护韩愈的道学面孔，纷纷攻击这条文字，妄图否定其记载的真实性，然而近代学者据此作了深入地研究，发现这些文字如实而具体地介绍了韩文公的为人。这自然是文史方面亟堪珍视的材料。诸如此类，可供研究之需者尚多。历代文士经常援用此书，因为书中的好些条文确是具有不可替代的重要作用。

唐语林中存在的问题

自从世说新语这种情趣盎然的小说体取得很大成功之后，历代都有这一类的著作问世，例如唐代有王方庆的续世说新语，刘肃的大唐新语；宋代有孔平仲的续世说，王谠的唐语林；明代有何良俊的何氏语林，李绍文的明世说新语；清代有梁维枢的玉剑尊闻，吴肃公的明语林，王晫的今世说；近代有易宗夔的新世说，等等。但比较之下，唐语林一书应是其中的佼佼者。其馀的书，或是纂拾旧闻，内容不新鲜；或是矫揉造作，琐碎不足观，因而有的已经亡佚，有的读者寥寥。历史自然地作出了结论，只有经得起时代考验的书才能广泛流传。

唐语林的地位既如此，也就证实了前言中开端就提到的话：“这是一本很好的书。材料很可贵。研究唐代文史的人，一定得用作参考。”

但总的看来,这部著作还未发挥出它应有的作用。按理说,唐语林的内容丰富多彩,应当有更多的人来阅读它,使用它,然而情况并不如此,这又是什么原因呢?

这是因为唐语林本身存在着很多问题,诸如材料来源不明,文字时见脱误,条文分合缺乏定准,等等。而且里面的绝大部分文字毕竟用的是小说手法,可信与否也难判断。这些都是使人望而却步的障碍。

从形成这些问题的原因来说,情况很复杂:这里有作者本人的问题,有版本方面的问题,有流传过程中出现的各种问题……这些问题交织在一起,使唐语林从内容到形式都出现了杂乱的情况。为了整理此书,就得正本清源,找出各种错误和混乱现象的原因。首先得从作者本人的问题说起。

王谠学识欠佳工作草率

王谠虽有文名,泛读过唐代的笔记小说,但从唐语林中的一些情况来看,他对唐代的历史并不太精熟。书中常是出现这么一种情况,原书不误,王谠改写之后,也就出现了错误。例如卷三341条,言宗楚客纳厚赂启边衅事,此文原出大唐新语卷二极谏第三,中有“时西突厥阿史那忠节不和”之句,王谠改写之后,却成了“时西突厥阿史那与忠节不和”,殊不知阿史那乃西突厥姓,忠节乃此人之名,中间不能加上“与”字。像王谠那样改动,也就把同一个人误分为两个人了。此事并见旧唐书卷九二宗楚客传,内云:“景龙中,西突厥娑葛与阿史那忠节不和”,可知大唐新语叙事不明,然无大误,王谠妄加一字,却铸成大错。又如卷三334条,言“太平公主用事。柳浑以斜封官复旧职，上疏谏……”，此文原出大唐新语卷二极谏第三，文字无大差异，然此二书中之“柳浑”实为“柳泽”之误。柳泽为睿宗、玄宗时人，旧唐书卷七七柳泽传详记此事，且录柳泽疏中文字。柳浑为代宗、德宗时人，年代远不相涉。大唐新语误之于前，王谠沿其误而不省，还要在下面加注说明，而他在注文中又引太平御览之文，言“浑性放旷，不甚检束”云云，实则此处文字原出旧唐书卷一二五柳浑传，王谠不用正史原文而用太平御览，也是史学疏陋的表现。两个情况完全不同的历史人物，混为一谈，一误再误，可见其史学水平确是并不太高明的了。

王谠的编写工作也嫌草率，不够严肃，例如卷五629条言“侯君集为兵部尚书，以罪流岭南。于其家得二美人，容色绝代。太宗问其状，曰：‘自小常食人乳而不饭。’”然据旧唐书卷六九、新唐书卷九四侯君集传，可知侯君集是因谋反而被杀的，流岭南者为其妻及子。按此文出于隋唐嘉话卷上，检阅原书，才知道这里共有五条文字，第一、二条叙李靖言侯君集将反，第三条言太宗诛侯君集而流其子为奴，第四、五条言录其家得二美人与二金簟。王谠大加改削，组合成文时，却将侯家父子之事颠倒了。侯君集串通太子承乾谋反而获罪，乃初唐大事，王谠于此显得隔膜，可见其史学水平不高。又如卷六771、772、773条，原为综合国史补卷上马燧雪怀光、和解二勋臣、李马不举乐三条文字而成的一大条文字，然而王谠不顾文义，生拼硬凑，出现了不少错误。国史补中说的“马燧雪怀光”，是指李怀光叛乱的后期，马燧为之说情，求免罪。这本来就不合事实。资治通鉴卷二三一唐纪四七德宗贞元元年考异引此文后，司马光下按语曰：“是时怀光垂亡，燧功已成八九，故自入朝争之，岂肯面雪怀光邪！”可见李肇叙事正与实情相反。到了唐语林中，王谠却把“雪”字改成了“斥”字，“马司徒面斥李怀光”，非但与实情不符，而且成了不可想象之事。此时李怀光与唐王朝正处在敌对的战争状态，马燧又怎能“面斥”？即使勉强把这说成是马燧在阵前面斥李怀光，那德宗又为什么要“正色”制止？王谠的这种改法，真是匪夷所思。而国史补中李马不举乐一段，乃承马燧雪怀光而来。马燧与李晟为李怀光事发生冲突，德宗调解，各赐以音乐，乐止则遣中使问之。王谠改写，则又成了张延赏与李晟之事。可见王谠任意改动文字，而对唐代史实却又缺乏足够的了解，这样编写而成的东西，也就不足资以取信的了。

王谠对有些条文的内容，没有细细体会，结果也出了不少差错。例如卷六 782 条叙窦申事，引德宗语曰：“吾闻申欲至人家，则鹊喜。”此文原出国史补卷上窦申号鹊喜，原文是：“吾闻申欲至，人家谓之鹊喜。”此事旧唐书卷一三六窦申传、新唐书卷一四五窦参传均有记载，资治通鉴卷二三四唐纪五十德宗贞元八年也曾记叙，胡三省注：“窦参每迁除朝士，先与申议，申因先报其人，以招权纳赂。时人谓之‘喜鹊’者，以人家有喜事，鹊必先噪于门庭以报之也。”大唐传载上有同样的说明，胡氏或据传载而言。凡此均足说明所谓“鹊喜”也者，只是一个譬喻，王谠却把这理解为实有其事，宁非大噱。

前面已经说明，唐语林中出现的一些错误，有的是由未能正式定稿等原因造成的，但像这里谈的一些问题，就只能说是王谠学识欠佳、工作又不认真而产生的了。著作中出现的问题，当然与编著者的水平密切相关。

唐语林的版本问题

唐语林中出现错乱的情况,上面分析了作者主观方面的原因,而从客观方面来说,则是由缺乏好的版本,后人没有进行过认真的整理等多方面的原因产生的。

版本问题也很复杂。从成书时来说,缺乏可靠的定本;从流传过程来说,则是经手的人大都草率从事,不尊重原著。况且这书的传世经历着曲折的过程,大分大合,绝而复生,这种离奇的经过,在每一个阶段都盖上了加工者的痕迹。

现存最早的唐语林刻本,是明代嘉靖二年桐城齐之鸾刻的两卷残本。此书与士礼居藏旧抄本三卷同。其内容为武英殿聚珍本一至四卷。齐氏自言"予所得本多谬","有不能意晓者",可也找不到善本互校,只能让它"阙疑承误"。稍后则有丰城李栻刻的历代小史本。此书乃是一种节录本,而观其起讫,也同齐书,文字亦多同,可见它所依据的祖本,与齐之鸾本同,或者就是以齐书为底本的也未可知。在此之前,陶宗仪说郛中也曾录引,钱熙祚在守山阁丛书本唐语林的校勘记中说:"说郛录唐语林寥寥数条,其标题大略适与齐之鸾本合,知陶南村所见本已不完矣。"这就说明唐语林一书到了宋代之后就已传本不多,而流传最广者也就是这部讹误很多残缺不全的三卷本或两卷本了。

此书自宋、元时起没有什么好的本子传世,明代之后已无全书,四库全书馆臣从永乐大典中辑出今本的后半部分,且用聚珍版印行之后,此书才有所谓足本传世。但后人所能见者,也只能是这部前后体例截然不同的拼凑本了。

后代重刻这书的人很多,如墨海金壶本、守山阁丛书本、惜阴轩丛书本等，还有福建藩署、江西官书局、广雅书局覆刻聚珍本等多种，实际上收入上述丛书中的唐语林，都是从武英殿聚珍本覆刻或重刻的，从版本上来说，同出一源，已经没有什么校勘价值了。

永乐大典编纂工作中存在的问题

唐语林这书之所以能够流传到现在，永乐大典一书起到了中间环节的作用。幸亏当年永乐大典的编者把它分散保存于各韵部中，四库全书馆臣才有可能将之重行编纂起来。

永乐大典规模宏大，保存了不少古代文献，当然是一项值得称道的工作。但在官僚体制的领导和安排下，人多手杂，场面大而不重实际，不可避免地也会出现很多不能令人满意的情况。况且此书在嘉靖时又重行誊录，四库全书馆臣依据的就是这部重抄本，在辗转的抄写过程中不可避免地又会增加一些错误。

不看内容，分类失当。永乐大典将唐语林中的材料依类相从汇聚在一起，而它的归类往往不太正确。例如该书卷之二万三百十疾心疾引唐语林，即本书卷六789条、卷八1079条、卷八1078三条文字，原为国史补内的刘辟为乱阶、韦李皆心疾、御史扰同州三条；实则"御史扰同州"事与"心疾"毫无关系。这与今本唐语林中的编次虽然没有直接关系，但也可以看出永乐大典编者检阅唐语林时粗枝大叶，工作上是非常草率的。

多错别字，且多脱落。从表面上看来，永乐大典字迹清楚，一笔不苟，后面还记上了书手和覆核者的名字，似乎非常认真负责。但只要和原书或其他有关的本子作些比较，就可以看出工作人员态度马虎，不但错别字很多，有时还会大段脱落。例如该书卷之一万五千九百五十一运五运引唐语林，原出封氏闻见记卷四运次，如拿封演原文与之比较，则永乐大典错字与阙漏特多。四库全书馆臣已将此文采入补遗，即今本唐语林卷五672条，因为永乐大典此文不足为据，四库全书馆臣不得不依别本另行补正的了。

张冠李戴，误记篇名。永乐大典的编者时而张冠李戴，把其他书籍中的文字误题上唐语林的名字，例如该书卷之二千八百七枚纸九万枚引唐语林，曰："王右军为会稽，库中有笺纸九万枚"，实则此乃裴启语林中文，见艺文类聚卷九八；又如该书卷之一万二千十七友恤穷友引唐语林，曰："孔嵩……与颍川荀彧共游太学……"，实则此亦裴启语林中文，见类林杂说卷四仁友篇三十；又如该书卷之一万一千六百二藻品藻引唐语林，曰："谢碣绝重其妇……"，实则此乃世说新语下之上贤媛中文。因为这些条文记录的是魏晋南北朝时的事，而且世说新语等书，人所诵习，因此四库全书馆臣才不致上当，将之误缀入内〔二〇〕。但也可以设想，假如永乐大典的编者把其他较生僻的书籍中的文字误题上唐语林一名，那就难于区别真伪了。现在唐语林中保留着好些并不属于五十种原书的条文，如有的出于闽川名士传，有的出于定命录，这些很有可能也是永乐大典的编者误题书名而夹杂进去的。当然，也有可能出于另一情况，或许有些不属于五十种原书的条文曾为纪闻谈、洛中记异等书所吸收，而唐语林据以引录的却是这些后起的书，只是这些书已经散佚，因而难以求得这类条文的真正出处了。这种特殊的情况可能出现，然而还不足用以解释唐语林中的混乱现象，例如该书卷八1075条唐人酒令，原出洪迈容斋续笔卷十六，洪迈生于王谠之后，所写的文字不可能为前人所吸收，而永乐大典编者以其内容属于唐代风俗，率尔录引，误标书名，只能说明编者工作的草率。这一类情况，在永乐大典中为数是不少的。

四库全书馆臣编纂工作中存在的问题

从今本唐语林的成书来说，四库全书馆臣完成了最后一道工序，把这部散佚了几百年的书重新编纂起来，这个功劳是不可埋没的。但令人遗憾的是，这项工作做得还不理想，其间存在着不少问题。

没有利用齐之鸾本进行校雠。上面已经说到，唐语林此书没有什么善本可资校勘，但齐之鸾所刻的残本既已行世，而此书原出宋本，则毕竟还是有其可资参证之处。因为这书虽然错误特多，但择善而从，还是可以从中探测王书的本来面目。四库全书总目的唐语林提要上说此书的前半部分就是以齐之鸾本为底本的，经过比较，发现此说不完全符合事实。好些条文中，齐之鸾本、历代小史本的文字和原书相符，但今本唐语林却不相同。当然，这也可能是由于四库全书馆臣另外找到了根据，然而这种情况为数之多，只能说明四库全书馆臣重编唐语林时没有把齐之鸾本放在重要的地位。

这里可以举两个例子来看。唐语林卷三404条，原出北梦琐言卷三高太尉决礼佛僧。齐之鸾本、历代小史本中的文字，如"是夜黄昏"，"凌胁州将"，"得于资中处士王迢"等，都与原书相符，而聚珍本却均行脱落。又如卷三457条言苏颋事，原出开天传信记，"岂非足下宗庶之孽也"下，"之"字之上，有案语曰："此下原阙六字。"然而齐之鸾本、历代小史本不阙，此处有"瓌备言其事，客惊讶"八字，上下承接，文从字顺，说明这确是唐语林中的原文。而且唐诗纪事卷十苏颋中亦有此文，中间也有这两句，则又可用以说明开天传信记中原来就有这两句，今本开天传信记偶佚，应当根据齐之鸾本、历代小史本唐语林中的文字补足。聚珍本中的案语看来只是沿用了永乐大典编者的文字，但四库全书馆臣没有利用齐之鸾本进行校雠，致使此书本可起到的作用也未能起到。反观齐之鸾本，中间有那么多地方与原书相符，则又足以说明王谠著录时其改写的幅度并没有今本所显示的那么大。

没有完全遵从底本永乐大典中的文字。 照理说，四库全书馆臣既然是依据永乐大典一书而重新编纂的，那聚珍本中的文字应该与永乐大典中的引文一致，但按之实际，却并不如此。例如唐语林卷六852条言李绛议置郎官事，见永乐大典卷之七千三百二十八郎置郎引唐语林，此文原出国史补卷下郎官判南曹，中有"旬日出为东都留守"、"常亦速毕"二句，永乐大典引文全同，而聚珍本却改"旬日"为"后"，改"亦"为"得"，这些文字只能定为四库全书馆臣所擅改，他们没有遵从永乐大典这一底本。

后人可以擅自改动前人文字，甚至信笔所之径行改写，于是各种本子上文字的出入，也就很严重了。特别是像唐语林这样一部几经曲折而流传下来的书，在古人轻视小说这种传统观念的影响下，经过各个阶段经手者的层层改写，更会出现文字上的许多分歧和混乱。该书卷七有一个突出的例子，919条言谭简治崔慎由目疾事，原出因话录卷六羽部；永乐大典卷之一万九千六百三十七目医目引唐语林，对此作了大幅度的改写；聚珍本引用永乐大典中的文字，又作了一次改写，于是原来的文字和后来的文字也就相去甚远了。这在全书中或许只能算得一个特殊的例子，但对古代文人肆意删改前人小说而言，却是具有典型意义，可以用来说明唐语林中很多文字上的问题。为了便于对照，今将三种文字并列于后。

因话录卷六羽部	相国崔公慎由廉察浙西。左目眥生赘,如息肉,欲蔽瞳人,视物极碍,诸医方无验。一日,淮南判官杨员外牧自吴中越职,馔召于中堂。因话扬州有穆中善医眼,来为白府主,请遗书崔相国铉,令致之。崔公许诺。后数日,得书云:"穆生性粗疏,恐不可信。有谭简者,用心精审,胜穆甚远。"遂致以来。既见,白崔公曰:"此立可去,但能安神不挠,独断于中,则必效矣。"崔公曰:"如约,虽妻子必不使知。"谭简又曰:"须用九日晴明,亭午于静处疗之。若其日果能遂心,更无忧矣。"是时月初也。至六七日间,忽阴雨甚,谭生极有忧色。至八九大开霁。问崔公:"饮酒多少?"崔公曰:"户虽至小,亦可饮满。"谭生大喜。初,公将决意用谭之医,惟语大将赟,以绛帛拭血,傅以药。遣中善医者沈师象,师象赞成其事。是日引
永乐大典本唐语林	崔相慎由廉察浙西,左目生赘肉,欲蔽瞳人,医久无验。闻扬州有穆生善医眼,托淮南判官杨收召之。收书报云:"穆生性粗疏,恐不可信。有谭简者,用心精审,胜穆生远甚。"遂致以来。既见,白崔曰:"此立可去,但能安神不挠,独断于中,则必效矣。"崔曰:"如约,虽妻子必不使知。"间又曰:"须用久,目睛明,
聚珍本唐语林	崔相慎由廉察浙西,左目生赘肉,欲蔽瞳人,医久无验。闻扬州有穆生善医眼,托淮南判官杨收召之。收书报云:"穆生性粗疏,恐不可信。有谭简者,用心精审,胜穆生远甚。"遂致以来。既见,白崔曰:"此立可去。但能安神不挠,独断于中,则必效矣。"崔曰:"如约,虽妻子必不使知闻。"又曰:"须用天日晴明,

续表

因话录卷六羽部	谭生于使宅北楼,惟师象与一小竖随行,左右更无人知者。谭生请公饮酒数杯,端坐无思;俄而谭生以手微扪所患,曰:“殊小事耳!”初觉似拔之,虽痛亦忍。又闻动剪刀声。白公曰:“此地稍暗,请移往中庭。”象与小竖扶公而至于庭。坐既定,闻栉焉有声。先是,谭生请好绵数两染绛。至是以绛绵拭病处,兼傅以药,遂不甚痛。谭生请公开眼,看所赘肉,大如小指,坚如干筋,遂命投之江中,方遣报夫人及子弟。谭生立以状报淮南,崔相国复书云:“自发医后,忧疑颇甚。及闻痊愈,神思方安。”后数日而征诏至金陵。嗟夫!向若杨君不遇,谭生不至,公心不断,九日不晴,征诏遽来,归期是切,碍其目疾,位当废矣,安得秉钧入辅,为帝股肱?此数事足验玄助。而公作相之后,谭生已逝,又何命之大薄也!
永乐大典本唐语林	亭午于静室疗之。若其日事,遂无忧矣。”至日开霁。问崔饮多少,“饮虽不多,亦可引满。”谭生大喜。初,崔将谭生唯语大将中喜医者沉大师象,赞之。是日引谭生于宅北楼,唯师象与一小竖在,更无人知者。谭生请崔饮酒,端无思,以刀圭去报妻子知。后数日,征诏至金陵。及作相,谭生已卒。
聚珍本唐语林	亭午于静室疗之,始无忧矣。”问崔饮多少?曰:“饮虽不多,亦可引满。”谭生大喜。是日,崔引谭生于宅北楼,惟一小竖在,更无人知者。谭生请崔饮酒,以刀圭去赘,以绛帛拭血,傅以药,遣报妻子知。后数日,征诏至金陵。及作相,谭生已卒。

不熟悉原书，妄加案语。清廷开馆编辑四库全书时，集中了当时一批著名的学者。史部由邵晋涵主持。这当然是一代史家，水平很高的。只是前人轻视笔记小说，可想而知，重编唐语林这书的任务，不会由邵晋涵等人亲自动手，看来也只是让馆中一些二、三流的学者做做具体工作就是了。这样当然会影响成书的水平。

四库全书馆臣明知唐语林是汇纂五十种书而成的，但他们没有一一覆核原书，甚至连这五十种书的内容都不熟悉，这样当然不可能做好这项工作。例如卷三317条韦澳征郑光庄租，四库全书馆臣下加案语曰："此事已见政事门，文有异同，今并存之。"实则卷二政事门146条文字出于续贞陵遗事，方正门317条文字出于东观奏记卷中，二者来源不同，所以王谠兼收并蓄。资治通鉴卷二四九唐纪六五宣宗大中十年五月叙此，与政事门146条文字类同，考异引东观奏记，即方正门317条文字讫，下云"今从柳玭续贞陵遗事"。可见二者之间内容上还有差别。又如卷三方正门329条记狄仁杰毁江南神庙七百馀所，四库全书馆臣下加案语曰："此事已见本门首条，文有详略，今并存之。"实则此条原出隋唐嘉话卷下，而"本门首条"即285条原出封氏闻见记卷九刚正，二者的来源和性质完全不同，王谠自然要把它们分列。四库全书馆臣不知文字的原始出处，妄加案语，可谓少见多怪。

不检核材料，妄加拼合。唐语林中的条文，有组合而成的情况，例如卷五635条叙秦鸣鹤为高宗治脑痈，就像是采取了芝田录和谭宾录中的文字组合而成的。因为二者内容一致，经过加工之后，已经浑然一体，看不出有拼凑的痕迹。

永乐大典中的文字，按韵部和内容分类，原是一条条单列的。或许四库全书馆臣嫌它太琐碎了，他们看到前四卷中的文字经常将同一性质的条文合并，于是起而效尤，也常将几条文字合并起来。只是他们于原书不熟，经常将性质不同的文字妄加拼合，则又造成了不少混乱。例如卷五 699、700 两条，前者出于大唐传载，言乐章以边地为名；后者出于开天传信记，言安禄山之狡黠。内容完全不同，四库全书馆臣将之捏合在一起，读者不知底细，以为这条文字中寓有什么深意，也就会上当。又如卷七 889 条言李德裕排斥举子事，原文出于玉泉子，本是首尾贯通的一段文字，但四库全书馆臣却将另一条文字，即李德裕介绍卢肇、丁棱等人中举之事插入，反而把几段文字弄得支离破碎了。实则王起知举此条应置 903 条之前，原书也是这样编排的。这样编排，三条文字各有其重点，层次井然。四库全书馆臣乱加编纂，不知原书者也就只能跟着他们乱读一通的了。

不考虑内容，妄加割裂。与上相反，四库全书馆臣对有些本该合并在一起的文字却又不能发现其内容的一致，例如卷六 859、860 两条均叙文宗问许康佐左传中馀祭之事，说明这两条文字原出一书，故而首尾贯通。查资治通鉴卷二四五唐纪六一文宗太和九年考异，知前者乃林恩补国史中的文字；可以推知，后者当是此文的后半部分。但四库全书馆臣不加细察，而将后者置于同卷 869 条之后，这就把本该联在一起的文字割裂开，校正时也就不得不略作调整了。又如卷五 721、747 两条，均出封氏闻见记卷八鱼龙畏铁，二者内容一致，文意联贯，这是不知书名、篇名的人也能体会得出来的，然而四库全书馆臣不加细察，把它们作为互不相关的文字处理，这就使封氏闻见记中的这条文字一直不能以完整的结构呈现在读者之前。

凡上种种，说明唐语林中问题成堆。这里有先天的缺憾，也有后天的错乱。在我国典籍中，很少有像唐语林这样坎坷的遭遇，形成这样奇特的体例。这就证实了前言中开端时就提到的话："这是一本很糟的书。太杂乱。不经过整理，就很难阅读。"

唐语林的整理工作

应该说，唐语林一书之所以可贵，是由它内在的价值所决定的，这与作者掌握的材料、继承的学术传统、产生的时代背景等各种因素有关。唐语林中的错乱，是由各种复杂的原因层累而成的，但对材料本身而言，却是人为的，外加的，非本质的。只要细心地加以清理，就能克服其缺点，焕发其原有的光彩。

如何清理？原书已有残佚，又无可靠的版本可资校勘，但若充分利用现有条件，还是可以开展工作。所幸原出之书大部分还可以找到，宋元时人的总集、别集、类书、笔记中还保留着很多与此有关的材料，这些都可用作校勘之助。齐之鸾本、历代小史本唐语林中毕竟保存着一些原始的材料，择善而从，还是可以解决不少问题。

关键在于整理者的态度如何。自从四库全书馆臣编成唐语林八卷本，且以聚珍版印出后，据之覆刻的人很多，但很少进行认真的整理。守山阁丛书本后附校勘记，钱熙祚找出了一些条文的出处，还曾参照齐之鸾本，辗转互校，订正了一些文字上的错误。广雅书局覆刻唐语林时，后附孙星华的校勘记，他所做的，只是在钱氏的基础上作了些简化的工作。可见这两种校勘记下的功夫还不够，解决的问题还不太多。

守山阁丛书本唐语林向称善本，钱熙祚在传播小说的工作中起过很好的作用，但他的态度可不能说是很认真的。就以辑录佚文而言，他用齐之鸾本对校，辑得佚文八条，但实际上有遗漏。其后陆心源又以齐之鸾本对校，辑得佚文十四条，将之刻入潜园总集十九群书校补卷四中。比起守山阁丛书中的唐语林校勘记来，又补充了六条文字。但陆心源的辑佚工作实际上还有遗漏。本书卷三中的390条牛僧孺奇士，是齐之鸾本所原有的，但各家均未发现。于此可知，此书仅存的一部明刻本，薄薄两卷文字，大家都不愿好好地查检，可见这些学者工作时都不是很认真的了。

我花了多年时间整理唐语林，成唐语林校证一书，除前人辑得的佚文外，又辑得了二十三条。其中三条辑自永乐大典。由此可见，就在目前残存的七百多卷永乐大典中，四库全书馆臣还漏掉了三条文字，以全书而言，其中佚文为数是不会少的。

校订唐语林而能用上永乐大典，这毕竟是当代人的幸运。和聚珍本对校，可以发现很多问题，例如识别哪些是王谠的原注，哪些是后人的案语等。

我曾用齐之鸾本、历代小史本与聚珍本对校。上海图书馆藏周锡瓒校齐之鸾本唐语林，是用黄丕烈藏旧抄本对校的，利用此书，也就吸收了这部珍贵的旧抄本的可取之处。

我还用宋元时人的总集、别集、类书、笔记多种进行校勘。由于唐语林中大部分的文字已经找到了出处，积累了不少可供参考的有用材料，这就为全面的整理准备了条件。我对全书条文重新作了编排，纠正了不少误分误合的混乱现象，使眉目为之一清，还对文字中的误、脱、衍、窜之处一一进行订正，纠正了大量的错误，尽可能地让全书恢复其原貌。在整理的过程中，又考虑到唐语林在小说类中的重要地位，此书在研究工作中和整理其他典籍时可起重要的参考作用，因此把校勘成果作了较详细的记录，藉供各界人士之需。

唐语林中的很多材料，已经被史学家所采用，他们还进一步作过考订辨证的工作，因此我也注意引用正史中的材料作互校之用。一般说来，凡是为资治通鉴等书采用的材料，史实比较可靠；而那些不符事实的文字，我也援用前人或近人的研究成果，加注说明，以免有人误信其中的记载。

在附录部分，除了收入各家著录、题跋和引用书目之外，还编写了唐语林援据原书提要、唐语林援据原书索引、唐语林人名索引三种资料。后二种是为了帮助研究工作者更方便地利用此书而拟制的，前一种则更多地考虑到了一般读者的需要。我为唐语林全书的每条文字都编了号。这篇前言的文字中卷数之后所加的阿拉伯数字，即唐语林校证条文的序号。我在绝大部分的条文后面提示了出处，但对不熟悉古代笔记小说的人来说，因为不知道这些书的性质，对这些条文的价值仍然不可能有恰当的估量，为此我在后面附上各种书的提要，则读者在阅读有意味的文史小品之馀，可对这些条文的渊源所自和是非得失有所了解。此外，为了帮助读者理解文章的内容，我对一些疑难的字句加上了注释，并且根据个人的理解，对书中人物的俏皮话和双关语也试作解释。

唐语林内容丰富，涉及面广，对此进行全面的整理，需要各方面的知识。限于学力，在校证工作中仍然会有很多错误和不妥之处，希望各方面的人士不吝指正。在编写过程中，承孙望、程千帆、程毅中、傅璇琮、郁贤皓等先生予以鼓励和帮助，特此致谢。栾贵明先生抄示永乐大典中有关唐语林的材料，王瑞来先生抄示有关宋史的材料，日本学者横山弘先生寄示永乐大典中有关唐语林的未刊佚文的复印件，都曾给我很大的帮助，在此一并致谢。拙著为南京大学古典文献研究所专刊之一，蒙中华书局惠予出版，在此亦深表感谢。

〔一〕见直斋书录解题卷十一小说家类唐语林提要。

〔二〕宋史卷二五五王全斌传附曾孙凯传。王全斌，苏轼王大年哀辞作王全彬。

〔三〕吕大防于元祐三年任相，见宋史卷二一二宰辅表三。他在元祐元年拜尚书右丞进中书侍郎，见宋史卷三四〇吕大防传。堂除、改任王谠事，见续资治通鉴长编卷四一三哲宗元祐三年八月辛丑所记。

〔四〕王谠改任少府监丞事，见宋会要职官六一，续资治通鉴长编卷四三〇哲宗元祐四年秋七月壬辰所记。

〔五〕晁无咎鸡肋集卷十七次韵邠倅王正夫诗曰："清时有味俱吾党，黄发相看更几人。"

〔六〕刘安世事见续资治通鉴长编卷四一三哲宗元祐三年八月辛丑所载。吴安诗事见续资治通鉴长编卷四三〇哲宗元祐四年秋七月壬辰、同书卷四三四哲宗元祐四年冬十月庚子、同书卷四四四哲宗元祐五年六月诸条所载。

〔七〕吕大防师事程颐，二程遗书卷二一载张绎师说，曾记程颐与王谠议礼事。

〔八〕孙星衍邢澍寰宇访碑录卷七华岳祈雪记："卢讷撰，王说正书，熙宁六年十一月，陕西华阴。”可证王说善书。东坡题跋卷五跋醉道士图，附章惇跋与苏轼再跋，均叙王说画工之妙。

〔九〕见宋史卷二四四宗室列传，令畤附燕王德昭传。

〔一〇〕见宋史卷七一三本传。

〔一一〕张尚书故实一卷，入传记类；尚书故实一卷，入小说家类。

〔一二〕玉泉笔端五卷，入小说家类；玉泉子一卷，入杂家类。

〔一三〕刘公嘉话一卷，宾客佳话一卷，均入小说家类。

〔一四〕赵希弁藏本，乐府集十卷、乐府序解一卷、乐府杂录一卷、羯鼓录一卷合刊，故入总集，见郡斋读书附志卷五下。

〔一五〕此指开元天宝遗事。下三栏亦指开元天宝遗事。宋史卷二〇六艺文志子部小说家类有王仁裕玉堂闲话三卷。

〔一六〕刘餗国朝传记三卷，入杂传记类；刘餗传记三卷，原注：“一作国史异纂。”入小说家类。

〔一七〕刘餗小说三卷，隋唐嘉话一卷，均入小说家类。又郡斋读书志卷三下小说类录刘餗小说十卷，实为殷芸小说之误记。这个问题赵希弁在郡斋读书后志卷二下小说类的殷芸小说十卷提要中已有说明。

〔一八〕刘餗国史异纂三卷，入传记类；刘餗传记三卷，又隋唐佳话一卷，小说三卷，均入小说家类。

〔一九〕后人于此有所订正。司马光采录唐代史料，高振铎通鉴参据书考辨以为：杂史凡六十一种，传记凡二十八种，小说凡十四种。陈光崇张氏通鉴学所列通鉴引用书目补正考辨所得，结论数字又不相同。均可参看。二文收入资治通鉴丛论一书中。

〔二〇〕中国丛书综录（第二册）史部杂史类于唐语林后附语林佚文一卷，云“（宋）王谠撰，（清）王仁俊辑，经籍佚文。”此稿今藏上海图书馆，实际上只有一条文字。王氏据杜文澜古谣谚卷五七转引广博物志卷十八中文录入，全文曰：“魏张鲁有十子，时人语曰：‘张氏十龙，儒雅温恭。’”按此文首见王应麟小学绀珠卷七，明示此亦裴启语林中文。

校雠说明

一、本书以武英殿聚珍本为底本。

二、本书用以校勘者，取资甚众。如永乐大典以前之典籍而载有唐语林原文，又可信为真者，则据以改动文字，且在注释中加以说明；而唐语林所依据之原书，其文字可供参考者，则只在注释中加以说明，不径行改动文字。

三、本书前四卷以齐之鸾本与历代小史本为校勘之要籍，据以改动文字者颇众；唯此二书舛误殊甚，其异文若可备一说，则取其可资参考者标示，而不将诸本之异同一一罗列。

四、聚珍本中为避清讳而改动之文字，如"弘"改"宏"，"玄"改"元"之类，一律复原，不再出校。

五、校释中用"本书"指称唐语林，用"原书"指称唐语林所从出之五十种典籍。

六、本书参酌原书，对聚珍本中之条目重新分列。

唐语林原序目

国史补　补国史　因话录　谈宾录　齐集　幽闲鼓吹　尚书故实　松窗录　庐陵官下记　次柳氏旧闻　桂苑谈丛　纪闻谈　东观奏记　贞陵遗事　续贞陵遗事　常侍言旨　传载　云溪友议　开天传信记　戎幕闲谈　明皇杂录　异闻集　大唐说纂　刊误　卢氏杂说　剧谈录　玉泉笔端　金华子杂编　皮氏见闻　大唐新语　刘公嘉话　羯鼓录　芝田录　资暇集　杜阳杂编　本事诗　玉堂闲话　中朝故事　北梦琐言　唐会要　柳氏叙训　魏郑公故事　国朝传记　会昌解颐　洛中记异　乾撰子　闻奇录　贾氏谈录　虬须客传　封氏闻见记

案:王谠采五十家小说成书。而永乐大典所载原书名目,自国史补至贾氏谈录凡四十八家。文献通考及唐宋史志皆著于录,惟齐集一种无考,疑有脱误。又书中多引封氏闻见记,而虬须客传一篇全载原文,似所阙即此二家,今为补入,以还五十家之旧。

勋初案:四库全书馆臣之说尚有未尽处,可作补充说明者有二:"齐集"一名,乃岚斋集之误。盖"斋"字形讹为"齐",而又夺一"岚"字。此说可参本书附录唐语林援据原书提要中之说明。又原序目所阙书名二种,封氏闻见记一书理当列入,而虬须客传一种,王说当从异闻集中辑入。阙史与唐摭言二书文字入唐语林中者为数颇众，有可能为阙名之另一种书，今以材料不足，无所佐证，姑献疑待深考焉。

右小说五十家，正甫取其尤要者编之，分为五十二门，具目录于后。

德行　言语　政事　文学　方正　雅量　识鉴
赏誉　品藻　箴规　夙慧　豪爽　容止　自新
企羡　伤逝　栖逸　贤媛　术解　巧艺　宠礼
任诞　简傲　排调　轻诋　假谲　黜免　俭啬
侈汰　忿狷　谗险　尤悔　纰漏　惑溺　仇隙
嗜好　俚俗　记事　任察　谀佞　威望　忠义
慰悦　汲引　委属　砭谈　僭乱　动植　书画
杂物　残忍　计策

右正甫集五十家之说，分为五十二门，其上三十五门出世说，下十七门正甫所续，总号唐语林云。

唐语林校证卷一

德行

1 文中子,隋末隐于白牛溪,著王氏六经〔一〕。北面受学者皆时伟人〔二〕,国初多居佐命之列。自贞观后,三百年间号至治,而王氏六经卒不传〔三〕。至元和初,刘禹锡撰宣州观察使王赟碑〔四〕,盛称文中子能昭明王道,以大中立言,游其门者皆天下俊杰;自馀士大夫拟议及史册,未有言文中子者〔五〕。

本条原出贾氏谈录。类说卷十五贾氏谈录题作文中子。永乐大典卷之六千八百三十八王王通引贾氏谈录亦载。

〔一〕著王氏六经　原书无此句。

〔二〕皆时伟人　原书无此四字。永乐大典引文"时"作"当时"。

〔三〕自贞观后三百年间号至治而王氏六经卒不传　原书无此句。永乐大典引作"自贞元后,数年间文明继理,而王氏六经卒不传"。

〔四〕撰宣州观察使王赟碑　原书无。永乐大典引文作“宣州观察使王赞神道碑”。案刘宾客文集卷三唐故宣歙池等州都团练观察处置使宣州刺史兼御史中丞赠左散骑常侍王公神道碑曰:“常侍讳质,字华卿。”旧唐书卷一六三王质传曰:“王质,字华卿,太原祁人。五代祖通,字仲淹,隋末大儒,号文中子。”新唐书卷一六四王质传同。作“王赟”、“王赞”者皆误。

〔五〕言　原书及永乐大典引文作“言及”。

2 姚崇每与儿孙会集,曰:“外甥自非疏,但别姓耳。”遣与儿侄连名。

说郛(陶珽刊本)卷四八唐语林德行亦载。

本条不知原出何书。大唐新语卷六举贤第十三有类同之记载。

3 玄宗时重午日,赐丞相钟乳〔一〕。宋璟命子弟将此付医人合炼,对曰:“上之所赐,必当珍异,付其家,必遭窃换〔二〕。”璟曰:“持诚示信,尚惧见猜,以猜示人〔三〕,其可得乎?尔勿以此待人。”

本条原出芝田录。类说卷十一芝田录题作赐宋璟钟乳。岁时广记卷二二端午中题作赐钟乳。大唐新语卷七容恕第十四亦叙此事。

〔一〕赐　齐之鸾本、历代小史本上有“敕”字。

〔二〕必遭窃换　齐之鸾本、历代小史本“换”作“匿”。类说、岁时广记引文其下尚有“不如就宅修制”一句。

〔三〕以猜示人　类说、岁时广记引文作"示人以不信"。

4 开元、天宝之间，传家法者：崔沔之家学〔一〕，崔均之家法。

说郛(陶珽刊本)卷四八唐语林德行亦载。

本条原出大唐传载。

〔一〕崔沔之家学　聚珍本"沔"作"沔"，守山阁丛书本"沔"作"丏"，今从齐之鸾本改。原书亦误作"沔"。旧唐书卷一一九崔祐甫传："父沔，黄门侍郎，谥曰孝公。家以清俭礼法，为士流之则。"

5 玄宗诸王友爱特甚，常思作长枕大被〔一〕，与同起卧。诸王或有疾，上辗转终日不能食〔二〕。左右开喻进膳，上曰："弟兄，吾之手足。手足不理，吾身废矣，何暇更思寝食?"上于东都起五王宅，又于上都创花萼楼〔三〕，益与诸王会聚〔四〕。或讲经义，赋诗饮酒，欢笑戏谑，未尝猜忌。

本条原出开天传信记。说郛(陶珽刊本)卷五二传信记亦载。南部新书卷甲亦载长枕大被事。

〔一〕常思作长枕大被　原书无"大被"二字，当据本书补。旧唐书卷九五睿宗诸子传："玄宗尝制一大被长枕，将与成器等共申友悌之好，睿宗知而大悦，累加赏叹。"

〔二〕终日不能食　原书作"终日不食，终夜不寝，忧形于色"。

〔三〕创花萼楼　齐之鸾本"创"作"制"。原书作"花萼相辉之楼"。

〔四〕益　原书作"盖"。齐之鸾本亦作"盖"。

6肃宗在东宫，为林甫所构〔一〕，势几危者数矣。鬓发班白。入朝，上见之恻然，曰："汝归院〔二〕，吾当幸。"及上到宫中，庭宇不洒扫，而乐器屏弃，尘埃积其上，左右使令亦无妓女。上为之动色，顾谓力士曰："太子居处如此，将军盍使我知乎？"〔原注〕上在禁中不呼力士名，呼为"将军"〔三〕。力士奏曰："臣尝欲言，太子不许，云'无勤上念'。"乃诏力士，令京兆尹亟选人间女子颀长洁白者五人〔四〕，将以赐太子。力士趋出庭下，复奏曰〔五〕："臣宣旨京兆尹阅女子〔六〕，人间嚣然，而朝廷好言事者得以为口实。臣伏见掖庭中，故衣冠以事没入其家者，宜可备选。"上大悦，使力士诏掖庭令，按籍阅视，得五人〔七〕，以赐太子，而章敬吴皇后在选中，后生代宗皇帝〔八〕。

本条原出次柳氏旧闻。太平广记卷一三六柳氏史题作唐肃宗。说郛(陶珽刊本)卷三六次柳氏旧闻、卷五二明皇十七事重出均载。

〔一〕林甫　原书作"李林甫"。

〔二〕归院　原书上有"第"字。

〔三〕〔原注〕上在禁中不呼力士名呼为将军　此为李德裕自注。太平广记、说郛引文同，原书已作正文列入，各书文字小有不同。

〔四〕颀长洁白者　聚珍本无"者"，今从齐之鸾本、历代小史本补入。原书"颀"作"细"，当据本书及各书引文改。

〔五〕奏　原书作"还奏"。

〔六〕臣宣旨　原书作"臣他日尝宣旨"，当据以校正。

〔七〕五人　原书作"三人"。新唐书卷七七后妃传下章敬吴太后传叙此，曰："诏选京兆良家子五人虞侍太子，力士曰：'京兆料择，人得以藉口，不如取掖廷衣冠子，可乎？'诏可。得三人，而后在中，因蒙幸。"案：吴缜新唐书纠谬卷一代宗母吴皇后传条于此有考辨。

〔八〕后生代宗皇帝　原书无此句，王谠约举后文而言之。

7 肃宗为太子，尝侍膳。尚食置熟俎，有羊臂臑，上顾太子，使太子割。肃宗既割，馀污漫刃〔一〕，以饼洁之。上熟视，不怿；肃宗徐举饼啖之，上大悦。谓太子曰："福当如是爱惜。"

说郛（陶珽刊本）卷四八唐语林德行亦载。

本条原出次柳氏旧闻。酉阳杂俎续集卷四引相传旧闻，云是德宗太子事，末云"司空赞皇公著次柳氏旧闻，又云是肃宗"。太平广记卷一六五柳氏史题作唐玄宗。绀珠集卷五明皇十七事题作以饼饰刃。类说卷二一明皇十七事题作以饼饰刀。白孔六帖卷十六引明皇十七事亦载。古今合璧事类备要别集卷四六引明皇十七事亦载。说郛（陶珽刊本）卷三六次柳氏旧闻、卷五二明皇十七事重出均载。说郛（陶珽刊本）卷四八唐国史补亦载，题作惜福，当系误入。又本书卷三471条情节与此类同。

〔一〕刃　原书作"在刃"，太平广记引文作"在手"。

8 玄宗西幸，车驾将自延秋门出〔一〕，杨国忠请由左藏库西，上从之。望见千馀人持火以俟驾〔二〕。上驻跸曰："何用此〔三〕？"国忠对曰："请焚库积，无为盗守。"上敛容曰："盗至，若不得此，必厚敛于人。不如与之，无重困吾民也。”命彻火炬而后行。闻者皆感激流涕，迭相语曰：“吾君爱人如是，福未艾也。虽太王去豳，何以过于此也。”

本条原出次柳氏旧闻。说郛（陶珽刊本）卷三六次柳氏旧闻、卷五二明皇十七事重出均载。

〔一〕延秋门　原书作“延英门”，当据本书改。资治通鉴卷二一八唐纪三四肃宗至德元载叙此，亦云“出延秋门”，胡三省注：“延秋门，唐长安禁苑之西门也。”

〔二〕火　原书作“火炬”。

〔三〕何用此　原书下有“为”字。

9 玄宗西幸，始入斜谷，天尚早，烟雾甚晦。知顿使、给事中韦倜于野中得新熟酒一壶〔一〕，跪献于马首数四〔二〕，上不为之举。倜惧，乃注以他器，自引一，满于上前。上曰：“卿以我为疑耶？始吾即位之初，尝饮大醉，损一人，吾悼之，因以为戒。迨今四十馀年，未尝甘酒味。”指力士及近侍者曰：“此皆知之，非绐卿也〔三〕！”

本条原出次柳氏旧闻。绀珠集卷五明皇十七事题作四十年不知酒味。类说卷二一明皇十七事题作四十年不得酒味。说郛（陶珽刊本）卷三六次柳氏旧闻、卷五二明皇十七事重出均载。资治通鉴卷二一八唐纪三四肃宗至德元载考异引次柳氏旧闻，即此文。

〔一〕韦倜于野中　考异引文作“韦倜于墅中”。类说引文“韦倜”误作“常倜”。韦倜乃韦见素之子。

〔二〕马首　原书下有“者”字。

〔三〕非绐卿也　考异引文下有“从者闻之，无不感悦”二句，原书亦有。

10 天宝中，有一书生旅次宋州，时李汧公勉年少贫苦，与此书生同店。而不旬日，书生疾作，遂至不救。临绝，语公曰："某家住洪州，将于北都求官[一]，于此得疾且死，其命也。"因出囊金百两遗公，曰："某之仆使无知有此。足下为我毕死事，馀金奉之。"李公许为办事。及礼毕，置金于墓中而同葬焉。后数年，公尉开封。书生兄弟赍洪州牒来，累路寻生行止[二]，至宋州，知李为主丧事，专诣开封，请金之所在。公请假至墓所，出金以付焉。

本条原出大唐传载。太平广记卷一六五李勉条引此文，云出尚书谭录。

〔一〕于　齐之鸾本、历代小史本作"之"。

〔二〕累路　原书作"果然"，似以本书为是。

11 德宗初即位，深尚礼法。谅暗中，召诸王食马齿羹[一]，不设盐、酪[二]。皇姨有寡居者，时节入宫，妆饰稍过，上见之极不悦。异日如礼，乃加敬焉。

本条原出因话录卷一宫部。

〔一〕诸王　聚珍本作"朝士"，今从齐之鸾本、历代小史本改。原书作"韩王"。资治通鉴卷二二五唐纪四一代宗大历十四年五月叙此，曰："癸亥，德宗即位，在谅阴中，动遵礼法，尝召韩王迥食，食马齿羹，不设盐、酪。"胡三省注："迥，德宗弟也。"此处似是王谠臆改"韩王"为"诸王"。

〔二〕设　历代小史本作"调"。齐之鸾本误作"说"。

12 崔吏部枢夫人[一]，太尉西平王晟之女也。晟生日，中堂大宴。方食,有小婢附崔氏妇耳语久之,崔氏妇颔之而去。有顷复来。晟曰:“何事?”女对曰:“大家昨夜小不安适〔二〕,使人往候。”晟怒曰:“我不幸有此女。大奇事!汝为人妇,岂有阿家病,不检校汤药,而与父作生日?”遽遣走檐子归,身亦续至崔氏家问疾,且拜请教训子不至。晟治家整肃〔三〕,贵贱皆不许时世妆梳。勋臣之家,称“西平礼法”。

本条原出因话录卷三商部下。绀珠集卷五、类说卷十四、说郛(陶珽刊本)卷二三引因话录题作时世妆,均节引后数句。

〔一〕崔吏部枢夫人　齐之鸾本、历代小史本作“崔刑部李夫人”,误。

〔二〕大家　指姑,即夫之母。唐人习用之语。

〔三〕晟治家整肃　原书作“姻族闻之,无不愧叹。故李夫人妇德克备,治家整肃”。旧唐书卷一三三李晟传:“尝正岁,崔氏女归省,未及阶,晟却之曰:‘尔有家,况姑在堂,妇当奉酒醴供馈,以待宾客。’遂不视而遣还家,其达礼敦教如此。”新唐书卷一五四李晟传同。

13 李师古跋扈〔一〕,惮杜黄裳为相〔二〕,未敢失礼,乃寄钱物百万〔三〕,并毡车一乘。使者未敢进,乃于宅门伺候〔四〕。有肩舆自宅出〔五〕,从婢二人,青衣褴褛。问:“何人〔六〕?”曰:“相公夫人。”使者遽归以告,师古乃止〔七〕。

说郛(陶珽刊本)卷四八唐语林德行亦载。

本条原出幽闲鼓吹。太平广记卷一六五幽闲鼓吹题作杜黄裳。类说卷四三幽闲鼓吹题作寄杜黄裳钱并毡车。说郛(陶珽刊本)卷五二幽闲鼓吹亦载。

〔一〕李师古　类说引文作"李师道"。

〔二〕杜黄裳　齐之鸾本、历代小史本作"黄门"。

〔三〕乃寄钱物百万　原书作"乃命一干吏寄钱数千绳"。说郛本原书作"数千缗"。

〔四〕伺候　原书下有"累日"二字。

〔五〕肩舆　原书作"绿舆"。

〔六〕人　原书误作"入",当据本书改。

〔七〕师古乃止　原书作"师古折其谋,终身不敢失节"。据此知类说引文作"李师道"者误。

14 杜太保宣简公〔一〕,大历中有故人遗黄金百两;后三年为淮南节度使〔二〕,其子来投,公取其黄金还之,缄封如故。

本条原出大唐传载。

〔一〕宣简公　此指杜佑。旧唐书卷一四七、新唐书卷一六六杜佑传均称"谥曰安简"。"宣"乃"安"字之误。

〔二〕三　原书作"三十",当据改。杜佑为淮南节度使时已在贞元时。

15 检校刑部郎中程皓,性周慎,不谈人短。每于侪类中见人有所訾〔一〕,未曾应对,候其言毕,徐为辩曰〔二〕:"此皆众人妄传,其实不尔。"更说其人美事。曾于广坐被人酗骂〔三〕,席上愕然〔四〕。皓徐起避之,曰:"彼人醉耳,何可与言〔五〕。"

本条原出封氏闻见记卷九掩恶。

〔一〕訾　原书作"訾毁"。

〔二〕辩　齐之鸾本、历代小史本作"辨"，原书作"分雪之"。

〔三〕曾于广坐　原书作"曾坐"，当据本书补"于广"二字。

〔四〕席上愕然　原书作"竟席无怒色"。

〔五〕何可与言　齐之鸾本、历代小史本"可"作"必"。原书句下尚有"其雅量如此"一句。

16 高利自濠州改楚州。时江淮米贵，职田每年得粳米直数千贯〔一〕。准例：替人五月五日以前到者，得职田。利欲以让前人，发州〔二〕，所在故为淹泊，过限数日然后到州〔三〕，士子称焉。

本条原出封氏闻见记卷九推让。

〔一〕每年　原书无"年"字，当据本书补。

〔二〕州　原书作"濠州"，当据补。

〔三〕过限　原书无"限"字，当据本书补。

17 兵部李约员外尝江行，与一商胡舟楫相次〔一〕。商胡病，因邀相见〔二〕，以二女托之，皆绝色也。又与一珠，约悉唯唯。及商胡死，财宝巨万，约悉籍其数送官，而以二女求配，始殓商胡。约自以夜光啥之，人莫知也。后死商胡有亲属来理资财〔三〕，约请官司发掘检之〔四〕，夜光果在。其密行皆此类也。

本条原出尚书故实。太平广记卷一六八尚书故实题作李约。又太平广记卷四〇二集异记题作李约、独异志题作李灌，下有文云："又尚书故实载兵部员外郎李约葬一商胡，得珠以含之，与此二事略同。"说郛（陶珽刊本）卷三六尚书故实亦载。刘宾客嘉话录亦有此文，唐兰考为误入。说郛（陶珽刊本）卷三六嘉话录载此文，亦系误入。

〔一〕胡　聚珍本无，今从齐之鸾本、历代小史本补。原书亦有。此字为四库全书馆臣所删，守山阁丛书本已补入。下同。

〔二〕因　原书作"固"。

〔三〕死　聚珍本无，今从齐之鸾本、历代小史本补。

〔四〕官司发掘检之　聚珍本"司"作"可"，今从历代小史本改。原书亦作"司"。又原书"检"作"验"。

18 仆射柳元公家行为士大夫仪表〔一〕。居大官，奉继亲薛夫人之孝〔二〕，凡事不异布衣时。薛夫人左右仆使至有以小字呼公者。性严重，居外下辇〔三〕，常惕惧。在薛夫人之侧，未尝以严颜色待家人，恂恂如小子弟。敦睦内外，当世无比。宗族穷苦无告，因公而存立者甚众。在方镇，子弟有事他适，所经境内，人不知之。族子应规，为水部员外郎，求公为市宅，公不与。潜语所亲曰："柳应规以儒素进身，始入省，便造新宅，殊不若且税居之为善也。"及水部没，公抚视孤幼，恩意加厚，特为置居处，诸子皆与身名。族孙立疾病，以儿女托；公廉察鄂州〔四〕，嫁其孤女，虽箱箧刀尺微物，悉手自阅视以付之。公出自清河崔氏，继外族薛氏，前后与舅能、从同时领方镇〔五〕，居省闼；又与薛氏舅苹同时为观察使〔六〕，妻父韩仆射同时居大僚〔七〕：未尝敢以爵位自高，减卑下之敬〔八〕。其行己如此。

本条原出因话录卷二商部。

〔一〕柳元公　即柳公绰。公绰尝加检校左仆射，谥曰“元”。

〔二〕奉继亲薛夫人之孝　旧唐书卷一六五柳公绰传：“公绰天资仁孝，初丁母崔夫人之丧，三年不沐浴。事继亲薛氏三十年，姻戚不知公绰非薛氏所生。”新唐书卷一六三柳公绰传同。

〔三〕辇　聚珍本作“辈”，今从齐之鸾本、历代小史本改。原书亦作“辇”。

〔四〕鄂州　原书作“夏口”。

〔五〕能从　旧唐书卷一六五柳公绰传：“为吏部侍郎，与舅左丞崔从同省，人士荣之。”新唐书卷一一四崔从传：“从字子乂，少孤贫，与兄能偕隐太原山中。”又崔能传：“由将作监授岭南节度使，与从皆秉节居镇，世传为荣。”

〔六〕与薛氏舅苹同时为观察使　新唐书卷一六四薛苹传：“宪宗时，奏最，擢湖南观察使，徙浙东，以治行迁浙西，加御史大夫，累封河东郡公。”

〔七〕妻父韩仆射　指韩皋。柳公绰子仲郢，新唐书卷一六三柳仲郢传：“母韩，即皋女也。”

〔八〕减　齐之鸾本作“咸□”，历代小史本作“咸有”。

19 元和已后〔一〕，大僚睦亲旧者，前辈有司徒郑公〔二〕，中间有杨詹事凭〔三〕、柳元公〔四〕，其后李相国武都公宗闵〔五〕。

本条原出因话录卷二商部。

〔一〕元和已后　原书无此句。

〔二〕司徒郑公　指郑馀庆。新唐书卷一六五郑馀庆传："穆宗立，加检校司徒。……馀庆少砥砺，行己完絜，仕四朝，其禄悉赒所亲，或济人急，而自奉粗狭，至官府，乃开肆广大，常语人曰：'禄不及亲友而侈仆妾者，吾鄙之。'大抵中外姻缘，其礼献皆亲阅之。后生内谒，必引见，谆谆教以经义，务成就儒学。"旧唐书卷一五八郑馀庆传同。

〔三〕凭　齐之鸾本、历代小史本误作"冯"，原书误作"马"。

〔四〕柳元公　原书作"柳卿元公"。

〔五〕其后李相国武都公宗闵　原书"其后"作"近日"，句下尚有"士大夫间罕俦"一句。

20 裴尚书武，奉寡嫂，抚甥侄，为中表所称。尚书卒后，工部夫人崔氏话其仁，辄流涕。工部名佶〔一〕，有清德，武之长兄也。兄弟皆为八座。自丞相耀卿至工部子泰章，四世入南北省。群从居显列者不可胜书。泰章后亦为尚书〔二〕。

本条原出因话录卷二商部。

〔一〕佶　齐之鸾本作一空格，注曰："犯御名。"意为避宋徽宗之名讳而灭去，可证齐书原出宋本。

〔二〕泰章后亦为尚书　原书此句作双行夹注。

21 沈吏部传师〔一〕，性和易，不从流俗，不矫亢。观察三郡，去镇无馀蓄。京城居处隘陋，不加一椽。所辟宾僚，无非名士。身没之后，家至贫苦。二子继业，并致时名，又以报施不妄〔二〕。其父礼部员外郎既济，撰建中实录，见称于时〔三〕。公亦为史官，及出领湖南、江西，奉诏在镇修宪宗实录，当时荣之〔四〕。

本条原出因话录卷二商部。

〔一〕传师　齐之鸾本、历代小史本误作“傅师”，原书同误，当据本书改。

〔二〕又　原书同。齐之鸾本、历代小史本作“人”。

〔三〕见称于时　原书作“体裁精简，虽宋、韩、范、裴亦不能过。自此之后，无有比者。”

〔四〕公亦为史官……当时荣之　旧唐书卷一四九沈传师传：“初，传师父既济撰建中实录十卷，为时所称。传师在史馆，预修宪宗实录未成，廉察湖南，特诏赍一分史稿，成于理所。有子枢、询，皆登进士第。”

22 刘敦儒事亲以孝闻。亲心绪不理，每鞭之见血〔一〕，则一日悦畅；敦儒常敛衣受杖，曾不变容。宪宗朝旌表门闾〔二〕。又赵郡李公道枢先夫人卢氏性严，事亦类此。道枢名声已闻，又在班列，宾至门，往往值其受杖。

本条原出因话录卷二商部。

〔一〕之　原书作“人”。

〔二〕宪宗朝旌表门闾　新唐书卷一三二刘敦儒传：“母病狂易，非笞掠人不能安，左右皆亡去，敦儒日侍疾，体常流血，母乃能下食，敦儒怡然不为痛隐。留守韦夏卿表其行，诏标阙于闾。”旧唐书卷一八七刘敦儒传言元和中东都留守权德舆具奏其志行。

23 荥阳郑还古，俊才嗜学，性孝友。初家青、齐间〔一〕，值李师道叛命，扶老亲归洛，与其弟自舁肩舆，晨暮奔追，两肩皆疮。妻柳氏，仆射元公之女，有妇道。弟齐古，好博戏赌钱，还古帑中恣其所用〔二〕，齐古得之辄尽。还古每出行，必封管钥付家人，曰："留待二十九郎。傥博〔三〕，勿使别取债息，为恶人所陷也。"弟感其谊〔四〕，为之稍节。有堂弟善觱栗〔五〕，投许昌军为健儿，还古使使召之，自与洗沐，同榻而寝，因致书方镇，求补他职。竟以刚躁喜持论，不容于时。

本条原出因话录卷三商部下。说郛（张宗祥辑明抄本）卷十五因话录亦载。

〔一〕初家青齐间　原书"青"误作"清"，当据本书改。齐之鸾本、历代小史本"初家"作"初在"。

〔二〕还古帑中恣其所用　原书作"还古帑藏中物，虽妻之赀玩，恣其所用"。

〔三〕傥　原书作"偿"。"偿博"二字当连上句读。

〔四〕谊　聚珍本作"言"，今从齐之鸾本、历代小史本改。原书作"意"。

〔五〕有堂弟善觱栗　原书作"有堂弟浪迹，好吹觱篥"。

24 路相随幼孤。其母问："汝识汝父否？"曰："不识。"母曰〔一〕："正如汝面〔二〕。"随号绝久之，终身不照镜。李卫公慕其淳素笃行〔三〕，结为亲家，以女适路氏〔四〕。

说郛(陶珽刊本)卷四八唐语林德行亦载。

本条原出芝田录。类说卷十一芝田录题作父如你面。太平御览卷四一四引语录亦载。

〔一〕母　聚珍本无,今据说郛本、齐之鸾本、历代小史本补。

〔二〕正如汝面　说郛本、齐之鸾本、历代小史本"面"下有"也"字。类说引文"正"作"只"。

〔三〕淳素笃行　聚珍本作"淳笃",今从说郛本、齐之鸾本、历代小史本改。

〔四〕以女适路氏　旧唐书卷一五九路随传、新唐书卷一四二路隋传均载终身不照镜事,然不记李卫公以女适路氏。

25 孙侍郎瑴在翰林,父为太子詹事,分司东都。瑴因春时游宴欢,忽念温清,进状乞省觐。其词曰:"'陟彼岵兮'〔一〕,孰不瞻父?'方寸乱矣'〔二〕,何以事君?"自内廷径出〔三〕。时皆称之。至华阴,拜河南尹。

本条不知原出何书。

〔一〕陟彼岵兮　诗经魏风陟岵中句。

〔二〕方寸乱矣　徐庶之语,见三国志卷三五蜀书五诸葛亮传。

〔三〕廷　齐之鸾本、历代小史本作"庭"。

26 宣宗天资友爱,敦睦兄弟。大中元年,作雍和殿于十六宅,数临幸〔一〕,诸王无少长,悉预坐。乐陈百戏,抵暮而罢。诸王或有疾〔二〕,斥去戏乐,即其卧内,躬自抚之,忧形于色〔三〕。

本条不知原出何书。东观奏记卷中亦载此事。

〔一〕敦睦兄弟大中元年作雍和殿于十六宅数临幸　齐之鸾本、历代小史本作"每幸十六宅"。

〔二〕诸王或有疾　齐之鸾本、历代小史本下有"以时临幸"一句。

〔三〕忧形于色　齐之鸾本、历代小史本无。

27 宣宗郊天前一日，谒太庙。至宪宗室，捧斝而入，涕泗交下。左右观者莫能仰视。

本条不知原出何书。

28 宣宗尝出内府钱帛建报圣寺，大为堂殿，金碧圬墁之丽，近所未有。堂曰"介福之堂"，宪宗御像在焉。堂之北曰虔思殿，上休憩所也。每由复道至寺。凡进荐于介福者，虽甚微细，必手自题缄。

本条不知原出何书。

29 万寿公主，宣宗之女。上在藩时，主尤钟爱。及下嫁，武德禁中旧仪〔一〕，车舆有白金为饰者，及呈进，上曰："我方以俭化天下，宜从近戚始。"乃命以铜制。主既行，每进见，上常诲曰："无轻待夫〔二〕，无干预时事。"又降御札勖励，其末曰："苟违吾戒，当有太平、安乐之祸。汝其勉之！"故十五年间戚属缩然，如山东衣冠之法。

本条不知原出何书。

〔一〕武德　唐高祖年号。新唐书卷八三诸帝公主万寿公主传曰："旧制：车舆以镣金扣饰。"

〔二〕夫　指郑颢，旧唐书卷一五九、新唐书卷一六五有传。

30 宣宗时〔一〕，前进士于琮选尚永福公主，连拜秘书，擢校书郎〔二〕，右拾遗，赐绯；左补阙，赐紫。事忽中止。丞相上审圣旨，上曰："此女子，朕近与会食，对朕辄折匕箸。性情如此，恐不可为士大夫妻。"寻改琮尚广德公主，亦上次女也。

本条原出东观奏记卷下。说郛(陶珽刊本)卷四三东观奏记卷下亦载。南部新书卷丁亦载此事。

〔一〕宣宗时　资治通鉴系此事于卷二四九唐纪六五大中十三年。

〔二〕拜秘书擢校书郎　原书作"拜秘书省校书郎"，当据改。盖唐代官衔无秘书一职；若以为秘书郎之省称，则此乃从六品上之官，无缘"擢"升正九品上之校书郎也。

31 博陵崔倕，缌麻亲三世同爨〔一〕。贞元已来，言家法者以倕为首。倕生六子，一为宰相，五为要官。太常卿邠，太原尹鄯，外壶尚书郎郾〔二〕，廷尉郇，执金吾鄯，左仆射平章事郸。〔原注〕郾及郸五知贡举〔三〕，得士百四十八人。兄弟亦同居光德里一宅。宣宗尝叹曰："崔郸家门孝友，可为士族之法矣。"郸尝构小斋于别寝，御书赐额曰"德星堂"〔四〕。

本条原出贾氏谈录。南部新书卷戊亦载此事。

〔一〕缌麻亲三世同爨　新唐书卷一六三崔邠传："父倕，三世一爨，当时言治家者推其法。"

〔二〕壸　南部新书作“台”。

〔三〕郾及郸　南部新书作“邠及郾”。全唐文卷七五六杜牧撰崔郾行状曰：“亲昆仲六人，皆至达官，公与伯兄、季弟五司礼闱，再入吏部。自国朝已来，未之有也。”

〔四〕德星堂　新唐书卷一六三崔郸传曰：“居光德里，构便斋，宣宗闻而叹曰：‘郸一门孝友，可为士族法。’因题曰‘德星堂’。后京兆民即其里为‘德星社’云。”

32 大中年，丞郎宴席。蒋公伸在座，忽酌一杯，言曰：“座上有孝于家，忠于国，名重于时者，饮此爵〔一〕。”众无敢举。李孝公景让起引饮之，蒋以为然〔二〕。

本条原出卢氏杂说。太平广记卷二三三、说郛（陶珽刊本）卷四八引卢氏杂说，题作李景让。南部新书卷辛亦载此事。

〔一〕爵　聚珍本无，今从齐之鸾本、历代小史本补。太平广记、说郛引文亦有。

〔二〕蒋以为然　新唐书卷一七七李景让传叙此，作：“伸曰：‘无宜于公。’”

33 李尚书玭性仁爱，厚于中外亲戚，时推为首。尝为一簿，遍记内外宗族姓名，及其所居郡县，置于左右。历官南曹。牧守及选人相知者赴所任，常阅籍以嘱之。

本条不知原出何书。

34 东川韦有翼尚书自判盐铁，镇梓潼，有重名。平生不饮酒，不务欢笑，为家讳“平”故也〔一〕。案〔二〕：此句难解，疑有脱误。

本条原出芝田录。类说卷十一芝田录题作讳乐不欢笑。古今合璧事类备要续集卷三引丁用晦芝田录亦载。

〔一〕为家讳平故也　类说引文“平”作“乐”。“平”当系“乐”之误。

〔二〕案　此案语乃四库全书馆臣所加。

35 王咸少监，旧族之后。少入仕，遭丧，服除数年，不饮食酒肉。后因会聚，人劝勉之，咸捧肉欲啖，泪下盈盘，竟不食而离席，一坐为憯怛。后有人传于独孤公者，慕其独行，遂聘其女。

本条不知原出何书。

36 崔枢应进士，客居汴半岁，与海贾同止。其人得疾既笃，谓崔曰：“荷君见顾，不以外夷见忽。今疾势不起。番人重土殡，脱殁，君能终始之否?”崔许之。曰：“某有一珠，价万缗，得之能蹈火赴水，实至宝也。敢以奉君。”崔受之，曰：“吾一进士，巡州邑以自给，奈何忽蓄异宝?”伺无人，置于柩中，瘗于阡陌。后一年，崔游丐亳州，闻番人有自南来寻故夫，并勘珠所在，陈于公府，且言珠必崔秀才所有也，乃于亳来追捕。崔曰：“傥窀穸不为盗所发，珠必无他。”遂剖棺得其珠。汴帅王彦谟奇其节，欲命为幕，崔不肯。明年登第，竟主文柄，有清名。

本条不知原出何书。

37 懿宗器度深厚，形貌瑰玮，仁孝出于天性。郑太后崩，而蔬菜同士人之礼。公卿奉慰，无不感泣。

本条原出杜阳杂编卷下。太平广记卷一三六杜阳杂编题作唐懿宗。说郛（陶珽刊本）卷四六杜阳杂编卷下亦载。又原书此文本分为两条，前者与本书卷七954条相连，后者与955条相合。今将原书有关文字备录于后，俾读者识之。

懿宗皇帝器度沉厚，形貌瑰伟。在藩邸时，疾疹方甚，而郭淑妃见黄龙出入于卧内。上疾稍间，妃异之，具以事闻。上曰："无泄是言，贵不见忘。"又尝大雪盈尺，上寝室上辄无分寸，诸王见者无不异之。

大中末，京城小儿叠布蘸水，向日张之，谓"捩晕"。及上自郓王即位，"捩晕"之言应矣。

宣宗制泰边陲曲，其词曰"海岳晏咸通"，及上垂拱而年号"咸通"焉。上仁孝之道出于天性。郑太后厌代，而蔬素悲咽，同士人之礼。公卿奉慰者无不动容，以至酸鼻。

原书当系连写，如太平广记引唐懿宗条，故王谠据此删节成文。

38 沈颜游钟陵，自章江入剑池，过临川。时天旱，水将涸。阻风，泊小渚。获败碑，字存者十七、八，乃抚州刺史颜鲁公之文，即临川所沉碑也。其文多载鲁公之德业。

本条不知原出何书。

39 李英公为仆射，其姊病，必亲为粥〔一〕，火燃〔二〕，辄焚及其髭。姊曰："仆妾甚多，何为自苦若是？"勣曰："岂为无人耶！顾姊年与勣皆老，欲久为姊粥，复可得乎？"

本条原出隋唐嘉话卷上、大唐新语卷六友悌第十一、大唐传载。又太平御览卷八五九引唐新语亦载。绀珠集卷十传记题作为粥燎须。类说卷六传记题作为姊作粥。说郛(陶珽刊本)卷三六隋唐嘉话亦载。

〔一〕李英公为仆射其姊病必亲为粥　资治通鉴卷二〇一唐纪十七高宗总章二年叙此,作"其姊尝病,勣已为仆射,亲为之煮粥。"

〔二〕火　隋唐嘉话误作"釜"。

40 皇甫文备,武后时酷吏。与徐大理有功论狱〔一〕,诬徐党逆人,奏成其罪,武后特出之。无何,文备为人所告,有功讯之在宽。或曰:"彼曩将陷公于死,今公反欲出之,何也?"徐曰:"尔所言者私怨〔二〕,我所守者公法,安可以私害公也〔三〕。"

本条原出隋唐嘉话卷下、大唐新语卷七容恕第十四。说郛(陶珽刊本)卷三六隋唐嘉话亦载。刘宾客嘉话录亦有此文,唐兰考为误入。

〔一〕徐大理有功　新唐书卷一一三徐有功传言"起拜左司郎中,转司刑少卿"。

〔二〕怨　隋唐嘉话作"忿"。

〔三〕可　隋唐嘉话无,当据本书补。

41 朱正谏敬则,代著孝义,自宇文周至唐〔一〕,并令旌表,门标六阙〔二〕。

本条原出隋唐嘉话卷下。绀珠集卷十传记题作门标六阙。类说卷六传记题作门禁六阙。说郛(陶珽刊本)卷三六隋唐嘉话亦载。南部新书卷甲亦载此事。

〔一〕唐　原书作"国家"。

〔二〕门标六阙　旧唐书卷九十朱敬则传:"代以孝义称,自周至唐,三代旌表,门标六阙,州党美之。"新唐书卷一一五朱敬则传同。

42 元鲁山自乳兄子〔一〕,两乳湩流,能食,其乳方止〔二〕。

说郛(陶珽刊本)卷四八唐语林德行亦载。

本条原出国史补卷上鲁山乳兄子。说郛(陶珽刊本)卷四八唐国史补题作乳兄子。

〔一〕元鲁山自乳兄子　新唐书卷一九四卓行元德秀传:"初,兄子襁褓丧亲,无资得乳媪,德秀自乳之,数日湩流,能食乃止。"

〔二〕方　齐之鸾本作"乃"。

43 长安中争为碑志,若市贾然。大官薨,其门如市〔一〕,至有喧竞构致,不由丧家者。裴均之子求铭于韦相〔二〕,许缣万匹,贯之曰〔三〕:"宁饿不苟。"

本条原出国史补卷中韦相拒碑志。太平御览卷五八九引国史补亦载。类说卷二六国史补题作争为碑志。

〔一〕其门如市　原书句首有"造"字。

〔二〕裴均之子求铭于韦相　原书作"是时裴均之子将图不朽,积缣帛万匹,请于韦相贯之。举手曰:'宁饿死,不苟为此也。'"新唐书卷一六九韦贯之传作"吾宁饿死,岂能为是哉！”

〔三〕贯之曰　齐之鸾本作“韦却之曰”。

言语

44 杜司徒常言〔一〕：“处世无立敌。”范仆射常言〔二〕：“丈夫中年能损嗜欲，未有不贵达者。”

本条不知原出何书。

〔一〕杜司徒　当即杜佑。

〔二〕范仆射　疑是范希朝，旧唐书卷一五一、新唐书卷一七〇有传。

45 陈子云：“代宗时，有术士曰唐若山，饵芝术，咽气导引，寿不逾八十。郭尚父立勋业，出入将相，穷奢极侈，寿邻九十。”

本条不知原出何书。

46 兴元中，有僧曰法钦。以其道高，居径山，时人谓之径山长者。房孺复之为杭州也，方欲决重狱，因诣钦，以理求之〔一〕，曰：“今有犯禁，且狱成，于至人活之与杀之孰是？”钦曰：“活之则慈悲，杀之则解脱。”

本条不知原出何书。

〔一〕理求　齐之鸾本作“求理”。

47 陈子曰：“卫公之战伐，无兵也。杜员外咏歌，无诗也。张长史草圣，无书也。”

说郛（陶珽刊本）卷四八唐语林言语亦载。

本条不知原出何书。

48 太宗止一树下〔一〕，颇嘉之，宇文士及从而颂美之，不容于口。帝正色曰：“魏徵常劝我远佞人，我不悟佞人为谁，意疑汝而未明也，今乃果然。”士及叩头谢曰：“南衙群官面折廷争，陛下常不能举首〔二〕。今臣幸在左右，若不少顺从，陛下虽贵为天子〔三〕，亦何聊乎？”意复解。

本条原出隋唐嘉话卷上、大唐新语卷九谀佞第二十。说郛（陶珽刊本）卷三六隋唐嘉话亦载。

〔一〕止　隋唐嘉话、大唐新语上有“尝”字，当据补。

〔二〕首　大唐新语同。隋唐嘉话作“手”，新唐书卷一百宇文士及传叙此事，亦作“手”。

〔三〕为　大唐新语有“为”字，隋唐嘉话无，当据补。

49 武卫将军秦叔宝，晚年常多疾病。每谓人曰：“吾少长戎马，经百馀战〔一〕，计前后出血不啻数斛，何能无疾乎？”

本条原出隋唐嘉话卷上。类说卷五四隋唐嘉话题作出血数斛。说郛（陶珽刊本）卷三六隋唐嘉话（张宗祥辑明抄本）卷三八传载亦载。太平广记卷一九一谭宾录题作秦叔宝，与此略同。

〔一〕百　隋唐嘉话作“三百”，类说引文与传载、谭宾录均作“二百”。旧唐书卷六八秦叔宝传作“二百馀阵”，新唐书卷八九秦琼传作“二百馀战”。

50 太宗将致樱桃于酅公,〔原注〕〔一〕隋后封为酅公。称“奉”则似尊〔二〕,言“赐”又似卑。乃问之虞监。监曰〔三〕:“昔梁帝遗齐巴陵王称‘饷’〔四〕。”遂从之。

类说卷三二语林题作饷酅公樱桃。

本条原出隋唐嘉话卷中。太平广记卷四九三国史题作虞世南,下注:“明抄本、陈校本作出国史纂异。”说郛(陶珽刊本)卷三六隋唐嘉话亦载,又(张宗祥辑明抄本)卷三八传载、卷六七国史异纂均引此文。

〔一〕原注　此为刘餗自注。原书无,当据本书补。说郛(张宗祥辑明抄本)卷六七引文亦有。类说引文作正文列入。

〔二〕似　原书作“以”。下句同。

〔三〕监　原书无,当据删。

〔四〕梁帝　太平广记引文作“梁武帝”。

51 太宗之征辽也,作飞梯临其城。有应募为梯首者,城中矢射如雨,竟为先登〔一〕。英公指谓中书舍人许敬宗曰:“此人岂不大健?”敬宗曰:“健即大健〔二〕,要是未解思量。”帝闻,特罢之〔三〕。

本条原出隋唐嘉话卷中。太平广记卷四九三国史纂异题作许敬宗。说郛(陶珽刊本)卷三六隋唐嘉话(张宗祥辑明抄本)卷三八传载亦载。又说郛(张宗祥辑明抄本)卷三二群居解颐亦载此文。

〔一〕竟　原书下有“无”字,当据本书删。太平广记与说郛(张宗祥辑明抄本)引文均作“竟”,当据本书改,因下文李勣指称先登者曰“此人”,显系单数,故不当用

"竟"字。

〔二〕即大健　原书无,当据本书补。

〔三〕特罢之　原书作"将罪之"。

52 司稼卿梁孝仁,高宗时造蓬莱宫,诸庭院列树白杨。将军契苾何力,铁勒之渠率也,于宫中纵观。孝仁指白杨曰:"此木易长〔一〕,三数年间,宫中可荫影。"何力一无所应,但诵古人诗云:"白杨多悲风,萧萧愁杀人。"意此是冢墓间木〔二〕,非宫室中所宜种〔三〕。孝仁遂令拔去〔四〕,更种梧桐。

本条原出隋唐嘉话卷中。说郛(陶珽刊本)卷三六隋唐嘉话亦载。

〔一〕司稼卿梁孝仁……此木易长　原书已佚,当据本书补。新唐书卷一一〇契苾何力传叙此,云:"始,龙朔中,司稼少卿梁修仁新作大明宫,植白杨于廷。"

〔二〕冢墓间木　聚珍本无"间"字,今从齐之鸾本补。原书作"冢墓间本","本"乃"木"之误。

〔三〕中　聚珍本无,今从齐之鸾本补。

〔四〕遂　原书作"遽"。

53 昆明池者,汉武帝所置。蒲鱼之利〔一〕,京师赖之。中宗朝,安乐公主请之,帝曰:"前代以来不以与人,此则不可。"主不悦,因役人徒别凿,号曰定昆池。既成,中宗往观,令公卿赋诗。李黄门日知诗曰:"但愿暂思居者逸,无使时传作者劳〔二〕。"及睿宗即位,谓之曰:"当时朕亦不敢言。非卿忠正〔三〕,何能若是!”寻迁侍中。

本条原出隋唐嘉话卷下。类说卷五四隋唐嘉话题作定昆池。能改斋漫录卷六事实内定昆池条引隋唐嘉话亦载。说郛(陶珽刊本)卷三六隋唐嘉话亦载。大唐新语卷三公直第五亦载此事。刘宾客嘉话录亦有此文,唐兰考为误入。

〔一〕蒲　原书作“捕”,齐之鸾本作“沟”,当据本书改。

〔二〕时传　原书作“当时”,旧唐书卷一八八李日知传作“时称”。

〔三〕忠正　原书作“中正”,新唐书卷一一六李日知传作“挺直”。

54 魏徵陈古今理体〔一〕,言太平可致,太宗纳其言。封德彝难之曰:“三代以后,人渐浇讹,故秦任法律,汉杂霸道,皆欲理而不能,岂能理而不欲?徵书生,若信其虚论,必乱国家。”徵语之曰〔二〕:“五帝三王,不易人而理,行帝道则帝,行王道则王,在其所化而已。考之载籍,可得而知。昔黄帝虽与蚩尤战,既胜之后,便致太平〔三〕。四夷乱德〔四〕,颛顼征之,既克之后,不失其理。桀为乱德,汤放之;纣无道,武王伐之,而俱致太平。若言人渐浇讹,不返朴素,至今应为鬼魅,宁可得而教化耶?”德彝无以难之〔五〕。徵薨〔六〕,太宗御制碑文并御书。后为人所谗,敕令踣之〔七〕。及征辽不如意〔八〕,深自悔恨,乃曰〔九〕:“魏徵若在,不使我有此举也。”既渡〔一〇〕,驰驿以少牢祭之,复立碑焉〔一一〕。

本条原出大唐新语卷一匡赞第一。自“徵薨”以下,隋唐嘉话卷上亦载。太平御览卷五八九引国朝传记亦载。说郛(陶珽刊本)卷三六隋唐嘉话亦载。然本条文字乃据大唐新语写成。

〔一〕陈　原书上有“常”字。

〔二〕语　原书作“诘”。

〔三〕便　齐之鸾本作“身”。

〔四〕四　原书作“九”。

〔五〕德彝无以难之　资治通鉴叙封德彝与魏徵论治道事,系于卷一九三唐纪九太宗贞观四年,新唐书卷九七魏徵传亦载。

〔六〕徵　隋唐嘉话作“郑公”,太平御览引文作“魏文贞”。

〔七〕敕令踣之　资治通鉴系于卷一九七唐纪十三太宗贞观十七年。

〔八〕辽　隋唐嘉话作“高丽”。

〔九〕曰　隋唐嘉话作“叹曰”。

〔一〇〕既渡　隋唐嘉话下有“辽水”二字。

〔一一〕以少牢祭之复立碑焉　资治通鉴系于卷一九八唐纪十四太宗贞观十九年。

55 太宗尝临轩谓侍臣曰〔一〕:“朕非不能恣情为乐〔二〕,常每励心苦节,卑宫菲食者,正为苍生尔。我为人主,兼行将相事,岂不是夺公等名?昔汉高得萧、曹、韩、彭,天下宁宴;舜、禹、殷、周得稷、契、伊、吕,四海乂安。此事朕并兼用之。”给事中张行成谏曰:“有隋失道,天下沸腾,陛下拨乱反正,拯生人于涂炭,何禹、汤所能拟?陛下圣德含光,规模宏远,虽文、武之烈,实无以加〔三〕,何用临朝对众,与之校量？将谓天下已定，不藉其力，复以万乘至尊，与臣下争功。臣备员近枢，非敢知献替事，辄陈狂直，伏待葅醢。”太宗深纳之，俄迁侍中[四]。

本条原出太唐新语卷一匡赞第一。唐会要卷五四省号上给事中亦载此事。

〔一〕太宗尝临轩　唐会要作“贞观十五年，太宗临轩”。资治通鉴卷一九六唐纪十二太宗贞观十五年叙此，曰“上尝临朝”。

〔二〕非　大唐新语作“所”。

〔三〕虽文武之烈实无以加　大唐新语作“然文武之烈，未尝无将相”。唐会要作“虽文武之烈，实兼将相”。

〔四〕俄迁侍中　旧唐书卷七八、新唐书卷一〇四张行成传叙此，均作“转刑部侍郎、太子少詹事”。

56 高宗朝，晋州地震，雄雄有声，经旬不止。高宗以问张行成，行成对曰[一]：“陛下本封于晋，今晋州地震，不有征应，岂使然哉[二]！夫地，阴也，宜安静而乃屡动。自古祸生宫掖，衅起宗亲者，非一朝一夕，或恐诸王、公主谒见频烦，乘间伺隙；复恐女谒用事，臣下阴谋。陛下宜深思虑，兼修德，以杜未萌。”高宗深纳之。

本条原出大唐新语卷一匡赞第一。

〔一〕行成对曰　旧唐书卷七八、新唐书卷一〇四张行成传亦载，文略同。

〔二〕然　原书作“徒然”，当据改。

57 则天以武承嗣为左丞相。李昭德奏曰〔一〕:“不知陛下委承嗣重权,何也?”则天曰:“我子侄,委以心腹耳。”昭德曰:“若以姑侄之亲,何如父子?何如母子?”则天曰:“不如也。”昭德曰:“父子、母子尚有逼夺,何诸姑所能容?使其有便可乘,宝位其能安乎?且陛下之子,受何福庆〔二〕,而委重权于侄手?事之去矣!”则天惧曰〔三〕:“我未思也。”即日罢承嗣政事。

本条原出大唐新语卷一匡赞第一。

〔一〕李昭德奏曰　资治通鉴卷二〇五唐纪二一则天后长寿元年叙此,曰:“夏官侍郎李昭德密言于太后曰。”

〔二〕且陛下之子受何福庆　原书作“且陛下为天子,陛下之姑受何福庆”,当据改。聚珍本无“且”字,今从齐之鸾本补。

〔三〕惧　原书作“矍然”。

58 太宗射猛兽于苑内〔一〕,有群豕突出林中,太宗引弓射之,四发,殪四豕。有一雄豕直来冲马,吏部尚书唐俭下马搏之。太宗拔剑断豕,顾而笑曰:“天策长史〔二〕,不见上将击贼耶〔三〕,何惧之甚!”俭对曰:“汉祖以马上得之,不以马上理之。陛下以神武定四方,岂复逞雄心于一兽?”太宗善之,因命罢猎。

本条原出大唐新语卷一规谏第二。说郛(陶珽刊本)卷四八大唐新语规谏亦载。唐会要卷二八蒐狩亦载此事。

〔一〕太宗射猛兽于苑内　唐会要作“(贞观)十一年十月,射猛兽洛阳苑”。

〔二〕天策长史　资治通鉴卷一九五唐纪十一太宗贞观十一年叙此，胡三省注："武德中，帝开天策上将府，以唐俭为长史。"

〔三〕上将　指天策上将，乃太宗自称。资治通鉴卷一八九唐纪五高祖武德四年："上以秦王功大，前代官皆不足以称之，特置天策上将，位在王公上。冬，十月，以世民为天策上将。"

59 太宗言"尚书令史多受赂者"〔一〕，乃密遣左右以物遗之〔二〕，司门令史果受绢一匹。太宗将杀之，裴矩谏曰："陛下以物试之，遽行极法，诱人陷罪，非'道德、齐礼'之义〔三〕。"乃免。

本条原出大唐新语卷一规谏第二。唐会要卷四十臣下守法亦载此事。

〔一〕太宗言　大唐新语作"太宗有人言"。文有夺误，然本书当据之补"有人"二字。又"太宗"下应补一"时"字。

〔二〕乃密遣左右以物遗之　唐会要作"贞观元年，太宗务正奸吏，乃遣人以财物试之。"

〔三〕非道德齐礼之义　资治通鉴卷一九二唐纪八武德九年叙此，曰："恐非所谓'道之以德，齐之以礼'。"胡三省注："引论语孔子之言。"

60 张玄素，贞观初，太宗闻其名〔一〕，召见，访以理道。玄素曰："臣观自古以来，未有如隋室丧乱之甚，岂非其君自专，其法日乱？向使君虚受于上，臣弼违于下，岂至于此！且万乘之主，欲使自专庶务，日断十事而有五条不中者，何况万务乎？以日继月，以至累年，乖谬既多，不亡何待？陛下若近鉴危亡，日慎一日，尧、舜之道，何以加之！”太宗深纳之。

本条原出大唐新语卷一规谏第二。

〔一〕张玄素贞观初太宗闻其名　资治通鉴卷一九二唐纪八高祖武德九年叙此，曰“上闻景州录事参军张玄素名”。

61 太宗幸九成宫〔一〕，还京，有宫人憩漳川县官舍〔二〕。俄而李靖、王珪至，县官移宫人于别所而舍靖、珪。太宗闻之，怒曰：“威福岂由靖等？何为礼靖等而轻我宫人！”即令按验漳川官属。魏徵谏曰：“靖等，陛下心膂大臣；宫人，皇后贱隶。论其委任，事理不同。又靖等出外，官吏访阙廷法式〔三〕；朝觐，陛下问人疾苦〔四〕。靖等自当与官吏相见，官吏不可不谒〔五〕。至于宫人，供养之外，不合参承。若以此罪，恐不益德音，骇天下耳目。”太宗曰：“公言是。”遂舍不问。

本条原出大唐新语卷一规谏第二。唐会要卷六五秘书省亦载此事。王方庆魏郑公谏录卷一谏科围川县官罪亦叙此事。

〔一〕太宗幸九成宫　唐会要上有“贞观六年三月”一句。

〔二〕漳川县　大唐新语同，旧唐书卷七一魏徵传叙此亦同。齐之鸾本、历代小史本作“围川县”，唐会要同，新唐书卷九七魏徵传同。案：漳川县即扶风县，以漳水得名，后讹作围川县。

〔三〕访　原书作“仿”。

〔四〕人　原书作“人间”。新唐书卷九七魏徵传曰：“归来，陛下问人间疾苦。”

〔五〕不可不谒　原书上有“亦”字。

62 谷那律〔一〕，贞观中为谏议大夫，褚遂良呼为“九经库”。永徽中〔二〕，尝从猎，途中遇雨。高宗问：“油衣若为得不漏？”对曰：“能以瓦为之，不漏也。”意不为畋猎。高宗深赏焉，赐帛二百匹。

本条原出大唐新语卷一规谏第二。说郛（陶珽刊本）卷四八大唐新语规谏亦载。唐会要卷二八蒐狩亦载此事。

〔一〕谷那律　大唐新语作“谷郍律”。“那”篆文作“[illegible]”，“[illegible]”“舟”形近，“郍”为“那”之异体。

〔二〕永徽中　唐会要作“永徽元年”。资治通鉴卷一九九唐纪十五高宗永徽元年九月癸亥叙此事，考异曰：“旧书那律传云‘尝从太宗出猎，在途遇雨’有此语，意欲太宗不为畋猎。太宗悦，赐帛二百段。唐录、政要高宗出猎有此月日，唐统纪亦在此年，今从之。”

63 武德初〔一〕，万年县法曹孙伏伽三上表，以事谏〔二〕。其一曰：“陛下贵为天子，富有天下，凡曰蒐狩，须顺四时。陛下即位之明日，有献鹞雏者〔三〕，此乃前朝之弊风，少年之事务，何意今日行之？又闻相国参军卢牟子献琵琶，长安县丞张安道献弓箭，并蒙赏赉。但‘普天之下〔四〕，率土之滨，莫非王臣’。陛下有所欲，何求不得，岂少此物乎？”其二曰：“百戏散乐，本非正声，此谓淫风，不可不改。”其三曰:“太子诸王左右群寮,不可不择。愿陛下纳选贤才,以为寮友,则克安磐石〔五〕,永固维城矣。”高祖览之,悦,赐帛百匹。遂拜为侍书御史〔六〕。

本条原出大唐新语卷二极谏第三。唐会要卷二八蒐狩亦载此事。

〔一〕武德初　唐会要作“武德元年六月二十四日”。资治通鉴卷一八五唐纪一高祖武德元年六月叙此事,摘录文字与本书不同。

〔二〕三上表以事谏　原书作“上表以三事谏”。旧唐书卷七五、新唐书卷一〇三孙伏伽传均言以三事上谏,且分列其文,则当以原书所叙为是。

〔三〕陛下即位之明日有献鹞雏者　原书作“陛下二十日龙飞,二十一日献鹞雏者。”旧唐书文同大唐新语,新唐书文同本书。

〔四〕普天之下　原书下有“莫非王土”一句,当据补。此处乃引用诗经小雅北山中句。

〔五〕安　原书作“崇”,旧唐书引文作“隆”。

〔六〕侍书御史　聚珍本无“书”字,今从齐之鸾本补入。原书亦有。旧唐书、新唐书、资治通鉴均作“治书侍御史”。

64 武德四年〔一〕,王世充平后,其行台仆射苏世长以汉南归顺〔二〕,高祖责其后服。世长稽首曰:“自古帝王受命,为逐鹿之喻,一人得之,万夫敛手。岂有猎鹿之后〔三〕,忿同猎之徒,问争肉之罪也?”高祖与之有旧,遂笑而释之。后从猎于高陵〔四〕。是日大获,陈禽于旌门。高祖顾谓群臣曰："今日畋，乐乎？"世长对曰："陛下废万几，事畋猎，不满十旬，未为大乐。"高祖色变，既而笑曰："狂态发耶？"对曰："为臣私计则狂，为陛下国计则忠矣。"尝侍宴披香殿〔五〕，酒酣，奏曰："此殿隋炀帝之所作耶？何雕丽之若是也！"高祖曰："卿好谏似直，其心实诈。岂不知此殿是吾所造〔六〕，何须诡疑是炀帝？"对曰："臣实不知。但见倾宫、鹿台，琉璃之瓦，并非帝王节用之所为也。若是陛下所造，诚非所宜。臣昔在武功，幸当陪侍。见陛下宅宇才蔽风霜，当此时亦以为足。今因隋之侈，人不堪命，数归有道，而陛下得之，实谓惩其奢淫，不忘俭约，今于隋宫之内，又加雕饰，欲拨其乱，宁可得乎？"高祖每优容之。前后匡谏讽刺，多所宏益。

本条原出大唐新语卷二极谏第三。唐会要卷二八蒐狩、卷三十庆善宫亦载此事。

〔一〕武德四年　资治通鉴卷一八九唐纪五高祖武德四年七月庚申叙苏世长事，与此多合。

〔二〕苏世长　原书无"世"字，乃避唐讳而删。下同。

〔三〕猎　原书作"获"，当据改。

〔四〕后从猎于高陵　资治通鉴叙此，曰："尝从校猎高陵。"胡三省注："高陵县属京兆府。"唐会要卷二八蒐狩叙此，曰："（武德）五年十二月九日，谏议大夫苏世长从幸泾阳之华池校猎。"

〔五〕侍宴披香殿　唐会要卷三十庆善宫叙此，云是武德六年事。资治通鉴叙此，曰："尝侍宴披香殿"，胡三省注："程大昌雍录：庆善宫有披香殿。又云：庆善宫，高祖旧第也，在武功渭水北。余按下文世长言昔侍于武功，若此殿正在武功旧宅，世长纵是谲谏，不应引以为言，恐此殿不在庆善宫。”

〔六〕吾　齐之鸾本、历代小史下有“之”字。

65 张玄素为给事中〔一〕。贞观初〔二〕，修洛阳宫以备巡幸，上书极谏〔三〕，太宗善之，赐彩三百匹。魏徵叹曰：“张公论事，遂有回天之力。可谓仁人之言，其利博哉！”

本条原出大唐新语卷二极谏第三。

〔一〕张玄素为给事中　李涪刊误卷上二都不并建条亦叙此事，上书者误作张交素。

〔二〕贞观初　旧唐书卷七五、新唐书卷一〇三张玄素传叙此，作“贞观四年”，下详录谏书中文。

〔三〕上书极谏　原书下有张之谏词与太宗问答之语，本书略去。

66 太宗将幸九成宫，马周上疏谏曰〔一〕：“伏见明敕，以二月二日幸九成宫。臣窃惟太上皇春秋已高，陛下宜朝夕侍膳，晨昏起居。今所幸宫，去京三百馀里〔二〕，銮舆动轫，俄经旬日，非可朝发暮至；脱上皇或思感，欲即见陛下者，将何逮之？且车驾今行，本意避暑，则上皇尚留热处，而陛下自逐凉处〔三〕，温凊之道，臣切不安〔四〕。”太宗称善。

本条原出大唐新语卷二极谏第三。唐会要卷二七行幸亦载此事。

〔一〕太宗将幸九成宫马周上疏谏曰　唐会要作“（贞观）六年

三月十五日，幸九成宫，监察御史马周上疏曰”。资治通鉴卷一九四唐纪十太宗贞观六年叙此，系马周谏词于六年正月。旧唐书卷七四、新唐书卷九八马周传均详载谏词。

〔二〕三百　原书作“二百”。他书均作“三百”。

〔三〕逐　齐之鸾本作“遂”。唐会要亦作“遂”。

〔四〕臣切不安　原书下有“文多不载”一句。

67 房玄龄与高士廉偕行，遇少府少监窦德素〔一〕。问之曰：“北门近来有何营造？”德素以闻。太宗谓玄龄、士廉曰：“卿但知南衙事。我北门小小营造〔二〕，何妨卿事？”玄龄等拜谢。魏徵进曰：“臣不解陛下责，亦不解玄龄等谢。既任大臣，即陛下股肱耳目，所营造何容不知〔三〕？责其访问官司，臣所不解。陛下所为若是，当助陛下成之；所为若非，当奏罢之：此乃事君之道。玄龄等所问无罪而陛下责之，玄龄等不识所守，臣实不喻。”太宗深纳之。

本条原出大唐新语卷二极谏第三。唐会要卷五一识量上亦载此事。魏郑公谏录卷二谏责房玄龄等亦叙此事。

〔一〕房玄龄与高士廉偕行遇少府少监窦德素　唐会要作“（贞观）十五年，太子少师房玄龄、尚书右仆射高士廉于路逢少府少监豆德素”。资治通鉴卷一九六唐纪十二太宗贞观十五年叙此，亦作“窦德素”。又聚珍本“玄龄”作“乔”，今从齐之鸾本、历代小史本改。原书亦作“玄龄”。

〔二〕卿但知南衙事我北门小小营造　资治通鉴叙此，胡三省

注："唐正牙在南，故曰南牙；玄武门在北，曰北门。"

〔三〕所营造　原书上有"有"字。

68 总章中，高宗将幸凉州〔一〕。时陇右虚耗，议者以为非便。高宗闻之，召五品以上，谓曰："帝王五载一巡狩，群后四朝〔二〕，此盖常礼。朕欲暂幸凉州，乃闻中外咸谓非宜〔三〕。"宰臣以下莫有对者。详刑大夫来公敏进曰："陛下巡幸凉州，宣王略〔四〕，求之故实，未虚令典〔五〕。但随时度事，臣下窃有所疑。高丽虽平〔六〕，馀寇尚梗〔七〕；西道经略，兵犹未停。且陇右诸州，人户少寡，供俙车驾，备拟稍阙〔八〕。臣闻中外实有窃议。"高宗曰："既有此言，我止度陇，存问故老，蒐狩即还。"遂下诏停西幸，擢公敏为黄门侍郎。

本条原出大唐新语卷二极谏第三。唐会要卷二七行幸亦载此事。

〔一〕总章中高宗将幸凉州　唐会要作"总章二年八月一日，诏以十月幸凉州"。资治通鉴卷二〇一唐纪十七高宗总章二年叙此，曰："秋，八月，丁未朔，诏以十月幸凉州。"

〔二〕四朝　齐之鸾本作"四□朝□"，历代小史本作"四年一朝"。

〔三〕乃　原书作"如"，唐会要作"今"。

〔四〕宣王略　历代小史本上有"布"字，齐之鸾本则作空白。

〔五〕虚　原书与唐会要作"亏"。

〔六〕高丽　原书作"高黎"。

〔七〕馀寇　原书与唐会要作"扶馀"。

〔八〕拟　原书作“挺”。唐会要亦作“拟”。“挺”乃误字。

69 德宗既贬卢杞，然常思之。后欲稍迁，朝臣恐惧，皆有谏疏。上问李汧公曰：“卢杞何处奸邪？”对曰：“陛下不知，此所以为奸邪也〔一〕。”

本条原出国史补卷上卢杞为奸邪。大唐传载亦载。

〔一〕陛下不知此所以为奸邪也　原书句上尚有“天下以为奸邪”一句。旧唐书卷一三一李勉传、一三五卢杞传、新唐书卷一三一李勉传均载此事，资治通鉴卷二三三唐纪四九德宗贞元四年录李泌对德宗之语，与此同，考异曰：“旧李勉传，勉对德宗已有此语，与邺侯家传述泌语略同，未知孰是，今两存之。”

70 马司徒之孙始生〔一〕，德宗名之曰继祖〔二〕，笑曰：“此有二意。”谓以索系祖也〔三〕。

本条原出国史补卷上命马继祖名。太平广记卷二五〇国史补题作德宗。说郛（陶珽刊本）卷四八唐国史补题作系祖。

〔一〕马司徒　太平广记引文作“马燧”。

〔二〕继祖　马继祖为马燧次子畅之子，见旧唐书卷一三四、新唐书卷一五五马燧传。

〔三〕此有二意谓以索系祖也　原书作“‘此有二义’。意谓以索系祖也。”太平广记、说郛引文亦有“义”字。

71 陆长源以旧德为宣武行军司马〔一〕，韩愈为巡官。或讥年辈相悬，周愿曰〔二〕：“大虫老鼠，俱为十二相属，何怪之有？"旬日传于长安中〔三〕。

说郛（陶珽刊本）卷四八唐语林言语亦载。

本条原出国史补卷上韩陆同史幕，"史"乃"使"之误。太平广记卷二五一国史补题作周愿。绀珠集卷三、白孔六帖卷四一引国史补题作鼠虎俱为相属。类说卷二六国史补题作大虫老鼠。说郛（张宗祥辑明抄本）卷七五国史补亦载。

〔一〕宣武行军司马　说郛（陶珽刊本）、齐之鸾本均误作"宣武军行司马"。原书作"宣武军行军司马"。

〔二〕周愿曰　原书此句作"愈闻而答曰"，学津讨原本有注："一本作周愿曰。"太平广记引文作"愿曰"。绀珠集、类说、白孔六帖引文作"愈曰"。

〔三〕中　聚珍本无，今从齐之鸾本、历代小史本补。

72 高贞公郢为中书舍人九年〔一〕，家无制草。或曰："前辈有制集，焚之何也〔二〕？"答曰："王言不可存于私家。"

说郛（陶珽刊本）卷四八唐语林言语亦载。

本条原出国史补卷中高郢焚制草。太平广记卷四九七国史补题作高逞。绀珠集卷三国史补题作王言不可存于私家。类说卷二六国史补题作王言不存私家。说郛（张宗祥辑明抄本）卷七五国史补亦载。

〔一〕高贞公郢　说郛（陶珽刊本）、齐之鸾本无"郢"字。

〔二〕前辈有制集焚之何也　原书此二句作"前辈皆有制集，公独焚之，何也？"旧唐书卷一四七高郢传作"前辈皆留制集，公焚之何也？"新唐书卷一六五高郢传作"或劝盍如前人传制集者"。

73 高贞公致仕，制云："以年致政，抑有前闻；近代寡廉，罕由斯道。"是时杜司徒年过七十〔一〕，无意请老，裴晋公为舍人，以此讥之。

本条原出国史补卷中高郢致仕制。类说卷二六国史补题作致仕制。

〔一〕杜司徒年过七十　原书无"过"字，类说有。杜司徒即杜佑，旧唐书卷一四七杜佑传："宪宗优礼之，不名，常呼司徒。"

74 宪宗忽问："京兆尹几员？"李相吉甫对曰："京兆三员：一员大尹，二员少尹。"人以为善对。

类说卷三二语林题作京兆尹三员。内李吉甫误作"李圭甫"。

本条原出国史补卷中宪宗问京尹。太平广记卷一七四国史补题作李吉甫。类说卷二六国史补题作京兆尹三员。

75 衢州人余长安，父叔二人为同郡方金所杀〔一〕。长安八岁自誓，十七乃复仇。大理断死。刺史元锡奏："余氏一家，遇横死者实二平人，蒙显戮者乃一孝子。"引公羊传"父不受诛，子得复仇"之义〔二〕。时裴垍为宰相，李刑部鄘为有司，事竟不行。老儒薛伯高遗锡书〔三〕："大司寇是俗吏，执政柄乃小生〔四〕，余氏子宜其死矣！"

本条原出国史补卷中余长安复仇。太平御览卷四八二引唐新语亦载。

〔一〕方金　原书作"方全"。

〔二〕父不受诛子得复仇　原书作"父不受诛，子得仇"。公羊传定公四年原文作“父不受诛，子复仇。”国史补句下尚有“请下百僚集议其可否，词甚哀切”二句。

〔三〕老儒薛伯高遗锡书　原书句首有“有”字。太平御览引文“薛伯高”作“薛伯皋”。

〔四〕执政柄　齐之鸾本、历代小史本作“司刑人柄”。

76 宪宗问赵相宗儒曰：“人言卿在荆门〔一〕，球场草生，何也？”　对曰：“罪诚有之。虽然，草生不妨球子〔二〕。”上为之笑。

本条原出国史补卷中球场草生对。太平广记卷二五〇国史补题作赵宗儒。绀珠集卷三国史补题作球场草生。类说卷二六国史补题作球场生草。说郛（张宗祥辑明抄本）卷七五国史补亦载。

〔一〕荆门　原书作“荆州”。

〔二〕草生不妨球子　原书句末尚有“往来”二字。

77 郑阳武絪常言欲为易比〔一〕，以三百八十四爻各比人事。又云：“仁义之有庄周〔二〕，犹禅律之有维摩诘，欲图画之，未能也〔三〕。”

本条原出国史补卷中郑阳武易比。

〔一〕郑阳武絪　原书无“絪”字。

〔二〕仁义　原书作“元义”。“元”通“玄”，乃避清讳而改。“仁”乃误字，当据原书改作“玄义”。

〔三〕未能也　原书作“俱恨未能”。

78 王相涯注太玄〔一〕，常取以卜，自言所中多于易筮。

永乐大典卷之四千九百四十玄太玄引唐语林(影印本第二十函第一九八册)亦载。与79条原合为一条。

本条原出国史补卷中王相注太玄。说郛(陶珽刊本)卷四八唐国史补题作太玄经。

〔一〕王相涯　原书无"涯"字。

79 高贞公之子定〔一〕,通王氏易〔二〕。为图〔三〕,合八出以画八卦。上圆下方,合则为重,转则为演。七转为六十四卦〔四〕,六甲八节备焉。著外传二十二篇〔五〕。定,小字董二,时人多以小字称。初年七岁,读尚书至汤誓〔六〕,问父曰:"奈何以臣伐君?"父答曰:"应天顺人。"又问曰:"用命,赏于祖;不用命,戮于社,岂是顺人?"父不能答。年二十三,为京兆府参军卒。

永乐大典卷之四千九百四十玄太玄引唐语林亦载,至"著外传二十二篇"止,与78条原合为一条。

本条原出国史补卷下高定易外传。太平广记卷一七五国史补题作高定。

〔一〕高贞公之子定　原书作"高定,贞公郢之子也"。

〔二〕通王氏易　原书无此句,永乐大典引文亦无。新唐书卷一六五高定传:"长通王氏易。"旧唐书卷一四七高定传:"尤精王氏易。"

〔三〕图　原书作"易"。

〔四〕为　原书作"而",当据改。

〔五〕二十二篇　原书作"二十三篇",太平广记引文亦作"二十二篇"。旧唐书作"二十二卷"。

〔六〕汤萻　原书作“牧萻”，太平广记引文亦作“汤萻”。

80 李直方尝第果实，若贡士者〔一〕。以绿李为首，楞梨为二，樱桃为三，柑为四〔二〕，蒲桃为五。或荐荔枝，曰：“寄举之首。”又问：“栗如之何？”曰：“最有实事〔三〕，不出八九。”始范晔以诸香品时辈〔四〕，侯味虚撰百官本草〔五〕，皆此类也〔六〕。

本条原出国史补卷下第果实进士。绀珠集卷三国史补题作弟果实名。类说卷二六国史补题作第果实名。白孔六帖卷九九国史补题作第果品。侯鲭录卷一亦载，唯不注出处。

〔一〕李直方尝第果实若贡士者　原书作“李直方尝第果实名，如贡士之目者。”

〔二〕柑　原书作“甘子”。类说引文作“柑子”。

〔三〕最有实事　原书作“取其实事”。

〔四〕范晔以诸香品时辈　聚珍本“范晔”作“范蔚宗”，今从齐之鸾本、历代小史本改。范晔“字蔚宗，撰和香方，所言悉以比类朝士”，见宋书卷六九本传。

〔五〕侯味虚撰百官本草　原书与侯鲭录均作“侯朱虚”。绀珠集卷七御史台记内百官本草条尝概述侯味虚此文内容。太平广记卷二五五朝野佥载题作侯味虚，所言类同，汪绍楹校曰：“明抄本作出御史台记。”案太平广记引文首云“唐户部郎侯味虚著百官本草”，查郎官石柱题名，左司郎中与左司员外郎内均载侯味虚其人，则此处似以作“侯味虚”为是。

〔六〕皆此类也　原书句下尚有“其升降义趣，直方多则而效之"二句。

81 宋济老于词场,举止可笑。尝试赋,语失官韵〔一〕,乃抚膺曰:"宋五又坦率矣!"因此大著。后礼部上甲乙名,德宗先问:"宋五坦率否〔二〕?"

本条原出国史补卷下宋五又坦率。类说卷二六国史补题作宋五坦率。集注分类东坡先生诗卷十八次韵答王巩潘邠老引国史补亦载。太平广记卷一八〇卢氏小说题宋济条、类说卷四九卢氏杂说内宋五坦率条、古今合璧事类备要前集卷三八引卢氏杂说均有类似之记载。唐摭言卷十海叙不遇引此,德宗作明皇;卷十五杂记亦言明皇呼宋济作宋五。案:宋济,新旧唐书无传,北梦琐言卷五:"唐武都符载,字厚之,本蜀人,有奇才。始与杨衡、宋济栖青城山以习业。杨衡擢进士第,宋济先死无成,唯符公以王霸自许,耻于常调怀会之望。韦南康镇蜀,辟为支使。"符、杨均德宗时人,是知唐摭言叙宋济年代有误。

〔一〕语　原书作"误"。

〔二〕宋五坦率否　原书作"宋五免坦率否?"

82 伊慎每求族望以嫁子〔一〕,李长荣则求时名以嫁子,皆自署为判官。奏言:"臣不敢学交质罔上〔二〕。"德宗从之。

本条原出国史补卷上伊李署子婿。

〔一〕族望　原书作"甲族"。

〔二〕交质　齐之鸾本、历代小史本作"交易"。

83 李德裕太尉未出学院，盛有词藻，而不乐应举。吉甫相，俾亲表勉之，卫公曰："好驴马不入行。"由是以品子叙官也。

本条原出北梦琐言卷六李太尉请修狄梁公庙事。类说卷四三北梦琐言题作好驴马不入行。资治通鉴卷二三七唐纪五三宪宗元和二年十月丁卯考异引孙光宪北梦琐言，即此文。又原书此条与84条本是一条，此条在前。考异引文亦同。

84 李吉甫为相，以武相元衡同列〔一〕，事多不叶，每退公，词色不怿。掌武启白曰〔二〕："此出之何难！"乃请修狄梁公庙。于是武相渐求出镇〔三〕，智计已闻于早成矣。

本条原出北梦琐言卷六李太尉请修狄梁公庙事。原书此条与83条本是一条，此条在后。资治通鉴卷二三七唐纪五三宪宗元和二年十月："上择可以代崇文者而难其人。丁卯，以门下侍郎、同平章事武元衡同平章事，充西川节度使。"考异引孙光宪北梦琐言此文，末云："今从实录及旧传。"又考异引文之上半部分即83条，与原书同。

〔一〕以　原书作"与"。

〔二〕掌武　即太尉，唐人习用之词。此指李德裕。

〔三〕武相渐求出镇　武元衡曾祖载德，则天后之族弟。诸武封王，不厌人心，而载德得赠颍川王。李德裕请修狄仁杰庙，以狄忠于唐室，故武元衡内惭而不安于朝。按：孙光宪此说可信与否，尚难断言。

政事上

85 高祖时〔一〕，严甘罗，武功人。剽劫，为吏所拘。上谓曰:“汝何为作贼?”对曰:“饥寒交切,所以为盗。”上曰:“吾为汝君,使汝穷乏,吾之罪也。”赦之。

本条疑出唐会要卷四十君上慎恤。南部新书卷癸亦载此事。

〔一〕高祖时　原书作“武德二年二月”。

86 太宗亲录囚徒,归死者二百九十人〔一〕,令来年秋就刑。及期毕至,悉原之〔二〕。

本条不知原出何书。

〔一〕归死者二百九十人　聚珍本无“归”字,今从齐之鸾本补。又齐之鸾本周锡瓒校“二百”作“三百”。资治通鉴卷一九四唐纪十太宗贞观七年九月:“去岁所纵天下死囚凡三百九十人,无人督帅,皆如期自诣朝堂。”考异曰:“四年实录曰:天下断死罪,止二十九人,今年实录乃有二百九十九人,何顿多如此!事已可疑。又白居易乐府云:‘死囚四百来归狱。’旧本纪、统纪、年代纪皆云‘二百九十人’。今从新书刑法志。”又白诗见新乐府七德舞。

〔二〕原　齐之鸾本周锡瓒校作“赦”。

87 岑文本谓人曰〔一〕:“吾见马周论事多矣!援引事类,扬榷古今,举要删芜,会文切理。一字不可加,亦不可减〔二〕。听之靡靡,令人忘倦。昔之苏、张、终、贾,正应尔耳〔三〕。”案〔四〕:此条宜列言语。原书分门未当,多有类此。

本条原出大唐新语卷七知微第十五。

〔一〕岑文本谓人曰　原书上有“马周雅善敷奏,动无不中”

二句。

〔二〕会文切理一字不可加亦不可减　原书此三句作“言辩而理切，奇锋高论，往往间出”。旧唐书卷七四、新唐书卷九八马周传亦引岑文本语，同本书。

〔三〕昔之苏张终贾正应尔耳　原书无此二句，而有“然鸢肩火色腾上，必速死”二句。旧、新唐书则兼有此数句。

〔四〕案　此案语为四库全书馆臣所加。

88 姚崇引宋璟为御史中丞，顷之入相。宋善守法〔一〕，故能持天下之政；姚善应变，故能成天下之务。二人执性不同，同归于道，协心翼赞，以致于治。

本条原出大唐新语卷一匡赞第一。原书此条与卷二167条本是一条，此条在后。

〔一〕宋善守法　原书作“璟善守文”。资治通鉴卷二一一唐纪二七玄宗开元四年叙此，曰：“崇善应变成务，璟善守法持正。”

89 姚元之牧荆州〔一〕。受代日，民吏泣拥遮道不使去；马鞭、镫，民皆藏留之。上闻，赐诏褒之。

本条原出开元天宝遗事卷上截镫留鞭。云仙杂记卷十、绀珠集卷一、类说卷二一、白孔六帖卷四十、说郛（陶珽刊本）卷五二引开元天宝遗事亦题作截镫留鞭。

〔一〕姚元之　原书作“姚元崇”，二者实为一人。旧唐书卷九六姚崇传：“时突厥叱利元崇构逆，则天不欲元崇与之同名，乃改为元之。”

90 玄宗宴蕃客。唐崇句当音声〔一〕，先述国家盛德，次序朝廷欢娱，又赞扬四方慕义，言甚明辨。上极欢。崇因长入人许小客求教坊判官，久之未敢奏。一日，过崇曰："今日崖公甚蚬斗，欲为弟奏请，沉吟未敢。"崇谓小客有所欲，乃赠绢两束。后数日，上凭小客肩，行永巷中。小客曰："臣请奏事。"上乃推去之，问曰："何事？"对曰："臣所奏，坊中事耳。"小客方言唐崇，上遽曰："欲得教坊判官也？"小客蹈舞曰："真圣明，未奏即知。"上曰："前宴蕃客日，崇辞气分明，我固赏之，判官何虑不得？汝出报，令明日玄武门来。"小客归以语崇，崇蹈舞欢跃。上密敕北军曰："唐崇来，可驰马践杀之。"明日，不果杀。乃敕教坊使范安及曰："唐崇何等，敢干请小客奏事？可决杖，递出五百里外。小客更不须令来。"

本条不知原出何书。与91条原合为一条，今依原书分列。又本条疑是教坊记之佚文。

〔一〕句　齐之鸾本、历代小史本作"勾"。二者通用。

91 散乐〔一〕，呼天子为"崖公"，以欢为"蚬斗"〔二〕，以每日在至尊左右为"长入"。

本条原出教坊记。类说卷七教坊记题作崖公蚬斗长入。说郛（陶珽刊本）卷七八、（张宗祥辑明抄本）卷十二亦载。又本条与90条原合为一条，今依原书分列。

〔一〕散乐　原书上有"诸家"二字。

〔二〕欢　原书作"欢喜"。

92 颜鲁公真卿为监察御史，充河西、陇右军试覆屯交兵马使〔一〕。五原旱〔二〕，有冤狱，决乃雨，郡人呼“御史雨”〔三〕。

说郛（陶珽刊本）卷四八唐语林政事亦载。

本条原出大唐传载。太平广记卷一七二传载题作颜真卿。又太平广记卷三二颜真卿条乃综合仙传拾遗、戎幕闲谭、玉堂闲话而成，中间亦有此文。

〔一〕试覆屯交兵马使　原书作“覆充交兵使”。旧唐书卷一二八颜真卿传叙此，作“试覆屯交兵使”。

〔二〕旱　聚珍本无，今从说郛本、齐之鸾本、历代小史本补。原书亦有。

〔三〕呼　原书下有“为”字。

93 玄宗御勤政楼大酺〔一〕，纵士庶观看百戏〔二〕，人物填咽，金吾卫士指遏不得。上谓力士曰：“吾以海内丰稔，四方无事，故盛为宴乐，与万姓同欢，不谓众人喧闹若此。汝有何计止之？”力士曰：“臣不能止也。请召严安之处分打场，以臣所见，必有可观。”上从之。安之周行广场，以手板画地，示众曰：“逾此者必死〔三〕！”是以终日酺宴〔四〕，咸指其画曰：“严公界境。”无人敢犯者。

本条原出开天传信记。太平广记卷一六四开天传信记题作严安之。绀珠集卷二、类说卷六引开天传信记题作严公界。说郛（陶珽刊本）卷五二传信记亦载。南部新书卷甲亦载此事。

〔一〕勤政楼　南部新书作“花萼楼”。资治通鉴卷二一四唐纪三十玄宗开元二十三年载此事，曰“五凤楼”。

〔二〕百戏　原书下有“竞作”二字，另成一句。

〔三〕逾此者必死　原书作“犯此者死”。

〔四〕终日　原书作“终五日”。资治通鉴作“尽三日”。

94 玄宗所幸美人，忽中夜梦见人召去，纵酒密会，极欢尽意，醉厌而归。觉来流汗倦怠，忽忽不乐，因言于上〔一〕。上曰：“此术人所为也。汝若复往，但随时以物记之〔二〕，必验。”其夕熟寐，飘然又往。美人半醉，见石砚在前席，密以手文印于曲房屏风上。寤而具启。上乃潜令人诣宫观求之〔三〕，果于东明观中得其屏风〔四〕，手文尚在，所居道流已潜遁矣。

本条原出开天传信记。太平广记卷二八五开天传信记题作东明观道士。类说卷二七唐宋遗史亦载此文，题作手印屏风。白孔六帖卷十四、古今合璧事类备要外集卷五十引此，均作唐末遗史。

〔一〕因言于上　原书作“后因纵容，尽白于上”。

〔二〕随时以物记之　原书作“随宜以物识之”。

〔三〕上乃潜令人诣宫观求之　原书作“上乃潜以物色，令于诸宫观求之”。

〔四〕果于东明观中得其屏风　原书句首有“异日”二字。

95 开元中〔一〕，山东蝗。姚元崇奏请遣使分捕。上曰：“蝗虫，天灾也，由朕不德而致焉。卿请捕之，无乃违天乎〔二〕？”崇曰：“大田之诗‘秉畀炎火’者，捕蝗之术也。古人行之于前，陛下用之于后。行之所以安农除害，国之大事也，陛下熟思之！”上曰〔三〕：“事既古〔四〕，用可救时〔五〕，朕之心也。"遂行之。是时中外咸以为不可。上谓左右曰："与贤相讨论已定。捕蝗之事，敢议者死。"自是所司结奏〔六〕，捕蝗十分去四〔七〕。

本条原出开天传信记。说郛(陶珽刊本)卷五二传信记亦载。

〔一〕中　原书作"初"。

〔二〕无乃违天乎　原书作"得无违而伤义乎?""违"下当据本书补"天"字。

〔三〕上曰　原书作"上喜曰"。

〔四〕古　原书作"师古"，当据之补"师"字。

〔五〕用　齐之鸾本下注一"缺"字。

〔六〕自是　原书作"是岁"。

〔七〕捕蝗十分去四　原书作"捕蝗虫凡百馀万石。时无饥馑，天下赖焉"。

96 进士王如泚者，妻公以伎术供奉玄宗〔一〕。欲与改官，拜谢而请曰："臣女婿王如泚见应进士举，伏望圣恩回授〔二〕，乞一及第。"上许之，宣付礼部宜与及第。侍郎李暐以谘执政，右相曰〔三〕："王如泚文章堪及第否?"暐曰："与亦得〔四〕。"右相曰："若尔，未可与之。明经、进士，国家取材之地。若圣恩优异，差可与官，今以及第与之，将何以观材〔五〕?"即自奏闻〔六〕。居二日〔七〕，如泚宾朋宴贺，车骑盈门。忽中书门下牒礼部〔八〕："王如泚可依例考试。"闻之罔然自失。

本条原出封氏闻见记卷三贡举。原书此条与卷四 516 条、卷三 372 条、卷八 1028 条本为一条。

〔一〕妻公以伎术供奉玄宗　齐之鸾本、历代小史本“公”作“翁”。原书“公”下衍一“女”字。又聚珍本“玄宗”作“明皇”，今从齐之鸾本、历代小史本改。

〔二〕授　原书作“换”，当据本书改。

〔三〕右相　原书作“左相”，当据本书改。下同。

〔四〕与亦得　原书句下尚有“不与亦得”一句。

〔五〕材　原书无，当据本书补。

〔六〕即自奏闻　聚珍本“自”作“令”，今从齐之鸾本、历代小史本改。原书作“林甫即自闻奏取旨”。案本条文字之首，原书尚有“李右相在庙堂”一句，可知右相即李林甫。

〔七〕居二日　原书无此句。

〔八〕忽中书门下牒礼部　原书作“忽中书下牒礼部”，当据之删“门”字。下牒乃中书省事，与门下省无涉。

97 张九龄累历刑狱之司，无不察。每有公事，胥吏未敢讯劾，先禀于九龄〔一〕。召囚面讯曲直，口占案牍，无轻重，皆引服〔二〕。

本条原出开元天宝遗事卷下口案。

〔一〕禀　原书作“取则”。

〔二〕无轻重皆引服　原书作“囚无轻重，咸乐其罪，时人谓之‘张公口案’。”

98 张延赏为河南尹，官吏有过，未曾屈辱。所犯既频，不可容者，但谢遣之。先自下拜，立与之辞，即令郡官祖送。由是寮属敬惮〔一〕，各修饬，河南大治。

本条原出封氏闻见记卷九礼遣。

〔一〕寮属　原书作"士子"。似以作"寮属"为是。

99 德宗时，李纳陆梁，上表欲进钱五百万。上怒谓丞相曰："朕岂藉进奉！"崔文公曰："陛下欲知真伪不难，但诏纳便以回赐三军，即其情露矣。纳若遵诏，是陛下恩给三军；纳若不从，是其树怨于军中也。"上曰："赐之何名？"祐甫曰："两河用军已来，天平功居多，朝廷未及优赏。"上以为然。诏至，纳惭恚，构疾而终。

本条不知原出何书。

100 广德二年，春，三月，敕工部侍郎李栖筠、京兆少尹崔沔拆公主水碾硙十所，通白渠支渠，溉公私田，岁收稻二百万斛，京城赖之。常年命官皆不果敢，二人不避强御，故用之。

本条不知原出何书。

101 阎伯玙〔一〕，袁州刺史〔二〕。时征役繁重，袁州特为残破，伯玙专以惠化招抚，逃亡皆复，邻境慕德，襁负而来。数年之间，渔商阗凑，州境大理。及改抚州，百姓相率而随之，伯玙未行，或已有先发。伯玙于所在江津见航，问之，皆云："从袁州来，随使君往抚州。"前后相继，吏不能止〔三〕，其见爱如此。到职一年，抚州复治〔四〕。代宗闻之，征拜户部侍郎，未至，卒。

本条原出封氏闻见记卷九惠化。

〔一〕阎伯玙 原书作"阎伯屿",当据本书改。梁肃杭州临安县令裴君夫人常山阎氏墓志铭曰:"银青光禄大夫尚书刑部侍郎伯玙之女。"载全唐文卷五二一,可证"屿"为误写。

〔二〕袁州刺史 原书上有"为"字。

〔三〕吏 原书作"津吏"。

〔四〕抚州复治 原书作"抚州复如袁州之盛"。

102 李封为延陵令,吏人有罪,不加杖罚,但令裹碧头巾以辱之。随所犯轻重,以日数为等级,日满乃释。吴人着此服出入,州乡以为大耻,皆相劝励无敢犯,赋税常先诸县。既去官,竟不捶一人。

说郛(陶珽刊本)卷四八唐语林政事亦载。

本条原出封氏闻见记卷九奇政。类说卷六封氏见闻记题作有罪令裹碧巾。

103 刘晏为诸道盐铁转运使。时军旅未宁,西蕃入寇,国用空竭,始于扬州造转运船〔一〕,每以十只为一纲,载江南谷麦,自淮、泗入汴,抵河阴,每船载一千石。扬州遣军将押至河阴之门,填阙一千石〔二〕,转相受给,达太仓,十运无失,即授优劳官〔三〕。汴水至黄河迅急,将吏典主,数运之后,无不发白者。晏初议造船,每一船用钱百万〔四〕。或曰:"今国用方乏,宜减其费,五十万犹多矣。"晏曰:"不然。大国不可以小道理。凡所创置,须谋经久。船场既兴，即其间执事者非一，当有赢馀及众人。使私用无窘，即官物坚固，若始谋便朘削，安能长久？数十年后，必有以物料太丰减之者。减半，犹可也；若复减，则不能用。船场既堕[五]，国计亦圮矣。”乃置十场于扬子县，专知官十人，竞自营办。后五十馀岁，果有计其馀，减五百千者，是时犹可给。至咸通末，院官杜侍御又以一千石船，分造五百石船两舸，用木廉薄。又执事人吴尧卿为扬子县官[六]，变盐铁之制，令商人纳榷，随所送物料，皆计折纳，勘廉每船板、钉、灰、油、炭多少而给之。物复剩长。军将十家，即时委弊[七]。

本条不知原出何书。

〔一〕造　聚珍本无，今从齐之鸾本补。

〔二〕扬州遣军将押至河阴之门填阙一千石　齐之鸾本无“河阴”以下七字。按：此二句文意不明，有误。新唐书卷五三食货志三：“自扬州遣将部送至河阴，上三门，号‘上门填阙船’。”

〔三〕即授优劳官　资治通鉴卷二二六唐纪四二德宗建中元年叙此，作“授优劳，官其人。”

〔四〕用钱百万　资治通鉴作“给钱千缗”。

〔五〕堕　齐之鸾本作“隳”。

〔六〕执　齐之鸾本作“职”。

〔七〕即时委弊　齐之鸾本句下有“船场”二字，下注“缺”。

104 韩晋公镇浙西地[一]，痛行捶挞，人皆股栗。时德宗幸梁洋[二]，众心遽惑[三]，公控领十五部人不动摇，而遍惩里胥。或有诘者，云："里胥闻[四]盖或问其故而云，答之之语也[五]。擒贼不获，惧死而逃，哨聚其类[六]，曰：'我辈进退皆死，何如死中求生乎？'乃挠村劫县[七]，浸蔓滋多。且里胥者，皆乡县豪吏，族系相依。杖煞一番老而狡黠者，其后补署，悉用年少，惜身保家，不敢为恶矣。今上在外，不欲更有小寇以挠上心。"其旨如此。其里胥不杖死者，必恐为乱，乃置浙东营吏，俾掌军籍，衣以紫服，皆乐为之。潜除酋豪，人不觉也。又痛断屠牛者，皆暴尸连日。谓人曰："草贼非屠牛酾酒，不成结构之计。深其罪，所以绝其谋耳。"当此际，贼皆失图。

本条不知原出何书。

〔一〕镇浙西地　齐之鸾本"地"作"也"。新唐书卷一二六韩滉传："迁浙江东、西观察使，寻检校礼部尚书，为镇海军节度使。"其下叙事与本条合。

〔二〕洋　聚珍本作"许"，今从齐之鸾本改。

〔三〕遽　齐之鸾本作"还"。

〔四〕闻　聚珍本作"耳"，今从齐之鸾本改。

〔五〕盖或问其故而云答之之语也　此注当是王谠所加。齐之鸾本无。

〔六〕哨　齐之鸾本作"啸"。

〔七〕挠　齐之鸾本作"烧"。

105 德宗躬亲庶政，中外除授皆自揽。监察里行浙东观察判官赵傪特授高陵县令[一]，裴尚书武亦自鄜坊监宰栎阳，二人同制。后数日，因游苑中，有执役者，上问"何处人？”云是“高陵百姓”。上曰：“汝是高陵人也，我近为汝拣得一好长官，知否？”儵，贞元六年进士及第，又制策登科〔二〕。

本条原出因话录卷一宫部。类说卷十四因话录题作拣得一个好官。

〔一〕监察里行浙东观察判官赵儵　原书作“余伯父自监察里行浙东观察判官”。

〔二〕儵贞元六年进士及第又制策登科　原书此三句作双行夹注，文曰：“伯父讳儵，贞元三年进士及第，当年制策登科。”徐松登科记考卷十二贞元三年进士三十三人赵儵下注：“因话录：赵儵，贞元三年进士及第，当年制策登科。唐语林以为贞元六年进士。按：儵于四年登制科，则语林误矣。”

106 韦皋薨，行军司马刘辟知留后，率将士逼监军使，请奏命辟为帅，以徇军情。旋举兵扼鹿头关下蜀，蜀帅李康弃城走〔一〕。上敕宰臣选将讨伐。杜黄裳曰：“保义节度使刘澭、武成节度使高崇文，皆刚毅忠勇可用。”上曰：“二人谁为优？”黄裳曰：“刘澭自涿州拔城归阙，扶老携幼，万人就路，饮食舒惨，与众共之。居不设乐，动拘法令，峻严整肃，人望而畏。付以专征，必著勋绩。”〔原注〕澭，济之弟。济继怦镇幽州，澭任瀛州刺史，与济有隙，济欲害之，母氏潜报澭，澭乃誓拔所部归阙〔二〕。不由驿路而行，秋毫不犯。朝廷优遇，乃割凤翔府普润、麟游等县为行秦州。以普润为理所，保义为军号，拜澭行秦州刺史，充保义军节度使。所领将十营于此。澭镇普润七年，后镇泾原。上曰：“卿选刘澭，甚得其人，然卿虑亦未尽。滈驭众严肃，固是良将。性本倔强，与济不叶，危急归命，河朔气度尚在。常闻郁郁扼腕，恨不得名藩，应有深意。若征伐有功，须令镇西川以为宠。况全蜀重地，数十年间，硕德名臣，方可寄任。滈生长幽燕，只知卢龙节制，不识朝廷宪章。向者幽系幕吏，杖杀县令，皆河朔规矩，我亦为之容贷。若使镇西川，是自掇心腹疾。不如崇文，久将亲军，宽和得众，用兵沉审。"乃命为西川行营节度使。崇文下剑门，长子曰晖，不当矢石，将斩之以励〔三〕。师次绵州，斩硗州节度使李康〔四〕，疏康擅离征镇〔五〕，不为拒敌。〔原注〕当时议者云：康任怀州刺史，收杀武陟尉，即崇文判官宋君平之父，崇文乘此事为之报仇〔六〕。入成都日，有若闲暇，命节级将吏，凡军府事无巨细，一取韦皋故事。一应为辟胁从者，但自首并不问。韦皋参佐房式、韦乾度、独孤密、符载、郄士美，〔原注〕本名犯文宗庙讳。皆即论荐。馆驿巡官沈衍、段文昌，辟迫令刺按，礼同上介，亦接诸公后谒。崇文谓文昌曰："公必为将相，未敢奉荐。"叱起沈衍，令枭首于驿门外〔七〕。举酒与诸公尽欢，俳优请为刘辟责买戏，崇文曰："辟是大臣谋反，非鼠窃狗盗。国家自有刑法，安得下人辄为戏弄？"杖优者，皆令戍边。〔原注〕房式除给事中，韦乾度兵部郎中，独孤密除起居郎，郄士美除太常博士，符载除秘书郎，并未到阙而命下〔八〕。刘辟就擒，得侍妾二人，皆殊色，监军使请进上。崇文曰："谬当重寄，初收大藩，且要境内肃清，万姓复业，以宽圣虑。进美妇人，作狐魅天子意，崇文此生不为也。"遽命配鰥处将校。〔原注〕上闻之，语内臣曰："崇文得殊色，不进来，又不自留，是忠直也，是田舍人也。”三年为蜀帅，惠化大行。不事威仪，礼贤接士。身与子弟车服玩用无金玉之饰。一朝谓监军从事曰：“崇文，河北一健儿，偶然际会，累立战功，国家酬奖亦极矣。西川是宰相回翔地，崇文叨居已久，岂宜自安？但得为节制边镇，死于王事，诚愿足矣。”乃陈让请邠宁，以至于卒。

本条原出补国史。案资治通鉴卷二三七唐纪五三宪宗元和元年三月，考异引补国史叙高崇文斩李康事；又九月引林恩补国史叙沈衍、段文昌二人诛赏之异事；资治通鉴卷二三七唐纪五三宪宗元和二年冬十月叙高崇文愿效死边陲等语，考异引旧崇文传与旧武元衡传，末云：“今从补国史，参以旧传。”所言均与本条文字相合，是知此处文字乃林恩补国史中叙高崇文伐蜀始末。

〔一〕城　聚珍本无，今据齐之鸾本补。资治通鉴考异引文亦有。

〔二〕誓拔所部　齐之鸾本作“乃誓众拔城。”

〔三〕将　聚珍本作“特”，今据齐之鸾本改。考异引文作“欲”。

〔四〕硗州　考异引文作“梓州”，当据改。

〔五〕康　聚珍本无，今据齐之鸾本补。考异引文亦有。

〔六〕崇文乘此事为之报仇　资治通鉴卷二三七唐纪五三宪宗元和元年考异引补国史曰：“刘辟举兵下东蜀，连帅李康弃城奔走。崇文下剑阁日，长子日晖不当矢石，欲戮之以励众。师次绵州，斩李康。疏康擅离征镇，不为拒敌。”注云：“当时议论云，康任怀州刺史日，杖杀武陟尉，即崇文判官宋君平之父，乘此事为之复仇。”司马光下按语曰:“补国史又不知(李康)被擒事,而云弃城走。此皆得于传闻,不可为据。”据上可知本条中原注文字皆为林恩自注。

〔七〕叱起沈衍令枭首于驿门外　资治通鉴卷二三七唐纪五三宪宗元和元年考异引林恩补国史曰:“衍与段文昌,辟逼令判案,礼同上介,亦接诸公候谒。崇文目段公曰:‘公必为将相,未敢奉荐。’揖起。沈衍令枭首摽于驿门。二人诛赏之异,未晓其意何如也。”按上文末二句似是司马光之按语,非补国史原文。

〔八〕阙　聚珍本作“谒”,今从齐之鸾本改。

107 宪宗宽仁大度,不妄喜怒,便殿与宰臣论政事,容貌恭肃。延英入阁,未尝不以天下忧乐为意。四方进女乐皆不纳。谓左右曰:“嫔御已多,一旬之中资费盈万,岂可更剥肤取髓〔一〕,强娱耳目!”其俭德忧民如此。

本条原出杜阳杂编卷中。说郛(陶珽刊本)卷四六杜阳杂编卷中亦载。

〔一〕取髓　原书作“搥髓”。

108 吴元济乱淮西,以宰相裴度为元帅,召对于内殿,曰:“蔡贼称兵,昨晚择帅甚难〔一〕。天子用将帅〔二〕,如造大船以越沧海,其功既多,其成也大,一日万里,无所不留〔三〕;若乘一苇而蹈洪流,即其功也寡,其覆也速。朕今托卿以摧狂寇,可谓一日万里矣。”度曰:“臣虽不才,敢以死效命。”因泣下沾衿,上亦为之动容。

本条原出杜阳杂编卷中。说郛(陶珽刊本)卷四六杜阳杂编卷中亦载。

〔一〕昨晚　原书作“朕于”,当据改。

〔二〕天子　原书作“且安天下”。

〔三〕留　原书作“届”,当据改。

109 宪宗时,权长孺知盐福建院〔一〕。赃败,有司上其狱,崔相群救曰:“此德舆族子。”上曰:“德舆不合有子弟犯赃。使德舆自犯,朕且不赦。”后知其母老,免死,杖一百,流康州〔二〕。

本条原出因话录卷一宫部。

〔一〕权长孺知盐福建院　原书“盐”下有“铁”字。旧唐书卷一五九崔群传:“盐铁福建院官权长孺坐赃,诏付京兆府决杀,长孺母刘氏求哀于宰相,群因入对言之。宪宗愍其母耄年,乃曰:‘朕将屈法赦长孺何如?’群曰:‘陛下仁恻即赦之,当速令中使宣谕。如待正敕,即无及也。’长孺竟得免死长流。”新唐书卷一六五崔群传同。齐之鸾本、历代小史本“盐”作“监”字。

〔二〕流　原书作“长流”。

110 宣平郑相之铨衡也〔一〕,选人相贺得其入铨〔二〕。刘禹锡弟某为郑铨〔三〕注潮州尉〔四〕,一唱,唯唯而出。郑呼之却回。郑曰:“如此所试〔五〕,场中无五六人;一唱便受,亦无五六人〔六〕。此而不奖,何以铨衡?公要何官,去家稳便?”曰:“家住常州。”乃注武进县尉。选人翕然畏而爱之。及后作相，选官又称第一〔七〕，宜其有后于鲁也〔八〕。

本条原出刘宾客嘉话录。太平广记卷一八六嘉话录题作郑馀庆。今本刘宾客嘉话录佚去，唐兰援此入校辑本补遗。又太平广记引本条与111条合为一条，本书与齐之鸾本分列，今仍之。

〔一〕宣平郑相之诠衡也　太平广记引文此句之上尚有"刘禹锡曰"四字。

〔二〕其入　太平广记引文作"入其"，当据改。

〔三〕弟某为郑诠　太平广记引文"弟"作"从弟"。齐之鸾本、历代小史本、太平广记引文"为"作"在"。

〔四〕潮州　太平广记引文作"湖州"。

〔五〕此　太平广记引文作"公"。

〔六〕亦无五六人　太平广记引文无此句。

〔七〕选　太平广记引文作"过"，当据本书改。

〔八〕宜　太平广记引文无，当据本书补。

111 又陈讽、张复元各注畿县尉〔一〕，请换县，允之。既而张却请不换，郑榜子引张，才入门，报已定〔二〕，不可改。时人服之。

本条原出刘宾客嘉话录。太平广记卷一八六嘉话录题作郑馀庆。今本刘宾客嘉话录佚去，唐兰援此入校辑本补遗。又太平广记本条与110条合为一条，本书与齐之鸾本分列，今仍之。

〔一〕尉　太平广记引文无，当据本书补。

〔二〕报　太平广记引文无。

112 相国晋公裴度出镇兴元，因入觐，值范阳节度使朱克融因春衣使，奏曰："使者傲，赐衣恶，军士皆无衣，兼请之。又闻车驾幸东都，请以丁匠五千，先理宫寝。"敬宗召公问，公对曰："克融凶騃者，此将灭之征也。欲挫之，则曰：'所遣工役当令供偫，速行也〔一〕。'若欲缓之，则发一诏曰：'闻中官慢易，俟归，当痛责之。春服，所司之制，我已罪之也。瀍洛之幸，职司所供，固不烦士卒也。三军请衣，吾无所爱，但非征役例。'"克融却出使，宴赂命回〔二〕，乃赍瑞宝以献。不数月，克融果死。

本条不知原出何书。

〔一〕所遣工役当令供偫速行也　资治通鉴卷二四三唐纪五九敬宗宝历二年叙此，曰："丁匠宜速遣来，已令所在排比供拟。"

〔二〕回　齐之鸾本、历代小史本作"迴"，二者同。

113 李卫公镇浙西，甘露僧知主事者诉交代常住什物为前主僧隐没金若干两。引证前数年皆递相交割传领〔一〕，文籍分明〔二〕。且初上之时交领分两既明，交割之日不见其金〔三〕。引虑之际，公疑其未尽，微以意揣之，僧乃曰："居寺者乐于知事，前后主之者，积年以来空交分两文书，其实无金矣。群僧以某孤立〔四〕，不杂辈流，欲由此挤之。"因流涕言其冤状。公曰〔五〕："此非难也。"俯仰之间，曰："吾得之矣。"乃立召兜子数乘，命关连僧入对事。咸遣坐檐子〔六〕，下帘，指挥门下，不令相对〔七〕。命取黄泥，各令模交付下次金样，以凭证据。僧既不知形状，竟模不成。

数辈等皆伏罪[八]。

本条原出桂苑丛谈太尉朱崖辩狱。太平广记卷一七二桂苑丛谈题作李德裕。说郛(陶珽刊本)卷二六桂苑丛谈题作太尉朱崖辩狱。

〔一〕前数年皆递相交割　原文"年"作"辈","皆"下有"有"字,当据正。

〔二〕文籍分明　原书其下有"众词皆指以新得替者隐用之"一句。太平广记引文作"众词皆指以新得替引隐而用之"。

〔三〕交割之日不见其金　原书下有"鞫成具狱,伏罪昭昭,然未穷破用之所由。或以僧人不拘细行而费之,以是无理可申,甘之死地"数句。

〔四〕群僧　齐之鸾本、历代小史本作"群众"。原书与太平广记引文亦作"群众"。

〔五〕公曰　原书与太平广记引文作"公乃悯而恻之,曰"。

〔六〕檐子　齐之鸾本、历代小史本作"襜子","襜"为"檐"之形讹。原书与太平广记引文作"兜子"。

〔七〕指挥门下不令相对　原书作"令门不相对",当据本书改。

〔八〕数辈等皆伏罪　原书作"公怒,令鞫前数辈,皆一一伏罪,其所排者遂获清雪"。太平广记引文"鞫"作"劾",馀全同。

114 宝历中,亳州云出圣水[一],服之愈宿疾,亦无一差者。自洛已来及江西数十郡[二],人争施金贷之衣服以饮焉[三],获利千万,人转相惑。李德裕在浙西,命于大市集人，置釜取其水[四]，设司取猪肉五斤煮[五]，云："若圣水也，肉当如故。"逡巡熟烂。自此人心稍定，妖者寻而败露。

本条原出大唐传载。

〔一〕亳州云出圣水　聚珍本作"亮州"，今从齐之鸾本、历代小史本改。新唐书卷一八〇李德裕传云："时亳州浮屠诡言水可愈疾，号曰'圣水'。"旧唐书卷一七四李德裕传亦载此事。

〔二〕数十　原书无"十"字。

〔三〕人争施金贷之衣服以饮焉　原书作"人争施金货衣服以饮焉。"本书当据之校正。齐之鸾本、历代小史本"贷之衣服"作"僦人使往汲"。

〔四〕釜　原书作"金"，当据本书改。

〔五〕设司　原书作"于市司"，当据改。齐之鸾本、历代小史本"设司取"三字作"同"，"同"当是"用"之讹。

115 敬宗时，吏部郎韦顗，宰相忠贞公见素之孙，大历中刑部员外郎袭灵昌公益之子，孝友贞重。未丱角，继踵大衅，成长谢事，终身抱戚。及释褐，命服里衣不释缉素。博览群书，不为讽咏。嗜学强记，自筮仕至夕拜，秉笔记录，不暂废辍。士流出身，内外扬历，行能所立，其材何适，必广询搜载于别录。武臣谋将，毅勇忠廉，可将千人，可将万人[一]，可攻可守，无不博记其姓名。州县征赋重轻[二]，物产繁阙，凋残富庶，风俗里路，山川险易，兵甲强弱，无不备详。山泽利害，国用经费，凡曰能吏，与之较量济物泽人、除苛静理之术，蔚为吏师。外国所习，边疆控扼，曾经历者,无不与之论。洞晓天文数术〔三〕,阴阳易象,四方灾沴,朝廷休宁,无不先知。丞相裴公垍、韦公贯之、李公绛、崔公群、萧公俛,皆布衣旧,继登台衮。每有朝廷重事,庙谋未决者,必资于韦公。及敷奏施行,咸称折中。或尹京推镇,衔命难理之邦,命属未定其人〔四〕,咨于韦,韦曰:"某宽和通简,某刚劲峻急,某恤物利人,某残刻执滞〔五〕,某明于辨博,某练达刑书;某可以任繁剧,某可以辑凋瘵。"裨赞朝略,未尝有私。性沉厚容纳,进退情理,而士大夫亲昵交友,莫能知者。五丞相敬服,以为龟镜,相顾而叹曰:"吾辈五人智虑,自昏及晓筹度事,不逮韦公咳唾之间〔六〕。房、杜、姚、宋,相业著于简书,吾恨不得亲承规矩;韦公之才,但恐房、杜、姚、宋不相远也。"

本条不知原出何书。

〔一〕将　历代小史本作"董";齐之鸾本作"重",乃"董"之形讹。

〔二〕县　历代小史本作"郡"。

〔三〕文　聚珍本作"之",今从历代小史本改。

〔四〕命属未定其人　聚珍本作"金属未之定其人",今从历代小史本改。又聚珍本于"定"字下有案语曰:"此句疑有脱误。"然据历代小史本,则似亦可通。此案语当是永乐大典编者或四库全书馆臣所加。

〔五〕刻　齐之鸾本、历代小史本作"克"。

〔六〕吾辈五人智虑自昏及晓筹度事不逮韦公咳唾之间　新唐书卷一一八韦颉传:"裴垍、韦贯之、李绛、崔群、萧俛皆布衣旧,继为宰相,朝廷典章多所咨逮。尝曰:'吾侪五人,智不及一韦公。'"

116 刘桂州栖楚为京兆尹,号令严明,诛罚不避权势。先是京城恶少及屠沽商贩多系名诸军,干犯府县法令〔一〕,有罪即逃入军中,无由追捕。刘公为尹,一皆穷治。有匿军中名目,自称百姓者,罪之。坊市奸偷宿猾屏迹〔二〕。尝有儒生入市〔三〕,市内有一军人,乘醉误突生驴过〔四〕,旁诸少年噪曰:"痴男子,尚敢近衣冠也〔五〕!"与属吏言,不伤气,未尝叱责一官人。常谓府县官曰:"诸公各自了本分公事。晴天美景,恣意游赏,勿致拘束。"

本条原出因话录卷二商部。类说卷十四因话录题作了本分公事。

〔一〕干犯府县法令 原书作"不遵府县法令,以凌衣冠、夺贫弱为事"。

〔二〕坊市奸偷宿猾屏迹 原书作"旬朔内,坊市奸偷宿猾慑气屏迹"。

〔三〕尝有儒生入市 原书作"余尝与友生入市"。

〔四〕乘醉误突生驴过 原书作"乘醉误吃友生驴",中有误字,当据本书改。

〔五〕尚敢近衣冠也 新唐书卷一七五刘栖楚传:"改京兆尹,峻诛罚,不避权豪。先是,诸恶少窜名北军,凌藉衣冠,有罪则逃军中,无敢捕。栖楚一切穷治,不阅旬,宿奸老蠹为敛迹。一日,军士乘醉有所凌突,诸少年从旁噪曰:'痴男子,不记头上尹邪?'"

117 权实子范[一],为殿中侍御史知巡。有小吏从市求取[二],事发,笞十数。他日复有如此者,白于台长,杖背十五。同列疑其罪同罚异。权对曰:"前吏所取者,名属左军。台之威令不振久矣,百司尚有不禀奉者,况凭禁军之势耶!彼受贿于此辈,犹是抑豪强[三],可以矜减[四]。后吏则挟台之威以恐百姓,杖背犹为至轻。"

本条原出因话录卷三商部下。与118条原合为一条,今依齐之鸾本与原书分列成两条。

〔一〕权实　齐之鸾本、历代小史本作"权寔"。原书亦作"权寔"。

〔二〕求　齐之鸾本、历代小史本作"有"。原书亦作"求"。

〔三〕犹是抑豪强　原书作"且是知抑豪强"。

〔四〕矜　齐之鸾本、历代小史本作"末",原书亦作"末"。

118 张杰夫前自襄州从事至京,失马,台中三院多亲友,为求马价。同列或有隙[一],不肯署字,权范独先署,谓众曰:"某向不与张熟,但闻其在穷丧马,正当求禄求知之际,不可使徒行。且一千何足为轻重[二]?"

本条原出因话录卷三商部下。与117条原合为一条,今依齐之鸾本与原书分列成两条。

〔一〕同列或有隙　原书作"同列有或怒或嗤而不署文字者"。齐之鸾本、历代小史本"有隙"作"前隙"。

〔二〕且一千何足为轻重　原书作"且一缗何足为轻重?若使小生荐所不知之人,实不从众署状。"

119 开成中，李石作相兼度支。一日早朝中箭〔一〕，遂出镇江陵。自此诏宰相坐檐子，出入令金吾以三千人宿直。李卫公复相，判云："在具瞻之地，自有国容；居无事之时，何劳武备？所送并停。"〔原注〕〔二〕李卫公初入相是太和七年，居李石之前，卫兵不因李事。记之者有误。

本条不知原出何书。类说卷七献替记判停卫送记载略同。

〔一〕一日早朝中箭　新唐书卷一三一李石传："三年正月，将朝，骑至亲仁里，狙盗发，射石伤，马逸，盗邀斫之坊门，绝马尾，乃得脱。天子骇愕，遣使者慰抚，赐良药。始命六军卫士二十人从宰相。"

〔二〕原注　此乃王谠所加之注。

120 武宗将赐杜悰之子无逸衣，所司条列其目衫色奉进〔一〕。上曰〔二〕："不可赐白衣。又其年幼未有官，不可假以服色，但赐青衣无衫可也。"

本条原出因话录卷一宫部。其前尚有一段有关王龟之文字，本书列为卷七880条。

〔一〕所司条列其目衫色奉进　原书作"所司条列数目，其衫色未奉进旨"。

〔二〕上曰　原书作"上久之言曰"。

121 会昌中，晋阳令狄惟谦，梁公之后，善为政。州境亢阳，涉春夏，数百里水泉耗竭。祷于晋祠者数旬，无应。有女巫郭者〔一〕，攻符术厌胜之道。有监军携至京师，因缘出入宫掖，其后归，遂号"天师"。天既久不雨，境内莫知所为，皆曰："若得天师至晋祠，则旱不足忧矣。"惟谦请于主帅，曰："灾厉流行，氓庶焦灼。若非天师一救，万姓恐无聊生。"于是主帅亲自为请，巫者许之。惟谦具幡盖，迎自私室，躬为控马。既至祠所，盛设供帐饮馔。自旦及夕，立于庭下〔二〕，如此者两日〔三〕。语惟谦曰："为尔飞符于上帝，请雨三日，雨当足矣。"观者云集。三夕，雨不降。又曰："此土灾沴，亦由县令无德。为尔再请，七日当有雨。"惟谦引罪于己，奉之愈恭。及期，又无应。郭乃骤索马入州宅。惟谦曰〔四〕："天师已为百姓此来，更乞祈祷。"勃然怒骂曰："庸琐官人，不知礼！天时未肯下雨，留我复奚为？"惟谦谢曰："明日排比相送〔五〕。"迟明，郭将归，肴醴一无所设〔六〕。坐于堂上，大怒。惟谦曰："左道女子，妖惑日久，当须毙此，焉敢言归？"叱左右曳于神堂前，杖背三十，投于潭水。祠后有山极高，遂令设席焚香，端笏立于其上。阖县骇云："长官打杀天师。"驰走者纷纭。祠上忽有云如车盖，覆惟谦。逡巡四合，雷震数声，甘泽大澍数尺。于是士民自山顶拥惟谦而下。州将初责以专杀巫者，既而嘉其精诚有感，与监军表言其事。制书褒曰："狄惟谦剧邑良才，忠臣华胄。睹此天厉，将殚下民，当请祷于晋祠，类投巫于邺县。曝山极之畏景〔七〕，事等焚躯〔八〕；起天际之油云，法同剪爪〔九〕。遂使旱风潜息，甘泽施流〔一〇〕。昊天犹鉴于克诚〔一一〕，余志岂忘于褒善。特颁朱绂，俾耀铜章。勿替令名，更昭殊绩。"赐章服，并钱五十万。后历绛、隰二州刺史，所治皆有名称。

本条原出剧谈录卷上狄惟谦请雨。太平广记卷三九六剧谈录题作狄惟谦。

〔一〕有女巫郭者　原书作"时有郭天师者,本并土女巫"。

〔二〕立于庭下　原书作"磬折于阶庭之下"。

〔三〕两日　原书作"翌日"。

〔四〕惟谦曰　原书作"惟谦拜留曰"。

〔五〕明日排比相送　原书作"非敢更烦天师,俟明旦排比相送耳"。

〔六〕肴醴一无所设　原书作"常供设肴醴一无所施"。

〔七〕极　原书与太平广记引文作"椒"。

〔八〕事等焚躯　谅辅拟自焚以祈雨,见后汉书卷八一独行谅辅传。

〔九〕法同剪爪　汤剪发断爪而祈雨,见帝王世纪(艺文类聚卷十二引)。

〔一〇〕施　原书作"旋"。

〔一一〕昊天　原书作"天心"。

122 卢元公钧镇北都,推官李璋幕中饮酒醉,决主酒军职衙前虞候。明日,元公出赴行香,其徒百八十人横街见公,论无小推巡决得衙前虞候例。元公命收禁责状。至衙,命李推官所决者更决配外镇〔一〕,其馀虞候各罚金。内外不测。璋惶恐,衣公服求见。公问:"何事公服? 请十郎裤衫麻鞋相见。"璋欲引咎,公语皆不及。临去,曰:"十郎不决衙前虞候,只决所由〔二〕。假使错误,亦不可纵。况太原边镇,无故二百虞候横拦节度使,须当挫之。"璋后为尚书右丞。

本条不知原出何书。

〔一〕至衙命李推官所决者更决配外镇　资治通鉴卷二四九唐纪六五宣宗大中六年叙此，曰："钧杖其为首者，谪戍外镇。"

〔二〕只决所由　齐之鸾本、历代小史本"由"下"假"上缺二字。

123 卢公镇太原，同日补左右都押衙。其牒置案前阶上，补右者先自探之，展见"右"字，却折于阶上，退身致词云："在军门几十年，前后主办，未尝败绩。伏蒙右补，情有嫌郁，谨未敢受。"公曰："君近前。君知军中无年劳，知有拔卒为将否？君不同蔡袭，有功朝廷，合议超宠。"其人未逊。公复召前，并排衙大校悉前，曰："君怏恨右补都衙军，不见卢钧耶？"军中见节使自呼姓名，皆悚然。"卢钧进士出身，历中外五十年，岂不消中书一顿饭？临年暮齿，亦是得一裹香纸，合如何？"于是牙中感泣，领拜谢而去〔一〕。蔡受左都押衙，即日表荐为上将军，寻建幢，节镇湖南。

本条不知原出何书。

〔一〕领　历代小史本无。

124 武宗好神仙。道士赵归真者，出入禁中，自言数百岁，上颇敬之。与道士刘元靖力排释氏〔一〕，上惑其说，遂有废寺之诏。宣宗即位，流归真于岭南〔二〕，戮元靖于市。

本条原出贾氏谈录。南部新书卷己亦载。

〔一〕与道士刘元靖力排释氏　聚珍本"氏"作"士",今从齐之鸾本改。南部新书亦作"氏"。又南部新书"元靖"作"元静",下同。

〔二〕岭南　南部新书作"南海"。

125 宣宗性至孝,奉养郑太后于大明宫,不为别宫。舅郑光为平卢、河中两镇节度使。大中七年〔一〕,自河中来朝。上询其政事〔二〕,光不知文字,对皆鄙俚〔三〕。上命留光奉朝谒。后以光生计为忧,乃厚赐金帛,不复更委方镇。

本条原出东观奏记卷上。说郛(陶珽刊本)卷四三东观奏记卷上亦载。

〔一〕大中七年　资治通鉴即系此事于卷二四九唐纪六五宣宗大中七年。

〔二〕上询其政事　原书作"上因与光商较政理"。

〔三〕光不知文字对皆鄙俚　原书作"光素不晓文字,对上语时有质俚"。

126 宣宗微行至德观,有女道士盛服浓妆者,赫怒归宫〔一〕,立召左街功德使宋叔康〔二〕,令尽逐去,别选男子二人〔三〕,住持其观。

类说卷三二语林题作至德观女道士。

本条原出东观奏记卷上。说郛(陶珽刊本)卷四三东观奏记卷上亦载。

〔一〕归宫　原书上有"亟"字。

〔二〕左街功德使　稗海本东观奏记作“左衜功德使”，当据本书改。新唐书卷四八百官志三“崇玄署”下注：“元和二年，以道士、女官隶左右街功德使。”

〔三〕男子二人　类说引文作“二七人”。原书作“男道士二十人”。

127 武宗于大明筑望仙台〔一〕，其势中天。宣宗即位，杀道士赵归真〔二〕，而罢望仙台院。大中八年，复命葺之。右补阙陈嘏已下面论其事〔三〕，立罢之，以其院为文思院。

本条原出东观奏记卷上。说郛（陶珽刊本）卷四三东观奏记卷上亦载。原书此条与128条本为一条。

〔一〕武宗于大明筑望仙台　藕香零拾本东观奏记作“武宗好长生久视之术，于大明宫筑望仙台”。

〔二〕宣宗即位杀道士赵归真　稗海本、小石山房丛书本东观奏记作“上始即位，道士赵归真杖杀之”。本书124条言“流归真于岭南”，资治通鉴卷二四八唐纪六四武宗会昌六年则曰：“杖杀道士赵归真等数人，流罗浮山人轩辕集于岭南。”其时宣宗初即位，故仍用武宗年号。

〔三〕陈嘏已下面论其事　稗海本东观奏记作“陈凝以下抗疏论其事”，小石山房丛书本作“陈碣”，藕香零拾本作“陈嘏”。

128 宣宗能纳谏。李璲除岭南节度〔一〕，已命中使颁旄节矣，给事中萧仿封还诏书。上正听乐，不暇别差中使，谓伶人曰：“汝可就李璲宅，却唤使来。”旄节及璲门而返。刘潼自郑州刺史除桂州观察，右谏议大夫郑裔绰上疏言不可〔二〕。中使至郑，赐告身已数日，亦命追还。

本条原出东观奏记卷上。说郛（陶珽刊本）卷四三东观奏记卷上亦载。原书此条与127条本为一条。

〔一〕李璲除岭南节度　藕香零拾本东观奏记作"李燧除岭南节度使"，下有"间一日"一句。"璲"，藕香零拾本作"燧"，当以作"璲"为是。新唐书卷一〇一萧仿传叙此事，作"李璲"。

〔二〕右谏议大夫　小石山房丛书本、藕香零拾本东观奏记作"右参议大夫"。当以本书为是。新唐书卷一六五郑裔绰传："直弘文馆，累迁谏议大夫。宣宗初，刘潼繇郑州刺史授桂管观察使，裔绰固争：'潼被责未久，不宜付廉察。'帝已遣使者颁诏，追罢之。"

129 宣宗命相，一出于己。尝诏枢密院，兵部侍郎判度支萧邺可同中书门下平章事，仰指挥学士院降麻处分。枢密使王归长、马公儒以邺先判度支，再审圣旨，未审下落，抑或仍旧？上疑左右党萧，乃诏翰林院〔一〕，户部侍郎判户部事崔慎由可工部尚书平章事，落下判户部。

本条原出东观奏记卷中。说郛（陶珽刊本）卷四三东观奏记卷中亦载。

〔一〕乃诏翰林院　原书作"乃宸翰付学士院"。

130 故事：京兆尹在私第，但奇日入府，偶日入递院。崔郢为京兆尹，囚徒逸狱，始命造京兆尹廨宅〔一〕，京兆尹不得离府。宣宗以崔罕、郢并败官〔二〕，面召翰林学士韦澳授之，便令赴任。上赐度支钱二万贯，令造府宅。澳公正方严，吏不敢欺。委长安县尉李信主其事，造成廨宇，极一时壮丽，尚有羡缗却进。澳连书信两上下考〔三〕。

本条原出东观奏记卷中。类说卷七东宫奏记题作造京尹廨宅。说郛（陶珽刊本）卷四三东观奏记卷中亦载。南部新书卷丁亦载此事。

〔一〕始命　原书上有“上”字，当据补。

〔二〕宣宗以崔罕郢并败官　资治通鉴卷二四九唐纪六五宣宗大中十年考异曰：“贞陵遗事、东观奏记皆曰：‘帝以崔罕、崔郢并败官，面除澳京兆尹。’按大中制集，澳代罕，郢代澳，云罕、郢并败官，误也。”

〔三〕澳连书信两上下考　稗海本东观奏记佚此句。藕香零拾本无“下”字。

131 京兆府进士、明经解送〔一〕，设殊、次、平等三级，以甄行能，其后挠于权势而不行〔二〕。宣宗时〔三〕，韦澳为尹，榜曰：“礼部旧格〔四〕，本无等第；京府解送，不当区分。今年所送省进士、明经等，并以纳策试前后为定，更不分等第之限〔五〕。”词科本以京兆等第为梯级〔六〕。建中二年，崔元翰、崔敖、崔备三人，府元、府副、第三人；于邵知贡举，依次放及第，盖推崇艺实不能易也。自文学道丧，朋党弊兴，纷竞既多，澳虽愤浇弊而革之，然人亦惜其故事之废。

本条原出东观奏记卷中。说郛（陶珽刊本）卷四三东观奏记卷中亦载。

〔一〕京兆府进士明经解送　原书上有“先是”二字。

〔二〕其后挠于权势而不行　原书作“近年公道益衰,止于奔竞,至解送之日,威势挠败,如市道焉。”

〔三〕宣宗时　原书作“至是”。

〔四〕礼部旧格　原书作“礼部格文”,其上尚有大段文字,叙广设科场之义及其流弊。

〔五〕更不分等第之限　原书作“不在更分等第之限”。

〔六〕词科　原书此二字下尚有“之盛”二字。

132 牛丛任拾遗、补阙五年〔一〕,多论事,上密记之。后自司勋员外郎为睦州刺史,入谢,上命至轩砌,问曰:“卿顷任谏官,颇能举职,今忽为远郡,得非宰臣以前事为惩否?”丛曰:“新制:未任刺史县令,不得任近侍官。宰臣以是奖擢,非嫌忌也。”上曰:“赐紫。”丛谢毕,前曰〔二〕:“臣所衣绯衣是刺史借服,不审陛下便赐臣紫,为复别有进止?”上遽曰:“且赐绯〔三〕。”上慎重名器,未尝容易,服章之赐,一朝无滥邀者。

本条原出东观奏记卷中。说郛(陶珽刊本)卷四三东观奏记卷中亦载。此条与133条本为一条,今从齐之鸾本、历代小史本分列。原书亦分列。

〔一〕牛丛　原书作“牛藂”,二者乃异体字。

〔二〕前曰　资治通鉴卷二四九唐纪六五宣宗大中八年叙此,作“前言曰”,胡三省注:“谢恩之后,前进而言。”

〔三〕且赐绯　原书重“且赐绯”三字。

133 李藩自司勋郎中迁驾部郎中〔一〕,知制诰,衣绿如故。郑畲绰自给事以论驳杨汉公忤旨，出商州刺史，始赐绯〔二〕。沈珣自礼部侍郎为浙东观察〔三〕，方赐紫〔四〕。苗恪自司勋员外郎除洛阳县令，蓝衫赴任。裴处权自司封郎中出河南少尹，到任，本府奏荐赐绯，给事中崔罕驳还。手诏褒之〔五〕，曰："有不当，卿能驳还，职业既修，朕何所虑？"

本条原出东观奏记卷中。说郛(陶珽刊本)卷四三东观奏记卷中亦载。此条与132条本为一条，今依齐之鸾本、历代小史本分列。原书亦分列。

〔一〕李藩自司勋郎中迁驾部郎中　聚珍本佚去"迁驾部郎中"五字，今依齐之鸾本、历代小史本补入。原书亦有此五字。又聚珍本句首有"于时"二字，今依齐之鸾本、历代小史本删。原书亦无此二字。

〔二〕始赐绯　原书作"始赐绯衣银鱼"。

〔三〕沈珣　齐之鸾本、历代小史本作"沈询"，小石山房丛书本、藕香零拾本东观奏记亦作"沈询"。"珣"乃误字。

〔四〕紫　原书作"金绶"。

〔五〕手诏褒之　稗海本、藕香零拾本东观奏记作"上手诏褒奖"。

唐语林校证卷二

政事下

134 宣宗密召学士韦澳,屏左右,谓澳曰:"朕每与节度、观察、刺史语,要知所委州郡风俗物产,卿采访撰次一书进来[一]。"澳即采十道四藩志[二],撰成[三],题曰处分语,自写面进,虽子弟不得闻。后数日,薛弘宗除邓州刺史,澳有别业在南阳,召弘宗饯之。弘宗曰:"昨日中谢,圣上处分当州事惊人。"澳访之,即处分语中事也。

本条原出东观奏记卷中。说郛(陶珽刊本)卷四三东观奏记卷中亦载。

〔一〕卿采访撰次一书进来　原书作"卿宜密采访,撰次一文书进来。虽家臣舆老,不得漏泄。"资治通鉴卷二四九唐纪六五宣宗大中九年录此事曰:"上密令翰林学士韦澳纂次诸州境土风物及诸利害为一书。"

〔二〕四藩志　齐之鸾本、历代小史本作"四方志",新唐书卷一六九韦澳传亦作"四方志"。藕香零拾本东观奏记作"四蕃志",小石山房丛书本作"四番志"。

〔三〕撰成　稗海本、小石山房丛书本作“撰成一策”。藕香零拾本作“撰成一书”。

135 宣宗猎城西，及渭水，见父老数十人于佛祠设斋[一]。上问之，父老曰：“臣醴泉县百姓。本县令李君奭有异政，考秩已满，百姓借留，诣府乞未替，来此祈佛。”上归[二]，于御扆大书君奭名。中书两拟醴泉令，上皆抹去之。逾岁，怀州刺史阙[三]，请用人，御笔曰：“醴泉县令李君奭可为怀州刺史[四]。”人莫测也。君奭中谢，上谕其事[五]。

本条原出东观奏记卷中。说郛（陶珽刊本）卷四三东观奏记卷中亦载。

〔一〕数十人　原书作“一、二十人”。

〔二〕上归　原书作“上默然，还宫后”。

〔三〕怀州刺史阙　小石山房丛书本、藕香零拾本东观奏记上有“宰执以”三字。

〔四〕醴泉县令李君奭可为怀州刺史　原书无“为”字，当据删。唐代制诰习用一“可”字。资治通鉴系此事于卷二四九唐纪六五宣宗大中九年二月。

〔五〕上谕其事　原书作“宸旨奖励，始闻其事”。

136 宣宗厚待词学之臣，于翰林学士恩礼特异，宴游无所间[一]，惟于迁转皆守常法。皇甫珪自吏部员外郎召入，改司勋员外[二]，计吏员二十五个月[三]，转司封郎中，知制诰。孔温裕自礼部员外郎改司封员外[四]，召入二十五个月，改司勋郎中，知制诰。

本条原出东观奏记卷中。说郛（陶珽刊本）卷四三东观奏记卷中亦载。

〔一〕宴游　原书下有“密召”二字。

〔二〕司勋员外　聚珍本无“员外”二字，据齐之鸾本补。原书亦有。

〔三〕二十五个月　原书下有“限”字。

〔四〕司封员外　聚珍本无“员外”二字，据齐之鸾本补。原书亦有。

137 乐工罗程者，善弹琵琶，为第一，能变易新声。得幸于武宗，恃恩自恣。宣宗初，亦召供奉。程既审上晓音律，尤自刻苦〔一〕，往往令侍嫔御歌〔二〕，必为奇巧声动上，由是得幸。程一日果以眦睚杀人，上大怒，立命斥出，付京兆。他工辈以程艺天下无双，欲以动上意。会幸苑中，乐将作，遂旁设一虚坐，置琵琶于其上。乐工等罗列上前，连拜且泣。上曰：“汝辈何为也？”进曰：“罗程负陛下，万死不赦。然臣辈惜程艺天下第一，不得永奉陛下，以是为恨。”上曰：“汝辈所惜者罗程艺耳〔三〕，我所重者高祖、太宗法也。”卒不赦程〔四〕。

本条不知原出何书。

〔一〕刻　齐之鸾本、历代小史本作“克”。

〔二〕侍　聚珍本作“倚”，今从齐之鸾本、历代小史本改。

〔三〕者　聚珍本无，今从齐之鸾本、历代小史本补。

〔四〕卒不赦程　资治通鉴卷二四九唐纪六五宣宗大中十一

年七月叙此,此句作“竟杖杀之”。

138 故事:每罢左护军,由右出;罢右护军,由左出;盖防微也。宣宗既以法驭下,每罢去,辄令自本军出,中外不能测。

本条不知原出何书。与139条本合为一条,今依齐之鸾本、历代小史本分列。

139 宣宗虽宽仁爱人,然刻于用法,尝曰:“犯朕法,虽我子弟亦不宥。”内外由是畏惮。

本条不知原出何书。与138条本合为一条,今从齐之鸾本、历代小史本分列。

140 优人祝汉贞者,累朝供奉,滑稽善伺人意,出口为七字语。上有指顾〔一〕,遽令摹咏,捷若夙构,尤为帝所喜〔二〕。上行幸,召汉贞前,抵掌笑谈,颇言及外间事。上正色曰:“我养汝辈,供戏乐耳,敢干预朝政耶?”遂疏之。后其子犯赃,上命杖杀,而徙汉贞于边〔三〕。

类说卷三二语林亦载,题作优人干预朝政。

本条原出贞陵遗事。资治通鉴卷二四九唐纪六五宣宗大中十一年秋七月亦叙此事,与此文甚近似,考异引实录讫,末云:“今从贞陵遗事”,是知本条文字原出此书。

〔一〕有　齐之鸾本、历代小史本作“有所”。

〔二〕帝　齐之鸾本、历代小史本作“宣宗”。

〔三〕徙汉贞于边　资治通鉴作“流汉贞于天德军”。

141 柳仆射仲郢任盐铁使，奉敕：医人刘集宜与一场官〔一〕。集医行闾阎间，颇通中禁，遂有此命。仲郢手疏执奏曰："刘集之艺若精，可用为翰林医官，其次授州府医博士。委务铜盐，恐不可责其课最。又场官贱品，非特敕所宜。臣未敢奉诏。"宣宗御笔批："刘集与绢百匹，放东回。"数日，延英对，曰："卿论刘集大好。"

本条不知原出何书。

〔一〕场官　资治通鉴卷二四九唐纪六五宣宗大中九年冬十一月叙此，胡三省注："凡铜铁盐场皆有官主之。"

142 宣宗猎苑北，见樵者数人，因留与语。言泾阳百姓，因问："邑宰为谁？"曰："李行言。""为政何如？"曰："性执滞。有劫贼五六人匿军家，取来直不肯与〔一〕，尽杖杀之。"上还宫，以书其名帖于殿柱上。后二年〔二〕，行言领海州，中谢。上曰："曾宰泾阳否？"对："在泾阳二年。"上曰："赐金紫。"再谢，上曰："卿知着紫来由否？"行言奏不知。上顾左右，取殿柱帖子来宣示。

本条不知原出何书。

〔一〕有劫贼五六人匿军家取来直不肯与　资治通鉴卷二四九唐纪六五宣宗大中八年秋九月叙此，曰："有强盗数人，军家索之，竟不与。"胡三省注："军家，谓北司诸军也。"

〔二〕后二年　资治通鉴作"冬十月"。

143 宣宗微疾,召医工梁新对脉。〔原注〕〔一〕禁中以诊脉为对脉。数日,自陈求官,不与,但每月别给钱三百缗〔二〕。

本条原出大中遗事。绀珠集卷十、类说卷二一、海录碎事卷十四、说郛(陶珽刊本)卷四九(张宗祥辑明抄本)卷七四所载大中遗事中均有对脉一条,文曰:"宫中以诊脉为对脉",即此条之原注,可证本条文字原出大中遗事。

〔一〕原注　此为令狐澄之自注。

〔二〕但每月别给钱三百缗　资治通鉴卷二四九唐纪六五宣宗大中九年叙此,此句作"但敕盐铁使月给钱三千缗而已"。

144 高尚书少逸为陕州观察使。有中使于硖石驿怒饼饵黑〔一〕,鞭驿吏见血,少逸封饼以进,中使亦自言。上怒曰:"高少逸已奏来。深山中如此食,岂易得也?"遂谪配恭陵,复令过陕赴洛。

本条不知原出何书。

〔一〕硖石驿　聚珍本作"石硖驿",今从齐之鸾本、历代小史本改。资治通鉴卷二四九唐纪六五宣宗大中八年秋九月叙此,胡三省注:"硖石,隋之崤县,贞观十四年移治硖石坞,改名硖石,属陕州。"新唐书卷一七七高少逸传亦叙此事。

145 宣宗赐郑光云阳、鄠县田〔一〕,皆令免税。宰臣奏不可。上曰〔二〕:"朕初不思尔。卿等每为匡救,必极言毋避。亲戚之间,人所难言,苟非忠爱,何以及此!"

本条原出北梦琐言卷一郑光免税。

〔一〕宣宗赐郑光云阳鄠县田　原书作“宣宗舅郑光,敕赐云阳、鄠县两庄”。

〔二〕上曰　原书作“诏曰”。资治通鉴卷二四九唐纪六五宣宗大中六年三月叙此,作“敕曰”。

146 郑光,宣宗之舅,别墅吏颇恣横,为里中患。积岁征租不入。户部侍郎韦澳为京兆尹,擒而械系之。及延英对,上曰:“卿禁郑光庄吏,何罪?”澳具奏之。上曰:“卿拟如何处置?”澳曰:“臣欲置于法。”上曰:“郑光甚惜,如何?”澳曰:“陛下自内庭用臣为京兆〔一〕,是使臣理畿甸积弊。若郑光庄吏积年为蠹〔二〕,得宽重典,则是朝廷之法独行于贫下,臣未敢奉诏。”上曰:“诚如此。但郑光再三干朕,卿与贷法,得否?不然,重决贷死,可否?”澳曰:“臣不敢不奉诏,但许臣且系之,俟征积年税物毕放出,亦可为惩戒。”上曰:“可也。为郑光所税扰乡,行法自近。”澳自延英出,径入府杖之〔三〕,征欠租数百斛,乃纵去。

本条原出续贞陵遗事。资治通鉴卷二四九唐纪六五宣宗大中十年五月叙此,颇与本书此文类同,而考异曰:“东观奏记曰:‘太后为上言之,上于延英问澳,澳具奏本末。上曰:“今日纳租足,放否?”澳曰:“尚在限内,明日则不得矣。”上入奏太后曰:“韦澳不可犯。且与送钱纳却。”顷刻而租入。’今从柳玭续贞陵遗事。”足证此文乃从续贞陵遗事写出。参看本书卷三方正门317条。

〔一〕陛下自内庭用臣为京兆　资治通鉴亦有此句,胡三省注:“翰林学士院在内庭。”

〔二〕蠹　聚珍本作"蛊"，今从齐之鸾本、历代小史本改。

〔三〕径入府杖之　资治通鉴叙此，胡三省注："府，谓京兆府。"

147 宣宗京兆府有厌蛊狱，作符劾者郭群，属飞龙〔一〕，三牒不可取。韦澳入奏之，上曰："郭群属飞龙，不错否？"翌日，内养押郭群付府。

本条不知原出何书。

〔一〕飞龙　唐代御厩名，参看新唐书卷五十兵志。

148 宣宗每行幸内库，以紫衣金鱼、朱衣银鱼三二副随驾〔一〕，或半年、或终年不用一副。当时以得朱、紫为荣。

说郛(陶珽刊本)卷四八唐语林政事亦载。

本条不知原出何书。

〔一〕以紫衣金鱼朱衣银鱼三二副随驾　资治通鉴卷二四九唐纪六五宣宗大中八年叙此，曰："上重惜服章，有司常具绯、紫衣数袭从行，以备赏赐。"

149 宣宗坐朝，次对官趋至，必待气息平均，然后问事。令狐绹进李远为杭州，上曰："我闻李远诗云'长日惟消一局棋〔一〕'，何以临郡？"对曰："诗人言，不足有实也〔二〕。"仍荐廉察可任，乃许之〔三〕。

本条原出幽闲鼓吹。太平广记卷二〇二幽闲鼓吹题作令狐绹。绀珠集卷十、白孔六帖卷三三引幽闲鼓吹题作长日一局棋。又白孔六帖卷三九幽闲鼓吹题作气息平均。类说卷四三幽闲鼓吹题作长日惟消一局棋。唐诗纪事卷五六李远亦引张固幽闲鼓吹此文。能改斋漫录卷四辨误李远诗异闻亦引，且与北梦琐言所记作比较。北梦琐言见卷六以歌词自娱条。苕溪渔隐丛话后集卷十七唐人杂记下引复斋漫录亦将二书比较，复斋漫录即能改斋漫录。说郛（陶珽刊本）卷五二幽闲鼓吹亦载。侯鲭录卷七亦曾征引，唯不注出处。又本条与150条原合为一条，今依齐之鸾本、历代小史本分列。原书亦分列。

〔一〕长日惟消一局棋　齐之鸾本、历代小史本作“青山不厌千杯酒，白日惟消一局棋。”

〔二〕诗人言不足有实也　齐之鸾本、历代小史本作“诗人必以棋酒为言，临事未必然也。”唐诗纪事引文作“诗人之言，非有实也。”

〔三〕乃许之　原书作“乃俞之”。齐之鸾本、历代小史本作“上曰：‘且令行，要观其如何。’”资治通鉴卷二四九唐纪六五宣宗大中十二年冬十月亦叙此事，曰：“上曰：‘且令往试观之。’”

150 宣宗视李远郡谢上表〔一〕，左右曰：“不足烦圣虑。”上曰：“远郡更无非时章奏〔二〕，只有此谢上表，安知其不有情恳乎？吾不敢忽。”

本条原出幽闲鼓吹。类说卷四三幽闲鼓吹题作远郡谢上表。唐诗纪事卷五六引张固幽闲鼓吹亦载。说郛（陶珽刊本）卷五二幽闲鼓吹亦载。又本条与149条原合为一条，今依齐之鸾本、历代小史本分列。原书亦分列。

〔一〕远郡谢上表　唐诗纪事引文作“远到郡谢上表”。

〔二〕郡　唐诗纪事引文上有"到"字。

151 宣宗暇日,召翰林学士韦澳入。上曰:"要与卿款曲。少间出外,但言论诗。"上乃出诗一篇。有小黄门置茶床讫〔一〕,亟屏之。乃问:"朕于敕使如何?"澳曰:"威制前朝无比。"上闭目摇手,〔二〕曰:"总未,依前怕他。在卿如何,计将安出?"澳既不为之备,率意对曰:"谋之于外庭,即恐有太和事〔三〕,不若就其中拣拔有才者〔四〕,委以计事。"上曰:"此乃末策。朕行之。初擢其小者,至黄、至绿、至绯,皆感恩;若紫衣挂身,即合为一片矣〔五〕。"澳惭汗而退。

本条原出幽闲鼓吹。类说卷四三幽闲鼓吹题作宣宗问于敕使何如。说郛(陶珽刊本)卷五二幽闲鼓吹亦载。

〔一〕茶床　原书作"茶"。说郛引文亦作"茶"。

〔二〕手　原书作"首"。

〔三〕太和事　说郛引文作"太和末事"。此指文宗太和九年甘露之变。

〔四〕才　原书作"才识"。

〔五〕至黄至绿至绯皆感恩若紫衣挂身即合为一片矣　资治通鉴卷二四九唐纪六五宣宗大中八年叙此,胡三省注:"唐自上元以后,三品已上服紫,四品服深绯,五品服浅绯,六品服深绿,七品服浅绿,八品服绿,九品深青,流外官及庶人服黄。太宗定制,内侍省不置三品官……至玄宗,宦官至三品将军,门施棨戟,得衣紫矣"。

152 大中初,云南朝贡及西川质子人数渐多〔一〕,节度使奏请厘革。有诇人录诏报云南〔二〕，云南词不逊。词云："一人有庆，方当万国而来朝；四海为家，岂计十人之有费。"尔后纳贡不时，境上骚扰。宣宗崩，命内臣告哀，行及其国，南诏王丰祐已死，子坦绰酋龙继立〔三〕，号曰"骠信"〔四〕，凶很悖慢。谓："我国亦有丧，朝廷不赐吊问，诏书又赐故王。"于是待使者礼薄，旋又累犯封疆，掠越巂。朝廷以"骠信"名近庙讳，复无使朝贡，不告国丧，遂绝册立吊祭使〔五〕。杜悰再入辅，议曰："云南向化七十馀年，泸水之阴，弓弛甲解，诸蛮纳职如编氓，抚慰怀来，不劳筹策。悰二十年间再领西蜀，近者费用多于往年，聚蓄不得盈实。今者虽起衅端，未深为敌，宜化以礼谊。夷狄之君〔六〕，立名犯上，难为奏闻，下诏令其改更。纵未行典册，且发使吊祭，以恩信全其国礼。诏清平官已下，谕其君长，名犯庙讳，朝廷未可便行册命，骠信必遣使谢恩，易名献贡。若不纳使臣入国城，即遥陈祭礼，令使臣录文，并赙赠帛以送骠信，具报清平官已下〔七〕。"乃命左司郎中孟穆为云南吊祭宣抚册命使。已报破越巂，攻邛崃关，使臣逗留数月不发〔八〕。未几，悰出镇凤翔，议多异同，复言未可发使，乃诏西川令遣使示朝旨。尔后连陷城邑，征兵讨逐，朝贡遂绝。

本条原出补国史。案资治通鉴卷二四九唐纪六五宣宗大中十三年十二月考异引补国史，记云南回牒不逊事，即本书此文首段；卷二五〇唐纪六六懿宗咸通二年秋考异引补国史，记杜邠公建议吊祭事，则是约举本书此文末段言之。是知本文乃补国史中有关南诏史之一段文字。

〔一〕朝贡　考异引文作“朝贡使”。

〔二〕有诇人　齐之鸾本、历代小史本作“有许人”，考异引文作“有诏许之”。

〔三〕坦绰　新唐书卷二二二上南蛮上南诏上：“官曰坦绰，曰布燮，曰久赞，谓之清平官，所以决国事轻重，犹唐宰相也。”

〔四〕骠信　新唐书卷二二二中南蛮中南诏下：“寻阁劝立，或谓梦凑，自称‘骠信’，夷语君也。”

〔五〕朝廷以骠信名近庙讳复无使朝贡不告国丧遂绝册立吊祭使　新唐书卷二二二中南蛮中南诏下：“懿宗以其名近玄宗嫌讳，绝朝贡。”资治通鉴卷二四九唐纪六五宣宗大中十三年：“上以酋龙不遣使来告丧，又名近玄宗讳，遂不行册礼。”胡三省注：“龙字近玄宗讳。”

〔六〕夷狄　聚珍本作“边鄙”，今从齐之鸾本、历代小史本改。

〔七〕已　齐之鸾本、历代小史本作“以”。

〔八〕乃命左司郎中孟穆为云南吊祭宣抚册命使已报破越巂攻邛崃关使臣逗留数月不发　新唐书卷二二二中南蛮中南诏下：“杜悰当国，为帝谋，遣使者吊祭示恩信，并诏骠信以名嫌，册命未可举，必易名乃得封。帝乃命左司郎中孟穆持节往，会南诏陷巂州，穆不行。”

153 宣宗时，党项叛扰。推其由，乃边将贪暴，利其羊马，多欺取之。始用右谏议大夫李福为夏州节度，刑部侍郎毕諴为邠宁节度〔一〕，大理卿裴识为泾原节度〔二〕。发日，临轩戒敕〔三〕。

本条原出东观奏记卷下。说郛（陶珽刊本）卷四三东观奏记卷下亦载。

〔一〕毕諴　小石山房丛书本东观奏记作“毕诚”。“诚”乃误字。

〔二〕裴识　小石山房丛书本、藕香零拾本东观奏记作“裴诚”。“诚”乃误字。新唐书卷一七三裴识传:“宣宗择名臣,以识帅泾原,毕諴帅邠宁,李福帅夏州。”

〔三〕临轩戒敕　原书作“临轩戒励”。资治通鉴系此事于卷二四九唐纪六五宣宗大中五年春正月,云:“乃以右谏议大夫李福为夏绥节度使。自是继选儒臣以代边帅之贪暴者,行日复面加戒励,党项由是遂安。”

154 宣宗时,浙东观察李讷为军士所逐,贬朗州刺史〔一〕。讷褊狷〔二〕,遇军士不以礼,遂及于难。监军使王宗景抚循无状〔三〕,杖四十,流恭陵。自此戎臣失律,监军使皆从坐。

本条原出东观奏记卷下。说郛(陶珽刊本)卷四三东观奏记卷下亦载。本条与155条原合为一条,今依原书分列。

〔一〕贬朗州刺史　资治通鉴系李讷被逐事于卷二四九唐纪六五宣宗大中九年七月,系被贬事于同年九月。

〔二〕褊　齐之鸾本、历代小史本作“狂”。

〔三〕王宗景　资治通鉴同。原书作“王景宗”,下有一“责”字。

155 大中十二年后〔一〕,藩镇继有叛乱,宣州都将康全泰逐观察使郑薰〔二〕,湖南都将石再顺逐观察使韩琮,广州都将王令寰逐节度使杨发[三],江西都将毛鹤逐观察使郑宪。宣宗命淮南节度使、检校左仆射平章事崔铉兼领宣[四]、池、歙三州观察使,以宋州刺史温璋为宣州刺史,以右金吾将军蔡袭为湖南观察使,以泾原节度使李承勋为广州节度使,以光禄卿韦宙为江西观察使,以邻道兵送赴任[五],诸州皆平。

本条原出东观奏记卷下。说郛(陶珽刊本)卷四三东观奏记卷下亦载。本条与154条原合为一条,今依原书分列。

〔一〕大中十二年后　原书上有"上励精理天下,一纪之内,欲臻升平"三句。

〔二〕郑薰　原书作"郑勋"。

〔三〕广州都将　小石山房丛书本东观奏记作"廉州部将",藕香零拾本作"广州部将",唯稗海本与本书同,各本皆当从之改正。

〔四〕宣宗　原书作"上赫怒"。

〔五〕以邻道兵送赴任　齐之鸾本、历代小史本作"以诸道兵讨之"。

156 令狐公绹,文公楚之子也。自翰林入相,最承恩泽。先是宣宗诏诸州刺史[一],秩满不得径赴别郡,须归朝奏对后,许之任。绹以随、房邻地,除一故旧,径令赴州[二]。上览谢上表,因问绹曰:"此人缘何得便之任?"对曰:"比近换守[三],庶几其便于迎送[四]。"上曰:"朕以比来郡守因循,故令至京师,亲问其施设优劣,将行黜陟。此令已行而复变之,宰相可谓有权[五]。"时方寒,绹汗透重裘。

上留意郡守，凡选尤难其人。案〔六〕：此下有脱文。

本条原出金华子卷上。

〔一〕诸州　原书作“诸郡”。

〔二〕绹以随房邻地除一故旧径令赴州　原书作“绹以随、房邻州，许其便即之任。”资治通鉴卷二四九唐纪六五宣宗大中十二年叙此，曰：“令狐绹尝徙其故人为邻州刺史，便道之官。”

〔三〕比近换守　原书作“缘地近授守”。

〔四〕几　齐之鸾本无，原书亦无。

〔五〕宰相可谓有权　原书下有“绹尝以过承恩顾，故擅移授”二句。

〔六〕案　齐之鸾本此处作一“缺”字。此案语当是永乐大典编者或四库全书馆臣所加。读画斋丛书本金华子无上二句，全文至“流汗浃洽，重裘皆透”已毕。

157 宣宗在位逾一纪，忧勤无怠。天下虽小康，而间水旱〔一〕。又宣〔二〕、洪、潭、青、广等数郡军乱，盖将帅失于统御，而不日安辑。时称“小太宗”〔三〕。

本条原出金华子卷上。

〔一〕而间水旱　原书作“水旱间有”。

〔二〕宣　原书作“越”。

〔三〕时称小太宗　资治通鉴卷二四九唐纪六五宣宗大中十三年亦有“小太宗”之说，胡三省注：“唐宣宗之聪察，不足以延唐。”

158 大中已后，宰相堂判无及路岩者。杜尚书慆，悰之弟，守泗州，为庞勋所围，以孤城自全；高锡望守滁州，婴城固拒而死。岩判崔雍状云〔一〕：“锡望守城而死，已有追崇〔二〕；杜慆孤垒获全〔三〕，寻加异奖〔四〕。”

本条原出金华子卷上。

〔一〕岩判崔雍状云　原书作“岩判崔雍状，引二子以证其事，云”。参看本书卷四548条。

〔二〕崇　原书作“荣”。

〔三〕垒　原书作“城”。

〔四〕异　原书作“殊”。

159 王尚书式，仆射起之子，见重于武宗。尝自荐于上，称有文武才〔一〕。式有武干，善用兵。既平浙东〔二〕，徐州温璋失守，朝廷以彭门频年逐帅，乃自河阳移式，领河阳全军赴任。驻军境外而缓进。徐州将士自王智兴后〔三〕，骄横难制。其银刀都父子相承〔四〕，每日三百人守卫，皆露刃坐于两廊夹幕下〔五〕，稍不如意，相顾笑议于饮食间，一夫号呼，众卒相和。节度多懦怯〔六〕，闻乱则后门逃去。如是且久。闻式至境，先遣衙队三百人远接。式衩衣坐胡床受参，乃问其悖慢之罪〔七〕，命尽斩于帐前〔八〕。既而后来者莫知前者已死，又斩之。数日，银刀都数千人殆尽。徐州军士平居自恃吞噬，及式衣袄子半臂，曳屐危坐〔九〕，拱手栗缩就死，无一人敢拒者。其后亲戚相讶，不能自知焉〔一〇〕。式既视事，馀党并远配，郡中少安矣〔一一〕。

本条原出金华子卷上。资治通鉴卷二五〇唐纪六六懿宗咸通三年考异引金华子杂编，自"温璋失律于徐州"起，至"不能自会焉。"司马光下按语曰："若顿杀数千人，岂有人不知者。又式自浙东除武宁，非河阳也。今从实录。"又本条与160条原合为一条，今依原书分列。

〔一〕称有文武才　原书作"曰：'读书则五行皆下，为文则七步成章。'"

〔二〕既平浙东　原书作"累总戎平裘甫等"。

〔三〕徐州将士自王智兴后　原书无"自""后"二字，当据本书补。

〔四〕银刀都父子相承　原书作"银刀教都子父军相承"，当据本书校正。资治通鉴与考异引文均作"银刀都"。

〔五〕坐　原书作"立"。

〔六〕节度　齐之鸾本、历代小史本作"节使"。原书亦作"节使"。

〔七〕悖慢　齐之鸾本、历代小史本作"逐帅"。原书亦作"逐帅"。

〔八〕命尽斩于帐前　原书下有"不留一人"一句，自此之下已无文字，而考异此下尚有引文可资校勘。又引文亦有"不留一人"四字。

〔九〕屐　聚珍本作"履"，今从齐之鸾本、历代小史本改。原书亦作"屐"。

〔一〇〕不能自知焉　考异引文作"不能自会焉。"自此之下亦缺。

〔一一〕少　聚珍本作"小"，今从齐之鸾本、历代小史本改。原书亦作"少"。

160 王式初为京兆少尹〔一〕,多从前诃者令远,时或避之他适,京城号为"邓子"〔二〕。性放率,不拘小节。长安坊中有夜拦街铺设祠乐者〔三〕,迟明未已,式过之,驻马寓目。巫者喜〔四〕,奉主人杯,跪献于马前,曰:"主人多福!感达官来,顾酒味稍美,敢进寿觞。"式取而饮之。行百馀步复回,曰:"向之酒甚恶〔五〕,可更一杯。"复据鞍引满而去,其放率如此〔六〕。

本条原出金华子卷上。与159条原合为一条,今依原书分列。

〔一〕王式初为京兆少尹　原书作"王尚书式初为京兆少尹",周广业注:"案:新书但言以殿中侍御史出为江陵少尹,不言京兆。"

〔二〕多从前诃者令远时或避之他适京城号为邓子　原书作"好纵情酣饮,京师号为'王邓子'"。

〔三〕夜拦街铺设祠乐者　原书作"拦街铺设,中夜乐神"。

〔四〕巫者　原书作"舞者"。

〔五〕甚恶　原书作"甚不恶",当据补。

〔六〕如此　原书作"多如此",当据补。

161 太宗阅医方,见明堂图〔一〕,人五脏之系,咸附于背,乃怆然曰:"今律杖笞背〔二〕,奈何髀背分受〔三〕?"乃诏不得笞背。

说郛(陶珽刊本)卷四八唐语林政事亦载。

本条原出隋唐嘉话卷中。说郛(陶珽刊本)卷三六隋唐嘉话亦载。

〔一〕明堂图　资治通鉴卷一九三唐纪九太宗贞观四年冬十

一月:"上读明堂针灸书,云'人五藏之系,咸附于背。'戊寅,诏自今毋得笞囚背。"胡三省注:"唐艺文志有黄帝明堂经、明堂偃侧人图、明堂人形图、明堂孔穴图,皆针灸之书也。"新唐书卷一六五权德舆传亦云:"太宗皇帝见明堂图,始禁鞭背。"

〔二〕背　原书无,当据删。

〔三〕奈何　原书下有"令"字,当据补。

162 梁公以度支之司天下利害,郎尝阙〔一〕,求之未得,乃自职之。

本条原出隋唐嘉话卷中。说郛(陶珽刊本)卷三六隋唐嘉话亦载。

〔一〕尝　聚珍本无,今从齐之鸾本补。原书作"当",乃"尝"之形讹,当据本书改。

163 高宗时,司农欲以冬藏馀菜卖之〔一〕。以墨敕示仆射苏良嗣。良嗣判曰:"昔公仪相鲁,犹拔园葵〔二〕,况临万乘而贩蔬鬻菜〔三〕?"上从之,不行。

本条原出隋唐嘉话卷中、大唐新语卷四持法第七。类说卷五四隋唐嘉话题作司农卖菜。说郛(陶珽刊本)卷三六隋唐嘉话、卷四八大唐新语持法亦载。

〔一〕司农欲以冬藏馀菜卖之　隋唐嘉话、大唐新语句下有"百姓"二字。大唐新语"司农"作"司农寺"。资治通鉴卷二〇四唐纪二十则天后垂拱三年四月,"时尚方监裴匪躬检校京苑,将鬻苑中蔬果以收其利。"

〔二〕公仪相鲁犹拔园葵　见史记卷一一九循吏列传。

〔三〕万乘　大唐新语同。隋唐嘉话作“万邦”。

164 开元始年，上悉出金银珠玉锦绣之物于朝堂，若山积，皆焚之，示不复御用。

本条原出隋唐嘉话卷下。说郛（陶珽刊本）卷三六隋唐嘉话亦载。

165 姚开府凡三为相，皆兼兵部〔一〕。军镇道里与骑卒之数，皆能暗计之。

本条原出隋唐嘉话卷下。说郛（陶珽刊本）卷三六隋唐嘉话亦载。

〔一〕凡三为相皆兼兵部　原书作“而必兼兵部”。资治通鉴卷二一〇唐纪二六玄宗开元元年：“元之吏事明敏，三为宰相，皆兼兵部尚书。”胡三省注：“姚崇始相武后，后相睿宗，今复为相。”

166 郭尚书元振，始为梓州射洪尉〔一〕，征求无厌，至掠部人卖为奴婢者甚众。武后闻之，使籍其家，唯有书数卷〔二〕。后令问其资财所在〔三〕，皆以济人为对〔四〕，于是奇而免之。大足年间，迁凉州都督。元振风神伟壮，善于抚御。在凉州五年，夷夏畏慕，令行禁止，牛羊被野〔五〕，路不拾遗。诸蕃闻风请朝献。唐兴以来〔六〕，善为凉州者，郭居其最。

本条原出隋唐嘉话卷下。说郛（陶珽刊本）卷三六隋唐嘉话亦载。

〔一〕射洪尉　旧唐书卷九七、新唐书卷一二二郭元振传均作“通泉尉”，通泉与射洪为邻县。原书误作“射洪令”。

〔二〕数卷　原书作“数百卷”。

〔三〕后令问　原书作“后令闻”，当据本书改。

〔四〕为对　聚珍本无，今从齐之鸾本、历代小史本补入。

〔五〕大足年间……牛羊被野　原书只有“后为凉州都督”一句，齐之鸾本、历代小史本亦为此六字。

〔六〕唐兴以来　原书作“自国家”。

167 苏颋，神龙中，给事中兼弘文馆学士〔一〕，转中书舍人。时父瓌为宰相，父子同掌枢密，时人荣之。属机事填委，凡制诰皆出其手。中书令李峤叹曰：“舍人思如泉涌，峤所不及。”后为中书侍郎，与宋璟同知政事。璟刚正，多所裁断，颋皆顺从其美，璟甚悦之。尝谓人曰：“吾与贤父子前后皆同时为宰相。仆射长厚，诚为国器〔二〕；献可替否，罄尽臣节，颋过其父也。”后罢政，拜礼部尚书而薨。及葬日，玄宗游咸宜宫，将举猎，闻颋丧出，怆然曰：“苏颋今日葬，吾宁忍娱游乎？”遂中路还宫。

本条原出大唐新语卷一匡赞第一。原书此条与卷一88条本是一条，此条在前。又太平广记卷二〇一苏颋亦叙其文思敏捷事，出谭宾录。

〔一〕兼弘文馆　齐之鸾本、历代小史本“兼”作“并修”，原书亦有“修”字。案：弘文馆一名修文馆，“修”“弘”二字中应去一字。

〔二〕仆射长厚诚为国器　资治通鉴卷二一一唐纪二七玄宗开元四年叙此，胡三省注："仆射，谓苏瓌也。"新唐书卷一二五苏颋传亦叙及本条数事。

168 姚崇以拒太平公主，为申州刺史〔一〕，玄宗深德之〔二〕。太平既诛，征为同州刺史。素与张说不叶，说讽赵彦昭弹之，玄宗不纳。俄校猎于渭滨，密令会于行所。玄宗谓曰〔三〕："卿颇猎乎〔四〕？"崇对曰："此臣少所习也。臣年三十，居泽中，以呼鹰逐兔为乐，犹不知书。张璟藏谓臣曰〔五〕：'君当位极人臣，无自弃也。'尔来折节读书，以至将相。臣少为猎师，老而犹能。"上大悦，与之偕为臂鹰〔六〕，迟速在手，动必称旨。玄宗欢甚，乐则割鲜，闲则咨以政事。备陈古今理乱之本上之，可行者必委曲言之。玄宗心益开，听之亹亹忘倦。军国之务，咸访于崇。崇罢冗职，修旧章，内外有叙。又请无赦宥，无度僧，无数迁吏，无任功臣以政，玄宗悉从之，而天下大理。

本条原出大唐新语卷一匡赞第一。说郛（陶珽刊本）卷四八大唐新语匡赞亦载。资治通鉴卷二一〇唐纪二六玄宗开元元年十月甲辰，考异引升平源，文多与此相似。

〔一〕为　原书上有"出"字，当据补。

〔二〕玄宗　聚珍本作"明皇"，今从齐之鸾本、历代小史本改。其下原书作"玄宗"者，聚珍本均改作"上"字，今悉据齐之鸾本、历代小史本改正。

〔三〕玄宗　聚珍本无，今从齐之鸾本、历代小史本补。

〔四〕猎　原书上有"知"字，当据补。

〔五〕张璟藏　齐之鸾本、历代小史本无“藏”字，原书与说郛引文亦无。升平源作“张憬藏”。新唐书卷二〇四方技张憬藏传曰：“姚崇、李迥秀、杜景佺从之游，憬藏曰：‘三人者皆宰相，然姚最贵。’”

〔六〕为　原书作“马”，当据改。

169 李当尚书镇南梁〔一〕，境内多有朝士庄产〔二〕，子孙侨寓其间，而不肖者相效为非。前牧以其各有阶缘，弗克禁止，闾巷苦之。当严明有断，处分宽织篾笼。召其尤者，诘其家世谱第，在朝姻亲，乃曰：“郎君藉如是地望，作如此行止，无乃辱于存亡乎？今日所惩，贤亲眷闻之，必赏老夫。勉旃！”遽命盛以竹笼，沉于汉江。由是其侪惕息，各务戢敛焉。崔珏二子凶恶〔三〕，节度使刘都尉判之曰：“崔氏二男，荆州三害。”不免行刑也。

本条原出北梦琐言卷三李当尚书竹笼（崔珏二子附）。

〔一〕李当　齐之鸾本、历代小史本作“李福”。下同。

〔二〕多　聚珍本无，今从齐之鸾本、历代小史本补。原书亦有。

〔三〕崔珏二子凶恶　原书作“崔珏侍御家寄荆州，二子凶恶”。

170 梨园弟子有胡雏〔一〕，善吹笛，尤承恩。尝犯洛阳令崔隐甫，已而走禁中。玄宗非时托以他事召隐甫对，胡雏在侧，指曰：“就卿乞得此否〔二〕？”隐甫奏曰：“陛下此言，是轻臣而重乐人也。臣请休官。”再拜而出〔三〕。玄宗遽曰:“朕与卿戏[四]。”遂令曳出。才至门外,杖杀之[五]。俄而复敕释放,已死矣。乃赐隐甫绢百匹。

本条原出国史补卷上胡雏犯崔令。太平广记卷四九五国史补题作崔隐甫。古今合璧事类备要外集卷十九引国史补亦载。

〔一〕胡雏　聚珍本无,今从齐之鸾本、历代小史本补。原书亦有。新唐书卷一三〇崔隐甫传叙此,亦作“胡雏”。聚珍本为避清讳,遇“胡”字处辄灭去,或改“胡雏”为“吹笛者”,今亦据二书一一改正。

〔二〕就卿乞得此否　原书作“就卿乞此,得否?”

〔三〕而出　原书作“将出”。太平广记引文作“而去”。

〔四〕朕与卿戏　原书句下有“耳”字,太平广记引文有“也”字。

〔五〕杖杀之　原书句首有“立”字。

171 刘忠州晏,通百货之利,自言如见地上钱流。每入朝乘马,则为鞭算。尝言居取安便[一],不务华屋[二];食取饱适,不务多品;马取稳健,不务毛色[三]。

本条原出国史补卷上刘晏见钱流。

〔一〕尝言　原书无此二字。

〔二〕务　原书作“慕”。

〔三〕务　原书作“择”。

172 江淮贾人,有积米以待踊贵[一]。画图为人,持米一斗,货钱一千,以悬于市。扬州留后徐粲杖杀之[二]。

本条原出国史补卷中悬买米画图。太平广记卷二四三国史补题作江淮贾人。

〔一〕踴贵　原书作"踊贵"。"踴"乃误字，当据原书改。太平广记引文作"涌价"。

〔二〕扬州留后徐粲　"扬州"原书作"扬子"，齐之鸾本亦作"扬子"。"徐粲"，太平广记引文作"余粲"。

173 李惠登自军吏为随州刺史〔一〕，自言"吾二名惟识'惠'字，不识'登'字。"为政清净无迹〔二〕，不求人知。兵革之后，阖境大化〔三〕。

本条原出国史补卷中李惠登循吏。

〔一〕自军吏为随州刺史　原书作"自军校授随州刺史"。

〔二〕为政清净无迹　原书作"为理清俭"。

〔三〕阖境大化　原书句下尚有"近代循吏无如惠登者"九字。

174 武相元衡遇害，朝臣震恐，多有上疏请不穷究〔一〕，独尚书左丞许孟容奏"当罪京兆尹〔二〕，诛金吾铺官，大索求贼"，行行然有前辈风采。时京兆尹裴武问吏，吏曰："杀人者未尝得脱。"数日，果擒张晏辈。

本条原出国史补卷中论害武相事。

〔一〕多有　齐之鸾本、历代小史本无"有"字。

〔二〕尚书左丞　齐之鸾本、历代小史本作"尚书右丞"。旧唐书卷一五四、新唐书卷一六二许孟容传均言前任尚书右丞，抗言捕贼时已迁吏部侍郎，其后又任尚书左丞。资治通鉴卷二三九唐纪五五宪宗元和十年记此事，许孟容官兵部侍郎。

175 王悦为盩厔镇将〔一〕，清苦肃下。有军士犯禁，杖而枷之，约曰："百日乃脱，未及百日而脱者死〔二〕。"又曰："我死则脱，尔死则脱，天子之命则脱。非此，臂可折，约不可改也。"由是秋毫不犯。

本条原出国史补卷中王忱百日约。绀珠集卷三、类说卷二六国史补题作枷有三脱。海录碎事卷二一政事部刑法引国史补亦载。说郛（张宗祥辑明抄本）卷七五国史补亦载。

〔一〕王悦　原书作"王忱"。

〔二〕死　原书作"有三"。

176 李建为吏部郎中，尝曰〔一〕："方今秀茂皆在进士。使吾得志，当令登第之岁，集于吏部，使尉紧县；既罢复集，使尉望县〔二〕；既罢又集，使尉畿县〔三〕；而升于朝。大凡中人三十成名，四十乃至清列，迟速为宜。既登第，遂食禄；既食禄，必登朝；谁不欲也？无淹滞以守常限，无纷竞以求再捷。下曹得其修举〔四〕，上位得其更历〔五〕。就而言之，其利甚溥〔六〕。"议者是之。

本条原出国史补卷下李建论选业。太平广记卷一八六国史补题作李建。

〔一〕尝曰　原书作"常言于同列曰"。

〔二〕既罢复集使尉望县　太平广记引文作"既罢复集，稍尉望县。"齐之鸾本、历代小史本亦作"稍"字。原书阙此二句，当据太平广记引文与本书补。

〔三〕畿县　原书作"两畿"。

〔四〕修举　太平广记引文作"循举"。

〔五〕更历　原书作“历试”。

〔六〕溥　齐之鸾本、历代小史本作“博”。

文学

177 文中子见王勃少弄笔砚，问曰：“尔为文乎〔一〕？”曰：“然。”因与题太公遇文王赞，曰：“姬昌好德，吕望潜华。城阙虽近，风云尚赊。渔舟倚石，钓浦横沙。路幽山僻〔二〕，溪深岸斜。豹韬攘恶〔三〕，龙钤辟邪。虽逢相识〔四〕，犹待安车。君王握手，何期晚耶〔五〕！”

本条原出芝田录。类说卷十一芝田录题作太公遇文王赞。

〔一〕尔　聚珍本无，今从齐之鸾本、历代小史本补。

〔二〕僻　类说引文作“谷”。

〔三〕攘　类说引文作“禳”。

〔四〕相识　齐之鸾本、历代小史本作“切近”。类说引文亦作“切近”。

〔五〕期　类说引文作“其”，当据改。

178 杜淹，国初为掾吏〔一〕，尝业诗。文皇勘定内难，咏斗鸡寄意曰〔二〕：“寒食东郊道，飞翔竞出笼。花冠偏照日，芥羽正生风〔三〕。顾敌知心勇，先鸣觉气雄。长翘频扫阵，利距屡通中。”文皇览之，嘉叹数四，遽擢用之。

本条不知原出何书。大唐新语卷八文章第十七亦载此事，然文字多异，似非出于此书。

〔一〕杜淹　旧唐书卷六六、新唐书卷九六附杜如晦传。

〔二〕咏斗鸡寄意　全唐诗卷三十录此诗，题作咏寒食斗鸡应秦王教。

〔三〕生　历代小史本作"迎"，齐之鸾本缺一字。

179 王勃凡欲作文〔一〕，先令磨墨数升，饮酒数杯，以被覆面而寝。既寤〔二〕，援笔而成，文不加点，时人谓为腹稿也。

本条见于酉阳杂俎前集卷十二语资，其源当出庐陵官下记。太平广记卷一九八王勃条即此文，云出谈薮。唐诗纪事卷七王勃亦叙此事，唯不注出处。

〔一〕凡欲作文　酉阳杂俎与太平广记引文作"每为碑颂"。

〔二〕既寤　酉阳杂俎与太平广记引文作"忽起"。

180 骆宾王年方弱冠，时徐敬业据扬州而反，宾王陷于贼庭，其时书檄皆宾王之词也。每与朝廷文字，极数伪周，天后览之，至："蛾眉不肯让人，狐媚偏能惑主。"初微笑之。及见"一抔之土未干，六尺之孤安在？"乃不悦，曰："宰相因何失如此之人！"盖有遗才之恨。

本条疑出庐陵官下记。酉阳杂俎前集卷一忠志叙此，与此颇近似。酉阳杂俎中之文字有从庐陵官下记中编入者，此条或是如此。又本条与181条原合为一条，今依原书分列。

181 徐敬业十馀岁时〔一〕，射必溢镝，走马若飞〔二〕。英公每见之，曰："此儿相不善，将赤吾族也〔三〕。"

本条见于酉阳杂俎前集卷十二语资。绀珠集卷六酉阳杂俎题作射必溢的、屠马避火。类说卷四二酉阳杂俎题作屠马避火。其源当出庐陵官下记。又本条与180条原合为一条,今依原书分列。

〔一〕徐敬业十馀岁时　齐之鸾本、历代小史本句上有“初”字。

〔二〕飞　酉阳杂俎作“灭”,当据本书改。

〔三〕将赤吾族也　酉阳杂俎与类说引文下有屠马避火事,本条略去。

182 苏颋少不得父意,常与仆夫杂处,而好学不倦。每欲读书,患无灯烛,尝于马厩灶中吹火照书诵焉,其苦学如此。

本条原出开元天宝遗事卷下吹火照书。说郛(陶珽刊本)卷五二开元天宝遗事题作吹火照书。

183 长安春时,盛于游赏。苏颋应制诗云:“飞埃结红雾,游盖飘青云。”玄宗览之嘉赏,遂以御花亲插颋巾上〔一〕。

本条原出开元天宝遗事卷下游盖飘青云。绀珠集卷一开元天宝遗事题作插花赏诗。类说卷二一开元天宝遗事题作应制诗。说郛(陶珽刊本)卷五二开元天宝遗事题作游盖飘青云。

〔一〕遂以御花亲插颋巾上　原书下有“时人荣之”一句。绀珠集引文下有“以为旌赏”一句。

184 玄宗初即位〔一〕,锐意政理,好观书,留心起居注〔二〕,选当时名儒执笔〔三〕。其称职者虽十数年不去,多则迁名曹郎兼之〔四〕。自先天初至天宝十二载冬季〔五〕，成七百卷，内起居注为多〔六〕。

本条原出松窗杂录。说郛（陶珽刊本）卷五二摭异记亦载。原书此条与185条本为一条。

〔一〕玄宗初即位　原书作"玄宗先天中再平内难，后以中外无事"。

〔二〕留心起居注　原书此句作"帝既勤书，海内之风翕然率化。尤注意于起居注"。

〔三〕选当时名儒执笔　原书作"先天、开元中，皆选当时鸿儒或贞正之士充之"。

〔四〕多则迁名曹郎兼之　原书作"惜不欲去，则迁名曹郎与兼之"。

〔五〕十二载　原书作"十一载"。

〔六〕内起居注为多　原书作"内起居注撰成三百卷"。

185 开元二年春，上幸宁王第，叙家人礼。乐奏前后，酒食沾赉，上不自专，皆令禀于宁王。上曰："大哥好作主人，阿瞒但谨为上客。"〔原注〕〔一〕上禁中常自称阿瞒〔二〕。明日，宁王与岐、薛同奏曰："臣闻起居注必记天子言动，臣恐左右史记叙其事〔三〕，四季朱印联案：此上文有脱误。牒送史馆，附依外史〔四〕。"上以八分为答诏，谢而许之。至天宝十二载冬季〔五〕，成三百卷。率以五十幅黄麻为一轴，用雕檀轴紫龙凤绫标〔六〕。宁王每请百部纳于史馆〔七〕。上命宴侍臣以宠之。上宝惜此书，令别起阁贮之。及禄山陷长安，用严、高计，〔原注〕〔八〕禄山谋主严庄、高尚等。未升宫殿〔九〕，先以火千炬焚是阁，故玄宗实录百不叙其三四，以是人间传记尤众〔一〇〕。

本条原出松窗杂录。绀珠集卷十一松窗录题作内起居注。类说卷十六松窗杂录题作阿瞒谨为上客。说郛（陶珽刊本）卷五二摭异记亦载。南部新书卷甲亦载起居注事，然甚简略。又原书此条与 184 条本为一条，此条在后。

〔一〕原注　此为李濬自注。

〔二〕上禁中常自称阿瞒　原书"上"下有"在"字。"瞒"作"𡁐"。注文下尚有正文"以是极欢而罢"一句。

〔三〕臣恐左右史记叙其事　原书作"臣恐左右史不得天子闺行极庶人之礼，无以光示万代。臣请自今后，臣与兄弟各轮日载笔于乘□前，得以行在纪叙其事"。说郛引文白框作"舆"。

〔四〕四季朱印联（案此上文有脱误）牒送史馆附依外史　原书此二句作"四季则用朱印联名牒送史馆，然皆依外史例悉上闻，庶明臣等守职如螭头官"。句中案语当是永乐大典编者所加。齐之鸾本于此作二空格。

〔五〕季　聚珍本无，今从齐之鸾本补。

〔六〕标　原书作"褾"。说郛引文作"标"。

〔七〕宁王每请百部纳于史馆　原书作"宁王上请自部纳于史阁"。"自"乃是"百"之误，当据本书校正。

〔八〕原注　原书与齐之鸾本均将此注置于条文之末。

〔九〕未升宫殿　原书"未"下有一墨丁。说郛引文作"未至升殿宫"。

〔一〇〕传记尤众　原书作"传记者尤鲜"。"众"乃误字，当据原书改。

186 李白名播海内，玄宗见其神气高朗〔一〕，轩然霞举，上不觉忘万乘之尊，与之如知友焉。尝制胡无人云〔二〕“太白入月敌可摧”，及禄山犯阙，时太白犯月，皆谓之不凡耳〔三〕。

本条见于酉阳杂俎前集卷十二语资。绀珠集卷六酉阳杂俎题作太白入月。其源当出庐陵官下记。

〔一〕玄宗见其神气高朗　酉阳杂俎作“玄宗于便殿召见，神气高朗”。

〔二〕尝制胡无人云　聚珍本“胡无人”作“乐府”，今从齐之鸾本、历代小史本改。酉阳杂俎此句作“及禄山反，制胡无人，言”。其上尚有命高力士脱靴与三拟文选等事。

〔三〕及禄山犯阙时太白犯月皆谓之不凡耳　酉阳杂俎作“及禄山死，太白蚀月”。

187 天宝中，国学增置广文馆，以领词藻之士。荥阳郑虔久被贬谪，是岁始还京师参选，除广文馆博士。虔茫然曰：“不知广文曹司何在？”执政谓曰〔一〕：“广文馆新置，总领文词，故以公名贤处之。且令后代称广文博士自郑虔始，不亦美乎？”遂拜职。

本条不知原出何书。与188条原合为一条，今依原书分列。

〔一〕执政　新唐书卷二〇二文艺中郑虔传叙此，作“宰相”。

188 郑虔，天宝初协律〔一〕，采集异闻，著书八十馀卷。人有窃窥其稿草，上书告虔私修国史，虔遽焚之，由是贬谪十馀年，方从调选，授广文馆博士。虔所焚稿既无别本〔二〕,后更纂录,率多遗忘,犹成四十馀卷。书未有名,及为广文馆博士,询于国子司业苏源明,源明请名为会粹〔三〕,取尔雅序"会粹旧说"也〔四〕。西河太守卢象赠虔诗云〔五〕:"书名会粹才偏逸,酒号屠苏味更醇。"即此也〔六〕。

本条原出封氏闻见记卷十赞成。与187条原合为一条,今依原书分列。

〔一〕郑虔天宝初协律　聚珍本无"协律"二字,今从齐之鸾本、历代小史本补。原书此句作"天宝初,协律郎郑虔"。

〔二〕稿　齐之鸾本、历代小史本作"书"。原书亦作"书"。

〔三〕会粹　齐之鸾本、历代小史本"粹"作"捽"。齐本有注:"上音召外,下音召内。"新唐书卷二〇二文艺中郑虔传:"虔追紬故书可志者得四十馀篇,国子司业苏源明名其书为会粹。"

〔四〕会粹旧说　郭璞尔雅序中语,见十三经注疏本卷首。

〔五〕赠　原书无,当据本书补。

〔六〕即此也　原书作"即此之谓也"。

189 著作郎孔至撰百家类例〔一〕,第海内族姓,以燕公张说等为近代新门,不入百家之数。驸马张垍,燕公子也,观至所撰,谓弟埱曰:"多事汉!天下族姓何关汝事,而妄为升降?"埱与至善,以兄言告之。时工部侍郎韦述谙练士族〔二〕,至书初成,以呈韦公,以为可行也〔三〕,及闻垍言,恐惧,将追改之。韦曰:"文士奋笔将为千载之法〔四〕,奈何以一言自动摇?有死而已,胡可改也!"遂不改。

本条原出封氏闻见记卷十讨论。

〔一〕著作郎孔至撰百家类例　原书“孔至”下有“二十传儒学”五字。新唐书卷一九九儒学中孔至传叙此，下云：“时（韦）述及（萧）颖士、（柳）冲皆撰类例，而至书称工。”

〔二〕谙练士族　原书句下尚有“举朝共推，每商榷姻亲，咸就谘访”三句。

〔三〕以为可行也　原书句首有“韦公”二字。

〔四〕文士奋笔将为千载之法　原书作“孔至休矣！大丈夫奋笔将为千载楷则”。

190 长安菩萨寺僧弘道，天宝末，见王右丞为贼所囚于经藏院，与左丞裴迪密往还[一]。裴说贼会宴于太极西内，王闻之泣下，为诗二绝，书经卷麻纸之后。弘道藏之，相传数世[二]。其词云：“万户伤心生野烟，百官何日更朝天？秋槐叶落空宫里，凝碧池头奏管弦。”又云：“安得舍尘网，拂衣辞世喧，翛然策藜杖，归向桃花源。”

本条原出贾氏谈录。

〔一〕左丞　原书作“右丞”。案：全唐诗卷一二九裴迪小传仅云“尝为尚书省郎”。

〔二〕相传数世　原书作“后祖师收得之。相传至智满。贾君既获披阅，遂录得其辞云。善提寺禁所，裴迪来相看，说贼等在凝碧池上作音乐，供奉人举声，一时泣下，私为口号示裴迪”。

191 代宗独孤妃薨，赠贞皇后[一]。将葬，尚父汾阳王子仪在邠州，其子尚主，欲致祭。遍问诸吏，皆云："古无人臣祭皇后之仪。"子仪曰："此事须柳侍御裁之。"时殿中侍御史柳并〔二〕，字伯存，掌书记，奉使在邠〔三〕，即急召之。既至，子仪曰："有切事，须藉侍御为之。"遂说祭事。殿中初亦对如诸人，既而曰："礼缘人情。令公勋德，不同常人，且又为姻戚，今自令公始，亦谓得宜。"子仪曰："正合某本意。"殿中草祭文，其官衔称驸马都尉郭暧父具官某，其文并叙特恩许致祭之意，辞简礼备，子仪大称之〔四〕。

本条原出因话录卷一宫部。

〔一〕贞皇后　原书作"贞懿皇后"，当据之补"懿"字。旧唐书卷五二后妃下、新唐书卷七七后妃下俱作"贞懿皇后独孤氏"。

〔二〕殿中侍御史柳并　聚珍本作"殿中侍御史柳弁"。原书作"时予外伯祖殿中侍御史"，注曰："讳芳，字伯存。"案新唐书卷二〇二文艺中柳并传："柳并者，字伯存。大历中，辟河东府掌书记，迁殿中侍御史。"知作"弁"、"芳"者均误。今从齐之鸾本、历代小史本改。

〔三〕邠　原书作"京"，据上下文义，当作"京"字。

〔四〕子仪大称之　原书作"汾阳览之大喜"。句下附祭文。

192 德宗暮秋猎于苑中。是日，天已微寒，上谓近臣曰："九月衣衫，二月衣袍，与时候不相称。欲递迁一月，何如？"左右皆拜谢。翌日，命翰林议之，而后下诏。李赵公吉甫时为承旨，以圣人上顺天时，下尽物理，表请宣示天下，编之于令。李相程初为学士，独不署名，别状奏曰："臣谨按:月令‘十月始裘’〔一〕。月令是玄宗皇帝删定,不可改易。”上乃止〔二〕。由是与吉甫不协。

本条原出因话录卷一宫部。绀珠集卷五因话录题作递迁月令。类说卷十四因话录题作十月始裘。说郛(陶珽刊本)卷二三因话录题作递迁月令。

〔一〕月令十月始裘　礼记月令言孟冬之月,“是月也,天子始裘。”郑玄注:“九月授衣,至此可以加裘。”

〔二〕上乃止　新唐书卷一三一李程传:“德宗季秋出畋,有寒色,顾左右曰:‘九月犹衫,二月而袍,不为顺时。朕欲改月,谓何?’左右称善。程独曰:‘玄宗著月令,十月始裘,不可改。’帝矍然止。”

193 韦应物诗云〔一〕:“书后欲题三百颗,洞庭须待满林霜〔二〕。”后人多说率尔成章,不知江左尝有人于纸尾“寄洞庭霜三百颗〔三〕”。

本条原出芝田录。类说卷十一芝田录题作学惭鼠狱智乏鸡碑。

〔一〕韦应物　类说引文作“前辈”。

〔二〕书后欲题三百颗洞庭须待满林霜　韦诗故人重九日求橘戏赠中句,见唐诗纪事卷二六韦应物。

〔三〕寄洞庭霜三百颗　类说引文作“‘寄洞庭霜橘三百颗’也。”当据补。陈师道后山诗话“比见右军一贴云:‘奉橘三百枚,霜未降,未可多得。’苏州盖取诸此”。类说引文其下尚有“予学惭鼠狱,智乏鸡碑,因省前达之言,有关人事,纪成五卷”。

194 韩晋公治左氏，为浙江东、西道制节。属淮宁叛乱，发戎遣馈，案籍骈杂，而未尝废卷。在军中撰左氏通例一卷〔一〕，刻石金陵府学。

本条不知原出何书。

〔一〕撰左氏通例一卷　旧唐书卷一二九韩滉传曰："好易象及春秋，著春秋通例及天文事序议各一卷。"新唐书卷一二六韩滉传同。

195 宪宗问宰相曰："天子读何书即好？"权德舆对曰："尚书。哲王轨范，历历可见〔一〕。"上曰："尚书曾读。"〔二〕又问郑馀庆曰："老子、列子如何？"奏曰："老子述无为之化。若使资圣览，为理国之枢要，即未若贞观政要〔三〕。"

本条不知原出何书。

〔一〕见　齐之鸾本作"观"。

〔二〕上曰尚书曾读　齐之鸾本移此二句于本条文字之末。

〔三〕政　聚珍本作"正"，今从齐之鸾本改。

196 裴晋公平淮西后，宪宗赐玉带。临薨欲还进，使记室作表〔一〕，皆不惬。乃令子弟执笔，口占状曰："内府珍藏，先朝特赐，既不敢将归地下，又不合留向人间。谨却封进。"闻者叹其简切而不乱。

本条原出因话录卷三商部下。太平广记卷一九八因话录题作裴度。绀珠集卷五因话录题作口占进玉带状。类说卷十四因话录题作铸剑戟为农器赋，与197条合。锦绣万花谷后集卷三六、说郛（陶珽刊本）卷二三因话录题作口占进玉带状。白孔六帖卷十二、古今合璧事类备要外集卷三六引因话录均载。王铚四六话卷下亦载，然不注出处。北梦琐言卷七叙令狐楚命李商隐草表进宝剑事，与此类同，当系误记。又本条与197条原合为一条，今依齐之鸾本与原书，分列成两条。

〔一〕记室　原书作"门人"。

197 晋公贞元中作铸剑戟为农器赋，首云："皇帝之嗣位十三载〔一〕，寰海既清〔二〕，方隅砥平。驱域中尽归力穑，示天下不复用兵。"宪宗平诸镇，几至太平，正当元和十三年。而晋公以儒生作相，竟为章武佐命〔三〕。

本条原出因话录卷三商部下。类说卷十四因话录题作铸剑戟为农器赋，与196条合。又本条与196条原合为一条，今依齐之鸾本与原书，分列成两条。齐书自"宪宗平诸镇"后又分一条，今依原书不再分列。

〔一〕十三载　原书误倒为"三十载"，当据本书改。

〔二〕既　原书作"镜"。

〔三〕竟为章武佐命　原书句下尚有"观其辞赋气概，岂得无异日之事乎?"二句。唐诗纪事卷三三裴度引"唐赵璘云:晋公贞元中作铸剑戟为农器赋，观其气概，已有立殊勋致太平之意。"章武即宪宗，宪宗谥圣神章武孝皇帝。

198 杨京兆兄弟皆能文〔一〕，为学甚苦。或同赋一篇，共坐庭石，霜积襟袖，课成乃已。

说郛(陶珽刊本)卷四八唐语林文学亦载。

本条原出大唐传载。太平广记卷一九八传载题作杨凭。

〔一〕杨京兆兄弟　原书作“杨京兆凭兄弟三人”。太平广记引文作“唐京兆尹杨凭兄弟三人”。新唐书卷一六〇杨凭传：“长善文辞，与弟凝、凌皆有名。大历中，踵擢进士第，时号‘三杨’。”

199 刘禹锡云：案〔一〕：此下至“芍药和物之名也”一条，多称刘禹锡云，或联书，或另条，盖采自韦绚刘公嘉话，而中多讹脱，文义难通。今本刘公嘉话非完书，无可参校，姑仍其旧。与柳八、韩七诣施士匄听毛诗〔二〕，说“维鹈在梁”〔三〕：梁，人取鱼之梁也。言鹈自合求鱼，不合于人梁上取其鱼，譬之人自无善事，攘人之美者，如鹈在人之梁，毛注失之矣。又说“山无草木曰岵”，所以言“陟彼岵兮”〔四〕，言无可怙也。以岵之无草木，故以譬之。

本条当出刘宾客嘉话录。今本刘宾客嘉话录佚去，唐兰援本书此文入校辑本补遗。又本条与下二十五条200至224条原合为一条，今依唐兰说，参之其他典籍所引用者，一一分列。

〔一〕案　此案语为四库全书馆臣所加。

〔二〕柳八韩七　柳八即柳宗元，韩七即韩泰。

〔三〕维鹈在梁　诗经曹风候人中句。

〔四〕陟彼岵兮　诗经魏风陟岵中句。

200 因言“罘罳”者，复思也，今之板障、屏墙也。天子有外屏，人臣将见，至此复思其所对扬、去就、避忌也。“魏”，大；“阙”，楼观也。人臣将入，至此则思其遗阙。“桓楹”者，即今之华表也；桓、华声讹，因呼为桓。“桓”亦丸丸然柱之形状也。

本条当出刘宾客嘉话录。今本刘宾客嘉话录佚去，唐兰援本书此文入校辑本补遗。又本条与199条、201条至224条原合为一条，今依唐兰说，参之其他典籍所引用者，一一分列。

201 又说：古碑有孔。今野外见碑有孔，古者于此孔中穿棺以下于墓中耳〔一〕。

本条当出刘宾客嘉话录。今本刘宾客嘉话录佚去，唐兰援本书此文入校辑本补遗。又本条与199条、200条、202至224条原合为一条，今依唐兰说，参之其他典籍所引用者，一一分列。

〔一〕古者于此孔中穿棺以下于墓中耳　参看本书卷八1014条。

202 又说：甘棠之诗，"勿拜〔一〕，召伯所憩"，"拜"言如人身之拜，小低屈也〔二〕；上言"勿翦"，终言"勿拜"〔三〕，明召伯渐远，人思不得见也〔四〕。毛注"拜犹伐"，非也。又言"维北有斗，不可挹酒浆"〔五〕，言不得其人也。毛、郑不注〔六〕。

困学纪闻卷三诗引唐语林亦载。

本条当出刘宾客嘉话录。今本刘宾客嘉话录佚去，唐兰援本书此文入校辑本补遗。又本条与199条、200条、201条、203至224条原合为一条，今依唐兰说，参之其他典籍所引用者，一一分列。

〔一〕勿拜　诗经召南甘棠原诗句作"勿翦勿拜"。

〔二〕低　聚珍本作"能"，今据齐之鸾本、历代小史本改。困学纪闻引文亦作"低"。

〔三〕上言勿翦终言勿拜　困学纪闻引文作"勿拜则不止勿翦"。

〔四〕人思不得见也　齐之鸾本、历代小史本作"人思不可得也"，困学纪闻引文作"人思不可及"。

〔五〕维北有斗不可挹酒浆　诗经小雅大东中句，下句作"不可以挹酒浆"。

〔六〕毛郑不注　齐之鸾本、历代小史本作"毛都不注此下"。

203 刘禹锡曰〔一〕：为诗用僻字，须有来处。宋考功云："马上逢寒食，春来不见饧〔二〕。"常疑之。因读毛诗郑笺说吹箫处，注云："即今卖饧者所吹。"六经惟此中有"饧"字〔三〕。吾缘明日重阳〔四〕，押一"糕"字〔五〕，续寻思六经竟未见有糕字，不敢为之。尝讶杜员外"巨颡折老拳"无据〔六〕，及览石勒传云〔七〕："卿既遭孤老拳，孤亦饱卿毒手。"岂虚言哉！后辈业诗，即须有据，不可率尔道也。

本条原出刘宾客嘉话录。绀珠集卷五嘉话题作诗用僻字。类说卷五四刘禹锡佳话题作诗注有饧字六经无糕字。诗话总龟前集卷五引刘梦得语亦载。说郛（陶珽刊本）卷三六嘉话录亦载。又本条与199至202条、204至224条原合为一条，今依原书分列。

〔一〕刘禹锡曰　原书无此四字。诗话总龟引文作"刘梦得云"。

〔二〕宋考功云马上逢寒食春来不见饧　此为沈佺期岭表逢寒食诗首二句，文曰："岭外无寒食，春来不见饧。"刘氏误以为宋之问作。宋尝官考功员外郎。吴曾能改斋漫录卷四辨误内刘禹锡误呼沈云卿诗为宋考功诗条有辨析。

〔三〕此中　原书作"此注中"。指诗经周颂有瞽"箫管备举"郑玄笺。

〔四〕吾缘明日重阳　原书作"缘明日是重阳",当据本书补"吾"字,本书当据之补"是"字。

〔五〕押一糕字　原书句首有"欲"字,当据补。

〔六〕巨颡折老拳　杜甫义鹘行诗中句。

〔七〕石勒传　指晋书卷一〇四石勒载记上、一〇五石勒载记下。下二句见石勒载记下。

204 韦绚曰:"司马墙何也?"曰:"今唯陵寝绕垣,即呼为司马墙。""而球场是也,不呼之何也?"刘禹锡曰:"恐是陵寝,即呼臣下避之。"

本条当出刘宾客嘉话录。今本刘宾客嘉话录佚去,唐兰援本书此文入校辑本补遗。又本条与199至203条、205至224条原合为一条,今依唐兰说,参之其他典籍所引用者,一一分列。

205 诗曰"我思肥泉"者〔一〕,源同而分之曰"肥"也。言我今卫女嫁于曹,如肥泉之分也。

本条当出刘宾客嘉话录。今本刘宾客嘉话录佚去,唐兰援本书此文入校辑本补遗。又本条与199至204条、206至224条原合为一条,今依唐兰说,参之其他典籍所引用者,一一分列。

〔一〕我思肥泉　诗经邶风泉水中句。

206 魏文帝诗云〔一〕:"画舸覆堤"〔二〕,即今淮浙间艙船

篷子上帷幕耳〔三〕。**唐书卢藩传言之**〔四〕。案〔五〕:唐书无卢藩传。韦绚唐人,亦无引唐书之理,疑有脱误〔六〕。**船子着油**〔七〕,案:此下原阙一字。**比惑之,见魏诗方悟**〔八〕。

本条原出刘宾客嘉话录。永乐大典卷之八千八百四十一油船子着油引刘公嘉话录,即此文。今本刘宾客嘉话录佚去,唐兰援本书此文入校辑本补遗。又本条与199至205条、207至224条原合为一条,今依唐兰说,参之永乐大典引文分列。

〔一〕魏文帝诗云　永乐大典引文于此之上尚有"丈人曰"三字。

〔二〕画舸覆堤　永乐大典引文作"画舸覆缇油"。

〔三〕牏　永乐大典引文作"牑"。

〔四〕卢藩　永乐大典引文作"卢蕃"。

〔五〕案　此案语,永乐大典引文已有,当是永乐大典编者所加。下同。

〔六〕唐书无卢藩传韦绚唐人亦无引唐书之理疑有脱误　岑仲勉曰:"开、天间吴兢撰唐书,韦述、柳芳、令狐峘、于休烈等续成之,即旧唐书一部分之底本而唐人称曰'唐书'者也。"此说即为驳正嘉话录案语而发。岑说见隋唐史内唐史第六十二节。

〔七〕船子着油　永乐大典引文"船子"作"舡子"。齐之鸾本、历代小史本于此句下空一字。

〔八〕魏　永乐大典引文作"魏文"。

207 又曰:"旄邱"者〔一〕,上侧下高曰"旄邱",言君臣相背也。郑注云"旄当为堥",又言"堥未详",何也?

本条当出刘宾客嘉话录。今本刘宾客嘉话录佚去，唐兰援本书此文入校辑本补遗。又本条与199至206条、208至224条原合为一条，今依唐兰说，参之其他典籍所引用者，一一分列。

〔一〕旄邱　此处乃释诗经邶风旄丘中"旄邱"一词。

208 郭璞山海经序曰〔一〕："人不得耳闻，眼不见为无。"案〔二〕：今本山海经序无此二语。据文义，亦有脱误。非也，是自不知不见耳，夏虫疑冰之类是矣。仲尼曰："加我数年，五十以学易，可以无大过矣〔三〕。"又韦编三绝〔四〕。所以明未会者多于解也。

本条当出刘宾客嘉话录。今本刘宾客嘉话录佚去，唐兰援本书此文入校辑本补遗。又本条与199至207条、209至224条原合为一条，今依唐兰说，参之其他典籍所引用者，一一分列。

〔一〕序　齐之鸾本、历代小史本作"叙"。

〔二〕案　此案语当为永乐大典编者所加。参206条。

〔三〕加我数年五十以学易可以无大过矣　论语述而中语。

〔四〕韦编三绝　见史记卷四七孔子世家。

209 有杨何者，有礼学，以廷评来夔州，转云安盐官。因过刘禹锡，与之案〔一〕：此下原阙二字。何云："仲尼合葬于防〔二〕。防，地名。"非也。仲尼以开墓合葬于防；防，隧道也。且潸然流涕，是以合葬也。若谓之地名，则未开墓而已潸然，何也？

本条当出刘宾客嘉话录。今本刘宾客嘉话录佚去，唐兰援本书此文入校辑本补遗。又本条与199至208条、210至224条原合为一条，今依唐兰说，参之其他典籍所引用者，一一分列。

〔一〕案　此案语当是永乐大典编者所加，参206条。齐之鸾本加注"缺"字。历代小史本作"辩论"二字。

〔二〕仲尼合葬于防　谓孔子合葬父母于防，见礼记檀弓上。

210 韦绚曰："'五夜'者，甲、乙、丙、丁、戊，更迭之〔一〕。今唯言'乙夜'或'子夜'，何也？"未详〔二〕。

本条原出刘宾客嘉话录。绯略卷十引此，首云"唐韦绚尝问刘禹锡"，题作五夜。类说卷五四刘禹锡佳话题作五夜。说郛（陶珽刊本）卷三六嘉话录亦载。又本条与199至209条、211至224条原合为一条，今依原书与齐之鸾本分列。

〔一〕更迭　原书作"相送"。

〔二〕未详　原书作"公曰：'未详。'"当据补。

211 刘禹锡曰：茱萸二字，经二诗人用〔一〕，亦有能否〔二〕。杜甫言"醉把茱萸子细看"〔三〕，王右丞"遍插茱萸少一人"〔四〕，最优也〔五〕。

本条原出刘宾客嘉话录。绀珠集卷五嘉话题作三诗用茱萸工拙。诗话总龟卷五引刘梦得语、容斋随笔卷四诗中用茱萸字亦载。今本刘宾客嘉话录佚去，唐兰援此入校辑本补遗。又本条与199至210条、212至224条原合为一条，今依唐兰说，参之诗话总龟与容斋随笔引文，分列一条。

〔一〕经二诗人用　齐之鸾本、历代小史本"二"作"三"。诗话总龟引文作"更三诗人道之"。绀珠集引文作"三诗人"。容斋随笔引文作"凡三人"。

〔二〕亦　诗话总龟引文作"而"。齐之鸾本、历代小史本作"以"。

〔三〕醉把茱萸子细看　杜甫九日蓝田崔氏庄中句。

〔四〕遍插茱萸少一人　王维九月九日忆山东兄弟中句。

〔五〕最优也　容斋随笔引文作"朱放云:'学他年少插茱萸',三君所用,杜公为优。"诗话总龟引文"朱放"作"朱仿",绀珠集引文作"宋仿"。按:朱放诗载全唐诗卷三一五,题曰九日与杨凝崔淑期登江上山会有故不得往因赠之。

212 刘禹锡曰:牛丞相奇章公初为诗,务奇特之语,至有"地瘦草丛短"之句〔一〕。明年秋卷成,呈之,乃有"求人气色沮,凭酒意乃伸〔二〕。"益加能矣。明年乃上第。

本条原出刘宾客嘉话录。诗话总龟卷十四警句门下引刘禹锡佳话录亦载。今本刘宾客嘉话录佚去,唐兰援本书此文入校辑本补遗。又本条与199至211条、213至224条原合为一条,今依唐兰说分列。诗话总龟引文与213条合为一条。

〔一〕地瘦草丛短　此为牛僧孺诗残句,不知篇名。

〔二〕乃有求人气色沮凭酒意乃伸　此亦牛诗残句,不知篇名。前七字诗话总龟引文作"曰:'有求色必赧'"。

213 杨茂卿云〔一〕:"河势昆仑远,山形菡萏秋。"此诗题云"过华山下作"〔二〕,而用莲蓬之菡萏〔三〕,极的当而暗静矣。

本条原出刘宾客嘉话录。诗话总龟卷十四警句门下引刘禹锡佳话录亦载。今本刘宾客嘉话录佚去,唐兰援本书此文入校辑本补遗。又本条与199至212条、214至224条原合为一条，今依唐兰说，分列一条。诗话总龟引文与213条原合为一条。

〔一〕杨茂卿云　诗话总龟引文于此之上尚有"因曰"二字。云溪友议卷中中山诲、唐诗纪事卷三九刘禹锡叙此，均作"杨茂卿校书"。云溪友议"茂"误"危"。

〔二〕此诗题云过华山下作　诗话总龟引文作"此过华阴山下作"。

〔三〕而用莲蓬之菡萏　诗话总龟引文作"初用莲峰作菡萏"。

214 刘禹锡曰：石季龙挟弹杀人〔一〕，其兄怒之〔二〕，其母曰："健犊须走车破辕，良马须逸鞭泛驾〔三〕，然后能负重致远〔四〕。"盖言童稚不奇〔五〕，即非异器矣。

本条原出刘宾客嘉话录。太平广记卷一七〇嘉话录题作刘禹锡。绀珠集卷五嘉话题作良马须逸鞅泛驾。白孔六帖卷十四、古今合璧事类备要别集卷五六引刘公嘉话均载。说郛（陶珽刊本）卷三六嘉话录、（张宗祥辑明抄本）卷二一刘宾客嘉话录亦载。又本条与199至213条、215至224条原合为一条，今依原书分列。

〔一〕石季龙挟弹杀人　石季龙即石虎。太平广记引文"杀人"作"弹人"。

〔二〕其兄怒之　原书作"其父怒之"。晋书卷一〇六石季龙载记上亦记作"其父石勒怒欲杀之"。

〔三〕鞭　原书作"鞅"。

〔四〕能　原书无，当据本书补。太平广记引文亦有。

〔五〕不奇　原书于此之下尚有"不慧"二字，太平广记引文"慧"作"惠"。

215 又曰：为文自斗异一对不得。予尝为大司徒杜公之故吏，司徒冢嫡之薨于桂林也〔一〕，柩过渚宫，予时在朗州，使一介具奠酹，以申门吏之礼。为一祭文云〔二〕："事吴之心〔三〕，虽云已矣；报智之志〔四〕，岂可徒然！""报智"人或用之，"事吴"自思得者。

本条当出刘宾客嘉话录。今本刘宾客嘉话录佚去，唐兰援本书此文入校辑本补遗。又本条与199至214条、216至224条原合为一条，今依唐兰说，参之其他典籍所引用者，一一分列。

〔一〕司徒冢嫡之薨于桂林也　指杜佑之子杜式方事。杜式方殁于桂管观察使任上，见旧唐书卷一四七、新唐书卷一六六本传。

〔二〕祭文　此祭文已佚。

〔三〕事吴　用伍子胥事吴王夫差事，见史记卷六六伍子胥传。

〔四〕报智　用豫让报智伯"国士待之"一事，见战国策卷十八赵策一。

216 柳八驳韩十八平淮西碑云〔一〕："'左飧右粥'，何如我平淮西雅云'仰父俯子'〔二〕。"禹锡曰："美宪宗俯下之道尽矣。"柳曰："韩碑兼有帽子〔三〕，使我为之，便说用兵讨叛矣。"

本条原出刘宾客嘉话录。诗话总龟卷五评论门上引刘梦得语亦载。唐诗纪事卷三九刘禹锡引"梦得曰"，亦即此条。今本刘宾客嘉话录佚去，唐兰援此入校辑本补遗。又本条与199至215条、217至224条原合为一条，今依唐兰说，参之诗话总龟等引文，分列一条。

〔一〕柳八驳韩十八　柳八即柳宗元，韩十八即韩愈。诗话总龟引文此句之上尚有"刘梦得曰"四字。

〔二〕平淮西雅云仰父俯子　"平淮西雅"，柳河东集卷一作"平淮夷雅"。诗话总龟引文"俯"作"抚"，"云"上有"之"字，当据本书改。

〔三〕帽　聚珍本作"冒"，今从齐之鸾本、历代小史本改。诗话总龟、唐诗纪事引文亦作"帽"。

217 刘禹锡曰：韩碑柳雅，予诗云〔一〕："城中晨鸡喔喔鸣〔二〕，城头鼓角声和平。"美李尚书愬之入蔡城也，须臾之间，贼都不觉。又诗落句言〔三〕："始知元和十二载，四海重见升平时〔四〕。"所以言十二载者，因以记淮西平之年〔五〕。

本条原出刘宾客嘉话录。诗话总龟卷五评论门上引刘梦得语亦载。唐诗纪事卷三九刘禹锡引"梦得曰"下一条，亦即此条。今本刘宾客嘉话录佚去，唐兰援此入校辑本补遗。又本条与199至216条、218至224条原合为一条，今依唐兰说，参之诗话总龟等引文，分列一条。

〔一〕予诗　齐之鸾本、历代小史本"予"作"余"。诗话总龟、唐诗纪事引文"诗"上有"为"字。

〔二〕城中晨鸡喔喔鸣　刘宾客文集卷二五平蔡州三首之二首句作"汝南晨鸡喔喔鸣"。

〔三〕言　诗话总龟、唐诗纪事引文作"云"。

〔四〕始知元和十二载四海重见升平时　刘宾客文集卷二五平蔡州三首之二此二句作"忽惊元和十二载，重见天宝承平时。”唐诗纪事引文“知”作“于”。

〔五〕所以言十二载者因以记淮西平之年　临汉隐居诗话曰：“刘禹锡诗固有好处，及其自称平淮西诗云：‘城中喔喔晨鸡鸣，城头鼓角声和平。’为尽李愬之美；又云：‘始知元和十四载，四海重见升平年。’为尽宪宗之美。吾不知此二联为何等语也？”案魏泰此文乃约举嘉话录中本条文字言之，而“十二载”误作“十四载”。

218 段相文昌重为淮西碑，碑头便曰：“韩弘为统，公武为将。”用左氏“栾书将中军，栾黡佐之”〔一〕，文势也甚善，亦是效班固燕然碑样，别是一家之美。

本条当出刘宾客嘉话录。今本刘宾客嘉话录佚去，唐兰援本书此条入校辑本补遗。又本条与199至217条、219至224条原合为一条，今依唐兰说，参之其他典籍所引用者，一一分列。

〔一〕左氏栾书将中军栾黡佐之　此处乃约举左传襄公十三年中文字而言之。

219 又曰：薛伯鼻修史〔一〕，为愬传：收蔡州，径入为能。禹锡曰：“我则不然。若作史官，以愬得李祐，释缚委心用之为能。入蔡非能，乃一夫勇耳。”

本条当出刘宾客嘉话录。今本刘宾客嘉话录佚去，唐兰援本书此条入校辑本补遗。又本条与199至218条、220至224条原合为一条，今依唐兰说，参之其他典籍所引用者，一一分列。

〔一〕薛伯鼻　当是“薛伯皋”之形讹。薛伯皋即薛伯高，二名通用，参看本书卷一75条、本卷271条。

220 刘禹锡曰:春秋称"赵盾以八百乘"〔一〕。凡帅能曰"以",由也,由赵盾也。

本条当出刘宾客嘉话录。今本刘宾客嘉话录佚去,唐兰援本书此条入校辑本补遗。又本条与 199 至 219 条、221 至 224 条原合为一条,今依唐兰说,参之其他典籍所引用者,一一分列。

〔一〕春秋称赵盾以八百乘　见左传文公十四年,文曰:"晋赵盾以诸侯之师八百乘纳捷菑于邾。"

221 又曰:王莽以羲和为官名,如今之司天台,本属太史氏。故春秋史鱼、史苏、史亹,皆知阴阳术数也。

本条当出刘宾客嘉话录。今本刘宾客嘉话录佚去,唐兰援本书此条入校辑本补遗。又本条与 199 至 220 条、222 至 224 条原合为一条,今依唐兰说,参之其他典籍所引用者,一一分列。

222 南都赋言"春茆夏韭",子卯之卯也〔一〕。而公孙罗云〔二〕:"茆,凫卵。"非也。且皆言菜也,何"卯"忽无言?案〔三〕:此句疑有脱误。

本条当出刘宾客嘉话录。今本刘宾客嘉话录佚去,唐兰援本书此条入校辑本补遗。又本条与 199 至 221 条、223 至 224 条原合为一条,今依唐兰说,参之其他典籍所引用者,一一分列。

〔一〕南都赋言春茆夏韭子卯之卯也　唐兰改作"'春茆'音子卯之卯也",下有注曰:"'春茆'下本有'春韭'两字,而无'音'字,齐之鸾本有'音'字。按'音'字当接'子卯之卯也'五字,为'茆'字作音耳。后人既增'夏韭'二字,遂以'音'字为误而删之。然南都赋自云'春卵夏笋,秋韭冬菁'，不云'夏韭'也。"又齐之鸾本、历代小史本"南都赋"误作"蜀都赋"。

〔二〕公孙罗　旧唐书卷一八九上儒林有传。旧唐书卷四七经籍志下与新唐书卷六十艺文志四均载公孙罗文选注六十卷，又文选音或文选音义十卷。二书均已佚。日本国见在书目有公孙罗文选钞六十九卷、文选音决十卷；知文选钞即文选注。日本金泽文库唐写残本文选集注中引有文选钞佚文，而南都赋不在此残本中。此书罗振玉曾影印。

〔三〕案　此案语当是永乐大典编者所加。参206条。

223 方书中"劳薪"，亦有"劳水"者，扬之使水力弱，亦劳也。亦用"笔心"，笔亦心劳，一也。与"薪劳"之理，皆药家之妙用。

本条当出刘宾客嘉话录。今本刘宾客嘉话录佚去，唐兰援本书此条入校辑本补遗。又本条与199至222条、224条原合为一条，今依唐兰说，参之其他典籍所引用者，一一分列。

224 又曰：近代有中正。中正，乡曲之表也。藻别人物，知其乡中贤愚出处。晋重之。至东晋，吏部侍郎裴楷乃请改为九品法，即今之上、中、下，分为九品官也。

本条当出刘宾客嘉话录。今本刘宾客嘉话录佚去，唐兰援本书此条入校辑本补遗。又本条与上二十五条199至223条原合为一条，今依唐兰说，参之其他典籍所引用者，一一分列。

225 王武子曾在夔州之西市〔一〕，俯临江岸沙石，下看诸葛亮八阵图。箕张翼舒，鹅形鹤势〔二〕，聚石分布，宛然尚存。峡水大时，三蜀雪消之际，澒涝滉瀁〔三〕，大树十围，枯楂百丈，破皑巨石〔四〕，随波塞川而下。水与岸齐，雷奔山裂，聚石为堆者〔五〕，断可知也。及乎水已平〔六〕，万物皆失故态，惟阵图小石之堆〔七〕，标聚行列，依然如是者，垂六七百年间〔八〕，淘洒推激，迨今不动。刘禹锡曰：是诸葛公诚明，一心为先主效死〔九〕。况此法出六韬，是太公上智之材所构。自有此法，惟孔明行之，所以神明保持，一定而不可改也。东晋桓温征蜀过此，曰："此常山蛇阵〔一〇〕。击头则尾应，击尾则头应，击其中则头尾皆应。"常山者，地名。其蛇两头，出于常山，其阵适类其蛇之两头，故名之也。温遂勒铭曰："望古识其真，临源爱往迹。恐君遗事节，聊下南山石。"

本条原出刘宾客嘉话录。太平广记卷三七四嘉话录题作八阵图，引至"迨今不动"。今本刘宾客嘉话录佚去，唐兰援本书此条入校辑本补遗。

〔一〕王武子　即王济，晋书卷四二有传。

〔二〕鹤　太平广记引文作"鹳"。

〔三〕澒涝滉瀁　太平广记引文作"澒涌混瀁"。"混"乃"滉"之误。又引文句下尚有"可胜道哉"一句。

〔四〕皑　太平广记引文作"硊"。

〔五〕聚石为堆者　太平广记引文句首有"则"字。

〔六〕水已平　太平广记引文作"水落川平"。

〔七〕阵图　太平广记引文作"诸葛阵图"。

〔八〕垂　太平广记引文作"仅已"。

〔九〕先主　齐之鸾本、历代小史本作“玄德”。

〔一〇〕常山蛇阵　齐之鸾本、历代小史本此四字上有“布”字。

226 陆法和尝征蜀〔一〕，及上白帝城，插标，曰：“此下必掘得诸葛亮镞。”既掘之，得箭镞一斛〔二〕。或曰：“当法和至此时，去诸葛亮犹近，应有人向说，故法和掘之耳。”法和虽是异人，未必知诸葛亮箭镞在此也〔三〕。

本条当出刘宾客嘉话录。今本刘宾客嘉话录佚去，唐兰援本书此条入校辑本补遗，且据齐之鸾本，与225条相联。

〔一〕尝　齐之鸾本作“亦尝”。

〔二〕得箭镞一斛　齐之鸾本、历代小史本句下有“又何哉”一句。

〔三〕未必　聚珍本作“必未”，据齐之鸾本、历代小史本改。

227 诸葛亮所止〔一〕，令兵士独种蔓菁者，何也？曰〔二〕：“取其甲生啖〔三〕，一也；叶舒者煮食〔四〕，二也；久居则随以滋长，三也；弃去不惜，四也；回则易寻而采之，五也；冬有根可劚食，六也。比诸蔬属，其利博哉〔五〕！”三蜀之人今呼蔓菁为“诸葛菜”〔六〕，江陵亦然。

本条原出刘宾客嘉话录。太平广记卷四一一嘉话录题作蔓菁。绀珠集卷五嘉话题作诸葛菜。类说卷五四刘禹锡佳话题作诸葛菜。白孔六帖卷十六亦载。说郛（陶珽刊本）卷三六嘉话录亦载。

〔一〕诸葛亮所止　原书与说郛引文句首有“公曰”二字，当据补。

〔二〕日　原书与说郛引文作“绚曰”，当据之补“绚”字。

〔三〕取其甲生啖　原书作“莫不是取其才出甲者生啗”。太平广记引文“啗”作“啖”，上有“可”字。

〔四〕者　原书作“可”。

〔五〕其利博哉　太平广记引文作“其利不亦博哉！”其下尚有“刘禹锡曰信矣”二句。当据补。原书与说郛引文无“刘禹锡”三字。

〔六〕蜀　原书误作“属”。

228 禹锡曰：芍药，和物之名也。此药之性能调和物。或音“著略”，语讹也。绚时献赋，用此“芍药”字，以“烟兮雾兮，气兮霭兮”，言四物调和为云也。公曰：“甚善。”因以解之。

本条当出刘宾客嘉话录。今本刘宾客嘉话录佚去，唐兰援本书此条入校辑本补遗。

229 白居易，长庆二年以中书舍人为杭州刺史〔一〕，替严员外休复。休复有时名，居易喜为之代。时吴兴守钱徽、吴郡守李穰皆文学士，悉生平旧友，日以诗酒寄兴〔二〕。官妓高玲珑〔三〕、谢好好巧于应对，善歌舞。后元稹镇会稽〔四〕，参其酬唱，每以筒竹盛诗来往〔五〕。居易在杭，始筑堤捍钱塘潮，钟聚其水，溉田千顷。复浚李泌六井，民赖其汲。在苏作诗，有“使君全未厌钱塘”之句。及罢，俸钱多留守库〔六〕，继守者公用不足，则假而复填，如是五十馀年。及黄巢至郡，文籍多焚烧，其俸遂亡。

本条不知原出何书。

〔一〕白居易长庆二年以中书舍人为杭州刺史　齐之鸾本、历代小史本作“长庆二年，白居易自中书舍人为杭州刺史”。

〔二〕寄兴　齐之鸾本、历代小史本作“寄赠”。

〔三〕高玲珑　元白诗集中此人之名记载不一。文学古籍刊行社影印宋刊本白氏长庆集卷十二醉歌原注：“示妓人商玲珑”中有“玲珑再拜歌初毕”，“玲珑玲珑奈老何”等句。文学古籍刊行社影印明影宋钞本元氏长庆集卷二二重赠原注：“乐人高玲珑能歌，歌予数十诗。”诗中有“休遣玲珑唱我诗，我诗多是别君词”之句。四部丛刊影印明嘉靖本元氏长庆集亦作“高玲珑”，万历中马元调刊本则作“商玲珑”。

〔四〕后　聚珍本作“从”，今从齐之鸾本、历代小史本改。

〔五〕每以筒竹盛诗来往　齐之鸾本、历代小史本下有注：“按彭门崔大夫彦鲁为郡日，追题尚书数百篇。”

〔六〕守　齐之鸾本、历代小史本作“官”。

230 张弘靖十二世掌书命，至丞相〔一〕。杨巨源赠公诗云：“伊陟无闻祖，韦贤不到孙。”当时称其能与张氏说家门。巨源在元和，诗韵不为新语，体律务实，功夫颇深。自旦至暮，吟咏不辍。年老头数摇，人言吟诗多所致〔二〕。

说郛（陶珽刊本）卷四八唐语林文学亦载。

本条原出因话录卷二商部。类说卷十四因话录题作能与张家说家门。

〔一〕张弘靖十二世掌书命至丞相　原书作“张弘靖三世掌书命，在台座，前代未有。”案新唐书卷一二七张弘靖传言：“先第在东都思顺里，盛丽甲当时，历五世无所增葺，时号‘三相张家’云。”“十二”乃“三”字之形讹。

〔二〕年老头数摇人言吟诗多所致　原书作“巨源年老，头数摇，人言吟诗多致得”。作双行夹注缀于末。

231 韩文公与孟东野友善。韩公文至高，孟长于五言，时号“孟诗韩笔”。元和中，后进师匠韩公，文体大变。又柳柳州宗元、李尚书翱、皇甫郎中湜、冯詹事定、祭酒杨公〔一〕、李公皆以高文为诸生所宗〔二〕，而韩、柳、皇甫、李公皆以引接后学为务。杨公尤深于奖善，遇得一句，终日在口，人以为癖。长庆以来，李封州甘为文至精，奖拔公心，亦类数公。甘出于李相国宗闵下〔三〕，时以为得人，然终不显。又元和以来，词翰兼奇者，有柳柳州宗元、刘尚书禹锡及杨公。刘、杨二人，词翰之外，别精篇什。又张司业籍善歌行，李贺能为新乐府，当时言歌篇者，宗此二人。李相国程、王仆射起、白少傅居易兄弟、张舍人仲素为场中词赋之最，言程试者宗此五人。伯仲以史学继业〔四〕。藏书最多者〔五〕，苏少常景风〔六〕、堂弟尚书涤，诸家无比，而皆以清望为后来所重。景风登第，与堂兄特并时，世以为美。

本条原出因话录卷三商部下。绀珠集卷五、说郛（陶珽刊本）卷二三因话录题作孟诗韩笔，均节引前数句。

〔一〕祭酒杨公　即杨敬之。新唐书卷一六〇杨敬之传言其两兼国子祭酒，“敬之爱士类，得其文章，孜孜玩讽，人以为癖。”

〔二〕李公　原书作“余座主李公”。此人即李汉。登科记考卷二一大和八年进士二十五人、赵璘下曰：“按陇西公为李汉，是璘于大和八年登第。”

〔三〕下　原书作“门下”，当据改。

〔四〕伯仲以史学继业　历代小史本句首有“居易”二字。齐之鸾本空二字。

〔五〕者　聚珍本无，今依齐之鸾本、历代小史本补入。原书亦有。

〔六〕景凤　齐之鸾本、历代小史本作“景凬”，原书作“景澈”。案：此当是苏景胤。景胤为苏弁之子，苏涤为苏冕之子，见新唐书卷五八艺文志二。又苏弁为苏冕之弟，见新唐书卷一〇三苏弁传。齐之鸾本、历代小史本自“苏少常景凤”起另分一条。今依原书，不复分列。

232 吕衡州温，祖延之，父渭，俱有盛名，至大官。家世碑志不假于人，皆子孙自撰，云：“欲传庆善于后嗣，儆文学之荒坠。”

本条不知原出何书。南部新书卷辛亦载此事。

233 裴晋公自为志铭曰：“裴子为子之道，备存乎家牒；为臣之道，备存乎国史。”杜牧亦自铭曰：“嗟尔小子，亦克厥修。”此二铭词简而备〔一〕。白居易亦自为铭。颜鲁公在蔡州，知必祸及，自为志铭置左右。

本条不知原出何书。

〔一〕此　齐之鸾本、历代小史本作"谓"。

234 文宗皇帝曾制诗以示郑覃,覃奏曰:"且乞留圣虑于万几〔一〕,天下仰望。"文宗不悦。覃出,复示李宗闵,叹伏不已,一句一拜,受而出之〔二〕。上笑谓之曰:"勿令适来阿父子见之。"

本条不知原出何书。与235、236条原合为一条,今依齐之鸾本、历代小史本分列,原书亦分列。

〔一〕万几　聚珍本作"禹几",今从齐之鸾本、历代小史本改。

〔二〕受　齐之鸾本、历代小史本作"怀"。

235 文宗尚贤乐善罕比。每宰臣学士论政〔一〕,必称才术文学之士,故当时多以文进。上每视事后,即阅群书,至乱世之君,则必扼腕嗟叹;读尧、舜、禹、汤事,即灌手敛衽〔二〕。谓左右曰:"若不甲夜视事,乙夜观书,即何以为君?"试进士〔三〕,上多自出题目。及所司试〔四〕,览之终日忘倦。尝召学士于内庭论经,较量文章,宫人已下侍茶汤饮馔。李训讲周易,颇叶上意。时方盛夏,遂取犀如意赐训〔五〕。上曰:"与卿为谈柄〔六〕。"读高郢无声乐赋、白居易求玄珠赋,谓之"玄祖"。水部员外郎贾嵩说云〔七〕。

本条原出杜阳杂编卷中。说郛(陶珽刊本)卷四六杜阳杂编卷中亦载。唐诗纪事卷二文宗亦记此事。又本条与234、236条原合为一条,今依原书分列。齐之鸾本、历代小史本亦与上条分列。又齐之鸾本、历代小史本、聚珍本自"李训讲周易"起另提行,今依原书校正。

〔一〕每　原书作"每与"，当据之补"与"字。

〔二〕灌手　原书作"欢呼"。

〔三〕试进士　原书作"每试进士及诸科举人"。

〔四〕试　原书作"进所试"，当据补。

〔五〕遂取犀如意赐训　原书作"遂命取水玉腰带及辟暑犀如意以赐训，训谢之"。

〔六〕与卿为谈柄　原书作"如意足以与卿为谈柄也"。

〔七〕水部员外郎贾嵩说云　原书此句作双行夹注，文曰："传于水部贾嵩员外。"

236 文宗好五言诗，品格与肃、代、宪宗同，而古调尤清峻。尝欲置诗学士七十二员，学士中有荐人姓名者，〔原注〕当时诗人李廓驰名，为泾原从事。宰相杨嗣复曰："今之能诗，无若宾客分司刘禹锡。"上无言〔一〕。李珏奏曰〔二〕："当今起置诗学士，名稍不嘉。况诗人多穷薄之士，昧于识理。今翰林学士皆有文词，陛下得以览古今作者，可怡悦其间；有疑，顾问学士可也。陛下昔者命王起、许康佐为侍讲，天下谓陛下好古宗儒，敦扬朴厚。臣闻宪宗为诗，格合前古，当时轻薄之徒，摛章绘句〔三〕，聱牙崛奇〔四〕，讥讽时事，尔后鼓扇名声，谓之'元和体'，实非圣意好尚如此。今陛下更置诗学士，臣深虑轻薄小人，竞为嘲咏之词，属意于云山草木，亦不谓之'开成体'乎？玷黯皇化，实非小事。"

本条不知原出何书。与234、235条原合为一条，今依原书分列。

〔一〕上无言　诗薮外编卷三唐上引语林此文，胡应麟注曰：

"文宗不答杨奏,当以刘党叔文故耶?"

〔二〕李珏奏曰　资治通鉴卷二四六唐纪六二系此事于文宗开成三年。

〔三〕擿　齐之鸾本下注"缺"字。历代小史本下亦缺一字。

〔四〕謷牙崛奇　齐之鸾本下注"缺"字。

237 文宗时〔一〕,工部尚书陈商立汉文帝废丧议。又立左氏学议〔二〕,以"孔子修经,褒贬善恶,类例分明,法家流也。左丘明为鲁史,载述时政,惧善恶失坠〔三〕,以日系月〔四〕,本非扶助圣言,缘饰经旨,盖太史氏之流也。举之春秋,则明白而有实;合之左氏,则丛杂而无征。杜元凯曾不思孔子所以为经,当与诗、书、周易等列;丘明所以为史,当与司马迁、班固等列,二义不侔,乃参而贯之,故微旨有所未尽,婉章有所未一〔五〕。"其后吴郡陆龟蒙亦引啖助、赵匡为证,正与商议同〔六〕。

本条原出北梦琐言卷一驳杜预。说郛(陶珽刊本)卷四九大中遗事亦有此文,唯后有葆光子之言,可证此为孙光宪之文而误入者。

〔一〕文宗　原书作"大中"。按旧唐书卷十八下宣宗本纪:"(大中)九年春正月辛巳,银青光禄大夫、秘书监、许昌县开国男陈商卒,赠工部尚书。"则是下句所言乃用后日追赠官衔。

〔二〕左氏学议　原书作"春秋左传学议"。

〔三〕惧善恶失坠　原书上有"惜忠贤之泯灭"一句。

〔四〕以日系月　原书下有"修其职官"一句。

〔五〕婉章有所未一　原书"婉"作"琬"，当据本书改。杜预春秋左氏传序："三曰婉而成章。"原书句下有"文多不载"一句。

〔六〕正与商议同　原书下有葆光子（孙氏自号）赞同同寮王贞范驳杜预等言论。

238 进士李为作泪赋及轻、薄、暗、小四赋，李贺作乐府，多属意花草蜂蝶之间，二子竟不远大。世言文字可以见分命之优劣。

本条原出因话录卷三商部下。绀珠集卷五因话录题作属意蜂蝶。类说卷十四因话录题作作泪赋。唐诗纪事卷三三裴度亦载。

239 上元瓦官寺僧守亮〔一〕，通周易，性若狂易〔二〕。李卫公镇浙西，以南朝旧寺多名僧，求知易者，因帖下诸寺，令择送至府。瓦官寺众白守亮曰〔三〕："大夫取解易僧，汝常时好说易，可往否？"守亮请行。众戒曰："大夫英俊严重，非造次可至，汝当慎之〔四〕。"守亮既至，卫公初见〔五〕，未之敬。及与言论，分条析理，出没幽赜，公凡欲质疑，亮已演其意。公大惊，不觉前席〔六〕。命于甘露寺设馆舍〔七〕，自于府中设讲席〔八〕，命从事已下，皆横经听之，逾年方毕。既而请再讲。讲将半，亟请归甘露。既至命浴。浴毕，整巾屦〔九〕，遣白公云："大期今至〔一〇〕，不及回辞。"言讫而终。公闻惊异，明日率宾客至寺致祭。适有南海使送西国异香，公于龛前焚之，其烟如弦，穿屋而上，观者悲敬。公自草祭文，谓举世之官爵俸禄，皆加于亮，亮尽受之，可以无愧。

本条原出金华子卷下。

〔一〕瓦官寺　原书上有“古”字。

〔二〕通周易性若狂易　齐之鸾本、历代小史本无“若”。原书作“学行无所闻，而好言周易中彖象”。

〔三〕瓦官寺众白守亮曰　原书作“瓦官纲首见亮，因戏谓之曰”。

〔四〕众戒曰……汝当慎之　原书无此四句。

〔五〕卫公初见　原书作“赞皇初见，仪容村野”。

〔六〕亮已演其意公大惊不觉前席　原书作“亮乃敷衍，出人意表”。自此以下皆佚去。

〔七〕馆　聚珍本作“官”，今从齐之鸾本、历代小史本改。

〔八〕设　齐之鸾本、历代小史本作“陈”。

〔九〕屦　齐之鸾本、历代小史本作“缕”。当据本书改。

〔一〇〕期　齐之鸾本、历代小史本作“限”。

240 李德裕镇浙西〔一〕。有刘三复者，少贫苦，有才学。时中使赍诏书赐德裕，德裕谓曰〔二〕：“子为我草表，能立构否〔三〕？”三复曰：“文贵中，不贵速得。”德裕以为然。三复又请曰：“中外皆传公文〔四〕，请得以文集观之。”德裕出数轴，三复乃体而为表，德裕尤喜之。遣诣京师，果登第〔五〕。其子邺，后为丞相，上表雪德裕冤，归榇洛中。

本条原出北梦琐言卷一刘三复记三生事。

〔一〕李德裕镇浙西　原书上有“唐大和中”一句。

〔二〕德裕谓曰　原书作“德裕试其所为，谓曰”。

〔三〕构　齐之鸾本、历代小史本作“搆”，原书作“就”，下有注曰：“一作‘搆’。”

〔四〕中外皆传公文　原书作“渔歌樵唱，皆传公述作”。

〔五〕果登第　原书下有句曰“历任台阁”。其下叙刘三复记三生事，本书略去。

241 段郎中成式，博学文章，著书甚多〔一〕。守庐陵，尝游山寺，读一碑，二字不过，曰：“此碑无用于世矣。成式读之不过，更何用乎？”客有以此二字遍问人，果无知者。连典江南数郡，皆有名山：九江匡庐、缙云烂柯、庐陵麻姑〔二〕。前进士许棠寄诗云：“十年三领郡〔三〕，领郡管仙山〔四〕。”庐陵时，为人妄诉，逾年方辨，乃退居于襄阳〔五〕。温博士庭筠亦谪随县尉，节度使徐太师留在幕府〔六〕，与成式尤相善。尝送墨一挺与庭筠，往复致谢，搜故事者凡几函〔七〕。成式子安节，娶庭筠女。安节仕至吏部郎中、沂王傅。善音律，著乐府新录传于世〔八〕。

本条原出金华子卷上。

〔一〕著书甚多　原书下有“酉阳杂俎最传于世”一句。

〔二〕庐陵麻姑　原书下有“皆有吟咏”一句。

〔三〕十年三领郡　原书误作“十三年”，当据本书改。

〔四〕领郡　原书作“郡郡”。

〔五〕襄阳　原书作“岘山”。

〔六〕节度使徐太师留在幕府　原书作“廉帅徐太师商留为从事”。

〔七〕几函　原书作“九函”，下有“在禁集中”一句。

〔八〕著乐府新录传于世　原书作"著乐府行于世"。周广业注:"今名乐府杂录。"

242 令狐绹自吴兴除司勋郎中〔一〕,入禁林。一夕寓直,中使宣召,行百步,至便殿,上遣内人秉烛候之,引于御榻前赐坐。问:"卿从江外来,彼中氓庶安否?廉察郡守字人求瘼之道如何〔二〕?朕常思四海之大,九州之广,虽明君不能自理,常须贤佐,迩来朝廷皆未睹其忠荩。"绹降阶俯伏,曰:"圣意如此,微臣便合得罪。"上曰:"卿方为翰林学士,所职者朕之诰命,向来之言,本不相及。"以玉杯酌酒赐绹。有小案置御床上〔三〕,有书两卷,谓绹曰:"朕听政之暇,未尝不观书。此读者,先朝所述金镜,一卷则尚书禹谟。"复问曰:"卿曾读金镜否?"对曰:"文皇帝所著之书,有理国理身之要,披阅诵讽,不离于口。"上曰:"卿试举其要。"绹跪于御前诵之,至"乱未尝不任不肖,治未尝不任忠贤。任忠贤,则享天下之福;任不肖,则受天下之祸。"上止之曰:"朕每读至此,未尝不三复后已。书又云:'任贤勿贰,去邪勿疑。'是则欲致升平,当用此言为首。"绹奏曰:"先臣每言金镜可为万古格言〔四〕,自非聪明之姿,无以探其壶奥。"上曰:"曩者知卿材器,今日见卿词学。"顾中使曰:"持烛送学士归院。"当时近臣恩泽无比〔五〕。居岁馀,遂迁宰相。

永乐大典卷之一万三千四百五十二士金莲烛送学士引唐语林亦载。与卷七917条合为一条,本条在后。

本条原出剧谈录卷上宣宗夜召翰林学士。

〔一〕吴兴　原书下有"郡守"二字，当据补。新唐书卷一六六令狐绹传言绹自湖州刺史"召为考功郎中、知制诰"。

〔二〕字人　齐之鸾本、历代小史本作"理人"。

〔三〕上　聚珍本无，今依齐之鸾本、历代小史本补。原书亦有。

〔四〕先臣　原书作"先臣父"，指令狐楚。

〔五〕当时　原书作"咸以"。

243 宣宗因重阳，便殿大合乐，锡宴群臣。有御制诗，其略曰："款塞旋征骑，和戎委庙贤；倾心方倚注，叶力共安边。"宰臣以下应制皆和。上曰："宰相魏謩诗最佳〔一〕。"其联云〔二〕："四方无事去，宸豫杪秋来〔三〕；八水寒光动，千山霁色开。"上嘉赏久之，魏蹈舞谢。

本条原出抒情诗，太平广记卷一九九题作唐宣宗。唐诗纪事卷五三魏謩亦载此文，唯不注出处。

〔一〕佳　齐之鸾本、历代小史本作"出"。

〔二〕其联云　全唐诗卷五六三载魏謩此诗，题为和重阳锡宴御制诗。

〔三〕宸　齐之鸾本、历代小史本误作"神"。

244 宣宗嗜书，尝构一殿，每退朝，必独坐内观书，或至夜中烛灺委〔一〕，禁中谓上为"老儒生"。

本条原出大中遗事。绀珠集卷十大中遗事题作老儒生。本条与245条原合为一条，今依原书分列。

〔一〕委　绀珠集引文作"委积"，当据补。

245 大中十二年，以左谏议大夫郑漳〔一〕、兵部郎中李邺为郓王已下侍读。时郓王居十六宅，夔、昭已下五王居大明宫内院。数日，追制改充夔王已下侍读，五日一入乾符门讲读。懿宗即位，遂停〔二〕。

本条原出东观奏记卷下。说郛（陶珽刊本）卷四三东观奏记卷下亦载。本条与244条原合为一条，今依原书分列。

〔一〕以左谏议大夫郑漳　小石山房丛书本东观奏记作"始用左谏议大夫郑漳"。作"郑漳"者是。

〔二〕懿宗即位遂停　原书作"郓王即位后，其事遂停"。聚珍本"停"下有"勋"字，今从齐之鸾本、历代小史本删。

246 大中、咸通之后，每岁试礼部者千馀人，其间有名声〔一〕，如：何植、李玫〔二〕、皇甫松、李孺犀、梁望、毛浔〔三〕、具麻〔四〕、来鹄、贾随，以文章称；温庭筠、郑渎、何涓、周铃、宋耘、沈驾、周系〔五〕，以词翰显；贾岛、平曾、李淘〔六〕、刘得仁、喻坦之、张乔、剧燕、许琳、陈觉，以律诗传；张维、皇甫川、郭鄩、刘庭辉〔七〕，以古风著。虽然，皆不中科。

本条原出剧谈录卷下元相国谒李贺。贵池先哲遗书本附属于正文之后，正文参看本书卷六851条。

〔一〕其间有名声　原书作"其间章句有闻"。

〔二〕李玫　原书亦作"李玫"。新唐书卷五九艺文志三小说家类有李玫纂异记一卷，原注："大中时人。"当即此人。齐之鸾本、历代小史本作"李玟"。又诗薮外编卷三唐上引剧谈录此文，所叙人名全同原书，知语林所记多误。

〔三〕毛浔　原书作"毛涛"。

〔四〕具麻　原书作"贝麻"。

〔五〕周系　原书作"周繁"。

〔六〕李淘　原书作"李陶"。

〔七〕刘庭辉　原书作"刘延晖"。

247 陆翱为诗有情思〔一〕，其闲居即事云："衰柳迷隋苑〔二〕，衡门啼暮鸦〔三〕。茅厨烟不动，书牖日空斜。悔下东山石〔四〕，贫于南阮家〔五〕。沉忧损神虑，萱草自开花。"宴赵氏北楼云："殷勤赵公子，良夜竟相留。朗月生东海〔六〕，仙娥在北楼。酒阑珠露滴，歌迥石城秋。本为愁人设，愁人到晓愁。"题鹦鹉、早莺、柳絮、燕子，皆传于时。登第累年，无辟召，一游东诸侯，得钱仅百万，而卒于江南。长子希声，好学多才艺，勤于读史，非寝食未尝释卷，中朝子弟好读史者无及。昭宗时为相〔七〕。

本条原出金华子卷上。

〔一〕陆翱为诗有情思　原书作"陆翱，字楚臣，进士擢第。诗不甚高，而才调宛丽，有子弟之标格。未成名时，甚贫素"。

〔二〕迷隋苑　原书作"欹闲苑"。

〔三〕衡门　原书作"白门"。

〔四〕悔下　原书作"老忆"。

〔五〕于　原书作"看"。

〔六〕朗　原书作"明"。

〔七〕昭宗时为相　原书作"昭宗朝登庸，辞疾不就。出游江外，获全危难"。

248 李郢有诗名[一],郑尚书颢门生也。居杭州,不务进取,终案:此下原阙一字。下郎官[二]。初赴举[三],闻邻女有容[四],求娶之。遇有争娶者,女家无以为辞,乃曰:"备钱百万[五],先至者许之。"两家具钱,同日皆至。女家无以为辞,复曰:"请各赋一诗,以为优劣。"郢乃得之。登第回江南,驻苏州,遇故人守湖州,邀同行[六],郢辞以决意春归,为妻作生日,故人不放,与之胡琴、焦桐、方物等,令且寄归代意。郢为寄内诗曰:"谢家生日好风烟,柳暖花春二月天[七]。金凤对翘双翡翠,蜀琴新上七丝弦。鸳鸯交颈期千岁[八],琴瑟谐和愿百年[九]。应恨客程归未得,绿窗红泪冷涓涓。"兄子咸通初守杭州,郢至,宿虚白堂,云:"缺月斜明虚白堂,寒蛩唧唧树苍苍。江风彻曙不得睡[一〇],二十五声秋点长。"

本条原出金华子卷下。绀珠集卷十金华子题作二十五声秋点长,类说卷二五金华子题作李郢诗云,均仅引末二句。唐诗纪事卷五八李郢:"郢有诗云:'江风彻曙不成睡,二十五声秋点长。'最为警绝。刘光远载于金华子。""光远"乃"崇远"之误。

〔一〕李郢有诗名　原书作"李郢诗调美丽,亦有子弟标格"。

〔二〕终□下郎官　原书作"终于员外郎"。本书中间之案语当是永乐大典编者或四库全书馆臣所加。齐之鸾本注一"缺"字,历代小史本空一字。

〔三〕初赴举　原书作"初,将赴举"。

〔四〕容　原书作"容德"。

〔五〕百万　原书作"一千缗"。

〔六〕遇故人守湖州邀同行　原书作"遇亲知方作牧,邀同赴茶山”。

〔七〕花春　原书作“花香”。

〔八〕岁　原书作“载”。

〔九〕谐和　原书作“和谐”。

〔一〇〕不得睡　周广业注曰：“绀珠集作‘不成寐’。”

249 马博士戴[一]，大中初为太原李司空掌记[二]，以正直被斥，贬朗州龙阳尉。戴著书，自痛不得尽忠于故府，而动天下之议[三]。行道兴咏，寄情哀楚，凡数十篇。其方城怀古云：“申胥枉向秦庭哭[四]，靳尚终贻楚国羞。”新春闻赦云：“道在猜谗息，仁深疾苦除。尧聪能下听，汤网本来疏[五]。”

本条原出金华子。读画斋丛书本金华子卷下录至“而动天下之浮议”。唐诗纪事卷五四马戴引金华子与本书此文略同，而缺“戴著书，自痛不得尽忠于故府，而动天下之议”三句。说郛（张宗祥辑明抄本）卷十一金华子引文与此同，亦佚三句。能改斋漫录卷二事始中恩府一条引此，云出金华子杂编。永乐大典卷之一万一千一府恩府引金华子杂编，即此文。

〔一〕马博士戴　原书上有“以恩地为恩府，始于唐马戴”二句。永乐大典引文亦有。

〔二〕太原李司空　岑仲勉唐方镇年表正补：“大中四年王宰、李拭，五年拭及李业，六年业及卢钧。……按：拭、业均无检校司空明文，唯旧纪、传，钧当日是检校司空，或金华子误耶？”

〔三〕议　原书与永乐大典引文作“浮议”。

〔四〕枉　唐诗纪事、说郛引文作“任”。

〔五〕汤网本来疏　唐诗纪事引文无，当据本书补。

250 李字除果名、地名、人姓之外，更无有别训义也。左传“行李之往来”〔一〕，注〔二〕：“行李，使人也。”远行结束〔三〕，谓之行李，而不悟是行使尔〔四〕。按旧文：使字作“𡴆”，传写之，误作“李”焉。〔原注〕旧文“使”字，“山”下“人”，“人”下“子”〔五〕。

本条原出资暇集卷上行李。绀珠集卷十二、类说卷二九资暇集题作行李。能改斋漫录卷五辨误内行李条亦引，且有辨析。说郛（陶珽刊本）卷十四资暇录题作行李，（张宗祥辑明抄本）卷五八资暇集亦载。

〔一〕行李之往来　左传僖公三十年文。

〔二〕注　原书作“杜不研穷意理，遂注云”。

〔三〕远行结束　原书句首有“遂俾今见”四字，句下有“次第”二字。齐之鸾本、历代小史本“远”作“遂”字。

〔四〕尔　聚珍本无，今从齐之鸾本、历代小史本补。原书亦有。

〔五〕原注旧文使字山下人人下子　聚珍本无，今从齐之鸾本、历代小史本补。原书亦有。句首〔原注〕二字乃依全书体例添加。程大昌演繁露卷一行李引唐李涪曰：“使字，山下安人，人下安子，盖古‘使’字也。”亦即此文。然将作者李匡文误记作李涪。

251 汉四皓，其一号角里。角音禄，今多以“觉”呼者，非也。魏子及孔氏秘记〔一〕、荀氏汉纪虑将来之误〔二〕,直书“禄里”。按玉篇等字书皆云:“东方为觮音,或作角;角亦音禄〔三〕。”魏子、秘记、汉纪不书“觮”而作“禄”者,以其字僻,又虑误音故也。李匡乂云〔四〕:角里当东方〔五〕。何者?按陈留志称京师亦号为灞上儒生〔六〕,灞既在京师之东,则角里为东方不疑矣〔七〕。以字书而言〔八〕,角,直宜作“觮”尔,然觮字亦音角〔九〕。音觉者,乐声也,或亦通用“膟角”之“角”字〔一〇〕,是以今人多乱其音呼之。稍留心为学者,则妄穿凿云:音禄之“角”,与音觉之“角”,点画有分别。又不知角、觮各有二音〔一一〕,字体皆同,而其义有异也。又礼记“君大夫鬊爪实于绿中〔一二〕”,郑司农注云:“绿当为角,声之误也。”既云声误,是郑读“角中”为“禄中”。“禄”与“绿”是双声,若读角为觉,觉是腭际声,绿是舌头之声〔一三〕。注复云:“角中,谓棺内四隅也。”据此则又似音禄之“角”与音觉之“角”义同〔一四〕。陆氏释文、孔氏疏不能穷其声义,亦但云:“绿当为角。”汉之角里,礼之“绿中”,皆当作“禄”音〔一五〕。

永乐大典卷之一万九千七百四十三睩总叙引唐语林亦载。

本条原出资暇集卷上禄里。类说卷二九资暇集题作甪里。说郛(陶珽刊本)卷十四资暇录题作禄里。

〔一〕魏子及孔氏秘记　魏子三卷,后汉会稽人魏朗撰,见隋书卷三四经籍志三,属子部儒家。孔氏秘记,当即孔至姓氏杂录一卷,见新唐书卷五八艺文志二。

〔二〕荀氏汉纪　隋书卷三三经籍志二:“汉纪三十卷,魏秘书监荀悦撰。”

〔三〕按玉篇等字书皆云东方为龣音或作角角亦音禄　原书作“案玉篇等字书皆云：‘东方为角，音龣。禄或作角，字亦音禄。’”当据之校正。齐之鸾本、历代小史本此数句均作双行小注。永乐大典亦作注文列入。

〔四〕李匡乂云　原书作“以愚所见”。永乐大典引文“乂”作“文”。

〔五〕里　原书误作“是”。

〔六〕陈留志称京师亦号为灞上儒生　句有误，疑“儒生”二字本置陈留志三字后。

〔七〕角里　原书误作“角星”。

〔八〕以字书而言　聚珍本作“字书言”，今从齐之鸾本、历代小史本补“以”、“而”二字。永乐大典引文亦有此二字。

〔九〕音　聚珍本作“作”，今从齐之鸾本、历代小史本改。原书亦作“音”。

〔一〇〕腢　齐之鸾本、历代小史本作“偶”。永乐大典引文作“隅”。

〔一一〕又　齐之鸾本、历代小史本、永乐大典引文作“今人皆”。

〔一二〕君大夫鬠爪实于绿中　礼记丧服大记中文。礼记原文“鬠”作“鬊”。

〔一三〕绿是舌头之声　原书下有“何以破声误之说也”八字。

〔一四〕又似音禄之角与音觉之角义同　齐之鸾本、历代小史本、永乐大典引文“似”作“以”。原书“同”作“略同”。

〔一五〕汉之角里礼之绿中皆当作禄音　原书作“何忽后学之甚？故愚自读汉之‘角里’、礼之‘绿中’皆作‘禄’音，亦岂敢正诸君子耶，然好学者试详之。”齐之鸾本、历代小史本“音”作“者”。

252 月令〔一〕,今人依陆德明说,云是吕氏春秋十二纪之首,后人删合为之,非也。盖出于周书第七卷周月、时训两篇。蔡邕、玉篇云〔二〕:“周公作。”是吕纪自采于周书〔三〕,非戴礼取于吕纪,明矣。

本条原出资暇集卷上月令。说郛(陶珽刊本)卷十四资暇录题作月令。

〔一〕月令　原书作“礼记之月令者”。

〔二〕玉篇　聚珍本无,今从齐之鸾本、历代小史本补。原书亦有。

〔三〕自　聚珍本无,今从齐之鸾本、历代小史本补。原书亦有。

253 论语:“宰予昼寝〔一〕。”梁武帝读为“寝室”之“寝”〔二〕。昼,胡卦反〔三〕,言其绘画寝室,故夫子叹“朽木不可雕也,粪土之墙不可杇也〔四〕。”今人皆以为韩文公所说,非也。

本条原出资暇集卷上昼寝。说郛(陶珽刊本)卷十四资暇录题作昼寝。本条与254条原合为一条,今依原书分列。

〔一〕宰予昼寝　论语公冶长文。

〔二〕梁武帝读为寝室之寝　原书作“郑司农云:‘寝,卧息也。’梁武帝读为室之‘寝’”。此处“室”上当据本书补一“寝”字。

〔三〕胡卦反　原书下有“且云当为‘画’字”一句,当据补。

〔四〕粪土之墙不可杇也　原书"杇"作"圬"。论语原文作"杇"。又原书句下尚有"然则曲为穿凿也"一句。

254 又："伤人乎，不问马[一]。"今亦云韩文公读"不"为"否"[二]，言大德圣人，岂仁于人不仁于马？故贵人，所以前问；贱畜[三]，所以后问。然"不"字上岂更要助词[四]？其亦曲矣，况又未必韩公所说[五]。按陆氏释文亦云"一读至'不'字句绝[六]"，则知以"不"为"否"[七]，其来尚矣。诚以"不"为"否"，则宜至"乎"字句绝，"不"字自为一句。何者？夫子问"伤人乎？"乃对曰："否。"既不伤人，然后乃问马，其文别为一读，岂不愈于陆云乎？

本条原出资暇集卷上问马。说郛（陶珽刊本）卷十四资暇录题作问马。本条与253条原合为一条，今依原书分列。

〔一〕伤人乎不问马　论语乡党文。

〔二〕云　原书作"为"。

〔三〕贱畜　聚珍本作"畜贱"，今从齐之鸾本改。原书亦作"贱畜"。

〔四〕然不字上岂更要助词　原书作"然而'乎'字下岂更有助词"。

〔五〕未必　原书作"非"。

〔六〕句绝　经典释文卷二四作"绝句"。

〔七〕以　聚珍本作"其"，今从齐之鸾本改。原书亦作"以"。

255 稷下有谚曰[一]："学识何如观点书。"书之难，不唯句度义理，兼在知字之正音、借音。若某字以朱发平声[二]，即为某字[三]；发上声，变为某字；去、入又改为某字。转平、上、去、入易耳，知合发、不发为难。不可尽条举之，今略指一隅。至如亡字、无字[四]、毋字，并是正“无”字，非借音也。今见点书每遇“亡有”字，必以朱发平声，其遇“毋”字亦然[五]，是不知亡字、亾字、毋字、母字点画各有区别。亡从一点、一画、一乚[六]，〔原注〕[七]观篆文当知矣。是以“无”字正体作“亡”。“亾失”之“亾”中有“人”[八]，“毋有”字其画尽通也，“父母”字中有两点。〔原注〕刘伯庄音义云[九]：凡非父母字之“母”[一〇]，皆呼为无字，是也。义见字书。其“无”“旡”二字，〔原注〕上“无”下“既”。今多混书，陆德明已有论矣。

本条原出资暇集卷上字辨。说郛（陶珽刊本）卷十四资暇录题作字辨。

〔一〕稷下有谚　齐之鸾本此四字作“李匡文”。原书“下”误作“不”，当据本书改。

〔二〕朱　原书作“失”，当据本书改。

〔三〕某　原书作“其”，当据改。

〔四〕无字　聚珍本无，今从齐之鸾本补。原书亦有。

〔五〕毋字　原书作“毋有”。

〔六〕一乚　原书误作“丁”，当据本书改。

〔七〕原注　此为李匡文自注。原书作正文列入。下同。

〔八〕亾失之亾中有人　原书句首无“亾”字，当据本书补。“中”上有“母”字，当据本书删。

〔九〕刘伯庄音义　新唐书卷五八艺文志二录刘伯庄汉书音义二十卷。

〔一〇〕字　聚珍本无，今从齐之鸾本补。原书亦肖。

256 世人多谓李氏立意注文选，过为迂繁，徒自骋学，且不解文意，遂相尚习五臣者，大误也。所广征引，非李氏立意。盖李氏不欲窃人之功，有旧注者，必逐每篇存之，仍题元注之人姓字〔一〕；或有迂阔乖谬，犹不削去之。苟旧注未备，或兴新意，必于旧注中称“臣善”以分别。既存元注，例皆引据，李氏续之，雅谊殷勤也。代传数本李氏文选，有初注成者，有覆注成者，有三注、四注者，当初旋被传写之误〔二〕。其绝笔之本，兼释音训义，注解甚多，匡乂家幸而有焉〔三〕。尝将数本并校，不惟注之赡略有异，至于科段互相不同，无似余家之本该备也。因而比量五臣者，方悟所注直尽从李氏注中出，开元进表反非斥李氏，无乃欺心欤！且李氏未详处，将欲下笔，宜明引凭证〔四〕；细而观之，无非率尔。今聊各举其一端。至如西都赋说猎云：“许少施巧〔五〕，秦成力折。”李云：“许少、秦成未详。”五臣云：“古之捷人壮士〔六〕，搏格猛兽。”施巧、力折固是捷壮，文中自解矣，岂假更言？况不知二人所从出乎？又注“作我上都”云：“上都，西京也。”何太浅近忽易欤？必欲加李氏所未注，何不云“上都者，君上所居，人所都会”耶？况秦地厥田上上，居天下之上乎？又轻改前贤文旨。若李氏注云“某字或作某字”，便随而改之；其有李氏解而自不晓〔七〕，辄复移易，今不能繁驳，亦略指其所改一字。曹植乐府云〔八〕：“寒鳖炙熊蹯。”李氏云：今之腊肉谓之“寒”，盖韩国事馔尚此法；复引盐铁论“羊淹鸡寒”、刘熙释名“韩鸡”为证“寒与韩同”〔九〕。又李以上句云“脍鲤臇胎虾”，因注云：

"诗曰:'炰鳖脍鲤'〔一〇〕。"五臣兼见上句有"脍",遂改"寒鳖"为"炰鳖",以就毛诗之句。又子建七启云:"寒芳苓之巢龟〔一一〕,鲙西海之飞鳞。"五臣亦改"寒"为"搴",注云:"搴,取也。"何以对下句之"鲙"耶?况此篇全说殽事之意〔一二〕,独入此"搴"字,于理甚不安。上句既改"寒"为"搴",下句亦宜改"鲙"为"取",纵一联稍通,亦与诸句不相承接。以此言之,明子建故用"寒"字,岂可改为"炰"、"搴"耶?斯类篇篇有之,学者幸留意。仍知李氏绝笔之本〔一三〕,悬若日月焉。方之五臣,犹虎狗、凤鸡耳。其改字,有"翩翻"对"恍惚"〔一四〕,则独改"翩翻"为"翩翩",与下句不相收。又李氏旧本作"泉"及年代字〔一五〕,五臣贵有异同,改其字,却犯国讳,岂惟矛盾也〔一六〕!

本条原出资暇集卷上非五臣。说郛(陶珽刊本)卷十四资暇录题作非五臣。

〔一〕之人　齐之鸾本作"人之",原书亦作"人之"。当据改。

〔二〕当初旋被传写之误　原书作"当时旋被传写之",当据改。

〔三〕匡乂　齐之鸾本作"匡文"。原书作"余"。

〔四〕引　聚珍本作"有",今从齐之鸾本改。原书亦作"引"。

〔五〕许　原书误作"诗",当从本书改。

〔六〕古　齐之鸾本作"昔"。原书亦作"昔"。

〔七〕解　原书作"不解",当据本书删"不"字。

〔八〕曹植乐府　即名都篇,见文选卷二七。

〔九〕韩鸡　原书其上尚有"韩羊"一词。

〔一〇〕诗曰炰鳖脍鲤　诗经小雅六月句。

〔一一〕寒芳苓之巢龟　原书“苓”作“莲”，二字同。七启见文选卷三四。

〔一二〕殽　原书作“修”，当据本书改。

〔一三〕仍　原书作“乃”，当据改。

〔一四〕有　原书作“至有”。

〔一五〕又李氏旧本作泉及年代字　原书作“又李氏依旧本，不避国朝庙讳，五臣易而避之，宜矣。其有李本本作‘泉’及年代字”。

〔一六〕也　原书作“而已哉”。

257 衡山五峰，曰：紫盖、云密、祝融、天柱、石廪〔一〕。下人多文词，至于樵夫，往往能言诗。尝有广州幕府夜闻舟中吟曰：“野鹊滩西一棹孤，月光遥接洞庭湖。堪憎回雁峰前过，望断家山一字无。”问之，乃其所作也。

本条不知原出何书。

〔一〕石廪　齐之鸾本、历代小史本作“廪成”。太平寰宇记卷一一四江南道十二潭州湘潭县叙衡山曰：“石廪峰一如仓庾。有二户，一开一闭；闭者有锁钥之形。”知作“石廪”者是。

258 李华，字遐叔，以文学自名，与萧颖士、贾幼几为友。华作赋云〔一〕：“星锤电交于万绪，霜锯冰解于千寻。拥梯成山，攒杵为林〔二〕。”颖士读之，谓华曰：“可使孟坚瓦解，平子土崩矣。”幼几曰“未若‘天光流于紫庭，测景入于朱户。腾祥灵于黯霭〔三〕，映旭日之葱茏。’”华曰：“某所自得，惟：‘括万象以为尊，特巍巍于上京。分命征般石之匠〔四〕，下荆、扬之材，操斧执斤者万人，涉碛砾而登崔嵬。’不让东、西二都也〔五〕。”时人以华不可居萧、贾之间。

本条不知原出何书。

〔一〕华作赋　即含元殿赋，见文苑英华卷四七。

〔二〕星锤电交于万绪霜锯冰解于千寻拥梯成山攒杵为林　文苑英华引文“绪”作“堵”，“梯”作“材”，“为”作“如”。

〔三〕测景入于朱户腾祥灵于黯霭　文苑英华引文“测”作“倒”，“灵”作“云”，“于”作“之”，“黯”作“郁”。

〔四〕特巍巍于上京分命征般石之匠　文苑英华引文“于”作“乎”，“分”作“则”。

〔五〕不让东西二都也　齐之鸾本、历代小史本句首有“实”字。

259 郑案〔一〕：此下原阙二字。云〔二〕：“张燕公文逸而学奥；苏许公文似古〔三〕，学少简而密。张有河朔刺史冉府君碑，序金城郡君云：‘蕣华前落，稿瘗城隅’，‘天使马悲，启滕公之室；〔四〕人看鹤舞，闭王母之坟〔五〕。’亦其比也。”公又云：“张巧于才，近世罕比。端午三殿侍宴诗云：‘甘露垂天酒，芝盘捧御书。含丹同蝘蜓，灰骨慕蟾蜍。’上亲解紫拂菻带以赐焉。苏尝梦书壁云：‘元老见逐，谗人孔多。既诛群凶，方宣大化。’后十三年视草禁中，拜刘幽求左仆射制，上亲授其意，及进本，上自益前四句，乃梦中之词也。”又闻杜工部诗如爽鹘摩霄〔六〕，骏马绝地。其八哀诗，诗人比之大谢拟魏太子邺中八篇。杜曰：“公知其一，不知其二。吾诗曰：'汝阳让帝子，眉宇真天人；虬髯似太宗，色映塞外春。'八篇中有此句不？"或曰："'百川赴巨海，众星拱北辰。'所谓世有其人。"杜曰："使昭明再生，吾当出刘、曹、二谢上〔七〕。"杜善郑广文〔八〕，尝以花卿及姜楚公画鹰歌示郑，郑曰："足下此诗可以疗疾。"他日郑妻病，杜曰："尔但言'子章髑髅血模糊，手提掷还崔大夫'。如不瘥，即云'观者徒惊帖壁飞，画师不是无心学'。未间，更有'太宗拳毛騧，郭家师子花〔九〕'。如又不瘥，虽和、扁不能为也。"其自得如此。

本条疑出刘宾客嘉话录。今本刘宾客嘉话录佚去，唐兰援本书此条入校辑本补遗，而自"又闻杜工部诗如爽鹘摩霄"下又分一条，下加按语曰："此二条本为一条，详其文义，当亦出嘉话录。文中引'公又云'即韦书通例。末云'其自得如此'，按张巡守睢阳条云：'其忠勇如此'，杜丞相鸿渐条云：'贵人多知人也如此'，苗给事条云：'其父子之情切如此'，贞元末太府卿韦渠牟条云：'名场险巇如此'，均与此相类，故定为嘉话录佚文。"

〔一〕案　此案语当是永乐大典编者所加。

〔二〕郑□□云　唐兰曰："首言'郑□□云'，疑本作'刘禹锡云'，既脱'禹锡'两字，又误'刘'为'郑'耳。"

〔三〕苏许公　即苏颋。

〔四〕天使马悲启滕公之室　事见西京杂记卷四。

〔五〕人看鹤舞闭王母之坟　齐之鸾本、历代小史本作"人之金屋，见仙鸟之瑶筐。"案张说此文载文苑英华卷九二〇，题作唐河州刺史冉府君神道碑，"王母"作"玉女"；注曰"集作'王母'"。

〔六〕闻　唐兰改"闻"为"曰",下有注曰:"'曰'本作'闻',今以意改。"此说可供参考。

〔七〕上　齐之鸾本、历代小史本作"矣"。

〔八〕郑广文　即郑虔。

〔九〕太宗拳毛騧郭家师子花　杜甫韦讽录事宅观曹将军画马图歌中句,原文为"昔日太宗拳毛騧,近时郭家狮子花。"

260 太宗尝出行,有司请载副书以从〔一〕,帝曰:"不须。虞世南在,此行秘书也〔二〕。"

本条原出隋唐嘉话卷中、大唐新语卷八聪敏第十六。太平御览卷六一二引国朝传记亦载。太平广记卷一六四国朝杂记、一九七国史异纂题作虞世南。绀珠集卷十、类说卷五四隋唐嘉话题作行秘书。说郛(陶珽刊本)卷三六隋唐嘉话亦载。说郛(张宗祥辑明抄本)卷三八传载、卷六七国史异纂均载。集注分类东坡先生诗卷三张竞辰永康所居万卷堂宋援引国朝杂事亦载。又本书此条与261条原合为一条,大唐新语亦合,今依隋唐嘉话分列。

〔一〕副　大唐新语无,当据各书补。

〔二〕行秘书　齐之鸾本、历代小史本作"行秘监"。

261 虞公为秘书监〔一〕,于省后堂集群书可为文章用者〔二〕,号为北堂书钞。后北堂犹存〔三〕,而书钞盛行于世〔四〕。

本条原出隋唐嘉话卷中、大唐新语卷八聪敏第十六。太平御览卷六〇一引国朝传记亦载。太平广记卷一六四国朝杂记题作虞世南。类说卷六传记题作北堂书钞。说郛(陶珽刊本)卷三六隋唐嘉话、(张宗祥辑明抄本)卷六七国史异纂均载。刘宾客嘉话录亦有此文,唐兰考为误入。又本书此条与260条原合为一条,大唐新语亦合,今依隋唐嘉话分列。

〔一〕书　聚珍本无,今从齐之鸾本、历代小史本补入。

〔二〕群书　隋唐嘉话下有“中事”二字,当据补。大唐新语此二字作“奥义”。

〔三〕后北堂　隋唐嘉话、大唐新语均作“今此堂”。

〔四〕书钞　隋唐嘉话、大唐新语无“钞”字。

262 褚遂良为太宗哀册文,自朝还,马误入人家而不觉。

本条原出隋唐嘉话卷中。太平御览卷五九六引国朝传记亦载。类说卷五四隋唐嘉话题作太宗册文。说郛(陶珽刊本)卷三六隋唐嘉话亦载。

263 沈佺期以诗著名〔一〕。燕公张说尝谓人曰〔二〕:“沈三兄诗,须还他第一〔三〕。”

本条原出隋唐嘉话卷下。太平御览卷五八六引国朝杂记亦载。太平广记卷二〇一国史异纂题作东方虬,乃因与原书叙东方虬事之文合,而该文又置于前之故。该文即本书卷五649条所从出者。绀珠集卷十隋唐嘉话题作沈三第一。类说卷五四隋唐嘉话题作沈三兄诗。海录碎事卷十九亦载。说郛(陶珽刊本)卷三六隋唐嘉话亦载。

〔一〕诗　原书作“工诗”。

〔二〕人　原书作"之"。

〔三〕须　原书作"直须"。

264 代有山东士大夫类例〔一〕，其非士族及假冒者，不见录，署云相州僧昙刚撰。后柳常侍冲亦明族姓〔二〕，中宗朝为相州刺史，询问耆旧，云："自隋已来，不闻有僧名昙刚。"盖惧见嫉于时〔三〕，隐其名氏云。

本条原出隋唐嘉话卷下、大唐新语卷九著述第十八。太平广记卷一八四此条题作类例，云出国史补，误。刘宾客嘉话录亦有此文，唐兰考为误入。

〔一〕代有山东士大夫类例　隋唐嘉话、大唐新语句下均有"三卷"二字。太平广记引文"代"作"世"。新唐书卷一九九儒学中柳冲传载柳芳之言曰："齐浮屠昙刚类例。"

〔二〕柳常侍冲　大唐新语作"左散骑常侍柳冲"。

〔三〕惧见　原书无，当据本书补。

265 近代言乐，卫道弼为最，天下莫能以声欺者〔一〕。曹绍夔与道弼为乐令〔二〕，比监郊享御史有怒于绍夔〔三〕，欲以乐不和为之罪，杂叩钟磬，使暗别之〔四〕，无误者，由是反叹服其能。洛阳有僧〔五〕，房中磬子夜辄自鸣，僧以为怪，惧而成疾，求术士，百方禁之，终不能已。曹绍夔素与僧善，适来问疾，僧遽以告〔六〕。俄顷，轻击斋钟，磬复作声，绍夔笑曰："明日盛设馔，余当为除之。"僧虽不信其言，冀其或效，乃置馔以待。绍夔食讫，出怀中错，鑢磬数处，其声遂绝。僧苦问其所以，绍夔曰："此磬与钟律合，故击彼应此。”僧大喜,其疾便愈。

本条原出隋唐嘉话卷下。太平广记卷二〇三国史异纂题作卫道弼曹绍夔。说郛(陶珽刊本)卷三六隋唐嘉话亦载。“洛阳有僧”以下,刘宾客嘉话录亦载,唐兰考为隋唐嘉话遗文;齐之鸾本、历代小史本则脱去此段文字,聚珍本不脱,而整条文字次于卷五644、645条之间,今从齐之鸾本、历代小史本提前置此。

〔一〕近代言乐卫道弼为最天下莫能以声欺者　上十七字,原书误缀于上一条后,今依太平广记引文改。原书上一条即本书卷五645条所从出之文。

〔二〕曹绍夔与道弼为乐令　原书作“曹绍夔沈之弼皆为太乐令”。“沈之弼”为“与道弼”之误,当据本书改。太平广记引文不误。本书当据原书补“太”字。

〔三〕比监郊享御史　原书作“享北郊,监享御史”。

〔四〕别　原书作“名”。

〔五〕洛阳有僧　自此以下,原书均佚,本书字句较完整,当据本书补入。

〔六〕遽　太平广记引文、刘宾客嘉话录作“具”。

266 咸通中,进士皮日休进书两通:其一,请以孟子为学科〔一〕。有能通其义者,其科选同明经。其二,请以韩愈配飨太学〔二〕。有唐以来,一人而已,苟不得在二十一贤之数列,于典礼未为备也。日休字逸少,后字袭美,襄阳竟陵人。少隐鹿门山,号醉吟先生。榜末及第〔三〕,礼部侍郎郑愚以其貌不扬,戏之曰:“子之才学甚富,如一日何〔四〕?”皮对曰:“侍郎不可一日废二日。”谓不以人废言也。官至太常博士[五]。居苏州,与陆龟蒙为友。著文薮十卷、皮子三卷。黄巢时遇害。其子仕钱镠[六]。

本条原出北梦琐言卷二皮日休献书。太平广记卷四九九北梦琐言题作皮日休。说郛(陶珽刊本)卷四六北梦琐言亦载,引至"未为备也"。

〔一〕请以孟子为学科　原书句下节引皮氏之文,本书略去。

〔二〕请以韩愈配飨太学　原书句下节引皮氏之文,本书略去。

〔三〕末　原书作"未",当据本书改。

〔四〕日　太平广记引文同,下文亦作"日"。原书作"目",下文亦作"日"。按日休虽貌陋,然未闻有一目之事,兹不取。而"一日"之说亦费解,姑存疑。

〔五〕太常　原书作"国子"。

〔六〕其子仕钱镠　子即皮光业。参看本书附录唐语林援据原书提要中之皮氏见闻录提要。

267 王维好佛,故字摩诘。性高致,得宋之问辋川别业,山水胜绝,清源寺是也[一]。维有诗名,然好取人句[二]。"行到水穷处[三],坐看云起时。"英华集中诗也[四]。"漠漠水田飞白鹭,阴阴夏木啭黄鹂。"李嘉祐诗也[五]。

本条原出国史补卷上王维取嘉句。太平广记卷一九八国史补题作王维。绀珠集卷三国史补题作王维窃句。类说卷二六国史补题作王维窃人诗句。说郛(张宗祥辑明抄本)卷七五国史补亦载。

〔一〕清源寺是也　原书句首有"今"字。

〔二〕句　原书作"文章佳句"。

〔三〕行到水穷处　太平广记等书引文句首有“如”字，当据补。

〔四〕英华集　僧惠净续古今诗苑英华集之简称。此书二十卷，见新唐书卷六十艺文志四总集类。

〔五〕李嘉祐诗　昭德先生郡斋读书志卷四上王维集十卷提要曰：“李肇记维‘漠漠水天飞白鹭，阴阴夏木啭黄鹂’之句，以为窃李嘉祐者，今嘉祐之集无之，岂肇之厚诬乎！”葛立方韵语阳秋卷一：“‘水田飞白鹭，夏木啭黄鹂’，李嘉祐诗也，王摩诘衍之为七言，曰‘漠漠水田飞白鹭，阴阴夏木啭黄鹂’，而兴益远。”

268 柳芳与韦述友善，俱为史学〔一〕。述卒后，所著书未毕者，芳续之〔二〕。

本条原出国史补卷上柳芳续韦书。太平广记卷二三五国史补题作柳芳。南部新书卷戊亦载此事。

〔一〕史学　原书作“史官”。太平广记引文与南部新书均作“史学”。

〔二〕芳续之　原书作“多芳与续之成轴也”。新唐书卷一三二柳芳传：“开元末，擢进士第，由永宁尉直史馆。肃宗诏芳与韦述缀辑吴兢所次国史，会述死，芳绪成之。兴高祖，讫乾元，凡百三十篇。”

269 李华作含元殿赋，萧颖士见之，曰：“景福之上，灵光之下。”华著论言龟卜可废，可谓深识之士。后以失节贼庭，故其文殷勤于四皓、元鲁山，极笔于权著作〔一〕，盖心所愧也。

本条原出国史补卷上李华含元赋。

〔一〕权著作　原书误作“权者作”，当据本书改。新唐书卷一九四忠义权皋传：“李季卿为江淮黜陟使，列其高行，以著作郎召，不就。”李华撰著作郎赠秘书少监权君墓表，载全唐文卷三二一。新唐书卷二〇三文艺下李华传：“华触祸衔悔，及为元德秀权皋铭、四皓赞，称道深婉，读者怜其志。”

270 李翰文虽宏畅，而思甚苦涩。晚居阳翟，常从邑令皇甫曾求音乐。思涸则奏乐，神全则缀文〔一〕。

本条原出国史补卷上李翰借音乐。太平广记卷一九八国史补题作李翰。说郛（陶珽刊本）卷四八唐国史补题作求音乐。

〔一〕神全则缀文　新唐书卷二〇三文艺下李翰传叙此，作“神逸乃属文”。

271 大历已后，专学者，有蔡广成周易，强蒙论语〔一〕，啖助〔二〕、赵匡、陆质春秋，施士匄毛诗，袁彝〔三〕、仲子陵、韦彤、裴茝讲礼〔四〕，章庭珪、薛伯高、徐润并通经。其馀地里则贾仆射〔五〕，兵赋则杜太保〔六〕，故事则苏冕、蒋乂，历算则董纯〔七〕，天文则徐泽，氏族则林宝。

本条原出国史补卷下叙专门之学。

〔一〕强蒙　原书误作“强象”，当据本书改。

〔二〕啖助　新唐书卷二百儒学下啖助传：“助门人赵匡、陆质，其高第也。助卒，年四十七。质与其子异裒录助所为春秋集注总例，请匡损益，质纂会之，号纂例……大历时，助、匡、质以春秋，施士匄以诗，仲子陵、袁彝、韦彤、韦茝以礼，蔡广成以易，强蒙以论语，皆自名其学，而士匄、子陵最卓异。”

〔三〕袁彝　原书误作“刁彝”，当据本书改。

〔四〕裴茝　聚珍本作“裴蓰”，今从齐之鸾本、历代小史本改。原书亦作“裴茝”。

〔五〕贾仆射　即贾耽，旧唐书卷一三八、新唐书卷一六六有传。

〔六〕杜太保　即杜佑，旧唐书卷一四七、新唐书卷一六六有传。

〔七〕董纯　原书作“董和”，句下原注曰：“名嫌，宪宗庙讳。”新唐书卷五九艺文志三天文类录董和通乾论十五卷，原注：“和，本名纯，避宪宗名改。善历算。裴胄为荆南节度，馆之，著是书云。”参看本书卷八1032条。

272 楚僧灵一〔一〕，律行高洁而能为诗〔二〕。吴僧皎然，一名昼一〔三〕，工篇什，著诗评三卷。及卒，德宗遣使取其遗文。中世文僧〔四〕，二人首出。

本条原出国史补卷下二文僧首出。

〔一〕灵一　原书佚“一”字，当据本书补。

〔二〕诗　原书作“文”。案灵一以诗著称，唐才子传卷三有传。

〔三〕昼一　齐之鸾本、历代小史本与原书均误作“画”。唐才子传卷四皎然上人：“皎然，字清昼，吴兴人……一时名公，俱相友善，题曰‘昼上人’是也。”新唐书卷六十艺文志四别集类录皎然诗集十卷，原注：“字清昼，姓谢，湖州人。灵运十世孙。居杼山。”本书“昼”下误衍“一”字。

〔四〕中世　原书作“近世”。

273 韦应物立性高洁，鲜食寡欲，所居焚香扫地而坐〔一〕。其为诗，驰骤建安已还，各得其风韵。

本条原出国史补卷下韦应物高洁。容斋随笔卷二韦苏州条引国史补亦载。集注分类东坡先生诗卷三南堂五首之五曹梦良引国史补亦载。

〔一〕所居　原书误作“所坐”。曹梦良引文作“所在”，原文或为“在”字。

274 李益诗名早著，有征人歌一篇〔一〕，好事者画为图障。又有云：“回乐峰前沙似雪〔二〕，受降城外月如霜。不知何处吹芦管，一夜征人尽望乡。”天下亦唱为歌曲。

说郛（陶珽刊本）卷四八唐语林文学亦载。

本条原出国史补卷下李益著诗名。

〔一〕征人歌　聚珍本作“征人歌且行”，原书同，今据说郛本、齐之鸾本、历代小史本改。旧唐书卷一三七李益传：“每作一篇，为教坊乐人以赂求取，唱为供奉歌词。其征人歌、早行篇，好事者画为屏障。”新唐书卷二百三文艺下李益传亦曰：“至征人、早行等篇，天下皆施之图绘。”

〔二〕回乐峰前沙似雪　说郛本、齐之鸾本、历代小史本均误作“回乐烽前沙雪”，而无下三句，此三句当系后人据原书补足。

275 沈既济撰枕中记，韩愈撰毛颖传，不下史篇〔一〕，良史才也〔二〕。

本条原出国史补卷下韩沈良史才。与276、277条原合为一条，今依原书分列。

〔一〕不下史篇　原书作"其文尤高，不下史迁。""篇"乃"迁"之误。

〔二〕良史才也　原书句首有"二篇真"三字。

276 张登为小赋〔一〕，气宏而密，间不容发，有织成隐起结彩蹙金之状〔二〕。

本条原出国史补卷下张登善小赋。与275、277条原合为一条；又原书本条与277条原合为一条，然分二题，故知原书本亦分列；今依原书，参之标题，分列为三条。

〔一〕为　原书作"长于"。

〔二〕结彩　原书作"往往"。

277 中世有造谤辞而著者〔一〕，〔原注〕鸡眼、苗登二文。有传蚁穴而称者，〔原注〕李公佐南柯太守传。有妓乐而工篇什者〔二〕，〔原注〕蜀妓薛涛。有家僮而善著章句者，〔原注〕郭氏奴，不记名〔三〕。皆事之异也〔四〕。

本条原出国史补卷下叙近代文妖。与275、276条原合为一条，今依原书，参之标题，分列为三条。

〔一〕中世　原书作"近代"。

〔二〕妓乐　原书作"乐妓"，当据改。

〔三〕不记名　本条〔原注〕中文字,除此处"不记名"三字外,原书均作正文列入。此等处似以本书所记近于本来面貌。

〔四〕事之异　原书作"文之妖"。

278 进士为时所尚久矣,俊乂实在其中。由此者为闻人〔一〕,争名常切〔二〕,为俗亦弊。其都会谓之"举场";通称谓之"秀才";投刺谓之"乡贡";得第谓之"前辈"〔三〕;相推敬谓之"先辈";俱捷谓之"同年"〔四〕;有司谓之"座主";京兆考而升之〔五〕,谓之"等第";外府不试而贡,谓之"拔解"〔六〕;各相保任〔七〕,谓之"合保";群居而试〔八〕,谓之"私试";造请权要,谓之"关节";激扬声问,谓之"往还"〔九〕;既捷,列其姓名慈恩寺〔一〇〕,谓之"题名";会醵为乐于曲江亭,谓之"曲江宴"〔一一〕;籍而入选,谓之"春关"〔一二〕;不捷而醉饱,谓之"打毷氉";飞书造谤,谓之"无名子";退而肄习,谓之"过夏";执业以出,谓之"秋卷"〔一三〕;挟藏入试,谓之"书策":此其大略。其风俗系于先进〔一四〕,其制置存于有司。虽然,贤者得其大者,故位极人臣常十有二三,登显列常有六七〔一五〕,而元鲁山、张睢阳有焉〔一六〕,刘辟、元翛有焉〔一七〕。

本条原出国史补卷下叙进士科举。太平广记卷一七八国史补题作总叙进士科。唐摭言卷一叙进士下篇录引本条全文。又本书此条与279、280条原合为一条,今依原书分列。

〔一〕由此者为闻人　原书作"由此出者,终身为闻人。"

〔二〕争名常切　原书句首有"故"字,当据补。

〔三〕前辈　原书作“前进士”。本书误，当据改。

〔四〕俱捷谓之同年　太平广记引文与唐摭言引文下有注曰：“近年及第，未过关试，皆称‘新及第进士’，所以韩中丞仪尝有知闻近过关试，仪以一篇记之曰：‘短行纳了付三诠，休把新衔闹必先。今日便称前进士，好留春色与明年。’”太平广记引文“衔”作“诗”。

〔五〕京兆考而升之　原书作“京兆府考而升者”。

〔六〕拔解　太平广记引文与唐摭言引文下有注曰：“然拔解亦须预托人为词赋，非谓白荐。”

〔七〕各相保任　原书句首有“将试”二字。

〔八〕试　原书作“赋”，当据改。

〔九〕往还　原书作“还往”。

〔一〇〕慈恩寺　原书作“于慈恩寺塔”，当据改。齐之鸾本亦有“于”字。

〔一一〕曲江宴　原书作“曲江会”。太平广记引文下有注曰：“曲江大会在关试后，亦谓之‘关宴’。宴后同年各有所之，亦谓之为‘离会’可也。”唐摭言引文无“可也”二字。

〔一二〕春关　原书与唐摭言引文同。太平广记引文误作“春闱”。

〔一三〕秋卷　原书、太平广记引文与唐摭言引文均作“夏课”，唐摭言引文下有注曰：“亦谓之‘秋卷’。”

〔一四〕先进　原书作“先达”。

〔一五〕常　原书作“十”，当据改。

〔一六〕张睢阳　即张巡。张巡于开元二十四年擢进士第，见登科记考卷八。原书误作“张关阳”。

〔一七〕刘辟元脩　原书与唐摭言引文同，太平广记引文作“刘关、元修”。“关”字误。齐之鸾本“元翛”作“元循”。案元鲁山、张睢阳指进士出身之贤者，刘辟、元翛乃进士出身之奸者。

279 自开元二十四年，考功员外郎李昂为士子所诉〔一〕，天子以郎署权轻，移职礼部，始置贡院。天宝则有袁成用、刘长卿分为棚头〔二〕。是时常重东府西监〔三〕。至贞元八年〔四〕，李观、欧阳詹以广文登第〔五〕，自后乃群奔于京兆矣。

本条原出国史补卷下礼部置贡院。与278、280条原合为一条，今依原书分列。

〔一〕考功员外郎李昂为士子所诉　原书作“考功郎中李昂为士子所轻诋”。案唐摭言卷一进士归礼部叙此事，亦称李昂为“员外”。作“郎中”者误。

〔二〕棚头　原书作“朋头”。唐摭言卷一两监引国史补亦作“朋头”。封氏闻见记卷三贡举亦叙及“棚头”之说。

〔三〕东府西监　原书同。唐摭言引文作“两监”。齐之鸾本作“东府西两监”。案：国史补原文当是“东西两监”。

〔四〕至贞元八年　聚珍本无“至”字，据齐之鸾本补入。原书亦有“至”字。

〔五〕以广文登第　原书作“犹以广文生登第”。

280 贞元十二年，驸马王士平与义阳公主不协，蔡南史、独孤申叔播为乐曲，号义阳子，有团雪、散雪之歌〔一〕。德宗怒，欲废进士科〔二〕，后独流南史而止〔三〕。

本条原出国史补卷下曲号义阳子。太平广记卷一八〇国史补题作蔡南史。又本条与278、279条原合为一条,今依原书分列。

〔一〕散雪　太平广记引文同。原书作"散云"。

〔二〕欲废进士科　原书与太平广记引文"进士科"作"科举"。新唐书卷八三诸帝公主魏国宪穆公主传言义阳公主恣横不法,德宗幽之禁中,锢驸马王士平于第,后贬贺州司户参军,"门下客蔡南史、独孤申叔为主作团雪、散雪辞状离旷意。帝闻,怒,捕南史等逐之,几废进士科。"

〔三〕南史　太平广记引文同。原书于"南史"下尚有"申叔"一名。

281 或有朝客讥宋济曰:"近日白袍子何太纷纷?"济曰:"盖因绯袍子、紫袍子纷纷化使然也〔一〕。"

说郛(陶珽刊本)卷四八唐语林文学亦载。

本条原出国史补卷下宋济答客嘲。太平广记卷一八〇国史补题作宋济。绀珠集卷三、类说卷二六国史补题作白袍子纷纷。古今合璧事类备要卷三七引国史补亦载。锦绣万花谷后集卷十九引国史补亦载。唐摭言卷十海叙不遇亦叙此事。

〔一〕紫袍子纷纷化　聚珍本无"紫袍子"三字,今据说郛本、齐之鸾本补入。原书亦有。又说郛本、齐之鸾本无"化"字。

282 元和已后,文笔学奇于韩愈〔一〕,学涩于樊宗师〔二〕。歌行则学流荡于张籍〔三〕,诗章则学矫激于孟郊〔四〕,学浅切于白居易,学淫靡于元稹,俱名"元和体"。

大抵天宝之风尚党，大历之风尚浮，贞元之风尚荡，元和之风尚怪也。

本条原出国史补卷下叙时文所尚。绀珠集卷三、白孔六帖卷八六引国史补题作文章风尚。类说卷二六国史补题作元和体。海录碎事卷十八、锦绣万花谷后集卷十九引国史补亦载。

〔一〕文笔学奇于韩愈　原书作“为文笔，则学奇诡于韩愈”。齐之鸾本、历代小史本“文笔”作“文士”。

〔二〕涩　原书作“苦涩”。

〔三〕流荡　齐之鸾本、历代小史本作“放”。

〔四〕诗章　齐之鸾本、历代小史本作“诗句”。

283 建中初，金吾将军裴冀曰：“若礼部先时颁天下曰：某年试题取某经，某年试题取某史，至期果然，亦劝学之一术也。”

本条原出国史补卷下裴冀论试题。类说卷二六国史补题作先颁试题。锦绣万花谷后集卷十九引国史补亦载。

284 熊执易通易〔一〕。建中四年，试易简知险阻论〔二〕，执易端坐剖析，声动场中，一举而捷。

本条原出国史补卷下熊执易擅场。太平广记卷一七九国史补题作熊执易。

〔一〕易　原书作“易理”，太平广记引文作“易义”。

〔二〕试易简知险阻论　太平广记引文作“侍郎李纾试易简知险阻论”。原书作“试易知险阻论”。

唐语林校证卷三

方正

285 狄梁公仁杰为度支员外郎〔一〕，车驾将幸汾阳宫，仁杰奉使修供顿。并州长史李玄冲以道出妒女祠〔二〕，俗称有盛衣服车马过者，必致雷风，欲别开路。仁杰曰："天子行幸，千乘万骑，风伯清尘，雨师洒道，何妒女敢害而欲避之？"玄冲遂止，果无他变。上闻之，叹曰："可谓真丈夫也。"后为冬官侍郎，充江南安抚使。其风俗，岁时尚淫祀，庙凡一千七百馀所，仁杰并令焚之。有项羽庙〔三〕，吴人所惮。仁杰先檄书〔四〕，责其丧失江东八千子弟，而妄受牲牢之荐，然后焚之。

本条原出封氏闻见记卷九刚正。唐会要卷二七行幸亦载不避妒女祠事，系于高宗调露元年九月七日。

〔一〕度支员外郎　原书同。唐会要作"度支郎中"。旧唐书卷八九、新唐书卷一一五狄仁杰传叙此事，亦作"度支郎中"。

〔二〕李玄冲　唐会要、旧唐书、新唐书均作"李冲玄"。参看旧唐书卷六十宗室列传,冲玄垂拱中官至冬官侍郎。

〔三〕有项羽庙　原书作"有项羽神,号为楚王庙,祈祷至多"。

〔四〕檄书　原书上有"致"字,当据补。太平广记卷三一五狄仁杰檄一条,略载其文,云出吴兴掌故录。

286 陆少保,字元方,曾于东都卖一小宅〔一〕。家人将受直矣,买者求见,元方因告其人曰:"此宅子甚好,但无出水处耳。"买者闻之,遽辞不买。子侄以为言,元方曰:"不尔,是欺之也〔二〕。"

类说卷三二语林题作此宅无出水处。

本条原出封氏闻见记卷九淳信。

〔一〕卖　原书作"置",当据本书改。

〔二〕不尔是欺之也　原书作"汝太奇,岂可为钱而诳个人?"

287 裴光庭累典名藩〔一〕,皆有异政。玄宗谓宰相曰:"裴光庭性恶恶,如扇驱蚊蚋焉。"

说郛(陶珽刊本)卷四八唐语林方正亦载。

本条原出开元天宝遗事卷下逐恶如驱蚊蚋。说郛(陶珽刊本)卷五二开元天宝遗事题作逐恶如驱蚊蚋。

〔一〕裴光庭　原书作"袁光庭"。

288 宋璟为广府都督,玄宗思之,使内臣杨思勖驰驿往追〔一〕。璟就路,竟不与思勖交一言。思勖以将军贵倖殿中,诉于玄宗。上嗟叹良久,拜刑部尚书〔二〕。

本条原出封氏闻见记卷九端慤。

〔一〕内臣　原书作“内侍”。资治通鉴卷二一一唐纪二七玄宗开元四年十二月亦作“内侍”，胡三省注：“按旧书杨思勖传，时为内常侍、右监门卫将军。内侍，内侍省官之长，内常侍则为之贰者也。”

〔二〕拜刑部尚书　原书句首有“即”字。资治通鉴作“益重璟”。

289 代宗惑释氏业报轻重之说，政事多托于宰相〔一〕，而元载专权乱国，事以货成。及常衮为相，虽贿赂不行，而介僻自专，升降多失其人。或同列进拟稍繁，则谓之“䵐伯”〔二〕。于是京师语曰：“常分别，元好钱。贤者愚，愚者贤。”崔祐甫素公直，因于众中言曰：“朝廷上下相蒙，善恶同致。清曹峻府，为鼠辈养资，岂所以裨政耶！”由是为持权者所忌〔三〕。建中初，祐甫执政，中外大悦。

本条原出杜阳杂编卷上。太平广记卷二六〇杜阳杂编题作元载常衮。说郛（陶珽刊本）卷四六杜阳杂编卷上亦载。

〔一〕代宗惑释氏业报轻重之说政事多托于宰相　原书作“上纂业之始，多以庶务托于钧衡”。太平广记引文作“唐代宗以庶务毕委宰相”。

〔二〕䵐伯　原书与太平广记引文作“沓伯”。“䵐”、“沓”为异体字。新唐书卷一五〇常衮传曰：“惩元载败，窒卖官之路，然一切以公议格之，非文词者皆摈不用，故世谓之‘䵐伯’，以其䵐䵐无贤不肖之辨云。”按“䵐伯”为古词，见颜氏家训卷六书证。

〔三〕为　原书作"益为"。

290 郭尚父在河中,禁无故走马,犯者死。南阳夫人乳母之子抵禁〔一〕,都虞候杖杀之〔二〕。诸子泣诉虞候纵横之状,公叱而遣之。明日,对宾客叹息数四,以其事告客曰〔三〕:"不赏父之都虞候,而惜母之阿奶儿,非奴才而何?"

本条原出因话录卷二商部。绀珠集卷五因话录题作不赏父之都虞候而惜之阿乳儿。类说卷十四因话录题作汾阳诸子皆奴才。说郛(陶珽刊本)卷二三因话录题作不赏父之都虞候而惜之阿乳儿。

〔一〕南阳夫人乳母之子抵禁　资治通鉴系此事于卷二二四唐纪四十代宗大历三年二月,胡三省注:"子仪妻封南阳夫人。"

〔二〕之　原书无,当据本书补。

〔三〕以其事告客曰　原书作"众皆不晓,徐问之,王曰:'某之诸子,皆奴材也。'遂告以故曰"。

291 中书侍郎张镐为河南节度使,镇陈留。后兼统江淮诸道,将图进取。中官络绎。镐起自布衣,一二年登宰相,正身特立,不为苟媚,阉宦去来,以常礼接之,由是为阉竖所嫉,称其无经略才。征入,改为荆府长史;未几,又除洪府长史、江西观察使〔一〕。

本条原出封氏闻见记卷九贞介。

〔一〕又除洪府长史江西观察使　齐之鸾本、历代小史本作"又除洪州长史,江南观察。"旧唐书卷一一一张镐传:

"迁洪州刺史、饶吉等七州都团练观察等使,寻正授江南西道都团练观察等使。"新唐书卷一三九张镐传作"迁洪州观察使……改江南西道观察使。"

292 相里造为礼部郎中。时宦官鱼朝恩用事,称诏集百僚有所评议,凌轹在位,宰相元载以下,唯唯而已;造抗言酬对,无降屈之色〔一〕,朝廷壮之。

本条原出封氏闻见记卷九蹇谔。

〔一〕无降屈之色 原书作"往复数四,略无降屈之色,朝恩不悦而去"。

293 崔祐甫为中书舍人。时宰相常衮当国,祐甫每见执政问事〔一〕,未曾屈。舍人岑参掌诰〔二〕,屡称疾不入宿直,人情虽惮而不敢发〔三〕。崔独入见,以舍人移疾既多,有同离局,衮曰:"此子羸病日久,诸贤岂不能容之?"崔曰:"相公若知岑舍人抱疾,本不当迁授。今既居此,安可以疾辞王事乎?"衮默然无以夺也,由是心衔之。及德宗在谅暗中〔四〕,衮矫制除崔为河南少尹〔五〕。上觉其事,遽追还之,拜中书侍郎平章事,而衮谪于岭外。

本条原出封氏闻见记卷九抗直。

〔一〕问事 原书作"论事"。

〔二〕岑参 岑仲勉唐史馀渖卷二唐无两岑参曰:"近人缪钺氏据杜确岑嘉州集序,谓衮为相在大历十二至十四年,上距嘉州之卒,已将十年,是也。然因此而认唐有两岑参,余则以为不然。……余是以谓闻见记之岑参,实高参其人也。”按:岑氏之说亦未必尽是,录之以供参考。

〔三〕人情虽惮而不敢发　聚珍本无“情”,据齐之鸾本、历代小史本补。原书作“人情所惮,诸人虽咄咄有辞而不能发”。

〔四〕德宗　原书作“今上”。

〔五〕衮矫制除崔为河南少尹　旧唐书卷一一九崔祐甫传记常衮“请除为潮州刺史。内议太重,改为河南少尹。”新唐书卷一四二崔祐甫传略同。原书误作“河南尹”。

294 李惇为淄青节度判官。其使尚衡〔一〕,弟颇干政,惇屡言之。衡曰:“兄弟孤遗相长,不忍失意。”惇曰:“君既爱之,当训以道,何使其纵恣?”衡家又好祷。车舆出入,人吏苦之,惇又进谏,衡不能用。他日,衡对诸客有所问,惇曰:“惇前后献愚直,大夫不用,今复何问?”衡曰〔二〕:“吾子好为诋讦〔三〕。”惇曰:“忠言诋讦〔四〕。久居何益?请从此辞。”遂趋出。衡怒,不使追之〔五〕。

本条原出封氏闻见记卷九忠鲠。

〔一〕尚衡　齐之鸾本作“王衡”。原书亦作“王衡”。吴廷燮唐方镇年表卷三“平卢”下乾元二年、上元元年节度使为尚衡。

〔二〕曰　原书作“作色曰”。

〔三〕吾子　原书作“李十五”。

〔四〕忠言诋讦　原书作“忠言,大夫谓之诋讦”。

〔五〕不使追之　原书句下尚有“时人皆谓惇有古人风”一句。

295 裴操者〔一〕，延龄之子，应鸿辞举。延龄于吏部候消息。时苗给事及杜黄门同时为吏部知铨〔二〕，将出门，延龄接见，采侦二侍郎口气。延龄乃念操赋头曰："是冲仙人。"黄门顾苗给事曰："记有此否？"苗曰："恰似无。"延龄仰头大呼曰："不得！不得！"敕下，果无名操者。刘禹锡曰："当延龄用事之时，不预实难也。非杜黄门谁能拒之？"

本条疑出刘宾客嘉话录。今本刘宾客嘉话录佚去，唐兰援本书此条入校辑本补遗。

〔一〕裴操　聚珍本作"裴藻"，今从齐之鸾本改。新唐书卷七一上宰相世系表一上亦作"裴操"。

〔二〕苗给事及杜黄门　苗给事即苗粲，杜黄门即杜黄裳。

296 韩太保皋为御史中丞、京兆尹，常有所陈，必于紫宸殿对百寮而请，未尝诣便殿。上谓之曰："我与卿言，于此不尽，可来延英。"访及大政，多所匡益。或谓皋曰〔一〕："自乾元已来，群臣启事皆诣延英得尽，公何独于外庭对众官以陈之？无乃失于慎密乎？"公曰："御史，天下之平也。摧刚植柔〔二〕，惟在于公，何故不当人知之〔三〕？奈何求请便殿，避人窃语，以私国家之法？且肃宗以苗晋卿年老艰步，故设延英〔四〕，后来得对者多私自希宠〔五〕，干求相位，奈何以此为望哉？"

本条原出大唐传载。太平广记卷一八七传载题作韩皋。

〔一〕或　原书作"亲友咸"。太平广记引文作"亲友或"。

〔二〕植柔　原书与太平广记引文作"直枉"，当据改。

〔三〕惟在于公何故不当人知之　原书作"惟在公,何在不可令人知之?"本书当据之于"当"下补一"令"字。

〔四〕肃宗以苗晋卿年老艰步故设延英　新唐书卷一四〇苗晋卿传:"代宗立,复诏摄冢宰,固辞乃免。时年老蹇甚,乞间日入政事堂,帝优之,听入阁不趋,为御小延英召对。宰相对小延英,自晋卿始。"

〔五〕后来得对者多私自希宠　原书作"后来得诣便殿,多以私自售,希旨求宠"。

297 高平徐弘毅为知弹侍御史〔一〕,创置一知班官,令自宣政门检朝官之失仪者,到台司举而罚焉。有公卿大僚令问之曰〔二〕:"未到班行之中,何必拾人细事?"弘毅报曰:"为我谢公卿。所以然〔三〕,不以恶其无礼于其君〔四〕。"案〔五〕:此下有脱文。

本条原出大唐传载。

〔一〕知弹侍御史　原书无"知"字,当据本书补。

〔二〕令　齐之鸾本无。

〔三〕所以然　原书下有"者"字,当据补。

〔四〕不以恶其无礼于其君　原书无"不"字,当据删。齐之鸾本作"不以□□恶其无礼于君",本书与原书亦当据之删下一"其"字。

〔五〕案　此案语当是永乐大典编者或四库全书馆臣所加。

298 代宗时久旱,京兆尹黎幹于朱雀门街造龙〔一〕,召城中巫觋舞雩〔二〕。幹与巫觋史起舞〔三〕,观者骇笑。经月不雨，幹又请祷于文宣王〔四〕。上闻之曰：“丘之祷久矣〔五〕。”命毁土龙，罢祈雨，减膳节用，以听天命。及是大霈〔六〕，百官入贺。

本条原出卢氏杂说。太平广记卷二六〇卢氏杂说题作黎幹。

〔一〕龙　太平广记引文作“土龙”。资治通鉴卷二二五唐纪四一代宗大历九年叙此，曰：“京兆尹黎幹作土龙祈雨。”新唐书卷一四五黎幹传系于大历八年。

〔二〕召　太平广记引文作“悉召”。

〔三〕史　太平广记引文作“更”，当据改。

〔四〕文宣王　太平广记引文作“文宣王庙”。

〔五〕丘之祷久矣　借用论语述而中语。

〔六〕及是大霈　资治通鉴作“秋，七月，戊午，雨。”

299 李希烈跋扈蔡州。时卢杞为相，奏颜鲁公往宣谕，而谓颜曰：“十三丈此行自圣意〔一〕。”颜曰：“公之先忠烈公面上血〔二〕，是某舐之〔三〕。忍以垂死之年饵虎口？”杞闻之，踣焉。卢即是御史中丞奕之子。

本条原出大唐传载。

〔一〕自　原书作“出自”。

〔二〕忠烈　新唐书卷一九一忠义上卢奕传曰：“谥曰贞烈”。旧唐书卷一八七下忠义下卢奕传同。作“忠烈”者误。原书作“中丞”。

〔三〕是某　原书作“某亲舌”。

300 裴澥为陕府录事参军。李汧公勉除长史〔一〕，充观察。始至官，属吏谒讫，令别召裴录事，与之语。公曰："少顷有宴，便请随判官同赴。"凡三召，不至。公怒，明日召澥，让之曰："久闻公名，故超礼分相召，何忽而不至？"澥曰："'必也正名'〔二〕，'各司其局'〔三〕，古人所守，某敢忘之？中丞自有宾僚，某走吏也，安得同宴？"汧公曰："吾过矣。"遂请入幕。澥之子充，太常寺太祝，年甚少。时京司书考官之清高者，例得上考。充之同辈皆上中考〔四〕，充诉于卿长，曰："此旧例也。"充曰："奉常职重地高，不同他寺。本设考课，为奖励，有劳则书，岂系于官秩？若一以官上下为优劣，则卿当上上考，少卿上中考〔五〕，丞中上考，主簿中考，协律下考，某等当受杖矣！"卿笑且惭，遂特书"上"。澥后累迁同州刺史，所在有能名。充至湖州刺史〔六〕。

本条原出因话录卷三商部下。

〔一〕长史　原书误作"长使"，当据本书改。

〔二〕必也正名　见论语子路。

〔三〕各司其局　见礼记曲礼上。

〔四〕皆上中考　原书作"以例皆止中考"。

〔五〕上中　齐之鸾本、历代小史本作"上下"。

〔六〕澥后累迁同州刺史所在有能名充至湖州刺史　原书此三句作双行夹注。

301 张万福以父祖力儒不达，因焚书，从军辽东有功，累官至右散骑常侍致仕。万福为人慷慨，嫉险佞，虽妻子未尝敢辄干。尝径造延英门，贺谏官阳城雪陆贽冤，时人称之〔一〕。仕宦七十年，未尝病一日。虽不识字，为九郡，皆有惠爱。

本条不知原出何书。

〔一〕时人称之　资治通鉴卷二三五唐纪五一德宗贞元十一年叙此，曰："万福，武人，年八十馀，自此名重天下。"此时张万福之职衔为金吾将军。韩愈顺宗实录四亦曰："于是金吾将军张万福闻谏官伏閤谏，趋往至延英门，大言贺曰：'朝廷有直臣，天下必太平矣！'"

302 顺宗寝疾，韦执谊、王叔文等窃弄权柄。宪宗在东宫，执谊惧之，遂令给事中陆质侍读，潜伺上意，因解之。及质发言，上曰〔一〕："陛下令先生与寡人讲读，何得言他？"惶惧而出。

本条不知原出何书。

〔一〕上曰　旧唐书卷一八九下儒学传、新唐书卷一六八陆质传均载此事。旧唐书作"上果怒曰"，新唐书作"太子辄怒曰"。

303 李相国忠公〔一〕，贞元十九年为饶州刺史。先是郡城已连失四牧〔二〕，故府废者七稔，公莅任后，命启钥而居之。郡吏以有怪坚请，公曰："神好正直〔三〕，守直则神避；妖不胜德，失德则妖兴。居之在人。"

本条原出大唐传载。

〔一〕李相国忠公　即李吉甫。吉甫谥曰忠懿。旧唐书卷一四八李吉甫传："寻授郴州刺史，迁饶州。先是，州城以频丧四牧，废而不居，物怪变异，郡人信验；吉甫至，发城门管钥，剪荆榛而居之，后人乃安。"新唐书卷一四六李吉甫传同。

〔二〕已连失四牧　原书作"之东四牧"，疑"之东"为"已丧"之讹。

〔三〕好　原书作"实"。

304 李忠公之为相也，政事堂有会食之床。吏人相传，移之则宰臣当罢。不迁者五十年。公曰："朝夕论道之所，岂可使朽蠹之物秽而不除？俗言拘忌，何足听也！以此获免，余之愿焉。敢彻而焚之〔一〕。"其下铲去聚壤十四畚，议者称焉。

本条原出大唐传载。

〔一〕敢彻而焚之　原书作"命彻而焚"，则已非李氏之语。新唐书卷一四六李吉甫传："初，政事堂会食，有巨床，相传徙者宰相辄罢，不敢迁。吉甫笑曰：'世俗禁忌，何足疑邪！'彻而新之。"

305 裴先德垍在中书〔一〕。有故人，官亦不卑，自远而至，垍给恤甚厚。从容款狎，乘间求京府判司，垍曰："公诚佳士也，但此官与公不相当，不敢以故人之私，而隳朝庭纲纪。他日有瞎眼宰相怜公者，不妨却得。"其执守如此〔二〕。

本条原出因话录卷五徵部。类说卷十四因话录题作瞎眼宰相。

〔一〕裴先德垍　原书同。类说引文作“裴光德垍”，当据改。徐松唐两京城坊考卷四光德坊有太子宾客裴垍宅，作“先德”者误。

〔二〕其执守如此　新唐书卷一六九裴垍传曰：“垍器局峻整，持法度，虽宿贵前望造诣，不敢干以私。”旧唐书卷一四八裴垍传同。

306 柳元公初拜京兆尹，将赴上〔一〕，有神策军小将乘马不避，公于市中杖杀之。及因入对，宪宗正色诘专杀之状，公曰：“京兆尹，天下取则之地。臣初受陛下奖擢，军中偏裨跃马冲过，此乃轻陛下典法，不独试臣〔二〕。臣知杖无礼之人，不知打神策军将〔三〕。”上曰：“卿何不奏？”公曰：“臣只合决，不合奏。”曰：“既死，合是何人奏？”公曰：“在街中，本街使金吾将军奏；若在坊内，则左右巡使奏。”上乃止。

本条原出因话录卷二商部。资治通鉴卷二三九唐纪五五宪宗元和十一年叙柳公绰杖杀神策小将事，考异引柳氏叙训，记作穆宗时事；又引因话录此文，记作宪宗时事；司马光下按语曰：“公绰，宪宗、穆宗朝俱尝为京兆尹。此事恐非穆宗所能为，叙训之误也。今从因话录。”永乐大典卷之一万八千二百八引续世说亦有类似之记载，今本见卷三方正。

〔一〕上　原书作“府上”。资治通鉴曰“公绰初赴府”，胡三省注：“赴京兆府，初治事也。”

〔二〕试臣　原书作“侮臣”。资治通鉴考异引文作“试臣”，新唐书卷一六三柳公绰传亦作“试臣”。

〔三〕不知　原书无“知”字，当据本书补。

307 柳公绰善张正甫〔一〕。柳之子仲郢尝遇张于途，去盖下马而拜，张却之，不从。他日，张言于公绰曰：“寿郎相逢〔二〕，其礼太过。”柳作色不应。久之，张去，柳谓客曰：“张尚书与公绰往还，欲使儿子于街市骑马冲公绰耶〔三〕？”张闻，深谢之。寿郎，仲郢小字也〔四〕。公绰为西川从事，尝纳一姬，同院知之，或征其出妓者。公绰曰：“士有一妻一妾，以主中馈，备洒扫。公绰买妾，非妓也。”

本条原出因话录卷三商部下。类说卷十四因话录题作买妾非妓。

〔一〕张正甫　原书作“张尚书正甫”。

〔二〕寿郎　原书下有注曰：“则小仆射之小字也”。

〔三〕于　聚珍本无，今从齐之鸾本、历代小史本补。

〔四〕寿郎仲郢小字也　原书无。实即上〔二〕注，王谠将之移至此处，作正文列入。

308 张正甫为河南尹，裴中令伐淮西〔一〕，置宴府西亭。裴公举一人词艺好解头，张正色曰：“相公此行何为也？何记得河南府解头〔二〕？”中令有惭色。

本条原出幽闲鼓吹。太平广记卷一八〇摭言题作张正甫，汪绍楹曰：“明抄本作出幽闲鼓吹。”说郛（陶珽刊本）卷五二幽闲鼓吹亦载。

〔一〕伐　齐之鸾本、历代小史本作“代”，原书亦作“代”。按裴度无代淮西节度使事，此处当以“伐”字为是。

〔二〕何　聚珍本作“可”，今据齐之鸾本、历代小史本改。“可”当是“何”之残泐。原书作“争”。

309 韩愈病将卒，召群僧曰：“吾不药，今将病死矣。汝详视吾手足支体，无诳人云‘韩愈癞死’也。”

类说卷三二语林题作韩愈癞死。说郛（陶珽刊本）卷四八唐语林方正亦载。

本条不知原出何书。

310 文宗时，昭义军节度使刘从谏袭父帅潞，少年明俊，自谓河朔近无伦比。及入朝〔一〕，公卿辐凑其门。广纳金帛于权倖，名誉甚著。求带平章事，人多许之，而惮宰相李固言，欲观其意。遇休假〔二〕，谒于私第，遂言其情。固言曰：“仆射先君以天平功书于简册，及镇上党，近二十年，但聚敛货财，雄壮军旅，不发一卒戍边，未尝修朝觐之礼。及即世后，仆射从三军之情，擅领戎务，坐邀爵秩，朝廷以仆射先君勋绩，不绝赏延。当领偏师，输忠沧景，遂不行典宪，将何以上报国恩？既不能效田承嗣、张茂昭、王承元携家赴阙，永保禄位，则请边陲一镇，拓境复疆，朝廷岂不以衮职命赏？区区求之，一何容易！”从谏矍然失色，再拜趋出。从谏厚结倖臣〔三〕，竟加同平章事。宰相饯于邮亭，李公曰：“相公少年，勉报国恩，幸保家，勿殃后嗣。”从谏以笏叩额下泪。至镇，谓将校曰：“昨者朝觐，遍观德望，唯李公峻直贞明，凛凛可惧，真社稷之臣也！”

本条原出补国史。资治通鉴卷二四四唐纪六十文宗太和七年春正月记刘从谏见朝廷事柄不一，心轻朝廷，考异引补国史此文，下按语曰："固言此年未为相，其说妄也。今从实录。"

〔一〕及入朝　聚珍本无，今从齐之鸾本、历代小史本补入。

〔二〕假　聚珍本作"暇"，今从齐之鸾本、历代小史本改。资治通鉴考异亦作"假"。

〔三〕从谏厚结倖臣　考异引文句首有"然"字。

311 唐尚书特，太和六年，尉渭南，为京兆府试进士官。杜丞相悰时为京兆尹，将托亲知间等第〔一〕，〔原注〕〔二〕时重十人内为等第。召公从容，兼命茶酒。及语举人〔三〕，则趋而下阶，俯伏不对，杜公竟不敢言而止。是年上等内近三十馀人，数年内皆及第，无缺落者，前后莫比〔四〕。

本条原出因话录卷三商部下。

〔一〕将托亲知间等第　原书同。齐之鸾本、历代小史本作"将托以所亲等第"。

〔二〕原注　此为赵璘自注。

〔三〕及语　原书同。齐之鸾本、历代小史本作"语及"。

〔四〕前后莫比　原书此下缀以双行夹注："时余偶在等第之选。"

312 崔慎由以元和元年登第，至开成，已入翰林。因寓直，忽中夜有内使宣召〔一〕，引入数重门。至一处，堂宇华敻，帘幕重蔽。见二中尉对烛而坐〔二〕，谓慎由曰："上不豫已来已数日，兼自登极后圣政多亏，今奉太后中旨，有命学士草废立令。"慎由大惊曰："某有中外亲族数千口，兄弟甥侄仅三百人，一旦闻此覆族之言，实不敢承命[三]！况圣上高明之德，覆于八荒，岂可轻议？”二中尉默然无以为对。良久，启后户，引慎由至一小殿，见文宗坐于殿上。二人趋阶而数文宗过恶[四]，上惟俯首。又曰：“不为此拗木枕错失[五]，不合更在坐矣[六]。”仍戒慎由曰：“事泄，即汝也[七]。”于是二中尉自执炬送慎由出殿门，复令中使送至院。拗木枕者，俗谈“强项”也[八]。慎由寻以疾出翰林，遂金縢其事，付其子垂休，遂切于剿绝宦官者由此[九]。

本条原出皮氏见闻录。资治通鉴卷二四五唐纪六一文宗太和九年十一月，考异引皮光业见闻录，即此文。司马光曰：“新传曰：‘慎由记其事，藏箱枕间。将没，以授其子胤。故胤恶中官，终讨除之。’按旧传，崔慎由大中初始入朝为右拾遗、员外郎，知制诰，文宗时未为翰林学士。盖崔胤欲重宦官之罪而诬之，新传承皮录之误也。”白孔六帖卷十四、古今合璧事类备要外集卷五一引皮光业见闻录、永乐大典卷之二千七百三十七崔崔慎由引见闻录，亦即此文。

〔一〕忽中夜　考异、永乐大典引文作“二更以来”。

〔二〕二中尉对烛而坐　考异引文作“左右二广燃蜡而坐”。此处及皮氏用典。左传宣公十二年：“其君之戎，分为二广。”永乐大典引文“二广”作“二珰”。新唐书卷二〇七宦者上仇士良传此二人作仇士良、鱼弘志。

〔三〕实　齐之鸾本、历代小史本作“宁”。考异、永乐大典引文作“宁死”。

〔四〕趋阶而数　考异、永乐大典引文作“径登阶而疏”。

〔五〕错失　考异、永乐大典引文作“措大”。

〔六〕坐　考异、永乐大典引文上有“此”字。

〔七〕汝　考异、永乐大典引文作“此措大”。

〔八〕拗木枕者俗谈强项也　考异、永乐大典引文作“街谈以好拗为‘拗木枕’。”次于“不合更在此坐矣”下。

〔九〕遂切于剿绝宦官者由此　考异、永乐大典引文作“故胤切于剿除北司者由此也。诛北司后，胤方彰其事。”齐之鸾本“垂休”作“胤”，乃“胤”之异体字。

313 李相石在中书，京兆尹薛元赏谒石于私第。故事：百僚将至宰相宅，前驱不复呵。元赏下马，石未之知，方在厅，若与人诉竞者〔一〕。元赏问焉，云："军中军将。"元赏排闼进，曰："相公，朝廷大臣，天子所委注〔二〕。抚蛮夷，和阴阳，安百姓，叶众心，无敢乖谬；升绌贤不肖，赏功罚罪，皆公之职。安有军中一将而敢如此哉！夫贵贱失序，纲纪之紊，常必由之。苟朝廷如此，犹望相公整顿颓坏，岂有出自相公者！"即疾趋而去，顾左右曰："无礼军将〔三〕，可擒于马下桥祗候〔四〕。"元赏比至，则袒臂跽之矣〔五〕。中尉仇士良有威权，其辈已有诉之者，宦官连声传士良命曰："中尉奉屈大尹。"元赏不答，即命杖杀之。士良大怒。元赏乃白衣请见士良，士良出曰："敢必杖杀军中大将，可乎〔六〕？"元赏即具言无礼状，且曰〔七〕："宰相，大臣也；中尉，大臣也。彼既可无礼于此，此独不可以无礼于彼乎〔八〕？国家之法，中尉所宜保守，一旦坏之可惜。某已白衫〔九〕，惟中尉命。"士良以其理直〔一〇〕，命左右取酒饮之而罢。

本条原出玉泉笔端。传世各本均佚,永乐大典卷之一万八千二百八将杖杀军将引此,云出玉泉子闻见录。又本条与314条原合为一条,今依原书分列。

〔一〕诉竞　永乐大典引文作“讼竞”。

〔二〕委注　永乐大典引文作“委任”。

〔三〕军将　齐之鸾本、历代小史本作“将军”。

〔四〕马下桥　资治通鉴卷二四五唐纪六一文宗太和九年亦叙此事,作“下马桥”,胡三省注:“阁本大明宫图,下马桥在建福门北。”当据之改正。

〔五〕臂　永乐大典引文作“胁”。

〔六〕敢必杖杀军中大将可乎　永乐大典引文作“憨措大!军中大将,可杖杀乎?”

〔七〕曰　聚珍本无,今从齐之鸾本、历代小史本补。

〔八〕彼既可无礼于此此独不可以无礼于彼乎　永乐大典引文作“彼岂可以无礼于彼乎?”齐之鸾本、历代小史本下句无“独不”二字,均不可通,当据本书校正。

〔九〕已　永乐大典引文作“已衣”。

〔一〇〕士良以其理直　永乐大典引文作“士良以既杀其将,无可奈何。”

314 李石从子庾,少擢进士第,石之力也。累拜监察御史,分司东都〔一〕。崔相铉镇淮南,到洛累日不拜茔,庾封其节,将奏之〔二〕,时人称焉。

本条不知原出何书。与313条原合为一条,今依原书分列。

〔一〕累拜监察御史分司东都　聚珍本下句作“在东都”。齐之鸾本、历代小史本作"拜监察，分司东都。"今据之校正。

〔二〕将奏之　齐之鸾本、历代小史本上有"且"字。

315 武宗数幸教坊作乐，优倡杂进。酒酣，作技谐谑，如民间宴席，上甚悦。谏官奏疏，乃不复出，遂召优倡入，敕内人习之。宦者请令扬州选择妓女，诏扬州监军取解酒令妓女十人进入〔一〕。监军得诏，诣节度使杜悰，请同于管内选择。悰曰："监军自承旨。悰不奉诏书，不可擅预椒房事。"监军怒，奏之，宦者请并下悰〔二〕，上曰："不可。藩方取妓女入宫掖，非禹、汤所为，斯极细事，岂宜诏大臣。杜悰累朝旧德，深得大体，真宰相也！"及悰入相，中谢，上曰："昨诏淮南监军选择酒令妓女，欲因行幸，举酒为欢乐耳。音声使奏，偶然下命。朕德化未被，而色荒外闻，赖卿不徇苟且；不然，天下将献纳取悦，朕何由得知？报卿忠说，命卿作相，内怀自贺，如得魏徵〔三〕。"

本条不知原出何书。

〔一〕十人　资治通鉴卷二四七唐纪六三武宗会昌四年叙此，作"十七人"。新唐书卷一六六杜悰传叙此，亦作"十七人"。

〔二〕下　齐之鸾本作"治"。

〔三〕如得魏徵　资治通鉴作"如得一魏徵矣！"胡三省注："武宗之期望杜悰者如此，然悰在相位，其所论谏，史无称焉。"

316 懿安郭太后既崩，礼院检讨王皞请祔景陵〔一〕，配飨宪宗庙，宣宗大怒。宰相白敏中召皞诘其事。皞曰："郭太后是宪宗元妃〔二〕，汾阳王孙，逮事顺宗为妇〔三〕。宪宗崩〔四〕，事出暧昧；母天下五朝〔五〕，不可以疑似之事，黜合配之礼。"敏中怒甚，皞声色益壮。宰相将会食，周墀立敏中厅门以候〔六〕，敏中语墀〔七〕："正为一书生恼乱，但乞先之。"墀就敏中问其事〔八〕，皞益不屈。墀以手加皞额，赏其正直。翌日，皞贬句容县令，墀亦免相。大中十三年秋八月，上崩，令狐绹为山陵礼仪使，奏皞为判官。皞又论懿安合配享宪宗〔九〕，始升祔焉。

本条原出东观奏记卷上。说郛（陶珽刊本）卷四三东观奏记卷上亦载。资治通鉴卷二四八唐纪六四宣宗大中二年录此，考异中尝节引原书文字。

〔一〕礼院检讨王皞请祔景陵　新唐书卷七七后妃下懿安郭太后传叙此，作"太常官王皞请后合葬景陵，以主祔宪宗室。"

〔二〕元妃　原书上有"春宫时"三字。

〔三〕妇　原书作"新妇"，当据改。

〔四〕崩　原书作"厌代之夜"。

〔五〕母天下五朝　资治通鉴胡三省注："五朝，穆、敬、文、武、宣。"

〔六〕候　原书作"俟同食"。

〔七〕语　原书作"传语"。

〔八〕敏中　原书作"中厅"。

〔九〕又论　原书作"又拜章论"。

317 韦澳为京兆尹，豪右敛手。郑光，宣宗舅，庄租不纳，澳系其主者，期以五日，不足，必抵法。太后为言之。上延英问澳，曰〔一〕：“今日纳租足，放否？”澳曰：“尚在限内，来日即不得矣！”澳既出〔二〕，上连召之，曰：“国舅庄租今日纳足，放主者否？”澳曰：“必放。”上白太后曰：“韦澳不可犯，且与送钱纳却。”顷刻而租足〔三〕。案〔四〕：此事已见政事门，文有异同，今并存之。

本条原出东观奏记卷中。说郛（陶珽刊本）卷四三东观奏记卷中亦载。资治通鉴卷二四九唐纪六五宣宗大中十年五月考异引原书此文毕，末云：“今从柳玭续贞陵遗事。”盖司马光不取此文入正文。

〔一〕上延英问澳曰　原书作“上延英问澳，澳具奏本末。上曰”。考异引文首句“上”下有“于”字。

〔二〕澳既出　原书下有“半廷”二字。

〔三〕而租足　稗海本东观奏记作“而放”。小石山房丛书本作“而租足”。藕香零拾本作“租足而放”。考异引文作“而租入”。

〔四〕案　此案语为四库全书馆臣所加。实则卷二政事门146条出续贞陵遗事，与此不同。下案语者尚不明就里。

318 李景让、夏侯孜立朝有风采〔一〕。景让为御史大夫，视事之日，以侍御史孙玉汝、监察御史卢柏〔二〕、王觌不称职，请移他官。孜为右丞，以职方郎中裴诚〔三〕、虞部郎中韩瞻无声绩，诙谐取容，诚改太子中允，瞻为凤州刺史。

本条原出东观奏记卷下。说郛（陶珽刊本）卷四三东观奏记卷下亦载。

〔一〕立朝有风采　原书作“侃侃立朝，俱励风操”。

〔二〕卢柏　小石山房丛书本东观奏记作“卢揹”。藕香零拾本作“卢狷”。

〔三〕裴诚　稗海本东观奏记作“裴諴”。下同。

319 李景让为御史大夫，宰相宅有看街楼，皆封泥之〔一〕，惧其劾奏也。然终以强毅为众所忌。故事〔二〕：除大夫百日内〔三〕，他人拜相，谓之“辱台”。景让未旬〔四〕，蒋相伸先拜，景让除西川节度〔五〕。不逾年，致仕归东都。

本条原出金华子卷上。绀珠集卷十金华子分为两条，题作泥楼、辱台。类说卷二五金华子亦分两条，题作泥看街楼，亚相辱台。白孔六帖卷十引金华子泥楼部分。海录碎事卷十一下引金华子辱台部分。说郛（陶珽刊本）卷四六、（张宗祥辑明抄本）卷十一金华子杂编均引前一部分。又原书此条与卷四603条本是一条，此条乃中间一段。又此条与卷七925条多重文，可参看。

〔一〕封泥之　原书作“幛之”。

〔二〕故事　原书作“旧俗”。

〔三〕大夫　原书与类说引文作“亚相”。

〔四〕旬　原书作“十旬”。

〔五〕蒋相伸先拜景让除西川节度　新唐书卷一七七李景让传：“为大夫三月，蒋伸辅政。景让名素出伸右，而宣宗择宰相，尽书群臣当选者，以名内器中，祷宪宗神御前射取之，而景让名不得。世谓除大夫百日，有他官相者，谓之‘辱台’。景让愧艴不能平，见宰相，自陈考深当代，即拜西川节度使。”

320 崔瑶知贡举，以贵要自恃，不畏外议。榜出，率皆权豪子弟。其弟兄见之，辄曰：“勿观察吾眼。”案〔一〕：此下有脱文。

本条不知原出何书。

〔一〕案　此案语当是永乐大典编者或四库全书馆臣所加。齐之鸾本注一“缺”字。

321 刘允章祖伯刍，父宽夫，皆有重名。允章少孤自立，以臧否为己任。及掌贡举，尤恶朋党。初，进士有“十哲”之号〔一〕，皆通连中官，郭纁、罗虬〔二〕皆其徒也。每岁，有司无不为其干挠，根蒂牢固，坚不可破。都尉于琮方以恩泽主盐铁，为纁极力，允章不应，纁竟不就试。比考帖，虬居其间，允章诵其诗，有“帘外桃花晒熟红”〔三〕，不知“熟红”何用？虬已具在去留中，对曰：“诗云：‘关关雎鸠，在河之洲；窈窕淑女，君子好逑。’侍郎得不思之？”顷之唱落，众莫不失色。及出榜，惑于浮说，予夺不能塞时望。允章自鄂渚分司东都，其制，中书舍人孔晦之辞〔四〕。弟纾为谏官，乃允章门生，率同年送于坡下。纾犹欲前行，允章正色曰：“请违公不去。”故事：门生无答拜者，允章于是答拜〔五〕，同行皆愕然。

本条不知原出何书。

〔一〕十哲　唐摭言卷九芳林十哲，记得八人，其名曰：沈云翔、林绚、郑玘、刘业、唐珣、吴商叟、秦韬玉、郭薰。其后又云："咸通中自云翔辈凡十人，今所记者有八，皆交通中贵，号'芳林十哲'。芳林，门名，由此入内故也。"参看本书卷四553条。又唐才子传卷九郑谷叙"（谷）与许棠、任涛、张玭、李栖远、张乔、喻坦之、周繇、温宪、李昌符唱答往还，号'芳林十哲'。"而唐诗纪事卷七十任涛下云："李建州频主京兆解试，时涛与许棠、张乔、俞坦之、剧燕、吴宰、张玭、周繇、郑谷、李栖远、温宪、李昌符，谓之'十哲'，是年试，俱以次得之。是岁，咸通末也。"同卷张乔下亦叙"十哲"，有注曰："十哲而十二人。"诸说之多歧异，或以年代不同之故。

〔二〕郭纁罗虬　郭纁当即"郭薰"。罗虬，当是唐摭言中佚名之一人。

〔三〕晒　齐之鸾本、历代小史本作"瞰"。

〔四〕孔晦　齐之鸾本、历代小史本作"孔悔"。

〔五〕答　齐之鸾本、历代小史本作"不"。似以"答"字为是。

322 懿宗迎佛骨，自凤翔至内，礼仪盛于郊祀。中出一道，夹以连索，不得辄有犯者。车马相接，缔以组绣，缘路迎拜，数十里不绝。天子亲幸安福楼，以锦彩成桥，骨至，即降楼礼讫，然后迎入禁中，置于安国寺。宰相以下，施财不可胜计。百姓竞为浮图，以至失业。明年，懿宗崩，京兆尹薛逢毁之无遗〔一〕。

本条不知原出何书。

〔一〕薛逢　齐之鸾本、历代小史本作"薛途"。

323 封侍郎知举〔一〕，首访能赋人。卢骈诣罗邵舆云：“主司爱赋十九案〔二〕：此下有脱文。官。”罗曰：“主司安邑住，邵舆居宣平，彼处爱赋，无由得知。”

本条不知原出何书。

〔一〕封侍郎　即封敖。参看徐松唐两京城坊考卷三。

〔二〕案　此案语当是永乐大典编者或四库全书馆臣所加。齐之鸾本加注一“缺”字。

324 郑少尹师薰知举〔一〕，放榜日，毕令到宅谢恩〔二〕。至萧相公知举〔三〕，放榜日，并无人及门〔四〕，时论称之〔五〕。主司放榜日，于贡院见门生，惟广南郑尚书及杨侍郎〔六〕。礼部故事：每年主司中场多作风采，郑詹尹知举第一〔七〕，李侍郎藩知举落人极多，唯许下杜相公帖日〔八〕，每去一人，必吁嗟移时。

本条原出卢氏杂说。太平广记卷一七八放榜引至“时论诮之”，云出卢氏杂记。下文疑为外二段文字，今以无可佐证，仍归为一条。

〔一〕郑少尹师薰　太平广记作“郑薰”。“尹”乃衍文。郑薰后以太子少师致仕，见新唐书卷一七七郑薰传。

〔二〕毕令　太平广记作“舍人毕諴”，当据改。

〔三〕萧相公　太平广记作萧仿。仿于咸通末尝拜相，见旧唐书卷一七二、新唐书卷一〇一本传。

〔四〕人　太平广记作“朱紫”。

〔五〕称　太平广记作“诮”，当据本书改。

〔六〕广南郑尚书及杨侍郎　当是郑愚与杨涉。郑愚为广州人，又除广南节制，见北梦琐言卷三郑愚尚书锦半臂，即本书卷三428条。又此郑尚书或指郑从谠，参看旧唐书卷一五八郑从谠传。杨涉事迹见旧唐书卷一七七本传。

〔七〕郑詹尹　即郑颢。颢尝官太子詹事。

〔八〕许下杜相公　即杜审权。审权尝拜相，又尝以本官兼许州刺史、忠武军节度观察等使，见旧唐书卷一七七杜审权传。

325 太宗得鹞子俊异〔一〕，私自臂之，望见魏公，乃藏于怀。公知之，遂前白事〔二〕，因话自古帝王逸豫，微以为讽〔三〕。上惜鹞子恐死，而又素严惮徵〔四〕，欲尽其言。徵语愈久〔五〕，鹞竟死怀中。

说郛（陶珽刊本）卷四八唐语林方正亦载。

本条原出隋唐嘉话卷上。说郛（陶珽刊本）卷三六隋唐嘉话亦载。能改斋漫录卷四辨误内太宗鹞死怀中亦引此事，云出刘宾客嘉话录，则以宋代误将二书相混之故。

〔一〕俊异　原书上有“绝”字。

〔二〕白　聚珍本作“曰”，今依说郛本唐语林改。原书亦作“白”。

〔三〕微　原书误作“徵”，当据本书改。

〔四〕惮　原书作“敬”。

〔五〕徵语愈久　原书作“语徵不时尽”。资治通鉴卷一九三唐纪九太宗贞观二年叙此，此句作“徵奏事固久不已”。

326 贞观中，西域献胡僧，咒术能生死人。太宗令于飞骑中选卒之壮勇者试之,如言而死,如言而苏。帝以告宗正卿傅奕〔一〕,奕曰:“此邪法也。臣闻邪不干正,若使咒臣,必不能行。”帝召僧咒奕,奕对之,初无所觉。须臾,胡僧忽然自倒,若为物所击者〔二〕,更不复苏。

本条原出隋唐嘉话卷中。太平广记卷二八五国朝杂记题作胡僧。类说卷五四隋唐嘉话题作西域胡僧。说郛(陶珽刊本)卷三六隋唐嘉话亦载。刘宾客嘉话录亦有此文,唐兰考为误入。

〔一〕宗正卿　原书作“太常卿”,太平广记引文作“太常少卿”。资治通鉴卷一九五唐纪十一太宗贞观十三年叙此,称“太史令傅奕”。

〔二〕为物　原书无“物”字,当据本书补。

327 王义方,时人比之稷、契。郑公每云:“王生太直。”〔一〕高宗朝,李义府引为御史。李以定册立武后勋,恃宠任势,王恶而弹之,坐是见贬,坎坷以至于终。

本条原出隋唐嘉话卷中。说郛(陶珽刊本)卷三六隋唐嘉话亦载。

〔一〕郑公每云王生太直　新唐书卷一一二王义方传:“始,魏徵爱其材也,每恨太直,后卒以疾恶不容于时。”

328 徐大理有功,每见武后将杀人,必据法廷争。尝与武后反复,词色愈厉,后大怒,令拽出斩之,犹回顾曰:“身虽死〔一〕,法终不可改。”至市,临刑得免,除为庶人〔二〕。如是再三,终不挫折。朝廷倚赖,至今犹忆之。其子预选,有司皆曰:“徐公之子,安可拘以常调乎?”

本条原出隋唐嘉话卷下。说郛(陶珽刊本)卷三六隋唐嘉话亦载。

〔一〕身虽死　原书句首有“臣”字,当据补。

〔二〕除　原书作“除名”,当据补。

329 狄内史仁杰,始为江南安抚使,以周赧王、项羽〔一〕、吴夫概王、春申君、赵佗、马援、吴桓王等神庙七百馀所,有害于人,悉除之,惟夏禹、吴太伯、季札、伍子胥四庙存焉〔二〕。案〔三〕:此事已见本门首条,文有详略,今并存之。

本条原出隋唐嘉话卷下。说郛(陶珽刊本)卷三六隋唐嘉话亦载。

〔一〕项羽　原书作“楚王项羽”,其下尚有“吴王夫差、越王勾践”二人。

〔二〕伍子胥　原书无“子”字,当据本书补。资治通鉴卷二〇四唐纪二十则天后垂拱四年六月叙此,作“伍员”。

〔三〕案　此案语当是四库全书馆臣所加。二者文有详略,乃所从出之原文不同使然,下案语者不明就里,于唐语林之性质无所了解。

330 李日知为大理丞〔一〕。武后方肆戮,胡元礼承旨〔二〕,欲陷人死刑,令日知改断,再三不从。元礼使人谓李曰〔三〕:“胡元礼在,此人莫觅活。”李谓使者曰〔四〕:“日知在〔五〕,此人莫觅死。”竟免之。

本条原出隋唐嘉话卷下。类说卷五四隋唐嘉话题作觅死觅活。说郛(陶珽刊本)卷三六隋唐嘉话亦载。又大唐新语卷四持法第七亦载此事，说郛（陶珽刊本）卷四八大唐新语亦载。

〔一〕李日知为大理丞　原书作“李侍中日知初为大理丞”。齐之鸾本亦有“初”字。

〔二〕胡元礼　隋唐嘉话作“大卿胡元礼”，大唐新语作“少卿胡元礼”。新唐书卷一一六李日知传叙此事，亦作“少卿胡元礼”。资治通鉴系此事于卷二〇四唐纪二十则天后天授元年。

〔三〕元礼使人谓　原书作“元李使谓”，“李”乃误字，当据本书改。

〔四〕谓　原书上有“起”字。

〔五〕日知在　原书作“日知谘卿：李日知在”。

331 高祖即位，以舞胡安叱奴为散骑侍郎〔一〕，礼部尚书李纲进谏曰：“臣按周礼：均工乐胥，不参士伍〔二〕。虽复才如子野，妙等师旷〔三〕，皆终身继代，不改其业。故魏武帝欲使祢衡击鼓，乃解朝衣，露体而击之，问其故，对曰：‘不敢以先王法服，为伶人衣也。’虽齐高纬封曹妙达为王〔四〕，安马驹为开府〔五〕，有国家者但为殷鉴〔六〕。天下新定〔七〕，开太平之运，起义功臣，行赏未遍，高才硕学，犹滞草莱，而先令舞胡致位五品，鸣玉曳组，趋驰庙廊，固非创业规模，贻厥子孙之道。”高祖竟不能从。

本条原出大唐新语卷二极谏第三。唐会要卷三四论乐亦叙此事。

〔一〕高祖即位以舞胡安叱奴为散骑侍郎　唐会要作“（武德元年）十月，拜舞人安叱奴为散骑侍郎。”资治通鉴卷一八六唐纪二高祖武德元年叙此，作“上以舞胡安比奴为散骑侍郎”。

〔二〕不参　原书作“不得参”。

〔三〕师旷　原书作“师襄”。资治通鉴与新唐书卷九九李纲传亦作“师襄”。

〔四〕虽　唐会要同。原书作“惟”，资治通鉴叙此，亦作“唯”。

〔五〕安马驹　原书作“安马钩”，当从本书改。

〔六〕但　原书作“俱”，当据改。

〔七〕天下新定　原书句首有“今”字，当据补。

332 周兴、来俊臣罗织衣冠，朝野惧慑。御史大夫李嗣真上疏谏曰：“臣闻曲逆之事汉祖，谋疏楚之君臣，乃用黄金七千斤〔一〕，行反间之术，项羽果疑臣下，陈平之计遂行。今告事纷纭，虚多实少，如当有凶慝，焉知不先谋疏陛下君臣〔二〕，后除国家良善？臣恐为社稷之祸。伏乞陛下回思迁虑，察臣狂瞽，然后退就鼎镬，实无所恨。臣得殁为忠鬼〔三〕，孰与存为谄人？如罗织之徒，即是疏间之渐，陈平反间，其远乎哉！”遂为俊臣所构，放于岭表。俊臣死，征还，途次桂阳而终。赠济州刺史。中宗朝，追复本官。

本条原出大唐新语卷二极谏第三。

〔一〕七千斤　原书作“七十斤”。史记卷五六陈丞相世家载陈平云：“‘大王诚能出捐数万斤金，行反间，间其君臣，以疑其心……破楚必矣。’汉王以为然，乃出黄金四万斤，与陈平，恣所为，不问其出入。”

〔二〕如当有凶慝焉知不先谋疏陛下君臣　资治通鉴卷二〇四唐纪二十则天后天授二年正月叙此，作"恐有凶慝阴谋离间陛下君臣"。

〔三〕殁　聚珍本作"没"，今从齐之鸾本、历代小史本改。原书亦作"殁"。

333 武三思得幸于中宫〔一〕，京兆人韦月将等不堪愤激，上书告白其事。中宗惑之，命斩月将，黄门侍郎宋璟执奏，请按而后刑。中宗愈怒，不及整衣履，岸巾出侧门，迎谓璟曰："朕以为已斩矣〔二〕，何以缓之？"命促斩。璟曰："人言宫中私于三思，陛下竟不问而斩月将〔三〕，臣恐有窃议。"固请按而后刑〔四〕。中宗大怒。璟曰："请先斩臣。不然，终不奉诏。"乃流月将于岭南，寻使人杀之。

本条原出大唐新语卷二极谏第三。

〔一〕中宫　齐之鸾本作"中宗"，原书亦作"中宗"。资治通鉴卷二〇八唐纪二四中宗神龙二年四月叙此，曰："处士韦月将上书告武三思潜通宫掖"。新唐书卷一二四宋璟传亦曰："韦月将告三思乱宫掖。"

〔二〕已斩　聚珍本无"已"字，今从齐之鸾本补。原书亦有"已"字。

〔三〕月将　聚珍本作"之"，今从齐之鸾本改。原书"斩"下无字。

〔四〕固　原书作"国故"。案：此处当用"固"，"国"乃形讹，"故"乃声讹。

334 睿宗朝，太平公主用事。柳浑以斜封官复旧职〔一〕，上疏谏曰："陛下即位之初，纳姚、宋之计，咸黜斜封。今以斜封之人不忍弃，是先帝之意不可违〔二〕。若斜封之人不忍弃，是韦月将、燕钦融之流不可褒赠，李多祚、郑克义之徒不可清雪〔三〕。陛下何不能忍于此而忍于彼？使善恶不定，反覆相攻，致令君子之道消，小人之道长，为正者衔冤，附伪者得志〔四〕，将何以止奸邪？将何以惩风俗耶？"睿宗遂从之，因而擢浑拜监察御史。〔原注〕〔五〕太平御览曰："柳浑拜监察御史〔六〕。台中执法之地，动限仪矩，浑性放旷，不甚检束，察长拘谨，忿其疏纵。浑不乐，乞外任，执政惜其才，特奏为左补阙。"

本条原出大唐新语卷二极谏第三。

〔一〕柳浑以斜封官复旧职　柳浑乃柳泽之误。旧唐书卷七七柳泽传："涣弟泽，景云中为右率府铠曹参军。先是姚元之、宋璟知政事，奏请停中宗朝斜封官数千员。及元之等出为刺史，太平公主又特为之言，有敕总令复旧职。泽上疏谏曰"，下即详录疏文。新唐书卷一一二柳泽传同。资治通鉴卷二一〇唐纪二六睿宗景云二年二月亦叙此事。又新唐书卷八三诸帝公主中宗八女传："（安乐公主）与太平等七公主皆开府，而主府官属尤滥，皆出屠贩，纳訾售官，降墨敕斜封授之，故号'斜封官'。"

〔二〕今以斜封之人不忍弃是先帝之意不可违　齐之鸾本、历代小史本上句下有"也"字。原书作"近日又命斜封，是斜封之人不忍弃也，先帝之意不可违也。"

〔三〕郑克义　原书作"郑克乂"。旧新唐书均作"郑克乂"。

〔四〕附伪者得志　聚珍本无，今从齐之鸾本、历代小史本补。

〔五〕原注　此注当是王谠所加。齐之鸾本、历代小史本无。

〔六〕柳浑拜监察御史　此柳浑为代宗、德宗时人，而柳泽乃睿宗、玄宗时人，大唐新语误以柳泽为柳浑，王氏沿其误，又以中唐时之柳浑当初盛唐时之柳泽，谬甚。又注中文字，原出旧唐书卷一二五柳浑传，王氏不引而用太平御览，亦疏甚。

335 韦仁约弹右仆射褚遂良，出为同州刺史，遂良复职，黜仁约为清水令。或慰勉之，仁约对曰："仆狂鄙之性，假以雄权，而触物便发。丈夫当正色之地，必明目张胆然，不能碌碌为保妻子也。"时武候将军田仁会与侍御史张仁祎不协而诬奏之。高宗临轩问仁祎，仁祎惶惧，应对失次。仁约历阶进曰："臣与仁祎连曹，颇知事由。仁祎懦而不能自理。若仁会眩惑圣听，致仁祎非常之罪，则臣事陛下不尽，臣之恨矣。请专对其状。"词辩纵横，高宗深纳之，乃释仁祎。仁约在宪司，于王公卿相未尝行拜礼。人或劝之，答曰："雕鹗鹰鹯，岂众禽之偶？奈何设拜以卑之〔一〕！且耳目之官，固当独立耳。"后为左丞，奏曰："陛下为官择人，无其人则阙。今不惜美锦，令臣制之，此陛下知臣之深矣。"振举纲目，朝廷肃然。

本条原出大唐新语卷二刚正第四。

〔一〕卑之　原书作"狎之"。旧唐书卷八八韦思谦传叙事与此多合，二字亦作"狎之"。思谦名仁约，以音类则天父讳，以字称。

336 李义府恃恩放纵〔一〕，妇人淳于氏有容色，坐系大理，乃托大理丞毕正义曲断出之。或有告之者，诏刘仁轨鞫之。义府惧泄〔二〕，系正义于狱〔三〕。侍御史王义方将弹之，告其母曰："奸臣当路，怀禄而旷官，不忠；老母在堂，犯难以危身，不孝。进退惶惑，不知所从。"母曰："吾闻王母杀身以成子之义〔四〕。汝若事君尽忠，立名千载，吾死不恨焉。"义方乃备法冠，横玉阶弹之。先叱义府令下，三叱乃出，然后跪宣弹文云云〔五〕。高宗以义方毁辱大臣，言辞不逊，贬莱州司户〔六〕。秩满，于昌乐聚徒教授。母亡，遂不复仕进。总章二年卒。撰笔海十卷。门人何彦先、员半千制师服三年，毕丧而去。

本条原出大唐新语卷二刚正第四。唐会要卷六一御史台中弹劾亦载此事。

〔一〕李义府恃恩放纵　唐会要作"显庆元年八月，中书侍郎李义府恃宠用事。"

〔二〕泄　原书作"谋泄"。

〔三〕系　齐之鸾本作"下"。原书作"毙"。资治通鉴卷二百唐纪十六高宗显庆元年八月叙此，作"逼正义自缢于狱中"。

〔四〕王母　原书作"王陵母"。陵母杀身事见汉书卷四十王陵传。

〔五〕云云　聚珍本无，今从齐之鸾本补入。原书此处录义方弹文。

〔六〕莱州　聚珍本作"叶州"，今从齐之鸾本改。旧唐书卷一八七上、新唐书卷一一二王义方传均作"莱州司户参军"。

337 李昭德在则天朝，时谀佞者必见擢用〔一〕。有人于洛水中获白石，有数点赤，诣阙请进。宰臣诘之，其人曰："此石赤心，所以进。"昭德叱之曰："洛水石岂尽反耶？"左右皆失笑〔二〕。昭德建立东都罗城及尚书省洛水中桥，人不知役而功成就。除数凶人，狱遂罢〔三〕。以持正廷诤，为皇甫文所构，案〔四〕：唐书李昭德传，昭德为丘愔、邓汪所构〔五〕，与此异。与来俊臣同日弃市。国人欢憾相半，哀昭德而快俊臣也。

本条原出大唐新语卷二刚正第四。谢肇淛五杂组卷四地部二："张唐英谓姚璹乃与洛水进赤石者同等。杨用修引唐语林：'武后时争献祥瑞，洛滨居民，有得石而剖之中赤者，献于后，曰："是石有赤心。"李日知曰："此石有赤心，其馀岂皆谋反耶？"'唐英所引盖此事。语林罕传，人亦鲜知。余按此事载唐书李昭德传中甚明，固非语林，亦非李日知事也。"勋初按：杨慎此处固是误记，而谢氏亦未知此事原出大唐新语。

〔一〕见　聚珍本无，今从齐之鸾本补。原书亦有。

〔二〕失　聚珍本作"大"，今从齐之鸾本改。原书亦作"失"。

〔三〕狱　原书作"大狱"。

〔四〕案　此案语当是永乐大典编者或四库全书馆臣所加。

〔五〕邓汪　旧唐书卷八七、新唐书卷一一七李昭德传，此人为果毅邓注，"汪"字误。

338 魏元忠以摧辱二张，反为所构，云结少年为耐久朋。则天大怒，下狱勘之，易之以张说为证〔一〕。召大臣，令元忠与易之、说等定是非，说气逼不应〔二〕。元忠惧，谓说曰："张说与易之共罗织魏元忠耶〔三〕？"说叱曰："魏元忠为宰相，而有委巷‘罗织’之言〔四〕，岂大臣所谓〔五〕！”则天又令说言元忠不轨状，说曰：“臣不闻也。”易之遽曰：“张说与元忠同逆。”则天问其故，易之曰：“说往时谓元忠居伊、周之地，臣以伊尹放太甲，周公摄成王之位，此其状也。”说奏曰：“易之、昌宗大无知！所言伊、周，徒闻其语耳，不知伊、周之本末〔六〕。元忠初加拜命，授紫绶，臣以郎官拜贺。元忠曰：‘无尺寸之功，而居重任，不胜畏惧。’臣曰：‘公当伊、周之任，何愧三品？’然伊、周历代书为忠臣，陛下遣臣不学伊、周，使臣将何所学？”说又曰：“易之以臣宗室，故托为党。然附易之，有台辅之望；附元忠，有族灭之势。臣不敢面欺，亦惧元忠冤魂耳。”遂焚香为誓。元忠免死，流放岭南。

本条原出大唐新语卷二刚正第四。

〔一〕易之　聚珍本无，今从齐之鸾本补。原书亦有。

〔二〕说气逼不应　原书“气逼”上有“佯”字。资治通鉴卷二〇七唐纪二三则天后长安三年叙此，作“说未对”。

〔三〕共　聚珍本无，今从齐之鸾本补，原书亦有。

〔四〕委巷罗织之言　新唐书卷二〇九酷吏来俊臣传：“俊臣乃引侯思止、王弘义、郭弘霸、李仁敬、康暐、卫遂忠等，阴啸不逞百辈，使飞语诬蔑公卿，上急变。每擿一事，千里同时辄发，契验不差，时号为‘罗织’。”

〔五〕谓　聚珍本作“为”，今从齐之鸾本改。原书亦作“谓”。

〔六〕不知伊周之本末　原书作“讵知伊、周为臣之本末”。

339 张易之、昌宗贵宠用事，有潜相者言其当王〔一〕，险薄者多附会之。长安中〔二〕,右卫西街有榜云:"易之兄弟、长孙汲、裴安立等谋反。"宋璟时为御史中丞,奏请穷理其状。则天曰:"易之已有奏闻,不可加罪。"璟曰:"易之为飞书所逼,穷而自陈。且谋反大逆,法无容免,请勒就台勘当,以明国法。易之等久蒙驱使,分外承恩,臣言发祸从,即入鼎镬,然义激于心,虽死不恨。"则天不悦。内史杨再思遽宣王命〔三〕,左拾遗李邕历阶而进,曰:"宋璟所争,事为国家社稷,望陛下可其所奏。"则天意始解〔四〕,乃传命,令易之就狱推问〔五〕。斯须,特敕原之,仍遣易之、昌宗就璟辞谢。拒而不见,令使者谓之曰:"公事当公言之。私见即私,法无私也〔六〕。"璟谓左右:"恨不先打竖子脑破,而令混乱国经,吾负此恨久矣!"时朝列呼易之、昌宗为"五郎"、"六郎"〔七〕,郑杲曰〔八〕:"公何称易之为卿?"璟曰:"郑杲何庸之甚!若以官秩,正当卿号;若以亲〔九〕,当为'张五郎'、'六郎'矣。足下非张氏家僮,号五郎、六郎,何也?"杲大惭而退。

本条原出大唐新语卷二刚正第四。与340条原合为一条,今依原书分列。

〔一〕有潜　聚珍本无,今从齐之鸾本补。原书有"潜"字。

〔二〕长安中　原书作"长安末"。资治通鉴卷二〇七唐纪二三叙宋璟按二张事,系于则天后长安四年十二月。

〔三〕遽宣王命　原书下有"令□□:'天颜咫尺,亲奉德音,不烦宰臣擅宣王命。'"数句。

〔四〕始　原书作"若"。

〔五〕狱　原书作"台",当据改。

〔六〕私见即私法无私也　原书作“私见即法有私也”。

〔七〕时朝列呼易之昌宗为五郎六郎　原书下有“璟独以官呼之”一句。

〔八〕郑杲　原书上有“天官侍郎”四字。资治通鉴卷二〇七唐纪二三则天后长安三年九月叙此，作郑杲，考异曰：“新、旧传皆作郑善果。按善果乃是高祖时人，新、旧传皆误，当从御史台记。”齐之鸾本作“郑杲”。

〔九〕亲　原书作“亲故”。

340 宋璟〔一〕。则天朝，以频论得失，不能容〔二〕，而惮其公正，乃止敕璟往扬州推按〔三〕。奏曰：“臣以不才，叨居宪府，按州县乃监察御史事耳，今非意差臣，不识其所谓，请不奉制。”无何，复令按幽州都督屈突仲翔。璟复奏曰：“御史中丞，非军国大事不当出。且仲翔所犯赃污耳，今高品有侍御史，卑品有监察御史，今敕臣，恐陛下有危臣之意〔四〕，请不奉制。”月馀，优诏令副李峤使蜀。峤喜，召璟曰：“叨奉渥恩，与公同谢。”璟曰：“恩制示礼数，不以礼遣璟，璟不当行，谨不谢。”乃上言曰：“以臣副峤，何也？恐乖朝廷故事，请不奉制。”易之等冀璟出使，当别以事诛之。既不果，伺璟家有婚礼〔五〕，将刺杀之。有密以告者，璟乘车舍于他所〔六〕，乃免。易之寻伏诛。

本条原出大唐新语卷二刚正第四。与339条原是一条，今依原书分列。

〔一〕宋璟　聚珍本作“璟在”，今从齐之鸾本改。原书亦作“宋璟”。

〔二〕不能容　原书上有“内”字，当据补。盖此处乃言则天不能容，如依聚珍本，则当意为宋璟不能容，与下句不相连矣。

〔三〕止　原书无。

〔四〕恐陛下有危臣之意　原书作“恐非陛下之意，当有危臣”，当据之校正。

〔五〕婚　聚珍本作“昏”，今从齐之鸾本改。原书亦作“婚”。

〔六〕车　原书作“事”。

341 宗楚客兄秦客潜劝则天革命，累迁内史，后以赃罪流于岭南死。楚客无他材能，附会武三思，神龙中为中书舍人。时西突厥阿史那与忠节不和〔一〕，安西都护郭元振奏请徙忠节于内地，楚客与弟晋卿及纪处讷等纳忠节厚赂，请发兵以讨西突厥，不纳元振之奏。突厥大怒，举兵入寇，甚为边患。监察御史崔琬劾楚客等〔二〕，中宗不从，遽令与琬和解。俄而韦氏败，楚客等咸诛。

本条原出大唐新语卷二极谏第三。

〔一〕西突厥阿史那与忠节不和　原书无“与”字。案旧唐书卷九二宗楚客传：“景龙中，西突厥娑葛与阿史那忠节不和，屡相侵扰，西陲不安。安西都护郭元振奏请徙忠节于内地，楚客与晋卿、处讷等各纳忠节重赂，奏请发兵以讨娑葛，不纳元振所奏。”知原书记事不明，本书记事大误。

〔二〕崔琬劾楚客等　原书下载劾奏之词，本书略去。

342 文宗谓宰臣曰："太宗得魏徵，采拾阙遗，弼成圣政；今我得魏謩，于疑似之间，必极匡谏。虽不敢望贞观之政，庶几处无过之地。"令授謩右补阙〔一〕，敕舍人善为词。又问謩曰："卿家有何图书？"謩曰："家书悉无，惟有文贞公笏在。"文宗令进来。郑覃在侧，曰："在人不在笏。"文宗曰："卿浑未晓。但'甘棠'之义，非要笏也〔二〕。"

本条原出北梦琐言卷一魏文贞公笏。说郛（陶珽刊本）卷四六北梦琐言亦载。

〔一〕令　原书作"今"，当据本书改。

〔二〕但甘棠之义非要笏也　新唐书卷九七魏謩传亦载此事，曰"覃不识朕意，此笏乃今甘棠"。

343 崔颢有美名，李邕常欲一见〔一〕。及颢至献文，其首云："十五嫁王昌。"邕叱起曰："小子无礼！"遂不接。

类说卷三二语林题作小子无礼，内崔颢误作崔璟。

本条原出国史补卷上崔颢见李邕。说郛（陶珽刊本）卷四八唐国史补题作献文。

〔一〕李邕常欲一见　原书无"常"字，句下尚有"开馆待之"四字。新唐书卷二百三文艺下崔颢传作"虚舍邀之"。

344 肃宗以王玙为相，尚鬼神之事，分遣女巫遍祷山川。有巫者少年盛服，乘传而行，中使随之，所至诛求金帛，积载于后，与恶少十数辈横行州县。至黄州，左震为刺史，晨至驿门〔一〕，扃户不启。震命坏锁而入，曳巫斩阶下，恶少皆死。籍其缗钜万,金宝堆积,悉列上曰:"臣已斩巫,请以所籍钱〔二〕,代臣贫民输税。其中使送上,臣请死。"朝廷慰奖之〔三〕。

本条原出国史补卷上左震斩巫事。

〔一〕晨至驿门　原书作"震至驿","震"当是"晨"之误。旧唐书卷一三〇、新唐书卷一〇九王玙传均作"刺史左震晨至"。

〔二〕所籍钱　原书作"所积资货"。

〔三〕朝廷慰奖之　原书作"朝廷厚加慰奖,拜震商州刺史"。

345 李汧公勉罢岭南节度,至石门停舟,悉搜家人犀象投水中〔一〕。

本条原出国史补卷上李勉投犀象。说郛(陶珽刊本)卷四八唐国史补题作投犀象。

〔一〕悉搜家人犀象投水中　旧唐书卷一三一李勉传:"悉搜家人所贮南货犀象诸物,投之江中。"新唐书卷一三一李勉传:"尽搜家人所蓄犀珍投江中。"

346 德宗在东宫,雅好杨崖州字〔一〕。尝令打李楷洛碑,钉壁以玩。及即位,征拜。炎有崖谷,言论持正,对见必为之加敬,岁馀不倦〔二〕。及后以刘晏事,上不怿〔三〕,卢杞揣知上意,因倾之。

本条原出国史补卷上杨炎有崖谷。

〔一〕雅好杨崖州字　原书作"雅知杨崖州"。旧唐书卷一一八杨炎传:“尝为李楷洛碑,辞甚工。”新唐书卷一四五杨炎传:“德宗在东宫,雅知其名,又尝得炎所为李楷洛碑,置于壁,日讽玩之。”陈思宝刻丛编卷十引诸道石刻录:“唐赠司空李楷洛碑。唐杨炎撰,史惟则八分书,并篆额。大历三年立。”

〔二〕不倦　原书作“颇倦”。“颇”字误,当据本书改。

〔三〕及后以刘晏事上不怿　原书无此二句,当据本书补。

347 许孟容为给事中,宦者有以权幸相诱者〔一〕,拒绝之。虽不大拜,亦不为患。

本条原出国史补卷中孟容拒宦者。

〔一〕权幸　原书作“台座”。

348 韦相贯之为右丞,僧广宣造门曰〔一〕:“窃知阁下不久拜相。”贯之叱曰:“安得此言〔二〕!”命草奏,僧惶恐而出。

本条原出国史补卷中韦相叱广宣。类说卷二六国史补题作叱僧。

〔一〕僧广宣造门　原书作“僧广宣赞门”,当据本书改。新唐书卷一六九韦贯之传作“内僧造门”。

〔二〕此言　原书作“不轨之言”。

349 朝廷每降使新罗,其国必以金宝厚为之赠〔一〕,唯李纳判官一无所受〔二〕,深为同辈所嫉。

本条原出国史补卷下李汭不受赠。

〔一〕厚为之赠　齐之鸾本、历代小史本作“厚赠”。

〔二〕李纳　原书作“李汭”。

雅量

350 狄梁公与娄师德同为相，狄公排斥师德非一日。则天问狄公曰：“朕大用卿，卿知所自乎？”对曰：“臣以文章直道进身，非碌碌因人成事。”则天久之曰：“朕比不知卿，卿之遭遇，实师德之力。”因命左右取筐箧，得十许通荐表，以赐梁公。梁公阅之，恐惧引咎，则天不责。出于外曰：“吾不意为娄公所涵，而娄公未尝有矜色。”

本条不知原出何书。大唐新语卷七容恕第十四、唐会要卷五三杂录均叙此事，而文字不同，似非出此二书。资治通鉴卷二〇六唐纪二二则天后圣历二年叙此，文同大唐新语与唐会要。

351 唐公临性宽仁多恕。尝欲吊丧〔一〕，令家僮归取白衫，僮仆误持馀衣，惧未敢进。临察之〔二〕，谓曰：“今日气逆，不宜哀泣，向取白衫且止之。”又令煮药，不精，潜觉其故，又谓曰：“今日阴晦，不宜服药，可弃之。”终不扬其过失。

本条原出大唐传载。太平广记卷四九三传载题作唐临。

〔一〕尝　原书无。

〔二〕察之　原书作“祭”。

352 裴度在中书〔一〕，印忽亡失〔二〕。度命张筵，举座不晓其故〔三〕。夜半宴酣，左右曰：“印复得。”度不答，极欢而罢。或问其故,度曰:“此盖诸胥盗印书券耳。缓之则存,急之则投诸水火。”人服其临事不挠。

本条原出玉泉子。太平广记卷一七七玉泉子题作裴度。南部新书卷辛亦载此事。

〔一〕裴度　原书作“裴晋公”。

〔二〕印忽亡失　原书作“左右忽白以印失所在,闻之者莫不失色”。资治通鉴卷二四三唐纪五九敬宗宝历二年二月丁未叙此,文曰:“度在中书,左右忽白失印,闻者失色。”

〔三〕度命张筵举座不晓其故　原书作“度即命张筵举乐,人不晓其故”。

353 阳道州城未尝有所蓄积,虽所服用不可阙者〔一〕,客称某物可佳可爱,公辄喜授之〔二〕。有陈苌者,候其始请月俸,常往称其钱帛之美,月有获焉。

本条原出大唐传载。太平广记卷一六五传载题作阳城。南部新书卷丙亦载。

〔一〕虽　原书作“惟”。太平广记引文作“唯”。

〔二〕授之　原书上有“举而”二字。

354 韩皋为京兆尹。时久旱祈雨,县官读祝文,专心记公家讳,及称官衔毕,误呼先相之名〔一〕,皋但惨然,因命重读,亦不加责。在夏口,尝病小疮,令医傅膏不濡,公问之,医云:“天寒膏硬〔二〕。”公笑曰:“韩皋实是硬。”初皋自贬所量移钱塘,与李锜不协,后皋在鄂州,锜梦万岁楼上挂冰,因自解曰:“冰者,寒也;楼者,高也。岂韩皋来代我乎？"意甚恶之。果移镇浙右〔三〕。

本条原出因话录卷二商部。太平广记卷二五〇因话录题作韩臯，引病小疮事。类说卷十四因话录题作韩臯是硬。原书于此文前后尚有两段文字，本书置于卷四，为522条。

〔一〕先相　原书作"先相公"，指韩滉。

〔二〕膏　与"臯"同音，此处乃误呼韩臯名讳。

〔三〕果移镇浙右　原书作"其后公果移镇浙右焉"。

355 文宗对翰林诸学士，因论前代文章，裴舍人素数称陈拾遗名〔一〕，柳舍人璟目之〔二〕，裴不觉。上顾柳曰："陈字伯玉，近亦多以字行〔三〕。"

本条原出因话录卷一宫部。类说卷十四因话录题作多呼陈伯玉。

〔一〕陈拾遗　即陈子昂。子昂尝官右拾遗，见旧唐书卷一九〇中、新唐书卷一〇七本传。

〔二〕柳舍人璟目之　文宗名李昂，裴素数称"陈子昂"，乃触文宗名讳，故柳璟目之以示意。

〔三〕陈字伯玉近亦多以字行　原书作"他字伯玉，亦应呼陈伯玉。"

356 裴晋公为门下侍郎，过吏部选人官，谓同过给事中曰："吾徒侥倖至多；此辈优一资半级〔一〕，何足问也？"一皆注定，未曾退量〔二〕。公不信术数，不好服食。每语人曰："鸡猪鱼蒜，逢着则吃；生老病死，时至则行。"其弘达皆此类。

本条原出因话录卷二商部。太平广记卷一七七因话录题作裴度。绀珠集卷五因话录题作晋公不服食。类说卷十一因话录题作时至则行。说郛(陶珽刊本)卷二三因话录题作晋公不服食。玉泉子亦有此文,或系误入。

〔一〕此辈优一资半级　原书"优"下有"与"字。

〔二〕退　原书作"限"。

357 文宗将有事南郊。祀前,本司进相扑人,上曰:"方清斋〔一〕,岂合观此事?"左右曰:"旧例也。已在外祗候。"上曰:"此应是要赏物,可向外相扑了。"即与赏令去。又尝观斗鸡,优人称叹大好鸡,上曰:"鸡好〔二〕,便赐汝。"

本条原出因话录卷一宫部。类说卷十四因话录题作斗鸡相扑。

〔一〕方清斋　原书句首有"我"字。

〔二〕鸡好　原书作"鸡既好"。

358 文宗时入閤,郎官有窃窥者〔一〕。上觉之,班退,语宰相曰:"适省郎班内第某人,忽斜盼视朕,何也?"裴度对曰:"省郎卑微,安得如此!"欲与打着。上曰:"此小事,不打了。"

本条不知原出何书。

〔一〕窃　聚珍本作"误",今从齐之鸾本改。

359 靖安李少师宗闵,不以威重自处,好与宾客饮宴谈笑〔一〕。善饮酒〔二〕。暑月临池,以荷为杯〔三〕,满酌酒,密系持近口,以箸刺之而饮,不尽再举。既散,有人言"昨饮大欢也",李曰:"今日言欢,明前日之不欢。自今好恶,一不得言。"

白孔六帖卷十五、古今合璧事类备要外集卷四四引语林均载。本条原出因话录卷二商部。类说卷十四因话录题作荷杯。岁时广记卷二因话录题作临水宴。

〔一〕好　聚珍本无,今从齐之鸾本、历代小史本补。

〔二〕善　齐之鸾本、历代小史本作"喜"。

〔三〕荷　聚珍本作"荷花",今从齐之鸾本、历代小史本删"花"字。原书亦无"花"字。

360 夏侯孜在举场。有王生者,有时名〔一〕,遇孜下第,偕游京西,凤翔节度使馆之〔二〕。从事有宴召焉〔三〕。酒酣,以骰子祝曰:"二秀才明年但得第〔四〕,当掷堂印。"王生自负,怒曰:"吾诚浅薄,与夏侯孜同年乎?"不悦而去。孜后及第,累官至宰相,王生竟无所闻。孜在河中〔五〕,王生之子不知有隙,偶获孜与其父生平书疏数纸〔六〕,持以谒孜。孜问其所欲,一以予之,因召诸从事,语其事。

本条原出玉泉子。太平广记卷一七七玉泉子题作夏侯孜。

〔一〕夏侯孜在举场有王生者有时名　原书作"夏侯相孜与王生同在场屋。王生有时价,孜且不侔矣。"

〔二〕节度使　原书作"连帅"。

〔三〕从事有宴召焉　原书上有"一日"二字。

〔四〕二秀才明年但得第　原书作"二秀才若俱得登第",

“但”乃“俱”之形讹。

〔五〕河中　原书作“蒲津”。

〔六〕数纸　原书作“累十幅”。太平广记引文作“十数幅”。

361 郑公尝拜扫还，白太宗：“人言陛下欲幸山南〔一〕，在外悉装束〔二〕，而竟不行，何有此消息？”帝笑曰：“当时有心〔三〕，畏卿等嗔〔四〕，遂停耳。”

本条原出隋唐嘉话卷上、大唐新语卷九从善第十九。说郛（陶珽刊本）卷三六隋唐嘉话、卷四八大唐新语从善亦载。

〔一〕山南　隋唐嘉话、大唐新语作“南山”。资治通鉴卷一九三唐纪九太宗贞观二年亦作“南山”。新唐书卷九七魏徵传作“关南”。

〔二〕悉装束　隋唐嘉话作“悉装了”，大唐新语作“装束悉了”。

〔三〕有心　隋唐嘉话、大唐新语作“实有此心”。

〔四〕等　隋唐嘉话、大唐新语均无。

362 卢尚书承庆，总章初考内外官。有督运〔一〕，遭风失米，卢考之曰：“监运损粮，考中下。”其人容自若〔二〕，无言而退。卢重其雅量，改注曰：“非力所及，考中中。”既无喜容〔三〕，亦无愧词。又改曰：“宠辱不惊，考中上。”

本条原出隋唐嘉话卷中、大唐新语卷七容恕第十四。太平广记卷一七六国史异纂题作卢承庆。说郛（陶珽刊本）卷三六隋唐嘉话、卷四八大唐新语容恕亦载。刘宾客嘉话录亦有此文，唐兰考为误入。

〔一〕有　隋唐嘉话、大唐新语下有"一官"二字,当据补。

〔二〕容　隋唐嘉话、大唐新语作"容止",当据之补"止"字。

〔三〕既无喜容　隋唐嘉话下有"亦无愧容"一句,当据本书删。大唐新语亦无。

363 李昭德为内史,娄师德为纳言,相随入朝。娄体肥行缓,李屡顾待不即至,乃发怒曰:"叵耐杀人田舍汉!"娄闻之,徐笑曰:"师德不是田舍汉,更阿谁是?"师德弟为岱州刺史〔一〕,将别,谓之曰:"吾以不才,位居宰相,汝今又拜州牧,叨据过分,人所疾也〔二〕,将何以全先人发肤?"弟长跪曰:"自今唾某面上者〔三〕,亦不敢言,但拭之而已,以此自勉,庶不为兄忧。"师德曰:"此适以为我忧也〔四〕。夫前人唾者,发于怒也,汝今拭之,是恶前人唾而拭,是逆前人怒也。唾不拭而自干,何若笑而受之?"当武后时,竟保其宠禄,率是道也。

本条原出隋唐嘉话卷下。太平广记卷一七六国史异纂题作娄师德。说郛(陶珽刊本)卷三六隋唐嘉话亦载。独异志卷中(太平广记卷四九三独异志题作娄师德)亦有类同之记载。

〔一〕岱州　原书作"代州",当据改。新唐书卷一〇八娄师德传、资治通鉴卷二〇五唐纪二一则天后长寿二年叙此事,均作"代州"。独异志亦作"代州"。

〔二〕疾　原书作"嫉",当据改。

〔三〕自今　原书下有"虽有"二字,当据补。

〔四〕适以　齐之鸾本作"适所以",原书作"适所谓",太平广记引文作"适",似以齐书为是。

364 皇甫德参上书，言："陛下修洛阳宫，是劳人也；收地租，厚敛也；俗尚高髻，是宫中所化也。"太宗怒曰："此人欲使国家不收一租，不役一人，宫人无发，乃称其意！"魏徵进曰："贾谊当汉文帝之时，上书曰：'可痛哭者三〔一〕，可长叹者五。'自古上书，率为激切。不激切，则不能动人主之心；激切，则似谤讪。所谓'狂夫之言，圣人择焉〔二〕。'惟在陛下裁察。今苟责之，则于后谁敢言？"乃赐绢二十匹，命归。

本条原出大唐新语卷二极谏第三。王方庆魏郑公谏录卷一谏皇甫德参上书以为讪谤亦载此事。

〔一〕可　原书作"可为"。下句同。

〔二〕狂夫之言圣人择焉　资治通鉴卷一九四唐纪十太宗贞观八年十二月叙此，胡三省注："汉书李左车有是言。"

365 陆兖公为同州刺史，有家僮不下马〔一〕，参军责之〔二〕，鞭其背见血。因谒曰："小吏犯公，请去〔三〕。"兖公颔之曰："奴见官人不下马，打了，去也得，不去也得。"参军不测而退。〔原注〕〔四〕当曰："不下马，打也得，不打也得。官人打了，去也得，不去也得。"

本条原出国史补卷上兖公答参军。太平广记卷一七七国史补题作陆象先。

〔一〕有家僮不下马　原书作"有家僮遇参军不下马"，本书当据之补"遇参军"三字。

〔二〕责之　原书作"怒，欲贾其事"。太平广记引文有下四字。

〔三〕小吏犯公请去　原书作“卑吏犯某，请去官”。太平广记引文作“卑吏犯公，请去”。原书“某”乃误字，当据本书与太平广记引文改。

〔四〕原注　此注当是王谠所加，然国史补原文已如此，太平广记引文亦同，疑王谠所见之本有残缺，或是后人据唐语林改国史补原书与太平广记中文字，故二书原文同此注。

366 袁傪之破袁晁〔一〕，擒其伪公卿数十人，州县大具桊梏，谓必生致阙下。傪曰：“此恶百姓，何足以烦人？”乃笞之，遣去。

本条原出国史补卷上袁傪破贼事。太平广记卷四九六国史补题作袁傪。说郛（陶珽刊本）卷四八唐国史补题作破贼。古今合璧事类备要前集卷十九引国史补亦载。

〔一〕袁晁　太平广记引文误作“袁眺”。

367 韦丹少在洛阳，尝至中桥，见数百人喧集水滨，乃渔者网得大鼋，系之桥柱〔一〕。丹不忍，问曰：“几钱可赎？”曰：“五千。”丹曰：“吾驴直三千，可乎？”于是与之。放鼋于水，徒步而归〔二〕。

本条原出国史补卷上韦丹驴易鼋。

〔一〕系之桥柱　原书句下尚有“引颈四顾，似有求救之状”二句。

〔二〕徒步而归　原书句下尚有“后报恩，别有传”二句。案类说卷十九引岑象求吉凶影响录元长史条亦引此事，后有鼋化为长史名濬之来谒谢之说；太平广记卷一一八韦丹条引河东记，详叙元濬之报恩始末。松窗杂录物之异闻中有"元先生赠韦丹尚书鲛绡"一目，或亦与此有关。

368 任迪简为天德判官。军中宴，后至当饮觥酒，吏误以醋酌。迪简以军使李景略令酷〔一〕，发之则死矣〔二〕，乃强饮之，遂病吐血，军中闻之皆泣下，景略为之省刑。及景略卒〔三〕，军中请以为主。自卫佐拜御史中丞，为观军使〔四〕，终易定节度使〔五〕。

本条原出国史补卷中任迪简呷醋。桂苑丛谈史遗亦有此文，当系据国史补移录。

〔一〕令酷 原书作"严暴"。

〔二〕死矣 原书作"死者多矣"。

〔三〕及 聚珍本无，今从齐之鸾本、历代小史本补。原书亦有。

〔四〕为观军使 旧唐书卷一三五下良吏下任迪简传作"除丰州刺史、天德军使"。新唐书卷一七〇任迪简传同。"观"乃衍文。

〔五〕易定节度使 即义武军节度使。全称应为义武军节度易定观察等使。原书句下尚有"时人呼为呷醋节帅"一句。

369 裴相垍尝应宏词，崔枢考之不第；及为相，擢之为礼部侍郎，笑曰："此报德也。"枢惶恐欲坠阶，又笑曰："戏言也。"

说郛（陶珽刊本）卷四八唐语林雅量亦载。

本条原出国史补卷中裴垍报崔枢。唐摭言卷十一以德报怨亦叙此事。唐诗纪事卷五十崔枢亦载此事，唯不注出处。

370 长庆初，赵相为太常卿〔一〕，赞郊庙之礼。时罢相二十馀年，年七十六，众服其健。右常侍郎孝奕笑曰〔二〕："是仆为东府试官所送进士也〔三〕。"

说郛（陶珽刊本）卷四八唐语林雅量亦载。

本条原出国史补卷中赵太常精健。唐摭言卷十五杂记亦载。

〔一〕赵相　原书作"赵相宗儒"。

〔二〕郎孝奕　原书作"李益"。唐摭言亦作"李益"。唐诗纪事卷三十李益曰："年且老，门人赵宗儒自宰相罢免，年七十馀。益曰：'此吾为东府所送进士也。'闻者怜益之困。"据此知作"李益"者是。说郛本、齐之鸾本误作"郎孝亦"。

〔三〕为　原书无，当据本书补。

371 元载之败，其女资敬寺尼真一，纳于掖庭〔一〕。德宗即位，召至别殿，告其父死。真一自投于地，左右皆叱〔二〕。德宗曰："焉有闻亲之丧，责其哭踊？"遂扶出〔三〕。闻者皆陨涕〔四〕。

本条原出国史补卷上德宗恕尼哭。

〔一〕其女资敬寺尼真一纳于掖庭　旧唐书卷一一八元载传："女资敬寺尼真一，收入掖庭。"新唐书卷一四五元载传："女真一，少为尼，没入掖庭。"

〔二〕左右皆叱　原书句下有“之”字。

〔三〕遂扶出　原书作“遂令扶出”。

〔四〕闻者　聚珍本作“众”，今从齐之鸾本、历代小史本改。原书亦作“闻者”。

识鉴

372 贞观二十年〔一〕，王师旦为员外郎。冀州进士张昌龄、王公瑾并有文辞〔二〕，声振京邑，师旦考其策为下等〔三〕，举朝不知所以。及奏等第，太宗怪问无昌龄等名，师旦对曰：“此辈诚有词华，然其体轻薄，文章浮艳，必不成令器。臣擢之〔四〕，恐后生仿效，有变陛下风俗。”上深然之。后昌龄为长安尉，坐赃解，而公瑾亦无所成。

本条原出封氏闻见记卷三贡举。太平广记卷一六九谭宾录引文同，题作王师旦。通典卷十七选举五、唐会要卷七六贡举中进士、册府元龟卷六五一贡举部均叙此事，与本文略同。又原书中此条与卷一96条、卷四516条、卷八1028条本为一条。

〔一〕二十年　谭宾录作“十九年”，通典作“二十三年九月”，唐会要作“二十二年九月”。

〔二〕王公瑾　原书作“王谨”，下同。他书均作“王公谨”。新唐书卷四四选举志上：“太宗时，冀州进士张昌龄、王公谨有名于当时，考功员外郎王师旦不署以第。”登科记考卷一系于贞观二十年，徐松曰：“王公谨即王公治。‘治’避讳为‘理’，‘理’讹为‘谨’耳。”册府元龟作“王公理”，新唐书卷二〇一张昌龄传、资治通鉴卷一九八贞观二十一年五月戊子叙此,作“王公治”。

〔三〕策　原书作“文策”。

〔四〕擢　原书作“惧”。

373 中宗尝召宰相苏瓌、李峤子进见。二子皆同年〔一〕。上曰:“尔宜记所通书言之〔二〕。”瓌子颋应曰:“木从绳则正,后从谏则圣〔三〕。”峤子亡其名〔四〕,亦进曰:“斮朝涉之胫,剖贤人之心〔五〕。”上曰:“苏瓌有子,李峤无儿。”

本条原出松窗杂录。太平广记卷四九三松窗录题作苏瓌李峤子。绀珠集卷十一松窗录题作苏瓌有子。类说卷十六松窗杂录题作苏瓌有子李峤无儿。说郛(陶珽刊本)卷五二摭异记亦载。唐诗纪事卷十李峤引皮日休松窗录亦引此文。资治通鉴卷二〇七唐纪二三则天后长安十一月,考异引松窗杂录此文,后曰:“按颋此年已为御史,瓌为相时颋为中书舍人,父子同掌枢密,非童年也。今不取。”

〔一〕二子皆同年　聚珍本无“皆”字,今据齐之鸾本、历代小史本补。原书作“二丞相子皆童年”。太平广记引文作“僮年”。

〔二〕尔宜记所通书言之　原书作“尔日忆所通书,可奏为吾者言之”。

〔三〕后　即帝。

〔四〕亡其名　原书作“失其名”,乃缀于“峤子”二字后之双行夹注。

〔五〕斮朝涉之胫剖贤人之心　此皆商纣事。

374 张守珪，陕州平陵人也〔一〕。自幽州入觐，过本县，见令李元〔二〕，申桑梓之礼。见陕尉李桎梏裴冕〔三〕，冕呼："张公〔四〕！困厄中岂能相救?"至灵宝，便奏充判官〔五〕。案〔六〕：唐书裴冕传，冕以王鉷奏充判官，非张守珪，与此异。冕后至宰辅。

本条原出大唐传载。

〔一〕平陵　原书作"平陆"。旧唐书卷一〇三、新唐书卷一三三张守珪传均作"陕州河北人"。案平陵不在陕州，本书误。平陆，北周时称河北。

〔二〕李元　原书作"李杭"。

〔三〕陕尉李桎梏裴冕　原书作"陕尉李冕桎梏"，当据本书改。

〔四〕冕呼张公　原书作"令众冤呼。张公曰"。文多舛误，当据本书改。

〔五〕充判官　原书上有"兖州"二字。"兖"当是"充"之误，"州"为衍文。

〔六〕案　此案语当是永乐大典编者或四库全书馆臣所加。勋初按：新唐书卷七八宗室淮安王神通传附李齐物传，曰："(齐物)性苛察少恩，喜发人私，然絜廉自喜，吏无敢欺者。忿陕尉裴冕，械而折愧之，及冕当国，除齐物太子宾客，世善冕能损怨云。"与本文所叙者或为同一事件之不同记载。

375 代宗宽厚出于天性。幼时，玄宗每坐于前，熟视之，谓武惠妃曰："此儿有异相〔一〕，亦是吾家一有福天子〔二〕。”

本条原出杜阳杂编卷上。说郛(陶珽刊本)卷四六杜阳杂编卷上亦载。又酉阳杂俎前集卷十物异亦有此文(太平广记卷四〇二酉阳杂俎题作上清珠),而“代宗”作“肃宗”。案新唐书卷七六后妃贞顺武皇后传言王皇后废,故进册惠妃;而玄宗开元十二年废王皇后,肃宗已年十四。代宗则生于开元十五年,时正相合。故知酉阳杂俎之说不可信。

〔一〕有　原书作“甚有”。

〔二〕亦是吾家一有福天子　原书上有“他日”二字,下有玄宗取上清珠赐之,日后代宗感喟前事等文字。

376 西凉州俗好音乐,制凉州新曲,开元中列上献之。上顾问宁王〔一〕,王进曰:“此曲虽佳,臣有闻焉:夫音者,始之于宫,散之于商,成之于角、徵、羽,莫不根柢橐籥于宫、商也〔二〕。宫杂而少商,徵乱而加暴〔三〕。臣闻:宫,君也;商,臣也。宫不胜则君势卑〔四〕,商有馀则臣下僭。君卑则畏下〔五〕,臣僭则犯上。盖形之于音律〔六〕,播之于歌咏,见之于人事。臣恐一日有播越之祸,悖乱之患,莫不由此曲也〔七〕。”上闻之,默然。及安禄山之乱,华夏鼎沸,所以知宁王知音之妙也〔八〕。

本条原出开天传信记。太平御览卷五六九引开天传信记亦载。太平广记卷二〇四开天传信记题作宁王献。类说卷六开天传信记题作凉州新曲。碧鸡漫志卷三引开元传信记亦载。说郛(陶珽刊本)卷五二传信记亦载。

〔一〕上顾问宁王　原书上有“上召诸王便殿同观。曲终,诸王贺，舞蹈称善，独宁王不拜”五句。

〔二〕橐籥　原书作“囊橐”，似以本书为是。

〔三〕宫杂而少商徵乱而加暴　原书作“斯曲也，宫离而少徵，商乱而加暴”。似以原书为是。

〔四〕君　原书误作“商”，当据本书改。

〔五〕君卑则畏下　原书作“卑则逼下”，当据本书改。

〔六〕形之于音律　原书作“形于音声”，其上尚有“发于忽微”一句。

〔七〕莫不由此曲也　原书作“莫不兆于斯曲也”。

〔八〕知　原书作“审”。

377 安禄山初为张韩公帐下走使〔一〕。韩公尝洗足〔二〕，韩公足下有黑子〔三〕，禄山窃窥之〔四〕。韩公顾而笑曰：“黑子是吾之贵相，汝何窥之〔五〕？”禄山曰：“贱人不幸，两足皆有，亦似将军者，色黑而加大〔六〕。”公奇之，约为义儿，深加慰勉〔七〕。

本条原出开天传信记。能改斋漫录卷六事实内足下黑子大贵一条亦曾征引，云出开天传信记。说郛（陶珽刊本）卷五二传信记亦载。白孔六帖卷三一录此文，云出明皇杂录。太平广记卷二二二安禄山条亦有此文，云出定命录。北梦琐言卷三吴行鲁温溲器条情节与此相类。

〔一〕张韩公帐下走使　原书句下有“之吏”二字，当据补。张韩公即张仁愿，定命录即作“韩公张仁愿”。仁愿封韩国公，见旧唐书卷九三、新唐书卷一一一本传。

〔二〕洗足　原书作“令禄山洗足”。五杂组卷五人部一：“汾阳王足掌有黑子，使浑瑊洗足，而瑊亦有之，知其贵而不寿。张守珪使安禄山洗足亦然。”知此故事有以张守珪为主角之一说。

〔三〕黑子　原书作“黑点子”。

〔四〕窃窥之　原书上有“因洗脚而”四字。

〔五〕汝何窥之　原书作“独汝窥之，亦能有之乎？”

〔六〕色黑而加大　原书“大”作“文”。句下尚有“竟不知是何祥也”一句。

〔七〕深加慰勉　原书作“而加荐宠焉”。

378 王瑀为太常卿〔一〕。早起〔二〕，闻永兴里人吹笛，问：“是太常乐人否？”曰：“然。”〔三〕已后因阅乐而挞之〔四〕。问曰：“何得罪？”曰：“卧吹笛。”〔五〕又见康昆仑弹琵琶，云：“琵声多，琶声少，亦未可弹五十四丝大弦也。”自下而上谓之琵，自上而下谓之琶〔六〕。

说郛（陶珽刊本）卷四八唐语林识鉴亦载。

本条原出大唐传载。太平广记卷二〇四、二〇五传记均题作汉中王瑀，卷二〇五又云“明钞本作传载”，“传记”当是“传载”之误。

〔一〕王瑀　原书上有“汉中”二字，当据补。

〔二〕早起　原书下有“朝”字，当据补。新唐书卷八一三宗诸子汉中王瑀传亦叙此事，此句作“尝早朝”。

〔三〕是太常乐人否曰然　聚珍本无“否”“曰”“然”三字，今据齐之鸾本、历代小史本补。原书亦有。

〔四〕已　聚珍本无，今据齐之鸾本、历代小史本补。

〔五〕问曰何得罪曰卧吹笛　原书作“问曰：‘何得某日卧吹笛？’”

〔六〕自下而上谓之琵自上而下谓之琶　新唐书卷八一三宗诸子汉中王瑀传：“乐家以自下逆鼓曰琵，自上顺鼓曰琶云。”

379 裴宽尚书罢郡，西归汴中〔一〕，日晚维舟，见一人坐树下，衣服故敝。召与语，大奇之，谓“君才识自当富贵，何贫也？”举船钱帛奴婢与之〔二〕，客亦不让。语讫上船，奴婢偃蹇者鞭扑之，裴公益以为奇。其人乃张建封也。

永乐大典卷之二千九百七十九人知人引唐语林亦载。

本条原出幽闲鼓吹。太平广记卷一六九幽闲鼓吹题作裴宽。说郛（陶珽刊本）卷五二、（张宗祥辑明抄本）卷二十幽闲鼓吹亦载。

〔一〕汴中　原书作“汴流中”，太平广记引文作“溯流”。

〔二〕船　太平广记引文作“一船”。

380 杜丞相鸿渐，世号知人。见马燧、李抱真、卢杞〔一〕、陆贽〔二〕、张弘靖、李藩，皆云“并为将相”〔三〕，既而尽然〔四〕。

永乐大典卷之二千九百七十九人知人引唐语林亦载。与381条原合为一条。

本条原出刘宾客嘉话录。太平广记卷一七〇嘉话录题作杜鸿渐。说郛（陶珽刊本）卷三六嘉话录亦载。又本条与381条原合为一条，今依太平广记引文分列。

〔一〕卢杞　原书与太平广记、说郛引文均作“卢新州杞”。

〔二〕陆贽　原书与说郛引文作"陆丞相贽"，太平广记引文作"陆相贽"。下引诸人于姓下亦加"丞相"二字。

〔三〕将　原书作"宰"，当据本书改。

〔四〕既而尽然　原书句下尚有"许、郭之徒，又何以加也"二句。

381 又大司徒杜公见张弘靖〔一〕，曰："必为宰相。"贵人多知人也如此。

永乐大典卷之二千九百七十九人知人引唐语林亦载。与380条原合为一条。

本条原出刘宾客嘉话录。太平广记卷一七〇嘉话录题作杜佑。又本条与380条原合为一条，今依太平广记引文分列。今本刘宾客嘉话录佚去，唐兰援此，仿本书体例，缀于380条之后。

〔一〕又　永乐大典引文与太平广记引文无。

382 潘炎，德宗时为翰林学士〔一〕，恩渥极异。其妻刘氏，晏之女也。京尹某有故，伺候累日不得见，乃遗阍者三百缣。夫人知之，谓潘曰："岂有人臣，京尹愿一见，遗奴三百缣帛？其危可知也！"遽劝潘公避位。子孟阳，初为户部侍郎，夫人忧惕，曰："以尔人材而在丞郎之位〔二〕，吾惧祸之必至也。"户部解谕再三，乃曰："试会尔同列，吾观之。"因遍招深熟者。客至，夫人垂帘视之。既罢会，喜曰："皆尔之俦也，不足忧矣。末后惨绿少年〔三〕，何人也？"答曰："补阙杜黄裳。"夫人曰："此人自别〔四〕，是有名卿相〔五〕。"

本条原出幽闲鼓吹。太平广记卷二七一幽闲鼓吹题作潘炎妻。绀珠集卷十幽闲鼓吹题作一日三百缣,“日”乃“见”之误。类说卷四三幽闲鼓吹题作末坐惨绿少年全别。说郛(陶珽刊本)卷五二、(张宗祥辑明抄本)卷二十幽闲鼓吹亦载。南部新书卷戊、卷己分载此事。又此文原书本分为两条,然文意一贯,今依太平广记引文,仍合为一条。

〔一〕潘炎德宗时为翰林学士　岑仲勉翰林学士壁记注补引此,曰:“误也。旧记一一、大历十二年四月,‘癸未,以右庶子潘炎为礼部侍郎。’此后并无再入翰林之事,其充翰林,计当肃、代两朝耳。语林所辑翰林故实,多舛误,读者宜详之。”

〔二〕人　齐之鸾本、历代小史本作“之”。

〔三〕末后惨绿少年　原书作“末座惨绿少年”。惨绿指服色,即浅绿,参看本书卷二151条注〔五〕。

〔四〕自别　原书作“全别”。

〔五〕是有名卿相　原书上有“必”字,当据补。

383 韦献公夏卿有知人之鉴,人不知也。因退朝,于街中逢再从弟执谊、从弟渠牟、丹,三人皆二十四〔一〕,并为郎官。簇马久之。献公曰:“今日逢三二十四郎,辄欲题目之。”语执谊曰:“汝必为宰相,善保其末耳。”语渠牟曰:“弟当别奉主上恩,而连贵公卿〔二〕。”语丹曰:“三命中〔三〕,弟最长远,而位极旄钺。”由是竟如其言〔四〕。

本条原出大唐传载。太平广记卷二二三传载题作韦夏卿。南部新书卷丁亦载此事。

〔一〕二十四　原书上有“第”字。

〔二〕连贵公卿　原书作“速贵为公卿”，当据改。

〔三〕三命中　原书作“三人之中”，“命”当为“人之”二字之讹。

〔四〕由是　原书作“后”。

384 韦献公夏卿不经方镇，唯尝于东都留守辟吏八人〔一〕，而路公随〔二〕、皇甫崖州镈皆为宰相，张尚书贾、段给事平仲〔三〕、卫大夫中行〔四〕、李常侍翱、李谏议景俭、李湖南词皆至显官，亦知名矣〔五〕。

永乐大典卷之二千九百七十九人知人引唐语林亦载。

本条原出大唐传载。

〔一〕唯尝于东都留守辟吏八人　原书“尝”作“止”，“止”训仅。齐之鸾本、历代小史本与永乐大典引文均作“上”，当是“止”之讹。又原书“辟”误作“郡”，当据本书改。

〔二〕随　原书作“隋”。诸书记载不一。旧唐书卷一五九作“路随”，新唐书卷一四二作“路隋”。又新唐书卷一六二韦夏卿传：“所辟士如路隋、张贾、李景俭等，至宰相达官，故世称知人。”

〔三〕平仲　聚珍本作“中仲”，今从齐之鸾本、历代小史本与永乐大典引文改。原书亦作“平仲”。旧唐书卷一五三段平仲传：“后除屯田膳部二员外郎、东都留守判官。”

〔四〕中行　聚珍本作“仲行”，今从永乐大典引文改。原书亦作“中行”。

〔五〕亦知名矣　原书作“亦名知人矣”。

385 李相绛先人为襄州督邮，方赴举，求乡荐。时樊司空泽为节度使〔一〕，张常侍正甫为判官，主乡荐。张公知丞相有前途，启司空曰："举人悉不如李某秀才〔二〕，请只送一人，请众人之资以奉之〔三〕。"欣然允诺。又荐丞相弟为同舍郎〔四〕。不十年而李公登庸，感司空之恩，以司空之子宗易为朝官。人问宗易之文于丞相，答曰〔五〕："盖代。"时人用以"盖代"为口实〔六〕，相见论文，必曰："莫是樊三盖代否〔七〕？"后丞相之为户部侍郎也〔八〕，常侍为本司郎中，因会，把诗侍郎唱歌〔九〕，李终不唱而哂之，满席大噱。

本条原出刘宾客嘉话录。太平广记卷一七九嘉话录题作张正甫。说郛（陶珽刊本）卷三六嘉话录亦载。

〔一〕司空　原书作"司徒"。当据本书与太平广记引文改。旧唐书卷一二二、新唐书卷一五九樊泽传均作"司空"。

〔二〕举人　太平广记引文下有"中"字。

〔三〕以奉之　太平广记引文上有"悉"字。

〔四〕又荐丞相弟为同舍郎　原书自此以下佚去，唐兰援本书与太平广记引文补入。

〔五〕答曰　太平广记引文上有"绛戏而"三字。

〔六〕用　太平广记引文作"因"。

〔七〕樊三　太平广记引文作"李三"。樊三当指樊宗易，而李绛亦行三，参看本书卷四 525 条。二说均可通，未知孰是。

〔八〕后　聚珍本无，今从齐之鸾本、历代小史本补。太平广记引文作"及"。

〔九〕把诗　太平广记引文作"把酒请"，当据之校补。

386 韩太保皋深晓音律〔一〕，尝观客弹琴为止息，乃叹曰："妙哉，嵇生之音也！为是曲也，其当魏、晋之际乎？止息与广陵散，同出而异名也。其音主商，商为秋声，天将肃杀，草木摇落，其岁之晏乎？此所以知魏之季慢也。其商弦与宫同〔二〕，是臣夺其君之位乎？此所以知司马氏之将篡也。'广陵'，维扬也；'散'者，流亡之谓也。杨者，武后之姓〔三〕，言杨后与其父骏之倾覆晋祚者也。晋难兴〔四〕，终'止息'于此。其音哀愤而噍杀，操者蹙而憯痛〔五〕，永嘉之乱，其应此乎？叔夜撰此，将贻后代之知音，且避晋祸，托之神鬼，史氏非知味者，安得不传其谬欤〔六〕？"

本条原出大唐传载。太平广记卷二〇二卢氏杂说题作韩皋，与此类同。

〔一〕深晓　原书作"生知"。齐之鸾本、历代小史本"深"作"生"。

〔二〕此所以知魏之季慢也其商弦与宫同　原书"慢"字属下句，曰："慢其商弦，与宫同音"，当据正。

〔三〕武后　原书作"武帝后"，当据正。

〔四〕晋难兴　原书"难"作"虽"。旧唐书卷一二九、新唐书卷一二六韩皋传均有此文，亦作"虽"。原书此句之上有"止息者"三字，当据补。

〔五〕操者　原书无"者"字，当据本书补。

〔六〕欤　原书作"也欤"。

387 吴兴僧昼一〔一〕，字皎然，工律诗。尝谒韦苏州，恐诗体不合，乃于舟抒思，作古体十数篇为献，韦皆不称赏，昼一极失望;明日写其旧制献之,韦吟讽,大加叹赏。因语昼一云:“几致失声名〔二〕。何不但以所工见投,而猥希老夫之意?人各有所得,非卒能致。”昼一服其能鉴〔三〕。

本条原出因话录卷四角部。绀珠集卷五因话录题作几至失名。类说卷十四因话录题作以诗见韦苏州。说郛(陶珽刊本)卷二三因话录题作几至失名。碧溪诗话卷十引因话录亦载。

〔一〕昼一　原书作“昼”。下同。类说引文误作“画”。案:皎然字昼,作“昼一”者误。于頔吴兴昼上人集序曰:“有唐吴兴开士释皎然,字清昼,即康乐之十世孙。”又于頔有郡斋卧疾赠昼上人诗,下注:“上人早名皎然,晚字昼。”

〔二〕几致失声名　原书作“师几失声名”。

〔三〕昼一服其能鉴　原书作“昼大服其鉴别之精”。

388 骆浚者,度支司书手也。尝健羡一杂事典,题诗一绝于柏树曰:“干耸一条青玉直,叶铺千叠绿云低。争如燕雀偏巢此,却是鹓鸾不得栖。”会度支使巡诸司,见此题,问左右,云:“浚所为也。”召与语,可听。曰:“钱谷粗晓,词气不卑,言语古壮,人品亦佳〔一〕。”翌日〔二〕,以语巡官李吉甫,遂擢为度支巡官。浚请兼巡覆官。自以微贱,不敢厕士大夫之列。月馀,九门内勾出数十万贯;数月,关右、蒲、潼、京西、京北、三辅勾四百万,佐大门,却河阴斗门。案〔三〕:此处语义难明,疑有脱误。曹、汴、宿、宋,无水潦之患。后典名郡,有令名。于春明门外筑台榭,食客皆名人。卢申州题诗云〔四〕:“地甃如拳石,溪横似叶舟。”即骆氏池馆也[五]。

本条不知原出何书。

〔一〕品　齐之鸾本、历代小史本作“伦”。

〔二〕翌日　聚珍本上有“越”字，今据齐之鸾本、历代小史本删。

〔三〕案　此案语当是永乐大典编者或四库全书馆臣所加。

〔四〕卢申州　即卢拱，官终申州刺史。杨巨源有寄申州卢拱使君诗。

〔五〕池　聚珍本作“治”，今从齐之鸾本、历代小史本改。

389 裴晋公为相，布衣交友，受恩子弟，报恩奖引不暂忘[一]。大臣中有重德寡言者，忽曰：“某与一二人皆受知裴公。白衣时，约他日显达，彼此引重。某仕宦所得已多，然晋公有异于初，不以辅佐相许。”晋公闻之，笑曰：“实负初心。”乃问人曰：“曾见灵芝、珊瑚否？”曰：“此皆希世之宝。”又曰：“曾游山水否？”曰：“名山数游，唯庐山瀑布状如天汉，天下无之。”晋公曰：“图画尚可悦目，何况亲观？然灵芝、珊瑚，为瑞为宝可矣，用于广厦，须杞、梓、樟、楠；瀑布可以图画，而无济于人，若以溉良田，激碾硙，其功莫若长河之水。某公德行文学、器度标准，为大臣仪表，望之可敬；然长厚有馀，心无机术，伤于畏怯，剸割多疑。前古人民质朴，征赋未分，地不过数千里，官不过一百员，内无权倖，外绝奸诈。画地为狱，人不敢逃；以赭染衣，人不敢犯。虽曰列郡建国，侯伯分理；当时国之大者，不及今之一县，易为匡济。今天子设官一万八千[二]，列郡三百五十，四十六连帅,八十万甲兵,礼乐文物,轩裳士流,盛于前古。材非王佐〔三〕,安敢许人!"

本条不知原出何书。

〔一〕忘　齐之鸾本、历代小史本作"亡失"。

〔二〕天子　齐之鸾本、历代小史本作"天下"。

〔三〕佐　齐之鸾本、历代小史本作"佑"。当从本书改。

390 相国牛僧孺〔一〕,或言仙客之后,居宛、叶之间。少孤贫〔二〕,力学有志。永贞中擢进士第,与同辈过政事堂,宰相谓曰:"扫厅奉候。"僧孺独出曰:"不敢。"众耸异之。元和初,登制科,历省郎至丞相〔三〕。大中初卒。后白敏中入相,乃奏,谥曰"简"〔四〕。

本条原出北梦琐言卷一牛僧孺奇士。聚珍本佚,今径从齐之鸾本、历代小史本移入。

〔一〕牛僧孺　原书下有"字思黯"三字。

〔二〕孤贫　原书作"单贫"。

〔三〕历省郎至丞相　原书历叙仕宦官衔,本书从简。原书句下尚言及牛撰周秦行记,李德裕切言短之等事。

〔四〕谥曰简　原书下附葆光子之评论,扬李贬牛,且以周秦行纪为牛作。

391 宣宗在藩邸,常为诸王所法。一日,不豫〔一〕。郑太后奏上苦心疾〔二〕,文宗召见,熟视上貌,以玉如意抚背〔三〕,曰:"我家他日英主,岂疾乎?"即赐御马、金带。

本条原出杜阳杂编卷下。白孔六帖卷九十引杜阳编亦载。说郛(陶珽刊本)卷四六杜阳杂编卷下亦载。聚珍本置此条于卷七908条之前,今据齐之鸾本、历代小史本移置于此。又原书此条与卷七909条本是一条,此条在前。

〔一〕一日不豫　原书作"忽一日不豫,神光满身,南面独语,如对百寮"。

〔二〕郑太后奏上苦心疾　原书作"郑太后惶恐,虑左右有以此事告者,遂奏文宗,云上心疾"。

〔三〕玉如意　原书作"玉精如意"。

392 李珏,字待价,赵郡赞皇人。早孤。居淮南〔一〕,养母以孝闻。举明经,华州刺史李绛见而谓之曰〔二〕:"日角珠庭,非常人也,当掇进士科。明经碌碌,非子发迹之地。"一举不第。应进士举,许孟容为礼部,擢上第。释褐,署乌重胤河阳府推官〔三〕,书判高等,授渭南县尉,迁右拾遗,左迁下邽县令。丁母忧,庐居三年,不入室。免丧,诸侯交辟,皆不就。牛僧孺在武昌〔四〕,掌书记。征归御史府〔五〕。韦处厚秉政,称曰:"清庙之器,岂击搏才乎?"擢拜礼部员外郎,改吏部员外〔六〕。李宗闵为相,擢知制诰〔七〕,改司勋员外郎,库部郎中。文宗召充翰林学士。珏风格端肃,属词敏赡,恩倾一时。累迁户部侍郎、承旨,天子屡欲以为相。郑注以方术为侍讲学士,李训自流人入内廷,珏未尝私焉。训、注交谮,贬江州刺史。训诛〔八〕,征为户部侍郎,与杨嗣复同日拜相。上虽切于求理,终优游不断。同列陈夷行、郑覃请经术孤立者进用,珏与嗣复论地胄词彩者居先,每延英议政,多异同,卒无成效,但寄之颊舌而已。文宗将崩,以敬宗子陈王成美为托[九]。武宗立,事由两军[一〇],贬昭州刺史。宣宗即位,累迁河阳三城节度,吏部尚书。崔郸薨,又拜检校左仆射、淮南节度使。三载[一一],薨,谥贞穆。

本条原出东观奏记卷上。说郛(陶珽刊本)卷四三东观奏记卷上亦载。原书此条与卷七914条本为一条,此条在后。

〔一〕淮南　原书作"淮阴"。新唐书卷一八二李珏传:"其先出赵郡,客居淮阴。"

〔二〕之　稗海本、藕香零拾本东观奏记作"人",当据本书改。

〔三〕乌重胤河阳府　聚珍本无"乌重胤"三字,今从齐之鸾本、历代小史本补。原书亦有,而"河阳府"三字则作"三城。"

〔四〕在武昌　原书作"为武昌节度使"。

〔五〕征　聚珍本无,今从齐之鸾本、历代小史本补。原书亦有。

〔六〕员外　聚珍本无,今从齐之鸾本、历代小史本补。原书亦有。

〔七〕擢知制诰　原书作"以品流程式为己任,擢掌书命"。

〔八〕训诛　原书作"未几,训为相,造假甘露谋上左右,与王涯等十一人赤族伏诛。人方伏珏守正之祐"。

〔九〕以敬宗子陈王成美为托　原书作"以犹子陈王成美当璧为托"。小石山房丛书本东观奏记误"托"为"记"。"当璧"乃遵天命继皇位之意,见史记卷四十楚世家。

〔一〇〕武宗立事由两军　原书作"建桓立顺,事由两军。颍王即位"。

〔一一〕崔郸薨又拜检校左仆射淮南节度使三载　原书作"至是

崔郸薨于淮南,辍之,抚理凡三载”。

393 李廓为武宁军节度使,不治,右补阙郑鲁上疏曰:“臣恐新麦未登,徐师必乱。乞速命良将〔一〕,救此一方。”宣宗未之省。麦熟而徐师果乱〔二〕,上感悟鲁言,擢为起居舍人。

本条原出东观奏记卷上。说郛(陶珽刊本)卷四三东观奏记卷上亦载。

〔一〕乞　聚珍本作“也”,今从齐之鸾本、历代小史本改。原书亦作“乞”。

〔二〕麦熟而徐师果乱　原书无“果”字。资治通鉴系此事于卷二四八唐纪六四宣宗大中三年五月。

394 懿宗晚年政出群下。路岩年少固位〔一〕,一旦失势,当路皆仇隙,中外沸腾,所指未必实也。初,岩为淮南崔铉度支使,除监察,十年不出京师,致位宰相〔二〕。铉谓岩必贵〔三〕,尝曰:“路十终须与他那一官〔四〕。”自监察入翰林,铉犹在淮南,闻曰:“路十如今便入翰林,何能至老?”皆如言。

本条原出玉泉子。太平广记卷一八八玉泉子题作路岩。又原书此条与卷七970条本是一条,此条在后。

〔一〕年少固位　原书下有“邂逅致此”一句。

〔二〕十年不出京师致位宰相　原书作“不十年,城门不出,而致位卿相”。

〔三〕铉谓岩必贵　原书上有“初”字,当据补。

〔四〕路十终须与他那一官　资治通鉴卷二五二唐纪六八僖宗乾符元年正月叙此，曰："路十终须作彼一官。"胡三省注："岩，第十。作彼一官，谓作相也。"

395 突厥平，温仆射彦博请迁于朔方〔一〕，以实空虚之地，于是入居长安者且万家。魏郑公以为夷不乱华，非久常之策。争论数年不决。至开元中，六胡反叛〔二〕，其地复空。

本条原出隋唐嘉话卷上、大唐新语卷七知微第十五。说郛（陶珽刊本）卷三六隋唐嘉话亦载。

〔一〕请迁于朔方　隋唐嘉话作"请其种落于朔方"，大唐新语作"议迁其人于朔方"。

〔二〕六胡反叛　聚珍本"六胡"作"外裔"，今依齐之鸾本、历代小史本改。隋唐嘉话作"六胡州竟反叛"。

396 太宗令卫公教侯君集〔一〕，君集言于帝曰〔二〕："李靖将反矣！至微隐之术〔三〕，辄不以示臣。"帝以让靖，靖曰："此乃君集反尔〔四〕！今中夏乂安，臣之所教，足以制四夷矣，而求尽臣之术者，将有他心焉。"

本条原出隋唐嘉话卷上、大唐新语卷七知微第十五。说郛（陶珽刊本）卷三六隋唐嘉话亦载。

〔一〕太宗令卫公教侯君集　隋唐嘉话、大唐新语下有"兵法"二字，当据补。

〔二〕君集言于帝曰　隋唐嘉话、大唐新语句首有"既而"二字。

〔三〕术　隋唐嘉话、大唐新语作"际"。

〔四〕此乃君集反尔　隋唐嘉话、大唐新语无"乃"字。资治通鉴卷一九七唐纪十三太宗贞观十七年叙此事,此句作"此乃君集欲反耳"。

397 润州得玉磬十二以献〔一〕,张率更叩其一〔二〕,曰:"是晋某岁所造也。是岁馀月〔三〕,造磬者法月,数有十三,今阙其一。宜于黄钟九尺掘之〔四〕,必得焉。"敕州求之,如言而得〔五〕。

说郛(陶珽刊本)卷四八唐语林识鉴亦载。

本条原出隋唐嘉话卷中。太平御览卷六一二引国朝传记亦载。太平广记卷二〇三国史异纂题作唐太宗(又一则)。梦溪笔谈卷五引此,云出国史纂异。说郛(陶珽刊本)卷三六隋唐嘉话亦载。

〔一〕十二　原书作"十三",当据本书改。

〔二〕张率更　即张文收。旧唐书卷八五张文收传:"咸亨元年,迁太子率更令,卒官。"新唐书卷一一三张文收传同。

〔三〕馀月　原书作"闰月"。

〔四〕九尺　原书上有"东"字,当据补。

〔五〕如言而得　梦溪笔谈曰:"法月律为磬,当依节气,闰月自在其间;闰月无中气,岂当月律?此懵然者为之也。叩其一,安知其是晋某年所造?既沦陷在地中,岂暇复按方隅尺寸埋之?此欺诞之甚也!"

398 郑公见秦王破阵乐〔一〕,则俯而不视;奏庆善乐〔二〕,则玩而不厌〔三〕。

本条原出隋唐嘉话卷中。太平广记卷二〇三国史异纂题作唐太宗(又一则)。说郛(陶珽刊本)卷三六隋唐嘉话亦载。

〔一〕郑公见秦王破阵乐　原书此句作"郑公见奏破阵乐"。其上尚有"破阵乐,被甲持戟,以象战事;庆善乐,广神屣履,以象文德"四句。"神"乃"袖"之误字。

〔二〕庆善乐　原书无"乐"字,当据本书与太平广记引文补。

〔三〕玩而不厌　新唐书卷九七魏徵传:"徵侍宴,奏破阵武德舞,则俯首不顾;至庆善乐,则谛玩无斁。"

399 贞观中,有婆罗门僧言"佛齿所击,前无坚物"〔一〕,于是士女奔凑,其处如市。时傅奕方病卧,闻之,谓子曰〔二〕:"非是佛齿也。吾闻金刚石至坚,物莫能敌,唯羚羊角破之〔三〕。汝但取试焉。"胡僧监护甚严〔四〕。固求,良久乃得见。出角叩之,应手而碎,观者乃止。今理珠者用此角〔五〕。

本条原出隋唐嘉话卷中。太平广记卷一九七国史异纂题作傅奕。绀珠集卷十传记题作金刚石。类说卷六传记题作佛牙,卷五四隋唐嘉话题作金刚石。白孔六帖卷三十引刘餗传记亦载。说郛(陶珽刊本)卷三六隋唐嘉话亦载。

〔一〕有婆罗门僧言佛齿所击前无坚物　原书作"有婆罗僧言得佛齿,所击前无坚物。"当据之补"得"字。

〔二〕子　原书上有"其"字,当据补。

〔三〕羚羊角　原书作"零羊角",当据本书改。资治通鉴卷一九五唐纪十一太宗贞观十三年叙此事,胡三省注:"杜佑曰:扶南国出金刚石,可以刻玉,状如紫石英。……以铁锤之而不伤，铁乃自损；以羚羊角扣之，漼然冰泮。陶弘景曰：羚羊今出建平宜都蛮中及西域，多两角，一角者为胜；角甚多节，蹙蹙圆绕。”

〔四〕胡 聚珍本无，今从齐之鸾本补。原书亦有。

〔五〕珠 原书作“珠玉”。

400 阎立本善画〔一〕。至荆州，视张僧繇旧迹〔二〕，曰：“定虚得名耳。”明日又往，曰：“犹是近代佳手耳。”明日又往，曰：“名下无虚士〔三〕。”坐卧观之，留宿其下，一日不能去〔四〕。

本条原出隋唐嘉话卷中。太平广记卷二一一国史异纂题作阎立本。说郛（陶珽刊本）卷三六隋唐嘉话亦载。刘宾客嘉话录亦有此文，唐兰考为误入。绀珠集卷五、白孔六帖卷三二引嘉话题作名下无虚士，实乃隋唐嘉话之文。说郛（陶珽刊本）卷三六嘉话录亦载，同是误入之文。

〔一〕善画 原书上有“家代”二字。

〔二〕视 原书无，当据本书补。

〔三〕无 原书上有“定”字。

〔四〕一日 原书作“十日”。

401 高宗时，群蛮聚为寇〔一〕，讨之辄不利，乃除徐敬业为刺史。府发卒迎，敬业尽放令还，单骑至府。贼闻新刺史至，皆缮理以待。敬业一无所问，处他事已毕，方曰：“贼安在？”曰：“在南岸。”乃从一二佐史而往观之〔二〕，莫不骇愕。贼所持兵觇望〔三〕，及见船中无人，又无兵仗，更闭营隐藏。敬业直入其营内，告云[四]："国家知汝等为贪吏所害，非有他恶，可悉归田里，无去为贼[五]。"唯召其帅，责以不早降之意[六]，各笞数十而遣之，境内肃然。其祖英公壮其胆略，曰："吾不办此，然破我家者必此儿！"英公既薨，高宗思平辽勋，令制其冢，象高丽中三山[七]，犹霍去病之祁连山。后敬业举兵[八]，武后令掘平之。大雾三日不解，乃止。

本条原出隋唐嘉话卷中。太平广记卷一六九国史异纂题作英公，引至"必此儿也"为止。说郛（陶珽刊本）卷三六隋唐嘉话亦载。资治通鉴卷二〇一唐纪十七高宗总章二年考异引刘餗小说，即此文，亦至"必此儿也"为止。司马光案语曰："敬业，武后时举兵，旋踵败亡，若有智勇，何至如此！今不取。"

〔一〕寇　齐之鸾本、历代小史本作"害"。

〔二〕佐史　太平广记、资治通鉴考异引文作"佐吏"，当据改。

〔三〕所　原书作"初"，当据改。

〔四〕告　原书作"使告"。

〔五〕无去为贼　原书作"后去者为贼"。

〔六〕不早降　太平广记、资治通鉴考异引文同。原书无"不"字，齐之鸾本、历代小史本无"早"字。

〔七〕象高丽中三山　资治通鉴卷二〇一唐纪十七高宗总章二年云："起冢象阴山、铁山、乌德鞬山，以旌其破突厥、薛延陀之功。"胡三省注："乌德鞬山在回纥牙帐西南。"隋唐嘉话记载与此不同。

〔八〕敬业　原书上有"孙"字。

402 张沛为同州[一]，任正名为录事[二]，刘幽求为朝邑尉。沛常呼二公为任大[三]、刘大，若交友。玄宗诛韦氏，沛兄殿中监涉见诛[四]，并合诛沛。沛将出就刑[五]，正名时谒告在家，闻之，遽出曰[六]："朝廷初有大艰。同州，京之左辅，奈何单使至，害其州将[七]？请以死守之。"于是劝令覆奏。送沛于狱[八]，曰："正名若死，使君可忧；不然，无虑也。"时刘幽求方立元勋[九]，用事居中[一〇]，竟脱沛于难。

本条原出隋唐嘉话卷下、大唐新语卷六举贤第十二。隋唐嘉话自"今上之诛韦氏"起，分为两条，大唐新语仍合为一条。说郛（陶珽刊本）卷三六隋唐嘉话亦载。

〔一〕张沛为同州　大唐新语作"张沛为同州刺史"。

〔二〕录事　大唐新语下有"参军"二字。

〔三〕沛　隋唐嘉话下有"奴下诸官"四字，大唐新语"官"作"寮"。

〔四〕沛兄殿中监涉　旧唐书卷八五、新唐书卷一一三张文瓘传，涉乃沛之弟。

〔五〕刑　大唐新语同，隋唐嘉话误作"州"。

〔六〕遽出　大唐新语下有"止沛"二字。

〔七〕奈何单使至害其州将　隋唐嘉话、大唐新语作"奈何单使一至，便害州将？"

〔八〕送沛于狱　隋唐嘉话上有"因"字。

〔九〕刘幽求　大唐新语无"刘"字，隋唐嘉话三字均佚，当据本书补。

〔一〇〕用事居中　大唐新语作"居中用事"。

403 萧至忠自晋州之入也[一]，大理蒋钦绪即其妹婿，送之曰："以足下之才，不忧不见用，无为非分妄求。"至忠不纳[二]。蒋退而叹曰[三]："九代之卿族，一举而灭，可哀也哉[四]！"至忠既至，拜中书令[五]，岁馀败。

本条原出隋唐嘉话卷下。说郛（陶珽刊本）卷三六隋唐嘉话亦载。

〔一〕萧至忠自晋州之入也　资治通鉴卷二一〇唐纪二六玄宗先天元年二月："蒲州刺史萧至忠自托于太平公主，公主引为刑部尚书。"考异曰："旧传及刘餗小说皆云自晋州刺史入为尚书，今从太上皇、睿宗录。"

〔二〕纳　原书作"答"。

〔三〕叹　原书无。

〔四〕九代之卿族一举而灭可哀也哉　资治通鉴胡三省注："引左传卫太叔仪之言。至忠，萧德言之曾孙，故云然。"

〔五〕拜　原书无，当据本书补。

404 高公骈镇蜀日[一]，因巡边，至资中郡，舍于刺史衙。对郡山顶有开元寺，是夜黄昏[二]，僧众礼佛，其声喧达，公命军候悉擒械之，来朝笞背斥逐[三]。召将吏而谓之曰："僧徒礼念，亦无罪过，但此寺十年后，当有秃丁数千为乱[四]，以是厌之。"其后土人皆髡执兵，号"大髡"、"小髡"，据此寺为寨[五]，凌胁州将[六]，果叶高公之言。〔原注〕得于资中处士王迢[七]。

本条原出北梦琐言卷三高太尉决礼佛僧。太平广记卷四九九北梦琐言题作高骈。类说卷四三北梦琐言题作秃丁。古今合璧事类备要外集卷十九引北梦琐言亦载。说郛(陶珽刊本)卷四六北梦琐言亦载。

〔一〕高公骈镇蜀日　原书作"唐渤海王太尉高公骈镇蜀日"。

〔二〕黄昏　聚珍本无,今从齐之鸾本、历代小史本补。原书亦有。

〔三〕朝　齐之鸾本、历代小史本作"晨"。

〔四〕为乱　齐之鸾本、历代小史本作"乱我疆境"。

〔五〕此　聚珍本无,今从齐之鸾本、历代小史本补。原书亦有。

〔六〕凌胁州将　聚珍本无,今从齐之鸾本、历代小史本补。原书"凌"作"陵"。

〔七〕〔原注〕得于资中处士王迢　聚珍本无,今从齐之鸾本、历代小史本补。原书亦有。唯历代小史本"迢"作"召"。〔原注〕二字乃依全书体例添加。

405 张九龄,开元中为中书令。范阳节度使张守珪奏裨将安禄山频失利,送戮于京师〔一〕。九龄批曰:"穰苴出军,必诛庄贾;孙武行法,亦斩宫嫔。守珪军令若行,禄山不宜免死。"及到中书,张九龄与语久之〔二〕,因奏戮之,以绝后患〔三〕。玄宗曰:"卿勿以王夷甫识石勒之意,杀害忠良。"更加官爵,放归本道〔四〕。至德初〔五〕,玄宗在成都,思九龄先觉,制赠司徒,遣使就韶州致祭〔六〕。

本条原出大唐新语卷一匡赞第一。

〔一〕戮　原书作"就戮"。

〔二〕张　聚珍本作"令",今从齐之鸾本改。原书无。

〔三〕因奏戮之以绝后患　原书作“因奏曰：‘禄山狼子野心，而有逆相，臣请因罪戮之，冀绝后患。’”

〔四〕放归本道　资治通鉴卷二一四唐纪三十玄宗开元二十四年叙此，曰：“竟赦之。”

〔五〕至德　原书与齐之鸾本误作“至武德”，当据本书改。

〔六〕制赠司徒遣使就韶州致祭　原书此处乃诏书全文。

406 李相夷简未登第时，为郑县丞。泾军之乱，有使走驴东去甚急，夷简入白刺史曰：“京城有故〔一〕，此使必非朝命，请执问。”果朱泚使滔者〔二〕。

本条原出国史补卷上执朱泚使者。太平广记卷一七二国史补题作李夷简。

〔一〕京城有故　原书句首有“闻”字，当据补。

〔二〕果朱泚使滔者　太平广记引文作“果朱泚使于朱滔也”。原书亦佚“于”字。新唐书卷一三一宗室宰相李夷简传：“以宗室子始补郑丞。德宗幸奉天，朱泚外示迎天子，遣使东出关至华，候吏李翼不敢问。夷简谓曰：‘泚必反。……请验之。’翼驰及潼关，果得召符。”

407 德宗自复京阙，常恐生事，方镇有兵，必姑息之。唯浑瑊奏事〔一〕，不过，辄私喜曰：“上不疑我〔二〕。”

本条原出国史补卷中浑令喜不疑。绀珠集卷三国史补题作上下疑我，“下”乃“不”之误。类说卷二六国史补题作上不疑我。

〔一〕浑瑊　原书作“浑令公”。

〔二〕上不疑我　新唐书卷一五五浑瑊传：“贞元后，天子常恐藩侯生事，稍桀骜则姑息之，惟瑊有所奏论不尽从可，辄私喜曰：'上不疑我。'"资治通鉴卷二三五唐纪五一德宗贞元十五年亦叙此事，胡三省于"不过"下加注曰："唐制：凡奏事得可者，皆过门下省、中书省；不过者，寝其奏不下也。"

408 顺宗风噤不言，太子未立，牛美人有异志。上乃召学士郑絪于小殿，草立太子诏。絪执笔不请而书"立嫡以长"四字，跪呈。顺宗然之〔一〕，乃定。

本条原出国史补卷中郑絪草诏书。太平广记卷一六四国史补题作郑絪。

〔一〕顺宗然之　原书作"帝深然之"。新唐书卷一六五郑絪传："帝召絪草立太子诏，絪不请辄书曰：'立嫡以长。'跪白之，帝颔乃定。"资治通鉴卷二三六唐纪卷五二顺宗永贞元年亦叙及此事。

赏誉

409 贞观中，蜀人李义府八岁，号神童〔一〕。至京师，太宗在上林苑便对，有得乌者，上赐义府，义府登时进诗曰："日里扬朝彩，琴中伴夜啼；上林多许树〔二〕，不借一枝栖。"上笑曰："朕今以全树借汝〔三〕。"后相高宗。

说郛（陶珽刊本）卷四八唐语林赏誉亦载。

本条原出芝田录。类说卷十一芝田录题作朕以全树借汝。隋唐嘉话卷中、大唐新语卷七知微第十五亦载此事，诗话总龟卷五自荐门引小说旧闻亦载此事，略同二书，而与本条文字不同。

〔一〕号　类说引文作“举”。

〔二〕多许　类说引文作“如许”。唐诗纪事卷四李义府引此，亦作“如许”。

〔三〕今　聚珍本无，今从齐之鸾本、历代小史本补。

410 玄宗燕诸学士于便殿，顾谓李白曰：“朕与天后任人如何？”白曰：“天后任人，如小儿市瓜，不择香味，唯取其肥大者〔一〕；陛下任人，如淘沙取金，剖石采玉，皆得其精粹。”上大笑〔二〕。

本条原出开元天宝遗事卷下任人如市瓜。说郛（陶珽刊本）卷五二开元天宝遗事题作任人如市瓜。吴埛五总志引开元遗事亦载。

〔一〕唯取其肥大者　聚珍本无“其”“者”二字，今从齐之鸾本、历代小史本补。原书亦有“者”字。

〔二〕上大笑　原书作“明皇笑曰：‘学士过有所饰。’”

411 德宗每年征四方学术直言极谏之士，至者萃于阙下，上亲自考试，绝请托之路。是时文学相高，当途者咸以推贤进善为意。上试制科于宣德殿〔一〕。或下等者，即以笔抹之至尾。其称旨者，必吟诵嗟叹；翊日，遍示宰相学士，曰：“此皆朕之门生。”公卿无不服上精鉴。宏词独孤授吏部试放驯象赋〔二〕，上自考之，称其句曰：“化之式孚，则必受乎来献；物或违性，斯用感于至仁。”上特书第三等。先是代宗时外方进驯象三十二〔三〕，上即位，悉令放荆山之南，而授献赋不伤于顾忌〔四〕，上赏其知去就。

本条原出杜阳杂编卷上。太平广记卷一九八杜阳杂编题作唐德宗。说郛（陶珽刊本）卷四六杜阳杂编卷上亦载。

〔一〕宣德殿　原书与太平广记引文作“宣政殿”，当据改。宣政殿在大明宫内。

〔二〕独孤授　原书作“独孤受”，太平广记引文作“独孤绶”。下同。独孤授放驯象赋载文苑英华卷一三一。

〔三〕外方　原书作“文单国”。

〔四〕授献赋不伤于顾忌　原书作“受不辱其受献，不伤放弃”。太平广记引文“不辱其”作“不斥”。

412 白居易应举，初至京〔一〕，以诗谒顾著作况。况睹姓名，熟视曰：“米价方贵，居亦不易。”及披卷，首篇曰：“咸阳原上草，一岁一枯荣。野火烧不尽，春风吹又生。”乃嗟赏曰：“道得个语，居即易也。”因为之延誉，声名遂振。

本条原出幽闲鼓吹。太平广记卷一七〇幽闲鼓吹题作顾况。类说卷四三幽闲鼓吹题作米价方贵居亦不易。说郛（陶珽刊本）卷五二幽闲鼓吹亦载。唐摭言卷七知己亦载此事。全唐诗话卷二白居易亦载此事。吴开优古堂诗话亦载此事。

〔一〕初至京　朱金城白居易年谱贞元三年丁卯曰：“贞元四年（七八八）以前，居易无赴长安之可能。贞元五年后，顾况即因嘲谑贬官饶州司户（其知交李泌卒于贞元五年），复至苏州，与苏州刺史韦应物、信州刺史刘太真相往还。如谓居易有谒顾况之事，或相遇于饶州及苏州也。”

413 李贺以歌诗谒韩愈，愈时为国子博士分司。送客归，极困。门人呈卷，解带〔一〕，旋读之。首篇雁门太守行云："黑云压城城欲摧，甲光向日金鳞开。"却缓带〔二〕，命迎之。

本条原出幽闲鼓吹。太平广记卷一七〇云溪友议题作韩愈，汪绍楹案："明抄本作出幽闲鼓吹。"类说卷四三幽闲鼓吹题作雁门太守行。说郛（陶珽刊本）卷五二、（张宗祥辑明抄本）卷二十幽闲鼓吹亦载。

〔一〕带　齐之鸾本、历代小史本作"衣"。

〔二〕缓　原书作"援"。历代小史本作"束"，齐之鸾本缺一字。

414 广平程子齐昔范，未举进士日，著程子中谟〔一〕，韩文公称叹之。及赴举，干主司曰："程昔范不合在诸生之下。"当时不第，人以为屈。庾尚书承宣知贡举，程始登第，以试正字从事泾原军。李逢吉在相位，见其书，特荐，拜右拾遗〔二〕，竟因逢吉湮厄而没〔三〕。其立身贞苦，能清谈乐善，士多附之。与堂舅李信州虞相善，又交裴夷直，皆士林之望也。

本条原出因话录卷三商部下。

〔一〕程子中谟　原书下有"三卷"二字。

〔二〕右拾遗　原书作"左拾遗"。

〔三〕竟因逢吉湮厄而没　原书作"竟因李公之累，湮厄而没"。

415 元稹在鄂州，周复为从事。稹尝赋诗，命院中属和，周簪笏见稹曰："某偶以大人往还高门〔一〕，谬获一第，其实诗赋皆不能。"稹曰："遽以实告〔二〕，贤于能诗者。"

本条原出幽闲鼓吹。太平广记卷四九八幽闲鼓吹题作周复。类说卷四三幽闲鼓吹题作实告贤于能诗。说郛(陶珽刊本)卷五二幽闲鼓吹亦载。唐诗纪事卷三七元稹亦载，唯不注出处。

〔一〕高门　原书"高"下缺一字，当据本书补。说郛引文亦有"门"字。

〔二〕遽以实告　太平广记引文作"质实如是"。

416 刘侍郎三复，初为金坛尉。李卫公镇浙西，三复代草表云："山名北固，长怀恋阙之心；地接东溟，却羡朝宗之路。"卫公嘉叹，遂辟为宾佐。时杭州有萧协律悦，善画竹，家酷贫。白居易典郡，尝叙云："悦之竹举世无伦，颇自秘重，有终岁求其一竿一枝不得者。"又遗之歌曰："馀杭邑客多羁贫，其中甚者萧与殷。天寒身上犹衣葛，日高甑中未扫尘。"悦年老多病，有一女未适。他日，病且亟，谓其女曰："吾闻长史刘从事，非有通家之旧，复无举荐之力。歘自案〔一〕：此下原阙一字〔二〕。众为贤侯幕府，必有足观者。今知未婚，吾虽未识，当以书托汝。"三复览其书，数日未决。会夜梦有黄衣使，致稿一束于其门。翊日，言于卫公，公曰："稿，萧也。此固定矣。"三复遂成婚。

本条不知原出何书。

〔一〕案　此案语当是永乐大典编者或四库全书馆臣所加。

〔二〕此下原阙一字　齐之鸾本周锡瓒校曰："'欻'下旧钞不空。"

417 白敏中在郎署，未有知者，唯李卫公器之，多所延誉，然而无资用以奉僚友。卫公遗钱十万〔一〕，俾为酒肴，会省阁诸公宴。已有日。时秋霖涉旬日，贺拔惎员外求官未得〔二〕，将欲出京，来别。惎与敏中同年。主阍者告以方候朝官，缪以他适对，惎驻车留书，叙羁游之困。敏中得书，叹曰："士穷达当有时命，苟以侥倖取容，未足发吾身。岂有美馔上邀当路豪贵〔三〕，而遗登第故人？"遂令召惎先宴。既而朝客来，闻与惎宴，众人咸去〔四〕。他日，见卫公。问来者谁，敏中具对："以留惎，负于推引。"卫公亦称云："此事真古人所为。"惎自后以评事先拜，而敏中以库部郎中入翰林为学士，未逾三年，为丞相。

本条原出剧谈录卷上李朱崖知白令公。太平广记卷一七〇剧谈录题作李德裕。唐摭言卷八友放亦载此事，而以为王起与白敏中事。又原书此条与卷七930条本是一条，此条在前。

〔一〕卫公遗钱十万　原书上有"一旦"一句。

〔二〕贺拔惎员外求官未得　原书作"贺拔惎任员外府罢，求官未遂"。

〔三〕上　原书作"止"。

〔四〕众人咸去　原书作"无不惋愕而去"。

418 大中末〔一〕，谏官献疏，请赐白居易谥〔二〕。上曰："何不读醉吟先生墓表〔三〕？"卒不赐谥。弟敏中在相位，奏立神道碑，使李商隐为之。

说郛（陶珽刊本）卷四八唐语林赏誉亦载。

本条原出贾氏谈录。类说卷十五贾氏谈录题作白傅不赐谥。说郛（陶珽刊本）卷三七、（张宗祥辑明抄本）卷九贾氏谈录亦载，张本题作白傅不赐谥。南部新书卷已亦载此事。

〔一〕大中　原书误作"太宗"，当据本书改。

〔二〕谏官献疏请赐白居易谥　说郛原书引文作"白傅侄敏中曾作谏官，献疏请叔谥。"案白敏中为居易之从父弟，此说误。新唐书卷一一九白居易传："敏中为相，请谥，有司曰'文。'"

〔三〕读　原书作"取"。

419 宣宗舅郑仆射光，镇河中。封其妾为夫人，不受，表曰："白屋同愁，已失凤鸣之侣；朱门自乐，难容乌合之人。"上大喜，问左右曰："谁教阿舅作此好语〔一〕？"对曰："光多任一判官田询者掌书记。"上曰："表语尤佳〔二〕，便好与翰林一官〔三〕。"论者以为不由进士，又寒士，无引援，遂止。

类说卷三二语林题作封妾为夫人。

本条不知原出何书。侯鲭录卷六亦曾征引，唯不注出处。

〔一〕语　齐之鸾本、历代小史本作"事"。

〔二〕语　齐之鸾本、历代小史本作"记"。

〔三〕便好与翰林一官　聚珍本作"便好作翰林官"，今从齐之鸾本、历代小史本改。

420 光德刘相宗望举进士〔一〕,朔望谒郑太师从说。阍者呈刺,裴侍郎瓒后至〔二〕,先入从容,乃召刘秀才。刘相告以主司在前,不敢升坐〔三〕。隅拜于副阶上,郑公降而揖焉〔四〕。郑公伫立,目送之〔五〕,久方回。乃谓瓒曰:"大好及第举人。"瓒唯唯〔六〕。明年,为门生。

本条原出金华子卷下。

〔一〕光德刘相宗望　原书作"光德相国崇望"。旧唐书卷一七九、新唐书卷九十本传均作"崇望"。新唐书曰:"光德,崇望所居坊也。"

〔二〕瓒　原书无。

〔三〕升　原书作"升进"。

〔四〕郑公降而揖焉　原书下有"丞乃趋出"一句。

〔五〕目送之　原书作"目之,候其掩映门屏"。

〔六〕瓒唯唯　原书作"裴公亦赞叹"。

421 令狐滈、弟澄〔一〕,皆好文。自楚及澄,三世掌诰命〔二〕,有称科场中。

本条原出金华子卷上。与 422 条原合为一条,今依原书分列。

〔一〕令狐滈弟澄　原书作"令狐补阙滈与中书舍人澄",周广业注:"案新唐书令狐绹传:绹三子——滈、沨、涣,涣终中书舍人。又艺文志:令狐澄贞陵遗事一卷,注:绹子也,乾符中书舍人。盖涣一名澄。"此说可商。参看本书附录一唐语林援据原书索引中金华子之提要。

〔二〕三世掌诰命　原书作"三代皆擅美于紫薇"。紫薇指中书省,唐人习称。

422 令狐滈以父为丞相，未得进。滈出访郑侍郎，道遇大尹，投国学避之。遇广文生吴畦，从容久之。畦袖卷呈滈，由是出入滈家。滈荐畦于郑公，遂先滈一年及第〔一〕，后至郡守。

本条不知原出何书。与421条原合为一条，今依原书分列。疑此是金华子佚文。

〔一〕滈荐畦于郑公遂先滈一年及第　徐松登科记考卷二二："按：滈于大中十三年及第，则畦及第在此年（十二年），惟此知举为李藩，言郑侍郎误。"

423 懿宗尝行经延资库〔一〕，见广厦钱帛山积，问左右："谁为库？"侍臣对曰："宰相李德裕〔二〕。以天下每岁度支备用之馀，尽实于此。自是以来，边庭有急，支备无乏。"上曰："今何在？"曰："顷坐吴湘贬崖州〔三〕。"上曰："有如此功，微罪岂合诛谴〔四〕！"由是刘邺进表雪冤，遂许加赠〔五〕。

本条原出金华子杂编。读画斋丛书本金华子佚去，资治通鉴卷二五〇唐纪六六咸通元年十月丁亥，考异引金华子杂编，即此文。

〔一〕懿宗尝行经延资库　考异引文作"宣宗尝私行经延资库"，司马光按："宣宗素恶德裕，故始即位即逐之，岂有不知其在崖州而云'岂合深谴'！又刘邺追雪在懿宗时。此说殊为浅陋，今不取。"考异引文作宣宗时事，王谠此书则作懿宗时事。不知此为王谠擅改，抑或司马光所见之本有误？

〔二〕李德裕　考异引文下有"执政日"三字。

〔三〕坐吴湘　考异引文作“以坐吴湘狱”。

〔四〕诛谴　考异引文作“深谴”。

〔五〕遂许加赠　考异引文下有“归葬焉”一句。

424 刘仁表〔一〕，刘允章门生。初，允章知举，仁表与李都善，即访之，而谓都曰：“仪之某为朝廷委任，何以见裨，少塞责乎？”都欲荐其所知者，允章迎谓之曰：“谓不言牛、孔，安得岁岁须人？”先是牛、孔数家凭势力，每岁主司为其所制，故允章亦云〔二〕，适中都所欲言者。都曰：“蕴中错也，愿其往之。”案〔三〕：此句文义难明，疑有脱误。以与允章雅熟，都纳焉，即孔纡也。复授允章以文一轴，发之且大半，曰：“此可以与否？”允章佳赏，比及卷首，乃仁表也。允章鄙其轻薄而辞之。都曰：“公是遭罹者，奈何复听谗言乎？”于是皆许之。仁表后为华州赵骘幕，尝饮酒，骘命欧阳琳作录事，酒不中者罚之。仁表酒不能满饮，琳罚之，仁表曰：“鄂渚尚书解取录事，不解放门生。”时允章镇江夏，仁表皆自谓也。

本条不知原出何书。

〔一〕刘仁表　登科记考卷二三作“郑仁表”。

〔二〕亦　齐之鸾本、历代小史本作“以”。

〔三〕案　齐之鸾本、历代小史本无此按语，当是永乐大典编者或四库全书馆臣所加。

425 毕相諴家素贱。李中丞者，有诸院兄弟与諴熟。諴至李氏子书室中，诸子赋诗，諴亦为之。顷者李至，观诸子诗，又见諴所作，称其美〔一〕。諴初亦避之。李问曰："此谁作也？"诸子不敢隐，乃曰："某叔，顷来毕諴秀才作也。"諴遂出见。既而李呼左右责曰："何令马入池中，践浮萍皆聚，芦荻斜倒？"怒甚，左右莫敢对。諴曰："萍聚只因今日浪，荻斜都为夜来风。"李大悦，遂留为客。

本条不知原出何书。

〔一〕美　齐之鸾本、历代小史本作"最美"。

426 刘仁轨为左仆射，戴至德为右仆射，人皆多刘而鄙戴。有老父陈牒〔一〕，至德方欲下笔，老父问左右："此是刘仆射否？"曰："是戴。"因急就曰〔二〕："此是不解事仆射，却将牒来。"至德笑令授之〔三〕。戴在职无异迹〔四〕，当朝似不能言者〔五〕。及薨，高宗叹曰："自吾丧至德，无复闻谠言。在时，事有不是者，未尝放过。"因索其前后所陈章奏〔六〕，阅而流涕，朝廷始重之〔七〕。

本条原出隋唐嘉话卷中。太平广记卷一七六国史异纂题作刘仁轨。说郛（陶珽刊本）卷三六隋唐嘉话亦载。刘宾客嘉话录亦有此文，唐兰考为误入。又唐会要卷五七左右仆射记此事，系于上元二年。

〔一〕老父　原书作"老妇"。下同。资治通鉴卷二〇二唐纪十八高宗上元二年八月叙此事，亦作"老妪"。

〔二〕就　原书下有"前"字，当据补。

〔三〕笑　聚珍本作"突"，今从齐之鸾本、历代小史本改。原书亦作"笑"。

〔四〕在职　原书无，当据本书补。

〔五〕似　原书作“以”，当据本书改。

〔六〕章奏　原书下有“盈箧”二字。

〔七〕重之　原书上有“追”字。

427 相国刘公瞻，其先人讳景，本连州人〔一〕。少为汉南郑司徒掌笺札〔二〕。因题商山驿侧泉石，司徒奇之，勉以进修，俾前驿换麻衣〔三〕，执贽见之礼。后解荐，擢进士第，历台省。瞻孤贫有艺，虽登科第，不预急流。任大理评事日，饘粥不给。尝于安国寺相识僧处谒飧，留所业文数轴，置在僧几上。致仕刘宾客游寺〔四〕，见此文卷，甚奇之，怜其贫窭，厚有济恤。又知其连州人〔五〕，朝无引援，谓僧曰：“某虽闲废，能为此人致宰相。”尔后授河中少尹。幕僚有贵族浮薄者蔑视之。一旦有命征入，蒲尹张筵而饯之。轻薄客呼相国为“尹公”〔六〕，曰：“归朝作何官职？”相国对曰：“得路即作宰相。”此郎官大笑之〔七〕，在席亦有异言者〔八〕。自是以水部员外知制诰，相次入翰林，以至拜相。〔原注〕王屋庭一上人细治之〔九〕。

本条原出北梦琐言卷三河中饯刘相瞻。太平广记卷二六五北梦琐言题作河中幕客。

〔一〕相国刘公赡其先人讳景本连州人　旧唐书卷一七七刘瞻传曰：“彭城人。”新唐书卷一八一刘瞻传曰：“其先出彭城，后徙桂阳。”又“赡”字当从原书、太平广记引文与本传改作“瞻”。

〔二〕汉南郑司徒　即郑絪。太平广记卷一七〇引芝田录曰：“刘瞻之先，寒士也。十许岁，在郑絪左右主笔砚。十八九，緅为御史，巡荆部商山，歇马亭，俯瞰山水。……欲题诗，顾见一绝，染翰尚湿，緅大讶其佳绝。时南北无行人，左右曰：'但向来刘景在后行二三里。'公戏之曰：'莫是尔否？'景拜曰：'实见侍御吟赏起予，辄有寓题。'引咎又拜。公咨嗟久之而去。"

〔三〕前驿　聚珍本作"之"，今从齐之鸾本、历代小史本改。原书与太平广记引文亦作"前驿"。

〔四〕刘宾客　太平广记引文作"军容刘玄翼"。

〔五〕州　齐之鸾本、历代小史本作"山"。原书作"州"，太平广记引文作"山"。

〔六〕客　原书作"幕客"。

〔七〕郎官　原书无"官"，当据删。

〔八〕异　原书下有"其"，当据补。

〔九〕〔原注〕王屋庭一上人细治之　聚珍本无，今从齐之鸾本、历代小史本补。原书"治"作"话"，当据改。又原书"庭一上人"作"匡一上人"，作"庭一上人"者或误，参看卷七960条注〔三〕。〔原注〕二字乃依全书体例添补。

428 郑愚尚书，广州人。雄才奥学。擢进士第，扬历清显，声称烜然，而性本好华，以锦为半臂。崔魏公铉镇荆南，郑除广南节制经过，魏公以常礼延遇。郑举进士时，未尝以文章及魏公门，此日于客次换麻衣，先贽所业。魏公览其卷首，寻已，赏叹至三四，不觉曰："真销得锦半臂也。"又以魏公故相，合具军仪廷参，不得已而受之〔一〕。魏公曰："文武之道，备见之矣。"其钦服形于辞色也〔二〕。或曰："郑公因醉眠，左右见一白猪。"盖杜征南蛇吐之类〔三〕。

本条原出北梦琐言卷三郑愚尚书锦半臂。太平广记卷二〇二北梦琐言题作崔铉。类说卷四三北梦琐言题作锦半臂。白孔六帖卷九一北梦琐言题作销得锦半臂。说郛(陶珽刊本)卷四六北梦琐言亦载。唐摭言卷十二设奇沽誉亦载此事。

〔一〕受　原书作"授",太平广记引文作"受"。作"受"者是。

〔二〕钦　齐之鸾本、历代小史本作"敬"。

〔三〕杜征南蛇吐　晋书卷三四杜预传:"预初在荆州,因宴集,醉卧斋中。外人闻呕吐声,窃窥于户,止见一大蛇垂头而吐。闻者异之。"

429 郭暧尚升平公主,盛集文士,即席赋诗,公主帷而观之。李端中宴诗成〔一〕,云:"薰香荀令偏怜少,傅粉何郎不解愁。"众称妙绝。或谓夙构,端曰:"愿试一吟。"钱起云:"请以起姓为韵。"复云〔二〕:"新开金埒教调马,旧赐铜山许铸钱。"暧出名马金帛为赠〔三〕。是席,端为首;送王相镇幽朔〔四〕,韩翃为首〔五〕;送刘相巡江淮〔六〕,钱起为首。

本条原出国史补卷上李端诗擅场。太平广记卷一九八国史补题作李端。绀珠集卷三国史补题作诗擅场。类说卷二六国史补题作擅场。苕溪渔隐丛话后集卷六引复斋漫录转录国史补亦载。海录碎事卷十九国史补亦载。南部新书卷戊亦载此事而约言之。

〔一〕李端中宴诗成　原书作"李端中宴诗成,有'荀令''何郎'之句"。各书引文同。本书全引此二诗句。

〔二〕复云　原书作"复有'金埒''铜山'之句"。各书引文同。本书全引此二诗句。

〔三〕出名马金帛　原书作"大出名马金帛"。太平广记引文作“大喜，出名马金帛”。当据之补“大喜”二字。

〔四〕王相　太平广记引文作“丞相王缙”。

〔五〕韩翌为首　原书作“韩纮擅场”。海录碎事引文亦作“韩纮”。太平广记引文作“韩翃”，南部新书亦作“韩翃”。作“韩翃”者是。

〔六〕刘相　太平广记引文作“丞相刘晏”。

430 独孤郁，权相子婿也，历掌内外制〔一〕，有美名。宪宗叹曰〔二〕：“我女婿不如德舆〔三〕。”

本条原出国史补卷中独孤郁佳婿。太平广记卷一六四国史补题作独孤郁。

〔一〕内外制　原书作“内职纶诏”。

〔二〕叹曰　原书作“尝叹曰”。

〔三〕我女婿不如德舆　原书作“我女婿不如德舆女婿”。太平广记引文亦重“女婿”二字。新唐书卷一六二独孤郁传：“宪宗叹德舆乃有佳婿，诏宰相高选世族，故杜悰尚岐阳公主，然帝犹谓不如德舆之得婿也。”资治通鉴卷二三九唐纪五五宪宗元和九年则曰：“上叹郁之才美，曰：‘德舆得婿郁，我反不及邪！’先是尚主皆取贵戚及勋臣之家，上始命宰相选公卿、大夫子弟文雅可居清贯者，诸家多不愿，惟杜佑孙司议郎悰不辞。”

431 孔戣为华州刺史，奏江淮进海味，道路扰人，并其类十数条〔一〕。后上不记其名〔二〕，问裴晋公，亦不能对，久之方省〔三〕。乃拜戣岭南节度，有异政。南中士人死于流窜者，子女悉为嫁娶之。

本条原出国史补卷中孔戣论海味。

〔一〕十数条　原书作"数十条上"。

〔二〕后　原书"后"下有"欲用戣"三字。

〔三〕问裴晋公亦不能对久之方省　旧唐书卷一五四孔戣传："上谓裴度曰：'尝有上疏论南海进蚶菜者，词甚忠正，此人何在，卿第求之。'度退访之，或曰祭酒孔戣尝论此事，度征疏进之。"新唐书卷一六三孔戣传则曰："明州岁贡淡菜蚶蛤之属，戣以为自海抵京师，道路役凡四十三万人，奏罢之。"

432 吕元膺为鄂岳都团练使〔一〕，夜登城，女墙已锁，守者曰〔二〕："军法：夜不可开。"乃告言中丞自登，守者又曰："夜中不辨是非，虽中丞亦不可。"元膺乃归。明日，擢为重职。

本条原出国史补卷中夜不开女墙。太平广记卷四九六国史补题作吕元膺。

〔一〕吕元膺为鄂岳都团练使　原书同。新唐书卷一六二吕元膺传作"鄂岳观察使"，资治通鉴卷二三八唐纪五四宪宗元和五年亦作"鄂岳观察使"。二书亦载此事。

〔二〕守者　原书作"守陴者"。

品藻

433 姚梁公与崔监司在中书〔一〕。梁公有子丧，在假旬日，政事委积，处置皆不得。言于玄宗，玄宗曰："朕以天下事本付姚崇，以卿坐镇雅俗。"及梁公出，顷刻间决遣尽毕。时齐平阳为舍人〔二〕，在旁见之。梁公自以为能，颇有得色，乃问平阳曰："余之为相，比何等人？"齐未及对。梁公曰："何如管、晏？"曰："不可比管、晏。管、晏作法，虽不及后，犹及其身。相公前入相，所立法令施未竟，悉更之，以此不及。"梁公曰："然则竟如何？"曰："相公可谓救时之相也〔三〕。"梁公投笔曰："救时之相，岂易得乎？"时齐平阳善知今事，高仲舒善知古事。姚作相，凡质疑问难，皆此二人。因叹曰〔四〕："欲知古事，问高仲舒；欲知今事，问齐澣〔五〕，即无败政矣！"

本条原出戎幕闲谈。类说卷五二戎幕闲谈引此文两条，分别题曰救时之相、古事问仲舒。

〔一〕姚梁公　类说引文作"姚崇"。

〔二〕齐平阳　类说引文作"齐浣"。

〔三〕时　齐之鸾本作"世"。下同。

〔四〕姚作相凡质疑问难皆此二人因叹曰　资治通鉴卷二一一唐纪二七玄宗开元四年叙此，作"姚、宋每坐二人以质所疑，既而叹曰"。

〔五〕欲知今事问齐澣　旧唐书卷一八七上忠义上高仲舒传："时又有中书舍人崔琳，深达政理，璟等亦礼焉。尝谓人曰：'古事问高仲舒，今事问崔琳，则又何所疑矣。'"新唐书卷一九一忠义上高仲舒传同。又新唐书卷一〇九崔琳传亦有此语。

434 玄宗西幸，驾及古界，灵武递至，房琯新除丞相。玄宗于马上看除目，顾左右，谓裴士淹曰："亦不是灭贼手。"士淹低语曰："请陛下勿复言〔一〕。"上色少愧。

本条原出芝田录。类说卷十一芝田录题作房琯不是灭贼手。大唐新语卷八聪敏第十六亦载此事，唯文字不同。

〔一〕请陛下勿复言　类说引文作"陛下不须言之"。

435 玄宗西幸，尝郁郁不悦，多与裴士淹并马语〔一〕。语及平日之事，时亦解颜。上曰："李林甫之材不多得〔二〕。"士淹曰："诚如圣旨，近实无俦。"上曰："但以妒贤嫉能，以此至败。"士淹曰："陛下既知〔三〕，何故久任之？岂唯身败，兼亦误国。计今日之事，林甫所启也。"上愀然不乐〔四〕。

本条原出芝田录。类说卷十一芝田录题作李林甫妒贤嫉能。大唐新语卷八聪敏第十六亦载此事，唯文字不同。

〔一〕裴士淹　新唐书卷二二三上奸臣上李林甫传叙事与上条、本条多合，此作"给事中裴士淹"。

〔二〕不　类说引文作"不可"。

〔三〕既知　类说引文下有"如此"二字。

〔四〕上愀然不乐　类说引文作"上不乐，数里执鞭无言。"

436 乔彝京兆府解试，时有二试官。彝日午叩门，试官令引入，则已醺醉。视题，曰幽兰赋，不肯作，曰："两人相对作得此题〔一〕，速改之。"乃改为渥洼马赋〔二〕。奋笔斯须而就，其辞甚工[三]。便欲首送。京兆尹曰：“乔彝峥嵘甚，以解副荐之[四]。”

本条原出幽闲鼓吹。太平广记卷一七九幽闲鼓吹题作乔彝。绀珠集卷十幽闲鼓吹题作乔彝峥嵘甚。类说卷四三幽闲鼓吹题作峥嵘甚。说郛(陶珽刊本)卷五二幽闲鼓吹亦载。

〔一〕两人相对作得此题　原书作“两个汉相对作此题”。

〔二〕乃改为渥洼马赋　原书下有“曰：‘校岁子。’”四字。太平广记引文作“曰：‘此可矣。’”

〔三〕其辞甚工　原书作“警句云：‘四蹄曳练，翻瀚海之惊澜；一喷生风，下胡山之乱叶。’”太平广记引文“胡山”作“湘山”，当据改。

〔四〕以解副荐之　原书句首有“宜”字。

437 尚书白舍人初到钱塘，令访牡丹。独开元寺僧惠澄近于京师得此花[一]，始栽植于庭[二]，栏围甚密，他亦未知有也。时春景方深，惠澄设油幕覆其上。牡丹自东越分而种之也，会稽徐凝自富春来[三]，未识白公，先题诗曰：“此花南地知谁种[四]，惭愧僧门用意栽[五]。海燕解怜频睥睨，胡蜂未识更徘徊。虚生芍药徒劳妒，羞杀玫瑰不敢开[六]；唯有数苞红萼在[七]，含芳只待舍人来。”白寻到寺看花，乃命徐生同醉而归。时张祜榜舟而至，甚若疏诞，然张、徐二生未之习稔[八]，各希首荐焉。中舍曰：“二君论文，若廉、白之斗鼠穴，较胜负于一战也。”遂试长剑倚天赋[九]、馀霞散成绮诗。既解送，以凝为先，祜其次耳。张祜诗有[一〇]：“地势遥尊岳[一一]，河流侧让关。”多士以陈后主“日月光天德，山河壮帝居”比〔一二〕，徒有前名矣。祜题金山寺诗曰〔一三〕：“树影中流见，钟声两岸闻。”虽綦毋潜云“塔影挂青汉，钟声和白云〔一四〕”，此二句未为佳也。祜又有观猎四句及宫词，白公曰：“张三作猎诗以拟王右丞，予则未敢优劣也。”王维诗曰：“风劲角弓鸣，将军猎渭城。草枯鹰眼疾，雪尽马蹄轻；忽过新丰市〔一五〕，还归细柳营。回看落雁处〔一六〕，千里暮云平。”张祜诗曰：“晚出禁城东〔一七〕，分围浅草中，红旗开向日，白马骤临风。背手抽金镞，翻身控角弓，万人齐指处，一雁落寒空。”白公又以宫词四句之中皆偶对〔一八〕，何足奇乎？不如徐生云〔一九〕：“今古常如白练飞，一条界破青山色〔二〇〕。”徐凝赋曰〔二一〕：“谯周室里，定游、夏于丘、虔〔二二〕；马守帷中〔二三〕，分易、礼于卢、郑。如我明公荐拔〔二四〕，岂惟偏党乎？”张祜亦曰：“虞韶九奏，非瑞马之至音；荆玉三投，伫良工之必鉴。且洪钟韶击〔二五〕，瓦缶雷鸣；荣辱纠绳，复何定分！”祜遂行歌而迈，凝亦鼓枻而归。自是二生终身偃仰，不随乡试矣。先是李补阙林宗、杜殿中牧与白公辇下较文，具言元白体舛杂，而为清苦者见嗤，因兹有恨也。白为河南尹，李为河阳令〔二六〕，道上相遇，尹乃乘马，令则肩舆，似乖趋事之礼。尝谓乐天为“嗫嚅公”，闻者皆笑，乐天之名稍减。白曰：“李直木〔原注〕〔二七〕林宗字也。，吾之猘子也〔二八〕，其锋不可当。”后杜舍人之守秋浦，与张生为诗文交〔二九〕，酷爱祜宫词，亦知钱塘之岁自有是非之论〔三〇〕，怀不平之色，为诗二首以高之〔三一〕，曰：“谁人得似张公子，千首诗轻万户侯。”

又云："如何故国三千里，虚唱歌辞满六宫。"

本条原出云溪友议卷中钱塘论。太平广记卷一九九云溪友议题作杜牧。唐诗纪事卷五二徐凝叙此，首称"范摭言"，盖即此文之节录。唐摭言卷二争解元亦节引此文，唯不言出处。

〔一〕师　聚珍本无，今从齐之鸾本、历代小史本补。原书亦有。

〔二〕始栽　原书作"栽始"，当据本书改。

〔三〕会稽　原书无"稽"字，当据删。徐凝为睦州人，非会稽人。各书亦无"稽"字。

〔四〕谁　原书作"难"。唐诗纪事亦作"难"。

〔五〕门　原书作"閒"。唐诗纪事作"闲"。

〔六〕玫瑰　齐之鸾本、历代小史本作"海棠"。

〔七〕萼　齐之鸾本、历代小史本作"幞"。原书亦作"幞"。唐诗纪事作"萼"。

〔八〕稔　齐之鸾本作"隐"。原书亦作"隐"。

〔九〕长剑倚天赋　原书作"长剑倚天外赋"。唐诗纪事亦作"长剑倚天外赋"。

〔一〇〕张祜　原书中间衍一"曰"字，当据本书删。

〔一一〕遥　齐之鸾本、历代小史本作"连"。

〔一二〕比　原书误作"此"，当据本书改。

〔一三〕诗曰　原书下有注："此寺，大江之中。"

〔一四〕和　聚珍本作"扣"，今从齐之鸾本、历代小史本改。原书亦作"和"。

〔一五〕市　齐之鸾本、历代小史本作"戍"。原书亦作"戍"。

〔一六〕落　原书作"失"。

〔一七〕晚　原书作"晓"。

〔一八〕偶　原书作“数”。唐诗纪事亦作“数”。

〔一九〕不如　齐之鸾本、历代小史本作“然”。原书作“然无”。

〔二〇〕界　唐诗纪事同。原书作“解”。

〔二一〕赋　聚珍本无，今从齐之鸾本、历代小史本补。原书亦有。

〔二二〕丘　原书误作“立”。

〔二三〕马守　指马融。

〔二四〕拔　原书无，当据本书补。

〔二五〕韶　原书作“运”。

〔二六〕河阳令　原书作“河南令”。

〔二七〕原注　此是范摅自注。

〔二八〕猘　原书作“犹”。当从本书改。

〔二九〕诗文交　齐之鸾本、历代小史本作“诗之交”。原书作“诗酒之交”。

〔三〇〕是非　原书无“是”字，当据本书补。

〔三一〕之　原书误作“则”，当据本书改。唐诗纪事亦作“之”。

438 昇平裴相兄弟三人，俱有盛名。世谓俅不如俦，俦不如休〔一〕。休好释氏〔二〕，善隶书，所在寺额多书之〔三〕。

类说卷三二语林题作俦不如休。

本条不知原出何书。南部新书卷庚亦载此事。

〔一〕世谓俅不如俦俦不如休　聚珍本作“世谓俅不如休”，今从齐之鸾本、历代小史本补正。类说引文亦有“俦，俦不如”四字。南部新书亦有。

〔二〕氏　聚珍本作“事”，今从类说引文改。

〔三〕多　聚珍本作“皆”，今从齐之鸾本、历代小史本改。

439 隋吏部侍郎高孝基主选〔一〕，见梁公房玄龄、蔡公杜如晦〔二〕，愕然降阶，与之抗礼。延入内厅，食甚恭〔三〕，曰："二贤当为王霸佐命〔四〕，位极人臣，然杜年寿稍减于房耳。愿以子孙相托〔五〕。"贞观初，杜薨于左仆射〔六〕，房位至司徒，秉政二十馀年〔七〕。

本条原出隋唐嘉话卷上、大唐新语卷七知微第十五。说郛（陶珽刊本）卷三六隋唐嘉话亦载。

〔一〕高孝基　大唐新语作"高构"。构，字孝基。

〔二〕见梁公房玄龄蔡公杜如晦　旧唐书卷六六、新唐书卷九六房玄龄、杜如晦传均载此事，然分别言之，与本书作同时见者有异。聚珍本"房玄龄"作"房乔"，今据齐之鸾本改。原书亦作"房玄龄"。

〔三〕食　隋唐嘉话上有"共"字，当据补。

〔四〕王霸　隋唐嘉话、大唐新语作"兴王"。

〔五〕愿以子孙相托　大唐新语下有"因谓裴矩曰：'仆阅人多矣，未见此贤。'"三句，两唐书记之于房玄龄传。

〔六〕左　隋唐嘉话、大唐新语作"右"。两唐书杜如晦传均作"右仆射"。

〔七〕二十　隋唐嘉话作"三十"。案太宗即位，房玄龄为中书令，至贞观二十二年薨，实秉政二十馀年。然玄龄在秦府十馀年，常典管记，如纳入此数，则当云秉政三十馀年。

440 太宗称虞监：博闻、德行、书翰、词藻、忠直，一人而已，而兼是五善〔一〕。

本条原出隋唐嘉话卷中。太平御览卷六一二引国朝传记亦载。太平广记卷一六四国朝杂记题作虞世南。说郛(陶珽刊本)卷三六隋唐嘉话亦载。说郛(张宗祥辑明抄本)卷三八传载亦载。南部新书卷癸亦载此事。

〔一〕五善　新唐书卷一〇二虞世南传:"帝每称其五绝:一曰德行,二曰忠直,三曰博学,四曰文词,五曰书翰。"旧唐书卷七二虞世南传同。

441 贞元中,杨氏、穆氏兄弟人物才名不相远。或云:"杨氏兄弟宾客皆同,穆氏兄弟宾客皆异〔一〕。"以此为优劣。

本条原出国史补卷中杨穆分优劣。绀珠集卷三国史补题作杨穆兄弟优劣。聚珍本与442条原合为一条,齐之鸾本分列,原书亦分列,今分为两条。太平广记卷一七〇国史补题作杨穆弟兄,与442条亦合为一条,历代小史本同。

〔一〕皆异　原书作"各殊"。

442 穆氏兄弟四人:赞、赏、质、员〔一〕。时人谓:赞俗而有格,为"酪";质美而多文〔二〕,为"酥";员为"醍醐",言粹而少用;赏为"乳腐",言最为凡固也。

本条原出国史补卷中穆氏四子目。太平广记卷一七〇国史补题作杨穆弟兄。绀珠集卷三国史补题作穆氏弟兄。说郛(陶珽刊本)卷四八唐国史补题作兄弟优劣。又本条与441条分合情况,见上条说明。

〔一〕赞赏质员　原书作"赞、质、员、赏"。太平广记与说郛引文同。旧唐书卷一五五、新唐书卷一六三穆宁传均言“四子:赞、质、员、赏”。

〔二〕文　册府元龟卷七八三叙此,亦作“文”。原书作“入”,说郛引文同。旧唐书、新唐书均作“入”。太平广记引文作“仁”。齐之鸾本缺一字,历代小史本作“味”。

443 德宗晚年绝嗜欲,尤工诗,臣下莫及。每御制奉和而退,笑曰:“排公在〔一〕。”案〔二〕:此句文义未明,疑有脱误。

本条原出国史补卷中应制排公在。

〔一〕排公在　原书句下尚有“俗有投石之两头置标,号曰‘排公’,以中不中为胜负也”三句。

〔二〕案　此案语当是永乐大典编者或四库全书馆臣所加。

444 杜太保在淮南〔一〕,进崔叔清诗百篇,上谓使者曰〔二〕:“此恶诗,焉用进?”时人呼为“准敕恶诗”。

本条原出国史补卷中崔叔清恶诗。太平御览卷五八六引国史补亦载。太平广记卷二六〇国史补题作崔叔清。绀珠集卷三、类说卷二六国史补题作准敕恶诗。说郛(陶珽刊本)卷四八唐国史补题作恶诗。

〔一〕杜太保　太平广记引文作“杜佑”。

〔二〕上　原书作“德宗”。

445 卢肇、黄颇同游李卫公门下。王起再知贡举,访二人之能。或曰:“卢有文学,黄能诗。”起遂以卢为状头,黄第三人〔一〕。

本条不知原出何书。

〔一〕卢为状头黄第三人　徐松登科记考卷二二引永乐大典载宜春志："黄颇，字无颇，宜春人。与卢肇相上下。每见肇所为文，辄不取。会昌三年，擢进士科。颇自升等第后，十三年，始中选。"

规箴

446 太宗常幸洛阳，颇见可欲，多治隋氏旧宫，或纵畋游。魏徵骤谏，上忻然罢，曰："非公，无此语。"

说郛（陶珽刊本）卷四八唐语林规箴亦载。

本条不知原出何书。

447 肃宗五月五日抱小公主，顾山人李唐曰〔一〕："念之，勿怪〔二〕。"唐曰："太上皇亦应思陛下〔三〕。"肃宗泣涕。是时张氏已用事〔四〕，不由己矣。

本条原出国史补卷上李唐讽肃宗。说郛（陶珽刊本）卷四九常侍言旨亦有此条，或系误入。

〔一〕顾山人李唐曰　原书作"对山人李唐于便殿。顾唐曰"。资治通鉴卷二二二唐纪三八系此事于肃宗上元二年。

〔二〕念之勿怪　新唐书卷七七后妃下张皇后传叙此事作"我念之，无怪也"。

〔三〕思　原书作"思见"。

〔四〕已用事　原书作"已盛"。

448 阳城为谏议大夫。德宗欲用裴延龄为相，城曰："白麻若出，我必裂之而死。"德宗以为难，竟不相延龄〔一〕。

本条原出国史补卷上阳城裂白麻。说郛（陶珽刊本）卷四八唐国史补题作裂麻。

〔一〕德宗以为难竟不相延龄　原书作"德宗闻之以为难，竟寝之"。旧唐书卷一九二隐逸阳城传、新唐书卷一九四卓行阳城传均叙此事，资治通鉴卷二三五唐纪五一系此事于德宗贞元十一年。

449 国子监诸生猥杂。阳城为司业，以道德训谕，有违亲三年者，勉归觐〔一〕。

本条原出国史补卷中阳城勉诸生。与450条原合为一条，今依原书分列。

〔一〕有违亲三年者勉归觐　原书句下尚有"由是生徒稍变"一句。旧唐书卷一九二隐逸阳城传："城既至国学，乃召诸生，告之曰：'凡学者，所以学为忠与孝也。诸生宁有久不省其亲者乎？'明日，告城归养者二十馀人。"新唐书卷一九四卓行阳城传："下迁国子司业。引诸生告之曰：'凡学者，所以学为忠与孝也。诸生有久不省亲者乎？'明日谒城还养者二十辈，有三年不归侍者斥之。"

450 自天宝九年置广文馆〔一〕，至元和中〔二〕，堂宇虚构，材木堆积，主者或盗用之。案〔三〕：此条语义未完，疑有脱文。

本条原出国史补卷中置广文馆事。与449条原合为一条，今依原书分列。

〔一〕天宝九年　原书作“天宝五年”。案旧唐书卷九玄宗纪下：天宝九载“秋七月己亥，国子监置广文馆，领生徒为进士业者”。原书作“五年”者误。

〔二〕至元和中　聚珍本无“至”字，据齐之鸾本、历代小史本补入。原书亦有。又原书“元和中”三字作“今”字。

〔三〕案　此案语当是永乐大典编者或四库全书馆臣所加。

451 宪宗固英睿。初即位，得杜邠公赞导；及其成功，多邠公力也。

本条原出国史补卷中谋始得邠公。

452 每大朝会，监察御史押班，不足，则使下御史因朝奏者摄之〔一〕。

本条原出国史补卷下用使下御史。太平广记卷一八七国史补题作押班。齐之鸾本、历代小史本无此条。又在本书与原书中，本条与 453 条均合为一条，今依原书标题与太平广记引文分列。

〔一〕下御史　太平广记引文作“下侍御史”。

453 谏院以章疏之故，忧患略同。台中则务苛礼〔一〕。省中多事〔二〕，旨趣不一。故言：“遗、补相惜〔三〕，御史相憎，郎官相轻。”

本条原出国史补卷下台省相爱憎。太平广记卷一八七国史补题作杂说。近事会元卷二国史补题作台谏憎爱。又本书与原书中本条与 452 条均合为一条，今依原书标题与太平广记引文分列。

〔一〕苛礼　太平广记、近事会元引文作“纠举”。

〔二〕事　近事会元引文作“士”。

〔三〕遗补　指拾遗、补阙。

454 于司空因韦太尉奉圣乐〔一〕，亦撰顺圣乐以进，每宴，必使奏之。其曲将半，缀皆伏〔二〕，而一人舞于中央。慕容韦缓笑曰〔三〕：“何用穷兵独舞?”虽笑谈诙谐，亦有为也。頔又令女妓为佾舞〔四〕，壮妙，号孙武顺圣乐。

本条原出国史补卷下于公顺圣乐。太平御览卷五七四引国史补亦载，引至“亦有为也”。太平广记卷二〇四国史补题作于頔。绀珠集卷三、类说卷二六国史补题作穷兵独舞。

〔一〕于司空　原书与各本引文作“于司空頔”。新唐书卷二二礼乐志记于頔官衔，时为山南节度使。参看卷三464条。

〔二〕缀　原书与各本引文作“行缀”。

〔三〕慕容韦缓　原书与各本引文作“幕客韦缓”，当据改。太平御览引文则作“幕中韦缓”。

〔四〕佾　原书作“六佾”，“六”乃误字。新唐书卷一七二于頔传曰：“頔尝制顺圣乐舞献诸朝。又教女伎为八佾，声态雄侈，号孙吴顺圣乐。”“八佾”是。

夙慧

455 上官昭容者，侍郎仪之孙也〔一〕。仪之得罪〔二〕，妇郑氏填宫，遗腹生昭容。其母将诞之夕，梦人与秤，曰：“持之秤量天下文士〔三〕。”郑氏冀其男也，及生昭容，视之，云：

“秤量天下，岂是汝耶?”口中哑哑如应曰“是”。

本条原出刘宾客嘉话录。太平广记卷一三七嘉话录题作上官昭容。类说卷五四刘禹锡嘉话题作持此秤量天下。锦绣万花谷后集卷二九引刘禹锡嘉话亦载。说郛(陶珽刊本)卷三六嘉话录亦载。南部新书卷庚亦载此事。

〔一〕孙　原书作“孤”，当据本书改。太平广记引文亦作“孙”。

〔二〕之　原书无。太平广记引文作“子”，按上下文义，当作“子”。然郑氏填官实由上官仪得罪所致，则是“之”字不误，而“妇”上当添“子”字。

〔三〕文士　原书无，当据本书补。

456 玄宗善八分书，将命相〔一〕，皆先以御札书其名于案上〔二〕。会太子入侍，上以金瓯覆其名以告之，曰:“此宰相名也，汝庸知其谁? 即射中，赐若卮酒。”肃宗拜而称曰:“非崔琳、卢从愿乎!”上曰:“然。”因举瓯以示，乃赐卮酒。是时琳与从愿皆有宰相望，上倚为相者数矣〔三〕，竟以宗族蕃盛，附托者众，不能用之〔四〕。

本条原出次柳氏旧闻。绀珠集卷五明皇十七事题作金瓯。类说卷二一明皇十七事题作金瓯命相。说郛(陶珽刊本)卷三六次柳氏旧闻、卷五二明皇十七事重出均载。永乐大典卷之一万二千四十三酒赐酒引次柳氏旧闻，即此文。

〔一〕将命相　原书作“凡命将相”。新唐书卷一〇九崔琳传亦叙此事，作“每命相”。

〔二〕于　原书作“置”，当据改。

〔三〕上倚　原书作"玄宗将倚"。

〔四〕不能用之　原书作"卒不用"。

457 苏瓌初未知颋,常处颋于马厩中,与庸仆杂行。一日,有客诣瓌,候于客次〔一〕。颋拥彗庭庑间,遗落一文字,客取而视之,乃咏昆仑奴子,诗云:"指如十挺墨,耳似两张匙〔二〕。"客异之。良久,瓌出,客淹留言咏,以其诗问瓌"何人〔三〕,岂非足下宗庶之孽也?"瓌备言其事,客惊讶之〔四〕,谓瓌加礼收举〔五〕,必苏氏之令子也,瓌稍稍亲之。有人献兔,悬于廊庑之下,乃召颋咏之,曰〔六〕:"兔子死阑单〔七〕,将来挂竹竿〔八〕,试将明镜照,无异月中看〔九〕。"瓌读诗异之。由是学问日新,文章盖代。及玄宗平内难,旦夕制诰络绎〔一〇〕,无非颋之所出。时称"小许公"云。

本条原出开天传信记。太平广记卷一七五开天传信记题作苏颋。绀珠集卷二开天传信记题作昆仑诗。类说卷六开天传信记题作兔诗。诗话总龟卷二幼敏门引开天传信记亦载。说郛(陶珽刊本)卷五二传信记亦载。唐诗纪事卷十苏颋引此文,唯不注出处。

〔一〕客次　原书作"厅所"。

〔二〕耳似两张匙　原书作"耳朵两张匙"。唐诗纪事引文同本书。

〔三〕客淹留言咏以其诗问瓌何人　原书作"与客淹留。客笑语之馀,因咏其诗,并言形貌,问'何人'。"

〔四〕瓌备言其事客惊讶之　聚珍本佚去"之"上八字,兹据齐之鸾本、历代小史本补入。唐诗纪事亦有此二句。聚珍本于上句"也"字下有一案语,曰:"此下原阙六字。"此案语当是永乐大典编者所加。“六”字亦不确。原书无此二句。

〔五〕谓　齐之鸾本、历代小史本作“请”。

〔六〕曰　原书作“立呈诗曰”。

〔七〕阑单　原书作“阑殚”。唐诗纪事引文作“兰弹”。此乃唐代俗语，疲软貌。作“单”、“弹”、“殚”均可。

〔八〕将　原书作“持”。

〔九〕无　原书作“何”。

〔一〇〕旦夕　原书作“一夕间”。

458 开元初，上留心理道，革去弊讹。不六、七年间，天下大理，河清海晏，物殷俗阜，安西诸国悉平为郡县。置开远门〔一〕，亘地万馀里。入河湟之赋税，满右藏；东纳河北诸道租庸，充满左藏〔二〕。财宝山积，不可胜计。四方丰稔，百姓乐业。户计一千馀万，米每斗三钱〔三〕。丁壮之夫，不识兵器。路不拾遗，行不赍粮。奇瑞叠委，重译麇至。人物欣然，咸思登岱告成，上犹惕厉不已，撝让数四。是时彭城刘晏年八岁，献东封书，上览而奇之，命宰相出题，就中书试。张说、源乾曜咸相感慰荐〔四〕。上以晏间生秀妙，引于内殿，纵六宫观看。杨妃坐于膝上〔五〕，亲为画眉总髻〔六〕，宫人投花掷果者甚多。拜为秘书正字〔七〕。

本条原出开天传信记。类说卷六开天传信记题作贵妃为刘晏画眉。说郛（陶珽刊本）卷五二传信记亦载。又本书此条与459条原合为一条，今依原书分列。

〔一〕置开远门　原书作“自开远门西行”。

〔二〕入河湟之赋税满右藏东纳河北诸道租庸充满左藏　原书作"入河湟之赋税,左右藏库"。当据本书补正。

〔三〕三钱　原书作"三、四文"。

〔四〕张说源乾曜咸相感慰荐　原书作"张说、源乾曜等咸宠荐",当据之校正。

〔五〕坐于　原书作"坐晏于",当据之补"晏"字。

〔六〕髻　原书作"丱髻"。

〔七〕拜为秘书正字　原书作"寻拜晏秘书省正字"。

459 张说问曰〔一〕:"居官以来,正字几何〔二〕?"刘晏抗颜对曰〔三〕:"他字皆正,独'朋'字未正。"说闻而异之。

本条疑出明皇杂录卷上。太平广记卷一七五明皇杂录题作刘晏。绀珠集卷二明皇杂录题作朋字未正。诗林广记卷六陈后山除官引明皇杂录亦载。又本条与458条原合为一条,今依原书分列。

〔一〕张说　原书作"玄宗"。疑此是王谠为与458条文字联结而擅改者。

〔二〕居官以来正字几何　原书作"卿为正字,正得几字?"

〔三〕抗颜　齐之鸾本、历代小史本作"寻声"。

460 燕文正公弟某女妇卢氏〔一〕,尝为舅卢公求官〔二〕,候公下朝而问焉。公不语,但指搘床龟而示之。女拜而归室,告其夫曰:"舅得詹事矣〔三〕。"

本条原出大唐传载。太平广记卷二七一传载题作张氏。海录碎事卷十一上引传载亦载。绀珠集卷三引朝野佥载题作舅得詹事,书名有误。南部新书卷丁亦载此事。

〔一〕燕文正公弟某女妇卢氏　原书作“张文贞公第某女嫁卢氏”。太平广记引文作“燕文贞公张说其女嫁卢氏”。南部新书、海录碎事卷十一均作“张说女嫁卢氏”。古今合璧事类备要后集卷四六引本传亦作“张说女嫁卢氏”。李壁王荆文公诗笺注卷一同王濬贤良赋龟得升字中亦云：“燕文贞公女嫁卢氏，尝为舅卢公求官”。据此知本书此句“正”、“弟”二字均误。

〔二〕舅卢　聚珍本作“其家”，今从齐之鸾本、历代小史本改。

〔三〕舅得詹事矣　此处乃用楚辞卜居中事。卜居言屈原“往见太卜郑詹尹曰：‘余有所疑，愿因先生决之。’詹尹乃端策拂龟曰：‘君将何以教之？’”张说乃借搘床龟以示意。

461 开元中有李幼奇者，以艺干柳芳，念百韵诗，芳便暗记，题之于壁〔一〕，谓幼奇曰：“此吾之诗也。”幼奇大惊〔二〕。徐曰：“相戏耳，此君所念诗也。”因谓幼奇更念他新著文章，一遍皆能记〔三〕。

本条原出尚书故实。太平广记卷一七四尚书故实题作柳芳。说郛（陶珽刊本）卷三六尚书故实亦载。

〔一〕题之于壁　原书下有“不差一字”一句。

〔二〕幼奇大惊　原书作“幼奇大惊异之，有不平色。久之”。

〔三〕一遍皆能记　齐之鸾本、历代小史本作“皆一遍能记”。原书同。

462 开元初，潞州常敬忠十五明经擢第，数年遍通五经。上书自举，云：“一遍诵千言。”敕赴中书考试，张燕公问曰："学士能一遍诵千言，十遍诵万言乎？"对曰："未曾自试。"燕公遂出书〔一〕，非人间所见也，谓之曰："可十遍诵之。"敬忠危坐而读，每遍画地为记〔二〕。读七遍，起曰："此已诵得。"燕公曰："可满十遍。"敬忠曰："若十遍，即是十遍诵得；今七遍已得，何要满十〔三〕？"燕公执本观览不暇，而敬忠诵毕不差一字，见者莫不嗟叹。即日闻奏，命引对〔四〕，赐彩衣一副〔五〕，兼赉物〔六〕。拜东宫卫佐〔七〕，仍直集贤院，侍讲毛诗。百馀日中三改官〔八〕。为同辈所嫉，中毒而卒。

本条原出封氏闻见记卷十颖悟。绀珠集卷十封氏见闻记题作七过诵万言。类说卷六封氏见闻记题作十过万言。海录碎事卷七下引封氏闻见记亦载。

〔一〕书　原书作"一书"。

〔二〕为　聚珍本无，今从齐之鸾本、历代小史本补。原书亦无"为"字。

〔三〕何要满十　聚珍本下有"遍"字，今从齐之鸾本、历代小史本删。原书亦无"遍"字。

〔四〕命　齐之鸾本、历代小史本无。

〔五〕彩　原书作"绿"。

〔六〕兼赉物　原书作"兼赏礼物"，雅雨堂丛书本下有注曰："一作袍笏"。

〔七〕卫　原书作"衙"。

〔八〕百馀日中三改官　聚珍本无"官"字，今据齐之鸾本、历代小史本补。原书作"百馀日中三度改官，特承眷遇"。

463 天宝中,汉州雒县尉张陟应一艺,自举:“日试万言。”须中书考试〔一〕。陟令善书者二十人〔二〕,各执笔操纸就席〔三〕,环庭而坐,俱占题目。身自巡历,依题口授,言讫即过,周而复始,至午后诗成七千馀字〔四〕,仍请满万。宰相云:“七千可谓多矣,何必须万?”具以状闻。敕赐缣帛,拜太公庙丞〔五〕,直广文馆。时号张万言。

本条原出封氏闻见记卷十敏速。

〔一〕须　聚珍本无,今从齐之鸾本、历代小史本补。原书亦有“须”字。

〔二〕二十　原书作“三十”。

〔三〕执笔操纸　齐之鸾本、历代小史本作“操纸执笔”,原书同。

〔四〕诗成七千馀字　原书作“诗笔俱成,得七千馀字”。

〔五〕太公庙　齐之鸾本、历代小史本作“太常”。

464 韦皋镇西川,进奉圣乐曲,兼乐工舞人曲谱到京〔一〕。于留邸按阅,教坊人潜窥得〔二〕,先进之。

本条原出卢氏杂说。太平广记卷二〇四卢氏杂说题作韦皋。

〔一〕兼乐工舞人曲谱到京　太平广记引文作“兼与舞人曲谱同进,到京”。

〔二〕人　太平广记引文作“数人”。

465 李卫公幼时,宪宗赏之,坐于前〔一〕。吉甫每以敏捷夸于同列〔二〕。武相元衡召之,谓曰:“吾子在家,所嗜何书?”德裕不应。翌日,元衡具告,吉甫归以责之。德裕曰:

"武公身为宰相,不问理国调阴阳,而问所嗜书〔三〕。其言不当,所以不应〔四〕。"

本条原出北梦琐言卷一李太尉英俊。太平广记卷一七五北梦琐言题作李德裕。说郛(陶珽刊本)卷四六北梦琐言亦载。

〔一〕前　原书作"膝上"。

〔二〕吉甫　原书上有"父"字。

〔三〕而问所嗜书　原书下有"书者,成均礼部之职也"二句。

〔四〕所以不应　原书下有"吉甫复告,元衡大惭。由是振名"三句。

466 宣宗强记默识,宫中厕役之贱及备洒扫者数十百辈,一见辄记其姓字〔一〕。或将有所指念,必曰:"召某人令措某事。"无一差误者,宦官宫婢以为神。簿书刑狱卒吏姓名,纷杂交至,经览多所记忆。

本条不知原出何书。

〔一〕一见辄记其姓字　资治通鉴卷二四九唐纪六五宣宗大中九年叙此,作"皆能识其姓名"。

467 崔大夫涓,玙之子〔一〕,礼部侍郎澹之兄。俊爽强记。初守杭州,视事数日,召都押衙谓曰:"乍到郡,未能记诸走使,当直将卒凡几人?"对曰:"直者三百。"乃令以纸一幅〔二〕,大书其姓名贴于胸〔三〕,每人阅过。自此一阅,至三考,未尝误唤一人者〔四〕。

本条原出金华子卷上。聚珍本与468条原合为一条,齐之鸾本、历代小史本分列,本条在前,今从之。原书亦分两条,本条在后。

〔一〕崔大夫涓玙之子　原书作“崔涓，大夫屿之子”。按旧唐书卷一七七崔珙传，涓为珙之子；玙为珙之弟，澹乃玙之子。

〔二〕令以纸一幅　聚珍本无“以”字，今从齐之鸾本、历代小史本补入。原书亦有“以”字。又原书“令”上有“各”字。

〔三〕胸　原书作“胸襟前”。

〔四〕至三考未尝误唤一人者　新唐书卷一八二崔涓传叙此，曰：“后数百人呼指无误。”

468 杭州端午竞渡，于钱塘弄潮〔一〕。先数日，于湖滨列舟舸，结彩为亭槛，东西衺高数丈〔二〕。其夕北风，飘泊南岸。崔涓至湖上，大将惧乏事，涓问：“竞舟凡有几？”令齐往南岸，每一彩舫系以三五小舟，号令齐力鼓棹而引之，倏忽皆至〔三〕。

本条原出金华子卷上。聚珍本与467条合为一条，齐之鸾本、历代小史本分列，今从之。原书亦分为两条，本条在前。

〔一〕杭州端午竞渡于钱塘弄潮　原书作“崔涓在杭州，其俗端午习竞渡于钱塘湖”。周广业注：“案：即西湖也。”

〔二〕结彩为亭槛东西衺高数丈　原书作“结络彩舰，东西延衺，皆高数丈，为湖亭之轩饰”。

〔三〕倏忽皆至　原书下有“观者叹骇，服其权智。涓之机捷率多如此”数句。

469 崔涓守杭州〔一〕，湖上饮饯〔二〕。客有献木瓜，所未尝有也，传以示客。有中使即袖归，曰："禁中未曾有，宜进于上。"顷之，解舟而去。郡守惧得罪，不乐，欲撤饮。官妓作酒监者立白守曰："请郎中尽饮。某度木瓜经宿必委中流也。"守从之。会送中使者还，云："果溃烂，弃之矣。"郡守异其言，召问之，曰："使者既请进，必函贮以行。初因递观，则以手掐之。此物芳脆易损，必不能入献。"守命有司加给，取香锦面赉之。

白孔六帖卷一百木瓜引唐语林、古今合璧事类备要别集卷五三果门瓜实、木瓜禁中所无引唐语林，即此文。

本条疑出金华子。传世各本均佚去，而白孔六帖、古今合璧事类备要引此文时发端有"崔涓守杭州"一句，与上二条所言相合，当出同一书。

〔一〕崔涓守杭州　聚珍本佚，今从白孔六帖、古今合璧事类备要引文补入。

〔二〕湖上饮饯　聚珍本"上"作"州"，齐之鸾本、历代小史本作"守"，白孔六帖作"上"，今据改。

470 华阴杨牢〔一〕，幼孤，六岁时就学归〔二〕，误入人家，乃父友也。二丈人弹棋次，见杨氏子，戏曰："尔能为丈人咏此局否？"杨登时叉手咏曰："魁形下方天顶凸，二十四寸窗中月。"父友惊抚其首，遗以梨栗，曰："尔后必有文。"年十八，一上中进士第，有诗集六十卷。性狷急〔三〕，累居幕府，主人同列多不容。同列有固护之者，与诗云："虾蟆欲吃月，保护常教圆。"又云："心明外不察，月向怀中圆。"又云："罗帏苦不卷〔四〕，谁道中无人。"其辞多怨恚。其妻亦有志行。在青州幕，奉使出，得疾，不诊脉服药而殒。

本条不知原出何书。

〔一〕华阴　齐之鸾本、历代小史本作"弘农"。

〔二〕时就　聚珍本作"入杂"，今从齐之鸾本、历代小史本改。

〔三〕狷　齐之鸾本、历代小史本作"情"。

〔四〕苦　齐之鸾本、历代小史本作"若"。

471 太宗使宇文士及割肉〔一〕，乃以饼拭手，帝屡目之。士及佯为不悟，更徐拭而后啖之〔二〕。

本条原出隋唐嘉话卷上。酉阳杂俎续集卷四引此，云出刘餗传记。说郛（陶珽刊本）卷三六隋唐嘉话亦载。说郛（张宗祥辑明抄本）卷三八传载亦载。又本书卷一7条情节与此颇相似。

〔一〕肉　原书作"寅"，当据本书改。

〔二〕更徐拭而后啖之　原书"后"作"便"。酉阳杂俎此句作"徐卷而啖"。新唐书卷一百宇文士及传："又尝割肉，以饼拭手，帝屡目，阳若不省，徐啖之。"

472 太宗令虞监写列女传，以装屏风。未及阅卷〔一〕，乃暗书之，一字无失〔二〕。

说郛（陶珽刊本）卷四八唐语林夙慧亦载。

本条原出隋唐嘉话卷中。太平广记卷一九七国史异纂题作虞世南。说郛（陶珽刊本）卷三六隋唐嘉话亦载。说郛（张宗祥辑明抄本）卷六七国史异纂亦载。

〔一〕阅卷　原书作"求本"，说郛（张宗祥辑明抄本）作"求书"。

〔二〕一字无失　旧唐书卷七二虞世南传："太宗尝命写列女传以装屏风，于时无本，世南暗疏之，不失一字。"新唐书卷一〇二虞世南传同。

473 贾嘉隐年七岁，以神童召见。时长孙太尉无忌、李司空勣于朝堂立语。李戏之曰："吾所倚何树？"嘉隐云："松树。"李曰："此槐也，何言松〔一〕？"嘉隐曰："以公配木〔二〕，何得非松？"长孙复问："吾所倚何树？"曰："槐树。"公曰："汝不复能矫对耶？"嘉隐曰："何须矫对，但取其鬼木耳〔三〕。"李叹曰："此小儿獠面，何得如此聪明！"嘉隐应声曰："胡头尚作宰相〔四〕，獠面何废聪明？"李状胡也〔五〕。

类说卷三二语林题作松槐矫对。

本条原出隋唐嘉话卷中、大唐新语卷八聪敏第十六。太平广记卷二五四国史纂异题作贾嘉隐。类说卷五四隋唐嘉话题作胡头獠面。说郛（陶珽刊本）卷三六隋唐嘉话亦载。刘宾客嘉话录亦有此文，唐兰考为误入。明抄本太平广记亦云出嘉话录，同误。

〔一〕吾所倚何树嘉隐云松树李曰此槐也何言松　上十八字，隋唐嘉话佚，当据本书补。

〔二〕配　隋唐嘉话无，当据本书补。

〔三〕但取其鬼木耳　隋唐嘉话"鬼木"作"以鬼木"，大唐新语作"以鬼配木"。自此句起，隋唐嘉话之文字多不同。本书文字似从大唐新语出。

〔四〕胡头　大唐新语作"胡面"。聚珍本"胡"作"尖"，今从齐之鸾本、历代小史本改。

〔五〕李状胡也　聚珍本无此四字，齐之鸾本、历代小史本有，且作正文列入。今亦据之列入。隋唐嘉话作“徐状胡故也”，大唐新语作“勣状貌胡也”，均为正文。隋唐嘉话前后均作“徐勣”，大唐新语与本书均作“李勣”。

474 崔相慎由豪爽〔一〕，廉察浙西，有瓦官寺持法华经僧为门徒〔二〕。或有术士言“相国面上气色有贵子”，问其妊娠之所在，夫人洎媵妾间皆无所见。相国徐思之，乃召曾侍更衣官妓而示，术士曰：“果在此也。”及载诞日，腋下有文，相次分明，即瓦官僧名，因命小字缁郎〔三〕。年七岁，尚不食肉。一日，有僧请见，乃掌其颊，谓曰：“既爱官爵，何不食肉？”自此方味荤血，即相国垂休也〔四〕。

本条原出北梦琐言卷四崔允相腋文。类说卷四三北梦琐言题作既受官爵何不食肉。

〔一〕崔相慎由　原书作“慎猷”。旧唐书卷一七七、新唐书卷一一四本传均作“慎由”。

〔二〕官　齐之鸾本作“棺”，原书亦作“棺”。下同。

〔三〕因命小字缁郎　守山阁丛书本唐语林校勘记曰：“残本（即齐之鸾本）‘因命’以下空三行，除此条二行外，其一行疑即豪爽门标目。”

〔四〕即相国垂休也　原书作“即相国胤也。崔事，一说云是终南山僧，两存之”。崔胤，字垂休，新唐书卷二二三下崔胤传：“世言慎由晚无子，遇异浮屠，以术求，乃生胤，字缁郎。”

475“小子谋餐而已，案〔一〕：此上有脱文。此人岂享富贵者乎?"幽求闻之,拂衣而出。卢令遽下阶捉幽求衣〔二〕,伸谢之,幽求竟去。卢回,谓诸郎官曰:"轻笑刘生,祸从此始。"卢令竟为宗、纪所排〔三〕,左迁金州司马。六月,中宗晏驾。十五日酺酒间,裴漼卧于私第,幽求忽来诣漼,直入卧内,戴擑耳帽子,着白襕衫,底着短绯白衫,执漼手曰:"裴三!死生一决。"言讫而去。漼大惊,不测其故,谓其妻曰:"仆竟坐与案〔四〕此下有脱文。非笑此子,恐祸在须臾。"明日〔原注〕〔五〕时去清明九十九日。中宗小祥,百官率慰少帝〔六〕。是日,月华门至辰巳后方开,传声曰:"斩决使刘相公出。"衣黄金甲,佩櫜鞬,统万骑,兵士白刃耀日,自宗、纪及前时邪党轻笑者〔七〕,咸受戮于朝。又唤兵部员外郎裴漼,漼股栗而前。幽求曰:"相识否?"漼答曰:"不识。"刘曰:"幽求与公俱以本官一例赴中书上任〔八〕。"其夜凡制诰百馀首,皆幽求作也。自为拜相白麻云〔九〕:"前朝邑尉刘幽求忠贞贯日,义勇横秋,首建雄谋,果成大业,可中书舍人,参知机务。赐甲第一区,金银器皿十床,细婢十人,马百匹,锦彩千段,仍给铁券,特恕十死。"翌日,命金州司马卢齐卿京兆少尹知府事。载柳冲常侍所著姓系刘氏卷中〔一〇〕。

本条原出常侍言旨。察此文笔墨,当是刘幽求传残文无疑。刘幽求传原附常侍言旨之后。守山阁丛书本唐语林校勘记曰:"此当为豪爽门首条,缘脱标题,故误入夙慧门末。"其说可信。

〔一〕案　此案语当是四库全书馆臣所加。齐之鸾本无。

〔二〕卢令　即卢齐卿。疑卢氏尝任太子率更令,故名。

〔三〕宗纪　即宗楚客、纪处讷。旧唐书卷九二宗楚客传曰:

"楚客虽迹附韦氏,而尝别有异图,与侍中纪处讷共为朋党,故时人呼为宗、纪。"新唐书卷一〇九宗楚客传亦有类似记载。

〔四〕案　此案语当是四库全书馆臣所加。齐之鸾本无此字与下五字,而作一"游"字。

〔五〕原注　此是作者柳珵所加之注。

〔六〕率　齐之鸾本作"奉"。

〔七〕邪党　聚珍本无,今从齐之鸾本补。

〔八〕幽求与公俱以本官一例赴中书上任　齐之鸾本作"幽求请公便以本官知制诰,赴中书上任"。

〔九〕拜相白麻　唐代诏书例用麻纸誊写,拜相则用白麻。新唐书卷四六百官志一:"凡拜免将相,号令征伐,皆用白麻。"

〔一〇〕柳冲常侍所著姓系刘氏卷中　旧唐书卷四六经籍志上、新唐书卷五八艺文志二载大唐姓族系录二百卷,柳冲撰。此书今佚。新唐书卷一九九儒学中柳冲传曰:"初,太宗命诸儒撰氏族志,甄差群姓,其后门胄兴替不常,冲请改修其书,帝诏魏元忠、张锡、萧至忠、岑羲、崔湜、徐坚、刘宪、吴兢及冲共取德、功、时望、国籍之家,等而次之。夷蕃酋长袭冠带者,析著别品。会元忠等继物故,至先天时,复诏冲及坚、兢与魏知古、陆象先、刘子玄等讨缀,书乃成,号姓系录。……开元初,诏冲与薛南金复加刊窜,乃定。"聚珍本无"中"字,今据齐之鸾本补。

唐语林校证卷四

豪爽

476 玄宗为潞州别驾〔一〕，入觐京师，尤自卑损。暮春，豪家子数辈游昆明池。方饮次，上戎服臂鹰，疾驱至前，诸人不悦。忽一少年持酒船唱曰〔二〕："今日宜以门族官品自言。"酒至，上大声曰："曾祖天子，祖天子〔三〕，父相王，临淄王李某〔四〕。"诸少年惊走，不敢复视。上乃连饮三银船，尽一巨馅〔五〕，乘马而去。

说郛（陶珽刊本）卷四八唐语林夙慧亦载。案：本条当入豪爽门，然此题偶佚，故误缀入夙慧。

本条原出松窗杂录。类说卷十六松窗杂录题作曾天子祖天子。说郛（陶珽刊本）卷四六松窗杂记、卷五二摭异记、（张宗祥辑明抄本）卷四六松窗杂录均载。南部新书卷甲亦载此事。

〔一〕玄宗为潞州别驾　原书作"上自临淄郡王为潞州别驾"。

〔二〕唱　原书作"唱令"，说郛本、齐之鸾本唐语林作"倡"。似以作"倡"者为是。

〔三〕祖天子　原书无，当据本书补。南部新书亦有。

〔四〕临淄王李某　原书作“临淄郡王某也”。

〔五〕巨馅　南部新书作“巨觥”。“馅”乃误字。

477 玄宗幸太山回〔一〕，车次上党〔二〕，路逢父老，负担壶浆远迎。上亲加存问，受其所献，赐赉有差。父老旧识者，上悉赐酒，与之话旧。所过村乡，必令询问，或有丧疾，俱令吊恤。百姓欣然，乞愿驻跸。及车驾过金桥，〔原注〕〔三〕桥在潞州。御路萦转。上见数十里旌旗严洁，羽卫整肃，谓左右曰：“张说言我勒兵三十万，旌旗千里，陕右、上党〔四〕，止于太原〔五〕，真才子也！”左右皆称万岁。遂诏吴道玄〔六〕、韦无忝、陈闳等，令写金桥图。其圣容及上所乘马照夜白，陈闳主之；桥梁、山水、车舆、人物、草树、鹰鸟〔七〕、器仗、帏幕，吴道玄主之；犬马、驴骡、牛羊、骆驼、熊猿、猪鸡之类〔八〕，韦无忝主之。其图谓之三绝。

本条原出开天传信记。太平广记卷二一二开天传信记题作金桥图。绀珠集卷二开天传信记题作三绝。唐诗纪事卷十四张说节引此文，唯不注出处。

〔一〕幸　原书作“封”。

〔二〕车　原书作“车驾”，当据之补“驾”字。

〔三〕原注　原书无此注，太平广记引文有。齐之鸾本、历代小史本亦有。此为郑棨原注。

〔四〕陕右　聚珍本作“挟□”，“挟”下有注：“案：此下原阙一字”，此案语当是永乐大典编者所加。今从历代小史本改。原书亦作“陕右”。

〔五〕止于太原　原书下有“见后土碑”一句。太平广记引文此四字作注文列入。

〔六〕吴道玄　聚珍本作“吴道子”，今从齐之鸾本、历代小史本改。下同。唐诗纪事作“吴道子”。

〔七〕鹰　原书误作“雁”，当据本书改。太平广记引文亦作“鹰”。

〔八〕猪鸡之类　原书作“猪狃四足之类”，“鸡”乃误字。

478 上为皇孙时，风神秀异，英姿隽迈，于朝堂叱武攸暨曰〔一〕：“我国家朝堂〔二〕，汝安得恣蜂虿而狼顾耶！”则天闻之〔三〕，曰〔四〕：“此儿气概，终当是吾家太平天子。”

本条原出开天传信记。绀珠集卷二开天传信记题作太平天子。类说卷六开天传信记题作叱武攸暨。说郛（陶珽刊本）卷五二传信记亦载。

〔一〕于朝堂　原书句首有“尝”字。

〔二〕我国家朝堂　原书作“朝堂，我家朝堂”。

〔三〕则天闻之　原书作“则天闻而惊异之”。

〔四〕曰　原书作“再三顾曰”。

479 玄宗在藩邸时，每岁畋于城南韦、杜之间〔一〕。尝因逐兔，意乐忘反，与其徒十馀人，饥倦休息于大树下〔二〕。忽有一书生〔三〕，杀驴拔蒜，为具甚备，上顾而奇之。及与语，磊落不凡。问姓名，王琚也。自此每游，必过其舍。或语，多合上意，乃益亲之。及韦氏专制，上忧甚，密言之，琚曰：“乱则杀之，又何虑焉？”上遂纳其谋，平国内难。累拜琚为中书侍郎，预配享。

本条原出开天传信记。太平广记卷四九四开天传信记题作王琚。说郛（陶珽刊本）卷五二传信记亦载。资治通鉴卷二一〇唐纪二六玄宗先天元年考异引郑綮开天传信记此文毕，末云"今从旧传。"四库全书总目卷一四二子部小说家类开天传信记提要曰："其纪明皇戏游城南，王琚延过其家，谋诛韦氏一条，据唐书琚传，乃琚选补主簿，过谢太子，乘机进说，以除太平公主，并无先过琚家之事。司马光作通鉴，亦不从是书，惟新唐书兼采之。然韦氏称制时，琚方以王同皎党亡命江都，安得复卜居韦、杜？綮所记恐非事实，宜为通鉴所不取。"

〔一〕畋　齐之鸾本、历代小史本作"戏"，原书作"游"。

〔二〕大树下　原书上有"封部"二字。太平广记引文则作"村中"二字。

〔三〕忽有一书生　原书作"适有书生延上过其家。家贫，止于村妻一驴而已。上坐未久，书生"。

480 玄宗洞晓音律，丝管皆造其妙。制作诸曲〔一〕，随意即成，如不加意。尤爱羯鼓横笛〔二〕，云"八音之领袖，诸乐不可为比〔三〕。"尝遇二月初，诘旦，巾栉方毕。时宿雨始晴，景气明丽，殿庭柳杏将拆。上曰："对此景物，岂得不为他判断乎？"左右相目，将令备酒，独高力士遣取羯鼓，上临轩纵击一曲〔四〕，名春光好，〔原注〕〔五〕上自制也。神气自得〔六〕。及顾柳杏皆已发拆，指而笑曰："不唤我作天公可乎〔七〕？"嫔嫱侍臣皆称万岁。又尝制秋风高，每至秋空回彻，纤埃不起，即奏之，必远风徐来，庭叶坠下〔八〕，其神妙如此。

本条原出羯鼓录。太平御览卷五八三引羯鼓录亦载。太平广记卷二〇五羯鼓录题作玄宗。绀珠集卷五羯鼓录分别题曰八音领袖、天工、秋风高。类说卷十三羯鼓录题作羯鼓八音领袖。白孔六帖卷三引羯鼓录亦载。锦绣万花谷前集卷三引南卓羯鼓录亦载。集注分类东坡先生诗卷十四惜花叶尧卿引南卓羯鼓录亦载。碧鸡漫志卷五引羯鼓录亦载。说郛(张宗祥辑明抄本)卷六五羯鼓录亦载。

〔一〕诸　齐之鸾本、历代小史本作“调”。太平广记引文亦作“调”。

〔二〕横　原书作“玉”。

〔三〕诸乐不可为比　齐之鸾本、历代小史本下有注曰:“有紫玉笛之说。天宝故事。”(历代小史本“故”误“又”)此乃南卓自注,原书置于“尤爱羯鼓玉笛”一句之下,文曰:“玉笛之说见遗事”。案:原书此注文有佚误,当据齐之鸾本、历代小史本改。

〔四〕上　原书下有“旋命之”三字。

〔五〕原注　此为南卓自注。

〔六〕神气　原书作“神思”。

〔七〕不唤我作天公可乎　原书上有“此一事”三字。

〔八〕坠　原书作“随”。

481 玄宗起凉殿,拾遗陈知节上疏极谏。上令力士召对。时暑毒方甚,上在凉殿座后〔一〕,水激扇车,风猎衣襟。知节至,赐坐石榻。阴溜沉吟,仰不见日,四隅积水成帘飞洒〔二〕,座内含冻。复赐冰屑麻节饮。陈体生寒栗,腹中雷鸣，再三请起方许，上犹拭汗不已。陈才及门，遗泄狼籍，逾日复故。谓曰："卿论事宜审，勿以己方万乘也。"

本条原出庐陵官下记。古今合璧事类备要前集卷十一气候门暑引庐陵官下记，即此文。

〔一〕座　聚珍本作"坐"，今从齐之鸾本、历代小史本改。

〔二〕水　齐之鸾本、历代小史本作"冰"。

482 玄宗性俊迈，不好琴。会听琴，正弄未毕，叱琴者曰："待诏出〔一〕！"谓内官曰："速令花奴将羯鼓来，为我解秽。"

说郛（陶珽刊本）卷四八唐语林夙慧亦载。案：本条当入豪爽门。然此题偶佚，故误缀入夙慧。

本条原出羯鼓录。太平御览卷五八三引羯鼓录亦载。太平广记卷二〇五羯鼓录题作玄宗（又一条）。绀珠集卷五、类说卷十三羯鼓录题作羯鼓解秽。古今合璧事类备要前集卷十三引羯鼓录亦载。集注分类东坡先生诗卷十九次韵奉和钱穆父蒋颖叔王仲玉诗四首见和西湖月下听琴程縯引羯鼓录亦载。说郛（张宗祥辑明抄本）卷六五羯鼓录亦载。又原书此条与卷五 666 条本是一条，此条在后。

〔一〕叱琴者曰待诏出　原书作"叱琴者出，曰：'待诏出去！'"

483 玄宗封太山，进次荥阳旃然河，见巨黑龙，命弧矢而亲射之。矢发龙灭。自是旃然伏流，于今百馀年矣。按旃然即济水，溢而为荥，遂名旃然。左传："楚涉颍，次于旃然[一]。"即其地。

本条原出开天传信记。太平广记卷四二〇开天传信记题作旃然。类说卷六开天传信记题作旃然。说郛(陶珽刊本)卷五二传信记亦载。

〔一〕左传楚涉颍次于旃然 齐之鸾本、历代小史本作"楚涉,济于旃然"。原书作"楚师济于旃然",类说引文与之同。左传襄公十八年作"遂涉颍,次于旃然"。

484 武后朝,严安之、挺之[一],昆弟也。安之为长安兵曹,权过京兆,至今为寮者赖安之之术焉[二]。挺之则登历台省,亦有时名。挺之薄妻而爱其子。严武年八岁,询其母曰:"大人常厚玄英[三],〔原注〕[四]妾也。未尝慰省我母,何至于斯?"母曰:"吾与汝子母也[五],以汝尚幼,未知之也[六]。汝父薄行,嫌吾寝陋,枕席数宵,遂即怀汝。自后相弃,为汝父离妇焉。"其母凄咽,武亦愤惋。候父出,玄英方睡,武持小铁锤击碎其首。及挺之归,惊愕,视之,已毙矣。左右曰:"小郎君戏运锤而致之。"挺之呼武曰:"汝何戏之甚?"武曰:"焉有大朝人士[七],厚其侍妾,困辱儿之母乎？故须击杀,非戏也。"父曰:"真严挺之子。"武年二十三,为给事黄门[八]。明年,拥旄西蜀,累于饮筵对客骋其笔札。杜甫拾遗乘醉而言曰:"不谓严挺之乃有此儿也!"武恚目久之,曰:"杜审言孙子拟捋虎须耶[九]?"合坐皆笑以弥缝之。武曰:"与公等饮馔,所以谋欢,何至于祖考耶?"房太尉琯亦微有所忤[一〇],忧怖成疾[一一]。武母恐害损贤良，遂以小舟送甫下峡〔一二〕，母则可谓贤也，然二公几不免于虎口矣〔一三〕。李太白作蜀道难〔一四〕，乃为房、杜危之也。其略曰："剑阁峥嵘而崔嵬，一夫当关，万夫莫开。所守或非人，化为狼与豺〔一五〕。朝避猛虎，夕避长蛇。磨牙吮血，杀人如麻。锦城虽云乐，不如早还家。蜀道之难，难于上青天！侧身西望长咨嗟。"杜初自作阆中行〔一六〕："豺狼当路，无地游从。"或谓章仇大夫兼琼为陈子昂拾遗雪狱〔一七〕，高侍御适与王江宁昌龄申冤〔一八〕，当时同为义士也〔一九〕。李翰林作此歌，朝右闻之，皆疑严武有刘焉之志〔二〇〕。其属刺史章彝因小瑕〔二一〕，武怒，遽命杖杀之。后为彝之外家报怨〔二二〕，严氏之后遂微焉。

本条原出云溪友议卷上严黄门。

〔一〕挺之　原书作"定之"。当从本书改。旧唐书卷九九、新唐书卷一二九本传均作"挺之"。下同。

〔二〕赖　原书作"愿得"。

〔三〕玄英　新唐书卷一二九严武传叙此，作"英"。

〔四〕原注　此乃范摅自注。

〔五〕子母　原书作"母子"。

〔六〕未知之　原书作"未之知"，当据改。

〔七〕大朝　原书作"天朝"。

〔八〕给事黄门　原书作"给事黄门侍郎"。

〔九〕捋虎须　齐之鸾本、历代小史本作"将褫鬓"。

〔一〇〕房太尉琯亦微有所忤　聚珍本"亦微"作"微亦"，今依齐之鸾本、历代小史本改。原书亦作"亦微"。又原书"琯"误"绾"，"忤"误"误"，当据本书改。齐之鸾本、历代小史本“忤”亦作“误”。

〔一一〕怖　齐之鸾本、历代小史本作“悖”。

〔一二〕下　齐之鸾本、历代小史本作“出”。

〔一三〕二公几不免于虎口　新唐书严武传亦叙严武欲杀杜甫事，困学纪闻卷十四考史：“容斋随笔辨严武无欲杀杜甫之说。愚按：新书严武传多取云溪友议，宜其失实也。”

〔一四〕作　齐之鸾本、历代小史本作“为”。原书亦作“为”。

〔一五〕化为狼与豺　原书下有注：“此谓武之酷暴矣。”

〔一六〕杜初　齐之鸾本、历代小史本作“杜甫”。

〔一七〕章仇大夫兼琼为陈子昂拾遗雪狱　原书作“章仇大夫兼琼为陈拾遗雪狱”，下注曰：“陈晃，字子昂。”齐之鸾本、历代小史本亦作“陈拾遗”，下注曰：“子昂”。

〔一八〕昌龄　齐之鸾本、历代小史本此二字作注文。

〔一九〕同　齐之鸾本、历代小史本作“用”。原书亦作“用”。

〔二〇〕皆疑严武有刘焉之志　齐之鸾本、历代小史本无“皆”字，句下有注：“作一刘辟”。（历代小史本“辟”误“词”）原书亦无“皆”字。

〔二一〕其属刺史章彝因小瑕　齐之鸾本、历代小史本“其”作“支”，“瑕”作“罪”。原书“其”亦作“支”。

〔二二〕之　齐之鸾本、历代小史本与原书均无。

485 颜太师鲁公刻姓名于石，或致之高山之上〔一〕，或沉之大洲之地〔二〕，而云“安知不有陵谷之变耶?”

本条原出大唐传载。太平广记卷二〇一题作房琯，云出传记，传记当是传载之误。所以得名，则以其前有文记叙房琯好山水之胜故也。又本条聚珍本阙载，今从齐之鸾本、历代小史本补入。

〔一〕致　原书与太平广记引文作“置”。

〔二〕地　原书与太平广记引文作“底”，当据改。

486 刘司徒玄佐，滑州匡城人。尝出师，经其本县，欲申桑梓之礼于令，令辞曰“不敢”，玄佐叹恨久之。先是，陈金帛数匡，将遗邑僚，以其无知而止。时乡里姻旧，以地近多归之，司徒不欲私擢居将校之列，又难置于贱卒，尽署为将判官。此职列假绯衫银鱼〔一〕，外视荣之〔二〕，实处在散冗。其类渐众。久之，有献启诉于公者，乃署他职〔三〕。

本条原出因话录卷三商部下。太平广记卷二五〇因话录题作刘玄佐。又本条聚珍本阙载，今从齐之鸾本、历代小史本补入。原书中间尚有一段文字，本书移于卷四贤媛门，为599条。

〔一〕列假绯衫银鱼　原书与太平广记引文“列”作“例”，当据改。又原书“银鱼”下有“袋”字。

〔二〕视　原书与太平广记引文作“示”。

〔三〕乃署他职　原书作“其一联云：‘覆盆子落地，变作赤烘；羊羔儿作声，尽是没益。’公览之而笑，各改署他职。”太平广记引文“作赤烘”作“赤烘烘”，“是没益”作“没益益”。

487 宪宗七岁〔一〕，德宗抱置膝上〔二〕，戏曰：“汝是何人，乃在我怀中？”对曰：“是第三天子〔三〕。”德宗大喜〔四〕。

本条不知原出何书。聚珍本阙载，今从齐之鸾本、历代小史本补入。孔平仲续世说卷四夙慧亦纪此事，然亦不言出处。

〔一〕宪宗七岁　续世说作“宪宗皇帝，顺宗长子也。六七岁时”。

〔二〕置　续世说误作“至”。

〔三〕第三天子　续世说作“第三个天子”。

〔四〕大喜　续世说作“异而怜之”。

488 郑太穆郎中为金州刺史，致书于襄阳于司空頔〔一〕，傲睨自若，似无郡僚之礼。书曰：“阁下为南溟之大鹏，作中天之一柱，骞腾则日月暗，摇动则山岳颓，真天子之爪牙，诸侯之龟鉴也〔二〕。太穆幼孤二百馀口〔三〕，饥冻两京。小郡俸薄，尚为衣食之忧，沟壑之期，斯须至矣。伏惟贤公息雷霆之威，垂特达之节，赐钱一千贯，绢一千匹，器物一千事，米一千石，奴婢各十人。”且曰：“分千树一叶之影，即是浓阴；减四海数滴之泉，便为膏泽。”于公览书，亦不嗟讶，曰：“郑君所须〔四〕，各依来数一半。以戎旅之际，不全副其本望也。”又有匡庐符山人〔五〕，遣童子赍书，乞买山钱百万，公遂与之，仍加纸墨衣服等。又有崔郊秀才者，寓居于汉上，蕴有文艺，而家贫。与姑婢通。其婢端丽，解音律，汉南之最也。姑贫，鬻婢于连帅，爱之，以类无双，〔原注〕〔六〕无双即薛太保爱妾〔七〕，至今图画观之。给钱四十万。郊思之不已，即强就府署，愿一见焉。其婢因寒食节来从事家还〔八〕，值郊立于柳阴，马上连泣，誓若山河。崔生赠之以诗曰：“公子王孙逐后尘，绿珠垂泪滴罗巾。侯门一入深如海，从此萧郎是路人。”或有写郊诗于公座，公睹诗，令召崔生，左右莫之测。及见郊，曰：“‘侯门一入深如海，从此萧郎是路人。’便是君制也？四百千小哉！何惜一书，不早相示。"遂命婢同归。至于帏幌奁匣,悉为赠饰之物。有客自零陵来〔九〕,称戎昱使君席上有善歌者,公遽命召焉。戎不敢违,逾月而至。及至,令唱歌,歌乃戎使君送妓之诗。其辞曰〔一〇〕:"宝钿青蛾翡翠裙〔一一〕,妆成掩泣欲行云。殷勤好取襄王梦,莫向阳台梦使君。"公曰:"丈夫不能立功业,为异代之所称,岂可夺人爱姬〔一二〕,为己之嬉娱?以此观之,诚可窜身于无人之地。"遂以缯帛赆行〔一三〕,为书谢零陵守。

本条原出云溪友议卷上襄阳杰。太平广记卷一七七云溪友议题作于頔。

〔一〕致书于襄阳于司空頔　聚珍本句首有"一日忽"三字,句下有"其言恳切而"五字,今依齐之鸾本、历代小史本删。原书亦无。

〔二〕鉴　原书作"镜"。

〔三〕幼孤　原书作"孤幼"。

〔四〕郑君　原书作"郑使君",当据改。

〔五〕符山人　原书作"符载山人"。

〔六〕原注　此是范摅自注。

〔七〕无双即薛太保爱妾　太平广记卷四八六载薛调撰无双传,言无双后归王仙客。

〔八〕家　聚珍本作"冢",今从齐之鸾本、历代小史本改。原书亦作"家"。

〔九〕有客自零陵来　原书此句之上有一"初"字,当据补。

〔一〇〕其辞曰　原书作"戎使君诗曰",又此诗置于本条之末,王谠将之移前,置于此。

〔一一〕青蛾　齐之鸾本、历代小史本与原书均作"香蛾"。

〔一二〕可　齐之鸾本、历代小史本与原书作"有"。

〔一三〕以　原书作"多以"。

489 李尚书翱，潭州席上有舞柘枝者，颜色忧悴，殷尧藩侍御当筵而赠诗曰："姑苏太守青娥女〔一〕，流落长沙舞柘枝。满坐绣衣皆不识，可怜粉脸泪双垂〔二〕。"李公诘其事，乃故姑苏台韦中丞爱姬之女也〔三〕。李公曰〔四〕："吾与韦族，其姻旧矣。"速命更舞衣，即延入与韩夫人〔原注〕〔五〕吏部之侄〔六〕。相见。顾其言语清楚，宛有冠盖风仪，遂于宾榻中选士嫁之。舒元舆侍郎闻之，赠李公诗曰〔七〕："湘江舞罢忽成悲，便脱蛮靴出绛帷〔八〕。谁是蔡邕琴酒客，魏公怀旧嫁文姬。"李尚书初守庐江，有重系者当大辟，引虑之时，启曰："昔于群小〔九〕，专习一艺，愿于贵人之前试之。"乃曰"长啸也"。公命缓系而听之〔一〇〕，曰："不谓苏门之风，出于赭衣之下。"遂蠲其罪。后镇山南，夜闻长笛之音，而浏亮不绝，问"是何人之吹也〔一一〕？"具云"府狱重囚"。令明日引来。官吏递相尤怨〔一二〕，夜使囚徒为乐，罪累必深。及至，公曰："汝之吹竹已得其能。少不事农桑〔一三〕，可为伶人耳。"卒岁而怜愍之，便令奔去。

本条原出云溪友议卷上舞娥异。

〔一〕青娥　原书作"青蛾"。

〔二〕粉　历代小史本作"红"，原书亦作"红"。齐之鸾本缺一字。

〔三〕韦中丞爱姬之女　原书下有注："夏卿之胤，正卿之侄。"

王士禛渔洋诗话卷下:"小说载李习之翱在潭州嫁柘枝妓事,以为韦苏州。舒元舆诗云:'谁是蔡邕诗酒客?魏公怀旧嫁文姬。'古今以为佳话,而不知其污蔑贤者也。按:应物为苏州刺史,在贞元之初;其后又有韦夏卿,在贞元十年;韦觊,在元和时,与习之之世差近,而翱与应物固渺不相及也。"勋初案:云溪友议固明言其为韦夏卿女,与韦应物无涉。

〔四〕李公曰　原书作"亚相为之吁叹,且曰"。

〔五〕原注　此为范摅自注。

〔六〕吏部之侄　原书作"吏部之子",当从本书改。李翱娶韩愈从兄弇之女,见韩愈送李翱诗注。

〔七〕赠李公诗曰　原书作"自京驰诗赠李公曰"。

〔八〕便脱蛮靴出绛帷　唐诗纪事卷四三舒元舆叙此,"蛮"作"鸾"。齐之鸾本、历代小史本与原书"帷"作"帏"。

〔九〕群小　原书作"群山"。按此处乃用孙登事,作"山"者是。参看本书卷五744条。

〔一〇〕公命缓系而听之　原书其下尚有"清声上彻云汉"一句。

〔一一〕之吹　聚珍本无"之"字,今从齐之鸾本、历代小史本补。原书作"吹之"。

〔一二〕怨　聚珍本作"恐",今从齐之鸾本、历代小史本改。原书亦作"怨"。

〔一三〕少　原书无。

490 李相绅督大梁日,闻镇海军进健卒四人,一曰富仓龙,二曰沈万石,三曰冯五千,四曰钱子涛,悉能拔橛角觗之戏。翌日,于球场内犒劳,以老牛筋皮为炙〔一〕,状瘤魁之脔〔二〕。〔原注〕〔三〕魁，酒樽也，盛一斗二升。多以楷槐瘤为之，或铜铸也。坐于地茵〔四〕，大盘令食之。万石等三人视炙坚粗，莫敢就食，独五千瞑目张口〔五〕，两手捧炙，如虎啖肉。丞相曰："真壮士也，可以扑杀西域健胡〔六〕。"又令试觝戏〔七〕，仓龙等亦不利，独五千胜之。十万之众，为之披靡。于是独留五千〔八〕，仓龙等退还本道。语曰："壮儿过大梁，如上龙门也。"城北门常扃锁不开〔九〕，开必有事，公命开之。骡子营骚动军府，乃悉诛之，自此遂安也。李公既治淮南〔一〇〕，决吴湘之狱，而持法清峻，犯之者无宥，有严、张之风也〔一一〕。狡吏奸豪，潜形匿迹〔一二〕，然出于独见，寮佐莫敢谏之。李元将评事及弟仲将尝侨寓江都〔一三〕，李公羁旅之年，每止于元将之馆，而叔呼之。荣达之后，元将称弟、称侄，皆不悦也；及为孙、子，方似相容。又有崔巡官者，居郑圃〔一四〕，与丞相同年之旧，特远来谒。才到客舍，不意家仆与市人有竞。诘其所以，仆曰："宣州馆驿崔巡官。"下其仆与市人〔一五〕，皆抵极法。令捕崔至，曰："昔尝识君，到此何不相见也？"崔生叩头谢曰："适憩旅舍，日已迟晚，相公尊重，非时不敢具陈卑礼。伏希哀怜，获归乡里。"遂縻留服罪，笞股二十，送过秣陵。时人相谓曰："李公宗叔翻为孙子，故人忽作流囚。"邑人惧祸，渡江过淮者众〔一六〕。主吏启曰："户口逃亡不少。"丞相曰："汝不见淘麦乎〔一七〕？秀者在下，糠粃随流；随流者不必报来。"自此一言，竟无逾境者。又有少年〔一八〕，势似疏简，自云"辛氏郎君，来谒丞相"。于晤对之间，未甚周至。先是白居易寄元相诗曰：

"闷劝迂辛酒,闲吟短李诗。"且曰:"辛大丘度性迂嗜酒,李二十绅短而能诗。"辛氏郎君,即丘度之子也。因谓李公曰〔一九〕:"小子每忆白二十二丈诗曰:'闷劝畴昔酒,闲吟廿丈诗〔二〇〕。'"李曰〔二一〕:"辛大有此狂儿,吾敢不存旧乎〔二二〕?"凡诸宦族〔二三〕,快辛子之能忤,丞相之受侮。有一曹官到任,仪质颇似府公,府公见而恶之,书其状曰:"着青把笏,也请料钱〔二四〕;睹此形骸,足可骇叹〔二五〕。"左右皆窃笑焉。又有宿将,有过请罚,且云:"老兵倚恃年老〔二六〕,而刑不加,若在军门,一百也决。"竟不免其刑。凡所书判,或是卒然,故趋事者皆惊神破胆矣。初,李公赴荐,尝以古风求吕化光温〔二七〕。谓齐员外煦及弟恭曰〔二八〕:"吾观李二十秀才之文,斯人必为卿相。"果如其言。诗曰:"春种一粒粟,秋成万颗子〔二九〕。四海无闲田,农夫犹饿死。""锄禾日当午,汗滴禾中土〔三〇〕。谁知盘中餐,粒粒皆辛苦。"先是元相廉察江东之日,修龟山寺鱼池,以为放生之所〔三一〕,戒其僧曰:"劝汝诸僧好自持〔三二〕,不须垂钓引青丝。云山莫厌看经坐,便是浮生得道时。"李公到镇,游于野寺,观元公诗,笑曰:"僧有渔罟之事,必投于镜湖。"后有犯者,遂不恕。复为二绝以示之云:"剃发多缘是代耕,好闻人死恶人生。祇园说法无高下〔三三〕,尔辈何劳尚世情。""汲水添池活白莲,十千鬐鬣尽生天。凡庸不识慈悲意,自葬江鱼入九泉。"忽有老僧谒,愿以因果喻之。丞相问:"阿师从何处来?"答曰:"贫道从来处来。"遂决二十,曰:"任从去处去。"至如浮薄宾客,莫敢候问〔三四〕。三教所来,俱有区别,海内服其才俊。

本条原出云溪友议卷上江都事。太平广记卷二六九云溪友议题作李绅,节引"李公即治淮南"至辛氏子一段。诗话总龟卷三九诙谐门下引云溪友议,节引辛丘度子一段。

〔一〕以　齐之鸾本作"车",历代小史本作"军"。原书作"以驾车"。本书"以"下当据之补"驾车"二字。

〔二〕状　原书无,当据本书补。

〔三〕原注　此是范摅自注。

〔四〕坐　原书下有"四辈"二字,当据补。

〔五〕瞑　原书作"瞋"。

〔六〕健胡　聚珍本作"健酋",今依齐之鸾本、历代小史本改。原书亦作"健胡"二字。

〔七〕试　齐之鸾本、历代小史本与原书作"试于"。

〔八〕留　齐之鸾本、历代小史本与原书作"进"。

〔九〕城　原书上有"大梁"二字。

〔一〇〕李公既治淮南　齐之鸾本、历代小史本自此起另分为一段。原书仍与上文合。

〔一一〕严张　指汉代酷吏严延年、张汤。

〔一二〕匿　齐之鸾本、历代小史本与原书均作"叠"。

〔一三〕弟仲将　齐之鸾本、历代小史本作"第后"。

〔一四〕居郑圃　齐之鸾本、历代小史本句末有"也"字。原书句首有"昔"字。

〔一五〕与　齐之鸾本、历代小史本与原书均无。

〔一六〕渡江过淮　齐之鸾本、历代小史本无"过"字,原书有。

〔一七〕淘　齐之鸾本、历代小史本作"掬"。原书作"淘"。

〔一八〕有　原书作"忽有"。

〔一九〕因　齐之鸾本、历代小史本作“来谒丞相”。

〔二〇〕卄丈　齐之鸾本、历代小史本作“二十二丈”。原书作“廿丈”。原书是。

〔二一〕李曰　原书作“李公笑曰”。

〔二二〕乎　齐之鸾本、历代小史本与原书俱作“矣”。

〔二三〕凡诸宦族　齐之鸾本、历代小史本与原书“宦”作“官”。原书“诸”作“是”。

〔二四〕料　齐之鸾本、历代小史本作“科”。

〔二五〕骇叹　齐之鸾本、历代小史本作“伤嗟”。原书作“伤叹”。

〔二六〕老兵　原书上有“臭”字。

〔二七〕化光　聚珍本作“光化”，今从齐之鸾本、历代小史本改。旧唐书卷一三七、新唐书卷一六〇吕温传均言“字化光”。原书亦误作“光化”。

〔二八〕谓齐员外煦及弟恭曰　唐诗纪事卷三九李绅叙此，曰：“绅初以古风求知于吕温，温见齐煦，咏其悯农诗曰”。

〔二九〕成　原书与唐诗纪事作“收”。

〔三〇〕中　原书同。历代小史本与唐诗纪事作“下”。

〔三一〕所　齐之鸾本、历代小史本作“名”。原书作“铭”。张元济云溪友议校勘记引原校作“名”。勋初案：据下文，似以作“铭”为是。

〔三二〕自　原书作“护”。

〔三三〕祇园　齐之鸾本作“祇缘”。

〔三四〕问　原书作“门”。

491 李卫公佐武宗〔一〕，平上党，破回鹘，自矜其功，于平泉庄置构思亭〔二〕、伐叛亭以自旌〔三〕。

本条原出贾氏谈录。类说卷十五贾氏谈录题作伐叛亭。

〔一〕李卫公　原书作"李赞皇"，下无"佐武宗"三字。

〔二〕于　原书无，当据本书补。

〔三〕以自旌　原书无，当据本书补。

492 李丞相回，少尝游覃怀王氏别墅〔一〕。王氏先世仕宦〔二〕，子孙以力自业，待之甚厚，回深德之。及贵，王氏子赍其家牒求谒，不得通，于金吾鼓舍伺丞相出，拜于道左。久之方省，曰："故人也。"遂廪饩之。逾旬，以前衔除大理评事，取告身面授。旧制：大理寺官初上，召寺僚或在朝五品以上清资保识。王氏本耕田，宗无故旧，复邀回言之。回问："有状乎？"对曰："无。"又曰："有纸乎？"曰："无。""袖中何物？"曰："告身。"即取告身署曰："中书侍郎兼礼部尚书平章事李回识。"仍谓诸曹长曰："此亦五品以上清资也〔三〕。"

本条原出阙史卷上李丞相特达。

〔一〕王氏别墅　原书上有一"寓"字，下有"忘其名"三字注文。

〔二〕仕宦　原书作"薄宦"。

〔三〕此亦五品以上清资也　原书作"寄谢棘寺诸曹长，此亦五品以上清资朝官也"。

493 宣宗幸苑中，回顾仗外舍屋际，有倚竹一竿，可见者止尺馀，去御马百步外。遂命弓横综，上挟矢曰："朕以法制威天下，而党羌穷寇，敢来干我，连年兵不解。我今射此竹，卜其济否？"左右耸观。上攘袖挽弓，一发洞其竹，分而为二，矢贯于外。左右呼万岁，贺于马前。未逾月，羌果灭。

本条不知原出何书。

494 裴相为宣州观察，朝谢后，闲行曲江；荷花盛发，与省阁诸公同游。自慈恩至紫云楼下，见五六人坐水次，裴与诸人憩于旁〔一〕。中有黄衣，饮酒轩昂，笑语轻脱。裴稍不平，问曰："君所任何官？"对曰〔二〕："诺，即不敢，新授宣州广德县令。"复问裴曰〔三〕："押衙所任何职？"曰："诺，即不敢，新授宣州观察使。"于是奔走而去。一席皆欢，闻者大笑〔四〕。左右访于吏部，云"有广德县令，已请换罗江令矣。"宣宗在藩邸闻之，常与诸王为笑乐。及即位，裴为丞相，因书麻制回，谓左右曰："诺，即不敢，新授中书侍郎平章事。"

本条原出剧谈录卷下曲江。太平广记卷二五一题作裴休，云出松窗杂录，或系误记。

〔一〕诸人　原书作"名士"。

〔二〕对曰　书上有"率尔而"三字。

〔三〕复　原书作"连"。

〔四〕闻者大笑　原书作"朝士抚掌大笑"。下有"不数日，布于京华"二句。

495 长孙赵公朝宴〔一〕,酒酣乐阕,顾群公曰:“无忌不才,幸遇休明之运。因缘宠私,致位上公,人臣之贵,可谓极矣。公视无忌,何如越公〔二〕?”〔原注〕〔三〕杨素有大功,封越公。或对曰“不如”,或曰“过之”。公曰:“吾自揣诚不羡越公〔四〕。越公之贵也老,而无忌之贵也少。”

本条原出隋唐嘉话卷上。说郛(陶珽刊本)卷三六隋唐嘉话亦载。

〔一〕朝宴　原书作“宴朝贵”,当据改。

〔二〕何如　原书作“富贵何与”。

〔三〕原注　此原注不知是刘餗抑王谠所加。原书无。

〔四〕吾自揣诚不羡越公　原书句下尚有“所不及越公,一而已”二句。

496 李太师光颜女未聘,从事许当及幕僚因从容次〔一〕,盛誉一郑秀才词学门阀,冀其选拣。谢曰:“李光颜,一健儿也。遭遇多〔二〕,偶立微功,岂可妄求名族?已选得一婿也,诸贤未见。”乃召客司小将〔三〕,指之曰:“此即某女之婿也。超三五阶军职,厚与金帛,足矣。〔四〕”

本条原出北梦琐言卷三李光颜太师选佳婿。太平广记卷四九七北梦琐言题作李光颜。类说卷四三北梦琐言题作李帝师选婿。

〔一〕从事许当及幕僚因从容次　原书作“因从容语次”。又原书此句无许当名,而末附许当评选婿事,王谠不录评语而改为誉扬郑秀才,不合原书本意。齐之鸾本、历代小史本作“从事许当,时幕僚因从容次”。

〔二〕多　原书作“多难”,当据改。

〔三〕客司小将　原书上有“一”，当据补。

〔四〕超三五阶军职厚与金帛足矣　原书作“超三五阶军职，厚与金帛而已”。其下尚有注：“王特尚书与太师宅重叠姻戚，常语之。”

497 浑太师瑊，年十一，随父释之防秋〔一〕。朔方节度使张齐丘戏问〔二〕：“将乳母来否？”其年立跳荡功〔三〕。后二年收石堡城，收龙驹岛，皆有奇数。

本条原出国史补卷上张公戏浑瑊。太平广记卷一七四国史补题作浑瑊。

〔一〕防秋　齐之鸾本、历代小史本与太平广记引文误作“防冬”。新唐书卷一五五浑瑊传亦作“防秋”。

〔二〕张齐丘　原书作“张齐邱”，太平广记引文与新唐书均作“丘”字。

〔三〕跳荡功　新唐书卷四六百官志一叙战功，云：“矢石未交，陷坚突众，敌因而败者，曰‘跳荡’。”

498 马司徒讨李怀光〔一〕，自太原引兵至宝鼎下营，问其地名，曰：“埋怀村。”大喜曰：“擒贼必矣〔二〕。”

本条原出国史补卷上埋怀村下营。太平广记卷一六三国史补题作李怀光。绀珠集卷三、类说卷二六、白孔六帖卷五六引国史补题作埋怀村。海录碎事卷三上引国史补亦载。说郛（张宗祥辑明抄本）卷七五国史补亦载。永乐大典卷之三千五百七十九村埋怀村引唐国史补亦载。

〔一〕马司徒　原书作“司徒马燧”。

〔二〕擒贼必矣　原书句下尚有“至是果然”一句。

容止

499 开元中，燕公张说当朝文伯，冠服以儒者自处。玄宗嫌其异己，赐内样巾子，长脚罗幞头，燕公服之入谢，玄宗大喜。

说郛（陶珽刊本）卷四八唐语林容止亦载。

本条原出封氏闻见记卷五巾幞。

500 玄宗早朝，百官趋班。上见张九龄风仪秀整，有异于众，谓左右曰：“朕每见张九龄，精神顿生。”

说郛（陶珽刊本）卷四八唐语林容止亦载。

本条原出开元天宝遗事卷下精神顿生。

501 裴仆射遵庆二十入仕，裹折上巾子，未尝随俗样。凡代之移易者五六，而公年九十时，尚幼少所裹者〔一〕。今巾子有仆射样。

本条原出大唐传载。

〔一〕尚幼少所裹者　原书作“所裹者犹幼小时样。”

502 韩晋公久镇浙西〔一〕，所取宾佐，随其所长，无不得人。尝有故旧子弟投之，与语，更无他能；召之宴而观之，毕席端坐，不旁视，不与比坐交言。后数日，署以随军，令监库门。使人视之，每早入〔二〕，惟端坐至夕。警察吏卒，无敢滥出入者〔三〕。

本条原出因话录卷五徵部。原文为东津先生综核名实之大段议论,此为其中一例。

〔一〕韩晋公久镇浙西　原书作"韩晋公节制三吴"。资治通鉴卷二三二唐纪四八德宗贞元三年录入此事,文曰:"滉久在二浙",胡三省注:"大历十四年,滉观察二浙。建中二年建节。"

〔二〕早　齐之鸾本、历代小史本无。

〔三〕警察吏卒无敢滥出入者　原书句下尚有"竟获其力"一句。

503 李相国程为翰林学士〔一〕,以阶前日影为入候〔二〕。公性懒,每入必逾八砖,后号为"八砖学士〔三〕"。

说郛(陶珽刊本)卷四八唐语林容止亦载。

本条原出大唐传载。太平广记卷一八七传载题作李程。

〔一〕李相国程　说郛本、齐之鸾本均误作"李相国祥"。

〔二〕前　原书作"砖",当据改。

〔三〕八砖学士　新唐书卷一三一李程传:"学士入署,常视日影为候。程性懒,日过八砖乃至,时号'八砖学士'。"说郛(陶珽刊本)卷五一引李肇翰林志:"北厅前阶有花砖道,冬中日及五砖为入直之候。李程性懒,好晚入,恒过八砖乃至,众呼为'八砖学士'。"

504 郑珣瑜为河南尹,送迎中使皆有常处,人吏窥之,马足差跌不出三五步。议者以珣瑜为河南尹,可继张延赏，而重厚坚正，前后莫有及。

本条不知原出何书。

505 大中十一年正月一日，含元殿受朝，太子太师卢钧年八十〔一〕，自乐悬南步而及殿墀，称贺上前，举止中礼，士大夫叹之〔二〕。十二年正月朔〔三〕，含元殿受朝，太子少师柳公权亦年八十，复为百官班首，自乐悬南步至殿下，力已委顿，及上尊号"圣敬文思和武光孝皇帝"，公权误曰"光武和孝"，御史弹之，罚一季俸〔四〕。世讥公权不能退身自止〔五〕。

本条原出东观奏记卷下。类说卷七东宫奏记题作柳公权误尊号。说郛（陶珽刊本）卷四三东观奏记卷下亦载。南部新书卷戊亦载此事。

〔一〕太子太师　类说引文误作"太子少师"。

〔二〕举止中礼士大夫叹之　原书作"声容朗缓，举朝服之"。新唐书卷一八二卢钧传曰："钧年八十，升降如仪，音吐鸿畅，举朝咨叹。"

〔三〕十二年正月朔　新唐书卷一六三柳公权传叙此事，系于"大中十三年"。

〔四〕俸　原书下有"料"字。

〔五〕世讥公权不能退身自止　原书作"七十致仕，旧典也。公权不能克遵典礼，老而受辱，人多惜之"。

506 薛调、季瓒〔一〕，同年进士〔二〕。调美姿貌，人号为"生菩萨"；瓒俊爽，人号为"剑"。调宽恕而瓒猜忌，论者以时人所称,协其性也。刘元章罢江夏入朝,以风标自任。一日,调谒之,倒屣出迎,爱其风韵,去而复留者数四。既去,谓左右曰:“若不见其案[三]:此下有阙文。也。”调为翰林学士,郭妃悦其貌,谓懿宗曰:“驸马盍若薛调乎?”顷之暴卒,时以为中鸩。卒年四十三,常览镜曰:“薛调岂止四十三乎?”岂尝有言其寿者耶?

本条不知原出何书。

〔一〕季瓒　劳格读书杂识卷七李瓒引语林四此文,“季”字下注曰:“当作李。”参看本书卷六871条。

〔二〕同年　劳格以为当是同在大中八年进士及第。

〔三〕案　此案语当是永乐大典编者或四库全书馆臣所加。齐之鸾本于此处加一“缺”字,历代小史本作一“人”字。

507 杜相审权镇浙西,性宽厚,左右僮仆希见其语。在翰林最久,习于慎密。在镇三岁,自初视事,坐于东厅,至其罢去,未尝易处。虽大臣经过,亦不逾中门。视事之暇,日未夕,非有故,不还私室。端默敛衽,常若对宾旅。夏日中欲寝息,则顾军将令下帘。或四顾无人,即自起去帘钩,以手捧轴,徐下帘至地,方拱退[一]。进止雍容如画。时杜悰先达,人谓之老杜相,审权为小杜相[二]。

本条原出金华子卷上。南部新书卷戊亦载本条末三句。

〔一〕视事之暇……方拱退　原书无此五十九字。

〔二〕审权为小杜相　新唐书卷九六杜审权传叙事多与本条合,末三句作“与杜悰俱位将相,悰先达,故世谓审权为小杜公"。

508 魏仆射元忠每立朝，必得常处，人或记之，不差尺寸。

说郛（陶珽刊本）卷四八唐语林容止亦载。

本条原出隋唐嘉话卷下。说郛（陶珽刊本）卷三六隋唐嘉话亦载。又原书此条与本卷515条原为一条，此条在前。

509 路侍中岩，风貌之美，为世所闻。镇成都日，委执政于孔目吏边咸，日以技乐自随，宴于江津。都人士女怀掷果之羡〔一〕，虽卫玠、潘岳，不足为比。善巾裹，蜀人见必效之，后乃翦纱巾之角〔二〕，以异于众也。闾巷有袨服修容者，人必讥之曰："尔非路侍中耶！"比至鬻豚之肆〔三〕，见侩豕者谓屠主曰："此豚端正，路侍中不如。"用之比方，良可笑也〔四〕。以官妓行云等十人侍宴。移镇渚宫日，于合江亭离筵赠行云等感恩多词，有："离魂何处断？烟雨江南岸。"至今播于倡楼也。

本条原出北梦琐言卷三路侍中巾裹。类说卷四三北梦琐言录此，分作两条，分别题曰此豚端正、离魂何处断。

〔一〕羡　齐之鸾本、历代小史本作"美"。

〔二〕角　齐之鸾本、历代小史本作"脚"，原书亦作"脚"。

〔三〕比　原书作"尝"。

〔四〕良可笑也　齐之鸾本、历代小史本下有"裴氏忍耻之说，何莫由斯"十字，原书无。此十字不知所谓。

自新

510 江淮客刘圆，尝谒江州刺史崔沆，称“前拾遗”。沆引坐劝曰〔一〕：“谏官不可自称，司直、评事可矣。”须臾他客至，圆称曰〔二〕：“大理司直刘圆〔三〕。”沆甚赏之。

本条原出国史补卷中刘圆假官称。

〔一〕劝　原书作“徐劝”。

〔二〕称　原书作“抑扬”。

〔三〕司直　原书作“评事”。

511 李铦，锜从父弟也〔一〕，为宋州刺史。闻锜反状，恸哭，悉驱妻子奴婢，无老幼，量头为枷〔二〕，自拘于观察使。朝廷悯之，薄贬。

本条原出国史补卷中李铦自拘囚。类说卷二六国史补题作量颈为枷。桂苑丛谈史遗亦有此文，当系据国史补移录。

〔一〕从父弟　原书作“从父兄弟”。新唐书卷二二四上叛臣上李锜传载从弟宋州刺史铦流岭南。

〔二〕量头为枷　原书作“量其颈为枷”。

512 天宝已前，多刺客〔一〕。李汧公勉为开封府〔二〕，鞫囚有意气者〔三〕，咸哀勉求生〔四〕，纵而逸之。后数岁，勉罢官，客行河北。偶见故囚，迎归，厚待之〔五〕。告其妻曰：“此活我者，何以报德？”妻曰：“以缣千匹，可乎？”曰：“未也。”“二千匹，可乎？”亦曰：“未也。”妻曰：“大恩难报，不如杀之。”故囚心动。其僮哀勉，密告勉，被衣乘马而遁。比夜半，百馀里至津店。津店老人曰：“此多猛兽，何故夜行？”勉因言其故。未毕，梁上有人瞥下曰：“几误杀长者〔六〕！”乃去。未明，携故囚夫妻二首而至示勉。

本条原出国史补卷中故囚报李勉。类说卷二六国史补题作刺客。北梦琐言卷九亦叙及李肇国史补此文，惟李勉误作李公沂。

〔一〕多刺客　聚珍本下有“报恩”二字，今据齐之鸾本、历代小史本删。原书亦无。

〔二〕开封府　原书作“开封尉”，当据改。旧唐书卷一三一、新唐书卷一三一李勉传均言任开封尉。

〔三〕鞫囚有意气者　原书作“鞫狱，狱囚有意气者”。

〔四〕感哀勉求生　原书作“感勉求生”。齐之鸾本、历代小史本均无“哀”字，与原书同。

〔五〕迎归厚待之　聚珍本作“厚迎待之”，今据齐之鸾本、历代小史本校改。

〔六〕杀　聚珍本作“杀死”，今从齐之鸾本、历代小史本改。原书亦无“死”字。

513 田神功自平卢兵使授淄青节度〔一〕，旧官皆偏裨时部曲〔二〕，神功平受其拜；及此前使判官刘位已下数人并留在院〔三〕，神功待之亦无降礼。后因围宋州，见李光弼与敕使打球，闻判官张傪至，光弼答拜〔四〕，神功大惊，归幕呼刘位问之，曰：“太尉今日见张郎中来，与之答拜，是何礼也？”位曰：“判官幕客〔五〕，使主无受拜之礼。”神功曰：“公何不早说？”遂令屈诸判官〔六〕，谢之曰：“神功武将，起自行伍，不知朝廷礼数，误受判官等拜，判官又不言[七]，成神功之过，今还诸公拜。”遂一一拜之。

本条原出封氏闻见记卷九迁善。

〔一〕田神功自平卢兵使授淄青节度　资治通鉴卷二二二唐纪三八肃宗宝应元年叙此，曰：“先是，田神功起偏裨为节度使。”胡三省注：“去年六月，田神功自平卢兵马使节度兖郓。”

〔二〕官　原书作“判官”，当据之补“判”字。

〔三〕院　原书作“位”。

〔四〕光弼答拜　原书作“太尉与之尽礼答拜”。

〔五〕判官幕客　原书作“判官是幕宾”。

〔六〕屈　原书作“屈请”，当据之补“请”字。

〔七〕判官　聚珍本无，今从齐之鸾本、历代小史本补。原书亦有。

514 包谊，江浙人，下第游汉南，与刘太真相会辩难。刘辞屈，责其不敬，谊掷杯中其额。后太真为礼部侍郎，谊应举，太真览其文卷于包侍郎佶之家[一]。初甚惊叹，及视其名，乃包谊也，遂默然。至出榜，宰相欲有去留，面问太真换一名，太真不能对；忽记谊之姓名，遽言之，遂中第。

本条不知原出何书。

〔一〕包侍郎佶　齐之鸾本、历代小史本作“包诘”。案：德宗时有包佶，尝官刑部侍郎，见新唐书卷一四九包佶传。

515 魏仆射本名真宰，武后朝被诬构下狱[一]，有司将出之〔二〕。小吏闻之以告魏,魏喜曰〔三〕:"汝名何?"曰:"元忠。"遂改从元忠焉〔四〕。

本条原出隋唐嘉话卷下。说郛(陶珽刊本)卷三六隋唐嘉话亦载。原书此条与本卷508条原为一条,此条在后。又大唐新语卷七知微第十五亦载此文,有小异。

〔一〕诬构　原书作"罗织"。

〔二〕有司将　原书作"有命"。

〔三〕喜　原书作"惊喜"。

〔四〕改从元忠　旧唐书卷九二魏元忠传:"本名真宰,以避则天母号改焉。"新唐书卷一二二魏元忠传同。

企羡

516 进士张倬〔一〕,濮阳王柬之曾孙也〔二〕。时初落第,两手捧登科记顶之,曰:"此千佛名经也。"其企羡如此。

本条原出封氏闻见记卷三贡举。唐摭言卷十海叙不遇亦载此事。又原书中此条与卷三372条、卷一96条、卷八1028条本为一条。

〔一〕张倬　原书作"张繟",唐摭言亦作"张倬"。岑仲勉跋封氏闻见记以为当作张繟,"倬"乃"繟"草写之讹。

〔二〕曾孙　唐摭言作"孙",岑仲勉曰:"'孙'字应作泛义解释,否则孙上夺曾字。"

517 卢杞令李揆入蕃〔一〕,揆对德宗曰:"臣不惮远使,恐死于道路,不达君命。"上恻然,欲免之,谓杞曰:"李揆暮老,无使〔二〕。”杞曰:“和戎之使,且须谙练〔三〕,非揆不可。且使揆去,向后差使小于揆年者,不敢辞远使矣。”揆既至,蕃长曰:“闻唐家第一人李揆〔四〕,公是否?”揆曰:“非也。他那个李揆争肯到此?”恐其拘留,以此谩之也。揆门第第一,文学第一,官职第一〔五〕。揆致仕东都〔六〕,大司徒杜公罢淮海也,入洛见之,言及“头头第一”之说,揆曰:“若道门户,有所自,承馀裕也;官职,遭遇尔。今形骸凋瘁,看即下世,一切为空,何第一之有?”

永乐大典卷之二万三百八一头头第一引唐语林亦载,自“揆门第第一”始至末。

本条原出刘宾客嘉话录。太平广记卷四九六嘉话录题作卢杞。说郛(陶珽刊本)卷三六嘉话录亦载。

〔一〕卢杞 原书作“卢新州为相”,太平广记引文亦有“为相”二字。

〔二〕李揆暮老无使 原书与太平广记引文均作“李揆莫老无?”王谠不顾文义而臆改,二者语气与内涵均不同。

〔三〕谙练 原书下有“朝廷事”三字。新唐书卷一五〇李揆传作“当练朝廷事”。

〔四〕唐家第一人 原书作“唐家有一第一人”。

〔五〕揆门第第一文学第一官职第一 新唐书本传载:“帝叹曰:‘卿门第、人物、文学皆当世第一,信朝廷羽仪乎!’故时称三绝。”

〔六〕东都 太平广记引文上有“归”字。

518 苗给事子缵应举次〔一〕,而给事以中风语涩,而心中至切。临试,又疾亟。缵乃为状,请许入试否。给事犹能把笔,淡墨为书,曰:"入!〔二〕"其父子之情切如此。其年缵及第。

本条原出刘宾客嘉话录。太平广记卷一八〇嘉话录题作苗缵。今本刘宾客嘉话录佚去,唐兰援此入校辑本补遗。

〔一〕苗给事　太平广记引文作"苗粲"。

〔二〕入　太平广记引文重一"入"字。

519 陆相贽受淮南尉,吏部侍郎不与;顾少连拟与江、淮一尉,不伏竟得之。显其听而自吟曰:"绕阶流泐泐〔一〕,夹砌树阴阴。"□后罢相,□□在假日,敕下不谢官,又贬为忠州司马。大官降敕日,令朝谢。但恐私忌□亦须出入始了。

本条不知原出何书。聚珍本阙载,守山阁丛书本编入唐语林校勘记,今从齐之鸾本、历代小史本补入正文。守山阁丛书本唐语林校勘记言此条"讹阙不可校",今姑加标点如上。

〔一〕泐泐　齐之鸾本、历代小史本作"泐泐"。守山阁丛书本唐语林校勘记曰:"疑当作'渺'。"

520 开元以后,不以姓名而可称者:燕公、许公、鲁公〔一〕;不以名而可称者:宋开府、陆兖州〔二〕、王右丞、房太尉、郭令公、崔太尉〔三〕、杨司徒、刘忠州、杨崖州、段太尉〔四〕;位卑而名著者〔五〕:李北海、王江宁、李馆陶、郑广文、元鲁山、萧功曹、独孤常州〔六〕、崔比部、张水部〔七〕、梁补阙、韦苏州〔八〕;二人连呼者:岐薛、燕许、〔原注〕〔九〕大手笔。李杜〔一〇〕、姚宋、〔原注〕亦曰苏宋。萧李〔一一〕。〔原注〕文章。元和后,不以名可称者:李太尉、韦中令、裴晋公、白太傅、贾仆射、路侍中、杜紫微;位卑名著者:贾长江、赵渭南;二人连呼者:元白〔一二〕;又有罗钳吉网,〔原注〕酷吏〔一三〕。员推韦状;〔原注〕能吏〔一四〕。又有四夔〔一五〕、四凶〔一六〕。

本条原出国史补卷下叙著名诸公。

〔一〕燕公许公鲁公　原书作"燕公、曲江、太尉、鲁公"。

〔二〕陆兖州　原书作"陆兖公",当据改。

〔三〕崔太尉　原书作"崔太傅"。

〔四〕段太尉　原书此下尚有"颜鲁公"一人。

〔五〕位卑而名著者　胡应麟诗薮外编卷三唐上:"国史补云:开元以后,位卑而名著者:李北海(邕)、王江宁(昌龄)、李馆陶、郑广文(虔)、元鲁山(德秀)、萧功曹(颖士)、张长史(旭)、独孤常州(及)、崔比部、梁补阙(肃)、韦苏州(应物)。右载唐诗纪事。崔比部、李馆陶不列名。按是时,诗文有重望而不甚显者,崔则崔颢、崔曙,李则李翰、李华,第俱不言为比部、馆陶。然四人外,无赫赫称,必居二于此矣。"案胡氏所言,见唐诗纪事卷二六韦应物中。嘉靖乙巳所刻之清平山堂本唐诗纪事"崔比部"下不著名字,汲古阁本则有"元翰"二小字,是知崔比部即崔元翰。

〔六〕独孤常州　原书此下尚有"杜工部"一人。

〔七〕张水部　原书无此名。

〔八〕韦苏州　原书此下尚有"戴容州"一人。戴容州即戴叔伦。

〔九〕原注　此乃李肇自注。下同。

〔一〇〕李杜　原书无。

〔一一〕萧李　原书此上尚有“元王（秉权）、常杨（制诰）”四名。

〔一二〕元和后……元白　原书无此数句。

〔一三〕酷吏　原书作“酷吏罗希奭、吉温”。资治通鉴卷二一五唐纪三一玄宗天宝四载亦有记载。参看本书卷八1006条。

〔一四〕能吏　原书作“能吏员结、韦元甫”。新唐书卷一二二韦陟传曰：“徙河南采访使，以判官员锡善讯覆，支使韦元甫工书奏，时号‘员推韦状’，陟皆倚任之。”

〔一五〕四夔　即崔造、韩会、卢东美、张正则，参看本书辑佚1092条。

〔一六〕四凶　即元伯和、李腾、李准、王缙之子，参看本书卷五737条。

521 于良史为张徐州建封从事〔一〕，每自吟曰：“出身三十年，白发衣犹碧〔二〕。日暮倚朱门，从未污袍赤〔三〕。”公闻之，为奏章服焉。

本条原出大唐传载。唐诗纪事卷四三于良史亦载此文，惟不注出处。

〔一〕于良史为张徐州建封从事　守山阁丛书本大唐传载有注：“首十一字原与前辛邱杜条首二十四字错简互误，据唐语林、广记百七十四校正。”

〔二〕白发衣犹碧　原书作“发白衣仍碧”，唐诗纪事作“发白衣犹碧”。

〔三〕未污　原书作"未染"，唐诗纪事误作"朱污"。

522 韩仆射皋为京兆尹，韦相贯之为畿甸尉。及贯之入为相，皋为吏部尚书。每至中书，韦常异礼，以申故吏之敬。韩皋家自黄门以来〔一〕，三世传执一笏〔二〕。经祖父所执，未尝轻授于仆人之手。归则别置于卧内一榻〔三〕，以示敬慎。

白孔六帖卷十二笏引唐语林亦载。

本条原出因话录卷二商部。与卷三354条原合为一条。"韩仆射皋为京兆尹"至"以申故吏之敬"置于首，"皋自黄门以来"至"以示敬慎"置于末，354条文字置于中。

〔一〕韩皋家自黄门以来　黄门指韩休，休尝官黄门侍郎。聚珍本句首无"韩"字，今从齐之鸾本、历代小史本补。

〔二〕三世　指韩休、韩滉、韩皋。

〔三〕别　原书作"躬"。

523 赵昭公以旧相为吏部侍郎〔一〕，考前进士杜元颖宏词登科；及镇荆南〔二〕，又奏为从事。杜公入相，昭公复掌选；至杜出镇西川，奏宋相申锡为从事。数年，杜以南蛮入寇，贬刺循州，遂卒；宋以宰相被诬，谪佐开州。后数年，昭公始卒。公凡八在铨衡，三领节镇，皆带府号。为尚书，惟不历工部，其兵部〔三〕、太常皆再任。年八十七薨，其间未尝遇重疾。俭素案〔四〕：俭素，赵璘因话录作"异数"。寿考，为朝中之首。

本条原出因话录卷二商部。

〔一〕赵昭公　原书作“族祖天水昭公”。案赵昭公即赵宗儒。宗儒谥曰“昭”，见新唐书卷一五一赵宗儒传。

〔二〕及镇荆南　原书作“镇南”。

〔三〕兵部　原书作“兵、吏”。

〔四〕案　此案语非王谠自作，当是四库全书馆臣所加。

524 权文公德舆，身不由科第，尝知贡举三年〔一〕，门下所出诸生相继为公相，号得人之盛。

本条原出因话录卷二商部。类说卷十四因话录题作诸生继相。古今合璧事类备要后集卷二九亦载。

〔一〕尝知贡举三年　参看本书卷八1031条。

525 赵郡李氏，元和初，三祖之后〔一〕，同时一人为相〔二〕。藩南祖〔三〕，吉甫西祖，绛东祖，而皆第三。至太和、开成间，又各一人前后在相位。德裕，吉甫之子；固言，藩再从弟：皆第九。珏亦绛之近从〔四〕。

本条原出因话录卷二商部。大唐传载亦有相似之记载。

〔一〕元和初三祖之后　原书此二句互倒。

〔二〕一人　原书作“各一人”。

〔三〕藩　原书误作“蕃”。下同。

〔四〕珏亦绛之近从　原书句下尚有“诸族罕有”一句。

526 李尚书益，有宗人庶子同名，俱出于姑臧公；而人谓尚书为文章李益〔一〕，庶子为门户李益，而尚书尚兼门地焉。尝姻族间有礼会，尚书归，笑谓家人曰：“大堪笑！今日局席,两个座头总是李益。”

本条原出因话录卷二商部。太平广记卷一八四因话录题作李益。绀珠集卷五因话录题作文章李益。类说卷十四因话录题作门户李益。说郛(陶珽刊本)卷二三因话录题作文章李益。

〔一〕文章李益　新唐书卷二〇三李益传曰:“时又有太子庶子李益同在朝,故世言‘文章李益’以辨云。”

527 李太师逢吉知贡举,榜未放而入相〔一〕,礼部尚书王播代放榜。及第人就中书见座主,时谓“好脚迹门生”,前世未有。

本条原出因话录卷二商部。绀珠集卷五因话录题作好脚门生。类说卷十四因话录题作好脚迹门生。说郛(陶珽刊本)卷二三因话录题作好脚门生。

〔一〕榜　原书作“榜成”。齐之鸾本、历代小史本作“榜或”,“或”乃“成”之讹字。

528 阳城为朝士,家苦贫,常以布衾木枕质钱数万,人争取之。

说郛(陶珽刊本)卷四八唐语林企羡亦载。

本条原出大唐传载。太平广记卷一六五传载题作阳城。

529 李愿司空兄弟九人〔一〕,四有土地:愿为夏州、徐泗、凤翔、宣武、河中五节度,宪为江西观察、岭南节度,愬为唐邓、襄阳、徐泗、凤翔、泽潞、魏博六节度,听为夏州、灵武、河东、郑滑、魏博、邠宁七节度〔二〕。一门登坛受钺〔三〕,

无比焉。

永乐大典卷之一万四千七百七度一门四节度引唐语林亦载。

本条原出大唐传载。李翱卓异记中子弟四人皆任节度亦有类同之记载。

〔一〕李愿司空兄弟九人　岑仲勉元和姓纂四校记卷一曰："语林之'兄弟九人'，殆只指免丧起复者言之，非晟子仅九人也。"

〔二〕七节度　原书"七"上有"凤翔"一名，当据补。如此，始符七数。

〔三〕受　原书作"授"。

530 胡尚书证〔一〕，河中人。太傅昭公镇河中〔二〕，尚书建节赴振武，备桑梓礼入谒，持刺称百姓。献昭公诗云："诗书入京国，旌旆过乡关。"州里荣之。进士赵橹著乡籍一篇〔三〕，夸河东人物之盛，皆实录也。同乡中，赵氏轩冕文儒最著，曾祖父〔四〕、祖父，世掌纶诰。橹昆弟五人，进士及第，皆历台省。卢少傅弘宣〔五〕，卢尚书简辞、弘正〔六〕、简求，皆其姑子也，时称"赵家出"。外家敬氏，先世亦出自河中，人物名望皆谓至盛，橹著乡籍载之。

本条原出因话录卷三商部下。唐诗纪事卷五九张弘靖引因话录亦载。

〔一〕胡尚书证　原书同。唐诗纪事引文作胡证。胡证，旧唐书卷一六三、新唐书卷一六四有传。

〔二〕昭公　原书作"天水昭公"，即赵宗儒。宗儒谥"昭"。

〔三〕进士赵橹著乡籍一篇　原书作"余宗侄橹应进士时著乡

籍一篇”。

〔四〕父　聚珍本无，今从齐之鸾本、历代小史本补。原书亦有。

〔五〕弘宣　新唐书卷一九七入循吏传。

〔六〕弘正　旧唐书卷一六三附卢简辞传。新唐书卷一七七作“卢弘止”，资治通鉴卷二四八唐纪六四武宗会昌四年亦作“卢弘止”，考异曰：“旧纪、传皆作‘弘正’，实录、新纪、传皆作‘弘止’，今从之。”

531 杨仆射於陵在考功时，举李师稷及第，至其子相国嗣复知举，门生集候仆射，而李公在座，时人谓之杨家上下门生〔一〕。世有姑之婿与侄之婿，谓之上下同门，盖以此况也〔二〕。

本条原出因话录卷三商部下。

〔一〕杨家上下门生　新唐书卷一七四杨嗣复传曰：“嗣复领贡举时，於陵自洛入朝，乃率门生出迎，置酒第中。於陵坐堂上，嗣复与诸生坐两序。始於陵在考功，擢浙东观察使李师稷及第，时亦在焉。人谓杨氏上下门生，世以为美。”

〔二〕世有姑之婿与侄之婿谓之上下同门盖以此况也　原书作双行夹注，“世”作“代”。齐之鸾本、历代小史本作“侄之女婿”，多一“女”字。

532 李相石，庾尚书承宣门生。不数年，李佐魏博军〔一〕，因奏事特赐紫，而庾尚衣绯。人谓李侍御将紫底绯上座主。

本条原出因话录卷三商部下。

〔一〕佐　原书作“任”，当据本书改。

533 李相宗闵知贡举〔一〕，门生多清雅俊茂；唐冲〔二〕、薛庠、袁都〔三〕，时谓之“玉笋”〔四〕。

说郛（陶珽刊本）卷四八唐语林企羡亦载。

本条原出因话录卷三商部下。太平广记卷一八一因话录题作李宗闵。

〔一〕李相宗闵　原书作“李相国武都公”。

〔二〕唐冲　太平广记引文作“唐伸”。

〔三〕袁都　原书下有“辈”字。新唐书卷一七四李宗闵传曰：“典贡举，所取多知名士，若唐冲、薛庠、袁都等，世谓之‘玉笋’。”

〔四〕玉笋　太平广记引文作“玉笋班”。

534 柳公权与族孙璟，开成中同在翰林，时称大柳舍人、小柳舍人。自祖父郎中芳已来〔一〕，奕世文学，居清列。久在名场淹屈〔二〕，及擢第，首冠诸生，当年宏词登高科，十馀年便掌纶诰，侍翰苑。性喜汲引，后进多出其门〔三〕。以诚明待物，不妄然诺，士益附之〔四〕。

本条原出因话录卷三商部下。与535条原合为一条，今依原书分列。

〔一〕祖父郎中芳　自此之下，乃叙柳璟事。据新唐书卷七三上宰相世系表三上，知柳公权祖名正礼，璟祖乃芳也。

〔二〕久　齐之鸾本作“人”。原书作“舍人”。

〔三〕后进多出其门　原书作“出其门者，名流大僚至多。”齐之鸾本、历代小史本作“后进出其门者”。

〔四〕士益附之　原书句下有双行夹注：“记录此书后二年，柳公方知举。”新唐书卷一三二柳璟传：“璟为人宽信，好接士，称人之长，游其门者它日皆显于世。会昌二年，再主贡部。”本书卷八 1030 条则记柳景于会昌元年再为主司。按：当以会昌元年为是。

535 开成三年，书判考官刑部员外郎纥干公〔一〕，崔相群门生也。纥干及第时，于崔相新昌宅小厅中集见座主；及为考官之前，假居崔相故第，亦于此厅见门生焉。是年科目八人〔二〕，敕头孙河南穀，先于雁门公为丞。纥干封雁门公〔三〕。

本条原出因话录卷三商部下。与 534 条原合为一条，今依原书分列。

〔一〕书判考官刑部员外郎纥干公　原书“书判”作“余忝列第”。“纥干公”作“纥于公”。

〔二〕是年科目八人　原书句下有“六人继升朝序。鄙人蹇薄，晚方通籍”数句。

〔三〕纥干封雁门公　原书此句作双行夹注：“公后自中书舍人观察江西，又历工部侍郎，节制南海，累赠封雁门公。”据此知此人即纥干泉。文苑英华卷四〇八载崔嘏撰授纥干泉江西观察使制，内称“中书舍人纥干泉”，“泉”乃

"臮"之误。又卷四五六载沈珣撰授纥干泉岭南节度使制,内称"银青光禄大夫行尚书工部侍郎纥干泉","泉"亦为"臮"之误字。新唐书卷五九艺文志三录纥干臮序通解录一卷,原注:"字咸一,大中江西观察使。"

536 文宗自太和乙卯岁后〔一〕,常戚戚不乐,事稍闲〔二〕,则必有叹息之音。会幸三殿东亭,见横廊架巨轴〔三〕,上指谓画工程修己曰:"此开元东封图也。"命内臣悬于东庑下。上举玉如意指张说辈叹曰:"使吾得其中一人,则可见开元之理。"

本条原出松窗杂录。类说卷十六松窗杂录题作开元东封图。说郛(陶珽刊本)卷五二摭异记亦载。

〔一〕文宗　原书无,当据本书补。

〔二〕闲　原书作"闻",似以本书为是。

〔三〕廊　聚珍本作"御",今从齐之鸾本、历代小史本改。原书亦作"廊"。

537 文宗为庄恪太子选妃,朝臣家子女悉令进名,中外为之不安。上知之,谓宰臣曰〔一〕:"朕欲为太子求汝郑间衣冠子女为新妇〔二〕,扶出来田舍齁齁地,如闻朝臣皆不愿与朕作亲情,何也?朕是数百年衣冠,无何神尧打朕家事罗诃去〔三〕。"案〔四〕:此句文义难解,疑有脱误,或是当时俚语。遂罢其选。

本条原出卢氏杂说。太平广记卷一八四卢氏杂说题作庄恪太子妃。

〔一〕谓　太平广记引文作"召"。

〔二〕朕欲为太子求汝郑间衣冠子女为新妇　太平广记引文作"朕欲为太子婚娶,本求汝郑门衣冠子女为新妇"。陈寅恪以为此指郑覃,见唐代政治史述论稿。

〔三〕无何神尧打朕家事罗诃去　明抄本太平广记"打"作"把"。

〔四〕案　此案语当是永乐大典编者或四库全书馆臣所加。

538 冯河南宿之三子陶、宽〔一〕、图兄弟,连年进士及第,连年登宏词科,一时之盛无比。太和初,冯氏进士十人〔二〕,宿家兄弟叔侄亦八人焉。

本条原出大唐传载。

〔一〕宽　齐之鸾本、历代小史本作"韬"。原书亦作"韬"。旧唐书卷一六八冯宿传:"子图、陶、韬,三人皆登进士,扬历清显。"新唐书卷一七七冯宿传则曰:"子图,字昌之,连中进士、宏辞科。……宽为起居郎。"

〔二〕冯氏进士十人　原书作"冯氏进士及第者,海内十八。"

539 李右丞廙年二十九,为尚书右丞〔一〕。

本条原出大唐传载。

〔一〕年二十九为尚书右丞　原书句下尚有"至五十九,又为尚书右丞"二句,当据补。

540 宣宗好儒〔一〕,多与学士小殿从容议论〔二〕,殿柱自题曰:"乡贡进士李某〔三〕。"或宰臣出镇,赋诗以赠之〔四〕。

凡对宰臣及上言者，必先整容貌，易衣盥手，然后召见〔五〕。语及政事，即终日忘倦。

本条原出北梦琐言卷一宣宗称进士。类说卷四三北梦琐言题作乡贡进士李某。说郛（陶珽刊本）卷四六北梦琐言亦载。说郛（张宗祥辑明抄本）卷四八北梦琐言题作所好优劣。又原书此条与卷七973条本是一条，此条在前。杜阳杂编卷下亦载此事，即本书卷七909条。

〔一〕儒　原书与类说、说郛引文作"儒雅"，当据之补"雅"字。

〔二〕多与学士小殿从容议论　原书作"每直殿学士从容，未尝不论前代兴亡。颇留心贡举"。

〔三〕李某　说郛（张宗祥辑明抄本）作"李昇"。

〔四〕赋诗以赠之　原书下有"词皆清丽"一句。

〔五〕必先整容貌易衣盥手然后召见　原书无此三句。杜阳杂编有句云："（凡欲对公卿，）必整容貌，更衣盥手，然后方出。"王谠或据此补入。

541 宣宗爱羡进士〔一〕，每对朝臣，问"登第否"？有以科名对者，必有喜〔二〕，便问所赋诗赋题〔三〕，并主司姓名〔四〕。或有人物优而不中第者，必叹息久之。尝于禁中题"乡贡进士李道龙。〔五〕"宦官知书，自文、宣二宗始〔六〕。

本条原出卢氏杂说。太平广记卷一八二卢氏杂说题作宣宗。说郛（陶珽刊本）卷四八卢氏杂说题作宣宗。南部新书卷癸亦载此事，唯甚简略。

〔一〕爱羡进士　太平广记与说郛引文作"宣宗酷好进士及

第”。

〔二〕有　齐之鸾本、历代小史本作“大”。太平广记与说郛引文亦作“大”。

〔三〕所赋　太平广记与说郛引文作“所试”。

〔四〕并　太平广记引文误作“拜”，当据本书改。

〔五〕于禁中题　太平广记与说郛引文作“内自题”。

〔六〕宦官知书自文宣二宗始　太平广记引文无。

542 宣宗尚文学，尤重科名。大中十年，郑颢知举，宣宗索登科记〔一〕，颢表曰：“自武德以后，便有进士诸科。所传前代姓名，皆是私家记录。臣寻委当行祠部员外郎赵璘，采访诸科目记〔二〕，撰成十三卷，自武德元年至于圣朝。”敕翰林〔三〕，自今放榜后，仰写及第人姓名及所试诗赋题目进入。仰所司逐年编次〔四〕。

本条原出东观奏记卷上。说郛（陶珽刊本）卷四三、（张宗祥辑明抄本）卷四、卷七五引东观奏记均载。

〔一〕宣宗索登科记　原书作“宣索科名记”。藕香零拾本注曰：“此书记大中事，均作上。宣索科名记，作‘宣宗’者误。语林云‘宣’下空，以意补，实不必补也。顾改‘上’字，亦误。”顾指小石山房丛书本东观奏记。

〔二〕诸　原书作“诸家”。

〔三〕翰林　原书上有“宜付”二字，当据补。

〔四〕仰　原书上有“仍”字。

543 李某为中丞〔一〕，奏孔尚书温〔二〕、徐相商为监察御史。孔为中丞〔三〕,李在外多年,除宗正少卿,归而为丞郎〔四〕。每宴集,时人以为盛事〔五〕。

本条原出因话录卷三商部下。

〔一〕李某为中丞　原书作"余座主陇西公为台丞"。此人即李汉。参看本书卷二231条。

〔二〕孔尚书温　新唐书卷七八宗室李汉传:"始,汉为中丞,表孔温业为御史,及汉晚见召,温业已为中丞,每燕集,人以为荣。""温"当是"温业"之误。

〔三〕孔为中丞　原书句首有"及"字。

〔四〕除宗正少卿归而为丞郎　原书作"除宗正少卿归朝,而孔、徐二公并时为丞相"。

〔五〕时人以为盛事　原书句下尚有"亦可太息于宦途也"一句。

544 大中九年,沈侍郎询以中书舍人知举,其门生李彬父丛为万年令。同年有起居之会。仓部李郎中玭时在座,因戏诸进士曰:"今日极盛,某与贤座主同年。"谓郴州李侍郎也〔一〕。众皆以为异。是日数公皆诣宾客冯尚书审,则又郴州座主杨相国之同年也〔二〕,举座异之〔三〕。

本条原出因话录卷六羽部。

〔一〕谓郴州李侍郎　原书句上尚有"时右司李郎中从晦又在座,戏玭曰:'殊未耳!小生与贤座主同年,如何?'"数句,本句作"谓彬州柳侍郎也","彬"为"郴"之误字,当据本书改。"李"为"柳"之误字,当据原书改。

〔二〕郴州座主杨相国　原书"郴州"作"柳公",此指柳璟,璟终郴州刺史,见新唐书卷一三二柳璟传。杨相国指杨嗣复。参看本书卷八1031条。

〔三〕举座异之　原书作"举坐嗟叹"。下有"侍读谏议漳说"一句。

545 张不疑进士擢第,宏词登科。当年四府交辟〔一〕,江西李中丞凝〔二〕、东川李相回、淮南李相绅、兴元归仆射融〔三〕,皆当时盛府。不疑赴淮南命,到府未几,以协律郎卒。不疑娶崔氏,以不协出之,后娶颜氏。

本条不知原出何书。南部新书卷己亦载此事。

〔一〕四　齐之鸾本、历代小史本作"五"。

〔二〕凝　南部新书误作"疑"。

〔三〕淮南李相绅兴元归仆射融　南部新书误作"淮南李融"。

546 东夷有识山川者,遍礼五岳,一拜而退;惟入关望华山,自关西门步步礼拜〔一〕。至山下,仰望叹诧,七日而去。谓京师衣冠文物之盛,由此而致。

说郛(陶珽刊本)卷四八唐语林企羡亦载。

本条不知原出何书。

〔一〕礼拜　说郛引文与齐之鸾本、历代小史本均作"拜礼"。

547 崔起居雍〔一〕,少有令名,进士第,与郑颢齐名。士之游其门者多登第,时人语为崔雍、郑颢世界〔二〕。

永乐大典卷之二千七百四十崔崔雍引唐语林亦载,与下一条548原合为一条。

本条原出金华子卷上。与548、549条原合为一条,今依原书分列。

〔一〕崔起居雍　原书下有"甲族之子"一句,周广业注:"雍,字顺中,礼部尚书戎之子。"永乐大典引文无"起居"二字。

〔二〕时人语为崔雍郑颢世界　原书下有"虽古之龙门,莫之加也"二句。

548 崔雍自起居郎出守和州〔一〕,遇庞勋寇历阳,雍弃城奔浙西,为路岩所构,赐死〔二〕。雍兄明〔三〕、序、福,兄弟八人,皆进士,列甲乙科。当时号为"点头崔家"。

永乐大典卷之二千七百四十崔崔雍引唐语林亦载,与547条原合为一条。

本条原出金华子卷上。绀珠集卷十、类说卷二五金华子题作点头崔家。说郛(张宗祥辑明抄本)卷三实宾录引金华子亦载。又本书此条与547、549条原合为一条,今依原书分列。

〔一〕自起居郎出守和州　原书作"崔雍为起居郎,出守和州"。

〔二〕为路岩所构赐死　新唐书卷一五九崔雍传:"庞勋以兵劫乌江,雍不能抗,遣人持牛酒劳之,密表其状。民不知,诉诸朝,宰相路岩素不平,因是傅其罪,赐死宣州。"参看本书卷七971条、卷二158条。

〔三〕明　原书作"朗"。案新唐书卷七二下宰相世系表载"崔朗,字内明,长安令。"本书作"明"者或有误。

549 崔澹容貌清瘦明白〔一〕,擢第升朝,崔铉辟入幕〔二〕。先是朝中以流品为朋甲〔三〕,以名德清重者为首。咸通中,李都为大龙甲头〔四〕,沙汰名士,以经纬其伍。涓,澹兄弟也〔五〕;澹在品中,以涓强侵为粗〔六〕,卒不取焉。涓卑屈欲见取,其党皆避之。

本条原出金华子卷上。与547、548条原合为一条,今依原书分列。

〔一〕澹　原书作"崔涓弟澹"。

〔二〕崔铉辟入幕　原书作"崔魏公辟为从事"。

〔三〕先是朝中以流品为朋甲　原书作"先是中朝流品相率为朋甲"。

〔四〕李都为大龙甲头　原书作"推李公都为大龙甲头"。周广业注:"新唐书无'头'字。"勋初案:此见新唐书卷一八二崔澹传。

〔五〕涓澹兄弟也　原书作"涓、澹,亲昆仲也"。周广业注:"新书:涓,少师珙之子;澹,河中节度使玙之子,则涓、澹从兄弟也。"

〔六〕以涓强侵为粗　原书作"以涓之俊逸,目为粗率。"

550 琅邪王氏与太原皆同出于周。琅邪之族世贵,号"鑵头王氏"〔一〕;太原子弟争之,称是己族,然实非也。太原自号"钑镂王氏"〔二〕。崔氏,博陵与清河亦上下。其望族,博陵三房。第二房虽长〔三〕,今其子孙即皆拜第三房子弟为伯叔者,盖第三房婚娶晚迟,世数因而少故也〔四〕。姑臧李氏亦然,其第三房皆受大房、第二房之礼。清河崔氏亦小房最著〔五〕，崔程出清河小房也〔六〕。世居楚州宝应县，号“八宝崔氏”。宝应本安宜县，崔氏梦捧八宝以献〔七〕，敕改名焉。程之姨〔八〕，北门李相蔚之夫人；蔚乃姑臧小房也，判盐铁。程为扬州院官，举吴尧卿，蔚以为得人，竟乱管擢之任〔九〕。程累郡无政绩，小杜相闻程诸女有容德，致书为其子让能娶焉。程初辞之，谓人曰：“崔氏之门，若有一杜郎，其何堪矣。”而杜相坚请不已，程不能免，乃于宝应诸院取一娣侄嫁之。其后让能贵，为国夫人，而程之女不显。

本条原出金华子卷下。

〔一〕鑵头　原书作“锥头”。

〔二〕太原自号钑镂王氏　原书作“太原贵盛之中，自有‘钑镂’之号”。周广业注：“案李肇国史补：荥阳郑、冈头卢、泽底李、土门崔，四姓皆为鼎甲。太原王氏，四姓得之为美，故呼为‘钑镂王家’，喻银质而金饰也。”

〔三〕第二房　原书上有“大房”二字，当据补。

〔四〕第三房婚娶晚迟世数因而少故也　原书作“第三房婚嫁多达官也”。似以本书所言为是。

〔五〕清河崔氏亦小房最著　原书作“清河崔氏亦小房最专清美之称”，周广业注：“薛居正五代史李专美传云：姑臧大房与清河小房崔氏，北祖第二房卢氏，昭国郑氏，为四望族。”

〔六〕崔程出清河小房　原书作“崔程即清河小房”，周广业注：“崔逞之后，为清河大房，宣宗相龟从是也。寅之后，为清河小房，宪宗相群是也。皆出清河太守之后。”

〔七〕梦捧　原书作“曾取”。

〔八〕姨　原书作“姊”。

〔九〕管擢　原书作“管榷”,当据改。

551 进士举人各树名甲,元和中,语曰〔一〕:“欲入举场,先问苏、张。苏、张犹可,三杨杀我。〔二〕”

本条原出唐摭言卷七升沉后进。太平广记卷一八一摭言题作苏景张元夫。本书此条与552、553、554、555、556条原合为一条;太平广记中此条与下二条均列于苏景张元夫名下,今依太平广记所引,且依其次序,分列成三条,本条居首。

〔一〕进士举人各树名甲元和中语曰　原书作“太和中,苏景胤、张元夫为翰林主人,杨汝士与弟虞卿及汉公尤为文林表式。故后进相谓曰”。本书作“元和”者误。

〔二〕三杨杀我　新唐书卷一七五杨虞卿传曰:“当时有苏景胤、张元夫,而虞卿兄弟汝士、汉公为人所奔向,故语曰:‘欲趋举场,问苏、张;苏、张犹可,三杨杀我。’”

552 后有东西二甲,东呼西为“茫茫队”,言其无艺也。

本条原出卢氏杂说。太平广记卷一八一卢氏杂说题作苏景张元夫。又本条与551、553、554、555条原合为一条;今依太平广记引文内所分条目排列,置于该组之中。

553 开成、会昌中,又曰:“鲁、绍、瓌、蒙,识即命通〔一〕。”又曰:“郑、杨、段、薛,炙手可热〔二〕。”又有“薄徒”“厚徒”〔三〕,多轻侮人,故裴泌侍御作美人赋讥之〔四〕。后有瓌值、韦罗甲，又曰："瑝、值、都、雍，识即命通〔五〕。"又有大小二甲。又有注已甲〔六〕。又有四字甲〔七〕，言"深辉轩庭"〔八〕。又四凶甲〔九〕。又"芳林十哲"〔一〇〕，言其与宦官交游，若刘晔〔一一〕、任江泊〔一二〕、李岩士、蔡铤〔一三〕、秦韬玉之徒。铤与岩士各将两军书题，求华州解元〔一四〕，时谓"对军解头"〔一五〕。太和中，又有杜颛〔一六〕、窦紃、萧嶰〔一七〕，极有时称，为后来领袖〔一八〕。

本条原出卢氏杂说。太平广记卷一八一卢氏杂说题作苏景张元夫。又本条与551、552、554、555条原合为一条，而太平广记中则又与551、552条合为一组，今按引文内所分条目排列，置于该组之末。

〔一〕又曰鲁绍瓌蒙识即命通　太平广记引文无。齐之鸾本、历代小史本"命"作"合"。

〔二〕又曰郑杨段薛炙手可热　新唐书卷一六〇崔铉传："铉所善者郑鲁、杨绍复、段瓌、薛蒙，颇参议论，时语曰：'郑、杨、段、薛，炙手可热；欲得命通，鲁、绍、瓌、蒙。'帝闻之，题于扆。"并见东观奏记卷中。

〔三〕厚徒　太平广记引文无。

〔四〕侍御作　太平广记引文作"应举，行"。

〔五〕后有瓌值韦罗甲又曰瑝值都雍识即命通　太平广记引文无。北梦琐言卷十一："李都、崔雍、孙瑝、郑嵎四君子，蒙其盼睐者，因是进升。故曰：'欲得命通，问瑝、嵎、都、雍。'"可知卢氏杂说所言者乃指孙瑝、瓌值、李都、崔雍。

〔六〕注已　太平广记引文作"汪已"。

〔七〕甲　太平广记引文无。

〔八〕辉　太平广记引文作“耀”。

〔九〕四凶　唐摭言卷九四凶题下曰：“今所记者三，曰陈磻叟、刘子振、李沼。”

〔一〇〕芳林十哲　唐摭言卷九芳林十哲题下曰：“今记得者八人”，曰沈云翔、林绚、郑玘、刘业、唐珣、吴商叟、秦韬玉、郭薰，“皆交通中贵，号芳林十哲。芳林，门名，由此入内故也。”参看本书卷三321条。

〔一一〕刘晔　聚珍本作“刘煜”，今从齐之鸾本、历代小史本改。太平广记亦作“刘晔”。

〔一二〕任江洎　太平广记引文作“任息、姜垍”。齐之鸾本、历代小史本“洎”作“泊”。

〔一三〕蔡铤　太平广记引文作“蔡鋋”。下同。

〔一四〕求华州解元　太平广记引文作“求状元”。

〔一五〕时谓对军解头　唐诗纪事卷六三秦韬玉曰：“韬玉出入田令孜之门，又与刘晔、李岩士、姜垍、蔡鋋之徒交游中贵，各将两军书尺，侥求巍科，时谓‘对军解头’。”

〔一六〕杜蔚　太平广记引文作“杜顗”。

〔一七〕萧嶰　太平广记引文作“肖嶰”。

〔一八〕为后来领袖　太平广记引文其下尚有“文宗曾言进士之盛，时宰相对曰：‘举场中自云：“乡贡进士，不博上州刺史。”’上笑之曰：‘亦无奈何。’”数句。类说卷四九卢氏杂说内乡贡进士条亦有此中数句。

554 杜昇自拾遗赐绯后，应举及第，又拜拾遗，时号“着绯进士”〔一〕。

本条原出卢氏杂说。太平广记卷一八三卢氏杂说题作杜昇。又本条与551、552、553、555条原合为一条,今依太平广记引文分列。

〔一〕著绯进士　唐摭言卷九敕赐及第:"广明岁,苏导给事刺剑州,(杜)昇为军倅。驾幸西蜀,例得召见,特敕赐绯导入内。韦中令自翰长拜主文,昇时已拜小谏,抗表乞就试,从之。登第数日,有敕复前官并服色,议者荣之。"

555 郑延昌相公为京兆尹,兼知贡举。

本条不知原出何书。与551、552、553、554条原合为一条,今依原书分列。

556 白居易葬龙门山。河南尹卢贞刻醉吟先生传于石〔一〕,立于墓侧〔二〕。相传洛阳士人及四方游人过瞩墓者〔三〕,必奠以卮酒,故冢前方丈之土常成渥〔四〕。

本条原出贾氏谈录。类说卷十五贾氏谈录题作白傅冢。古今合璧事类备要前集卷六五引贾黄中谈录亦载。说郛(陶珽刊本)卷三七、(张宗祥辑明抄本)卷九贾氏谈录亦载,后一书题作白傅冢。南部新书卷庚亦载此事。

〔一〕卢贞　原书作"卢真",当据本书改。

〔二〕立于墓侧　原书句下尚有"至今犹存"一句。

〔三〕相传洛阳士人及四方游人过瞩墓者　原书无"相传"二字与"瞩"字,有"瞩"者是。

〔四〕渥　原书作"泥泞"。

557 崔魏公铉与江西李侍郎骘同在李相石襄阳幕中〔一〕。铉自下追入,不二年拜丞相。骘时在幕,为李相草贺书曰:“宾筵初启,曾陪樽俎之欢;将幕未移,已在陶钧之下。”〔原注〕〔二〕杜佑佐权德舆幕,李珏佐牛僧孺幕,后与使主同为相。

本条不知原出何书。唐摭言卷一五杂记亦有类似记载。

〔一〕李侍郎　历代小史本作“李侍御”。

〔二〕原注　此为原书中之自注。

558 郑裔绰为浙东观察使,奏侍御史郑公绰为副使。幕客与府主同姓联名者甚寡〔一〕。

本条不知原出何书。

〔一〕者　聚珍本无,今从齐之鸾本、历代小史本补。

559 咸通末,郑浑之为苏州录事〔一〕,谈铢为鹾院官,钟辐为院巡,俱广文〔二〕。时湖州牧李超、赵蒙相次俱状元。二郡地土相接,时为语曰:“湖接两头,苏连三尾。”

说郛(陶珽刊本)卷四八唐语林企羡亦载。

本条原出岗斋集,见吴郡志卷十二。南部新书卷己、唐诗纪事卷五十六亦载,唯不注出处。

〔一〕录事　南部新书作“督邮”。

〔二〕俱　说郛本误作“仪”。

560 苏员外粹与母弟冲俱郑都尉颢门生。后粹为东阳守,冲为信阳守,欲相见境上,本府许之。两郡之守,携宾客同府主出省,俱自外郎,兄弟之荣少比。

本条不知原出何书。

561 范阳卢,自兴元元年癸亥德宗幸梁洋〔一〕,二年甲子鲍防侍郎知举,至乾符二年乙未崔沆侍郎知举,计九十二年,而二年停举;九十年中,登进士者一百一十六人,诸科在外,而为字皆联子〔二〕,案〔三〕:此句疑有讹误。所不联者不十数人,然而世谓卢氏不出座主。自唐来,唯景云二年考功员外郎卢逸知举,后无继者。韦都尉保衡常怪之。咸通十三年〔四〕,卢庄为阁长,都尉欲以知礼部,庄七月卒。卢相携在中书,以为耻。广明元年,乃追陕州卢渥中丞入知举〔五〕;帖经后,黄巢犯阙,天子幸蜀,韦昭度侍郎于蜀代之,放十二人。

本条不知原出何书。南部新书卷己亦载。

〔一〕洋　聚珍本作"汻",今从齐之鸾本、历代小史本改。二书"洋"下注小字曰"缺"。

〔二〕而为字皆联子　聚珍本"字"作"子",今从齐之鸾本、历代小史本改。南部新书作"而字皆联于子"。

〔三〕案　此案语当是永乐大典编者或四库全书馆臣所加。

〔四〕咸通十三年　南部新书下有"韦在相"一句。

〔五〕陕州　聚珍本无,今从齐之鸾本、历代小史本补。南部新书亦有。北梦琐言卷九"卢氏衣冠第一"条亦叙及此事,云:"乾符中,卢携在中书,歉宗人无掌文柄,乃擢群从陕虢观察使卢渥知礼闱。"

562 闽自贞元以前，未有进士。观察使李锜始建庠序，请独孤常州及为新学记，云：“缦胡之缨〔一〕，化为青衿〔二〕。”林藻弟蕴与欧阳詹睹之叹息，相与结誓，继登科第。

本条不知原出何书。

〔一〕缦胡之缨　见庄子说剑。原文为“太子曰：‘然。吾王所见剑士，皆蓬头突鬓垂冠。曼胡之缨，短后之衣，瞋目而语难。’”经典释文引司马彪曰：“谓粗缨无文理也。”

〔二〕青衿　见诗经郑风子衿。毛传曰：“青衿，青领也。学子之所服。”

563 薛元超谓所亲曰：“吾不才，富贵过人〔一〕。平生有三恨：始不以进士擢第，不娶五姓女〔二〕，不得修国史。”

本条原出隋唐嘉话卷中。绀珠集卷十隋唐嘉话题作元超三恨。类说卷五四隋唐嘉话题作三恨。海录碎事卷十九引隋唐嘉话亦载。说郛（陶珽刊本）卷三六隋唐嘉话亦载。

〔一〕过人　原书作“过分”。

〔二〕不娶五姓女　原书无“不”，当据本书补。类说引文作“不得娶五姓女”。五姓女指：清河或博陵崔氏、范阳卢氏、赵郡或陇西李氏、荥阳郑氏、太原王氏。

564 高宗承贞观之后，天下无事。上官侍郎仪独持国政，尝凌晨入朝，循洛水堤〔一〕，步月徐辔，咏云：“脉脉广川流，驱马历长洲。鹊飞山月曙〔二〕，蝉噪野风秋。”音韵清亮。群公望之〔三〕，犹若神仙焉。

本条原出隋唐嘉话卷中。太平广记卷二〇一国史异纂题作上官仪。类说卷五四隋唐嘉话题作巡堤步月咏诗。唐诗纪事卷六上官仪引此,云出古今诗话。诗话总龟卷二七引此,云出小说旧闻。说郛(陶珽刊本)卷三六隋唐嘉话亦载。刘宾客嘉话录亦有此文,唐兰考为误入。白孔六帖卷七引此,云出刘禹锡嘉话录,同误。

〔一〕循　原书作“巡”,当据本书改。

〔二〕曙　原书作“晓”,太平广记引文作“曙”,唐诗纪事亦作“曙”。

〔三〕群　原书作“郡”,当据本书改。

565 玄宗既诛韦氏〔一〕,擢用贤良,革中宗之政,依贞观故事,有志者莫不想太平。中书令姚元崇〔二〕、侍中宋璟〔三〕、御史大夫毕构〔四〕、河南尹李杰〔五〕,皆一时之选,时人称姚、宋、毕、李焉。

本条原出隋唐嘉话卷下。说郛(陶珽刊本)卷三六隋唐嘉话亦载。

〔一〕玄宗　原书作“今上”。

〔二〕姚元崇　原书作“元之”。

〔三〕侍中宋璟　原书作“璟”,当据本书补“侍中”二字。

〔四〕毕构　原书无“毕”字。

〔五〕李杰　原书无“李”字。

566 开元二十三年,加荣王已下官,敕宰臣入集贤院,分写告身以赐之。侍中裴耀卿因入书库观书,既而谓人曰:“圣上好文,书籍之盛事,自古未有。朝宰充使,学徒云集，官家设教〔一〕，尽在是矣。前汉有金马、石渠，后汉有兰台、东观；宋有总章〔二〕，陈有德教；周则虎门〔三〕、麟趾，北齐有仁寿、文林；虽载在前书，而事皆琐细，方之今日，则岂得扶轮捧毂者哉〔四〕！”

本条原出大唐新语卷一匡赞第一。说郛（陶珽刊本）卷四八大唐新语匡赞亦载。

〔一〕官家　原书作“观象”。

〔二〕总章　原书作“总明”，当据改。南史卷三宋本纪下记宋明帝六年“九月戊寅，立总明观，征学士以充之。”

〔三〕虎门　原书作“兽门”。刘肃原文作“兽”，乃避本朝之讳而改。

〔四〕扶轮　原书作“扶翰”，当据本书改。

伤逝

567 天宝十五载正月，安禄山反，陷洛阳〔一〕。王师败绩，关门不守。车驾幸蜀，次马嵬驿，六军不发，赐贵妃死，然后驾发。行至骆谷〔二〕，上登高平，马上谓力士曰〔三〕：“吾苍皇出狩，不及辞宗庙。此山绝高，望见秦川，吾今遥辞陵庙。”下马东向再拜，呜咽流涕，左右皆泣。又谓力士曰：“吾取张九龄之言，不至于此。”乃命中使往韶州，以太牢祭之〔四〕。既而取长笛吹自制曲，曲成复流涕，诏乐工录其谱〔五〕。至成都，乃进谱而请名，上已不记，顾左右曰：“何也？”左右以骆谷望长安索长笛吹出对之。良久，上曰〔六〕：“吾省矣。吾因思九龄〔七〕，可号为谪仙怨〔八〕。”有人自西川传者〔九〕,无由知其本末〔一〇〕,但呼为剑南神曲。其音怨切动人。大历中,江南人盛传。随州刺史刘长卿左迁睦州司马,祖筵闻之,长卿遂撰其词〔一一〕,意颇自得,盖亦不知事之始。词云:"晴川落日初低,惆怅孤舟解携。鸟去平芜远近,人随流水东西。白云千里万里,明月前溪后溪。独恨长沙谪去,江潭春草萋萋。"其后台州刺史窦弘馀以长卿之词虽美,而与本曲意兴不同,复作词以广不知者,其词曰:"胡尘犯阙冲关,金辂提携玉颜。云雨此时消散,君王何日归还?伤心朝恨暮恨,回首千山万山。独望天边初月,蛾眉独自弯弯〔一二〕。"

本条原出剧谈录卷下广谪仙怨词,题下注曰:"台州刺史窦弘馀撰"。绀珠集卷八、类说卷十五剧谈录题作谪仙怨。

〔一〕陷　齐之鸾本与原书均作"陷没"。

〔二〕行至骆谷　资治通鉴卷二一八唐纪三四肃宗至德元载六月壬寅考异曰:"康骈剧谈录:'上至骆谷山,登高望远,呜咽流涕。谓高力士曰:"吾昔若取九龄语,不到此。"命中使往韶州祭之。'按玄宗入蜀不自骆谷,康骈误也。"

〔三〕上登高平马上谓力士曰　原书作"上登高下马,谓力士曰",当据本书改。

〔四〕以太牢祭之　原书下有注:"中书令张九龄每因奏对,未尝不谏诛禄山,上怒曰:'卿岂以王夷甫识石勒,便杀禄山。'于是不敢谏矣。"

〔五〕诏乐工录其谱　原书作"时有司旋录成谱"。

〔六〕上　聚珍本无,今从齐之鸾本补。原书亦有。

〔七〕吾因思九龄　原书下有"亦别有意"一句,当据补。

〔八〕可号为谪仙怨　原书下有"其旨属马嵬之事"一句,当据补。

〔九〕传　齐之鸾本与原书均作"传得"。

〔一〇〕无由知其本末　原书无"其本末"三字,当据本书补。

〔一一〕遂　聚珍本作"随",今从齐之鸾本改。原书亦作"遂"。

〔一二〕蛾眉独自弯弯　原书作"蛾眉犹在弯弯"。其下有云"骈以为窦史君序谪仙怨云:'刘随州之词,未知本事;及详其意,但以贵妃为怀。盖明皇登骆谷之时,实有思贤之意,窦之所制,殊不述焉。骈因更广其词'",下附康骈自撰之词。上"窦史君"之"史"字乃"使"字之误。

568 德宗初登勤政楼,外无知者。望见一人,衣绿乘驴戴帽,至楼下,仰视久之,俯而东去。上立遣宣示京尹,令以物色求之。尹召万年捕贼官李铭〔一〕,使促求访。李尉伫立思之,曰:"得必矣。"出召干事所由,春明门外数里内〔二〕,应有诸司旧职事伎艺人,悉搜罗之,而绿衣果在其中。诘之,对曰:"某天宝旧乐工也〔三〕。上皇当时数登此楼,每来,鸥必集楼上,号'随驾老鸥'。某自罢居城外,更不复见。今群鸥盛集,又觉景象宛如昔时,必知天子在上〔四〕,悲喜且欲泣下。"于是敕尽收此辈,却系教坊。李尉亦为京尹所擢用,后至郡守。

本条原出因话录卷一宫部。

〔一〕李铭　原书作"李镕"。

〔二〕春明门　齐之鸾本、历代小史本上有"于"字。原书亦有。

〔三〕旧　原书作“教坊”。

〔四〕必　原书作“心”。

569 贞元四年，刘太真侍郎入贡院，寄前主司萧听尚书诗曰：“独坐贡闱里，愁心芳草生。山公昨夜事，应见此时情。”

本条不知原出何书。唐摭言卷八主司挠闷亦有类似记载，以为吕渭事。

570 太和九年，仇士良诛王涯、郑注。上或登临游幸，虽百戏列于前，未尝少悦。往往瞪目独语，左右不敢进问。题诗云：“辇路生春草，上林花发时〔一〕。凭高何限意，无复侍臣知。”更于殿内看牡丹〔二〕，翘足凭栏，诵舒元舆牡丹赋云〔三〕：“‘俯者如愁，仰者如悦’，‘开者如语〔四〕，合者如咽。’”久之〔五〕，方省元舆词，不觉叹息泣下。时有宫人沈阿翘为上舞河满子词〔六〕，声态宛转，曲罢〔七〕，锡以金臂环。乃问其从来，阿翘曰：“妾本吴元济女〔八〕。元济败，因入宫〔九〕。”

本条原出杜阳杂编卷中。太平广记卷二〇四杜阳杂编题作沈阿翘，不录文宗诗与咏舒赋事。绀珠集卷四杜阳杂编题作沈翘翘。说郛（陶珽刊本）卷四六杜阳杂编卷中亦载。类说卷二九丽情集题作文宗诗。绿窗新话卷上沈翘翘善敲方响条引此，略同丽情集，云出段安节乐府杂录，唯今本不载。唐诗纪事卷二文宗亦载此事，唯不注出处。又原书此条本分为二条，今不复分列。

〔一〕花发时　原书作“花满枝”。

〔二〕更于殿内看牡丹　原书作“上于内殿前看牡丹”。案：原书自此起另为一条。

〔三〕诵　原书作“忽吟”。

〔四〕仰者如悦开者如语　原书作“仰者如语”。丽情集作“仰者如悦，开者如笑”。案：当以丽情集引文为正。

〔五〕久之　原书作“吟罢”。

〔六〕沈阿翘　绀珠集引文、丽情集、唐诗纪事作“沈翘翘”。

〔七〕曲罢　聚珍本无，今依齐之鸾本、历代小史本补。

〔八〕女　原书作“之妓女”。

〔九〕因入宫　原书作“因入此宫”，句下尚有文字叙沈阿翘事。

571 王太尉播，少贫，居瓜洲寄食，多为人所薄。及登第，历荣显，掌盐铁三十馀年。自刘忠州之后，无如播者。后镇淮南，乃游瓜洲故居，赋诗感旧。李卫公出在蜀关〔一〕，而致和其诗以寄播。

本条不知原出何书。

〔一〕李卫公出在蜀关　岑仲勉唐集质疑送相公十八丈镇扬州诗曰：“考旧纪一六、长庆二年三月戊午，以中书侍郎平章事王播充淮南节度使；于时德裕方官御史中丞，其年九月，出为浙西观察，非西川节使也。又据旧纪一七下、大和四年十月，德裕充西川节度，播已于是年正月先卒，非播所及见也。……语林所采此段故事多妄。”

572 宣宗以宪宗常幸青龙寺〔一〕，命复道开便门，至寺升眺，追感者久之。

本条原出东观奏记卷中。说郛（陶珽刊本）卷四三东观奏记亦载。

〔一〕宣宗以宪宗常幸青龙寺　原书作“上至孝，动遵元和故事。以宪宗曾幸青龙寺”。

573 杜豳公丧公主，进状请落驸马都尉，云：“臣每见官衔有‘驸马’字，凄感难胜。”

本条不知原出何书。

574 太宗谓梁公曰〔一〕：“以铜为镜，可以正衣冠；以古为镜，可以知兴替；以人为镜，可以明得失。朕尝保此三镜〔二〕，用防己过。今魏徵殂逝，一镜亡矣！”

说郛（陶珽刊本）卷四八唐语林企羡亦载。案：本条当入伤逝门，然此题偶佚，故误缀入企羡。

本条原出隋唐嘉话卷上。说郛（陶珽刊本）卷三六隋唐嘉话亦载。

〔一〕太宗谓梁公曰　资治通鉴卷一九六唐纪十二太宗贞观十七年叙此，此句作“上思徵不已，谓侍臣曰”。

〔二〕保　原书作“宝”。

575 太宗闻虞监亡〔一〕，哭之恸，曰〔二〕：“石渠、东观之中，无复人矣！”

本条原出隋唐嘉话卷中。太平广记卷一六四国朝杂记题作虞世南。说郛(陶珽刊本)卷三六隋唐嘉话亦载。

〔一〕闻　原书误作“称”,当据本书改。太平广记引文不误。

〔二〕哭之恸曰　旧唐书卷七二虞世南传:“手敕魏王泰曰:‘虞世南于我,犹一体也。拾遗补阙,无日暂忘。……今其云亡,石渠、东观之中,无复人矣!”新唐书卷一〇二虞世南传同。

576 杜羔有至性。其父为河北尉卒,母非嫡,经乱不知所之,羔常抱终身之感〔一〕。会堂兄兼为潞州府判官〔二〕,鞫狱于私第,有老妇辩对,见羔出入,窃谓人曰:“此少年状类吾夫〔三〕。”诘之,乃羔母也,自此迎归。又往求先人之墓,邑中故老已尽,不知所询。馆于佛寺,日夜悲泣。忽视屋柱烟煤之下,见字数行,拂而视之,乃其父遗迹,言:“我子孙若求吾墓,当于某村某家问之。”羔号哭而往,果有老父年八十馀,指其丘垅,遂得归葬〔四〕。

本条原出国史补卷中杜羔有至行。太平御览卷四一四国史补亦载。古今合璧事类备要前集卷三五引国史补亦载。永乐大典卷之一万八百十四母杜羔得母引国史补亦载。

〔一〕感　原书作“戚”,当据改。

〔二〕潞州府判官　原书作“泽潞判官”。新唐书卷一七二杜羔传言“兼为泽潞判官”。齐之鸾本、历代小史本无“州”字。

〔三〕吾夫　原书作“吾儿”。

〔四〕遂得归葬　原书句下尚有“羔至工部尚书致仕”一句。

栖逸

577 宣州当涂隐居山岩〔一〕，即陶贞白炼丹所也，炉迹犹在。后为佛舍。有僧名彦范〔二〕，俗姓刘，虽为沙门，而通儒学，邑人呼为刘九经。颜鲁公、韩晋公、刘忠州、穆监宁〔三〕、独孤常州皆与之善，各执经受业者数十人。年八十，犹强精神，僧律不亏。唯颇嗜饮酒，亦不乱。学者有携壶至者，欣然受之，每饮三数杯，则讲说方锐。所居有小圃，自植茶，为鹿所损，众劝以短垣隔之，诸名士悉为运石共成。穆兵部赞事之最谨。尝得美酒，密以小瓷壶置于怀中，累石之际，白师曰："有少好酒，和尚饮否？"彦范笑而满引，徐谓穆曰："不用般石，且来听书。"遂与剖析奥旨，至多不倦。人有得穆兵部遗彦范书者，其辞云〔四〕："某偶忝名宦，皆因善诱。自居班列，终日尘屑。却思昔岁，临清涧，荫长松，接侍座下，获闻微言，未知何时复遂此事？遥瞻水中月，岭上云，但驰攀想而已。和尚薄于滋味，深于酒德，所食仅同婴儿，所饮或如少壮。常恐尊体有所不安，中夜思之，实怀忧恋。"其诚切如此。月日之下，称门人姓名状和尚前〔五〕。

本条原出因话录卷四角部。

〔一〕宣州当涂隐居山岩　原书此句作"卢子严说：早年随其懿亲郑常侍东之，同游宣州当途隐居山岩"。"途"乃通假字，当据本书改。

〔二〕有僧名彦范　原书作“有僧甚高洁，好事，因说其先师，名彦范”。

〔三〕穆监宁　穆宁以秘书监致仕，故名。

〔四〕人有得穆兵部遗彦范书者其辞云　原书作“郑君更征其遗事，僧叹息久之，曰：‘近日尊儒重道，都无前辈之风。’因出一纸穆兵部与书，倾寒暄之仪，极卑敬。其略曰”。

〔五〕称门人姓名状和尚前　原书作“但云门人姓名，状上和尚法座前，不言官位。当时嗜学事师，可谓至矣”。

578 元和初，南岳道士田良逸、蒋含弘有道业，远近称之，号曰“田、蒋”。良逸天资高峻，虚心待物，不为表饰。吕侍郎渭、杨侍郎凭观察湖南，皆师事之。潭州旱，祈雨不应，或请邀之，杨曰：“田先生岂为人祈雨者耶？”不得已迎之。良逸蓬发敝衣，欣然就舆，到郡亦终无言，即日降雨。所居岳观，内建黄箓坛场已具〔一〕，而天阴晦，弟子请先生祈晴，良逸亦无言，岸帻垂发而坐。左右整冠履〔二〕，扶而升坛，亦遂晴霁。尝有村老持一绢襦来施〔三〕，良逸对众便着，坐客窃笑，不以介意。杨凭尝迎至潭州，良逸方洗足，使到，乘小舟便行，侍者以履袜追及于衡门〔四〕，即于门外坐砖阶着袜，若无人在旁。杨自京尹谪临贺尉，使使候之，遗以银器，良逸受之，便悉付门人。使还，良逸曰：“报汝阿郎〔五〕，不久即归，勿忧也。”未几，杨果移杭州长史。良逸未尝干人，人至亦不送〔六〕，不记人官位姓名，第与吕渭分最深。后吕郎中温为衡州刺史，因祭岳候先生，告以使君“侍郎之子”〔七〕。及温入，良逸下绳床，抚其背曰：“你是吕渭儿子耶?”温泫然降阶,先生亦不止,其真率如此。良逸母为喜王寺尼,寺中皆呼良逸为小师。良逸常日负两束薪以奉母,或自有故不及往,即弟子代送之。或传寺众晨起,见一虎在田媪门外,走以告媪,媪曰:“毋怪,应是小师使致柴耳。”蒋君含弘有操尚,时人以为不及良逸,然二人齐名,常兄事良逸〔八〕。含弘善符术〔九〕。后居九真观,曾使弟子至县市赍物,不及期还,诘其故,云:“于山口遇猛虎,当道不去,以故迟滞。”含弘曰:“吾居此,庇渠已多时,何敢如此!”即以一符置所见处。明日,虎踣符下。含弘闻之,曰:“吾本以符却之,岂知遂死。既以害物,安用术为?”取符焚之,后不复留意。又有欧阳平者,行业亦高,兄事含弘,而道业不及也。欧阳曾一夕梦三炉自天而下〔一〇〕,若有召说,既寤,潜告人曰:“二先生不久去矣,我继之。”俄而田良逸死,含弘次年卒〔一一〕。桐柏山陈寡言、徐虚符〔一二〕、冯云翼三人,皆田之弟子也。衡山周混汙〔一三〕,蒋之弟子也。陈、徐在东南,品地比田、蒋,而冯在欧阳之列。周自幼入道,善科法,亦为南岳之冠〔一四〕。

本条原出因话录卷四角部。太平广记卷七六因话录题作田良逸蒋含弘。

〔一〕已具　原书作“法具已陈”。

〔二〕左右整冠履　原书作“及行斋,左右代整冠履”。

〔三〕村老持一绢襦来施　原书作“村姥持一碧绢襦来奉先生”。历代小史本“一”下有“匹”字。

〔四〕衡门　原书作“衡门”。

〔五〕阿郎　原书作“阿本郎”。

〔六〕送　原书作“逆”，当据改。

〔七〕告以使君侍郎之子　原书作“左右先告以使君是侍郎之子”。

〔八〕蒋君含弘有操尚时人以为不及良逸然二人齐名常兄事良逸　聚珍本无“蒋君”二字，今从齐之鸾本、历代小史本补。原书作“蒋君混元之气虽不及田，而修持趣尚亦相类。兄事于田，号为莫逆”。又齐之鸾本、历代小史本自此另分一段，原书相连。

〔九〕含弘善符术　聚珍本无“含弘”二字，今从齐之鸾本、历代小史本补。原书作“蒋始善符术，自晦其道，人莫知之”。

〔一〇〕曾　聚珍本无，今从齐之鸾本、历代小史本补。

〔一一〕含弘次年卒　原书作“蒋次之、欧阳亦逝”。

〔一二〕徐虚符　原书作“徐灵府”。

〔一三〕周混污　原书作“周混沌”。

〔一四〕善科法亦为南岳之冠　原书作“科法清严，今为南岳之冠”。

579 江南多名僧。贞元、元和已来，越州有清江、清昼〔一〕，婺州有乾俊、乾辅。时谓之会稽二清，东阳二乾。

说郛（陶珽刊本）卷四八唐语林栖逸亦载。

本条原出因话录卷四角部。绀珠集卷五因话录题作会稽二清。类说卷十四因话录题作二清二乾。说郛（陶珽刊本）卷二三因话录题作会稽二清。

〔一〕昼　说郛引文与齐之鸾本均误作“画”。参看本书卷二

272 条、卷三 387 条。

580 白居易少傅分司东都，以诗酒自娱，著醉吟先生传以自叙。卢尚书简辞有别墅，近伊水，亭榭清峻。方冬，与群从子侄同登眺嵩洛。既而霰雪微下，说镇金陵时，江南山水，每见居人以叶舟浮泛，就食菰米鲈鱼，思之不忘。逡巡，忽有二人，衣蓑笠，循岸而来，牵引篷艇。船头覆青幕，中有白衣人与衲僧偶坐；船后有小灶，安铜甑而炊，丱角仆烹鱼煮茗，溯流过于槛前。闻舟中吟笑方甚〔一〕。卢叹其高逸，不知何人。从而问之，乃告居易与僧佛光，自建春门往香山精舍〔二〕。

本条原出剧谈录卷下白傅乘舟。绀珠集卷八剧谈录题作白傅舟。类说卷十五剧谈录题作白傅泛舟往香山。

〔一〕吟笑　原书作"吟啸"。

〔二〕自建春门往香山精舍　原书下有"其后每遇亲友，无不话之，以为高逸之情，莫能及矣"数句。

581 李瞻，汉之子，有文学，气貌淳古。非其人，虽富贵不交也。累迁司封郎中。归茅山，征拜给事中，不就。后两京乱〔一〕，竟不罹其祸。

本条不知原出何书。

〔一〕后　聚珍本无，今从齐之鸾本、历代小史本补。

582 李尚书褒，晚年修道，居阳羡川石山后。长子召为吴兴，次子昭为常州，当时荣之。

本条不知原出何书。

583 吴郡陆龟蒙，字鲁望，旧族也。其父宾虞，进士甲科，浙东从事、侍御史，家于苏台。龟蒙幼精六籍，弱冠攻文，与颜荛、皮日休、罗隐、吴融为益友。性高洁，家贫，思养亲之禄，与张抟为吴兴〔一〕、庐江二郡倅，著吴兴实录四十卷、松陵集十卷、笠泽丛书三卷〔二〕。丞相李公蔚、卢公携景重之。罗给事寄陆诗云："龙楼李丞相，昔岁仰高文；黄阁今无主，青山竟不焚。"盖尝有征聘之意。唐末以左拾遗授之，诏下之日，疾终。光化三年，赠右补阙。吴侍郎融立传贻史官〔三〕，右补阙韦庄撰诔文，相国陆希声撰碑文，给事中颜荛书。皮日休博士为诗友，寇死浙中〔四〕。方干诗名著于吴中，陆未许之。一旦顿作诗五十首，装为方干新制，时辈吟赏降仰，陆谓曰："此乃下官效方干之所作也，方诗在模范中尔。"奇意精识者亦然之〔五〕。薛许州能以诗道为己任，还刘梦得诗卷〔六〕，有诗云："百首如一首，卷初如卷终。"讥刘不能变态，乃陆之比也。

本条原出北梦琐言卷六陆龟蒙追赠（薛许州附）。太平广记卷二三五北梦琐言题作陆龟蒙，引至"与皮日休为诗友"。类说卷四三北梦琐言题作百诗如一首，叙薛能事，而刘德仁误作"刘仁德"。

〔一〕张抟　原书作"张博"。

〔二〕三卷　原书作"五卷"，当据本书改。新唐书卷六十艺文志四、唐才子传卷八陆龟蒙均作"三卷"。

〔三〕立传贻史官　原书作"传贻史"，当据本书补。

〔四〕皮日休博士为诗友寇死浙中　原书作“皮日休博士为诗。皮寇死浙中”。文义欠通，当据本书改。

〔五〕奇意精识者亦然之　原书作“句奇意精，识者亦然之”。

〔六〕刘梦得　原书作“刘德仁”，当据改。

584 天宝之乱，元结自汝坟率邻里南投襄汉〔一〕，保全者千馀家。乃举兵宛、叶之间，有城守捍寇之力。结，天宝中称中行子〔二〕。始在商馀山，自称元子。逃难入猗玕山〔三〕，始称猗玕子〔四〕。或称浪士。渔者呼为聱叟〔五〕，酒徒呼为漫郎〔六〕。

说郛（陶珽刊本）卷四八唐语林栖逸亦载。

本条原出国史补卷上元次山称呼。太平广记卷二〇二国史补题作元结。

〔一〕汝坟　原书与太平广记引文作“汝濆”。

〔二〕称中行子　原书无。太平广记引文作“师中行子”。

〔三〕猗玕山　聚珍本作“猗玕沮”，说郛本、齐之鸾本、历代小史本作“猗琅山”，今据之改“沮”为“山”。原书与太平广记引文作“猗玕山”，新唐书卷一四三元结传载结著自释一文，作“猗玕洞”。

〔四〕始称猗玕子　原书无，当据本书补。新唐书本传亦云“始称猗玕子”。

〔五〕聱叟　原书误作“赘叟”，当据本书改。

〔六〕酒徒呼为漫郎　原书与太平广记引文作“酒徒呼为漫叟。及为官，呼为漫郎”。与新唐书合，本书当据之改正。

585 崔赵公尝问径山曰[一]："弟子出家得否？"径山曰："出家是大丈夫事，非将相所为也。"

说郛（陶珽刊本）卷四八唐语林栖逸亦载。

本条原出国史补卷上出家大丈夫。绀珠集卷三国史补题作出家是大丈夫事。类说卷二六国史补题作出家大丈夫事。说郛（张宗祥辑明抄本）卷七五国史补亦载。侯鲭录卷一亦载，惟不注出处。

〔一〕崔赵公　当是崔涣。宋高僧传卷九唐杭州径山法钦传："钦之在京及回浙，令仆公王节制州邑名贤执弟子礼者：相国崔涣、裴晋公度、第五琦、陈少游等。"唯新唐书卷一二〇崔涣传不言尝封赵国公。

586 大历中[一]，关东饥疫，人多死。荥阳人郑损率有力者每乡为一大墓[二]，以葬弃尸，谓之乡葬，翕然有仁义之声。损，卢藏用之甥，不仕，乡里号为云居先生。

本条原出国史补卷上郑损为乡葬。

〔一〕大历中　原书"中"作"初"。

〔二〕郑损率有力者每乡为一大墓　齐之鸾本、历代小史本"郑损"作"郭损"。原书"为一大墓"误作"大为一墓"。

587 竟陵僧于水滨得婴儿者[一]，育为弟子。稍长，自筮得蹇之渐，繇曰："鸿渐于陆，其羽可用为仪。"乃姓陆氏，字鸿渐，名羽。有文学，多意思，耻一物不尽其妙。最晓茶。巩县为瓷偶人[二]，号"陆鸿渐"。买十器[三]，得一"鸿渐"。市人沽茗不利，辄灌注之。羽于江湖称竟陵子，于南越称桑苎翁〔四〕。贞元末卒。

本条原出国史补卷中陆羽得姓氏。太平广记卷八三国史补题作陆鸿渐。绀珠集卷三国史补题作陆羽筮姓。桂苑丛谈史遗亦有此文,当系据国史补移录。因话录卷三商部下亦有类似之记载。

〔一〕于　原书与各书引文上有“有”字,当据补。

〔二〕巩县为瓷偶人　原书与各书引文作“巩县陶者多为瓷偶人”。

〔三〕十　原书作“数十”。

〔四〕于南越称桑苎翁　新唐书卷一九六隐逸陆羽传曰:“上元初,更隐苕溪,自称桑苎翁。”原书句下尚叙陆羽与颜鲁公、张志和为友,事竟陵禅师智积等事,太平广记引文亦无。

588 韩愈好奇,尝与客登华山绝顶,度不可下返,发狂恸哭,为遗书。华阴令百计取之,乃下。

说郛(陶珽刊本)卷四八唐语林栖逸亦载。

本条原出国史补卷中韩愈登华山。太平广记卷二〇一国史补题作韩愈。绀珠集卷三国史补题作登华山绝顶。类说卷二六国史补题作登华山顶。白孔六帖卷五引李肇国史补亦载。说郛(陶珽刊本)卷四八唐国史补题作好奇。说郛(张宗祥辑明抄本)卷七五国史补亦载。邵氏闻见后录卷十七引国史补亦载。苕溪渔隐丛话后集卷十韩退之、诗林广记前集卷之五韩愈赠张籍后引李肇此说,均详引诸家之说相互攻辩。

589 阳城居夏县,拜谏议大夫;郑钢居阌乡〔一〕,拜右拾遗〔二〕;李周南居曲江,拜校书郎。时人以为转远转高,转近转卑也。

永乐大典卷之二千八百六卑转近转卑引王谠唐语林亦载。

本条原出国史补卷上三处士高卑。太平广记卷一八七国史补题作阳城。绀珠集卷三国史补题作转远转高转近转卑。

〔一〕郑钢　太平广记引文作"郑锢"。永乐大典引文作"郑网"。

〔二〕右拾遗　原书无"右"字。

贤媛

590 高祖乃炀帝友人，炀帝以图谶多言姓李将王，每排斥之。而后因大会，炀帝目上，呼为阿婆面，上不怿，归家色犹摧沮。后怪而问，久之方说"帝目某为阿婆面"，后喜曰："此可相贺。公是袭唐公，'唐'之为言'堂'也，阿婆面是'堂主'。"上大悦。

本条原出隋唐嘉话，唯今本缺载，绀珠集卷十、类说卷五四隋唐嘉话均载此文，俱题曰阿婆堂主，而文字简省，程毅中云"似为节文"，因将本书此文录入校点本隋唐嘉话补遗中。太平广记卷一六三有神尧一条，情节略似，而文字与本条不同，云出芝田录。今将类说引隋唐嘉话之文附录于后，供参证。

炀帝燕群臣，以唐高祖面皱，呼为阿婆。高祖归，不悦，以语窦后。后曰："此吉兆。公封于唐，'唐'者，'堂'也。阿婆即是'堂主'。"高祖大悦。

591 上都崇胜寺有徐贤妃妆殿〔一〕。太宗召妃〔二〕，久不至，怒之。因进诗曰：“朝来临镜台，妆罢且徘徊〔三〕。千金始一笑，一召讵能来？”

类说卷三二语林题作徐妃诗。

本条原出大唐传载。唐诗纪事卷三徐贤妃亦载此事，惟不注出处。

〔一〕崇胜寺　原书作“崇圣寺”。唐诗纪事亦作“崇圣寺”。

〔二〕召妃　原书上有“曾”字，唐诗纪事亦有。

〔三〕且　原书作“暂”，唐诗纪事同。

592 狄仁杰为相，有卢氏堂姨，居午桥南别墅，未尝入城〔一〕。仁杰伏腊〔二〕，每修礼甚谨。尝雪后休假，候卢氏安否，适见表弟挟弧矢携雉兔来归，羞味进于堂上。顾揖仁杰，意甚轻傲。仁杰因启曰：“某今为相，表弟有何欲，愿悉力从其意。”姨曰：“吾止有一子〔三〕，不欲令事女主。”仁杰惭而去。

本条原出松窗杂录。太平广记卷二七一松窗录题作卢氏。绀珠集卷十一松窗录题作不事女主。类说卷十六松窗杂录题作一子不事女主。说郛（陶珽刊本）卷四六松窗杂记、卷五二摭异记、（张宗祥辑明抄本）卷三与卷四六松窗杂录均载。古今合璧事类备要前集卷三六亦载，而误作出朝野佥载。

〔一〕未尝入城　原书作“姨止有一子，而未尝来都城亲戚家”。

〔二〕伏腊　原书下有“晦朔”二字。

〔三〕吾止有一子　原书无“吾”字，句上尚有“相自贵尔”一句。

593 玄宗柳婕妤有才学，上甚重之。婕妤妹适赵氏，性巧慧，因使工镂板为杂花，象之而为夹结。因婕妤生日，献王皇后一匹，上见而赏之，因敕宫中依样制之。当时甚秘，后渐出，遍于天下，乃为至贱所服。

程大昌演繁露卷十一夹缬引此，下注"唐语林四"。

本条不知原出何书。与594条原合为一条，今依原书分列。

594 柳婕妤生延王〔一〕。肃宗每见王，则语左右曰："我与王兄弟中更相亲，外家皆关中贵族。"盖柳氏奕叶贵盛〔二〕，人物尽高，方舆公、康城公，皆北史有传矣〔三〕。睦州俊迈〔四〕，风格特异。自隋之后〔五〕，家富于财。尝因调集至京师，有名娼曰娇陈者，姿艺俱美，为士子之所奔走。睦州一见，因求纳焉。娇陈曰："第中设锦帐三十重，则奉事终身矣。"本易其少年，乃戏之也。翌日，遂如言，载锦而张之以行。娇陈大惊，且赏其奇特，竟如约，入柳氏之家，执仆媵之礼，节操为中表所推。玄宗在人间，闻娇陈之名。及召入宫见上，因涕泣，称痼疾且老，上知其不欲背柳氏，乃许其归。因语之曰："我闻柳家多贤女子，可以备职者，为我求之。"娇陈乃以睦州女弟对。乃选入充婕妤，生延王及永穆公主焉〔六〕。

本条原出因话录卷一宫部。绀珠集卷九纪闻谭中有锦帐三十里一条，与此相合；白孔六帖卷十四、古今合璧事类备要外集卷四九中均曾引用纪闻谭此文。又本条与593条原合为一条，今依原书分列。

〔一〕柳婕妤生延王　原书作“玄宗柳婕妤，生延王玢。”上句下有注曰：“余母之叔曾祖姑也”；下句下有注曰：“婕妤有学问，玄宗甚重之。”

〔二〕盖柳氏奕叶贵盛　原书句上尚有“柳氏乃尚书右丞范之女，睦州刺史齐物之妹也”二句。此句作“柳氏姻眷，奕叶贵盛”。自此二句起，皆作双行小注。

〔三〕方舆公康城公皆北史有传　方舆公即柳僧习。新唐书卷七三上宰相世系表三上：“僧习与豫州刺史裴叔业据州归于后魏，为扬州大中正、尚书右丞、方舆公。”事迹详见魏书卷八柳僧习传，北史无传。柳带韦封康城县公，附北史卷六四柳虬传。原书“舆”误作“与”。

〔四〕睦州俊迈　原书作“睦州刺史讳齐物，尚书右丞之子。右丞讳范，国史有传。少而俊迈”。

〔五〕隋　原书作“周、隋”。

〔六〕生延王及永穆公主焉　原书作“生延王及一公主焉。睦州君闺门士行，为官政绩，载于家传，此偶因娇陈事书之。”齐之鸾本、历代小史本“王”作“玢”，案此处本书原文似作“延王玢”。

595 玄宗在禁中尝称阿瞒，亦称鸦。寿安公主是曹野那姬所生也，以其九月而诞，遂不出降。常令衣道衣，主香火，小字虫娘，玄宗呼为师娘。时代宗起居，上曰：“汝在东宫，甚有令誉也。”因指寿安曰：“虫娘是鸦女，汝后可与一名号。”及代宗在灵州〔一〕，遂命苏发尚之〔二〕，封寿安公主也。

本条见于酉阳杂俎前集卷一忠志，其源当出庐陵官下记。

〔一〕灵州　酉阳杂俎作“灵武”。

〔二〕遂命苏发尚之　新唐书卷八三诸帝公主玄宗二十九女传：“寿安公主，曹野那姬所生。孕九月而育，帝恶之，诏衣羽人服。代宗以广平王入谒，帝字呼主曰：‘虫娘，汝后可与名王在灵州请封。’下嫁苏发。”

596 刑部郎中元沛之妻刘氏，全白之妹，贤而有文学，著女仪一篇，亦曰直训。刘既寡居，奉道，受箓于吴筠先生，清苦寿考。长子固，早有名，官历省郎、刺史、国子司业；次子察，进士及第，累佐使府，后隐居庐山。察之长子潾，好道不仕；次子充，进士及第，亦尚道家。

本条原出因话录卷三商部下。类说卷十四因话录题作女仪。

597 和政公主〔一〕，肃宗第三女也，降柳潭。肃宗宴于宫中，女优有弄假官戏，绿衣秉简，谓之参军桩。天宝末，蕃将阿布思伏法〔二〕，其妻配掖庭，为善优〔三〕，因使隶乐工。是日遂为参军桩。上及侍宴者笑乐，公主独俯首嚬眉不视。上问其故，公主遂谏曰：“禁中侍女不少，何必须得此人？使阿布思真逆人也，其妻亦同刑人，不合近至尊之座；果冤横，又岂忍使其妻与群优杂处，为笑谑之具哉？妾虽至愚，深以为不可。”上亦悯恻，遂罢戏，而免阿布思之妻。由是贤重。公主即柳晟母〔四〕。

本条原出因话录卷一宫部。太平广记卷二七一因话录题作肃宗朝公主。说郛（张宗祥辑明抄本）卷十五因话录亦载。南部新书卷己亦载弄参军事。

〔一〕和政公主　原书误作“政和公主”。新唐书卷八三诸帝公主肃宗七女传：“和政公主，章敬太后所生。……阿布思之妻隶掖廷，帝宴，使衣绿衣为倡。主谏曰：‘布思诚逆人，妻不容近至尊；无罪，不可与群倡处。’帝为免出之。”

〔二〕蕃　聚珍本作“番”，据齐之鸾本、历代小史本改。原书与太平广记引文亦作“蕃”。

〔三〕为善优　原书作“善为优”。

〔四〕公主即柳晟母　原书作双行小注。太平广记引文亦作注文列入。

598 郭子仪镇汾阳，时殿中柳并为掌书记〔一〕。柳君有母，汾阳王每因大宴，尝诫左右曰：“柳侍御太夫人就棚，可先来告。”及赵夫人舆至〔二〕，王降阶与僚属序立候〔三〕，至棚而退。尝谓柳君曰：“子仪幼孤，不识奉养。今日幸忝恩宠逾望〔四〕，虽为贵盛，实无侍御之荣。”因呜咽久之。又曰：“若太夫人许见顾子仪之家，当使南阳夫人以下执爨，子仪自捧馔〔五〕。”而赵夫人以清洁自居，终不一往。

本条原出因话录卷二商部。

〔一〕郭子仪镇汾阳时殿中柳并为掌书记　原书作“余外伯祖殿中侍御史柳君掌汾阳书记时”，“柳君”下注：“讳芳，字伯存。”勋初案：柳侍御乃柳并，非柳芳，参看本书卷二191条。聚珍本亦作“柳芳”，今据齐之鸾本、历代小史本改。

〔二〕赵夫人舆至　原书作“赵夫人板舆至”，注：“君外族赵氏，事具家传。”

〔三〕序　原书误作“等”，当据本书改。

〔四〕幸忝　原书下有“重寄”二字，当据补。

〔五〕子仪自捧馔　原书句下尚有“具供养足矣”一句。

599 刘玄佐贵为将相，其母月织缣一匹〔一〕，示不忘本。每观玄佐视事，见县令走阶下，退必语玄佐：“贵为将相。吾向见长官白事卑敬，不觉恐悚。思汝父为吏本县时，常畏长官汗栗，今尔当厅据案待之，亦何安也？”因喻以朝廷恩寄之重，须务捐躯，故玄佐终不失臣节〔二〕。

本条原出因话录卷三商部下。太平广记卷二五〇因话录题作刘玄佐。原书本条前后尚有两段文字，王谠曾录，而聚珍本偶阙，本书据齐之鸾本、历代小史本列入，即本卷豪爽门486条。

〔一〕缣　原书作“绢”。

〔二〕故玄佐终不失臣节　此事新唐书卷二一四藩镇刘玄佐传亦载。资治通鉴卷二三四唐纪五十德宗贞元八年：“其母虽贵，日织绢一匹，谓玄佐曰：‘汝本寒微，天子富贵汝至此，必以死报之。’故玄佐始终不失臣节。”胡三省注：“史言玄佐忠顺，母教也。此言盖本之刘氏母墓志。唐人墓志，不无溢美者。”

600 陆相贽知举，放崔相群〔一〕，群知举，而陆氏子简礼被黜〔二〕。群妻李夫人谓群曰：“子弟成长，盍置庄园乎？”公曰：“今年已置三十所矣。”夫人曰：“陆氏门生知礼部，陆氏子无一得事者，是陆氏一庄荒矣。”群无以对。

本条不知原出何书。李冗独异志卷下亦叙此事，太平广记卷一八一崔群引独异志同，而与本书文有小异。古今合璧事类备要前集卷三八叙此，云出唐馀录，文字亦不同。南部新书卷己亦叙此事。

〔一〕陆相贽知举放崔相群　南部新书作"崔群是贞元八年陆贽门生"。

〔二〕群知举而陆氏子简礼被黜　南部新书作"群元和十年典贡，放三十人，而黜陆简礼"。

601 穆宗大渐，内臣议请郭太后临朝。太后曰："向者武后妖蠹，幻惑高宗，擅亲庶政；及中宗践位，蒙掩圣德，遽行迁逮，几于革命。赖宗社威祐，神器再复。每闻其说，未尝不疾首痛心。奈何今日吾儿厌世，卿等骤兴此议？我家九个与武氏同流〔一〕？先祖汾阳王有社稷大勋，我外氏□门阀赫奕，我礼嫔帝室，非复嫔嫱之比，岂可污彤管继悖逆者耶？今皇太子聪睿，卿等各宜慎择耆旧，亲侍左右，远屏邪佞，勿令近密。宰相任重德名贤，内官勿干时政，吾所愿也。"遂取制裂之。时太后兄钊任太常卿，闻其议，密进疏于太后曰："果徇此请，当率子弟纳官爵，归田园。"太后览疏，泣曰："我祖尽忠于国，馀庆钟于我兄。"

本条不知原出何书。聚珍本阙载，守山阁丛书本编入唐语林校勘记，今从齐之鸾本、历代小史本补入正文。二书置于贤媛内。续世说卷八"穆宗大渐"条与此多合。

〔一〕九个　疑是"几个"之误。"几"为俗体字"幾"。

602 刘异赴分宁〔一〕，安平公主辞〔二〕，以异侍女从〔三〕。宣宗曰〔四〕："此何人也？"曰："刘郎音声人〔五〕。"上喜安平不妒，顾左右曰："与作主人〔六〕，不令与宫娃同处。"

本条原出东观奏记卷上。说郛（陶珽刊本）卷四三东观奏记卷上亦载。原书此条与卷七934条本为一条，此条在前。又此条聚珍本原缺，守山阁丛书本收入唐语林校勘记。今从齐之鸾本、历代小史本补入正文。二书置于贤媛内。

〔一〕分宁　齐之鸾本、历代小史本作"汾宁"。资治通鉴卷二四九唐纪六五宣宗大中十二年四月，"以右街使、驸马都尉刘异为邠宁节度使"。"分"、"汾"均为误字。

〔二〕辞　原书作"入辞"。

〔三〕侍女　原书作"姬人"。

〔四〕宣宗曰　原书作"安平左右皆宫人，上尽记之。忽见别姬，问安平曰"。

〔五〕音声人　原书下有自注："俗呼如此"。参看本书卷七900条注〔六〕。

〔六〕与　小石山房丛书本、藕香零拾本东观奏记上有"使"字，稗海本"与"作"便令"。

603 李尚书景让少孤，母夫人性严明〔一〕，居东都。诸子尚幼，家贫无资。训励诸子，言动以礼。时霖雨久，宅墙夜隤，僮仆修筑，忽见一船槽〔二〕，实之以钱。婢仆等来告，夫人戒之曰〔三〕："吾闻不勤而获〔四〕，犹谓之灾；士君子所慎者，非常之得也〔五〕。若天实以先君馀庆悯及未亡人，当令诸孤学问成立，他日为俸钱入吾门，此未敢取。"乃令闭如故。其子景温[六]、景庄皆进士擢第,并有重名,位至方镇。景让最刚正,奏弹无所避。初,夫人孀居,犹才未中年,贞干严肃,姻族敬惮,训厉诸子必以礼。虽贵达,稍怠于辞旨,犹杖之。景让除浙西[七],问曰:"何日进发?"景让忘于审思,对以近日[八],夫人曰:"若此日吾或有故[九],不行如何[一〇]?"景让惶惧[一一]。夫人曰:"汝今贵达,不须老母可矣!"命僮仆斥去衣,箠于堂下。景让时已班白矣[一二],搢绅以为美谈。在浙西,左押衙因应对有失杖死[一三],既而军中汹汹将为乱,太夫人乃候其受衙,出坐厅中[一四],叱景让立厅下,曰:"天子以方镇命汝,安得轻用刑?如众心不宁,非惟上负天子,而令垂白之母羞辱而死,使吾何面目见汝先人于地下?"左右皆感咽。命杖其背,宾客大将拜泣乞之,良久乃许[一五]。军中遂息。景庄累举未登第,闻其被黜,即笞其兄[一六],中表皆劝景让嘱于主司,景让终不用,曰:"朝廷取士,自有公论,岂敢效人求关节乎?主司知是景让弟非冒取名者,自当放及第[一七]。"是岁,景庄登科。

本条原出金华子卷上。说郛(陶珽刊本)卷四六、(张宗祥辑明抄本)卷十一金华子杂编亦载。聚珍本次于卷七925条之后,今依齐之鸾本、历代小史本移此。又原书此条与卷三319条本是一条,此条置于该条前后。

〔一〕母夫人性严明　原书作"夫人某氏,性严重明断。"周广业注:"孙麓唐纪:母郑早寡,治家严,诸子皆自教之。"新唐书卷一七七李景让传亦曰"母郑",且叙及本条所录数事。说郛引文误作"夫人王氏"。

〔二〕船槽　原书作"糟船"。资治通鉴卷二四八唐纪六四武宗会昌六年叙此,作"得钱盈船。"

〔三〕戒之　聚珍本作"谓僮仆",今从齐之鸾本、历代小史本改。

〔四〕获　原书作"获禄"。

〔五〕非常　原书作"非义"。

〔六〕景温　原书上有"景让"一名,当据补。

〔七〕景让除浙西　原书作"景让除浙西节度使",周广业注:"新书作观察使。"

〔八〕对以近日　原书作"便云拟取某日"。

〔九〕若此　聚珍本作"比行",今从齐之鸾本、历代小史本改。原书亦作"若此"。

〔一〇〕不行　原书作"去未得"。

〔一一〕惶　聚珍本无,今从齐之鸾本、历代小史本补。原书亦有。

〔一二〕班　原书作"斑"。

〔一三〕左押衙　原书作"左都押衙"。资治通鉴叙此,作"左都押牙"。

〔一四〕候其受衙出坐厅中　齐之鸾本、历代小史本作"候入衙中,坐厅中"。

〔一五〕良　聚珍本无,今依齐之鸾本、历代小史本补。

〔一六〕即笞其兄　聚珍本"即"作"将",今从齐之鸾本、历代小史本改。资治通鉴叙此,作"母辄挞景让"。

〔一七〕自当放及第　原书作"自合放及第耳"。其下尚有"既而宰相果谓春官:'今年李景庄须放及第,可悯那老儿一年遭一顿杖。'"三句。

604 太宗尝罢朝，怒曰："会须杀田舍汉〔一〕！"文德皇后谓帝曰："谁触忤陛下？"帝曰："岂过魏徵！每廷辱我〔二〕，常不自得〔三〕。"后退而具朝服立于廷。帝惊曰："皇后何为若是？"后曰："妾闻主圣臣忠〔四〕。今陛下圣明，致魏徵得直言。妾备数后宫〔五〕，安敢不贺？"

本条原出隋唐嘉话卷上、大唐新语卷一规谏第二。说郛（陶珽刊本）卷三六隋唐嘉话、卷四八大唐新语规谏亦载。又此条聚珍本阙载，守山阁丛书本编入唐语林校勘记，今从齐之鸾本补入正文。齐书置于贤媛内。

〔一〕会须杀田舍汉　隋唐嘉话作"会杀此田舍汉"。大唐新语作"杀却此田舍汉"。资治通鉴卷一九四唐纪十太宗贞观六年叙此事，曰："会须杀此田舍翁"。

〔二〕廷　隋唐嘉话作"廷争"。

〔三〕常不自得　大唐新语句首有"使我"二字。

〔四〕圣　隋唐嘉话作"胜"，当据本书改。

〔五〕数　大唐新语无，当据本书补。

605 高宗乳母卢氏，本滑州总管杜才幹妻。以谋逆诛，故虏没入官〔一〕。帝既即位，封燕国夫人，品第一。卢既藉恩宠，屡诉及杜□氏〔二〕，临亡〔三〕，复请与才幹合葬，帝以获罪先朝，亦不许之。

本条原出隋唐嘉话卷中。说郛（陶珽刊本）卷三六隋唐嘉话亦载。本条聚珍本缺载，守山阁丛书本编入唐语林校勘记，今从齐之鸾本、历代小史本补入正文。二书置于贤媛内。

〔一〕以谋逆诛故虏没入官　原书作"才幹以谋逆诛，故卢没入于宫中”。

〔二〕卢既藉恩宠屡诉及杜□氏　此处齐本有残阙。原书作“卢既藉恩宠,屡诉才榦枉见构陷。帝曰:‘此先朝时事。朕安敢追更先朝之事?’卒不许。”

〔三〕临亡　原书作“及卢以亡”。

606 陇西李知璋妻荥阳郑氏,雅不见重〔一〕。知璋为江夏尉,因醉杖杀人母,其子入复仇。知璋与郑以床拒门,仇者推窗而入,郑急以身蔽知璋,举手承刃,右臂既落,复伸左臂,仇复断之,犹以身代夫死〔二〕。方怀妊,仇者以刀铄其腹,胎出于外而陨。乃害知璋,及其二子。州司以闻,坐死数十人。

本条不知原出何书。聚珍本阙载,守山阁丛书本编入唐语林校勘记,今从齐之鸾本、历代小史本补入正文。二书置于贤媛内。

〔一〕雅　齐之鸾本误作“邪”,历代小史本作“素”。

〔二〕死　齐之鸾本、历代小史本作“犯”。

607 太宗造玉华宫于宜春县〔一〕,徐充容谏曰:“妾闻为政之本,贵在无为;切见土木之功,不可兼遂。北阙初建,南宫翠微〔二〕,曾未逾时,玉华创制。虽复因山藉水,非架筑之劳;损之又损,颇有无功之费。终以茅茨示约,犹兴求石之疲〔三〕;假使和顾取人,岂无烦扰之弊?是以卑宫菲食,圣主之所安;金屋瑶台,骄主之作丽。故有道之君,以逸逸人;无道之君,以乐乐身。愿陛下使之以时,则力不竭,不用而息之,则人胥悦矣。”充容名惠,孝德之女,坚之姑也。文彩绮丽，有若天生。太宗崩，哀慕而卒，时人伤异之。

本条原出大唐新语卷二极谏第三。唐会要卷三十玉华宫亦载此事。又本条聚珍本阙载，守山阁丛书本编入唐语林校勘记，今从齐之鸾本补入。齐书置于贤媛内。

〔一〕宜春县 原书作“宜君县”。此地诸书记载各异。资治通鉴卷一九八唐纪十四太宗贞观二十一年：“上以翠微宫险隘，不能容百官，庚子，诏更营玉华宫于宜春之凤皇谷。”唐会要作“贞观二十一年七月十三日，创造玉华宫于坊州宜君县之凤皇谷”。元和郡县图志卷三关内道三记玉华宫在宜君县北四里。

〔二〕宫 原书作“营”，当据改。唐会要亦作“营”。

〔三〕求 原书作“木”，当据改。唐会要亦作“木”。

608 蜀之士子，莫不沽酒，慕相如涤器之风。陈会郎中家以当垆为业，为不扫官街，吏殴之。其母甚贤，勉以修进，不达，不要归乡，以成名为期。每岁举粮〔一〕、纸笔、衣服、仆马，皆自成都赍至中都助业〔二〕。后业成八韵〔三〕，唯螗螂赋大行。元和元年及第〔四〕。李相固言览报状，处分厢界，收下酒旆，阖其户。家人犹拒之〔五〕。逡巡，贺登第，实圣善奖谕之力也〔六〕。后为白中令婿〔七〕，西川副使，连典彭、汉两郡而终。

本条原出北梦琐言卷三陈会螗螂赋。聚珍本阙载，守山阁丛书本编入唐语林校勘记，今从齐之鸾本、历代小史本补入正文。二书置于贤媛内。

〔一〕举　原书作“糇”，当据改。

〔二〕至　原书作“致”。

〔三〕后　原书作“郎中”。

〔四〕元和　原书作“大和”，当据改。

〔五〕拒　齐之鸾本、历代小史本佚一字，原书作“拒”，守山阁丛书本即据之补入。今亦据之补入。

〔六〕圣善　母。诗经邶风凯风：“母氏圣善。”

〔七〕白　齐之鸾本、历代小史本作“日”，显系误字。原书作“白”，守山阁丛书本即据之改正。今亦据改。

609 尚书左丞相李廙有清德〔一〕。其妹，刘晏妻也。晏方秉权，尝造廙，延至寝室。见其门帘甚弊，乃令人潜度广狭，以鹿竹织成〔二〕，加缘饰〔三〕，将以赠廙。三携至门，不敢发言而去。

本条原出国史补卷上李廙有清德。太平御览卷七百引国史补亦载。太平广记卷一六四国史补题作李廙。又本条聚珍本阙载，今从齐之鸾本、历代小史本补入。二书置于贤媛内。

〔一〕尚书左丞相　原书与太平广记引文均作“尚书左丞”，当据之删“相”字。

〔二〕鹿　原书作“粗”，太平御览引文作“麄”，知作“鹿”者乃形讹。太平广记引文无“粗”字。

〔三〕加缘饰　原书句首有“不”字，太平广记引文亦有，当据补。

610 江左之乱〔一〕，江阴尉邹待徵妻薄氏为盗所掠，密以待徵官告托于村媪[二],而后死之。李华为哀节妇赋以行于世。

本条原出国史补卷上李华赋节妇。太平广记卷二七〇亦载此事,题作邹待徵妻,内录李华赋中文字,唯不注出自何书。本条聚珍本阙载,今从齐之鸾本、历代小史本补入。二书置于贤媛内。

〔一〕江左之乱　新唐书卷二〇五列女邹待徵妻薄传记作"袁晁乱"。

〔二〕官告　原书误作"棺告"。官告即告身,古代官吏之委任状,旧唐书卷一九三列女邹待徵妻薄氏传与新唐书均作"官告"。

中华国学文库

唐语林校证 下

〔宋〕王谠 撰

周勋初 校证

中华书局

唐语林校证卷五

补遗

起高祖至代宗。案:以下补遗四卷,并采自永乐大典。原分门目已不可考见,今略以时代为次,无时代者编附于后。

611 高祖既受隋禅,坐太极前殿,会朝之次,忽报南山急,贼不测。安南大首领冯盎前奏曰:"急击之,必退散,无能为也。"遣百骑御之。俄顷报贼南遁,上召盎曰:"卿安能远料贼果败退?"盎曰:"奏报之时,臣望气,云形似树。辰在金,金能克木,击之必胜。"上喜,面赐金带。

本条不知原出何书。

612 武德末年,突厥至渭桥〔一〕,控弦四十万。太宗初亲庶政,驿召李卫公问策。时发诸州府军未至,长安居人胜兵者不过数万〔二〕。突厥精骑腾突挑战〔三〕,日数十合。帝怒,欲击之。靖请倾府库〔四〕,邀其归路〔五〕。帝从其言,突厥兵遂退,于是据险邀之,遂弃老弱而遁。获马数百匹〔六〕,金帛一无遗焉。

永乐大典卷之一万八百七十六虏据险邀虏引唐语林亦载。

本条原出隋唐嘉话卷上。说郛(陶珽刊本)卷三六隋唐嘉话亦载。资治通鉴卷一九一唐纪七高祖武德九年考异引刘餗小说,即此文,司马光曰:"今据实录、纪传,结盟而退,未尝掩袭,小说所载为误。"又原书此条与下614条本为一条,此条在后。

〔一〕渭桥　原书作"渭水桥"。

〔二〕者　原书无。

〔三〕突厥　原书作"胡人",此是四库全书馆臣所改。考异与永乐大典引文均作"胡人"。下同。

〔四〕倾府库　原书下有"赂以求和"四字。

〔五〕邀其归路　原书句首有"潜军"二字。

〔六〕数百　原书作"数万"。

613 李密挂汉书牛角,行且读〔一〕。

本条不知原出何书。

〔一〕李密挂汉书牛角行且读　旧唐书卷五三、新唐书卷八四李密传均载此事。

614 隋大业中,李卫公上书:"高祖终不为人臣,请速去之。"后高祖入京师,靖与滑仪〔一〕、卫文升等俱见收〔二〕。卫、滑既死,太宗虑囚,见靖,引与语,因请于高祖免之〔三〕。始随赵郡王孝恭南征〔四〕,清巴〔五〕、汉,擒萧铣,荡一扬、越,师不留行,皆靖之力也。

本条原出隋唐嘉话卷上。缃素杂记卷六引此,云出刘餗嘉话。说郛(陶珽刊本)卷三六隋唐嘉话亦载。原书此条与612条本为一条，此条在前。

〔一〕滑仪　原书作"骨仪"。下同。

〔二〕卫文升　原书作"卫文昇"。

〔三〕因　原书作"固"。

〔四〕始随赵郡王孝恭南征　原书作"始以白衣从赵郡王南征"。按旧唐书卷六七李靖传："武德二年，从讨王世充，以功授开府……四年，靖又陈十策以图萧铣。高祖从之，授靖行军总管，兼摄孝恭行军长史。"可证本书与原书均有误。

〔五〕清　原书作"静"。

615 英公始与单雄信俱仕李密，结为兄弟。密既亡，雄信降世充〔一〕，勣来归国。雄信壮勇过人。勣后与海陵王元吉围洛阳。元吉恃膂力，每行围〔二〕。世充召雄信告之，酌以金碗，雄信尽饮，驰马而出，枪不及海陵者一尺。勣惶遽，连呼曰："阿兄〔三〕！此是勣主。"雄信乃揽辔而止，顾笑曰："胡不缘尔，且竟死〔四〕！"世充既平，雄信将就戮，英公请之不得，泣而退。雄信曰："我固知汝不了。"勣曰："平生誓共灰土〔五〕，岂敢相忘？但将身许国，义不两合。虽不死之〔六〕，且顾兄妻子如何？"因以刀割其股肉以授信，曰："示不亏前誓。"雄信食之不疑。

本条原出隋唐嘉话卷上。说郛（陶珽刊本）卷三六隋唐嘉话亦载。资治通鉴卷一八八唐纪四高祖武德三年引刘餗小说，自"英公勣与海陵王元吉围洛阳"至"胡儿不缘你，且竟！"即此文中间一段。司马光曰："借如小说所云，雄信既受世充之命，指取元吉，亦安肯以勣故而舍之？况元吉之围东都，勣乃从太宗在武牢。今不取。”旧唐书卷五三、新唐书卷八四单雄信传则以为秦王事。

〔一〕世充　原书作“王充”，此乃刘𫗧避唐讳而不书“世”字。下同。

〔二〕行围　原书上有“亲”字，当据补。

〔三〕阿兄　原书重“阿兄”。考异引文不重。

〔四〕胡不缘尔且竟死　原书作“胡儿不缘你，且了竟”。考异引文无“了”字。

〔五〕共　原书作“共为”。

〔六〕不　原书无。

616 高宗立武后〔一〕。褚河南谋于赵公无忌、英公勣，将以死争〔二〕。赵公请先入，褚曰：“太尉，国之元舅。脱事不如意，使上有恶舅之名〔三〕，不可。”英公勣请先入，褚曰：“司空，国之元勋。有不如意，使上有逐良臣之名，不可。遂良出自草茅〔四〕，无汗马之功，蒙先帝殊遇，以有今日。自当不讳之时〔五〕，躬奉遗诏，若不效其愚衷，何以下见先帝？”揖二公而入。帝深纳其言，事遂中寝〔六〕。

本条原出隋唐嘉话卷中。说郛（陶珽刊本）卷三六隋唐嘉话亦载。唐会要卷五二忠谏亦载此事，系于永徽五年，文小异。

〔一〕高宗立武后　原书作“高宗之将册武后”。

〔二〕争　原书作“诤”。

〔三〕恶　原书作“怒”，当据本书改。

〔四〕出　原书作“齿”，当据本书改。

〔五〕自　原书作“且”。

〔六〕帝深纳其言事遂中寝　旧唐书卷八十、新唐书卷一〇五褚遂良传均叙此事，新传文同本书，然无此二句。

617 中宗正位后，有武当县丞寿春周憬，慷慨有节义〔一〕，乃与王驸马同皎谋诛武三思。事发，同皎见害，憬逃于比干庙中刎死。临死谓曰〔二〕："比干，纣之忠臣也。傥神道有知，明我以忠见杀〔三〕。"

本条原出隋唐嘉话卷下。说郛(陶珽刊本)卷三六隋唐嘉话亦载。又大唐新语卷五忠烈第八亦载此文，有小异。

〔一〕慷慨　大唐新语同。隋唐嘉话作"存概"，当据二书改。

〔二〕临死谓曰　隋唐嘉话、大唐新语均作"临死谓左右曰"。资治通鉴卷二〇八唐纪二四中宗神龙二年叙此事，作"大言曰"。

〔三〕傥神道有知明我以忠见杀　大唐新语同。隋唐嘉话佚此十一字，当据二书补。

618 虬须客，姓张氏，赤发而虬须。时杨素家红拂妓张氏奔李靖，将归太原。行次灵桥驿〔一〕，既设床，炉中煮肉〔二〕。张氏以发长垂地，立梳床前，靖方刷马，忽虬须客乘驴而来，投革囊于炉前，取枕敧卧，看张氏梳头。靖怒，未决。张氏熟视其面，一手映身摇示靖〔三〕，令勿怒。急急梳头毕，敛衽前，问其姓氏。卧客曰："姓张。"张氏对曰："妾亦姓张，合是妹。"遽拜之。问第几，曰："第三。"亦问第几，曰："最长。"遂喜曰："今日幸逢一妹。"张氏遥呼曰："李郎，且来拜三兄！"靖骤拜之，遂环坐。客曰："煮者何肉?”曰:“羊肉,计已熟矣。”客曰:“饥。”靖出市胡饼,客抽腰间匕首切肉,共食之竟,以馀肉乱切饲驴。客曰:“何之?”曰:“将避地太原。”客曰:“有酒乎?”曰:“主人西,则酒肆也。”靖取酒一斗。既巡,客曰:“吾有少下酒物,李郎能同食乎?”靖曰:“不敢。”遂开革囊〔四〕,取出一人头,并心肝,却以头贮囊中,以匕首切心肝共食之,曰:“此天下负心者也。衔之二十年〔五〕,今始获之,吾憾释矣!”又曰:“观李郎仪形器宇,真丈夫也!亦闻太原有异人乎?”曰:“尝识一人,余谓之真人也。其馀将相而已。”曰:“其人何姓?”曰:“某之同姓。”“年几?”曰:“仅二十〔六〕。”曰:“今何为?”曰:“州将之子也。”曰:“李郎能致吾一见乎?”曰:“靖之友刘文静者与之善,因文静见之可也。然兄欲何为?”曰:“望气者云‘太原有奇气’,使吾访之。李郎何日到太原?”曰:“靖计之,某日当达。”曰:“达之明日方曙,候我于汾阳桥。”言讫,乘驴而去,其行如飞,回顾已失矣。公与张氏且惊且惧。久之,曰:“烈士不欺人,固无畏也。”促鞭而行。及期,入太原,候之,相见大喜。偕诣刘氏,诈谓文静曰:“有善相者思见郎君,请迎之。”文静素奇其人,方议匡辅,一旦闻客有知人者,其心可知,遽致酒延之。使回而到,不衫不履,裼裘而来,神气扬扬,貌与常异。虬须默然,于坐末见之,心死。饮数杯而起〔七〕,招靖曰:“真天子也!吾见之,十得八九矣。然须道兄见之。李郎宜与一妹复入京。某日午时,访我于马行东酒楼,下有此驴及瘦骡,即我与道兄俱在其上矣。”又别而去之。靖与张氏及期访焉,宛见二乘，揽衣登楼，而虬须与道士方对饮。见靖惊喜，召对环饮十数巡，曰："楼下匱中有钱十万，可择一深隐处，驻一妹，某日复会我于汾阳桥下。"靖如期至，则道士与虬须已先到矣。仍俱诣文静。时方弈棋，揖起而话心焉。文静飞书迎文皇，看道士对弈[八]，虬须与靖旁立焉。俄而文皇到来，精彩惊人，揖而坐。神气清朗，满坐风生，顾盼伟如也。道士一见惨然，失棋子曰[九]："此局输矣！输矣！于此失却局，奇哉！救无路矣！复奚言！"弈罢请去[一〇]。既出，谓虬须曰："此世界非子世界，他方图之可矣。勉之，勿以为念。"因共入京。虬须曰："计李郎之程，某日方到。到之明日，可与一妹同诣某坊小宅相访。欲令新妇祗谒，兼议从容，无前却也。"言毕，吁嗟而去。靖策马而归[一一]，遂与张氏同往。见一小板门，扣之，有应者云："三郎令候李郎一娘子久矣。"延入重门，门愈壮丽。奴婢四十馀人[一二]，罗列庭前。奴二十人，引靖入东厅；婢二十人，引张氏入西厅。厅之陈设，颇极精异，巾箱、妆奁、冠盖、首饰之盛，非人间之物。巾栉既毕，又请更衣，衣甚珍奇。既毕，传云："三郎来！"乃虬须也。纱帽裼裘[一三]，亦有龙虎之状。欢然相见，催其妻出拜，盖真天人也[一四]。于是四人对坐，牢馔毕陈，女乐列奏。其饮食妓乐，若自天降，非人间之物。食毕行酒，而家人自堂来舁出两床[一五]，各以锦绣帕覆之。既呈，尽去其帕，乃文簿钥匙耳。虬须指谓曰："此珍宝货泉之数，吾所有悉以充赠。向者本欲于此世界求事[一六]，或当一二十年[一七]，建少功业。今既有主，住亦何为？太原李氏，真英主也。海内即当太平。李郎以奇特之才，辅清平之主，竭忠尽行，必极人臣。一妹以天人之资，蕴不世之艺，从夫之贵，荣极轩裳。非一妹不能识李郎，亦不能存李郎；非李郎不能遇一妹，亦不能荣一妹。起陆之渐，际会如斯〔一八〕，虎啸风生，龙吟云起，固当然也。将予之赠，以佐真人，赞功业也。勉之哉！此后十馀年，东南数千里外有异事，是吾得志之秋也。妹与李郎可沥酒相贺。"因命家仆列拜，曰："李郎、一妹，是汝主也。"言毕，与其妻戎装，从一奴，乘马而去，数步乃不复见。靖据其宅，遂为豪家，得以助文皇缔构之资，遂匡大业。贞观十年〔一九〕，靖以左仆射同平章事。东南蛮奏："有海贼以千艘，带甲者十万人，入扶馀国，杀其主自立，国已定。"靖知虬须之得志也，归告张氏，具礼相贺，沥酒东南祝拜之。是知真人之兴，非英雄所觊，况非英雄乎？人臣之谬思乱者，乃螗臂拒辙耳〔二〇〕。我皇家垂福万叶，岂虚言哉！或曰："卫公兵法，半乃虬须所传。"信哉！

此文宋时有单刻者，亦有刻入总集者，不知王谠从何文录入？太平广记卷一九三有虬髯客一则，云出虬髯传。绀珠集卷十一传奇内有红拂妓一条，文字过简，不足据以考索。

〔一〕灵桥驿　太平广记引文作"灵石旅舍"。

〔二〕煮肉　太平广记引文作"烹肉且熟"。

〔三〕一手映身摇示靖　太平广记引文上有"一手握发"一句。

〔四〕革囊　太平广记引文作"华囊"。

〔五〕二十　太平广记引文作"十"。

〔六〕仅　太平广记引文作"近"。

〔七〕数杯　太平广记引文作"数巡"。

〔八〕文静飞书迎文皇看道士对弈　太平广记引文作"文静飞书迎文皇看棋。道士对弈",本书当据之补一"棋"字。

〔九〕失　太平广记引文作"下"。

〔一〇〕弈罢　太平广记引文作"罢弈"。

〔一一〕靖策马而归　太平广记引文作"靖亦策马遄征,俄即到京"。

〔一二〕四十　太平广记引文作"三十"。

〔一三〕裼裘　太平广记引文作"褐裘","褐"乃误字。

〔一四〕盖真天人也　太平广记引文无"真"字,句下有"遂延中堂,陈设盘筵之盛,虽王公家不侔也"三句。

〔一五〕家人自堂来舁出两床　顾氏文房小说本虬髯客传"堂来"作"堂东",当据改。太平广记引文"堂来"作"西堂","两"作"二十"。

〔一六〕向者　太平广记引文作"何者"。

〔一七〕一二十年　太平广记引文作"龙战三二年"。

〔一八〕斯　太平广记引文作"期"。

〔一九〕十年　太平广记引文作"中"。

〔二〇〕螗臂拒辙　太平广记引文作"螳螂之拒走轮"。

619 太宗征辽〔一〕,李卫公病不能从,帝使执政等召之,不果起。帝曰:"吾知之矣。"明日,驾临其第,执手与别。卫公曰:"老臣宜从,但犬马之疾增甚〔二〕。"帝抚其背曰:"勉之!昔司马仲达非不老病,竟能自强,立勋魏室。"公叩头曰:"老臣请舆病行。"至相州,疾笃而不能进。上至驻跸山〔三〕,高丽与靺鞨合军四十里〔四〕,太宗有惧色。江夏王进曰:“高丽倾国以拒王师,平壤之守必弱,请假臣精卒五千,覆其本根〔五〕,则数十万之众〔六〕,可不战而降。”帝不应。既合战,为敌所乘,殆将不振。还谓卫公曰:“吾以天子之众〔七〕,困于蕞尔之夷〔八〕,何也?”靖曰:“此道宗所解。”时江夏王在侧,帝顾之,道宗具陈前言,帝怅然曰:“当时匆遽不忆也〔九〕。”

永乐大典卷之五千二百四十四辽唐太宗征辽引唐语林亦载。

本条原出隋唐嘉话卷上。说郛(陶珽刊本)卷三六隋唐嘉话亦载。大唐传载亦有此文,分为两条,一自“太宗将征辽”至“不能进”,一自“驻跸之役”至“则千万之众可不战而降”。

〔一〕征辽　隋唐嘉话、大唐传载上有“将”字。

〔二〕但犬马之疾增甚　隋唐嘉话、大唐传载作“但犬马之疾,日月增甚,恐死于道路,仰累陛下”。

〔三〕上至驻跸山　隋唐嘉话、大唐传载作“驻跸之役”。

〔四〕四十里　隋唐嘉话上有“方”字。

〔五〕其　大唐传载同。隋唐嘉话作“一”,当据二书改。

〔六〕数十万　隋唐嘉话同。大唐传载作“千万”。

〔七〕天子　隋唐嘉话作“天下”。

〔八〕蕞尔　隋唐嘉话作“蕞而”,当据本书改。

〔九〕当时匆遽不忆也　永乐大典引文其下尚有“驻跸之役,六军为高丽所乘”二句。

620 太宗谓尉迟敬德曰:“人言卿反,何故?”对曰:“臣反是实。臣从陛下讨逆伐叛,惟凭威灵〔一〕,幸而不死,然所存,刃锋也〔二〕。今大业已定,而反疑臣。”乃悉解衣投于地,以见所伤之处。帝对之流涕,曰:“卿衣矣!朕以不疑卿,故以相告,何反以为恨?”

本条原出隋唐嘉话卷中。说郛(陶珽刊本)卷三六隋唐嘉话亦载。又本条与621条原合为一条,今依原书分列。

〔一〕惟　原书作“虽”,当据本书改。

〔二〕所存刃锋也　原书作“所存,皆锋刃也”。资治通鉴卷一九五唐纪十一太宗贞观十三年叙此,作“今之存者,皆锋镝之馀也”。

621 太宗谓敬德曰:“朕将嫁女与卿,称意否?”敬德笑曰〔一〕:“臣虽鄙陋,亦不失为夫妇之道〔二〕。臣每闻古人云:‘富不易妻,仁也。’窃慕之,愿停圣恩。”叩头固让,帝嘉之而止。

本条原出隋唐嘉话卷中。说郛(陶珽刊本)卷三六隋唐嘉话亦载。本条与620条原合为一条,今依原书分列。

〔一〕笑　原书作“谢”。

〔二〕臣虽鄙陋亦不失为夫妇之道　原书作“臣妇虽鄙陋,亦不失夫妻情”。当据之补“妇”字。资治通鉴卷一九五唐纪十一太宗贞观十三年叙此,作“臣妻虽鄙陋,相与共贫贱久矣”。

622 薛万彻尚平阳公主〔一〕。人谓太宗曰〔二〕:“薛驸马无才气〔三〕。”因此公主羞之,不同席者数月。帝闻之,大笑,置酒召诸婿尽往,独与薛欢语,屡称其美。因对握槊〔四〕,赌所佩刀,帝佯为不胜,解刀以佩之。酒罢,悦甚〔五〕。薛未及就马，主遽召同载而还，重之逾于旧日。

本条原出隋唐嘉话卷中。续释常谈引此，云出隋唐嘉话。说郛（陶珽刊本）卷三六隋唐嘉话亦载。

〔一〕平阳公主　原书作“丹阳公主”，当据改。新唐书卷八三诸帝公主高祖十九女传：“丹阳公主，下嫁薛万彻。万彻蠢甚，公主羞，不与同席者数月。太宗闻，笑焉，为置酒，悉召它婿，与万彻从容语，握槊赌所佩刀，阳不胜，遂解赐之。主喜，命同载以归。”

〔二〕人谓太宗曰　原书作“太宗尝谓人曰”。

〔三〕无才气　原书作“村气”。

〔四〕诸婿尽往独与薛欢语屡称其美因　上十四字，原书佚，当据本书补。

〔五〕悦甚　原书上有“主”字。

623 中书令马周以布衣上书〔一〕，太宗览之，未及终，命召之〔二〕。乃陈世事〔三〕，莫不施行。

本条原出隋唐嘉话卷中。说郛（陶珽刊本）卷三六隋唐嘉话亦载。说郛（张宗祥辑明抄本）卷三八传载亦载。

〔一〕以　原书作“始以”，当据正。

〔二〕命　原书作“三命”。

〔三〕乃　原书作“所”。

624 太宗尝以飞白书赐马周，曰：“凤鸾冲霄，必假羽翼；股肱之寄，要在忠力。”又高宗尝为飞白，赐侍臣戴至德，曰“泛洪源，俟舟楫”；郝处俊，曰“飞九霄，假六翮”；李敬玄，曰“资启沃，罄丹诚”；崔知悌，曰“罄忠节，赞皇猷”：其词皆有比兴。

本条不知原出何书。

625 率更欧阳询，行见古碑，晋索靖所书，驻马观之，良久而去。数百步复还，下马伫立，疲倦则布裘坐观〔一〕。因宿其旁，三日而去。

本条原出隋唐嘉话卷中。太平御览卷五八九引国朝传记亦载。太平广记卷二〇八国史异纂题作欧阳询。说郛（陶珽刊本）卷三六隋唐嘉话亦载。刘宾客嘉话录亦有此文，唐兰考为误入。绀珠集卷五嘉话题作宿索靖碑旁。白孔六帖卷三二刘公嘉话题作宿索靖碑旁。说郛（张宗祥辑明抄本）卷二一刘宾客嘉话录亦载。

〔一〕裘　原书作“毯”，当据改。

626 李太史与张文收坐〔一〕，忽见暴风自南而至。李曰：“南五里当有哭者。”张以为音乐。左右驰马观之，则遇送葬者，有鼓吹焉。

本条原出隋唐嘉话卷中。太平广记卷七六引此，乃一大条，中包容数事，题作李淳风，云出国史异纂及纪闻。说郛（陶珽刊本）卷三六隋唐嘉话亦载。

〔一〕李太史与张文收坐　原书作“李太史与张文收率更坐”，太平广记引文作“太史与张率同侍帝”，“率”下当补“更”字。李太史即李淳风。

627 褚遂良贵显〔一〕，其父亮尚在，乃别开门。敕尝有所赐遂良，使者由正门而入，亮出曰："渠自有门。"

本条原出隋唐嘉话卷中。说郛（陶珽刊本）卷三六隋唐嘉话亦载。

〔一〕贵显　原书无，当据本书补。

628 太宗宴近臣，戏赵公无忌，令嘲欧阳率更〔一〕，曰："耸膊成山字，埋肩不出头〔二〕。谁教麟阁上〔三〕，画此一猕猴？"询应声曰："索头连背暖〔四〕，完裆畏肚寒〔五〕。只由心溷溷〔六〕，所以面团团。"帝敛容曰〔七〕："欧阳询，汝岂不畏皇后闻耶？"赵公，后之弟〔八〕。

本条原出隋唐嘉话卷中、大唐新语卷十三谐谑第二十七。太平广记卷二四八国朝杂记题作长孙无忌。诗话总龟卷三五引此，云出小说旧闻。任渊后山诗注卷五次韵无斁偶作二首引此，云出国朝杂记。绀珠集卷七乾臊子长欧相嘲，说郛（陶珽刊本）卷二三乾臊子内欧阳询条，本事诗嘲戏第七，均有此文，文字有异。说郛（陶珽刊本）卷三六隋唐嘉话亦载。

〔一〕戏赵公无忌令嘲欧阳率更　隋唐嘉话作"戏以嘲谑，赵公无忌嘲欧阳率更"。

〔二〕不　本事诗作"畏"。

〔三〕教　隋唐嘉话、大唐新语作"家"，本事诗作"言"。

〔四〕索　诗话总龟引文作"缩"。

〔五〕完裆　隋唐嘉话作"侥裆"，大唐新语、本事诗与诗话总龟引文作"漫裆"，太平广记引文作"裷当"。

〔六〕只由　太平广记引文作"只因"，本事诗作"只缘"。

〔七〕敛容　隋唐嘉话作"改容"，本事诗作"闻之而笑"。

〔八〕后之弟　大唐新语同。隋唐嘉话作"后之兄"。查旧唐书卷六五、新唐书卷一〇五长孙无忌传,俱作"后之兄"。

629 侯君集为兵部尚书,以罪流岭南〔一〕。于其家得二美人,容色绝代。太宗问其状,曰:"自小常食人乳而不饭〔二〕。"

本条原出隋唐嘉话卷上。绀珠集卷十隋唐嘉话自第三句起另列一条,题作饮乳而美。类说卷五四隋唐嘉话自第三句起亦另列一条,题作美人食乳。白孔六帖卷二一引隋唐嘉话亦载。说郛(陶珽刊本)卷三六隋唐嘉话亦载。又原书此条与630条本为一条。

〔一〕侯君集为兵部尚书以罪流岭南　原书作"卫公为仆射,君集为兵部尚书。自朝还省,君集马过门数步不觉,靖谓人曰:'君集意不在人,必将反矣。'太宗中夜闻告侯君集反,起绕床而步,亟命召之,以出其不意。既至,曰:'臣常侍陛下幕府左右,乞留小子。'帝许之。流岭南为奴。"自"必将反矣"之前为另一条。王谠檃括此文,云是侯君集流岭南,大误。资治通鉴卷一九七唐纪十三太宗贞观十七年叙此,亦云"上乃原其妻及子,徙岭南。"旧唐书卷六九、新唐书卷九四侯君集传同。

〔二〕自小　原书作"自尔以来"。资治通鉴叙此亦作"自幼"。

630 侯君集家有金簟二〔一〕,甚精妙,御府所无,隐而不献。后君集获罪,乃于其家得之。

本条原出隋唐嘉话卷上。绀珠集卷十、类说卷五四隋唐嘉话题作金簟。说郛(陶珽刊本)卷三六隋唐嘉话亦载。原书此条与

629 条中之后一部分本是一条。

〔一〕侯君集家有金簟二　原书作“又君集之破高昌,得金簟二”。

631 太宗朝,泥婆罗献娑罗树,一名“菩提”。叶似红蓝,实如蒺藜。

永乐大典卷之一万四千五百二十七树娑树引唐语林亦载。

本条原出封氏闻见记卷七蜀无兔鸽。唐会要卷一百杂录亦载。原书中此文与卷八 1042 条本为一条。又本文舛讹残阙特甚,兹将原书全文录后,供参证。

太宗朝,远方咸贡珍异草木。今有马乳蒲萄一房,长二丈馀,叶余国所献也。娑婆树,一名“菩提”,叶似白杨,摩伽陀那国所献也。黄桃,名“金桃”,大如鹅卵,康国所献也。波罗拔藻,叶似红兰,实如蒺藜,泥婆罗国所献也。

632 太宗病〔一〕,出英公为叠州都督〔二〕,谓高宗曰:“李勣才智有馀,屡更大任,恐其不厌服于汝,故有此授。我死后〔三〕,可亲任之。若迟疑顾望,便当杀之。”勣奉诏,不及家而去。

本条原出隋唐嘉话卷中。说郛(陶珽刊本)卷三六隋唐嘉话亦载。

〔一〕病　原书作“病甚”。

〔二〕出英公为叠州都督　原书作“叠州刺史”。资治通鉴卷一九九唐纪十五太宗贞观二十三年叙此,云“五月戊午,以同中书门下三品李世勣为叠州都督”。

〔三〕我死后　原书上有“今若即发者”一句。

633 唐贞观元年〔一〕,长安客有买妾者。居之数年,尝忽不知所之。一夜,提人首而告夫曰〔二〕:“我有父冤,故至此。今报矣!”请归,涕泣而诀。出门如风。俄顷却至,断所生子喉而去〔三〕。

本条原出国史补卷中妾报父冤事。类说卷二六国史补题作妻报父冤。

〔一〕贞观元年　原书作“贞元中”。李肇记事以中唐者为多,此处似以“贞元”为是。

〔二〕提人首而告夫曰　原书作“提人首而至,告其夫曰”。

〔三〕子　原书作“二子”。

634 袁利贞为太常博士。高宗将会百官命妇于宣政殿,并设九部乐,利贞谏曰:“臣以前殿正寝,非命妇宴会之地;象阙路寝〔一〕,非倡优进御之所。请命妇会于别殿,九部乐从东西而入〔二〕,散乐一色,伏望停省。若于三殿别所,可备极恩私〔三〕。”高宗即令移于麟德殿。至会日,中书侍郎薛元超谓利贞曰〔四〕:“卿门传忠鲠〔五〕,所献直言〔六〕,不加厚赐,何以奖劝?”赐彩百匹,迁祠部员外。

本条原出大唐新语卷二极谏第三。

〔一〕路寝　原书作“路门”。新唐书卷二〇一袁利贞传、资治通鉴卷二〇二唐纪十八高宗开耀元年正月均叙此事,俱作“路门”,当据改。

〔二〕从东西而入　原书作“从东门入”。新唐书作“左右门入"，资治通鉴作"东西门入"。原书误，当据本书改。

〔三〕可　原书作"自可"。

〔四〕中书侍郎薛元超　原书上有"使"字，当据补。新唐书作"帝传诏谓利贞曰"。

〔五〕门传忠鲠　资治通鉴于此事之下并著利贞族孙袁谊事，云"自以其先自宋太尉淑以来，尽忠帝室"。胡三省注："袁淑死于宋元凶之难，袁顗以死奉子勋，袁昂尽节于齐室，袁宪尽忠于陈后主。"袁利贞为昂之曾孙。旧唐书卷一九〇上袁朗传亦详叙袁氏世系，且曰"朗自以中外人物为海内冠族"。

〔六〕所　原书作"能"。

635 高宗脑痈殆甚，待诏秦鸣鹤奏曰："须针百会方止〔一〕。"则天大呼曰："天子头上，可是出血处〔二〕？"上曰："朕意欲针。"即时眼明，云："诸苦悉去，殊无妨也。"则天走于帘下，自负银锦等赏赐〔三〕，如向未尝怒也。

本条原出芝田录。类说卷十一芝田录题作高宗针百会。太平广记卷二一八秦鸣鹤条亦载此事，云出谭宾录，本条似曾采摘其中文字。大唐新语卷九谀佞第二十亦载此事，而文字不同。

〔一〕百会　资治通鉴卷二〇三唐纪十九高宗弘道元年冬十一月亦载此事，胡三省注："针灸经：百会，一名三阳五会，在前顶后寸半，顶中央旋毛中，可容豆针二分，得气即泻……旧传：鸣鹤针微出血，头疼立止。"

〔二〕可是出血处　类说引文下有"命扑杀之"一句。

〔三〕自负银锦等赏赐　谭宾录作"躬负缯宝以遗之"。

636 高宗将下诏逊位于则天，摄知国政，召宰臣议之。郝处俊对曰：“礼经云：‘天子理阳道，后理阴德。’〔一〕然则帝之与后，犹日之与月，阴之与阳，各有所主，不相夺也。若失其序，上则谪见于天，下则祸成于人。昔魏文帝著令〔二〕，崩后尚不许皇后临朝，奈何遂欲自禅位天后？况天下者，高祖、太宗之天下，非陛下之天下。正合谨守宗庙，传之子孙，不可持国与人，有私于后。惟陛下审详。”中书侍郎李义琰进曰：“处俊所引经典，其言至忠，惟圣虑无疑，则苍生幸甚。”高宗乃止〔三〕。及天后受命，处俊已殁，孙象竟被族诛〔四〕。始，则天以权变多智，高宗将排群议而立之；及得志，威福并作，高宗举动必为掣肘。高宗不胜其忿。时有道士郭行真，出入宫掖，为则天行厌胜之术，内侍王伏胜奏之。高宗大怒，密诏上官仪废之〔五〕。仪因奏：“天后专恣，海内失望，请废黜以顺天心。”高宗即令仪草诏。左右驰告则天，则天遽诉，诏草犹在。高宗恐有怨怼，待之如初，且告之曰：“此并上官仪教我。”则天遂诛仪及伏胜等〔六〕，并赐太子忠死。自此政归武后，天子拱手而已。

本条原出大唐新语卷二极谏第三。

〔一〕礼经云天子理阳道后理阴德　见礼记昏义。

〔二〕魏文帝著令　见三国志卷二文帝纪黄初三年诏。

〔三〕高宗乃止　郝处俊、李义琰谏止逊位事，旧唐书卷八四、新唐书卷一一五郝处俊传均叙。资治通鉴卷二〇二唐纪十八高宗上元二年三月亦叙，文稍简。

〔四〕孙象　原书同。旧、新唐书作“象贤”，资治通鉴卷二〇四唐纪二十则天后垂拱四年:"夏,四月,戊戌,杀太子通事舍人郝象贤。象贤,处俊之孙也。"原书、本书皆误。

〔五〕诏　原书作"召"。

〔六〕则天遂诛仪及伏胜等　资治通鉴系此事于卷二〇一唐纪十七高宗麟德元年十二月。

637 阎立本,总章元年以司平大常伯拜右相。有文学,善写真。

本条疑出封氏闻见记卷五图画。今将原书文字录于后,供参证。

国初阎立本,善画,尤工写真……立本以高宗总章元年迁右相,今之中书令也。时人号为丹青神化。

本条文字似为此节之残文。

638 高宗朝,太原王,范阳卢,荥阳郑,清河、博陵崔,陇西、赵郡李等七姓,恃有族望,耻与诸姓为婚〔一〕,乃禁其自婚娶〔二〕。于是不敢复行婚礼,密装饰其女以送夫家〔三〕。

本条原出隋唐嘉话卷中。太平广记卷一八四国史异纂题作七姓。说郛(陶珽刊本)卷三六隋唐嘉话亦载。

〔一〕诸　原书作"他"。太平广记引文作"诸"。

〔二〕禁其自婚娶　新唐书卷九五高俭传:"诏后魏陇西李宝,太原王琼,荥阳郑温,范阳卢子迁、卢浑、卢辅,清河崔宗伯、崔元孙,前燕博陵崔懿,晋赵郡李楷,凡七姓十家,不得自为昏。"

〔三〕密装　原书无,当据本书补。太平广记引文亦有。

639 武后时，投匦者或不陈事，而谩以嘲戏之言，乃置使阅其书奏〔一〕，然后投之匦。匦之有司〔二〕，自此始也。

本条原出隋唐嘉话卷下。太平广记卷一八五国史异纂题作糊名，乃因与原书上一条合，而上一条叙糊名之事之故。说郛（陶珽刊本）卷三六隋唐嘉话亦载。又本条与640条原合为一条，今依原书分列。

〔一〕阅　原书作“先阅”。

〔二〕之　原书作“中”，太平广记引文作“院”。

640 初置匦有四门，其制稍大，难于往来，后遂小其制度，同为一匦，依方色辨之。汉时赵广汉为颍川太守，设缿筒，言事者投书其中，匦亦缿筒之流也。梁武帝诏于谤木、肺石函旁各置一函〔一〕，横议者投谤木函，求达者投肺石函，即今之匦也。初，则天欲通知天下之事，有鱼保宗者〔二〕，颇机巧，上书请置匦，以受四方之书，则天悦而从之。徐敬业于广陵作逆，保宗曾与敬业造刀车之属，至是为人所发，伏诛。保宗父承晔〔三〕，自御史中丞坐贬仪州司马〔四〕。明皇以“匦”字声似“鬼”〔五〕，改“匦使”为“献纳使”〔六〕。乾元初，复其旧名。

本条原出封氏闻见记卷四匦使。与639条原合为一条，今依原书分列。

〔一〕谤木肺石函　原书无“函”字，当据删。梁武帝置谤木函、肺石函事，见南史卷六梁本纪上。

〔二〕鱼保宗　资治通鉴卷二〇三唐纪十九则天后垂拱二年

叙此，上书请置匦者曰鱼保家，考异曰："又朝野佥载作'鱼思咺'，云'上欲作匦，召工匠，无人作得者。思咺应制为之，甚合规矩，遂用之'。今从御史台记。"

〔三〕承暐　岑仲勉跋封氏闻见记以为此人本作"鱼承晔"，暐、晔同音，疑清人避讳而改。

〔四〕仪州　原书作"义州"，似以"义州"为是。

〔五〕明皇以匦字声似鬼　原书"明皇"作"玄宗"，句上尚有"天宝中"一句。

〔六〕匦使　原书无"使"字，当据本书补。

641 洛东龙门香山寺上方，则天时名望春宫。则天御石楼坐朝〔一〕，文武百执事班于水次〔二〕。

本条原出大唐传载。

〔一〕御　原书上有"常"字。

〔二〕班于水次　原书作"班于外而朝焉"。

642 国有大赦，则命卫尉树金鸡于阙下，武库令掌其事。金鸡为首〔一〕，建之于高橦之上〔二〕，宣赦毕，则除之。凡建金鸡，则先置鼓于宫城门之左，视大理及府县囚徒至，则挝其鼓。案：金鸡，魏、晋以前无闻焉，或云始自后魏，亦云起自吕光。隋百官志云："北齐尚书省有三公曹，赦日建金鸡〔三〕。"盖自隋朝废此官而为卫尉所掌。北齐每有赦宥，则于阊阖门前树金鸡〔四〕，柱下取少土〔五〕，云佩之利官〔六〕，数日间遂成坑，所司亦不禁约。武成帝即位〔七〕，其后河间王孝琬为尚书令。先时有谣言："河南种谷河北生，白杨树头金鸡鸣。”祖孝徵与和士开谮孝琬曰:“河南、河北,河间也;金鸡,言孝琬为天子,建金鸡也。”齐主信之而杀孝琬。则天封嵩岳〔八〕,大赦,改元万岁〔九〕。登封坛南有大树〔一〇〕,树杪置金鸡,因名树为“金鸡树”。

永乐大典卷之一万四千五百三十七树金鸡树引唐语林亦载,自“则天封嵩岳”至末。

本条原出封氏闻见记卷四金鸡。

〔一〕金鸡为首　原书作“鸡以黄金为首”,当据正。

〔二〕上　原书误作“下”,当据本书改。

〔三〕赦日建金鸡　原书作“赦则常建金鸡”。案:隋书卷二七百官志中仅云“赦日建金鸡”,无上句。

〔四〕阊阖门前树金鸡　原书作“阊门前树金鸡,三日而止”。“阊”下当据本书补“阖”字。

〔五〕柱下取少土　原书句上尚有“万人竞就金鸡”六字,当据补。

〔六〕佩之利官　原书作“佩之日利”。雅雨堂丛书本句下有注:“一作‘又云日利’。‘日’一作‘官’。”

〔七〕武成帝即位　原书于此之下有“宋孝王不识设金鸡之义,问于光禄大夫司马膺之”一段文字。

〔八〕则天封嵩岳　原书误作“登封嵩岳”,当据本书改。

〔九〕元　原书作“为”,当据本书改。

〔一〇〕树　原书作“槲树”。

643 宋璟劾张昌宗等反状,武后不应。李邕立阶下,大言曰〔一〕:“璟所陈社稷大事,陛下当听。”后色解,即可璟奏〔二〕。邕出,或让曰:"子位卑,一忤旨,祸不测。"邕曰:"不如是,名亦不传。"

本条不知原出何书。

〔一〕李邕立阶下大言曰　参看本书卷三339条。

〔二〕即可璟奏　新唐书卷一〇四张昌宗传叙此,曰:"左拾遗李邕进曰:'璟之言,社稷计也,愿可之。'后终不许。"卷二〇二文艺中李邕传叙此则亦作"即可璟奏"。

644 苏安恒博学,尤明周礼、左氏。长安二年〔一〕,上疏请复子明辟〔二〕,奏疏不纳〔三〕。魏元忠为张易之所构,安恒又申理之。易之大怒,将杀之,赖朱敬则、桓彦范等保护〔四〕,获免。后坐节悯太子事,下狱死。睿宗即位,下诏曰:"苏安恒文学立身,鲠直成操,往年陈疏,忠谠可嘉。属回邪擅权,奄从非命,兴言轸悼,用恻予怀〔五〕,可赠谏议大夫。"

本条原出大唐新语卷二极谏第三。

〔一〕长安二年　原书作"长乐二年"。资治通鉴卷二〇七唐纪二三则天后长安二年五月壬申,苏安恒复上疏请归位于庐陵王。作"长乐"者误,当据本书改。

〔二〕上疏请复子明辟　原书作"复于明辟",当据正。原书其下节引上疏文字,本书略去。旧唐书卷一八七上、新唐书卷一一二苏安恒传均引上疏文字。

〔三〕奏疏　原书作"疏奏"。

〔四〕桓彦范　原书作"桓范"。旧唐书卷九一、新唐书卷一二〇桓彦范传均作"桓彦范"。

〔五〕予　原书作“于”。

645 裴知古，自中宗、武后朝以知音律直太常。路逢乘马，闻其声，窃曰：“此人即当坠马。”好事者随而观之，行未半坊，马忽惊坠，殆死。又尝观人迎妇，闻妇佩玉声，曰：“此妇不利姑〔一〕。”是日有疾〔二〕，竟亡。其知音皆此类也。又善摄卫，开元十三年终〔三〕，且百岁。

本条原出隋唐嘉话卷下。太平广记卷二〇三国史异纂题作裴知古（又一条）。说郛（陶珽刊本）卷三六隋唐嘉话亦载。

〔一〕此妇不利姑　新唐书卷九一李嗣真（附裴知古）传：“人有乘马者，知古知其嘶，乃曰：‘马鸣哀，主必坠死。’见新婚者，闻佩声，曰：‘终必离。’访之，皆然。”后一例与本书不同。

〔二〕有疾　原书上有“姑”字。

〔三〕十三　原书作“十二”。

646 曹怀舜，金乡人。父继叔，死王事。怀舜授游击将军，历内外两官。则天尝云：“怀舜久历清资，屈武职。”后转右玉钤卫将军。

本条不知原出何书。

647 则天时〔一〕，郎吏王上客自恃才艺〔二〕，意在前行外郎〔三〕，后除水部员外〔四〕，颇怀愤惋。同列张敬忠以诗戏曰〔五〕：“有意嫌工部〔六〕，专心觅考功〔七〕。谁知脚蹭蹬，几落省墙东〔八〕。”

本条疑出大唐新语卷十二谐谑第二十七。南部新书卷丁、唐诗纪事卷十三张敬忠均载此事。诗话总龟前集卷三十九讥诮门下亦有记载。又本书此条与648条原合为一条，今依原书分列。

〔一〕则天时　原书无此句。南部新书、唐诗纪事作“先天中”。

〔二〕郎吏王上客　原书无“郎吏”二字。南部新书作“王主敬为侍御史”，唐诗纪事作“王上客为侍御史”。

〔三〕意在前行外郎　原书“外郎”作“员外”。南部新书作“当入省台前行”，唐诗纪事作“当入省望前行”。

〔四〕后除水部员外　原书作“俄除膳部员外”。当据改。

〔五〕同列　原书作“吏部郎中”。南部新书、唐诗纪事同。

〔六〕工部　原书作“兵使”。南部新书、唐诗纪事作“兵部”。

〔七〕觅　原书作“取”。南部新书、唐诗纪事作“望”。

〔八〕几落省墙东　南部新书作“却落省墙东”。原书句下尚有“膳部在省东北隅，故有此咏”二句。

648 议者戏云：“畿尉有六道：入御史为佛道〔一〕，入评事为仙道，入京尉为人道，入畿丞为苦海道，入县令为畜生道，入判司为饿鬼道。”

本条原出御史台记。绀珠集卷七、类说卷六御史台记题作六道。南部新书卷辛亦载。与647条本为一条，今依原书分列。

〔一〕佛道　南部新书作“天道”。

649 左史东方虬每云：“二百年后，乞尔西门豹作对〔一〕。”

本条原出隋唐嘉话，然今本缺载，太平广记卷二〇一国史异纂题作东方虬，程毅中录入校点本隋唐嘉话补遗。又刘宾客嘉话录亦有此文，唐兰考为隋唐嘉话佚文。绀珠集卷五有东方虬一条，云出嘉话。

〔一〕尔　太平广记引文作"与"。

650 苏味道词亚于李峤，时称苏、李。崔融尝戏苏曰："我词不如公有'银花合'也〔一〕。"苏即答："犹不及公'金铜钉'。"谓"今同丁令威"也〔二〕。

本条不知原出何书。唐诗纪事卷八崔融亦叙此事，然不注出处。本事诗嘲戏第七亦载一事，言苏味道与张昌龄相嘲戏，与此类似。

〔一〕银花合　本事诗云："苏有观灯诗曰：'火树银花合，星桥铁锁开。暗尘随马去，明月逐人来。'"唐诗纪事卷六苏味道记此诗，题曰上元。

〔二〕今同丁令威　旧唐书卷七八张昌宗传："久视元年，改控鹤府为奉宸府，又以易之为奉宸令……时谀佞者奏云：'昌宗是王子晋后身。'乃令被羽衣，吹箫，乘木鹤，奏乐于庭，如子晋乘空。辞人皆赋诗以美之，崔融为其绝唱，其句有'昔遇浮丘伯，今同丁令威。中郎才貌是，藏史姓名非'。"参看唐诗纪事卷八崔融。

651 刘希夷诗曰："年年岁岁花相似，岁岁年年人不同。"其舅即宋之问也，苦爱此两句，知其未示人〔一〕，恳乞此两句，许而不与。之问怒，以土囊压杀之。刘禹锡曰〔二〕："宋生不得死〔三〕，天报之矣！"

本条原出刘宾客嘉话录。类说卷五四刘禹锡佳话题作宋之问乞刘希夷诗。临汉隐居诗话引嘉话录亦载。说郛(陶珽刊本)卷三六嘉话录、(张宗祥辑明抄本)卷二一刘宾客嘉话录均载。诗话总龟卷二九亦载,然不言出处。大唐新语卷八文章第十七亦有记载。

〔一〕知其未示人　原书无,当据本书补。

〔二〕刘禹锡曰　原书无。

〔三〕不得死　原书作"不得其死",当据之补"其"字。

652 张文瓘之为大理〔一〕,获罪者皆曰:"为张卿所罚,不枉也〔二〕。"

本条原出隋唐嘉话卷中。说郛(陶珽刊本)卷三六隋唐嘉话亦载。

〔一〕张文瓘　原书作"张宾客文瓘"。

〔二〕为张卿所罚不枉也　旧唐书卷八五张文瓘传:"俄迁大理卿,依旧知政事。文瓘至官旬日,决遣疑事四百馀条,无不允当,自是人有抵罪者,皆无怨言。"新唐书卷一一三张文瓘传同。

653 张柬之等既迁则天于上阳宫〔一〕,中宗犹以皇太子监国,告武氏之庙。时累日阴翳,侍御史崔浑奏曰:"方今国命初复,当正徽号称唐〔二〕,顺万姓之心,奈何告武氏庙〔三〕?庙宜毁之,复唐鸿业,天下幸甚!"中宗深纳之。制命既行,阴云四霁,万里澄廓,咸谓天人之应。

本条原出大唐新语卷二极谏第三。

〔一〕张柬之等　原书无"等"字。

〔二〕当正　原书二字误倒，当据本书改。

〔三〕奈何告武氏庙　新唐书卷一二〇张柬之传亦载此事，此句作“奈何尚告武氏庙”。

654 中宗时，兵部尚书韦嗣立新入三品，侍郎赵彦昭假金紫〔一〕，吏部侍郎崔湜复旧官。上命烧尾〔二〕，令于兴庆池设食。至时，敕卫尉陈设〔三〕，尚书省诸司各具彩舟游胜。飞楼结舰，光夺霞日〔四〕，上与侍臣亲临焉。既而吏部船为仗所隔，兵部船先至，嗣立奉觞献寿。上问：“吏部船何在〔五〕？”崔湜步自北岸呼之〔六〕，遇户部双舸，上结重楼，兼声乐一部〔七〕，即呼至岸，以纸书作“吏部”字贴牌上，引至御前。上大悦〔八〕，以为兵部不逮也。俄有风吹所帖之纸〔九〕，为嗣立所见，遽奏云：“非吏部船。”上令取牌，探纸见“户”字，大笑。嗣立请科湜罪，上不许，但罚酒而已。

本条原出封氏闻见记卷五烧尾。说郛（张宗祥辑明抄本）卷四封氏闻见记亦载。古今合璧事类备要前集卷三七烧尾宴引此，云出闻见录。又原书中此条与辑佚中1086条原为一条，此条在后。

〔一〕侍郎　原书作“户部侍郎”。

〔二〕烧尾　旧唐书卷八八苏瓌传曰：“公卿大臣初拜官者，例许献食，名为‘烧尾’。”新唐书卷一二五苏瓌传同。参见本书辑佚1086条。叶梦得石林燕语卷四有考辨。

〔三〕卫尉　原书无“尉”，当据本书补。

〔四〕日　原书误作“目”，当据本书改。

〔五〕既而吏部船为仗所隔兵部船先至嗣立奉觞献寿上问吏部船何在　原书作“既而问吏部船何在？”佚中间十九

字，当据本书补。

〔六〕呼　原书作“促”。

〔七〕声　原书作“蓄”。

〔八〕上　原书无，当据本书补。

〔九〕有　原书作“见”。

655 薛令之，闽之长溪人。神龙二年，赵彦昭下进士及第，后为左补阙兼太子侍讲。时东宫官冷落，之次难进[一]，令之有诗曰：“明月夜团团[二]，照见先生盘。盘中何所有？苜蓿长阑干。饭涩匙难绾，羹稀箸易宽。只可谋朝夕，那能度岁寒[三]？”明皇幸东宫，见之不悦，以为讽上。援笔酬曰：“啄木觜距长[四]，凤凰毛羽短[五]；若嫌松桂寒，任逐桑榆暖。”令之遂谢病归。及肃宗即位，召之。诏下，而令之已卒。

本条原出闽中名士传。太平御览卷九二三引闽中名士传亦载。太平广记卷四九四闽中名仕传题作薛令之。李壁王荆文公诗笺注卷三十思王逢原三首其三引此文，云出闽中名士传。集注分类东坡先生诗卷三卧病逾月请郡不许复值玉堂十一月一日锁院是日苦寒诏赐宫烛法酒书呈同院程縯亦引闽川名士传此文。唐诗纪事卷二十薛令之亦叙此事。唐摭言卷十五闽中进士亦叙此事。吴曾能改斋漫录卷四闽人登第不自林藻条亦引此文，云出唐摭言。林洪山家清事苜蓿盘条亦有叙及。诗话总龟前集二九录此，云出古今诗话。

〔一〕之　太平御览引文作“火”，当据改。

〔二〕明月夜　唐诗纪事作“朝日上”。

〔三〕只可谋朝夕那能度岁寒　唐诗纪事作"无以谋朝夕,何由保岁寒"。

〔四〕觜距　唐诗纪事作"口嘴"。

〔五〕毛羽　唐诗纪事作"羽毛"。

656 景龙初,有韩令珪起自细微,好以行第呼朝士。寻坐罪,为姜武略所按,以枷锢之。乃谓:"姜五公名流,何故遽行此?"姜武略应云:"且抵承曹大,无烦唤姜五。"

本条不知原出何书。

657 兵部尚书韦嗣立,景龙中,中宗与韦后幸其庄〔一〕,封嗣立为逍遥公,又改其所居凤凰原为清虚原,鹦鹉谷为幽栖谷。

本条原出隋唐嘉话卷下。说郛(陶珽刊本)卷三六隋唐嘉话亦载。唐会要卷二七行幸亦载此事。

〔一〕兵部尚书韦嗣立景龙中中宗与韦后幸其庄　唐会要此二句作"景龙二年十二月幸新丰温汤回,幸兵部尚书韦嗣立山庄"。资治通鉴系于卷二〇九唐纪二五中宗景龙三年十二月庚子至乙巳。新唐书卷一一六韦嗣立传:"营别第骊山鹦鹉谷,帝临幸,命从官赋诗,制序冠篇,赐况优备,因封嗣立逍遥公,名所居曰清虚原幽栖谷。"旧唐书卷八八韦嗣立传同。

658 中宗崩。既除丧,吐蕃来吊〔一〕。或曰〔二〕:"若择宗室最长者,素服受礼于彼,其可乎?"举朝称善而从之。

本条原出隋唐嘉话卷下。说郛(陶珽刊本)卷三六亦载。

〔一〕吐蕃来吊　原书下有"深衣练冠待于庙"一句。

〔二〕或曰　原书无,当据本书补。又原书下有"今定陵自有寝庙"一句,当据补。

659 徐彦伯常侍,睿宗朝以相府之旧,拜羽林将军。徐既文士,不悦武职,及迁,谓贺者曰:"不喜有迁,且喜出军。"

本条原出隋唐嘉话卷下。说郛(陶珽刊本)卷三六隋唐嘉话亦载。刘宾客嘉话录亦有此文,唐兰考为误入。

660 和元祐为贞化府长史。景龙末,元祐献诗十首,其词猥陋,皆寓言嬖幸,而意及兵戍。韦氏命鞫于大理,而将戮之,月馀而韦氏伏诛。其诗言若符谶。景云初,以元祐为千牛卫长史。

本条不知原出何书。

661 韦铿初在宪司,邵炅、萧嵩同升殿〔一〕。神武皇帝即位〔二〕,及诏出,炅、嵩俱加朝散,独铿不及。炅鼻高,嵩须多,并类鲜卑〔三〕。铿嘲之云:"一双獠子着绯袍〔四〕,一个须多一鼻高。相对衙前捺且立〔五〕,自言身品世间毛。"铿白肥而短,他日忽于承天门风眩踣地〔六〕,炅咏曰〔七〕:"飘风忽起团团回〔八〕,倒地还如脚被锤〔九〕,莫怪殿上空行事〔一〇〕,直为元非五品才〔一一〕。"

本条原出大唐新语卷十三谐谑第二十七。

〔一〕韦铿初在宪司邵炅萧嵩同升殿　原书作“邵景、萧嵩、韦铿并以殿中升殿行事。”

〔二〕神武皇帝　原书作“玄宗”。

〔三〕炅鼻高嵩须多并类鲜卑　原书作“景、嵩二人多须，对立于庭”。当据本书校正。

〔四〕一双獠子　原书作“一双胡子”，当据本书改。

〔五〕衙前揬且立　原书作“厅前揬早立”。

〔六〕铿白肥而短他日忽于承天门风眩踣地　原书作“举朝以为欢笑。后睿宗御承天门，百僚备列，铿忽风眩而倒。铿既肥短”。

〔七〕炅咏曰　原书作“景意酬其前嘲，乃咏之曰”。

〔八〕团团　原书作“团栾”。

〔九〕脚被锤　原书作“着脚搥”。

〔一〇〕莫怪　原书作“昨夜”。

〔一一〕直为元非五品才　原书下有“时人无不讽咏”一句。

662 郗昂性捷直，源乾曜尝戏之曰：“谢安云‘郗生可谓入幕之宾矣’〔一〕，岂非远祖否？”郗曰：“犹胜以氏为秃发。若不遇后魏道武，称曰同源，赐之源氏，岂可列姓苑乎？”源遂屈。后与杜黄裳同学于嵩阳，二人同中第。郗以安禄山伪官贬歙县尉，黄裳入相后，除中书舍人。

本条不知原出何书。

〔一〕郗生可谓入幕之宾矣　见世说新语卷中之上雅量。郗生乃郗超。

663 源乾曜因奏事称旨,上悦之,骤拔用,历户部侍郎、京兆尹,以至宰相。暇日〔一〕,上独与力士语曰:“汝知吾拔用乾曜之速乎?”曰:“不知也。”上曰:“吾以其言语容貌类萧至忠,故用之。”力士对曰:“至忠岂不尝负陛下〔二〕,何念之深?”上曰:“至忠晚乃谬耳〔三〕。其初立朝,得不为贤相乎〔四〕?”上之爱才宥过,闻之者莫不感悦。

本条原出次柳氏旧闻。太平广记卷二〇二源乾曜条亦载,云出国史补,或系误记。说郛(陶珽刊本)卷三六次柳氏旧闻、卷五二明皇十七事重出均载。又大唐新语卷六举贤第十二亦叙此事。

〔一〕暇日　原书作“异日”。

〔二〕岂不尝负　原书作“不当负”,当据本书改。太平广记引文作“不尝负”。

〔三〕谬　原书作“缪计”。

〔四〕为　原书作“谓”,当据改。新唐书卷一二三萧至忠传叙此,亦作“谓”。

664 魏知古,性方直。景云末,为侍中。明皇初即位,猎于渭川,时知古从驾,因献诗以讽〔一〕。手诏褒美,赐物五十段。后兼知吏部尚书,典选事,深为称职。所荐用人,咸至大官。

本条原出大唐新语卷一规谏第二。

〔一〕因献诗以讽　原书录引此诗,本书略去。旧唐书卷九八魏知古传叙此事,亦录此诗。

665 倪若水为汴州刺史,明皇尝遣中官往淮南采捕鸡鹊及诸水禽,上疏谏〔一〕。手诏答曰:“朕先使人取少杂鸟,其使不识朕意,将鸟稍多,卿具奏之,词诚忠恳,深称朕意。卿达识周材,义方敬直,故辍纲辖之重,委方面之权。果能闲邪存诚,守节弥固,骨鲠忠烈,遇事无隐。言念忠谠,深用喜慰。今赐物四十段,用答至言。”

白孔六帖卷四九赏谏臣五引唐语林亦载。

本条原出大唐新语卷二极谏第三。

〔一〕上疏谏　原书下引谏词,本书略去。旧唐书卷一八五下、新唐书卷一二八倪若水传均叙此事。资治通鉴卷二一一唐纪二七玄宗开元四年叙此,曰:“上尝遣宦官诣江南取䴔鶄、㶉鶒等,欲置苑中,使者所至烦扰。道过汴州,倪若水上言。”

666 汝南王琎〔一〕,宁王长子也。姿容妍美,明皇钟爱,授之音律,能达其旨〔二〕。每随游幸,常戴砑绢帽打曲。上摘红槿花一朵〔三〕,置于帽上笪处,二物皆极滑,久之方安。遂奏舞山香一曲,而花不坠。乐家云:“定头项难在不动摇〔四〕。”上大喜,赐金器一厨,因曰〔五〕:“花奴〔原注〕〔六〕琎小字。资质明媚,肌发光细,非人间人。”宁王谦谢,随而短斥之。上笑曰:“大哥过虑〔七〕,阿瞒自是相师。〔原注〕上于诸亲尝亲称此号〔八〕。夫帝王之相,且须有英特越逸之气,不然须有深沉包育之度。若花奴,但英秀过人,悉无此状,故无猜也〔九〕。而又举止淹雅,当更得公卿间令誉耳!”宁王又笑曰:“若如此,臣乃输之。”上曰:“若此一条,阿瞒亦输大哥矣。”宁王又谢。上笑曰:“阿瞒赢处多,大哥亦不用撝挹。”众皆欢贺。

本条原出羯鼓录。段安节乐府杂录约略言之,云“黔帅南卓著羯鼓录中具述其事。”太平御览卷五八三引羯鼓录亦载。太平广记卷二〇五羯鼓录题作玄宗(又一条)。绀珠集卷五羯鼓录分别题作曲终而花不坠、阿瞒自是相师。类说卷十三羯鼓录题作花奴。说郛(张宗祥辑明抄本)卷六五羯鼓录亦载。又原书此条与卷四482条本是一条,此条在前。

〔一〕汝南王琎　乐府杂录作“汝阳王琎”。太平御览、太平广记引文均作“汝阳王琎”,当据改。旧唐书卷九五睿宗诸子让皇帝宪传:“宪凡十子……琎封汝阳郡王。”

〔二〕能达其旨　原书作“妙达音旨”。

〔三〕摘　原书作“自摘”。

〔四〕乐家云定头项难在不动摇　原书此二句作双行小注,文曰:“本色所谓定头项难在不动摇。”

〔五〕曰　原书作“夸曰”。

〔六〕原注　此为南卓自注。下同。

〔七〕过虑　原书作“不必过虑”。

〔八〕尝亲称　原书作“常自称”。

〔九〕故　原书作“固”。

667 开元二十七年八月,诏策夫子为文宣王,改修殿宇。封夫子后为文宣公,仍长任本州长史,代不绝。先时庙,夫子在西牖之下;武德初,并祀周公,周公南面,故夫子配坐西方。贞观中,废祀周公,而夫子西位不改。至是移就两楹南面正位,十哲东西侍立。又封颜子为兖公,闵子为费侯，伯牛为郓侯，仲弓为薛侯，冉有为徐侯，子路为卫侯，宰我为齐侯，子贡为黎侯，子游为吴侯，子夏为魏侯，曾参以下并为伯。其两京文宣庙，春秋二仲释奠，轩悬之乐，八佾之舞，牲以太牢；州县以少牢而无乐。

本条不知原出何书。

668 学旧六馆：有国子馆，太学馆，四门馆，书馆，律馆，算馆，国子监都领之。每馆各有博士、助教，谓之学官。国子监有祭酒、司业、丞、簿，谓之监官。太学诸生三千员，新罗、日本诸国皆遣子入朝受业。天宝中，国学增置广文馆，在国学西北隅，与安上门相对。廊宇粗建。会十三年，秋霖一百馀日，多有倒塌，主司稍稍毁撤，将充他用，而广文寄在国子馆中。寻属边戈内扰，馆宇至今不立。

本条不知原出何书。

669 玄宗时，羽林将刘洪善骑射。尝对御，使人于风中掷鹅毛，洪连箭射之，无有不中〔一〕。

本条原出开元天宝遗事卷下射飞毛。说郛（陶珽刊本）卷五二开元天宝遗事题作射飞毛。

〔一〕无有不中　原书下有“帝赏叹，厚赐焉”二句。

670 苏味道初拜相，门人问曰：“方事之殷〔一〕，相公何以燮和？”味道但以手摸床棱而已。时谓“摸床棱宰相〔二〕”。

本条原出卢氏杂说。太平广记卷二五九卢氏杂说题作苏味道。绀珠集卷三朝野佥载题作手摸床棱,作"朝野佥载"者误。

〔一〕方事之殷　太平广记上有"天下"二字。

〔二〕摸床棱宰相　太平广记引文"摸床棱"作"模棱"。旧唐书卷九四苏味道传:"前后居相位数载,竟不能有所发明,但脂韦其间,苟度取容而已。尝谓人曰:'处事不欲决断明白,若有错误,必贻咎谴,但摸棱以持两端可矣。'时人由是号为'苏摸棱'。"新唐书卷一一四苏味道传同。

671 玄宗在东都〔一〕,宫中有怪。明日召宰相,欲西幸,裴稷山〔二〕、张曲江谏曰:"百姓场圃未毕,请待冬仲〔三〕。"是时李林甫初为相,窃知上意,及旅退,佯为蹇步。上问:"何故脚疾?"对曰:"非疾,愿独奏事。"乃言:"二京,陛下东、西宫也。将欲驾幸,焉用选时?假使有妨刈获,独可蠲免沿路租税。臣请宣示有司,即日西幸。"上大悦。自此车驾至长安,不复东。旬日,耀卿、九龄俱罢,而牛仙客进。

本条原出国史补卷上玄宗幸长安。太平广记卷二四〇国史补题作李林甫。类说卷二六国史补题作西幸免租税。说郛(陶珽刊本)卷四九常侍言旨亦载,当系误入。

〔一〕玄宗在东都　原书作"玄宗开元二十四年,时在东都"。新唐书卷二二三上奸臣上李林甫传亦记作开元二十四年事,资治通鉴卷二一四唐纪三十系此事于玄宗开元二十四年十月。

〔二〕裴稷山　类说引文作"裴辉卿","辉"乃"耀"之误。

〔三〕冬仲　原书作"冬中",太平广记引文作"冬间"。

672 自古帝王五运之次，凡有二说：邹衍则以五行相胜为义，刘向则以五行相生为义。汉、魏共遵刘说。唐承隋代火运〔一〕，故为土德，衣服尚黄，旗帜尚赤，常服赭赤也。赭〔二〕，黄色之多赤者，或谓之柘木〔三〕，其义无取。高宗时，王勃著大唐千年历："国家土运，当承汉氏火德；上自曹魏，下至隋室，南北两朝，咸非一统，不得承五运之次。"勃言迂阔，未为当时所许。天宝中，上书言事者多为诡异，以冀进用。有崔昌，采勃旧说，遂以上闻，玄宗纳焉〔四〕。下诏以唐承汉，自隋以前历代帝王皆屏黜，更以周、汉为二王后。是岁礼部试土德惟新赋〔五〕，即其事也。及杨国忠秉政，自以为隋氏之宗，乃追贬崔昌并当时议者，而复酅、介二公焉〔六〕。

永乐大典卷之一万五千九百五十一运五运引唐语林亦载。

本条原出封氏闻见记卷四运次。说郛（陶珽刊本）卷四六封氏闻见记亦载。

〔一〕唐承隋代火运　原书作"国家承隋氏火运"。

〔二〕赭　原书作"赭黄"。

〔三〕柘木　原书下有一"染"字。

〔四〕玄宗　聚珍本作"上"，今从永乐大典引文改。

〔五〕是岁礼部试土德惟新赋　原书作"二岁，礼部试天下造秀，作土德惟新赋"。

〔六〕追贬崔昌并当时议者而复酅介二公焉　资治通鉴卷二一六唐纪三二玄宗天宝九载记崔昌上言，胡三省注："介，后周后。酅，隋后。"

673 扶风太守房琯，申当郡苗损，国忠怒以他事推之。自是天下有事，皆潜申国忠，以取可否。

本条不知原出何书。

674 杨国忠尝会亲〔一〕，知吏部铨事〔二〕，且欲噱以娱之。呼选人名〔三〕，引入于中庭，不问资序：短小者道州参军〔四〕，鬍者与湖州文学〔五〕。帘中大笑。

本条原出刘宾客嘉话录。太平广记卷二五〇嘉话录题作杨国忠。类说卷五四刘禹锡佳话题作道州参军湖州文学。说郛（陶珽刊本）卷三六嘉话录亦载。

〔一〕杨国忠尝会亲　原书误作“杨国中尝谓诸亲”，然本书亦当据之补“诸”字。

〔二〕知　原书作“时知”，当据之补“时”字。

〔三〕呼选人名　原书上有“已设席”一句。

〔四〕道州参军　道州多矮民，阳城任道州刺史时尝抗疏论免贡矮奴事，见旧唐书卷一九二、新唐书卷一九一阳城传。参看白居易新乐府道州民。

〔五〕鬍　原书作“胡”。胡人深目多须，唐人已称“须”为“鬍”，故王谠径改作“鬍”。

675 玄宗好神仙，往往诏郡国征奇异之士。有张果者，则天时闻其名，不能致，上亟召之，乃与使俱来。其所为，变怪不测。有邢和璞者，善算术〔一〕；视人投算，而究其善、恶、夭、寿。上使算果，懵然莫知其甲子。又有师夜光者，善视鬼。后召果与坐，密令夜光视之，夜光奏曰：“果今安在？臣愿见之。”而果坐于上前久矣，夜光终莫能见。上谓力士曰：“吾闻奇士至人，外物不足以败其中。试饮以堇汁，无苦者，真奇士也。”会天寒方甚，便以汁进果〔二〕，果遂引饮三卮，醺然如醉〔三〕，顾侍者曰：“非佳酒也。”乃寝。顷之，引镜视其齿，尽焦且黧。命左右取铁如意，击齿尽堕，藏之于带，乃于怀中出神膏，色微红，傅诸堕齿空中，复寝。久之，视镜，齿皆生，粲然洁白。上方信其不诬也。

本条原出次柳氏旧闻。绀珠集卷五明皇十七事题作张果老、齿落复生。类说卷二一明皇十七事题作张果老。说郛（陶珽刊本）卷三六次柳氏旧闻、卷五二明皇十七事重出均载。又明皇杂录卷下叙张果事，与此条有类同处。太平广记卷三十张果所记之事亦与此条有类同处，云出明皇杂录、宣室志、续神仙传。

〔一〕术　原书作“心术”，说郛本明皇十七事作“星术”。旧唐书卷一九一方伎张果传作“善算人而知夭寿善恶”。新唐书卷二〇四方技张果传同。

〔二〕便　原书作“使”。

〔三〕醺然　原书作“醇然”。

676 玄宗时，亢旱，禁中筑龙堂祈雨。命少监冯绍正画西方〔一〕，未毕，如觉云气生梁栋间，俄而大雨。

本条原出明皇杂录卷下。太平广记卷二一二明皇杂录题作冯绍正。白孔六帖卷八二引卢氏杂说亦载。

〔一〕命少监冯绍正画西方　原书作“因召少府监冯绍正，令于四壁各画一龙，绍正乃先于西壁画素龙。”当据正。白孔六帖引文“冯绍正”误作“马绍正”。

677 罗公远多秘异之术〔一〕，最善隐形。玄宗乐隐形之术，就公远勤求而学，公远虽传，不尽其妙。上每与公远同为之，则隐没，人莫能测；若自为之，则或遗衣带，或露头巾脚，宫人每知上之所在也。百万锡赉，或临之以死，公远终不尽传其术〔二〕。上怒，命力士裹以油幞，置于榨下压杀而埋弃之〔三〕。不经旬，有中官从蜀使回〔四〕，逢公远乘骡于路，笑而谓曰："上之为戏，一何虐耶！"

本条原出开天传信记。太平广记卷七七开天传信记题作罗思远。类说卷六开天传信记题作隐身法。说郛（陶珽刊本）卷五二传信记亦载。

〔一〕罗公远　原书同。太平广记、类说引文作"罗思远"，下同。新唐书卷二〇四方技罗思远传叙事与此合。

〔二〕百万锡赉或临之以死公远终不尽传其术　原书无此三句，太平广记引文有，文小异。

〔三〕榨　原书作"榨木"。

〔四〕使　原书作"道"。

678 明皇幸东都。秋宵，与一行师登天宫寺阁，临眺久之。上四顾，凄然叹息，谓一行曰："吾甲子得终无患乎？"一行曰："陛下行幸万里，圣祚无疆。"及西巡至成都，前望大桥，上乃举鞭问左右曰："是何桥也？"节度使崔圆跃马进曰："万里桥。"上叹曰〔一〕："一行之言今果符合，吾无忧矣。"

本条原出松窗杂录。太平广记卷一三六松窗录题作万里桥。绀珠集卷十一松窗录题作万里桥。新编分门古今类事卷二松窗录题作得宝改元。续前定录亦叙此事。说郛(陶珽刊本)卷四六松窗杂记、卷五二摭异记、(张宗祥辑明抄本)卷三与卷四六松窗杂录均载。又本条与679条、680条原合为一条,今依原书分列。

〔一〕上叹曰　原书作"上因追叹曰"。

679 或曰〔一〕:一行〔二〕,开元中尝奏上云:"陛下行幸万里,圣祚无疆。"故天宝中幸东都,庶盈万数〔三〕。及上幸蜀,至万里桥,方悟焉。

本条原出大唐传载。太平广记卷一四九传载题作一行。又本条与678、680条原合为一条,今依原书分列。

〔一〕或曰　此二字非原书文字。

〔二〕一行　原书上有"沙门"二字。

〔三〕天宝中幸东都庶盈万数　元氏长庆集卷二四乐府胡旋女自注:"纬书云:僧一行尝奏玄宗曰:'陛下行幸万里,圣祚无疆。'故天宝中岁幸洛阳,冀充盈数。及上幸蜀,至万里桥,乃叹谓左右曰:'一行之奏,其是乎!'"陈寅恪元白诗笺证稿第五章新乐府胡旋女引此,且下案语曰:"此条亦见国史补上及唐语林伍等书。关于预言后验之物语,可不置辩。惟玄宗自开元二十四年冬十月丁卯由洛阳还长安后,即不复再幸东都。此所云:'天宝中岁幸洛阳'者,非史实也。"

680 一行和尚灭度,留一物封识,命弟子进于上。发而视之,乃"蜀当归"也。上不谕其意,及幸蜀间〔一〕,乃知其深意,方叹异之。

本条原出开天传信记。太平广记卷一三六开天传信记题作蜀当归。绀珠集卷二开天传信记题作蜀当归。类说卷六开天传信记题作一行进当归。新编分门古今类事卷二开元记题作一行当归。说郛(陶珽刊本)卷五二传信记亦载。南部新书卷壬亦载此事。集注分类东坡先生诗卷十六寄刘孝叔王十朋注引援则曰:"罗公远寄玄宗以蜀当归。"又本条与678、679条原合为一条,今依原书分列。

〔一〕间　原书作"回",当据改。

681 玄宗尝幸东都,天大旱,且暑。时圣善寺有竺乾僧无畏,号曰三藏,善召龙致雨之术。上遣力士疾召无畏请雨,无畏奏曰:"今旱,数当然尔。召龙兴烈风雷雨,适足暴物,不可为也。"上使强之,曰:"人苦暑久矣〔一〕! 虽暴风疾雷,亦足快意。"无畏辞不获已,遂奉诏。有司为陈请雨具,而幡幢像设甚备。无畏笑曰:"斯不足以致雨。"悉令撤之。独盛一钵水,无畏以小刀于水钵中搅旋之,梵言数百咒水〔二〕。须臾之间,有龙,其状如指〔三〕,赤色,首瞰水上。俄顷,没于水钵中。无畏复以刀搅水,咒者三。有顷,白气自钵中兴,如炉烟,径上数尺,稍引去讲堂外。无畏谓力士曰:"亟去〔四〕,雨至矣!"力士驰马,去而四顾,见白气疾旋,自讲堂而西,若尺素腾上。既而昏霾,大风震雷,暴雨如泻。力士驰及天津之南〔五〕,风雨亦随马而至矣。街中大树多拔。力士复奏〔六〕,衣尽沾湿。孟温礼为河南尹〔七〕,目见其事。温礼子尝言于李栖筠〔八〕,与力士同在先朝〔九〕。吏部员外郎李华撰无畏碑,亦云前后奉诏〔一〇〕,禳旱致雨,灭火回风,昭昭然遍诸耳目也。

本条原出次柳氏旧闻。太平广记卷三九六柳氏史题作无畏三藏。绀珠集卷五明皇十七事题作无畏致雨。类说卷二一明皇十七事题作求雨。说郛(陶珽刊本)卷三六次柳氏旧闻、卷五二明皇十七事重出均载。

〔一〕久　原书作"病"。

〔二〕梵　原书作"胡",当据改。

〔三〕有龙其状如指　原书作"有如龙状,其大类指"。

〔四〕亟　原书作"宜",当据本书改。太平广记引文亦作"亟"。

〔五〕驰及　原书作"才及"。

〔六〕复奏　原书上有"比"字。

〔七〕孟温礼为河南尹　原书句首有"时"字,当据补。

〔八〕温礼子尝言于李栖筠　原书作"温礼子皞尝言于臣亡祖"。

〔九〕与力士同在先朝　原书作"先臣与力士同",当据本书补"在先朝"三字,本书当据之补"先臣"二字。

〔一〇〕前后　原书无。

682 玄宗紫宸殿樱桃熟,命百官口摘之。

本条不知原出何书。太平御览卷九六九果部六樱桃引唐书,即此文。

683 玄宗命射生官射鲜鹿,取血煎鹿肠食之〔一〕,赐安禄山、哥舒翰〔二〕。

本条原出卢氏杂说。太平广记卷二三四、锦绣万花谷前集卷三六引卢氏杂说题作热洛河。

〔一〕取血煎鹿肠食之　太平广记、锦绣万花谷引文其下尚有“谓之‘热洛河’”一句。

〔二〕赐安禄山哥舒翰　新唐书卷一三五哥舒翰传：“翰素与安禄山、安思顺不平，帝每欲和解之。会三人俱来朝，帝使骠骑大将军高力士宴城东，翰等皆集。诏尚食生击鹿，取血瀹肠为热洛何以赐之。”

684 虢国夫人就屋梁悬鹿肠，其中结之，有宴则解开，于梁上注酒，号“洞天圣酒”〔一〕。

本条不知原出何书。云仙杂记卷六酒中玄引此，题作洞天瓶。白孔六帖卷九七鹿引此，云出酒中玄。

〔一〕号洞天圣酒　云仙杂记引文其下尚有“又曰‘洞天瓶’”一句。

685 玄宗时，以林邑国进白鹦鹉，慧利之性特异常者，因暇日以金笼饰之，示于三相。上再三美之。时苏颋初入相〔一〕，每以忠说厉己，因前进曰：“记云〔二〕：‘鹦鹉能言，不离飞鸟〔三〕。’臣愿陛下深以为志。”

本条原出松窗杂录。太平广记卷一六四松窗录题作苏颋。类说卷十六松窗杂录题作白鹦鹉。说郛（陶珽刊本）卷五二摭异记亦载。

〔一〕苏颋　类说引文误作“魏徵”。

〔二〕记　原书作“书”。太平广记引文误作“诗”。

〔三〕鹦鹉能言不离飞鸟　礼记曲礼上文。

686 申王有高丽赤鹰[一]，每猎，必置之驾前，目之为“抉云儿”。

本条原出开元天宝遗事卷下决云儿。绀珠集卷一开元天宝遗事题作决云儿。类说卷二一开元天宝遗事题作快云儿，“快”乃误字。说郛（陶珽刊本）卷五二开元天宝遗事题作决云儿。

〔一〕申王有高丽赤鹰　各本下有“岐王有北山黄鹘”一句。

687 玄宗尝三殿打球，荣王堕马闷绝。黄幡绰奏曰：“大家年几不为小[一]，圣体又重，傥马力既极，以至颠踬，天下何望！何不看女婿等与诸色人为之？如人对食盘[二]，口眼俱饱，此为乐耳。傍观大家驰逐忙遽，何暇知乐？”上曰：“尔言大有理，后当不复自为也。”

本条原出教坊记。古今说海本教坊记阙载。类说卷七教坊记题作打球堕马，与本书此文合。

〔一〕年几　类说引文作“如今年纪”。

〔二〕如人对食盘　类说引文作“如臣坐对食盘”。

688 玄宗问黄幡绰：“是物儿得人怜[一]？”“是物儿”者，犹“何人儿”也[二]。对曰：“自家儿得人怜。”时杨妃号安禄山为子，肃宗在东宫，常危惧。上俯首久之[三]。上又尝登北楼望渭，见一醉人临水卧，问左右“是何人”，左右不对。幡绰曰：“是年满令史。”又问曰：“尔何以知之？”对曰：“更一转，入流[四]。”上大笑。上又与诸王会食，宁王喷饭，直及上前。上曰：“宁哥何故错喉？”幡绰曰：“此非错喉，是喷帝〔五〕。”

本条原出因话录卷四角部之次谐戏附。太平广记分为两条，卷一六四因话录题作黄幡绰，卷二五〇因话录题作黄幡绰（自“玄宗尝登苑北楼”至“是喷嚏”）。类说卷十四因话录题作自家儿得人怜。说郛（张宗祥辑明抄本）卷十五因话录亦载。又“上又与诸王会食”以下一段，并见次柳氏旧闻。说郛（陶珽刊本）卷五二明皇十七事亦载。说郛（张宗祥辑明抄本）卷四四次柳氏旧闻亦载，题曰喷帝。又本条与689、690、691、692条原合为一条，今依原书分列。

〔一〕物　原书作“匆”。文廷式纯常子枝语卷四引因话录，曰：“此是‘匆’字，即今俗语‘什么’字所本也。”“儿”为“匆”之词尾。

〔二〕是物儿者犹何人儿也　原书作“是匆儿，犹言‘何儿’也”。此二句作双行小注。太平广记引文亦作注文列入。

〔三〕时杨妃号安禄山为子肃宗在东宫常危惧上俯首久之　原书作“时杨贵妃宠极中宫，号禄山为子。肃宗在春宫，常危惧。上闻幡绰言，俯首久之。”此六句作双行小注。太平广记引文亦作注文列入。

〔四〕更一转入流　唐制以九品内职官为流内，九品以外为流外，由流外进入流内，称“入流”。令史为九品外之吏职，然有年劳者可进入流内。此处黄幡绰乃取渭水之“流”与流品之“流”谐音而有此谑。

〔五〕是喷帝　原书作“是喷嚏”。下有双行夹注：“幡绰优人，假戏谑之言警悟时主，解纷救祸之事甚众，真滑稽之雄。”说郛（张宗祥辑明抄本）引文亦有此注。

689 或曰〔一〕：郑滁州胪于曲江见令史醉卧池岸〔二〕，云："更一转，入流。"

本条原出大唐传载。与688、690、691、692条原合为一条，今依原书分列。

〔一〕或曰 此二字非原书文字。

〔二〕郑滁州胪于曲江见令史 原书作"郑滁州胪于曲江见令使"。"使"乃"史"之误。

690 又开元中，上与内臣作历日令。高力士挟大葴，置黄幡绰口中，曰："塞穴吉〔一〕！"幡绰遽取上前叵罗内靴中，走下，曰："内财吉〔二〕。"上欢甚，即赐之。

本条不知原出何书。与688、689、691、692条原合为一条，今依原书分列。

〔一〕塞穴吉 敦煌写卷伯希和三二四七同光四年具注历内有"塞穴吉"之说。

〔二〕内财吉 即"纳取财物吉"。敦煌写卷伯希和三二四七雍熙三年具注历日内有"内财大吉利"之说。

691 上好击球。内厩所养马，犹未甚适。与幡绰语曰："吾欲良马久矣，谁能通马经者？"幡绰奏："臣能知之，今丞相悉善马经〔一〕。"上曰："吾与丞相言〔二〕，政事外，悉究其旁学，不闻有通马经者。尔焉知之？"幡绰曰："臣每日沙堤上见丞相所乘，皆良马，是必能通知。"上大笑。

本条原出松窗杂录。太平广记卷二五〇松窗杂录题作黄翻绰。绀珠集卷十一松窗录题作善马经。类说卷十五松窗杂录题作通马经。说郛(陶珽刊本)卷四六松窗杂记、卷五二摭异记、(张宗祥辑明抄本)卷四六松窗杂录均引。又本条与688、689、690、692条原合为一条,今依原书分列。

〔一〕丞相　原书上有“三”字。

〔二〕丞相　原书上有“三”字。

692 又黄幡绰滑稽不穷,尝为戏,上悦,假以绯衣。忽一日,佩一兔尾,上怪问,答曰:“赐绯毛鱼袋〔一〕。”上谓曰:“鱼袋本朝官入閤合符方佩之,不为汝惜。”竟不赐。

本条不知原出何书。与688、689、690、691条原合为一条,今依原书分列。

〔一〕赐绯毛鱼袋　“毛”谐“莫”,即“无”意。后汉书卷二八上冯衍传:“饥者毛食”,王先谦集解引钱大昕曰:“古音‘无’如‘模’,声转为‘毛’,今荆楚犹有此音。”“赐绯毛鱼袋”,即嫌“赐绯”而无“鱼袋”也。

693 打球,古之蹴鞠也。汉书艺文志“蹴鞠二十五篇”,颜注云:“鞠,以韦为之,实之以物,蹴蹋为戏。鞠〔一〕,陈力之事,故附于兵法。蹴音千六切〔二〕,鞠音距六切。”近俗声讹,谓鞠为球〔三〕,字亦从而变焉,非古也。开元天宝中〔四〕,上数御观打球为事〔五〕。能者左萦右拂,盘旋宛转,殊有可观,然马或奔逸,时致伤毙。永泰中,苏门山人刘钢于邺下上书于刑部尚书薛公云〔六〕:“打球,一则损人,二则损马。为乐之方甚众,何乘兹至危,以邀晷刻之欢耶?”薛公悦其言,图钢之形,置于左右〔七〕,命掌记陆长源为赞以美之。然打球乃军州常戏，虽不能废，时复为之耳。今乐人又有蹋球之戏〔八〕，作彩画木球，高一二尺，女妓登躡〔九〕，球转而行，萦回去来，无不如意，盖古蹋鞠之遗事也〔一〇〕。

本条原出封氏闻见记卷六打球。守山阁丛书本唐语林校勘记以为本条出自因话录，误。

〔一〕鞠　原书作“蹴鞠”。传世各本汉书艺文志颜注亦有“蹴”字，当据补。

〔二〕蹴音千六切　原书作“蹴音子六反”，“千”乃“子”之误。

〔三〕谓　原书作“蹋”。

〔四〕开元天宝中　原书此上历叙太宗、中宗时打球事，本书略去。

〔五〕上数御　原书下有“楼”字。

〔六〕薛公　即薛嵩。新唐书卷一一一薛嵩传：“初，嵩好蹴踘，隐士刘钢劝止，曰：‘为乐甚众，何必乘危邀晷刻欢？’嵩悦，图其形坐右。”

〔七〕左右　原书作“坐右”，当据改。

〔八〕蹋球　原书作“躡球”。

〔九〕躡　原书误作“榻”，当据本书改。

〔一〇〕蹋鞠　原书作“蹴鞠”。

694 拔河，古谓之牵钩〔一〕。襄汉风俗，常以正月望日为之。相传楚将伐吴，以为教战。梁简文临雍部，禁之而不能绝。古用篾缆，今代以大麻絙〔二〕，长四五十丈，两头分系小索数百条，挂于胸前〔三〕，分两朋，两向齐挽。当大絙之中，立大旗为界。震声叫噪〔四〕，使相牵引，以却者为胜，就者为输，名曰“拔河”。中宗曾以清明日御梨园球场，命侍臣为拔河之戏。时七宰相[五]、二驸马为东朋，三宰相、五将军为西朋。东朋贵人多，西朋奏“胜不平”，请重定，不为改，西朋竟输。韦巨源[六]、唐休璟年老[七]，随絙而踣，久不能兴。上大笑，令左右扶起[八]。明皇数御楼设此戏，挽者至千馀人，喧呼动地，蕃客庶士，观者莫不震骇。进士河东薛胜为拔河赋[九]，其词甚美，时人竞传之。

本条原出封氏闻见记卷六拔河。说郛（陶珽刊本）卷四六、（张宗祥辑明抄本）卷四引封氏闻见记亦载。

〔一〕牵钩　原书误作“牵钓”。

〔二〕今代以　原书作“今民则以”。

〔三〕胸　原书无。

〔四〕声　原书作“鼓”。

〔五〕七　原书无，当据本书补。

〔六〕韦巨源　原书上有“仆射”二字。

〔七〕唐休璟　原书上有“少师”二字。

〔八〕令　原书无，当据本书补。

〔九〕河东薛胜为拔河赋　文见文苑英华卷八十一。

695 明皇开元二十四年八月五日，御楼设绳技[一]。技者先引长绳，两端属地，埋鹿卢以系之。鹿卢内数丈，立柱以起，绳之直如弦。然后技女自绳端摄足而上[二]，往来倏忽，望若飞仙。有中路相遇，侧身而过者；有着履而行[三]，从容俯仰者；或以画竿接胫，高六尺[四]；或蹋肩蹋顶[五]，至三四重，既而翻身直倒至绳[六]，还往曾无蹉跌[七]，皆应严鼓之节,真可观也〔八〕。卫士胡嘉隐作绳技赋献之,词甚宏畅,上览之大悦,擢拜金吾卫仓曹参军〔九〕。自兵寇覆荡〔一〇〕,伶官分散〔一一〕,外方始有此技。军州宴会,时或为之〔一二〕。

本条原出封氏闻见记卷六绳妓。

〔一〕技　原书作“妓”。下同。

〔二〕摄　原书作“蹑”,当据改。

〔三〕履　原书作“屐”。

〔四〕六尺　原书作“五六尺”,当据改。

〔五〕蹋顶　原书作“蹈顶”。

〔六〕直　原书作“掷”。

〔七〕还往曾无蹉跌　原书“往”误“注”,当据本书改。原书“跌”作“跌”,本书当据之改正。

〔八〕可　原书作“奇”。

〔九〕金吾卫仓曹参军　原书作“金吾曹参军”。

〔一〇〕兵寇　原书作“安寇”,盖指安禄山。

〔一一〕伶官　原书作“伶伦”。

〔一二〕为　原书作“有”。

696 明皇在禁中,欲与姚元之论事。时七月十五日,苦雨不止,泥泞盈尺,上令左右以步辇召之〔一〕。

本条原出开元天宝遗事卷上步辇召学士。类说卷二一开元天宝遗事题作步辇召学士。锦绣万花谷后集卷十开天遗事题作抬步辇。岁时广记卷三十开元遗事题作论事务。说郛(陶珽刊本)卷五二开元天宝遗事题作步辇召学士。容斋随笔卷一浅妄书曰:“开天遗事，托云王仁裕所著。仁裕，五代时人，虽文章乏气骨，恐不至此。姑析其数端以为笑。其一云：'姚元崇开元初作翰林学士，有步辇之召。'按：元崇自武后时已为宰相，及开元初，三入辅矣。"

〔一〕上令左右以步辇召之　原书作"上令侍御者抬步辇召学士来"，其下尚有"时元崇为翰林学士，中外荣之"等语。

697 宋开府璟虽耿介不群，亦知音乐，尤善羯鼓。〔原注〕〔一〕鼓乐部行丐乱云〔二〕："'南山起云，北山起雨'者，是宋开府所为。"尝与明皇论羯鼓事，曰："不是青州石末，即须鲁山花瓷。撚小碧上，掌下须有朋〔原注〕去声。肯〔原注〕〔三〕去声。声。"据此，乃汉震第二鼓也。且𩓐用石末、花磁，固是腰鼓，掌下朋肯声，是以手拍鼓，非羯鼓明矣。〔原注〕第二鼓，左以杖，右以指〔四〕。开府又曰〔五〕："头如青山峰，手如白雨点。"此即羯鼓之能事。山峰取不动，雨点取碎急。上与开府兼善两鼓，而羯鼓偏好，以其比汉震稍雅细焉。开府之家悉传之。东都留守郑叔则祖母〔六〕，即开府之女。今尊贤里郑氏第，有小楼，即宋夫人习鼓之所也。开府孙沇亦知音。贞元中，集乐录三卷〔七〕，德宗览而善焉。又知是开府之孙，遂召对赐坐，与论音乐。又召至宣徽〔八〕，张乐使观焉。曰："设有舛乖，悉可言之。"沇沉吟曰："容臣与乐官商榷条奏。"上使宣徽使就教坊与乐官参议数日〔九〕。二使奏上："乐工多言沇曾不留意，不解声调，不审节拍，兼有聩病，不可议乐。"上颇异之。久之召对〔一〇〕，且曰〔一一〕："臣年老多病，耳实失听〔一二〕，若迨于声律，不致无业。"上又使作乐曲,问其得失,承禀舒迟,众工多笑之。沆顾笑者,忽忿怒作色,奏曰:"曲虽妙,其间有不可者。"上惊问之,即指一琵琶云:"此人大逆戕忍,当即去〔一三〕,不宜在至尊前。"又指一笙云:"此人神魂已游墟墓,不可更留供奉。"上大骇,令主司潜伺察之。既而琵琶工为人诉,称六七年前其母自缢〔一四〕,不得端由;即令按鞫,遂伏罪。其笙者乃忧恐不食,旬日而卒。上益加知遇,面赐章绶,累召对。每令沆察乐,乐工悉惴恐,不敢正视。沆惧罹祸,辞病而退。

本条原出羯鼓录。太平御览卷五八三引羯鼓录亦载。太平广记卷二〇五羯鼓录分别题作宋璟、宋沆。绀珠集卷五羯鼓录分别题作南山起云、青山石末鲁山花瓷、头如山峰、明肯声,"明"乃"朋"之误。类说卷十三羯鼓录题作汉第二鼓。说郛(张宗祥辑明抄本)卷六五羯鼓录亦载。

〔一〕原注　此为南卓自注。下同。

〔二〕鼓乐部行丐乱　原书作"乐部行王询",当据之校正。

〔三〕原注　原书此处佚去原注中文字。

〔四〕指　原书作"手指"。

〔五〕开府又曰　原书作"又开府谓上曰"。

〔六〕郑叔则　太平广记引文作"郑叔明"。全唐文卷七八四穆员福建观察使郑公墓志铭曰:"公讳叔则……俄领东都留守兼河南尹。"知作"郑叔则"者是。

〔七〕集乐录　原书作"进乐书"。

〔八〕又召至宣徽　原书上有"数日"一句。

〔九〕参议数日　原书下有"然后进奏"一句。

〔一〇〕久之召对　原书作"又召宣徽使对"。

〔一一〕且曰　太平御览引文作“沇曰”。

〔一二〕失听　原书作“失聪”。

〔一三〕当即去　原书作“不日间兼即抵法”。

〔一四〕母　原书作“父”。

698 李龟年、彭年、鹤年弟兄三人，开元中皆有才学盛名。鹤年能歌词，尤妙制渭州〔一〕。彭年善舞。龟年善打羯鼓。明皇问：“卿打多少杖？”对曰：“臣打五千杖讫。”上曰：“汝殊未，我打却三竖柜也。”后数年，又闻打一竖柜〔二〕，因赐一拂枝杖羯鼓棬〔三〕。后留传至建中三年〔四〕，任使君又传一弟子，使君令取江陵漆盘底泻水棬中，竟不散〔五〕，以其至平故也。又云：“人闻鼓棬只在调竖慢〔六〕。此棬一调之后，经月如初。今不如也〔七〕。”

本条原出大唐传载。太平广记卷二〇五李龟年条，云出传记，文曰：“李龟年善羯鼓。玄宗问卿打多少枚，对曰：‘臣打五十杖讫。’上曰：‘汝殊未，我打却三竖柜也。’后数年，又闻打一竖柜，因赐一拂枚羯鼓卷。”与原书文字间有不同，然似同出一源。传记当是传载之误。又太平广记卷二〇四李龟年条开端数语，叙李氏弟兄善歌舞事，与本书此文开端合，云出明皇杂录。

〔一〕鹤年能歌词尤妙制渭州　原书作“鹤年诗尤妙唱渭城”，文有夺讹。

〔二〕又闻　原书作“有闻”。

〔三〕拂枝杖羯鼓棬　原书作“拂杖羯鼓后卷”，“卷”乃“棬”之误字，当据本书改。下同。“后”乃下句首字而羼入本句者，当据本书校正。

〔四〕留　原书作“流”，当据改。

〔五〕竟　原书作“竟日”。

〔六〕人闻鼓棬　原书作“卷人鼓”，当据本书改。

〔七〕今不如也　原书作“今不知所存”。

699 天宝中，乐章多以边地为名，若凉州、甘州、伊州之类是焉。其曲遍繁声为“破”〔一〕，后其地尽为西蕃所没〔二〕；破，其兆矣。

本条原出大唐传载。太平广记卷二〇四传载录题作天宝乐章。古今合璧事类备要外集卷十一亦载。近事会元卷四传载题作曲破。五色线卷下传载题作凉州等四名。碧鸡漫志卷三引传载亦载。

〔一〕曲遍繁声为破　原书作“曲遍繁声名‘入破’”，古今合璧事类备要引文同。五色线引文作“曲变繁声入破”。本书夺“入”字，当据诸书补。

〔二〕西蕃　原书作“西番”，五色线引文作“吐蕃”。

700 上爱幸安禄山，呼之为儿，常于便殿与杨妃同乐之。禄山每就坐，不拜上而拜杨妃。上顾而问之：“不拜我而拜妃子〔一〕，何也？”禄山奏云：“外国人不知有父，只知有母〔二〕。”上笑而赦之〔三〕。禄山丰肥大腹，上尝问：“此腹中何物而大〔四〕？”禄山寻声而对：“腹中但无他物，唯赤心而已。”上以其真而益亲之。

本条原出开天传信记。太平广记卷二三八开天传信记题作安禄山。说郛（陶珽刊本）卷五二传信记亦载。

〔一〕不拜我　原书上有“此胡”二字。

〔二〕外国人不知有父只知有母　原书“外国人”作“胡家”，太平广记引文亦作“胡家”，此当是四库全书馆臣所改。旧唐书卷二百上安禄山传载此语曰：“臣是蕃人，蕃人先母而后父。”新唐书同。

〔三〕赦　原书作“舍”。

〔四〕此腹中何物而大　原书作“此胡腹中何物，其大如是？”太平广记引文同，唯“如是”作“乃尔”。新唐书卷二二五上逆臣安禄山传载此语曰：“胡腹中何有而大？”

701 张巡将雷万春于城上与巡语次，被贼伏弩射之，中万春面，不动。令狐潮疑是木人，谍问之〔一〕，知是万春，乃言曰：“向见雷万春〔二〕，方知足下军令矣。然其如天理何〔三〕！”巡与潮书，曰“仆诚下材，亦天下一男子耳。今遇明君圣主，畴则屈腰；逢豺狼犬羊，今须展志”云云，“请足下多服续命之散，数加益智之丸，无令病入膏肓，坐亲斧锧也。”

本条原出刘宾客嘉话录。说郛（陶珽刊本）卷三六嘉话录亦载。原书本条之前尚有梁僧志公预言安禄山败亡之谶语，共六十八字，本书略去。

〔一〕谍　原书作“询”。

〔二〕雷万春　原书作“雷将军”。

〔三〕然其如天理何　资治通鉴卷二一八唐纪三四肃宗至德元载叙雷万春事亦录此语。原书自此句以下佚去六十九字，唐兰据本书补入。新唐书卷一九二忠义中雷万春传叙此事多同本文。

702 张巡之守睢阳，玄宗已幸蜀，贼氛方炽〔一〕，孤城势蹙，人困食竭，以纸布煮而食之〔二〕，时以茶汁和之，而意自如。其谢金吾将军表曰〔三〕："想峨眉之碧峰，豫游西蜀；追绿耳于悬圃，保寿南山。逆贼禄山〔四〕，戮辱黎献，膻臊阙庭。臣被围四十七日〔五〕，凡一千二百馀阵〔六〕。主辱臣死，当臣致命之时；恶稔罪盈，是贼灭亡之日。"忠勇如此。激励将士，尝赋诗曰："接战春来苦，孤城日渐危。合围侔月晕〔七〕，分守效鱼丽。屡厌黄尘起，时将白羽挥。裹疮犹出战〔八〕，饮血更登陴。忠信应难敌，坚贞谅不移〔九〕。无人报天子〔一〇〕，心计欲何施？"又闻笛诗曰〔一一〕："岧峣试一临，虏骑附城阴〔一二〕。不辨风尘色，安知天地心？营开星月近，战苦阵云深。旦夕更楼上，遥闻横笛吟。"时雍邱令令狐潮以书劝诱〔一三〕，不纳。其书有曰："宋七昆季，卫九诸子，昔断金成契，今乃刎颈相图。"云云。时刘禹锡具知宋、卫，耳剽所得，濡毫有遗，所冀多闻补其阙也。又说：许远亦有文，其祭纛文为时所称，所谓"太一先锋，蚩尤后殿。苍龙持弓，白虎捧箭。"又祭城隍文云："智井鸠翔，危堞龙护〔一四〕。"皆文武雄健，士气不衰，真忠烈之士也。刘禹锡曰："此二公，天赞其心，俾之守死善道。向若救至身存，不过是一张仆射耳，则张巡、许远之名，焉得以光扬于万古哉！"巡性明达，不以簿书介意。为真源宰，县有豪华南金，悉委之。故时人语曰："南金口，明府手。"及巡闻之，不以为事〔一五〕。

本条原出刘宾客嘉话录。类说卷五四刘禹锡佳话题作张巡诗。说郛(陶珽刊本)卷三六嘉话录、(张宗祥辑明抄本)卷二一刘宾客嘉话录均载。诗话总龟卷一忠义门引作有宋诗话。侯鲭录卷六、四六话卷下亦曾征引,然不注出处。

〔一〕贼氛　原书作"胡羯"。此乃四库全书馆臣所改。

〔二〕纸　原书作"絺"。

〔三〕谢金吾将军表　原书作"谢加金吾表"。

〔四〕逆贼禄山　原书下有"迷逆天地"一句。

〔五〕四十七日　原书误作"七旬"。诗话总龟引文作"四十九日"。

〔六〕一千二百馀阵　原书作"亲经百战"。四六话作"一千八百馀阵"。

〔七〕侔　原书误作"殆"。

〔八〕战　原书作"阵"。

〔九〕谅　唐诗纪事卷二五张巡引文作"自"。

〔一〇〕子　原书误作"地"。

〔一一〕闻笛　原书作"夜闻笛"。

〔一二〕附　原书误作"俯"。

〔一三〕时雍邱令令狐潮以书劝诱　原书自此以下二百三十字佚去,唐兰据本书补入。

〔一四〕护　四六话、唐诗纪事引文作"擭",当据改。

〔一五〕巡闻之不以为事　新唐书卷一九二张巡传云:"大吏华南金树威恣肆……巡下车,以法诛之。"

703 吴道子访僧〔一〕,不见礼,遂于壁上画一驴。其僧房器用无不踏践〔二〕。僧知道子所为,谢之〔三〕,乃涂去。

本条原出卢氏杂说。太平广记卷二一二卢氏杂说题作吴道玄。类说卷四九、锦绣万花谷前集卷三三引卢氏杂说题作恼僧。白孔六帖卷九七引卢氏杂说题作道子画驴。

〔一〕访僧　太平广记引文下有"请茶"二字。

〔二〕其僧房器用无不踏践　太平广记、类说、锦绣万花谷与白孔六帖引文上有"一夜"二字。

〔三〕谢之　太平广记引文作"恳邀到院祈求",类说引文作"邀道子恳求"。

704 王维画品妙绝,工水墨平远〔一〕,昭国坊庾敬休所居室壁有之。人有画乐图〔二〕,维熟视而笑,或问其故,维曰:"此是霓裳羽衣曲第三叠第一拍〔三〕。"好事者集乐工验之,一无差舛。

本条原出国史补卷上王摩诘辨画。太平广记卷二一一国史补题作王维。沈括梦溪笔谈卷十七引此而有驳正,王观国学林卷五亦有考辨。又太平广记卷二一四杂编引卢氏杂记有类同本文之记载,绀珠集卷九引文亦作卢氏杂说。

〔一〕工水墨平远　原书作"于山水平远尤工"。

〔二〕乐图　原书与太平广记引文作"奏乐图",本书当据之补"奏"字。新唐书卷二〇二文艺中王维传作"按乐图"。

〔三〕此是霓裳羽衣曲第三叠第一拍　梦溪笔谈曰:"霓裳曲凡十三叠,前六叠无拍,至第七叠方谓之叠遍,自此始有拍而舞作。故白乐天诗云:'中序擘騞初入拍',中序即第七叠也,第三叠安得有拍?但言'第三叠第一拍',即知其妄也。”

705 王维为大乐丞，被人嗾令舞黄狮子，坐是出官。黄狮子者，非天子不舞也，后辈慎之。

本条不知原出何书。

706 或有人报王维云〔一〕：“公除右丞〔二〕。”王曰：“吾畏此官〔三〕，屡被人呼‘不解作诗王右丞’〔四〕。”

本条原出大唐传载。

〔一〕王维　原书作“王河南维”。“河南”为“河东”之误。

〔二〕右丞　原书作“右辖”。

〔三〕畏　原书作“居”。

〔四〕屡　原书作“虑”。

707 王缙多与人作碑志〔一〕。有送润笔者，误致王右丞院〔二〕，右丞曰：“大作家在那边！”

本条原出卢氏杂说。太平广记卷二五五卢氏杂说题作王维。海录碎事卷二一引卢氏杂说亦载。

〔一〕王缙多与人作碑志　太平广记引文“王缙”误作“王玙”。又太平广记与海录碎事引文“多”作“好”。

〔二〕误致王右丞院　太平广记引文作“误扣右丞王维门”。海录碎事引文作“误叩其兄王右丞维门”。

708 天宝中〔一〕，天下无事。选六宫风流艳态者〔二〕，名“花鸟使”，主饮宴〔三〕。

本条原出大唐传载。南部新书卷庚亦载此事。

〔一〕天宝中　南部新书作“天宝四年”。

〔二〕风流　原书脱“流”字，当据本书补。

〔三〕饮宴　原书无“饮”字。

709 杭州房琯为盐官令，于县内凿池构亭，曰“房公亭”，后废。案〔一〕：唐书房琯传：琯，河南人，亦未为盐官令。此疑有误〔二〕。

本条不知原出何书。

〔一〕案　此案语当是永乐大典编者或四库全书馆臣所加。

〔二〕此疑有误　杭州房琯或非命相之房琯，此等处存疑可也。

710 骊山华清宫，天宝中植松柏遍满岩谷，望之郁然。朝元阁在北岭之上，最为崭绝。次南即长生殿。殿东南，汤泉凡一十八所。第一即御汤，周环数丈，悉砌白石，莹彻如玉，石面皆隐起鱼龙花鸟之状。四面石座，阶级而下，中有双白石瓮，连腹异口，瓮口中复植双白石莲，泉眼自莲中涌出，注白石之面〔一〕。御汤西南，即妃子汤，汤稍狭，汤侧有红石盆四所，刻作菡萏于白石之面〔二〕。馀汤迤逦，相属而下，凿作暗窦走水；出东南数十步，复立一石表，涌出〔三〕，灌注一石盆中。后人为也〔四〕。

本条原出贾氏谈录。说郛（陶珽刊本）卷三七、（张宗祥辑明抄本）卷九贾氏谈录亦载，后书题作汤泉。南部新书卷己亦载此事。

〔一〕中有双白石瓮(至)注白石之面　原书作“中有双白石莲，泉眼自瓮口中涌出，喷注白莲之上”。

〔二〕所刻作菡萏于白石之面　南部新书作“所刻作菡萏之状，陷于白面”，本书当从之校正。

〔三〕涌出　原书作“水自石表出”。

〔四〕后人为也　原书作“贾君云：此是后人置也”。

711 潞州启圣宫，有明皇敧枕斜书壁处，并腰鼓马槽并存〔一〕。张弘靖为潞州从事〔二〕，皆见之。

本条原出尚书故实。集注分类东坡先生诗卷十一赠写真何充秀才叶尧卿引尚书谭录亦载。说郛(陶珽刊本)卷三六尚书故实亦载。

〔一〕并腰鼓马槽并存　叶尧卿注引文下有“明皇有一目微斜，故作横撚箭之状”二句。

〔二〕张弘靖　原书作“公”。

712 北邙山玄元观〔一〕，南有老君庙。殿台高敞，下瞰伊、洛。神仙塑像，皆开元中杨惠之所制，世称奇巧〔二〕。

永乐大典卷之一万八千二百二十四像老君像引唐语林亦载。

本条原出剧谈录卷下老君庙画。太平广记卷二一二剧谈录题作老君庙。原书此条与卷七959条本是一条，此条在前。

〔一〕北邙山玄元观　原书作“东都北邙山，有玄元观”。

〔二〕世称奇巧　原书作“奇巧精严，见者增敬”。其下叙吴道玄等壁画事，本书不载。

713 邺西鼓山东北，有石鼓，俗传石鼓鸣则兵起。左思魏都赋云："神钲迢递于高峦，灵响特惊于四表[一]。"案说文："钲似铃"；小者为铙，周礼："以金铙止鼓[二]。"然则钲、鼓虽同类，钲乃以金为之，直谓石鼓为神钲，失其义矣。高齐时石鼓鸣，未几而齐灭；隋季又鸣，无何海内崩乱；近天宝末，石鼓复鸣，俄而幽燕俶扰。记传临海、零陵、南康、建平、天水诸处皆有石鼓，其说多同。晋武帝时，吴郡临平湖岸崩，出一石鼓，扣之不鸣，张华云："取蜀郡桐木作鱼形，击之则鸣。"于是声闻数十里[三]。后十六国迭据，三百馀年攻战不息。是石鼓之鸣，咸非吉征也。

本条疑出封氏闻见记卷七石鼓。原书存目而文已佚，赵贞信封氏闻见记校证据王国维校本以本书此文补入。

〔一〕灵响特惊于四表　文选卷六魏都赋作"灵响时惊于四表"。

〔二〕以金铙止鼓　见周礼地官鼓师。

〔三〕晋武帝时(至)声闻数十里　此是刘敬叔异苑卷二之文，并见水经渐江水注。又水经江水注、艺文类聚卷八八、太平御览卷五二、五八二均引。

714 费县西漏泽者，漫数十里[一]。每岁时雨降，即自浮溢，蒲鱼之利，人实赖焉。至白露应节即如扫，一夕而干焉[二]。萧颖士以年代莫详，记载所阙[三]，信殊异也。

本条原出大唐传载。

〔一〕数十　原书作"十数"。

〔二〕应节即如扫一夕而干焉　原书作“应节前后一夕，即一空如扫焉”。

〔三〕萧颖士以年代莫详记载所阙　原书佚此二句。

715 萧功曹颖士、赵员外骅〔一〕，开元中同居兴敬里肄业，共有一靴〔二〕，久而见东郭之迹。赵曰：“可谓疲于道路矣〔三〕。”萧曰：“无乃禄在其中〔四〕。”

本条原出大唐传载。

〔一〕骅　原书作“骥”，“骥”乃误字。新唐书卷一五一赵宗儒传：“（赵骅）敦交友行义，不以夷险愿操。少与殷寅、颜真卿、柳芳、陆据、萧颖士、李华、邵轸善，时为语曰：‘殷颜柳陆，李萧邵赵’，谓能全其交也。”

〔二〕有　原书无，当据删。

〔三〕疲于道路　原书“疲”作“驶”，当据本书改。左传成公七年叙申公巫臣欲使晋“疲于奔命”，或即此语所本。

〔四〕禄在其中　见论语为政与卫灵公。

716 贺监为礼部侍郎，时祁王赠制云惠昭太子〔一〕，补斋挽郎。贺大纳苞苴，为豪子相率诟辱之。吏遽掩门，贺梯墙谓曰：“诸君且散，见说宁王亦甚惨淡矣〔二〕！”

永乐大典卷之七千三百二十七郎挽郎引唐语林亦载。

本条不知原出何书。侯鲭录卷八亦曾征引，然不注出处。

〔一〕祁王赠制云惠昭太子　此说多误。惠昭太子为宪宗之子，见旧唐书卷一七五宪宗二十子列传与新唐书卷八二十一宗诸子列传。旧唐书卷一九〇文苑中贺知章传曰：

"开元十三年，迁礼部侍郎……俄属惠文太子薨，有诏礼部选挽郎，知章取舍非允，为门荫子弟喧诉盈庭。知章于是以梯登墙，首出决事，时人咸嗤之。"新唐书卷一九六隐逸贺知章传亦叙此事，首云"申王薨"，年代亦不合。盖据旧唐书卷九五睿宗诸子传，申王薨于开元十二年故也。

〔二〕惨淡　永乐大典引文作"荚掺"。侯鲭录亦作"荚掺"。

717 李白开元中谒宰相，封一板，上题曰："海上钓鳌客李白。"宰相问曰："先生临沧海，钓巨鳌，以何物为钩线？"白曰："风波逸其情，乾坤纵其志。以虹蜺为线，明月为钩。"又曰："何物为饵？"白曰："以天下无义气丈夫为饵。"宰相竦然〔一〕。

本条不知原出何书。侯鲭录卷六亦录此文，然不言引自何书。封氏闻见记卷十狂谲记王严光事与此类似，赵贞信封氏闻见记校证将此条附录于后，资参证。又类说卷二一大唐遗事中钓巨鳌客条，记张祜谒李绅事，与此亦相类。

〔一〕宰相　侯鲭录作"时相"。

718 宋昌藻，考功员外郎之问之子。天宝中为滏阳尉，刺史房琯以其名父之子，常接遇。会中使至州，琯使昌藻郊外接候，须臾却还，云"被额〔一〕"。房公顾左右："何名为'额'？"有参军亦名家子，敛笏对曰："查名诋诃为'额'〔二〕。"房怅然曰："道'额'者已可笑，识'额'者更奇〔三〕。"近代流俗：呼丈夫、妇人纵放不拘礼度者为"查"。

又有百数十种语，自相通解，谓之“查语”〔四〕。大抵多近猥僻。

本条原出封氏闻见记卷十查谈。

〔一〕被额　原书作“彼额”，雅雨堂丛书本“彼”下有注：“一作‘被’。”

〔二〕诋　原书作“该”，当据本书改。

〔三〕更奇　原书作“更是奇人”。

〔四〕查语　原书作“查谈”，雅雨堂丛书本下有注：“一作‘语’。”

719 肃宗在春宫，尝与诸王从玄宗诣太清宫。有龙见于殿之东梁，上目之，问诸王“有所见乎”？皆曰“无之”。问太子，太子俯而未对。上问：“头在何处？”曰：“在东。”上抚之曰：“真我儿也。”

本条原出因话录卷一宫部。说郛（张宗祥辑明抄本）卷十五因话录亦载。

720 礼记祭法累代祭名，不闻有戟神、节神〔一〕，是知无拜祭之礼也。近代受节，置于一室，朔望必祭之，非也。凡戟：天子二十四，诸侯十；今之藩镇，即古之诸侯。在其地，则于衙门〔二〕；及罢守藩阃，虽爵位崇高，亦不许列于私第〔三〕。上元元年，宰相吕諲立戟。有司载戟及门，諲方惨服，乃更吉服迎而拜之，颇为有识者所嗤，则知辱命拜赐可也〔四〕。拜戟祭节，大乖于礼。

本条原出刊误卷下祭节拜戟。说郛（陶珽刊本）卷十三李氏刊误题作祭节拜戟。

〔一〕节神　原书无。

〔二〕于　原书作“施于”，当据之补“施”。

〔三〕及罢守藩阃虽爵位崇高亦不许列于私第　原书作“虽罢守藩阃，有爵位崇高，亦许列于私第。”参下句“宰相吕諲立戟”，可知原书为是。

〔四〕命　原书作“君命”。

721 海州南有沟水，上通淮楚，公私漕运之路也。宝应中，堰破水涸，鱼商绝行。州差东海令李知远主役修复，堰将成辄坏，如此者数四，劳费颇多，知远甚以为忧。或说：梁代筑浮山堰，频有坏决，乃以铁数千万片填积其下〔一〕，堰乃成。知远闻之，即依其言，而堰果立〔二〕。初，堰之将坏也，辄闻其下殷如雷声，至是其声移于上流数里。盖金铁味辛，辛能害目，蛟龙护其目，避之而去，故堰可成。

本条原出封氏闻见记卷八鱼龙畏铁。原书此条与本卷747条本是一条，此条在前。

〔一〕数千万片　原书作“数万斤”。

〔二〕即依其言而堰果立　原书作“即依其言而塞穴”。

722 越僧灵澈，得莲花漏于庐山，传江西观察使韦丹。初，惠远以山中不知更漏，乃取铜叶制器，状如莲花，置盆水之上，底孔漏水，半之则沉。每一昼夜十二沉，为行道之节。冬夏短长，云阴月晦，一无所差。

本条原出国史补卷中灵彻莲花漏。太平广记卷四九七国史补题作莲花漏。类说卷二六国史补题作莲花漏。古今合璧事类备要前集卷十二引国史补亦载。桂苑丛谈史遗亦有此文,当系据国史补移录。

723 严武少以强俊知名。蜀中坐衙,杜甫袒跣登其几案,武爱其才,终不害。然与章彝善,再入蜀,谈笑杀之。及卒,其母喜曰:"而后吾知免为宫婢矣〔一〕!"

本条原出国史补卷上母喜严武死。

〔一〕而后吾知免为宫婢矣　原书作"而今而后,吾知免官婢矣!"新唐书卷一二九严武传:"琯以故宰相为巡内刺史,武慢倨不为礼。最厚杜甫,然欲杀甫数矣。李白为蜀道难者,乃为房与杜危之也。永泰初卒,母哭,且曰:'而今而后,吾知免为官婢矣!'"新书严母云云乃据国史补写入,而李白作蜀道难之说则据范摅云溪友议卷上严黄门写入。

724 杜相鸿渐之父名鹏举〔一〕,父子而似弟兄之名,盖有由也。鹏举父尝梦有所之〔二〕,见一大碑,云是"宰相碑"。已作者金填其字,未作者刊名于柱上〔三〕。因问有杜家儿否,曰:"有。任自看之。"记得姓下有鸟偏旁曳脚〔四〕,而忘其字。乃名子为鹏举,而谓之曰:"汝不为相,世世名鸟旁而曳脚也〔五〕。"鹏举生鸿渐,而名字且前定矣,况官与寿乎?

本条原出刘宾客嘉话录。太平广记卷一四九集话录题作杜鹏举,"集"乃"嘉"之误。类说卷五四刘禹锡佳话题作宰相碑。锦绣万花谷后集卷三四、白孔六帖卷二三引嘉话录亦载。说郛(陶珽刊本)卷三六嘉话录、(张宗祥辑明抄本)卷二一刘宾客嘉话录均载。

〔一〕杜相鸿渐之父　原书句上有"公曰"二字。

〔二〕梦　原书无,当据本书补。太平广记引文亦有。

〔三〕柱上　原书无"柱"字。太平广记引文有。

〔四〕有　原书作"是"。

〔五〕世世名鸟旁而曳脚也　原书句首有"即"字,文意更佳。

725 杜亚在淮南竞渡采莲,龙舟锦缆之戏,费金千万〔一〕。

本条原出大唐传载。与726条原合为一条,然二者内容无关,显为四库全书馆臣妄凑合者,今分为两条。

〔一〕费金千万　原书作"费金数千万",其后又叙于頔、李昌夔奢靡事,末云"此三府亦因而空耗"。此亦可证本条文字已有残泐,而与下条无涉也。

726 杜鸿渐为都统并副元帅,王缙代之。鸿渐谓人曰:"一个月乞索儿一万贯钱。"盖计使料多,以此诘俸钱都数也。

本条不知原出何书。与725条原合为一条,今依原书分列。

727 代宗赐郭汾阳九花虬马〔一〕,子仪陈让者久之。上曰:"此马高大,称卿仪质,不必让也。"子仪身长六尺馀〔二〕。九花虬,即范阳节度使李怀仙所献〔三〕。额高九寸,毛拳如鳞〔四〕,头颈鬃鬣如龙;每一嘶,群马耸耳。身被九花，故以为名〔五〕。

本条原出杜阳杂编卷上。云仙杂记卷九杜阳杂编题作九花虬。太平广记卷四三五杜阳编题作代宗九花虬。绀珠集卷四、白孔六帖卷九六引杜阳编题作九花虬。类说卷四四杜阳杂编题作九花虬。说郛(陶珽刊本)卷四六杜阳杂编卷上、(张宗祥辑明抄本)卷六杜阳杂编均载。

〔一〕代宗赐郭汾阳九花虬马　原书作"上因命御马九花虬并紫玉鞭辔以赐"，其上尚有一段文字叙代宗还朝及褒赞郭子仪匡复之功事。太平广记引文自此句始。

〔二〕子仪身长六尺馀　原书此句作双行小注。太平广记引文作"子仪身长六尺八寸"，乃作正文列入。

〔三〕李怀仙　原书误作"李德山"，当据本书改。

〔四〕鳞　原书作"麟"。

〔五〕身被九花故以为名　原书作"以身被九花文，故号为'九花虬'。"下有自注："亦有师子骢，皆其类。"

728 郭汾阳虽度量廓落，然而有陶侃之僻〔一〕，动无废物。每收书皮之右劈下者，以为逐日须，至文帖馀悉卷贮〔二〕。每至岁终，则散与主守吏，俾作一年之簿。所劈处多不端直，文帖且又繁积，吏不暇翦正，随斜曲联糊。一日，所用劈刀忽折〔三〕，不馀寸许，吏乃铦以应召〔四〕，觉愈于全时。渐出新意，因削木如半镮势，加于折刃之上〔五〕，使才露锋，榼其书而劈之。汾阳嘉其用心，曰："真郭子仪部吏也。"〔原注〕〔六〕言不废折刃也。时人遂效之，其制益妙。

本条原出资暇集卷下坼封刀子。白孔六帖卷十三、古今合璧事类备要外集卷五七引资暇集均载。说郛(陶珽刊本)卷十四资暇录题作圻封刀子。原书与说郛引文"坼"、"圻"均为"拆"之误字。

〔一〕僻　原书作"性"。

〔二〕至　原书作"取"。

〔三〕用　原书作"由",当据本书改。

〔四〕召　原书作"急"。

〔五〕加　原书作"如",当据本书改。

〔六〕原注　此为李匡文自注。

729 武后已后,王侯妃主京城第宅日加崇丽。天宝中,御史大夫王鉷有罪赐死,县官簿录鉷太平坊宅,数日不能遍。宅内有自雨亭子,檐上飞流四注,当夏处之,凛若高秋。又有宝钿井栏,不知其价。他物称是。安禄山初承宠遇,敕营甲第,瑰材之美,为京城第一。太真妃诸姊妹第宅,竞为宏壮,曾不十年,皆相次覆灭。肃宗时,京都第宅,屡经残毁。代宗即位,宰辅及朝士当权〔一〕,争修第舍,颇为烦弊,议者以为土木之妖。无何,皆易其主矣。〔原注〕〔二〕续世说〔三〕:"明皇为安禄山起第于亲仁坊,敕令但穷极壮丽,不限财力。既成,具幄帟器皿充牣其中。布帖白檀床二,皆长一丈,阔六尺。银平脱屏风帐一,方一丈八尺。于厨厩之物,皆饰以金银:金饭瓮一,银淘盆二,皆受五斗。织银丝筐及笊篱各一。他物称是。虽禁中服御之物,殆不及也。上令中使护役,常戒之曰:'彼眼大〔四〕,勿令笑我。'"中书令郭子仪勋伐盖代,所居宅内诸院往来乘车马,僮客于大门出入,各不相识。词人梁锽尝赋诗曰:"堂高凭上望,宅广乘车行。"盖此之谓。郭令曾将出,见修宅者,谓曰:"好筑此墙,勿令不牢。"筑者释锸而对曰〔五〕:“数十年来,京城达官家墙皆是某筑。只见人改换〔六〕,墙皆见在。”郭令闻之怆然,遂入奏其事,因固请老。

本条原出封氏闻见记卷五第宅。

〔一〕当权　原书下有“者”字,当据补。

〔二〕原注　今存各本封氏闻见记均无,此注当是王谠所加。赵贞信封氏闻见记校证以为此注当置于“为京城第一”句下。

〔三〕续世说　阮元四库未收书目提要曰:“宋孔平仲撰。取宋、齐、梁、陈、隋、唐、五代事迹,依刘义庆世说之目而分隶之,成书十二卷。见于宋史本传及艺文志小说家类,卷帙相同。”案:下引文字见续世说卷五汰侈,原出姚汝能安禄山事迹卷上。

〔四〕彼眼大　续世说原文作“胡眼大”。

〔五〕锸　原书作“锺”。

〔六〕人改换　原书作“人自改换”。

730 张昙为郭汾阳从事,家尝有怪,问于术者,对曰:“大祸将至,唯休退可免。”昙不之信。及方宴,席上见血,有尼者闻之〔一〕,劝其杜门不纳宾客,屏游宴,昙怒而杖之。其后昙言语有失,汾阳衔之。又屡言同列事〔二〕,或独后见〔三〕,多值方宴罢在姬所〔四〕,不可白事〔五〕,必抑门者令通。汾阳谓其以武臣轻忽己,益不平。后因谓公去所任吏〔六〕,遂发怒,因之以闻,竟杖死〔七〕。

本条原出因话录卷六羽部。南部新书卷甲亦记此事,而“张昙”作“张谭”。

〔一〕尼　原书作“巫”。

〔二〕同列　原书下有“间”字。

〔三〕或独后见　原书作“每独候见”。

〔四〕多值方宴罢在姬所　原书作“多值公方燕宠姬处”。

〔五〕可　原书作“令”。

〔六〕谓　原书作“请”。

〔七〕因之以闻竟杖死　旧唐书卷一二〇郭子仪传引史臣裴垍曰：“富贵寿考，繁衍安泰，哀荣终始，人道之盛，此无缺焉。唯以谗怒诬奏判官户部郎中张谭杖杀之，物议为薄。”

731 李太尉光弼镇徐，北拒贼冲急，总诸道兵马〔一〕。征讨之务，皆自处置；仓储府库，军州差补，一切并委判官张傪。傪明练庶务，应接如流。欲见太尉论事〔二〕，太尉辄令判官商量〔三〕。将校见傪，礼数如见太尉。由是上下清肃，东方晏然，天下皆谓太尉能任人。

本条原出封氏闻见记卷九任使。

〔一〕李太尉光弼镇徐北拒贼冲急总诸道兵马　原书作“李太尉光弼镇徐方，北扼贼冲，兼总诸兵马。”资治通鉴卷二二二唐纪三八肃宗宝应元年叙此，首句云“光弼在徐州”。

〔二〕欲见太尉论事　原书句首有“诸将”二字。

〔三〕判官商量　原书作“与张傪判官商量”。

732 代宗时，百寮立班良久，閤门不开。鱼朝恩忽拥白刃十馀人而出，曰[一]："西蕃频犯郊圻，欲幸河中，如何？"宰臣以下不知所对。给事刘某出班抗声曰[二]："敕使反也[三]！屯兵无数，何不捍寇？而欲胁天子去宗庙？"仗内震耸，朝恩大骇而退。因此罢议。

本条原出国史补卷上刘泪迁幸议。资治通鉴卷二二三唐纪三九代宗永泰元年叙此，考异引新唐书鱼朝恩传与李肇国史补，以为李氏此文可信而从之。

〔一〕曰　原书作"宣示曰"。

〔二〕给事刘某　原书作"给事中刘(不记名)"。

〔三〕也　原书作"耶"。二字义同。

733 颜真卿为尚书左丞。代宗车驾自陕府还，真卿请先谒五陵、孔庙，而后还宫。宰相元载谓真卿曰："公所见虽美，其如不合时宜何？"真卿怒而前曰："用舍在相公，言者何罪？然朝廷事岂堪相公再破除耶[一]！"载深衔之。

本条不知原出何书。

〔一〕然朝廷事岂堪相公再破除耶　资治通鉴卷二二三唐纪三九代宗广德元年十二月丁亥叙此，此句作"朝廷岂堪相公再坏邪！"旧唐书卷一二八、新唐书卷一五三颜真卿传均载此语。

734 代宗欲相李泌，元载忌之。帝不得已，出泌，约曰："后召当以银为信。"忽除银青光禄大夫，泌知载败，已且相矣。未几果然。

本条原出邺侯家传。绀珠集卷二、类说卷二引此,云出邺侯家传。古今合璧事类备要前集卷四一引此,云出家传。说郛(张宗祥辑明抄本)卷七三引此,云出尉迟枢南楚新闻,当系误入。

735 柳相初名载,后改为浑。佐江西幕,嗜酒,好入鄽市,不事拘检。时路嗣恭初平五岭。元载奏言:"嗣恭多取南人金宝,是欲为乱。陛下不信,试召,必不入朝。"三伏中追诏至,嗣恭不虑,请待秋凉以修觐礼。浑入,泣谏曰:"公有功,方暑而追,是为执政所中。今少迁延,必族灭矣!"嗣恭惧曰:"为之奈何?"浑曰:"健步追还表缄。公今日过江,宿石头驿,乃可。"从之。代宗谓元载曰:"嗣恭不俟驾行矣〔一〕。"载无以对。

本条原出国史补卷上路嗣恭入觐。资治通鉴卷二二五唐纪四一代宗大历十年十一月记路嗣恭讨哥舒晃,考异录李肇国史补此文,驳之曰:"按嗣恭素附元载,载诛,赖李泌营救得免,事见邺侯家传。载岂有谮嗣恭,云欲为乱之理!盖载已被诛而召嗣恭,适在三伏,浑有此疑,时人因以为浑美事耳。今不取……石头驿,在豫章江之西岸。嗣恭自江西观察赴召,可言宿石头驿;自岭南节度赴召,安得宿石头驿哉!亦可以明李肇之误。"

〔一〕不俟驾行矣　此处乃用孔子之事以誉之。论语乡党:"君命召,不俟驾行矣。"

736 元相载用李纾侍郎知制诰。元败,欲出官,王相缙曰:"且留作诰。"待发遣诸人尽,始出为婺州刺史。又曰:独孤侍郎求知制诰〔一〕,试见元相,元相知其所欲,迎谓常州曰〔二〕："知制诰可难堪〔三〕。"心知不我与也，乃荐李侍郎纾。时杨炎在阁下，忌常州之来，元阻之〔四〕，乃二人之力也。

本条原出刘宾客嘉话录。太平广记卷一八七题作独孤及，乃引此文"又曰"以下文字，云出嘉话录。今本刘宾客嘉话录佚去，唐兰援此入校辑本补遗。

〔一〕独孤侍郎　太平广记引文作"独孤及"。

〔二〕常州　指独孤及。独孤及尝官常州刺史。

〔三〕知制诰可难堪　太平广记引文作"制诰阿谁堪？""阿"乃当时口语，"阿谁堪"即"谁合适"之意。王谠误改。太平广记引文当据本书补"知"字。

〔四〕元阻之　太平广记引文上有"故"字，当据补。

737 元伯和〔一〕、李腾〔二〕、腾弟淮〔三〕、王缙〔四〕，时人谓之"四凶"。刘宗经、执经兄弟入"八元"数。

本条原出刘宾客嘉话录。永乐大典卷之二千九百七十九人知人引刘公嘉话录，即此文。

〔一〕元伯和　元载长子，见旧唐书卷一一八、新唐书卷一四五元载传。永乐大典引文上有"丈人曰"三字。

〔二〕李腾　永乐大典引文作"季腾"。

〔三〕淮　永乐大典引文作"准"。

〔四〕王缙　永乐大典引文作"王缙子某"。案元伯和为元载子，则此处自以作"王缙之子"为是。

738 李纾侍郎好谐戏，又服用华鲜。尝朝回，与同列入坊门〔一〕,有负贩者诃不避。李骂云:“头钱价奴兵辄冲官长〔二〕!”负者顾而言曰:“八钱价措大漫作威风。”纾乐采异语,使仆者访“八钱”之义〔三〕。答:“只是衣短七耳。”同列为言〔四〕,纾甚惭〔五〕。

类说卷三二语林题作八钱价措大。

本条原出因话录卷四角部之次谐戏附。

〔一〕与　原书误作“以”,当据本书改。

〔二〕头钱价奴兵　老学庵笔记卷十:“唐小说载李纾侍郎骂负贩者云‘头钱价奴兵’,头钱犹言‘一钱’也。”

〔三〕使仆者访八钱之义　原书作“使仆者诱之至家,为设酒馔,徐问‘八钱’之义。”

〔四〕为言　原书作“以为破的”。

〔五〕纾甚惭　原书下有“下人呼‘举’不正,故云‘短’也”二句。

739 元载擅权多年。客有为都卢缘橦歌,欲讽其至危之势,览之泣下〔一〕。

本条原出国史补卷上都卢缘橦歌。绀珠集卷三国史补题作缘橦歌。类说卷二六国史补题作都卢缘橦歌。说郛(陶珽刊本)卷四八唐国史补题作缘橦歌。

〔一〕客有为都卢缘橦歌欲讽其至危之势览之泣下　能改斋漫录卷六事实内都卢寻橦缘竿也条曰:“新唐书元载传及李肇国史补载:‘客有赋都卢寻橦篇讽其危,载泣下而不知悟。’夫都卢寻橦,缘竿之伎也,见西京杂记……汉书曰:‘自合浦南,有都卢国。’太康地志曰:‘都卢国,其人善缘高。'”

740 郑相珣瑜方上堂食,王叔文至,韦执谊遽起延入阁内。珣瑜叹曰:“可以归矣!”遂命驾,不终食而出。自是罢免〔一〕。

本条原出国史补卷中郑珣瑜罢相。

〔一〕自是罢免 新唐书卷一六五郑珣瑜传:“叔文一日至中书见执谊,直吏白:'方宰相会食,百官无见者。'叔文恚,叱吏,吏走入白,执谊起,就閤与叔文语。珣瑜与杜佑、高郢辍饔以待。顷之,吏白:'二公同饭矣。'珣瑜喟曰:'吾可复居此乎!'命左右取马归,卧家不出七日,罢为吏部尚书。”

741 元载败〔一〕,妻王氏曰〔二〕:“某四道节度使女〔三〕,十八年宰相妻。今日相公犯罪,死即甘心,使妾为舂婢,不如死也。”主司上闻,俄而亦赐死。

本条原出刘宾客嘉话录。类说卷五四刘禹锡佳话题作十八年宰相妻。说郛(陶珽刊本)卷三六嘉话录亦载。侯鲭录卷六曾征引,唯不注出处。又本书此条与742条原合为一条,今依原书分列。

〔一〕元载败 原书作“元载将败之时”。

〔二〕妻王氏 旧唐书卷一一八元载传曰:“王氏,开元中河西节度使忠嗣之女也,素以凶戾闻,恣其子伯和等为虐。”新唐书卷一四五元载传同。

〔三〕四道节度使女 王忠嗣尝充河西、陇右节度使,又权知朔方、河东节度使事，见旧唐书卷一百三、新唐书卷一三三王忠嗣传。

742 元载于万年县佛堂子中，谓主者〔一〕："乞一快死也。"主者曰："相公今日受些污泥〔二〕，不怪也。"乃脱秽袜，塞其口而终〔三〕。

本条原出刘宾客嘉话录。类说卷五四刘禹锡佳话题作乞一快死。古今合璧事类备要前集卷四十、说郛（陶珽刊本）卷三六嘉话录亦载。侯鲭录卷六曾征引，唯不注出处。又本书此条与741条原合为一条，今依原书分列。

〔一〕谓主者　原书作"谒主官"。似以本书文义为长。

〔二〕受些　原书作"受些子"，乃当时口语。

〔三〕乃脱秽袜塞其口而终　资治通鉴卷二二五唐纪四一代宗大历十二年叙此，胡三省注："袜，勿伐翻，足衣。"

743 颜真卿集和政公主神道碑："诗美下嫁，书传筑馆，贵其中礼，载籍称焉。汉魏已还，寂寥罕嗣，以荡陵德，则维其常。皇唐勃兴，王道丕变：平阳起娘子之军于司竹，襄城行匹庶之礼于宋公〔一〕，常乐纠匡复之师于武后，皆前古之所未有。其或生知礼乐，周旋法度，躬行妇道，以懋大伦，克顺天经，光昭懿烈，名言之所莫究，书记之所未闻，聚众美于一身，邻太虚而独立者，其唯和政公主乎！公主姓李氏，陇西成纪人，皇唐玄宗大圣大明孝皇帝之孙，肃宗文明武德大圣大宣孝皇帝之第二女。帝女之崇，于斯为盛。今天子之同母，曰章敬皇太后。后之在襁褓也，后父赠太尉吴君，曰令珪，尝游宦蜀中，使道士勾规占之。规惊起，曰：'此女贵不可言。是生二子，男为人君，女为公主，嫁于柳氏'。其后竟配肃宗，生今上及公主，神所命也，厥惟旧哉！公主三岁而孤，即能孺慕，育于储妃韦氏，纯孝过人。幼而聪惠，长而韶敏。秾华秀整，令德芬馨。婉嫕发于天姿，肃雍形于鉴寐。奉今上以悌达，事韦妃如所生，由是特为肃宗之所赏爱。至若左右图史，开示佛经，金石丝竹之音，缋画工巧之事，耳目之所闻见，心灵之所领略，莫不一览悬解，终身不忘。天宝九载春三月既望，封和政公主，降于河东柳潭，既笄之三载矣。潭，周太保敏之五代孙，皇唐蕲州刺史怀素之曾孙，赠秘书监岑之第四子。衣冠地胄，辉映当朝。初以美秀承家，中以名声华国，道胜而贵能下善，谦尊而休有烈光，士林伟之。解褐左内率府胄曹，转颍王府户曹，陈留郡司功参军。以人门第一，选尚公主，拜太子洗马。亦既好合，雅相敬贵。虽柳侯秉彝有度，能降帝女之心，而公主率履由衷，每抗古人之节。故宗族胥睦，不独亲其亲；先后大同，莫敢私其子。竭力供侍，不务华采，服无金翠之饰，居有冰雪之容。每至朔月六参，朝天旅进，嫣然班叙之内，迥出神仙之表，亦非希企之所及也！洎凶羯乱常，潼关不守，玄宗幸蜀，妃后骏奔。姊曰宁国公主，孀嫠屏居，谁或讣告？乃弃其三子，取其夫之乘以乘之。柳侯徒行，公主愧焉，下而同趋者日且百里。每臻坎险，必先济宁国而后从之。柳侯辞，公主曰：'我若先涉，脱有危急，不能俱全，则弃我姊矣！'柳侯感叹，躬负薪之役；公主怡然，亲馈饩之事。伯姒华阴杨氏，太真妃之姊也[二]，贵倖前朝，势倾天下。公主交无谄黩，思未绸缪。杨且云亡，以孤见托。马嵬之役，无噍类焉，感其一言，悉力营赡，男登服冕之位，女获乘龙之匹。出入存恤，过于己子，虽其密亲，罔或能辨。柳之亲昵，伯仲姑姊，隐觎将迎，唯恐不至。纠逖疏属，抚循惸嫠，由内及外，终始如一。孤穷满目，荣悴殊伦，居薄推厚，未尝懈倦。衣服饮食，等无有差，互或未周，婴孩罔及。每至伏腊，礿祠烝尝，必具礼衣花钗之饰，以躬中馈堂室之奠。式燕孙谋，岂无婢使？姿性纯俭，不以迄成。先圣休之，宝书清问。秋八月，玄宗至蜀，仍旧邑而册公主，以潭为驸马都尉、银青光禄大夫、太仆卿。属狂将兴祸，称兵向阙[三]。玄宗亲御闉阇，临视诛讨。驸马率领家竖、折冲张义童等，斗于门中；公主及宁国彀弓迭进。驸马乘胜突刃，所向无前，斩馘擒生，殆逾五十。节使时宰具以表闻。玄宗自系诰示先帝，恳让莫当，策勋遂寝。今上之为元帅也，躬擐甲胄，率先将卒。举两京若拾遗，摧凶寇如振槁。劳旋方及，帑藏其空。公主贸迁有无，亿则屡中，数逾千万，悉畀县官，论者难之。肃宗弥留，众皆迭侍，主独瞻依，不去于旁。帝有间（言+畫）而谓之曰：‘汝之纯孝，乃能至是！’遂赉庄一区。帝爱季女，曰宝贞公主，因奏曰：‘八妹未有，请以赐之。’泣而谏焉，哀动左右。西陵迁窆，上戒主曰：‘凡厥亲身之物，必诚必信，勿之悔焉。’主罄家有无，以邑入千万，潜充经费，上深感叹焉。上既宅亮阴，未忍临政。人之疾苦，事之得失，岂尝私谒，动必以闻，上敬异之,朝廷赖焉。广德元年冬,上既东幸,主志期扈跸,回兵充斥,咫尺不通,因至荆南,慰荐诸将。方隅载谧,职贡以修,主有力焉。上之在陕,忧主乏匮,乃命中使,屡敕节度及转运使,随主所须,务令肃给。主以国用罄空,退而叹曰:'吾方竭家财以资战士,其能饕餮,首冒国经?'唯请名香数斤,施于佛寺,为上祈福而已。王公戚属,相携而至者,蓝缕腻囊,襁负鳞次,竭其资斧,亲自赡恤。聚而泣之,悲感行路。初次商於,顿于传置,群盗猬起,奄及驿亭,呼而犒之,晓以祸福。一言革面,愿比家奴;之死靡他,至今犹在。缅惟罔极,无所置哀。从母薛氏,遗孤四人,分宅居之,皆俾成立。莱、莘兄弟,尽列通班;二女有行,克配良士;主之慈忠,悉皆若是。亲临稼穑,躬俭节用。不惮烦缛,雅好组紃,驸马裳衣,必亲裁紩。爰及子女,罔衣绮纨,绽新皆成主手。每加训诲,蠢迪检押。广德二年春二月,归于上都。诸主高会,议际夫党,觌其亲族,多旷周旋,咸以为时经百罹,粗略可也,主抗词曰:'女之移天,遂成他族。怙贵长傲,何以律人?上方理定,闻必不悦。'诸主蹶然,竞崇讨习,礼之降杀,亲之薄厚,翕然一变,职主之由。夏六月,才生魄,属边候不谨,烽及京师,城中震惊,圜视无色。主既弥月,体未甚安,曰:'事亟矣,其入言之!'驸马请间,主曰:'吾业已行矣!驸马独无兄乎?'因乘檐子,直至寝殿,乃悉索阙遗,备陈利病以奏之。上欣然嘉纳。所言未究,傍或负来,因尔退归,迟明诞育,展转怊怅,不能弥忘。时属炎暍,热病有加。圣情忧轸,起坐失次。天医内官，相继旁午。彼苍不惠，以其月二十有五日辛卯，薨于常乐坊之私第，春秋三十有六。呜呼！皇上友爱天深，痛毒兼至，砉然一叫，声泪俱咽，哀动木石，岂伊人伦？涟涟孔怀，如失于臂，曰：'予此妹，国之鸿宝。方期同乐，云如何殂？嗟哉！天实为之，胡宁忍予！'乃辍朝三日，命京兆尹监护丧事，一以官供，务从优厚。柳侯掐膺永悼，气索神伤；心苦而忽然忘生，泣尽而继之以血。况乎五男三女，或龀或孩，呼阿母而哭无常声，吁昊天而仁覆永绝。哺以滋旨，嗌而莫就，其为酷痛，曷愈于斯。以是思哀，哀可知矣！自朝及野，知与不知，闻之失声，罔不震悼。栈有青牛，素服辕轭，主之薨也，踣地哀鸣，仰天屑泪，三日不秣；畜犹若是，臣仆可知。主之将薨，驭马先殒，捐馆之夕，游神别墅，乘之周麾，遍劳憖遗，俾屏不逮。田客兼从数骑，久已云亡，众皆惊起，仿佛犹见。虽所凭则厚，而精气何多？主于驸马，大义敦肃，不恃伣天之贵，每极家人之礼。驸马雅性夷简，恬于名利，愿究卫生之经，庶臻久视之道；主志深婉顺，始慕真宗，故于他时，并受法箓。尝谓之曰：'易崇积善，诗贵起予。不以忠孝数事迭相告勖者，则心有慊焉。'率而行之，曷尝废坠？又以为'死生恒理，先后之间。若幸启手足，必当襚我以道服，瘗我于支提，往来行言，时见存恤，则所怀足矣！子若不讳，我若此身未亡，洒扫茔垅，出入窀穸，奉君周旋。'噫嘻！于斯之时，以为谑浪，岂悟今者，皆符昔言。有司奉诏，将厚其礼，驸马疏陈，皆蒙允许。粤以秋八月十九日甲申，其男试太常少卿赐紫金鱼袋晟、鸿胪少卿晕、试秘书丞赐紫金鱼袋杲、试殿中丞昱及三女等，虔窆公主于万年县义丰之铜人原，从理命也。呜呼！风咏褧裳，史称彤管，纤微之善，载籍犹称。况乎七叶帝女，分形归妹，贵能逮下，忠以导君，躬德言容功之美，服女师母仪之训，订之绵古，孰与我京？昔马迁著记，谓之实录，有道见述，亦云无愧。某学于旧史，少识前载，历考往代厘降之盛，未有如公主者焉。虽壸则家风，每挹如宾之敬，而勤崇垂懿，敢忘传信之辞！铭曰：'秾矣公主！玄元之绪。圣皇之孙，肃宗之女，今上之妹，生人之矩。德言容功，义仁孝忠，温良恭俭，敬让弘通，率履弗越，高明有融。下嫁于柳，猗那自久，金石著盟，琴瑟斯友，家道以正，人伦斯厚。凤凰于飞，梧桐是依，雍雍喈喈，福禄攸归，和乐既孺，德音莫违。麟之趾定，振振子姓，方绍母师，奄摧邦令，一人痛毒，九有悲咏。诏葬于何？铜人之阿。支提郁起，宰树谁过？空馀好合，来往滂沱。'"

本条不知原出何书。查条文首称"颜真卿集和政公主神道碑"，颇似永乐大典中文字格式，或系四库全书馆臣误采入者。宝刻丛编卷八引京兆金石录，曰："唐肃宗女和政公主碑。唐颜真卿撰，吴通微行书。大历十一年。"江邻几杂志曰："宋次道集颜鲁公文为十五卷……又和政公主碑，肃宗女，代宗母妹。潼关失守，辍夫柳潭乘以济孀妹。首云：'平阳兴娘子之军于司竹，襄城行匹庶之礼于宋公，常(乐)纠匡复之师于武后，皆前代所未有也。"永乐大典著录之文，当出宋敏求所编之颜真卿集，然此书早佚，故无法考知碑文从何处集得。今以此文无古本可供校雠，姑仍其旧。

〔一〕襄城行匹庶之礼于宋公　新唐书卷八三诸帝公主太宗

二十一女传记"襄城公主，下嫁萧锐。"萧锐乃萧瑀之子，瑀封宋国公，殁后，"子锐嗣"。见旧唐书卷六三萧瑀传。

〔二〕伯姒华阴杨氏太真妃之姊也　新唐书卷八三诸帝公主和政公主传："潭兄澄之妻，杨贵妃姊也。"

〔三〕属狂将兴祸称兵向阙　新唐书卷八三诸帝公主和政公主传："郭千仞反，玄宗御玄英楼谕降之，不听。潭率折冲张义童等殊死斗，主彀弓授潭，潭手斩贼五十级，平之。"资治通鉴系此事于卷二一九唐纪三五肃宗至德二载秋七月戊申夜。

744 永泰中，大理评事孙广著啸旨一篇，云："其气激于喉中而浊，谓之言；激于舌端而清，谓之啸。言之浊，可以通人事，达情性；啸之清，可以感鬼神〔一〕，致不死。故太上老君授南极真人，真人授广成子，广成子授风后，风后授务光，务光授舜，舜演之为琴，以授禹。自后或废或续。有晋大行仙君孙公得之以得道〔二〕，无所授，阮嗣宗所得少分，其后不复闻矣！"按高氏纬略〔三〕，啸有十五章：一曰权舆；二曰流云；三曰深溪虎；四曰高柳蝉；五曰空林鬼；六曰巫峡猿；七曰下鸿鹄；八曰古木鸢；九曰龙吟；十曰动地；十一曰苏门，孙登隐苏门山所作也〔四〕；十二曰刘公命鬼，仙人刘根所作也〔五〕；十三曰阮氏逸韵，阮籍所作也〔六〕；十四曰正章；十五曰深远极大，非常声也。毕尽五音之极，而大道备矣〔七〕。广云："其事出道书。"余按：人有所思则长啸，故乐则咏歌，忧则嗟叹，思则啸吟。诗云〔八〕："有女仳离，条其啸矣！"颜延之五君咏云："长啸若怀人。"皆是也。广所云深溪虎、古木鸢,状其声气可知矣[九]。若太上老君相次传授,舜演为琴,崇饰过甚,余不敢闻也。按诗笺云[一〇]:"啸,蹙口出声也。"成公绥啸赋云:"动唇有曲,发口成音。"而今之啸者,开口卷舌,略无蹙舌之法。孙氏云"激于舌[一一]",非动唇之谓也。天宝末,峨眉山道士姓陈,来游京师。善长啸,能作鼓霹雳之引[一二]。初则声发调畅,稍加散越;须臾穹窿砰磕,写雷鼓之音[一三];忽复震骇,声如霹雳,闻者莫不倾栗[一四]。

白孔六帖卷六三啸引唐语林,题作激于舌端而清、雷鼓霹雳之引。

本条原出封氏闻见记卷五长啸。绀珠集卷十封氏见闻记题作啸十五章。类说卷六封氏见闻记分作啸十五章、长啸。海录碎事卷十六引封氏闻见记亦载。又类说卷二五玉泉子中啸十五章一条内亦有相似之记载,啸旨作者曰孙康。

〔一〕感　原书作"灭",当据本书改。

〔二〕有晋大行仙君孙公得之以得道　原书作"晋太行仙人孙公能以啸得道"。

〔三〕高氏纬略　原书无此句,乃后人误增。纬略十二卷,南宋高似孙撰。此处文字见卷五啸。文末注曰:"异苑,又炙毂子。"说明啸有十五章之说出此二书。

〔四〕孙登隐苏门山所作也　原书无,后人或据纬略补入。

〔五〕仙人刘根所作也　原书无,后人或据纬略补入。

〔六〕阮籍所作也　原书无,后人或据纬略补入。

〔七〕十四曰正章十五曰深极远大非常声也毕尽五音之极而大道备矣　原书作"十四曰正章,十五曰毕章"。纬略原文作:“十四曰正章,深极远大,非常声也。十五曰毕音,五章之毕,而大道毕矣。”本书当从之改正。

〔八〕诗　指诗经王风中谷有蓷。

〔九〕状其声气可知矣　原书作“其状声气可矣”。

〔一〇〕诗笺　指诗经王风中谷有蓷郑玄笺。

〔一一〕舌　原书作“舌端”。

〔一二〕能作鼓霹雳之引　原书作“能作雷鼓辟历之音”。

〔一三〕写　原书无,当据本书补。

〔一四〕闻者　原书作“观者”,义似未妥。

745 至德二年〔一〕,敕天下州县重定酤酒〔二〕,随月纳税。建中二年,更加青苗。大历初〔三〕,税每十文〔四〕;三年,加五文;敕以御史大夫充使。其后割归度支使。

本条原出大唐传载。

〔一〕二年　原书作“元年”。通典卷十一食货十一:“大唐广德二年十二月,敕天下州各量定酤酒户,随月纳税。”“至德”疑是“广德”之误。

〔二〕重　原书作“量”。

〔三〕初　原书误作“中”。

〔四〕税每十文　原书作“初税每亩十文”。

746 开元已前,有事于外则命使臣,否则止罢。自置八节度、十采访,始有坐而为使者。其后名号益广。大抵生于置兵,盛于兴利,普于衔命,于是为使则重,为官则轻,故天下佩印有至四十者〔一〕,大历中请俸有至百万者〔二〕。在朝有太清宫[三]、太微宫、度支、盐铁、转运、知匦、宫苑、闲厩、左右巡、分案[四]、监察、馆驿、监仓、监库[五]、左右衔[六],外任则节度、观察、诸军、押蕃、防御、团练、经略、镇遏、招讨、榷盐、水陆运、营田、给纳、监牧、长春宫。有因时而置者,则大礼、礼仪、礼会、删定、三司[七]、黜陟、巡抚、宣慰、推复、选补、会盟、册立、吊祭、供军、粮料、和籴。此其大略。经置而废者不录。宦官内外悉谓之使[八]。旧为权臣所绾[九],州县所理,后属中人者有之[一〇]。

本条原出国史补卷下内外诸使名。太平广记卷一八七国史补题作使职。近事会元卷二国史补题作诸使职。

〔一〕天下佩印有至四十者　原书与太平广记、近事会元引文"天下"作"天宝末"。太平广记、近事会元引文"四十"作"三十"。

〔二〕百万　原书与太平广记、近事会元引文作"千贯"。

〔三〕在朝有太清宫　原书与太平广记、近事会元引文句首有"今"字。原书"太清宫"下有"使"字,下列各官名下均有"使"字;太平广记、近事会元引文无。

〔四〕分案　原书与太平广记引文作"分察"。

〔五〕监库　原书无,当据本书与太平广记、近事会元引文补。

〔六〕左右衔　原书与太平广记、近事会元引文作"左右街",当据改。

〔七〕有因时而置者则大礼礼仪礼会删定三司　原书无此十七字,当据本书补。太平广记、近事会元引文亦有,而近事会元"礼会"作"会盟"。

〔八〕谓之　太平广记、近事会元引文同。原书作"属之"。

〔九〕绾　太平广记引文同。原书与近事会元作"管"。

〔一〇〕后　原书与太平广记、近事会元引文作"今"。

747 大历中，刑部郎中程皓家在相州，宅前有小池，有人造剑，于池内淬之，池鱼皆死〔一〕。余家井中有鱼数十头，因有急，家人以药臼投之〔二〕，信宿鱼皆浮出，知鱼亦畏铁焉。

本条原出封氏闻见记卷八鱼龙畏铁。原书此条与本卷721条本是一条，此条在后。

〔一〕池　原书作"蛇"。

〔二〕以药臼投之　原书作"以药杵投之于井"。

748 大历末，北方有白虹夜见，东西属地。封演曰：凡虹见，皆当日之冲。朝见则在西，常与日相近，不差分毫。今此虹见之时，日在癸，则虹见当在丙。常时虹影穹崇，举目而望，今虹在北，又可平视，知日在北方，去兹远矣。略计此当在斗极之北。斗极，天中也，故北方可得而见，而日更在虹之北，又甚辽阔，故北方不得而见之。

本条当出封氏闻见记卷七北方白虹。原书存目而文已佚，守山阁丛书本唐语林校勘记曰："封氏闻见记卷七目有北方白虹条，注'缺'，当即此条。"赵贞信封氏闻见记校证以此补入。

749 苗夫人，其父太师也〔一〕，舅张河东也〔二〕，夫延赏也，子弘靖也，婿韦太尉也〔三〕。近代衣冠妇人之贵，无如苗氏者。

本条原出国史补卷中苗夫人贵盛。绀珠集卷三、类说卷二六国史补题作妇人之贵。说郛(张宗祥辑明抄本)卷七五国史补亦载。齐之鸾本、历代小史本置本条于卷四贤媛之末。

〔一〕太师　指苗晋卿。

〔二〕张河东　指张嘉贞。

〔三〕韦太尉　指韦皋。南部新书卷乙:“妇人之贵,无出于苗夫人:晋卿之女,张嘉贞之新妇,延赏之妻,弘靖之母,韦皋外姑。”

唐语林校证卷六

补遗 起德宗，至文宗。

750 德宗降诞日〔一〕，内殿三教讲论，以僧鉴虚对韦渠牟〔二〕，以许孟容对赵需，以僧覃延对道士郄惟素。诸人皆谈毕，鉴虚曰："诸奏事云〔三〕：玄元皇帝〔四〕，天下之圣人〔五〕；文宣王，古今之圣人；释迦如来，西方之圣人；今皇帝陛下，是南赡部洲之圣人。臣请讲御制赐新罗铭〔六〕。"讲罢，德宗有喜色。

本条原出刘宾客嘉话录。类说卷五四刘禹锡佳话题作三教圣人。说郛（陶珽刊本）卷三六嘉话录、（张宗祥辑明抄本）卷二一刘宾客嘉话录亦载。

〔一〕德宗降诞日　旧唐书卷一三五韦渠牟传曰："贞元十二年四月，德宗诞日，御麟德殿，召给事中徐岱、兵部郎中赵需、礼部郎中许孟容与渠牟及道士万参成、沙门谭延等十二人，讲论儒、道、释三教。"新唐书卷一六七韦渠牟传、卷一六一徐岱传记载略同。

〔二〕鉴虚　原书作"监虚"，当从本书改。新唐书卷一六二薛存诚传作“鉴虚”可证。

〔三〕诸奏事云　原书作“臣请奏事”。

〔四〕玄元皇帝　即老子。

〔五〕天下之圣人　原书作“吾唐天下”，当据本书补“之圣人”三字，本书当据之补“吾唐”二字。

〔六〕臣请讲御制赐新罗铭　原书佚去此下十六字，唐兰据本书补入。

751 德宗降诞日〔一〕，三教讲论。儒者第一赵需，第二许孟容，第三韦渠牟，与僧覃延嘲谑，因此承恩也。渠牟荐一崔阡，拜谕德，为侍书于东宫；东宫，顺宗也。阡触事面墙。对东宫曰：“臣山野人，不识朝典，见陛下合称臣否？”东宫曰：“卿是宫寮〔二〕，自合知也。”

本条原出刘宾客嘉话录。太平广记卷二六〇嘉话录题作崔阡，乃引“渠牟荐一崔阡”以下文字。说郛（陶珽刊本）卷三六嘉话录亦载。

〔一〕降诞日　原书无“降”字。

〔二〕宫寮　原书作“东僚”。太平广记引文亦作“宫僚”。

752 李丞相泌谓德宗曰：“肃宗师臣，岂不呼陛下为崽郎〔一〕？”案〔二〕：崽字，字书无之，疑误。圣颜不悦。泌曰：“陛下天宝元年生，向外言改年之由〔三〕，或以弘农得宝，此乃谬也。以陛下此年降诞，故玄宗皇帝以天降之宝〔四〕，因改年号为天宝也。”圣颜然后大悦。又韦渠牟曾为道士及僧〔五〕，德宗问：“卿从道门，本师复是谁？”渠牟曰：“臣师李仙师，仙师师张果老先生。肃宗皇帝师李仙师为仙帝,臣道合为陛下师;由迹微官卑,故不足为陛下师。”渠牟亦效李相泌之对也。

永乐大典卷之七千三百二十八郎岂郎引唐语林亦载,引至“圣颜然后大悦”。

本条原出刘宾客嘉话录。说郛(陶珽刊本)卷三六嘉话录亦载。

〔一〕崽郎　永乐大典引文作“岂郎”,当据改。新编分门古今类事卷二岂郎似我条载玄宗称德宗为“岂郎”,可互证。此文云出松窗杂录。

〔二〕案　此案语乃四库全书馆臣所加。

〔三〕向　原书作“嚮”,乃通假字。

〔四〕玄宗皇帝以天降之宝　原书“之”作“至”。聚珍本无“皇”字,今从永乐大典引文补入。

〔五〕又韦渠牟曾为道士及僧　原书佚去此下七十八字,唐兰据本书补入。

753 赵涓为监察御史。时禁中失火〔一〕,火发处与东宫相近,代宗疑之〔二〕。涓为巡使,俾令即讯。涓因历壖囿,按据迹状〔三〕,乃上直中官遗火所致也。既奏〔四〕,代宗称赏。德宗时在东宫,常感涓究理详明。及刺衢州,年考既深,与观察使韩滉不相得,滉奏免涓官。德宗见名,谓宰相曰:“岂非永泰初御史赵涓乎?”对曰:“然。”即日拜尚书左丞。

本条原出谭宾录。太平广记卷一七一谭宾录题作赵涓。旧唐书卷一三七赵涓传叙此，文几全同，出于谭宾录明甚。

〔一〕时　太平广记引文作“永泰初”。

〔二〕疑　太平广记引文作“深惊疑”。

〔三〕涓因历堧圊按据迹状　太平广记引文作“涓周立案验”。

〔四〕既奏　太平广记引文作“推鞫明审，颇尽事情”。

754 司徒郑贞公〔一〕，每在方镇，公厅陈设，器用无不精备，宴犒未尝刻薄。其平居奉身过于俭素，中外婚嫁甚多，礼物皆经处画。公与其宗叔太子太傅纲居昭国坊〔二〕。太傅第在南，出自南祖；司徒第在北，出自北祖：时人谓之“南郑相”、“北郑相”。司徒堂兄文宪公〔三〕，前后相德宗，亦谓之“大郑相”、“小郑相”焉。

本条原出因话录卷二商部。类说卷十四因话录题作南郑北郑。

〔一〕郑贞公　即郑馀庆。馀庆谥曰“贞”。原书作“郑真公”，“真”乃“贞”之讹。

〔二〕公与其宗叔太子太傅纲居昭国坊　原书作“公与其宗叔太子太傅絪俱住招国”。本书“纲”乃误字，当据原书改。原书“招”乃误字，当据本书改。新唐书卷一六五郑馀庆传：“与从父絪家昭国坊，絪第在南，馀庆第在北，世谓‘南郑相’、‘北郑相’云。”

〔三〕文宪公　当指郑珣瑜。新唐书卷一六五郑珣瑜传言“谥文献”。

755 德宗西幸，所乘马，一号神智骢，一号如意骝〔一〕。

本条原出杜阳杂编卷上。太平广记卷四三五杜阳杂编题作德宗神智骢。类说卷四四杜阳杂编题作瑞鞭。说郛(陶斑刊本)卷四六杜阳杂编卷上亦载。

〔一〕一号如意骝　原书与太平广记引文此下尚有文字叙二马之不凡。

756 王承昇有妹〔一〕,国色,德宗纳之,不恋宫室。德宗曰:"穷相女子。"乃出之。敕其母兄不得嫁进士朝官,任配军将亲情〔二〕。后适元士会,以流落终〔三〕。

本条原出刘宾客嘉话录。类说卷五四刘禹锡佳话题作穷相女子。说郛(陶斑刊本)卷三六嘉话录亦载。说郛(张宗祥辑明抄本)卷三实宾录引嘉话亦载。

〔一〕王承昇　类说引文作"王昇"。

〔二〕亲情　原书作"作亲情"。

〔三〕以流落终　原书作"因以流落,真穷相女子也"。

757 颜鲁公尝得方士名药服之,虽老,气力壮健如年三四十人。至奉使李希烈,春秋七十五矣。临行,告人曰:"吾之死,固为贼所杀必矣。且元载所得药方,亦与吾同,但载贪甚,等是死,而载不如吾。吾得死于忠耶?"于是命取席固圜其身,挺立一跃而出。又立两藤倚子相背,以两手握其倚处,悬足点空,不至地三二寸,数千百下。又手按床东南隅,跳至西北者,亦不啻五六。乃曰:"既如此,疾焉得死吾耶?异日幸得归骨来秦,吾侄女为裴郾妻者,〔原注〕〔一〕郾,即鲁公之亲表侄。此女最仁孝,及吾小青衣翦彩者,颇善承事；是时汝必与二人同启吾棺，知有异于常人之死尔！如穆护，〔原注〕穆护〔二〕，即鲁公男硕之小名也。天性之道，难言至此。”至蔡州，责希烈反逆无状。竟不敢以面目相见，亦不敢以兵刃相恐，潜命献食者馈空器而已。翌日，贼令官翌来缢之。鲁公曰：“老夫受箓及服药，皆有所得。若断吭，道家所忌。今赠使人一黄金带。吾死之后，但割吾他支节为吾吭血以绐之，死无所恨。”且曰：“使人悟慧如此，不事明天子，反事逆贼，何所图也？”官翌从其言。至明年，希烈死，蔡帅陈仙奇奉鲁公丧归京。犹子颜岘实从柳常侍与裴氏女及翦彩同迎丧于镇国仁寺〔三〕。咸遵遗旨，启棺如生。〔原注〕柳制鲁公挽歌词曰：“杀身终不恨，归丧遂如生。”

本条原出戎幕闲谈。绀珠集卷五、类说卷二一明皇十七事内剪彩条均残存“颜真卿青衣小鬟名剪彩”一句，与本条中字句相合，故可逆知此文之所自出。而绀珠集、类说中之明皇十七事一书羼入戎幕闲谈之文，故知本条当据戎幕闲谈写成。太平广记卷三二颜真卿条亦有与此相合之记载，此文乃综合仙传拾遗、戎幕闲谈、玉堂闲话而成，此亦可作本条原出戎幕闲谈之一证。又绀珠集卷五柳珵常侍言旨中亦有翦彩一条，乃书贾混编而入者。

〔一〕原注　此为戎幕闲谈中之原注。下〔原注〕同。

〔二〕穆护　向达唐代长安与西域文明曰：“穆护原为摩尼教中僧职之名，说者多以鲁公以穆护名其次男为异，今观其所作康金吾神道碑，可知鲁公与康国人曾有交往，则语林所云，或者鲁公服膺摩尼教旨，而获其养生之术欤？”

〔三〕柳常侍　即柳登。登尝官右散骑常侍，见旧唐书卷一四

九、新唐书卷一三二本传。

758 颜真卿为平原太守，立三碑，皆自撰书。其一立于郡门内，纪同时台省擢授诸郡者十馀人〔一〕。其一立于郭门之西，纪颜氏：曹魏时颜裴〔二〕、高齐颜之推，俱为平原太守〔三〕；至真卿，凡三典兹郡。其一是东方朔庙碑。镌刻既毕，属禄山乱〔四〕，未之立也。及真卿南渡，蕃寇陷城，州人埋匿此碑。河朔克平，别驾吴子晁，好事者也，掘碑使立于庙所。其二碑求得旧文，买石镌勒，树之郡门〔五〕。时颜任抚州，子晁拓三碑本寄之。颜经艰难，对之怆然，曰："碑者，往年一时之事，何期大贤再为修立，非所望也。"即日专使赍书至平原致谢。子晁后至相州刺史兼御史大夫〔六〕。

本条原出封氏闻见记卷十修复。

〔一〕同时　原书作"周时"。

〔二〕颜裴　当作"颜斐"，"裴"乃误字。颜斐任平原太守，见三国志卷十六魏书仓慈传裴松之注引魏略。原书亦误作"裴"。

〔三〕为　原书作"于"，当据本书改。

〔四〕禄山乱　原书作"幽方起逆"。

〔五〕郡门　原书误作"都门"，当据本书改。

〔六〕兼　原书无，当据本书补。

759 天宝初，有范氏尼者，知人休咎，颜鲁公妻党之亲也。鲁公尉醴泉日，诣范问曰："某欲就制科试，乞师姨一言。"范尼曰："颜郎事必成。自后一两月朝拜〔一〕，但半月内慎勿与国外人争竞〔二〕,恐有谴谪。〔三〕"鲁公曰:"官阶尽五品,身着绯衫,带银鱼,儿子得补斋郎,其望满矣。"范尼指座上紫丝布食单曰:"颜郎衫色如此,其功业名节皆称是。过七十〔四〕,已后不须苦问。"鲁公再三穷诘,范曰:"颜郎聪明过人,问事不必到底。"逾日大酺。鲁公制科高第〔五〕,授长安尉,迁监察御史。因押班,责武班中喧哗者,命小吏录奏次,即哥舒翰也。翰恃有新破石壁城功〔六〕,泣诉明皇,坐鲁公轻侮功臣,贬蒲州掾〔七〕。及鲁公为太子太师,使蔡,叹曰:"范师之言〔八〕,吾命悬于贼庭必矣!"

本条原出戎幕闲谈。太平广记卷二二四戎幕闲谈题作范氏尼。绀珠集卷五、类说卷二一颜郎衫色如此条均引范尼言"颜郎衫色如此"一段,云出明皇十七事。白孔六帖卷八录此,亦云出明皇十七事;而同书卷三三录此,则又云出常侍言旨。然此当是戎幕闲谈之文,羼入明皇十七事而致误。海录碎事卷十四录此,云出大中遗事,误。南部新书卷辛亦载衫色事。

〔一〕朝拜　太平广记引文上有"必"字。

〔二〕月　太平广记引文作"年"。

〔三〕恐有谴谪　太平广记引文其下有"公又曰:'某官阶尽,得及五品否?'范笑曰:'邻于一品。颜郎所望,何其卑耶?'"数句。

〔四〕过七十　太平广记引文上有"寿"字,当据补。

〔五〕逾日大酺鲁公制科高第　太平广记引文作"逾月大酺。鲁公是日登制科高等",当据之校改。

〔六〕石壁城　太平广记引文作"石堡城",当据改。

〔七〕贬蒲州掾　太平广记引文作"贬蒲州司仓",下有"验其事迹，历历如见”二句。

〔八〕范师　太平广记引文下有“姨”字。

760 建中初，关播为给事中尉〔一〕。以诸司甲库皆是胥吏所掌，为弊颇久〔二〕，因播议，用士人知之，谓之“掌库”〔三〕。

本条原出大唐传载。

〔一〕给事中尉　原书无“尉”字，当据删。旧唐书卷一三〇关播传：“（建中）二年七月，迁播给事中。旧例，诸司甲库，皆是胥吏掌知，为弊颇久，播始建议并以士人知之，至今称当。”

〔二〕久　原书作“多”。

〔三〕谓之掌库　原书无此句。

761 兴元中，有知马者曰李幼清，暇日常取适于马肆。有致悍马于肆者，结锁交络其头，二力士以木末支其颐〔一〕，三四辈执檛而从之，马气色如将噬，有不可驭之状。幼清逼而察之，讯于主者，且曰：“马之恶，无不具也。将货焉，唯其所酬耳。”幼清以二万易之〔二〕，马主尚惭其多。既而聚观者数百辈，讶幼清之决也。幼清曰：“此马气色骏异，体骨德度非凡马。是必主者不知马，俾杂驽辈槽栈，陷败狼藉，刷涤不时，刍秣不适，蹄啮蹂奋，蹇破唐突〔三〕，志性郁塞，终不可久〔四〕，无所顾赖，发而为狂躁，则无不为也。”既晡，观者少间。乃别市一新络头，幼清自持，徐徐而前，语之曰：“尔材性不为人知，吾为汝易是锁，结杂秽之物。"马弭耳引首。幼清自负其知,乃汤沐翦饰〔五〕,别其皂栈,异其刍秣。数日而神气一小变,逾月而大变。志性如君子,步骤如俊乂,嘶如龙,顾如凤〔六〕,乃天下之骏乘也。

本条不知原出何书。侯鲭录卷四亦叙此事,然不注出处。

〔一〕来　侯鲭录作"夹"。

〔二〕二万　侯鲭录作"三万"。

〔三〕蹇破　侯鲭录作"蹇跂"。

〔四〕终不可久　侯鲭录作"终不得伸"。

〔五〕翦饰　侯鲭录作"剪刷"。

〔六〕顾　侯鲭录作"颜"。

762 嗣曹王皋有巧思,精于器用。为荆州节度使,有羁旅士,持二羯鼓棬谒皋〔一〕。皋见棬,曰:"此至宝也〔二〕!"指钢匀之状,宾佐皆莫晓〔三〕。皋曰:"诸公未必信〔四〕。"命取食柈,自选其极平者,遂量重二棬于柈心,油注棬中,满不浸漏〔五〕,其吻合无际。皋曰:"此必开元中供御棬〔六〕。不然,无以至此。"问其所自,客曰:"某先人在黔中,得于高力士之家。"众服其识。宾府潜问客:"宜偿几何?"答曰:"不过二百五缗〔七〕。"及遗财帛器物〔八〕,其直果称焉。张敦素夷坚录云〔九〕:"宗正卿李琬善羯鼓,有士子以双铁棬卖之,还二十缗,其人怏怏,琬复资之。客有怪其厚价,琬乃取一盘底至平者,以二棬重重安盘中,灌水其中,曾无泄漏。琬曰:'至精所至,其贵在兹。'"某案:南卓郎中羯鼓录但云李卿妙于羯鼓,不言有得棬事,则敦素之记非耶?

本条原出羯鼓录。太平御览卷五八三引羯鼓录亦载。太平广记卷二〇五、二三一重出,均题作曹王皋,前者不注出处,后者云出羯鼓录。类说卷十三羯鼓录题作明皇供御卷。说郛(张宗祥辑明抄本)卷六五羯鼓录亦载。又本书此条自“张敦素夷坚录云”起,乃王谠按语,各书均无。

〔一〕持二羯鼓棬谒皋　原书作“怀二棬欲求通谒,先启于宾府,观者讶之,曰:‘岂足尚耶?’士曰:‘但启之尚书,当解矣。’”

〔二〕曰此至宝也　原书作“捧而叹曰:‘不意今日获逢至宝。’”

〔三〕宾佐皆莫晓　原书作“宾佐唯唯,或腹非之”。

〔四〕未必　原书作“必未”。

〔五〕满不浸漏　原书作“棬满而油不浸漏”。

〔六〕开元　原书作“开元天宝”。

〔七〕二百五　原书作“三五百”。

〔八〕遗财帛器物　原书作“皋遗财帛器皿”。

〔九〕张敦素夷坚录　赵与时宾退录卷八引洪迈夷坚己志序曰:“昔以‘夷坚’志吾书,谓与前人诸书不相袭,后得唐华原尉张慎素夷坚录,亦取列子之说,喜其与己合。”“敦素”、“慎素”二名,未知孰是?张书原为三卷,见张端义贵耳集卷上。

763 宋沇为太常丞,每言诸悬钟磬亡坠至多〔一〕,补之者又乖律吕。忽因于光宅佛寺待漏〔二〕,闻塔上铎声,倾听久之。朝回,复止寺舍〔三〕,问寺主僧曰:“上人塔上铎,皆知所自乎?”曰:“不能知之。”曰:“某闻有一是近制〔四〕。某请一人循铃索历扣以辨之〔五〕,可乎?”初,僧难〔六〕,后许,乃扣而辨焉。寺众即言:“往往无风自摇,洋洋有声,非此也耶?”沇曰:“是也,必因祠祭考本悬钟而应也。”因求摘取而观之〔七〕,曰:“此姑洗编钟耳〔八〕。”且请独缀于僧庭〔九〕。归太常,令乐人与僧同临之;约其时彼扣本乐悬,此果应之,遂购而获。又曾送客至通化门〔一○〕,逢度支运乘。驻马俄顷,忽草草揖客别,乃随乘至左藏门,认一铃,亦言编钟也。他人但见镕铸独工,不与众者埒,莫知其馀。及配悬,音形皆合其度,异乎!

本条原出羯鼓录。太平广记卷二○三羯鼓录题作宋沇。说郛(陶珽刊本)卷六五羯鼓录亦载。

〔一〕言　原书无,当据本书补。

〔二〕忽因于光宅佛寺待漏　原书作“一日,早于光宅佛寺待漏”。其下南卓自注:“贞元中犹未有待漏院,朝士多立城门衢中,或立近坊人家及光宅寺也。”参看本卷845条。

〔三〕止　原书作“至”,当据改。

〔四〕某闻有一是近制　原书作“其间有一是古制”。当据改。

〔五〕一人循铃索　原书作“一登塔循金索”,当据本书补“人”字。

〔六〕初僧难　原书作“僧初难”,当据改。

〔七〕因　原书作“固”。

〔八〕编钟　原书上有“之”字。

〔九〕且请　原书作“请且”。

〔一〇〕至　原书作"出"。

764 贞元中，张茂宗尚义章公主，赠郑国公主，谥为贞穆〔一〕。有司择日策命。唐已来〔二〕，公主即有追封者，未有加谥者，公主追谥，自此始也〔三〕。

本条原出大唐传载。

〔一〕张茂宗尚义章公主赠郑国公主谥为贞穆　原书作"张茂宗所尚义章公主，赠郑国公主，谥为庄穆；韦宥所尚故唐安公主，赠韩国公主，谥为贞穆。"当据正。新唐书卷八三诸帝公主德宗十一女传："郑国庄穆公主，始封义章。下嫁张孝忠子茂宗。薨，加赠及谥。"

〔二〕唐　原书作"国朝"。

〔三〕公主追谥自此始也　四库全书总目卷一四〇子部小说家类一大唐传载提要曰："惟称贞元中郑国、韩国二公主加谥为公主追谥之始，而不知高祖女平阳昭公主有谥已在前。"

765 贞元十二年六月乙丑，始以窦文场为左神策护中尉〔一〕，霍仙鸣为右神策护中尉；某月〔二〕，又以张尚进为神武中护军，左右辟仗使之始也。

本条原出大唐传载。

〔一〕护　原书下有"军"字，当据补。下句同。

〔二〕某月　原书作"其日"，当据改。资治通鉴卷二三五唐纪五一德宗贞元十二年"六月乙丑，以监句当左神策窦文场、监句当右神策霍仙鸣皆为护军中尉，监左神威军使张尚进、监右神威军使焦希望皆为中护军。”

766 贞元中，贾全为杭州，于西湖造亭，为“贾公亭”，未五六十年废。案〔一〕：卷五一条：“杭州房琯为盐官令，于县内凿池构亭，曰‘房公亭’，后废。”全与此条相类，当是编辑者以贾全事误作房琯，而王谠采据各书，遂两著之。今无可参校，亦姑并存。

本条不知原出何书。

〔一〕案 此案语为四库全书馆臣所加。

767 贞元中，郎中史牟为榷盐使。有表生二人自鄜来谒，其母仍使子赍一青盐枕以奉牟，牟封枕付库，杖杀二表生。

本条不知原出何书。国史补卷中史牟杀外甥记叙之事与此有类同处。

768 德宗非时召拜吴凑为京兆尹〔一〕，便令赴上。疾驱〔二〕，请客至府〔三〕，已列筵矣。或问：“何速？”吏曰：“两市日有礼席，举铛釜而取之，故三、五百人之馔，常可立办。”

本条原出国史补卷中京兆府筵馔。太平广记卷四九六国史补题作吴凑。永乐大典卷之一万四千九百十二釜日举铛釜引唐国史补亦载。

〔一〕召拜 原书无“拜”字，当据本书补。永乐大典引文有“拜”字。

〔二〕疾驱 原书与永乐大典引文句首有“凑”字，当据补。

〔三〕请　原书与永乐大典引文作“诸”。

769 韩皋自中书舍人除御史丞〔一〕。西省故事:阁老改官,则词头送以次舍人〔二〕。是时吕渭草敕,皋忧恐,问曰:“仆有何命?”渭不告,皋劫之曰:“与公俱左降。”乃告之。皋又欲诉宰相〔三〕,渭执之,夺其靴笏,恂恂至午后三刻乃止。

本条原出国史补卷上韩皋劫吕渭。太平广记卷二四四国史补题作韩皋。

〔一〕御史丞　原书与太平广记引文作“御史中丞”,当据改。

〔二〕舍人　原书无“舍”字,当据本书补。太平广记引文亦有。

〔三〕诉　原书与太平广记引文“诉”下有“于”字,当据补。

770 德宗复京师,赐勋臣第宅妓乐。李令为首〔一〕,浑侍中次之〔二〕。

本条原出国史补卷上李令勋臣首。

〔一〕李令　指中书令李晟。

〔二〕浑侍中次之　资治通鉴卷二三一唐纪四七德宗兴元元年:“至宫,每闲日,辄宴勋臣,赏赐丰渥,李晟为之首,浑瑊次之,诸将相又次之。”胡三省注:“唐世天子以隻日视朝,双日谓之闲日。”

771 马司徒面斥李怀光〔一〕,德宗正色曰:“惟卿不合斥人。”惶恐而退。李令闻之,请全军自备资粮以讨凶逆,因此李、马不平〔二〕。

本条原出国史补卷上马燧雪怀光。说郛(陶珽刊本)卷四八唐国史补题作李马不叶。资治通鉴卷二三一唐纪四七德宗贞元元年考异引李肇国史补此文,下加案语曰:"是时怀光垂亡,燧功已成八九,故自入朝争之,岂肯面雪怀光邪!"又本条与772、773条原合为一条,今依原书分列。

〔一〕斥　原书与各本引文均作"雪",王谠误改。下同。

〔二〕平　资治通鉴考异引文同。原书与说郛引文作"叶"。

772 李令常为制将,至西川,与张延赏有隙。及延赏作相,二勋臣在朝,德宗尝令韩晋公和解。宴乐则宰臣尽在,而太常教坊音乐皆至,恩赐酒馔,相望于路。

本条原出国史补卷上和解二勋臣。与771、773条原合为一条,今依原书分列。

773 张、李二家〔一〕,日出无音乐之声,金吾必奏。俄顷有中使来问:"大臣今日何不举乐?"

本条原出国史补卷上李马不举乐。与771、772条原合为一条,今依原书分列。

〔一〕张李　原书作"李、马"。二书所指不同。国史补指李晟、马燧,王谠乃改指张延赏、李晟。

774 韩晋公闻德宗在奉天〔一〕,以夹练囊缄茶末,使步以进〔二〕。又发军食,尝自负米一石登舟,大将以下皆运〔三〕。一日之中,积载数万斛。后大修石头五城,召补迎驾子弟,时论疑之〔四〕。

本条原出国史补卷上韩滉自负米。与775条原合为一条,今依原书分列。

〔一〕韩晋公闻德宗在奉天　原书作"韩晋公滉闻奉天之难"。

〔二〕使步以进　原书作"遣健步以进御"。

〔三〕又发军食尝自负米一石登舟大将以下皆运　新唐书卷一二六韩滉传:"始,漕船临江,滉顾僚吏曰:'天子蒙尘,臣下之耻也。'乃自举一囊,将佐争负之。"

〔四〕后大修石头五城召补迎驾子弟时论疑之　旧唐书卷一二九韩滉传:"然自关中多难,滉即于所部闭关梁,筑石头五城,自京口至玉山,禁马牛出境……时滉以国家多难,恐有永嘉渡江之事,以为备预,以迎銮驾,亦申儆自守也。"资治通鉴卷二三一唐纪四七德宗兴元元年载李泌百口保滉事,于此有详论。

775 张凤翔镒闻难〔一〕,尽出所有衣服,并其家钿钗枕镜〔二〕,列于小厅,将献行在。俄顷,后院火起,妻女出,而镒从判官田承窦得出〔三〕,匿村舍中。数日稍定。会镒家知之〔四〕,走告军中,计议迎镒,遂遇害。

本条原出国史补卷上张凤翔被害。与774条原合为一条,今依原书分列。

〔一〕张凤翔镒闻难　旧唐书卷一二五张镒传:"德宗将幸奉天,镒窃知之,将迎銮驾,具财货服用献行在。"新唐书卷一五二张镒传:"帝幸奉天,镒罄家赀将自献行在。"

〔二〕家　原书作"家人",当据改。

〔三〕妻女出而镒从判官田承窦得出　原书作"妻女出而投镒，镒遂与判官由水窦得出。"此处疑王谠误读原书而妄改。旧唐书记作"镒夜缒而走，判官齐映自水窦出。"

〔四〕镒家知之　原书作"镒家僮先知之"。

776 德宗幸奉天，朱泚自率兵至于城下。有西湖寺僧陷在贼中〔一〕，性甚机巧，教泚造攻城云梯，其高九十馀尺，上施板屋楼橹，可以下瞰城中〔二〕。浑中令、李司徒奏曰："贼锋既盛，云梯又壮。纵之，恐不能御；及其尚远，请以锐兵挫之。"遂出师五千，束缊居后，约战酣而燎。风逆，不能举火，二公酹酒祝之〔三〕，词气慷慨，士百其勇。须臾风回，举火纵之，鼓噪而进，梯遂荡尽。德宗御城楼以观，众呼万岁。

本条原出剧谈录卷上浑令公李西平爇朱泚云梯。太平广记卷七六剧谈录题作桑道茂，本文乃其中一段。

〔一〕有西湖寺僧陷在贼中　原书"西湖寺"作"西明寺"。资治通鉴卷二二八唐纪四四德宗建中四年叙此，曰："使西明寺僧法坚造攻具，毁佛寺以为梯冲。"胡三省注："西明寺，在长安城中延康坊，本隋杨素宅也。梯，云梯；冲，冲车。"本书作"西湖寺"者误。

〔二〕其高九十馀尺上施板屋楼橹可以下瞰城中　资治通鉴卷二二九唐纪四五德宗建中四年叙此，曰："高广各数丈"，考异曰："剧谈录曰：'高九十馀尺，下瞰城中。'今从实录。"

〔三〕酹酒祝之　原书下附祝词，本书略去。

777 朱泚陷京师，天子幸梁洋〔一〕，乔琳侍从〔二〕。至盩厔南谷口，奏德宗曰："臣为陛下仙游寺出家以禳灾。"上甚喜，惜其去，不能阻，乃听之。至仙游不逾月，入京师持杯乞匄〔三〕。人有布施者，琳戏之曰："尚有常施〔四〕。"后反为泚作吏部尚书，知选事。有选人通官，云"不稳便"，又戏云："只公此选得稳便否〔五〕？"泚败，上亲点逆人簿，至琳。上曰："与卿平昔分深，盩厔相舍，甚欲赦卿，其如法何？持杯判官选〔六〕，言犹在耳。当时戏谈时〔七〕，朕于尔时惶惶也〔八〕。"左右喝琳付法。

本条原出芝田录。类说卷十一芝田录题作持盂判选。

〔一〕天子幸梁洋　类说引文作"德宗播迁"。

〔二〕乔琳　类说引文作"乔林"。旧唐书卷一二七、新唐书卷二二四下本传均作"乔琳"。

〔三〕持杯乞匄　类说引文作"持盂求布施"。

〔四〕尚　类说引文作"常"。

〔五〕有选人通官云不稳便又戏云只公此选得稳便否　旧唐书本传此数句作"选人前请曰：'所注某官不稳便。'琳谓之曰：'足下谓此选竟稳便乎？'"

〔六〕持杯判官选　类说引文作"持盂判选"。

〔七〕当时戏谈时　类说引文作"当卿谈戏之时"。"时"乃"卿"之误，当据改。

〔八〕朕于尔时惶惶也　类说引文作"乃朕恓惶之际"。

778 李相国揆，以进士调集在京师，闻宣平坊王生善筮〔一〕，往问之。王每以镪五百决一局，而来者甚多，自辰及西,有未筮而空返者。揆持一缣晨往,生为之开卦,曰:“君非文字之选乎?当河南道一尉。”揆负才与门籍,不宜为此,颇忿而去。生曰:“君无怏怏。自此数月,当拜左拾遗。前事固不准也。”揆怒未解。生曰:“若事验后,一过我。”揆以书判不中第,补汴州陈留尉。以生之言有征,复诣之。生于几下取一卷书以授之〔二〕,曰:“君除拾遗,可视此书。不尔,当有大咎。”得而藏之。既至陈留,时采访使倪若水以揆才品族望,留假府职。会郡有事,须上请,择与中朝通者无如揆,乃请行。关中郡府上书〔三〕,姓李皆先谒宗正璆〔四〕。适遇上尊号,璆请为表三通,以次上之。明皇召璆曰:“百官上表,无如卿者。”璆顿首谢曰:“此非臣所为,是臣从子陈留尉揆所为。”乃召揆。时揆寓于远房卢氏姑之舍〔五〕。子弟闻召,且未敢出,及知上意,欲以推择,遂出。既见,命宰臣试文词。时陈黄门为题目三篇:其一曰紫丝盛露囊赋,二曰答吐蕃书,三曰代南越献白孔雀表。既封,请曰:“前二首无所恨,后一首或有所疑,愿得详之。”乃许涂八字旁注〔六〕。翌日,授左拾遗。旬馀,乃发王生书,三篇皆在其中,而涂注者亦如之。遽往宣平里访王生,不复见矣。

本条原出前定录,题作李相国揆。太平广记卷一五〇前定录题作李揆。说郛(陶珽刊本)卷七二前定录题作李相国揆。唐诗纪事卷二十八李揆引前定录亦节引。

〔一〕筮　原书作“易筮”。

〔二〕一卷书　原书作“一缄书,可十数纸”。

〔三〕关中　原书作“开元中”。

〔四〕姓李皆先谒宗正璆　原书作“姓李者皆先谒宗正。时李璆为宗长”。

〔五〕远房　原书作“怀远坊”。

〔六〕乃许涂八字旁注　原书作“乃许拆其缄，涂八字旁注两句”。

779 德宗时，杨炎、卢杞为宰相，皆奸邪用事，树立朋党，以至天子播迁，宗社几覆。德宗惩辅相之失，自是除拜命令，不专委于中书。凡奏拟用人，十阻其七。贞元以后，宰相备位而已。每择官，再三审覆，事多中辍。贞元三年八月，中书省无舍人，每有诏敕，宰相追他官为之。及兵部侍郎陆贽知政事，以上艰于选用，乃上疏论之。

本条不知原出何书。

780 卢杞除虢州刺史，有奏“虢州有官猪数千，常为人患。”德宗曰：“可移沙苑。”杞对曰：“同州岂非陛下百姓？为患一也。臣谓无用之物，与人食之为便。”德宗叹曰：“卿理虢州，而忧他郡百姓，宰相才也〔一〕！”由是有意作相〔二〕。

本条原出国史补卷上卢杞论官猪。类说卷二六国史补题作官猪为患。

〔一〕才　原书作“材”。

〔二〕由是有意作相　原书作“由是属意于杞，悉听其奏”。新唐书卷二二三下奸臣下卢杞传：“为虢州刺史。奏言虢有官豕三千为民患，德宗曰：‘徙之沙苑。’杞曰：‘同州亦陛下百姓，臣谓食之便。'帝曰：'守虢而忧它州，宰相材也。'诏以豖赐贫民，遂有意柄任矣。"

781 裴延龄恃恩轻躁，班列惧之，惟顾少连不避。延龄尝画一雕，群鸟噪之，以献。上知众怒[一]，益信之，而竟不大用。

本条原出国史补卷上裴延龄画雕。类说卷二六国史补题作画雕。说郛（陶珽刊本）卷四八唐国史补题作画雕。太平广记卷二三九亦载，云出谭宾录，题作画雕。

〔一〕上　太平广记引文作"德宗"。

782 相国窦参之败，给事中窦申配流。德宗曰："吾闻申欲至人家，则鹊喜[一]。"遂赐死。

本条原出国史补卷上窦申号鹊喜。绀珠集卷三国史补题作喜鹊。说郛（陶珽刊本）卷四八唐国史补题作鹊喜。说郛（张宗祥辑明抄本）卷七五国史补亦载。又本条与783条原合为一条，今依原书分列。

〔一〕吾闻申欲至人家则鹊喜　原书作"吾闻申欲至，人家谓之鹊喜"。资治通鉴卷二三四唐纪五十德宗贞元八年："申招权受赂，时人谓之'喜鹊'。"胡三省注："窦参每迁除朝士，先与申议，申因先报其人，以招权纳赂。时人谓之'喜鹊'者，以人家有喜事，鹊必先噪于门庭以报之也。"案胡氏此注，或据大唐传载。旧唐书卷一三六窦申传、新唐书卷一四五窦参传于此均有记叙。王谠乃以为窦申至人家果有鹊噪，视譬喻为事实，误甚。

783 窦参贞元壬申三月，居光福里第，月夜闲步中庭，有宠妾上清者曰〔一〕："今欲启事。郎须到堂前，方敢言。"窦亟上堂，上清曰："庭树上有人〔二〕，请为避之。"窦公曰："陆贽久欲倾夺吾权位。有人在庭树上，吾死之将至。具奏与不奏，皆受祸，必窜死于道路。汝辈流中不可多得〔三〕。身死破家，汝定为宫婢。圣君如顾问，当为我辞。"上清泣曰："诚如是，死生以之。"窦公下阶，大呼："树上人应是陆贽使来。能全老夫性命，敢不厚报！"其人遂下，乃衣缞服者，曰："家有大丧，贫甚，不办葬礼。伏知相公推心济物，所以卜夜而来。"参曰："某罄所有，当封绢千匹而已〔四〕。方具修家庙赀，今以为赠。"其人曰："请左右赍所赐绢，掷于墙外，某于街中俟之。"参依其言〔五〕。翌日，执金吾先奏之。德宗怒曰："卿交通节将，畜养侠刺。位崇台鼎，更欲何求！"参顿首曰："臣起自布衣小才，官已至贵，皆陛下奖拔，实不因人。今不幸至此，乃仇人所为尔！"中使下殿，宣："卿且归私第，候进止。"越月，贬郴州别驾〔六〕。会宣武节度刘士宁通好于郴州，观察使上闻，德宗曰："交通节度将，信而有征。"乃流参于驩州，以籍其家。未达流所，诏赐自尽。上清果隶掖庭。后数年，善应对，能煎茶，在帝左右。德宗曰："宫内人数不少，汝最了事。从何得至此？"上清对曰："妾本故宰相窦参女奴〔七〕。窦参家破填宫，得侍上。"德宗曰："窦某罪不止养侠刺，亦甚有赃污，前纳官银器至多。"上清流泣而言曰〔八〕："窦参自御史丞〔九〕，历度支、户部、盐铁三使，至宰相，首尾六年，月入数十万。

前后非时赏赐甚厚。乃者郴州所送纳官赃物，皆是恩赐。当部录日，妾在郴州，亲见州县希贽意旨，尽刮去所进银器上刻藩镇官衔姓名，诬为赃物。乞陛下验之。”于是宣索窦参没官银器，覆其刻处，皆如上清言〔一〇〕。德宗又问畜养侠刺事，上清曰：“本实无。此悉是陆贽陷害，使人为之。”德宗怒陆曰：“者獠奴〔一一〕！我脱却伊绿衫便与紫着，又常唤伊作陆九。我任使窦参，方称意次，须教我枉杀却。及至权入伊手，其为软弱，甚于泥团。”乃下诏雪参。时裴延龄探知陆贽恩衰，恣行媒孽，竟受谴不回。后上清特敕度为道士，终嫁为金忠义妻。世以陆贽门生多位显者，不敢说，故此事绝无人知。

本条原出常侍言旨。太平广记卷二七五异闻集题作上清。类说卷二八异闻集题作上清传。绀珠集卷五明皇十七事中有上清、陆九两条，实为柳珵常侍言旨中文，原书题下已有提示。资治通鉴卷二三四唐纪五十德宗贞元八年四月乙未，“贬中书侍郎、同平章事窦参为郴州别驾”，考异引柳珵上清传全文，司马光曰：“信如此说，则参为人所劫，德宗岂得反云‘蓄养侠刺’！况陆贽贤相，安肯为此！就使欲陷参，其术固多，岂肯为此儿戏！全不近人情，今不取。”郡斋读书志子部小说类载常侍言旨一卷，云“上清、刘幽求二传附”。又本条与782条原合为一条，今依原书分列。

〔一〕宠妾　考异、太平广记引文作“常所宠青衣”。

〔二〕庭树上有人　考异、太平广记引文下有“恐惊郎”一句。

〔三〕汝　考异引文下有“在”字，太平广记引文下有“于”。

〔四〕当　考异、太平广记引文作“堂”，当据改。

〔五〕参依其言　太平广记引文作“窦依其请，命仆人侦其绝纵且久，方敢归寝”。

〔六〕郴州　太平广记引文误作“柳州”。下同。

〔七〕妾本故宰相窦参女奴　太平广记引文其下尚有“窦参妻早亡，故妾得陪洒扫”二句。

〔八〕泣　考异、太平广记引文作“涕”，当据改。

〔九〕丞　考异、太平广记引文作“中丞”，当据改。

〔一〇〕皆如上清言　考异、太平广记引文下有“时贞元十二年”一句。

〔一一〕者　考异引文作“这”，二字通用。太平广记引文作“老”。

784 裴佶常话：少时姑夫为朝官〔一〕，有清望。佶至其居〔二〕，会退朝，浩叹曰：“崔昭何人，众口称美！此必行货赂者也。如此，安得不乱？”言未讫，门者报曰：“寿州崔使君候。”姑夫怒，呵门者，将鞭之。良久，束带强出。须臾，命茶甚急，又命馔，又令秣马、饭仆。佶曰〔三〕：“前何倨，后何恭？”及入门，有喜色，揖佶而曰：“憩外舍〔四〕。”未下阶〔五〕，出怀中一纸，乃赠官絁千匹〔六〕。

本条原出国史补卷中崔昭行贿事。太平广记卷二四三国史补题作裴佶。类说卷二六国史补题作崔昭行贿。

〔一〕姑夫为朝官　原书句下有注曰：“不记名姓。”

〔二〕佶至其居　原书作“佶至宅看其姑”。

〔三〕佶　原书作“姑”。太平广记引文作“佶姑”。案此处应有“姑”字。

〔四〕外舍　原书作“学院”。

〔五〕未下阶　原书句首有“佶”字。

〔六〕赠官絁千匹　原书“赠”上有“昭”字。

785 李司徒勉为开封县尉，特善捕贼〔一〕。时有不良试公之宽猛〔二〕，乃潜纳人贿，俾公知之。公召告吏卒曰：“有纳其贿者，我皆知之。任公等自陈首，不得过三日，过则舁榇相见。”其纳贿不良故逾限，而忻然自赍其榇〔三〕。公令取石灰棘刺置于中，令不良入，命取钉钉之，送汴河讫，乃请见廉使，廉使叹赏久之。后公为大梁节度使，人问公曰：“今有官人如此〔四〕，如何待之？”公曰：“即打腿。”

本条原出刘宾客嘉话录。说郛（陶珽刊本）卷三六嘉话录亦载。

〔一〕特善　原书无此二字。

〔二〕不良　即“捉不良”，专管缉捕盗贼之吏卒。

〔三〕自赍其榇　原书下有“至”字。

〔四〕官　原书作“害”，当据本书改。

786 卢舍人群〔一〕、卢给事弘正相友善〔二〕。群清瘦古淡，未尝言朝市；弘正魁梧富贵，未尝言山水。群日饮高卧〔三〕，制诏多就宅草之；弘正未尝在假告〔四〕，有宾客皆就省相见。一日雪中，群在假，弘正将欲入省，因过群。群方道服，于南垣茅亭望山雪，促命延入。群曰：“卢六卢六！曾莫顾我，何也？”弘正曰：“月限向满，家食相仍，且诣宰府，以求外任。”群曰〔五〕：“奔走权门，所不忍视。腊酒一壶，能共醉否？”弘正曰：“切欲诣省。”群又呼侍儿曰：“卢六待去，早来药糜宜匀越器中，我与给事公对食。”弘正曰[六]：“不可。今旦犯冷，已买血蒜虀餐矣[七]！”

本条原出阙史卷上路舍人友卢给事。太平广记卷四九九唐阙史题作路群卢弘正。

〔一〕卢舍人群　原书作“路舍人群”，当据改。太平广记引文作“中书舍人路群”。

〔二〕相友善　原书作“性相异，情相善”。

〔三〕饮　原书与太平广记引文作“谋”。

〔四〕在假告　原书作“乞告”。太平广记引文作“请告”。

〔五〕群曰　原书作“紫微貌惨曰”。

〔六〕弘正曰　原书作“夕拜振声曰”。

〔七〕已买血蒜虀餐矣　原书作“‘已市血食之加蒜者飡矣。’时人闻之，以为路之高雅，卢之俊达，各尽其性”。

787 刘太真为陈少游行状，比之齐桓、晋文，时议喧腾[一]。后坐贡院用情，追责前事，贬信州刺史。

永乐大典卷之三千一百三十四陈陈少游引唐语林亦载。

本条原出国史补卷中行状比桓文。

〔一〕刘太真为陈少游行状比之齐桓晋文时议喧腾　旧唐书卷一三七刘太真传：“常叙少游勋绩，拟之桓、文，大招物论。”新唐书卷二百三文艺下刘太真传：“淮南陈少游表为掌书记，尝以少游拟桓、文，为义士所訾。”

788 韦太尉之在西川[一]，凡军士将有婚嫁[二]，则以熟锦衣给其夫，以银泥衣给其妻，又各给钱一万，死丧称是。

精训练,待之如敬客〔三〕。极其聚敛,军府浸盛,而民困矣!晚年终至刘辟之乱,天下讥之〔四〕。

本条原出国史补卷中韦太尉设教。太平广记卷四九六国史补题作韦皋。

〔一〕韦太尉　太平广记引文作"韦皋"。

〔二〕凡军士将有婚嫁　原书作"凡事设教,军士将吏婚嫁"。

〔三〕精训练待之如敬客　原书作"训练称是。内附者富赡之,远来者将近之"。新唐书卷一五八韦皋传:"善拊士,至虽昏嫁皆厚资之,婿给锦衣,女给银涂衣,赐各万钱,死丧者称是。"

〔四〕晚年终至刘辟之乱天下讥之　原书作"及晚年为月进,终致刘辟之乱,天下讥之"。旧唐书卷一四〇韦皋传:"皋在蜀二十一年,重赋敛以事月进,卒致蜀土虚竭,时论非之。"

789 刘辟初有心疾〔一〕,人自外至,辄辟而吞之〔二〕。同府崔佐特硕大〔三〕,辟据地而吞,背裂血流。独卢文若至不吞,故后自惑〔四〕。

永乐大典卷之二万三百十疾心疾引唐语林亦载。与卷八1079、1078条原合为一条。

本条原出国史补卷中刘辟为乱阶。类说卷二六国史补题作刘辟吞人。

〔一〕刘辟初有心疾　原书作"初,刘辟有心疾"。

〔二〕辄辟而吞之　原书作"辄如吞噬之状"。

〔三〕崔佐　原书作"崔佐时"。永乐大典引文作"崔估时"。

〔四〕独卢文若至不吞故后自惑　原书句下有“为乱”二字。旧唐书卷一四〇刘辟传：“初，辟尝病，见诸问疾者来，皆以手据地，倒行入辟口，辟因磔裂食之；惟卢文若至，则如平常。故尤与文若厚，竟以同恶俱赤族，不其怪欤！”新唐书卷一五八刘辟传同。

790 国子司业韦聿者，皋之兄也。朝中以为戏弄。或言九宫休咎，聿曰：“我家白方常在西南，二十年矣！”

本条原出国史补卷中韦聿白方语。说郛（陶珽刊本）卷四八唐国史补题作白方。又本条与 791 条原合为一条，今依原书分列。

791 权相为舍人〔一〕，以门望自处，常戏同僚曰〔二〕：“未尝以科第为资。”郑云逵遽曰：“更有一人。”遽问：“谁？”答曰“韦聿。”满座皆笑。

本条原出国史补卷中耻科第为资。又本条与 790 条原合为一条，今依原书分列。

〔一〕权相　指权德舆。

〔二〕戏　原书作“语”。

792 汴州相国寺，言佛像有流汗。刘玄佐遽命驾〔一〕，自持金帛以施。日中，其妻亦至。明日，复起斋场〔二〕。由是将吏商贾，奔走道路，如恐不及〔三〕。因令官为簿书，以籍所入。十日，乃闭寺门，曰：“汗止矣！”所得盖钜万，计以赡军〔四〕。

本条原出国史补卷上汴州佛流汗。太平广记卷二三八国史补题作刘玄佐。绀珠集卷三、类说卷二六、白孔六帖卷五七引国史补题作佛汗。说郛(张宗祥辑明抄本)卷七五国史补亦载。

〔一〕刘玄佐　原书作"节帅刘玄佐",太平广记引文作"节度使刘玄佐"。

〔二〕斋场　原书作"输斋梵"。

〔三〕如恐不及　原书与各本引文作"唯恐输货不及"。

〔四〕所得盖钜万计以赡军　新唐书卷二一四藩镇刘玄佐传亦记此事,下云:"其权谲类若此。"

793 崔膺性狂〔一〕,张建封爱其文,引为客。随建封行营,夜中大叫惊军,军士皆怒,欲食其肉。建封藏之。明日置宴,监军曰:"某与尚书约,彼此不得相违。"建封曰:"唯。"监军曰:"某有请,请崔膺。"建封曰:"如约。"逡巡,建封又曰:"某有请,亦请崔膺〔二〕。"坐中皆笑,乃得免。

本条原出国史补卷中崔膺性狂率。太平广记卷二〇二国史补题作张建封。桂苑丛谈史遗有类似之记载,永乐大典卷之二千七百四十一崔崔膺引桂苑丛谈,即出史遗。

〔一〕狂　原书作"狂率"。

〔二〕建封又曰某有请亦请崔膺　原书作"建封复曰:'某有请。'监军曰:'唯。'却请崔膺。"

794 李实为司农卿,督责官租。萧祐居丧,输不及期,实怒,召至,租车亦至,得不罪。会有赐与,当谢状〔一〕,秉笔者有故未至,实乃曰〔二〕:"召衣齐衰者。"祐至,立为草状,实大喜,延英面荐。德宗令问丧期,屈指以待。及释服日，以处士拜拾遗。祐有文学〔三〕，喜书画，好弹琴，其拔擢乃偶然耳。

本条原出国史补卷中李实荐萧祐。太平广记卷二〇二国史补题作李实。

〔一〕当谢状　原书与太平广记引文作“当为谢状”，当据之补“为”字。

〔二〕实乃曰　原书作“实急，乃曰”。

〔三〕祐有文学　原书作“祐虽工文章”，“虽”字似衍。旧唐书卷一六八萧祐传言：“祐闲淡贞退，善鼓琴赋诗，书画尽妙。”而新唐书则作萧祜，卷一六九本传曰：“少贫窭，隐居，以孝养闻。司农卿李实督官租，祜居丧，未及输，召至，将责之，会有赐与，倩祜为奏，实称善，即荐于朝。”

795 郑云逵与王彦伯邻。尝有客求医，误造云逵，诊曰〔一〕：“热风〔二〕。”客又请药方，云逵曰：“药方即不如东家王供奉〔三〕。”客惊而去。自是京城目乖宜者为“热风”〔四〕。

本条原出国史补卷中误造郑云逵。绀珠集卷三、类说卷二六国史补题作热风。说郛（张宗祥辑明抄本）卷七五国史补亦载。太平广记卷二四二、说郛（陶珽刊本）卷二三乾𦒿子萧俛条亦有类似之记载。

〔一〕误造云逵诊曰　原书作“误造云逵门，云逵知之，延入与诊候，曰”。

〔二〕热风　原书“热风”下尚有“颇甚”二字。

〔三〕药方即不如东家王供奉　原书作“某是给事中。若觅国医王彦伯，东邻是也。”

〔四〕自是京城目乖宜者为热风　原书句下尚有"或云即刘俛也"一句。

796 王仲舒为郎中,与马逢友善,每责逢曰:"贫不可堪,何不求碑志相救?"逢笑曰:"适见人家走马呼医,立可得也〔一〕。"

本条原出国史补卷中求碑志救贫。太平广记卷四九七国史补题作王仲舒。侯鲭录卷六亦引,唯不注出处。

〔一〕适见人家走马呼医立可得也　原书作"适有人走马呼医,立可待否?"二者语气已有不同。

797 许尚书孟容与宋济为布衣交。及许知举,宋不中第。放榜后,许自愧,累请人致意,兼令门生就见,宋乃谒许〔一〕。深谢之。因置酒,酣〔二〕,乃曰〔三〕:"某今年为国家取卿相〔四〕。"时有姚嗣及第〔五〕,数日卒〔六〕。乃起慰许曰:"邦国不幸,姚令公薨谢〔七〕。"

本条原出卢氏杂说。太平广记卷二五五卢氏杂说题作宋济。类说卷四九卢氏杂说题作取卿相为状头。

〔一〕宋乃谒许　太平广记引文作"宋不得已,乃谒焉"。

〔二〕深谢之因置酒酣　太平广记引文作"许但分诉首过,因命酒,酣"。

〔三〕乃曰　类说引文作"许复大言曰"。

〔四〕某今年为国家取卿相　类说引文作"今年为国取卿相为状头"。太平广记引文句首尚有"虽然"一句。

〔五〕姚嗣及第　太平广记引文作"姚嗣卿及第后"。类说引文则以姚嗣卿为状头。

〔六〕数日　太平广记引文作"翌日"。

〔七〕姚令公薨谢　太平广记引文其下尚有"许大惭"一句。

798 郑眗性通脱，与诸甥侄谈笑无间。曾被飘瓦所击，头血淋漓，两玉簪俱碎。家人惶遽来视，外甥王某在后至，曰："二十舅，今日头璧俱碎。"眗大叫曰："我不痛！"裹伤命酒〔一〕，酣饮尽兴〔二〕。

本条原出封氏闻见记卷十欢狎。

〔一〕伤　原书作"函"。

〔二〕酣饮尽兴　原书作"酣兴尽"，当据本书补"饮"字。原书句下尚有"眗后至户部员外郎、滁州刺史云"一句。

799 顾况从辟，与府公相失，揖出幕。况曰："某梦口与鼻争高下。口曰：'我谈今古是非，尔何能居我上？'鼻曰：'饮食非我不能辨。'眼谓鼻曰：'我近鉴豪端，远察天际，惟我当先。'又谓眉曰：'尔有何功，居我上？'眉曰：'我虽无用，亦如世有宾客，何益主人？无即不成礼仪。若无眉，成何面目？'"府公悟其讥，待之如初。又旧说：顾况与韦夏卿饮酒，时金气已残，夏卿请席征秋后意，或曰"寒蝉鸣"，或曰"班姬扇"，而况云"马尾"，众哂之。曰："此非在秋后乎〔一〕？"

本条不知原出何书。

〔一〕秋　"鞦"之谐音。"鞦"为"鞧"之异体，乃马后部之革带。

800 郎中故事〔一〕:吏部郎中二厅,先南曹,次废置〔二〕。刑部分两赋〔三〕。其制尚矣。

本条原出国史补卷下郎官分判制。太平广记卷一八七国史补题作尚书省。南部新书卷戊亦载。又本条与801、802、803、804条原合为一条,今依原书分列。

〔一〕郎中　原书与太平广记引文均作"郎官",当据改。南部新书误作"都官"。

〔二〕吏部郎中二厅先南曹次废置　原书与太平广记引文作"吏部郎中二厅,先小铨,次格式。员外郎二厅,先南曹,次废置"。南部新书同。本书文字有阙误。

〔三〕刑部分两赋　原书与太平广记引文作"刑部分四覆,户部分两赋。"南部新书同,唯"赋"作"税"。本书文字有阙误。

801 旧说:吏部为"南省舍人"〔一〕,考功、度支为"振行",比部得廊下食,以饭从者,号曰"比盘"。二十四曹呼左右司为"都公"。省中语曰:"后行祠、屯,不博中行都、门;中行刑部〔二〕,不博前行驾库。"

本条原出国史补卷下叙诸曹题目。太平广记卷一八七国史补题作尚书省。近事会元卷二国史补题作省眼、南省舍人、振行、比盘、都公。绀珠集卷三国史补题作省眼比盘。类说卷二六国史补题作吏部为省眼。白孔六帖卷七二国史补则记比盘一则。南部新书卷戊均载。又本条与800、802、803、804条原合为一条,今依原书分列。

〔一〕吏部为南省舍人　原书与太平广记、近事会元引文作“吏部为‘省眼’，礼部为‘南省舍人’”，南部新书同。类说引文存下句。本书文字有阙误，当据改。

〔二〕中行刑部　原书作“下行刑、户”。太平广记引文作“中行礼部”，汪绍楹校：“明抄本‘部’作‘户’。”类说引文作“中行刑、户”。后说是。

802 故事：度支〔一〕，郎中判入，员外判出，侍郎总统押案而已。乾元已后始为使额〔二〕。

本条原出国史补卷下度支判出入。太平广记卷一八七国史补题作度支。本条与 800、801、803、804 条原合为一条，今依原书分列。

〔一〕度支　原书与太平广记引文“度支”下有“案”字。

〔二〕乾元　原书与太平广记引文作“贞元”。资治通鉴卷二一九唐纪三五肃宗至德元载“寻加（第五）琦山南等五道度支使”下，胡三省注：“度支使始此。宋白曰：故事：度支案，郎中判入，员外判出，侍郎总统押案而已，官衔不言专判度支。开元已后，时事多故，遂有他官来判者，乃曰度支使，或曰判度支，或曰知度支事，或曰勾当度支使，虽名称不同，其事一也。”据此则知作“乾元”、“贞元”者似均有误。

803 郎官当直，发敕为重。水部员外刘约直宿，会河内系囚配流岭表〔一〕，夜发敕符，直宿令史又不更事，惟下岭表,不下河北。旬月后,本州闻后〔二〕,约遂出官。

本条原出国史补卷下当直夜发敕。太平广记卷一八七国史补题作度支。本条与800、801、802、804条原合为一条,今依原书分列。

〔一〕河内　原书与太平广记引文作"河北",当据改。

〔二〕闻后　原书与太平广记引文作"闻奏",作"奏"者是。

804 贞元末,有郎官四人,自行军司马赐紫而登郎署,省中谑为"四君子"〔一〕。

本条原出国史补卷下省中四军紫。北梦琐言卷五引李肇国史补此文。绀珠集卷三、类说卷二六国史补题作四军紫。说郛(陶珽刊本)卷四八唐国史补题作赐紫。又本条与800、801、802、803条原合为一条,今依原书分列。

〔一〕四君子　原书与各本引文均作"四军紫"。北梦琐言引文作"四君子"。

805 郎士元诗句清绝轻薄,好为剧语,每云:"郭令公不入琴,马镇西不入茶,田承嗣不入朝。"马知此,语之曰:"郎中言燧不入茶,请左顾为设也。"即依期而往。时豪家食次,起羊肉一斤,层布于巨胡饼,隔中以椒豉,润以酥,入炉迫之,候肉半熟食之,呼为"古楼子"。马晨起啖古楼子以伫。士元至,马喉干如窑,即命急烹茶,各啜二十馀瓯。士元已老,虚冷腹胀,屡辞,马辄曰:'马镇西不入茶',何遽辞也?"如此又七瓯。士元固辞而起,及马,气液俱下。因病数旬,马乃遗绢二百匹。

本条不知原出何书。

806 贞元初，穆宁为和州刺史，其子故宛陵尚书及给事列侍宁前〔一〕。时穆家法最峻。宁命诸子直馔，稍不如意，则杖之。诸子至直日，必探求珍异，罗列鼎俎〔二〕，或不中意，未尝免笞箠。一日，给事直馔，鼎前有熊白及鹿修，曰："白肥而修瘠相滋，其宜乎？"遂试以白裹修改进，宁果再饭。宛陵诸季视之〔三〕，喜形于色，曰："非惟免笞，兼当受赏。"宁饭讫，曰："今日谁直？可与杖俱来。有此佳味，奚进之晚？"

本条原出资暇集卷下熊白昭。说郛（陶珽刊本）卷十四资暇录题作熊白昭。

〔一〕宛陵尚书及给事　宛陵尚书即穆赞，赞尝官宣州刺史、御史中丞，充宣歙观察使，殁赠工部尚书，见旧唐书卷一五五穆赞传。宣州为汉宛陵地。给事即穆质，质尝官给事中，见旧唐书卷一五五穆质传。

〔二〕俎　原书作"俎"，当据本书改。

〔三〕诸季　原书上有"与"字，当据补。

807 宝应中，员外郎窦庭芝分司东都，敬事卜者葫芦生〔一〕，言吉凶多中，往来甚频。一日，入门甚叹惋，庭芝问之，曰〔二〕："君家大祸将至，举族恐无遗类。"庭芝惶恐，问所以避之者。云："非遇黄中君、鬼谷子，不可救。然黄中君难见，但见鬼谷子，当无患矣。"具说形貌服饰，令浃旬求之。于是窦与兄弟群从洎妻子奴仆，晓夕求访于洛下。时李邺侯居忧于河清县,骑驴入洛〔三〕,至中桥南,遇大尹避道,驴惊逸而走,径入庭芝所居。与仆者共造其门,值车马将出,忽见邺侯,皆惊视之。俄有人出云:"此是分司窦员外宅,所失驴收在马厩。请客入座,员外尝愿修谒。"如此者数四。不获已,就其第。庭芝出,降阶而拜,延接殷勤,遂至信宿。至于妻孥,咸备家人之礼。数日告去,赠送甚厚,但云"贵达之日,愿以一家为托。"邺侯居于河清,信使旁午于道〔四〕。〔原注〕〔五〕庭芝初与邺侯相值,葫芦生遽至其家,云:"既遇此人,无复忧矣!"及朱泚之乱,庭芝方为陕府观察,德宗幸奉天,遂降〔六〕;贼平,德宗首命诛之。邺侯自南岳征回〔七〕,因第贼臣罪状,请庭芝减死。上不许〔八〕,云:"卿以为宁王姻党乎?"〔原注〕庭芝姊为宁王妃。邺侯具白以旧事,上乃原其罪。邺侯始奏,上密使中官夜乘传陕州问之,与庭芝云符合。德宗曰:"黄中君,盖我也;谓卿为鬼谷子,何也?"〔原注〕或云:李氏之先君灵城在清谷前〔九〕、浊谷后,恐以此言之。

本条原出剧谈录卷上李邺侯救窦庭芝。绀珠集卷八剧谈录题作黄中君。类说卷十五剧谈录题作黄中君鬼谷子。白孔六帖卷三一、海录碎事卷十四、古今合璧事类备要前集卷五五引剧谈录均载。太平广记卷三八李泌亦叙此事,云出邺侯外传。岁时广记卷十九感前定亦叙此事,云出前定录。

〔一〕葫芦生 原书作"胡卢生"。

〔二〕曰 原书作"良久乃言"。

〔三〕骑驴入洛 原书作"因省觐亲友,策蹇驴入洛。"

〔四〕信使 原书作"信宿",当据本书改。

〔五〕原注 此书原注乃康骈自注。原书佚去此注,当据本书补入。

〔六〕遂降　原书作“遂陷于贼庭”。

〔七〕郯侯自南岳征回　原书下有“至行在，便为宰相”二句。

〔八〕上不许　原书作“圣意不解”。

〔九〕先君　原书作“先代”。

808 窦相易直，幼时名秘。家贫，就业田里，其师事老叟有道术，而人不知。一日，忽风雪暴至，学童皆不果归，宿于漏屋下。天寒，争近火，唯窦相寝于榻。夜深方觉，叟抚公令起，曰：“窦秘，君后为人臣，贵寿之极，勉自爱也！”及德宗幸奉天，易直方举进士，亦随驾西行。乘一蹇驴至开远门，路隘，门将阖，公惧势不可进，闻一人叱驴，兼箠其后，得疾驰而出〔一〕。顾见一黑衣卒呼曰：“秀才！他日莫忘闾倩〔二〕。”及拜相，访得其子，提挈累至大官。

本条原出因话录卷六羽部。太平广记卷七六因话录题作乡校叟；卷二二三因话录亦引，题作窦易直，乃重出之文。又续前定录亦叙此事。

〔一〕出　原书误作“入”，当据本书改。太平广记引文亦作“出”。

〔二〕闾倩　原书误作“此情”，太平广记引文作“闾情”。

809 赵璟〔一〕、卢迈二相，皆吉州旅客〔二〕，人人呼赵七〔三〕、卢三。赵相自微而著，盖为是姚广女婿〔四〕。姚与独孤问俗善，因托之，得作湖南判官，累授官至监察〔五〕。萧复相代问俗为潭州〔六〕，有人又荐于萧，萧留为判官，至侍御史。萧人,主留务,有美声,闻于德宗,遂兼中丞,为湖南廉使。及李泌入相,不知之,俄而除替。璟既罢任,遂入京。李玄素知璟湖南政事多善,意甚慕之〔七〕。璟闲居慕静,深巷杜门不出,玄素访之甚频。玄素乃是泌相之从弟也。璟因其相访,引玄素于青龙寺〔八〕,谓之曰:"赵璟亦自有官职〔九〕,誓不敢怨他人也。非偶然耳,盖得于日者焉。"遂同访之。问玄素年命〔一〇〕,谓之曰:"公亦富贵人也〔一一〕。"玄素因自负,亦不言于泌相兄也。德宗忽记得璟〔一二〕,赐拜给事中。泌相不测其由。会有和戎使事,出新相关播为大使,张荐、张式为判官,泌因乃奏璟为副使。未至西蕃,右丞有阙,宰相上名,德宗曰:"赵璟堪为此官。"进拜右丞〔一三〕。不数月,迁尚书左丞平章事。五年,薨于位。此乃吉州旅人赵七郎之变化也。

本条原出刘宾客嘉话录。太平广记卷一五二嘉话录题作赵璟卢迈。今本刘宾客嘉话录佚去,唐兰援此入校辑本补遗。

〔一〕赵璟　旧唐书卷一三八、新唐书卷一五〇有传,均作"赵憬"。

〔二〕吉州旅客　太平广记引文作"吉州人",误。旧唐书记赵憬为天水陇西人,新唐书记作渭州陇西人。又旧唐书卷一三六卢迈传云是范阳人,新唐书卷一五〇卢迈传云是河南河南人。盖旧唐书以郡望言,新唐书则以籍贯言,然均未言及乃吉州人也。

〔三〕人人　太平广记引文作"旅众"。

〔四〕姚广　太平广记引文作"姚旷"。

〔五〕授　太平广记引文作"奏",当据改。

〔六〕萧复相　太平广记引文作"萧相复"。旧唐书卷一二五萧复传:"大历十四年,自常州刺史为潭州刺史、湖南观察使。"

〔七〕俄而除替璟既罢任遂入京李玄素知璟湖南政事多善意甚慕之　太平广记引文作"俄而以李元素知璟湖南留务事,而诏璟归阙。"节引多误,当据本书改。

〔八〕引　太平广记引文误作"别"。

〔九〕有　太平广记引文作"合有",当据补。

〔一〇〕问　太平广记引文上有"仍密"二字。

〔一一〕公亦富贵人也　太平广记引文作"据此年命,亦合富贵人也"。

〔一二〕德宗忽记得璟　太平广记引文句上有"顷之"二字。

〔一三〕进　太平广记引文作"追赴"。

810 苗晋卿困于科举。一年,似得复落〔一〕。春时,携酒乘驴出都门,藉草而眠。既觉,有老父坐于旁,因以馀杯饮之。老父愧谢曰:"郎君萦悒耶〔二〕?要知前事乎?"晋卿曰:"某应举已久,有一第乎〔三〕?"曰:"大有事,但问之。"苗曰:"某久穷,羡一郡,宁可及乎?"曰:"更向上。""廉察乎?"曰:"更向上。"苗乘酒,遂曰〔四〕:"将相乎?"曰:"更向上。"苗怒而不信,因扬言曰〔五〕:"将相更向上,天子也〔六〕?"老父曰:"真者不得,假者即得。"苗以为怪诞,揖之而去。后果为将相。及德宗崩,摄冢宰三日。

本条原出幽闲鼓吹。太平广记卷八四幽闲鼓吹题作苗晋卿。类说卷四三幽闲鼓吹题作作假天子。说郛(陶珽刊本)卷五二幽闲鼓吹亦载。

〔一〕落　原书作“落第”。

〔二〕萦悒耶　原书作“萦悒耻”。

〔三〕有一第乎　原书作“有一第分乎?”

〔四〕遂曰　原书作“猛问曰”。

〔五〕扬言　原书作“肆言”。

〔六〕天子也　原书作“作天子乎?”

811 司空曾为杨丞相炎判官〔一〕,故卢新州见忌〔二〕,欲出之。公见桑道茂,道茂曰:“年内出官〔三〕。”官名遗忘,福寿果然。

本条原出剧谈录。原书佚去,太平广记卷七六桑道茂条内有此文,云出剧谈录。唐兰读唐语林,以本条次于卢华州条上,且文义近似,故误定为刘宾客嘉话录佚文而辑入校辑本补遗中。

〔一〕司空　太平广记引文作“司徒杜佑”,当据改。

〔二〕卢新州　太平广记引文作“卢杞”。

〔三〕年内出官　太平广记引文作“‘年内出官,则福寿无疆。’既而自某官九十馀日出为某官”。

812 卢华州〔一〕,予之堂舅氏也。尝于元载宅门,见一人频至其门,上下瞻顾。卢疑其人〔二〕,乃邀以归,且问“元相何如?”曰:“新相将出,旧者须去。吾已见新相矣,一人绯,一人紫;一人街西住,一人街东住〔三〕:皆惨服也。然二人皆身小而不知姓名〔四〕。”不经旬日,王、元二相下狱。德宗以刘晏为门下〔五〕,杨炎为中书,外皆传说必定,疑其言不中。时国舅吴凑见王、元事讫[六]，因贺德宗而启之，曰："新相欲用谁人？"德宗曰："刘、杨。"凑不语。上曰："五舅意如何[七]？言之无妨。"吴曰："二人俱曾用也，行当可见。陛下何不用后来俊杰？"上曰："为谁？"吴乃奏常衮及某乙。翌日并用，拜二人为相，以代王、元，果如其说。绯、紫、短小[八]，街之东、西，无不验者。

本条原出刘宾客嘉话录。说郛（陶珽刊本）卷三六嘉话录亦载。

〔一〕卢华州　原书上有"公曰"二字。卢华州即卢徵，旧唐书卷一四六卢徵传曰："贞元八年春，同州刺史阙……特诏用徵……数岁，转华州刺史……贞元十六年卒。"刘禹锡有途次敷水驿伏睹华州舅氏昔日行县题诗处潸然有感、贞元中侍郎舅氏牧华州等诗。

〔二〕其人　原书作"异人"。

〔三〕一人街东住　原书无。当据本书补。

〔四〕不　原书无。当据本书补。

〔五〕以　原书作"将用"，当据改。

〔六〕讫　原书作"说"，当据本书改。

〔七〕五舅　原书作"吾舅"。

〔八〕小　原书作"长"。

813 桑道茂之门有一妪[一]，无所知，大开卜肆[二]。自桑而卜回者，必曰："妪于桑门卖卜，必有异也。"筮毕必来覆之。桑言休，则妪言咎；桑言咎，则妪言休。厥后中否，妪、桑各半。

本条原出资暇集卷中卜则娖。白孔六帖卷三一引资暇集亦载。说郛(陶珽刊本)卷十四资暇录题作卜则娖。

〔一〕桑道茂之门有一娖　原书作"非卜筮者必话桑道茂之行,有娖一"。"行"乃"门"之误,当据本书改。

〔二〕卜　原书作"小",当据本书改。

814 长安风俗:贞元侈于游宴,其后或侈于书法、图画,或侈于博弈,或侈于卜咒,或侈于服食,各有自也〔一〕。

本条原出国史补卷下叙风俗所侈。

〔一〕各有自也　原书作"各有所蔽也"。

815 顺宗时,五坊鹰犬恣横,州县不能制。多于民间张罝罘。或有误伤一鸟雀者,必多得金帛乃止,时谓"供奉鸟雀"。

本条不知原出何书。

816 刘禹锡为屯田员外郎,旦夕有腾超之势。知一僧有术数,寓直日邀至省。方欲问命,报韦秀才在门外,不得已见之,令僧坐帘下。韦献卷已,略省之,意色颇倦,韦觉告去。僧吁叹良久〔一〕,曰:"某欲言,员外心不愜〔二〕,如何?员外后迁,乃本曹郎中也,然须待适来韦秀才知印处置。"禹锡大怒,揖出之。不旬日,贬官。韦乃处厚相。二十馀年〔三〕,在中书,禹锡转为屯田郎中〔四〕。

本条原出幽闲鼓吹。太平广记卷二二四幽闲鼓吹题作刘禹锡。说郛(陶珽刊本)卷五二幽闲鼓吹亦载。

〔一〕僧吁叹良久　原书作"与僧语,不对。吁嗟良久"。

〔二〕心　原书作"必"。

〔三〕二十馀年　原书作"后三十馀年",太平广记引文则作"后二十馀年"。当以"二十"为是。

〔四〕禹锡转为屯田郎中　旧唐书卷一六〇刘禹锡传作"拜主客郎中"。

817 韦崖州执谊自幼不喜闻岭南州县。拜相日,出外舍,一见州郡图〔一〕,迟回不敢看。良久,临起误视,乃崖州图。后竟贬于此〔二〕。

本条原出大唐传载。

〔一〕一见　原书作"见一"。

〔二〕后竟贬于此　原书作"竟以贬终"。新唐书卷一六八韦执谊传:"始未显时,不喜人言岭南州县。既为郎,尝诣职方观图,至岭南辄瞑目,命左右彻去。及为相,所坐堂有图,不就省。既易旬,试观之,崖州图也,以为不祥,恶之。果贬死。"

818 裴晋公度少时羁寓洛中〔一〕,尝乘驴入皇城,上天津桥。时淮西用兵已数年矣。有二老人傍桥柱立,相语云:"蔡州用兵日久,征发正困于人,未知何时得平定?"忽睹裴公,惊愕而退。有仆携书囊后行,相去稍远,闻老人云:"适忧蔡州未平,须待此人为将。"既归,其仆白之,裴曰:"见我龙钟,相戏尔!"其秋东府乡荐,明年登第。及为相，请讨伐淮西，遂平[二]。后守洛时，对客每话天津桥老人事。

永乐大典卷之一万八千二百八将待此人为将引唐语林亦载。

本条原出剧谈录卷上裴晋公天津桥遇老人。太平广记卷一三八剧谈录题作裴度。绀珠集卷八、白孔六帖卷三四引剧谈录题作天津老人。类说卷十五剧谈录题作见我龙钟故相戏耳。锦绣万花谷后集卷十六、新编分门古今类事卷三、古今合璧事类备要续集卷五六引剧谈录均载。山谷诗集内集卷二次韵子由续溪病起被召寄王定国任渊注引剧谈录亦载。

[一]少时　原书作"微时"。当据改。

[二]及为相请讨伐淮西遂平　原书叙此事甚详，此处乃约而言之。

819 裴中令应举[一]，诣葫芦生问命。未之许，谓无科级之分。试日，排高上门[二]，人马拥并。见一妇人，类贾客之妻，从女奴皆衣服鲜洁，挈一合，以紫帕封。女奴力倦，置于门闑。门辟[三]，失妇人所在[四]，合复在闑傍[五]，公以衫裾卫之，意为他人所购，冀其主复至。举人悉集，公独在门，日晏终不去。久之，妇人方悲号，公诘其冤抑，以状答曰："夫犯刑宪，其案已圆在朝夕。某家素丰，蓄一宝带，会有能救护者，与数万缗，至罗锦，悉不取，唯须此带。今早晨亲遣女使更持送，忽失所在，吾夫不免矣[六]！"公识其主，即以予之[七]。妇人再拜，泣谢而去。试不及，免罢一举。他日复访葫芦生[八]，生见公，惊曰："君非去年相遇者耶？君将来及第[九]，兼位极人臣，盖近有阴德。"

本条原出芝田录。类说卷十一芝田录题作诣葫芦生问命。白孔六帖卷二七引芝田录亦载。唐摭言卷四节操亦载此事，而云遇遗物之妇人于香山佛寺。

〔一〕裴中令应举　类说引文作“白中金应举，屡不第”。“白中金”乃误字。白孔六帖亦误作“白中令”。唐摭言作“裴晋公”。

〔二〕排高上门　类说引文作“入安上门”。安上门乃皇城之东南门。

〔三〕门辟　类说引文作“门将辟”。

〔四〕失妇人所在　类说引文作“妇人女奴俱失所在”。

〔五〕合复在阑傍　类说引文作“帕留阑傍”。

〔六〕吾夫不免矣　类说引文作“夫不免极刑矣”。

〔七〕即以予之　类说引文作“公以带还之”。

〔八〕他日　类说引文作“明日”。

〔九〕将来及第　类说引文作“来年及第”。

820 裴晋公为盗所伤〔一〕，隶人王义扞刃死之，乃自为文以祭之，厚给妻孥。是岁进士为王义传者甚众〔二〕。

本条原出国史补卷中晋公祭王义。太平广记卷一六七国史补题作王义。南部新书卷戊亦载此事。

〔一〕伤　太平广记引文作“刺”，原书作“伤刺”。

〔二〕甚众　原书作“十有二三”，太平广记引文作“十二三焉”，南部新书作“三之二”。

821 皇甫湜气貌刚质，性褊直。为尚书郎，乘酒使气，忤同列;及醒,不自适,求分务洛都。值洛中仍岁乏食,正郎滞曹不迁,俸甚微,困悴甚。尝因积雪,门无辙迹,厨突无烟。裴晋公保厘洛宅,人有以为言者,由是辟为留府从事〔一〕,公常优容之。先是,公讨淮西日,恩赐钜万,贮于集贤私第。公素奉佛,因尽舍所得,再修福先寺。既成,将请白居易为碑,湜曰〔二〕:"近舍湜而远征白,信获戾于门下矣〔三〕!"公曰〔四〕:"初不敢以仰烦,虑为大手笔见拒。是所愿也。"因请斗酒而归,独饮其半,乘醉挥毫,立就。又明日,挈本以献,文思高古,字复怪僻,公寻绎久之,叹曰:"木玄虚、郭景纯江、海之流也!"〔原注〕〔五〕其碑在寺西北廊玉石幢院,洛中人家往往有本。命小将以车马缯彩器玩约千馀缗酬之。湜省书,掷于地,面叱小将曰:"寄谢侍中,何相待之薄也!湜之文,非常流之文也。曾与顾况为集序外,未尝造次许人者;请制此碑,盖受恩深厚耳!其词约三千馀字,每字三匹绢,更减五分钱不得〔六〕。"小校具以白,公笑曰:"真不羁之才。"立遣依数酬之。〔原注〕其字共三千二百五十有四,计送绢九千七百六十有二〔七〕。后寺之老僧曰师约者,细为人说〔八〕,其数亦同。自居守府及湜里第,辇负相属,洛人聚观之。湜褊急之性,独异于人。尝为蜂螫手指,因大躁忿,命奴仆及里中小儿,箕敛蜂窠,以厚价购之。顷之,聚于庭〔九〕,则命以砧臼绞取其汁〔一〇〕,以涂所痛。又其子松,尝录诗数首,字小误〔一一〕,大骂跃呼,取杖不及,齿啮其臂,血流及肘。

本条原出阙史卷上裴晋公大度(皇甫郎中褊急附)。太平广记卷二四四阙史题作皇甫湜。古今合璧事类备要前集卷四三引唐阙史亦载。

〔一〕人有以为言者由是辟为留府从事　原书作“卑辞厚礼，辟为留守府从事。正郎感激之外，亦比比乖事大之礼”。

〔二〕遈曰　原书作“值正郎在座，忽发怒曰”。

〔三〕信获戾于门下矣　原书其下尚有“某之文方白之作，自谓瑶琴宝瑟而比之‘桑间’、‘濮上’之音也。然何门不可曳长裾？某自此请长揖而退”。

〔四〕公曰　原书作“座客旁观，靡不股栗。公婉词敬谢之，且曰”。

〔五〕原注　此是高彦休自注。下同。

〔六〕更减五分钱不得　原书下有自注：“已上实录正郎语，故不文。”

〔七〕六十　原书无。

〔八〕人　原书作“愚”。

〔九〕聚　原书作“山聚”。

〔一〇〕以砧臼　原书作“碎烂于砧机杵臼”。

〔一一〕字　原书作“一字”。

822 李汧公镇宣武，好琴书。自造琴，取新旧桐材扣之，合律者裁而胶缀。所蓄二琴殊绝，其名响泉、韵磬者也〔一〕。性不喜俗间声音〔二〕。有二宠奴，号秀奴、七七，善琴筝与歌，时遣奏之。有撰琴谱。兵部员外郎约，汧公之子也。以近属宰相子，而有德量，多材艺〔三〕，不迩声色。善接引人物，而不好俗谈。晨起，草裹头，对客蹙容〔四〕，便过一日。多蓄古器，在润州尝得古铁一片〔五〕，击之清越。

养一猿，名山公，常与相随。尝月夜独泛江，登金山，击铁鼓琴，猿必啸和〔六〕。高陆令赵傪夫人韦氏〔七〕，即兵部之姨妹也，说汧公徐夫人生二子〔八〕；中年于徐夫人小乖，及兵部生〔九〕，情好复初，而君于诸子中宝爱悬隔。在官所俸禄〔一〇〕，付与从子，一不问数，唯给奉崔氏、元氏二孀姊〔一一〕。元氏亦有美行，祭酒华阴公为之传〔一二〕。君初至金陵，于李锜坐〔一三〕，屡赞招隐寺之美。一日，锜宴于寺中，明日谓君曰："十郎常夸招隐寺，昨游宴细看，何殊州中？"君笑曰："某所赏者疏野耳！若远山将翠幕遮，古松用彩物裹，腥膻涴鹿踣泉，音乐乱山鸟声，此则实不如在叔父大厅也。"锜大笑。性又嗜茶〔一四〕，能自煎，曰："茶须缓火炙，活火煎。"活火，谓炭火之有焰者也。客至，不限瓯数，竟日执茶器不倦。尝奉使行至陕州石硖县东〔一五〕，爱渠水，留旬日，忘发。

本条原出因话录卷二商部。绀珠集卷五因话录各条分别题作七七、山公、赞招隐寺、茶须活火煎。类说卷十四因话录分别题作响泉韵磬、猿名山公、活火煎茶。说郛（陶珽刊本）卷二三因话录分别题作七七、山公。

〔一〕所蓄二琴殊绝其名响泉韵磬者也　新唐书卷一三一宗室宰相李勉传："善鼓琴，有所自制，天下宝之。乐家传响泉韵磬，勉所爱者。"

〔二〕俗间声音　原书作"瑟兼筝声"，与下文不合，似有误，当据本书改。

〔三〕有德量多材艺　原书作"雅度玄机，萧萧冲远，德行既优，又有山林之致。琴道、酒德、诗调皆高绝"。

〔四〕豗容　原书作"豗融"。豗融乃博弈之戏,见酉阳杂俎续集卷四贬误。参看本书卷八1024条。

〔五〕润州　原书作"湖州"。

〔六〕猿必啸和　原书句下尚有"倾壶达旦,不俟外宾。与璘先君同在浙西使府,居处相接,慕先君家行及诗韵,契分最深"数句。

〔七〕高陆令赵傪夫人韦氏　原书作"伯父高陵府君夫人韦氏",作"高陆"者误,参看本书卷一105条。

〔八〕说　原书作"又传闻"。

〔九〕生　原书作"在母之后",文意不明。

〔一〇〕所　原书作"所得",当据之补"得"字。

〔一一〕姊　原书作"姨",似误。

〔一二〕华阴公　原书作"弘农公"。

〔一三〕李锜　原书作"府主庶人锜"。

〔一四〕性又嗜茶　原书作"约天性惟嗜茶"。

〔一五〕石硖县　原书误作"硖石县",参看新唐书卷三八地理志二。

823 李锜之擒也,侍婢一人随之。裂帛自书管擢之功〔一〕,言为张子良所卖。教侍婢曰:"结之于带。吾若从容奏对,当为宰相,扬、益节度;不得〔二〕,受极刑矣。我死,汝必入禁中。上问汝,当以此进。"及锜伏法,京师大雾,三日不解〔三〕。宪宗得帛书,颇疑其冤,内出黄衣一袭赐锜子〔四〕,敕京兆收葬。

本条原出国史补卷中李锜裂襟书。太平广记卷二七五国史补题作李锜婢。资治通鉴卷二三七唐纪卷五三宪宗元和二年考异引国史补此文，且下按语曰："李锜骄逆，何冤之有！今从实录。"

〔一〕裂帛　原书作"锜夜则裂衿"。

〔二〕不得　原书与各本引文此下均有"从容"二字。

〔三〕三日不解　原书与各本引文句下有"或闻鬼哭"一句。

〔四〕内出黄衣一袭赐锜子　原书与考异引文作"内出黄衣二袭赐锜及子"。新唐书卷二二四上叛臣上李锜传："帝出黄衣二袭，葬以庶人礼。"

824 孝明郑太后，润州人也，本姓尔朱氏〔一〕。相者言其当生天子。李锜据浙西反，纳之。锜诛后，入掖庭，为郭太后侍儿。宪宗皇帝幸之，生宣宗。即位，尊为太后〔二〕。懿宗立，尊为太皇太后。又七年崩。以郭太后配飨，出祭别庙。

本条原出东观奏记卷上。说郛(陶珽刊本)卷四三东观奏记卷上亦载。

〔一〕本姓尔朱氏　原书作"本姓朱氏"。旧唐书卷五二后妃传下："宪宗孝明皇后郑氏，宣宗之母也。盖内职御女之列，旧史残缺，未见族姓所出、入宫之由。"新唐书卷七七后妃传下："宪宗孝明皇后郑氏，丹杨人，或言本尔朱氏。元和初，李锜反，有相者言后当生天子。锜闻，纳为侍人。锜诛，没入掖廷，侍懿安后。宪宗幸之，生宣宗。"

〔二〕尊为太后　原书作"为母天下十四年"。

825 段相文昌，少寓江陵，甚贫窭。每听曾口寺斋钟动，诣寺求食，寺僧厌之，乃斋后扣钟，冀其来不逮食。后登台辅，出镇荆南，题诗曰〔一〕："曾遇阇梨饭后钟。"文昌晚贵，以金莲花盆盛水濯足，徐相商以书规之。文昌曰："人生几何，要酬平生不足也！"〔原注〕〔二〕或曰，此诗是王相播事。

本条原出北梦琐言卷三段相踏金莲。类说卷四三北梦琐言录此，分作两条，分别题作饭后钟、金莲花盆濯足。诗话总龟卷十六留题门下引北梦琐言亦载。说郛（陶珽刊本）卷四六北梦琐言亦载。说郛（张宗祥辑明抄本）卷四八北梦琐言题作段相达金莲。

〔一〕题诗曰　原书作"有诗题曾口寺云"。

〔二〕原注　原书注文作"或云王播相公未遇题扬州佛寺诗，及荆南人云是段相，亦两存之。"诗话总龟无此注，别作注文曰："古今诗话载此诗，是唐相王播题扬州佛寺，有全篇，云：'上堂已了各西东，惭愧阇黎饭后钟。三十年前尘土面，而今始得碧纱笼。'今言段文昌，乃江陵人所传误。"又王播事尚见唐摭言卷七起自寒苦。

826 文昌少孤，寓居广陵之瓜洲，家贫力学。夏月访亲知于城中，不遇，饥甚，于路中拾得一钱，道旁买瓜，置于袖中。至一宅，门阒然，入其厩内，以瓜就马槽破之。方啖次，老仆闻击槽声，跃出，责以擅入厩；惊惧，弃之而出。镇淮海，常对宾客说之。在中书厅事，地衣皆锦绣，诸公多撤去，而文昌每令整饬，方践履。同列或劝之，文昌曰："吾非不知，常恨少贫太甚，聊以自慰尔。"

本条不知原出何书。

827 元和中，有老卒推倒平淮西碑，官司针其项，又以枷击守狱者。宪宗怒,命缚来杀之〔一〕。既至京,上曰:“小卒何故毁大臣所撰碑?”卒曰:“乞一言而死。碑文中有不了语,又击杀陛下狱卒,所愿于闻奏。文中美裴度,不还李愬功〔二〕,是以不平。”上命释缚,赐酒食,敕翰林学士段文昌别撰。案〔三〕:愬妻入诉禁中,乃命段文昌撰文,其时碑尚未立,安得推倒?

本条原出芝田录。类说卷十一芝田录题作推倒平淮西碑。

〔一〕杀之　类说引文作“朕自斫杀之”。

〔二〕不还李愬功　类说引文作“不述李愬力”。“还”乃“述”之误。“力”乃“功”之残泐。

〔三〕案　此案语乃王谠自述。淮西碑事,唐代即多异说,参看王懋野客丛书卷二七退之淮西碑。

828 于襄阳云:“今之方面,权胜于列国诸侯远矣。且頔押一字,转牒天下,皆供给承禀;列国止于我疆而已,不亦胜乎!”

本条不知原出何书。

829 于司空以乐曲有想夫怜,其名不雅,将改之,客笑曰:“南朝相府曾有瑞莲,故歌曰‘相府莲’,自是后人语讹。”乃不改〔一〕。古解题曰:“相府莲者,王俭为南齐相,一时所辟皆才名之士,时人以入俭府为入莲花池,谓如红莲映绿水,今号‘莲幕’者自俭始。其后语讹为想夫怜,亦名之丑尔。”又有簇拍相府莲。乐苑曰:“想夫怜,羽调曲也。”白居易诗曰:“玉管朱弦莫急催,客听歌送十分杯。长爱夫怜第二句,倩君重唱夕阳开。”王维右丞词云“秦川一半夕阳开”是也。“夜闻邻妇泣[二],切切有馀哀。即问缘何事,征人战未回。”簇拍相府莲:“莫以今时宠,宁忘旧日恩。看花满眼泪,不共楚王言。”“闺烛无人影,罗屏有梦魂。近来音耗绝,终日望应门。”

本条原出国史补卷下曲名想夫怜。太平广记卷二四二国史补引文题作于頔。绀珠集卷三、类说卷二六国史补题作相府莲。集注分类东坡先生诗卷十七沈谏议召游湖不赴明日得双莲于北山下作一绝持献既见和又别作一首因用其韵赵次泉引国史补亦载。案本条自“古解题曰”以下,乃郭茂倩乐府诗集卷八十近代曲辞二相府莲之小序。其所以误入,当是永乐大典编者将之联缀于国史补后,四库全书馆臣不加细检而采入。

〔一〕乃不改　太平广记引文同。原书作“相承不改耳”,仍作客语。其下乃乐府诗集中文。

〔二〕夜闻邻妇泣　此下乃是乐府诗集选录之诗。

830 卫侍郎次公在吏部,避嫌,宗从皆不注拟。有从子申甫,自江淮来调选,因告主吏曰:“但得官,便出城。即可矣。”遂馆申甫于别第。未几,拨江南令。将出城,为次公老仆所遇,不得已,见次公。次公诘其由,申甫以实对。次公曰:“今年所注,不省有汝姓名。”验其签名,则次公署之也。乃召主吏,贷其罪以问之。吏曰:“凡所取押,皆冒。”次公叹曰:“某虑不及此!”遂遣赴官。

本条不知原出何书。

831 王智兴以使侍中罢镇归京，亲情有以选事求嘱，智兴固不肯应。选人恳请，遂致一衔与吏部侍郎〔一〕。吏部印尾状云："选人名衔谨领讫。"智兴曰："不知侍中亦有用处。"

本条原出卢氏杂说。太平广记卷二五一卢氏杂说题作王智兴。

〔一〕选人恳请遂致一衔与吏部侍郎　太平广记引文作"遂请致一函与吏部侍郎"。"衔"乃"函"之误，当据改。

832 崔相群之镇徐州，尝以焦氏易林自筮〔一〕，遇乾之大畜。其繇曰："曲束法书〔二〕，藏在兰台。虽遭乱溃〔三〕，独不遇灾。"及经王智兴之变，果除秘书监。

本条原出因话录卷六羽部。续前定录亦叙此事。

〔一〕焦氏易林　原书作"崔氏易林"。易林作者本有二说，一以为西汉焦延寿所作，一以为东汉崔篆所作。

〔二〕曲束法书　原书作"典策法书"。本书"束"字误。续前定录作"曲策法书"。

〔三〕虽遭乱溃　原书作"虽遭乱渎"。四部丛刊本易林亦作"虽遭乱溃"。

833 元和十五年，太常少卿李建知举，放进士二十九人。时崔嘏舍人与施肩吾同榜。肩吾寒进。为嘏瞽一目，曲江宴赋诗，肩吾云："去古成叚，著虫为蝦。二十九人及第，五十七眼看花〔一〕。"

永乐大典卷之一万九千六百三十七目瞽目引唐语林亦载。

本条不知原出何书。

〔一〕五十七眼看花　永乐大典引文其下尚有"刘子瞽无目而耳不可以察,专于听也;鳖无耳而目不可以闻,专于视也"四句。或是他书羼入者。

834 裴坦为职方郎中、知制诰〔一〕,裴相休以坦非才,不称,力拒之,不能得。命既行,坦至政事堂谒谢丞相。故事:谢毕便于本院上事,宰臣送之〔二〕,施一榻压角坐〔三〕;而坦巡谒执政,至休多输感激〔四〕。休曰:"此乃首台谬选〔五〕,非休力也。"立命肩舆便出〔六〕,不与之坐。两阁老吏云:"自有中书,未有此事。"人为坦耻之〔七〕。至坦知贡举,擢休子宏上第,时人称欲盖而彰。

本条原出东观奏记卷中。说郛(陶珽刊本)卷四三东观奏记卷中亦载。南部新书卷丁亦载此事。小石山房丛书本东观奏记佚去此条。

〔一〕裴坦为职方郎中知制诰　原书作"以楚州刺史裴坦为知制诰。坦罢任赴阙,宰臣令狐绹擢用。"

〔二〕宰臣　原书作"四辅"。

〔三〕施一榻压角坐　新唐书卷一八二裴坦传曰:"故事:舍人初诣省视事,四丞相送之,施一榻堂上,压角而坐。"演繁露卷十压角:"按此即压角故事,乃是执政送上,不与舍人均礼,故设榻隅坐,名为压角。"

〔四〕至休　原书下有"厅"字。

〔五〕首台　新唐书本传作"令狐丞相",指令狐绹。

〔六〕肩舆　原书作"肩舁"。

〔七〕为　原书作"多为"。

835 刘虚白与太平裴坦相知。坦知举，虚白就试，因投诗曰："三十年前此夜中〔一〕，一般灯独一般风。不知人世能多许，犹着麻衣待至公。"坦感之，与及第。

本条不知原出何书。唐摭言卷四与恩地旧交亦叙此事。

〔一〕三十　唐摭言作"二十"。

836 安邑李相公吉甫，初自省郎为信州刺史。时吴武陵郎中，贵溪人也，将欲赴举，以哀情告州牧；赠布帛数端〔一〕。吴以轻鲜，以书让焉，其词唐突，不存桑梓之分，并却其礼，李公不悦。妻谏曰："小儿方求成人，何得与举子相忤？"遂与米二百斛，李公果憾之〔二〕。元和二年，崔侍郎邠重知贡举，酷搜江湖之士。初春，将放二十七人及第，持名来呈相府〔三〕。才见首座李公，公问："吴武陵及第否？"主司恐是旧知，遽言及第。其榜尚在怀袖。忽报中使宣口敕，且揖礼部从容，遂注武陵姓字呈李公，公谓曰："吴武陵至粗人，何以当科第？"礼部曰："吴武陵德行未闻，文笔乃堪采录。名已上榜，不可却也。"相府不能移〔四〕，唯唯而从之。吴君不附国庠，名第在于榜末。是日，既集省门〔五〕，谓同年曰："不期崔侍郎今年倒排榜也〔六〕。"观者皆讶焉。

本条原出云溪友议卷下因嫌进。

〔一〕赠布帛数端　原书作"遗五布三帛矣"。

〔二〕李公果憾之　原书作"赵郡果为宰辅，竟其憾焉"。

〔三〕持名来呈相府　原书上有“潜”字。

〔四〕移　原书作“因私讪士”。

〔五〕既集省门　原书下有“试”字。

〔六〕排　原书作“挂”。

837 永宁王二十〔一〕、光福王八二相〔二〕，皆出于先安邑李丞相之门〔三〕。安邑薨于位，一王素服受慰；一王则不然，中有变色，是谁过欤？又曰：李安邑之为淮海也，树置裴光德〔四〕，及去则除授不同。李再入相，对宪宗曰：“臣路逢中人送节与吴少阳，不胜愤愤。”圣颜赧然。翌日，罢李丞相蕃为太子詹事，盖与节是蕃之谋也。又论：征元济时馈运使皆不得其人，数日，罢光德为太子宾客；主馈运者，裴之所除也。刘禹锡曰：“宰相皆用此势，自公孙弘始而增稳妙焉。但看其传，当自知之。萧曹之时，未有斯作。”

本条当出刘宾客嘉话录。今本刘宾客嘉话录佚去，唐兰援本书此条入校辑本补遗。

〔一〕永宁王二十　王二十即王涯，永宁为王之住处永宁里。

〔二〕光福王八　王八即王播，光福为王播之住处光福里。旧唐书卷一六四王起子龟传：“京城光福里第，起兄弟同居，斯为宏敞。”起为王播之弟。

〔三〕安邑李丞相　李丞相即李吉甫。安邑为李吉甫之住处安邑里。

〔四〕裴光德　即裴垍。岑仲勉隋唐史下册第四十五节李德裕无党注五二引此文，曰：“按垍居光德坊，然是时征王承宗，非征吴元济，垍实因病危而改宾客……可见唐末记事多诬辞。”

838 刘禹锡守连州，替高霞寓〔一〕，后入为羽林将军〔二〕。案〔三〕：唐书高霞寓传：霞寓由归州刺史入为右卫大将军，与刘禹锡之守连州无涉，疑有脱误。自京附书，曰：“以承眷，辄请自代矣。”公曰〔四〕：“感〔五〕。然有一话：曾有老妪，山行见一兽，如大虫，羸然跬步而不进，若伤其足者。妪因即之，而虎举前足以示妪，妪看之，乃有芒刺在掌下，因为拔之。俄而奋迅阚吼，别妪而去，似愧其恩者。及归，翌日，自外掷麋鹿狐兔至于庭者，日无阙焉。妪登垣视之，乃前伤虎也，因为亲族具言其事，而心异之。一旦，忽掷一死人〔六〕，血肉狼藉，乃被村人凶者呵捕，云‘杀人’。妪具说其由，始得释缚。乃登垣〔七〕，伺其虎至而语之，曰：‘感则感矣；叩头大王，已后更莫抛人来也！’”

本条原出刘宾客嘉话录。太平广记卷二五一嘉话录题作刘禹锡。今本刘宾客嘉话录佚去，唐兰援此入校辑本补遗。侯鲭录卷六亦曾征引，唯不注出处。

〔一〕高霞寓　太平广记引文无“霞”字。

〔二〕后入为羽林将军　太平广记引文句首有“寓”字，当据补。侯鲭录引文句首有“霞寓”二字。

〔三〕案　此案语当是永乐大典编者所加。

〔四〕公曰　太平广记引文作“刘答书云”。

〔五〕感　侯鲭录引文作“奉感”。

〔六〕忽掷一死人　侯鲭录句下有一“入”字。

〔七〕乃登垣　太平广记句首有“妪”字。

839 刘禹锡曰：史氏所贵著作起居注，橐笔于螭首之下，人君言动皆书之，君臣启沃皆记之，后付史氏记之，故事也。今起居惟写除目，著作局可张雀罗，不亦倒置乎？

本条当出刘宾客嘉话录。今本刘宾客嘉话录佚去，唐兰援本书此条入校辑本补遗。

840 刘禹锡曰："大抵诸物须酷好则无不佳，有好骑者必蓄好马，有好瑟者必善弹。皆好而别之，不必富贵而亦获之。"韦绚曰："蔡邕焦尾，王戎牙筹，若不酷好，岂可得哉！"

本条当出刘宾客嘉话录。今本刘宾客嘉话录佚去，唐兰援本书此条入校辑本补遗。

841 刘禹锡云〔一〕："韩十八愈直是太轻薄，谓李二十六程曰：'某与丞相崔大群同年往还，直是聪明过人。'李曰：'何处是过人者？'韩曰：'共愈往还二十馀年，不曾过愈论著文章〔二〕，此是敏慧过人也〔三〕。'"

本条原出刘宾客嘉话录。类说卷五四刘禹锡佳话题作崔群聪明过人。说郛（陶珽刊本）卷三六嘉话录亦载。

〔一〕刘禹锡云　原书无此句。

〔二〕不曾过愈论著文章　原书作"不曾共说著文章"。

〔三〕此是　原书作"此岂不是"。

842 韩十八初贬之制〔一〕，席十八舍人为之词〔二〕，曰："早登科第，亦有声名。"席既物故，友人曰："席无令子弟，岂有病阴毒伤寒而与不洁吃耶?”韩曰:“席十八吃不洁太迟。”人问曰:“何也?”曰:“出语不是当[三]。”盖忿其责词云“亦有声名”耳。

永乐大典卷之一万三千四百九十六制草制引唐语林亦载。

本条原出刘宾客嘉话录。太平广记卷四九七嘉话录题作席夔。类说卷五四刘禹锡佳话题作韩愈制词。说郛(陶珽刊本)卷三六嘉话录亦载。

〔一〕韩十八　太平广记引文作“韩愈”。

〔二〕席十八舍人　太平广记引文作“舍人席夔”。

〔三〕不是当　原书作“不是”,太平广记引文作“不当”。

843 韩退之有二妾,一曰绛桃,一曰柳枝,皆能歌舞。初使王庭凑,至寿阳驿,绝句云:“风光欲动别长安,春半边城特地寒,不见园花兼巷柳,马头惟有月团团。”盖有所属也。柳枝后逾垣遁去,家人追获。及镇州初归,诗曰:“别来杨柳街头树,摆弄春风只欲飞。还有小园桃李在,留花不放待郎归。”自是专宠绛桃矣。

类说卷三二语林题作绛桃柳枝。白孔六帖卷十七引唐语林亦载。锦绣万花谷前集卷十七引语林亦载。苕溪渔隐丛话前集卷十六韩吏部上引此,云出唐语林。诗话总龟后集卷四七丽人门引砻溪诗话,亦云出唐语林。蔡絛西清诗话(古今事文类聚后集卷十六引)、袁文瓮牖闲评卷三引此,均云出唐语林。

本条不知原出何书。

844 元和中,郎吏数人省中纵酒话平生,各言爱尚及憎怕者。或言爱图画及博弈，或怕妄与〔一〕。工部员外汝南周愿独云〔二〕："爱宣州观察使〔三〕，怕大虫。"

本条原出大唐传载。太平广记卷四九七传载题作周愿。类说卷四五大唐传载题作爱观察使怕大虫。

〔一〕妄与　原书与太平广记引文下有"佞"字，当据补。

〔二〕周愿　原书作"周顾"。

〔三〕宣州观察使　中唐之后，宣州为丝织品之主要产地，以精美之丝织线毯著闻。参看元和郡县图志卷二八宣歙观察使、宣州条与白居易新乐府红线毯诗。

845 初〔一〕，百官早朝，必立马建福望仙门外〔二〕，宰相则于光宅车坊〔三〕，以避风雨。元和初，始置待漏院。

本条原出国史补卷中百官待漏院。太平广记卷一八七国史补题作宰相。类说卷二六国史补题作待漏院。南部新书卷戊亦载。

〔一〕初　太平广记引文同，原书作"旧"。

〔二〕建福望仙门　太平广记引文同，原书作"望仙建福门"。

〔三〕光宅车坊　南部新书作"光德车坊"。按：光德坊距宫城甚远，光宅坊则贴近建福门，故知此处当以"光宅"为是。参看本卷 763 条注〔二〕。

846 元和末，有敕申明父子兄弟无同省之嫌。自是杨於陵任尚书，其子侄兄弟分曹者亦有数人〔一〕。

本条原出国史补卷下申明同省敕。

〔一〕其子侄兄弟分曹者亦有数人　原书作"其子嗣后历郎署，兄弟分曹者亦数家。"

847 沙陀本突厥馀种。元和中，三千人归顺，隶京西，节度使范希朝主之。弓马雄勇，冠于诸蕃。

本条不知原出何书。

848 进士何儒亮，自外方至京师，将谒从叔，误造郎中赵需宅。自云同房。会冬〔一〕，需欲家宴，挥霍之际，既是同房，便入宴〔二〕。姑姊妹尽在列〔三〕。儒亮馔彻徐出。细察，乃何氏子，需笑而遣之〔四〕。某按：此事是赵赞侍郎与何文哲尚书。相与邻居时，俱侍御史，水部赵郎中需方应举，自江淮来，投刺于赞，误造何侍御第。何，武臣也，以需进士，称犹子谒之，大喜，因召入宅。不数日，值元日，骨肉皆在坐，文哲因谓需曰："侄之名宜改之。且'何需'，似涉戏于姓也。"需乃以本氏告，文哲大愧，乃厚遣之而促去。需之孙顼，前国学明经，文哲侄孙继，为杭之戎吏，皆说之相符，而并无儒亮之说。国史补所记乃误耶？

本条原出国史补卷中何儒亮访叔。太平广记卷二四二国史补题作何儒亮。按本条自"某按"以下，乃王谠引用另一家唐人之说，然已无法深考。

〔一〕冬　原书与引文均作"冬至"，当据之补"至"字。

〔二〕便入宴　原书与引文均作"便令引入就宴"，当据补。

〔三〕姑姊妹　太平广记引文作"姑姊妹妻子"，原书作"姊妹妻女"。

〔四〕需笑而遣之　原书作"需大笑。儒亮岁馀不敢出，京师自是呼为'何需郎中'。"

849 西蜀官妓曰薛涛者，辩慧知诗。尝有黎州刺史〔原注〕〔一〕失姓名。作千字文令，带禽鱼鸟兽，乃曰："有虞陶唐。"坐客忍笑不罚。至薛涛云："佐时阿衡。"其人谓语中无鱼鸟，请罚，薛笑曰："'衡'字尚有小鱼子；使君'有虞陶唐'，都无一鱼。"宾客大笑，刺史初不知觉。

类说卷三二语林题作千字令。

本条不知原出何书。

〔一〕原注　此是原书自注。

850 白太傅与元相国友善〔一〕，以诗道著名，时号"元白"。其集内有诗说元相公云〔二〕："相看掩泪应无说〔三〕，离别伤心事岂知〔四〕？想得咸阳原上树，已抽三丈白杨枝。"洎自撰墓志〔五〕，云与刘梦得为诗友，殊不言元相公，时人疑其隙终也。

本条原出北梦琐言卷六白太傅墓铭。太平广记卷二三五北梦琐言题作白居易，引至"已抽三丈白杨枝"。

〔一〕白太傅与元相国友善　太平广记引文作"白少傅居易与元相国稹友善"。案旧唐书卷一六六、新唐书卷一一九白居易传，白尝官太子少傅，作"太傅"者未是。

〔二〕说　原书作"挽"。

〔三〕应　原书作"俱"。

〔四〕离别　原书作"别后"。

〔五〕自撰墓志　陈振孙白文公年谱开成三年戊午："按此非墓志语，乃醉吟传中语，时元之亡久矣。其言与僧如满为空门友，韦楚为山水友，皇甫朗之为酒友，皆一时见在人，则其于诗友自不应复及死者……‘掩泪’、‘伤心’之句，旨意甚哀，而或者臆度疑似，乃有‘隙终’之论，小人之不乐成人之美如是哉！”

851 李贺为韩文公所知，名闻搢绅〔一〕。时元相稹以明经擢第〔二〕，亦善诗，愿与贺交。诣贺，贺还刺，曰〔三〕：“明经及第，何事看李贺？”元恨之〔四〕。制策登科〔五〕。及为礼部郎中，因议贺父名晋肃〔六〕，不合应进士〔七〕，竟以轻薄为众所排。文公惜之，为著讳辩〔八〕，竟不能上。

本条原出剧谈录卷下元相国谒李贺。太平广记卷二六五剧谈录题作李贺。绀珠集卷八剧谈录题作李贺却元稹。类说卷十五剧谈录题作明经及第何事来见。王观国学林卷三史讹亦引康軿剧谈录此文。

〔一〕名闻搢绅　原书作“于缙绅之间每加延誉，由此声华藉甚”。

〔二〕元相稹　原书下有“年老”二字。

〔三〕曰　原书作“遽令仆者谓曰”。

〔四〕元恨之　原书作“惭愤而退”。王士禛古夫于亭杂录卷二曰：“案：元擢第既非迟暮，于贺亦称前辈，讵容执贽造门，反遭轻薄？小说之不根如此。”朱自清李贺年谱曰：“按元稹明经擢第，贺才四岁。事之不实，无庸详辩。”

〔五〕制策登科　原书上有“其后左拾遗”五字。

〔六〕晋肃　原书无“肃”字，当据本书补。

〔七〕应进士　原书下有“举”字，当据补。

〔八〕文公惜之为著讳辩　方崧卿韩集举正卷四：“康骈剧谈

录谓公此文因元稹而发。董彦远谓贺死元和中，使稹为礼部，亦不相及争名。盖当同试者。”

852 长庆初，李尚书绛议置郎官十人，分判南曹，吏人不便。旬日出为东都留守〔一〕。自是选曹成状，常亦速毕〔二〕。

永乐大典卷之七千三百二十八郎置郎引唐语林亦载。

本条原出国史补卷下郎官判南曹。太平广记卷一八六国史补题作李绛。

〔一〕旬日　聚珍本作“后”，今从永乐大典引文改。原书与太平广记引文亦作“旬日”。此种文字当是四库全书馆臣所改。

〔二〕亦　聚珍本作“得”，今从永乐大典引文改。原书亦作“亦”。

853 山甫以石留黄济人嗜欲〔一〕，多暴死者〔二〕。其徒盛言山甫与陶贞白同坛受箓以神之。长庆二年，卒于馀干。江西观察使王仲舒遍告人：山甫老病而死速朽，无少异于人者。

本条原出国史补卷中韦山甫服饵。绀珠集卷三国史补题作韦山甫。说郛（张宗祥辑明抄本）卷七五国史补亦载。

〔一〕山甫　原书与各本引文作“韦山甫”，当据之补“韦”字。

〔二〕多暴死者　原书作“故其术大行，多有暴风死者”。

854 令狐楚镇东平，绹侍行。尝送亲郊外逆旅中〔一〕。

时久旱，绹因问民间疾苦，有老父曰："天旱〔二〕，盗贼且起。"复曰："今风不鸣条，雨不破块。"绹以相反诘之〔三〕，答曰："自某日不雨〔四〕，至于是月，岂非不破块乎？赋税征迫，贩妻鬻子，不给；继以桑枝〔五〕，岂非不鸣条乎〔六〕？"

本条原出玉泉笔端。稗海本玉泉子佚，说郛（陶珽刊本）卷四六、（张宗祥辑明抄本）卷十一玉泉子真录均载。

〔一〕尝送亲郊外逆旅中　说郛引文作"尝送亲友郊外逆旅中。有父老焉，似不知其令狐公也"。

〔二〕有老父曰天旱　说郛引文作"父老即陈以旱歉"。

〔三〕绹以相反诘之　说郛引文作"绹以其言前后相反诘之"。

〔四〕日　说郛引文作"月"。

〔五〕桑枝　说郛引文作"桑柘"。

〔六〕岂非不鸣条乎　说郛引文作"得非不鸣条乎？"其下尚有"绹即命驾，掩耳而去"二句。

855 镇州王庭凑始生〔一〕，尝有鸠数十只，朝集庭树，暮集檐下，里人骆德播异之。及长，骈胁，善阴符经、鬼谷子。初仕军中，曾使河阳〔二〕，道中被酒，寝于路傍。忽有一人，荷策而过，熟视之，曰："贵当列土，非常人也。"从者告之。庭凑驰数里追及，致敬而问。自云："济源骆山人也。向见君鼻中之气，左如龙，右如虎；龙虎交王，应在今秋〔三〕。〔原注〕〔四〕一云："吾相人未有如此者。"子孙相继，满一百年。"又云："家之庭合有大树，树及于堂，是其兆也。"是年，庭凑为三军所立〔五〕。归省别墅，而庭树婆娑，阴已合矣〔六〕。

白孔六帖卷九五鸠引唐语林，记"鸠集檐下"一段。

本条原出北梦琐言卷二骆山人告王庭凑。太平广记卷七八北梦琐言题作骆山人;又卷二二三唐年补录有类同文字,亦题作骆山人。类说卷四三北梦琐言题作鼻中龙虎气交。

〔一〕镇州王庭凑始生　原书作"庭凑生于别墅"。其上尚有三句叙王庭凑代田弘正事。

〔二〕曾使河阳　原书句下有"回"字。

〔三〕龙虎交王应在今秋　太平广记引文"龙虎"作"二气"。原书作"龙虎气交,王在今秋"。

〔四〕原注　原书与太平广记、类说引文均佚。

〔五〕所立　原书作"扶立为留后"。

〔六〕归省别墅而庭树婆娑阴已合矣　新唐书卷二一一藩镇镇冀王廷凑传曰:"及害弘正,而树适庇寝。自廷凑讫镕,凡百年。"

856 田令既为王庭凑所害〔一〕,天子召其子布于泾州,与之发哀,授魏博之节。布乃尽出妓乐,舍鹰犬,哭曰:"吾不回矣!"次魏郊三十里,跣行被发而入。后知力不可执,密为遗表,伏剑而死〔二〕。

本条原出国史补卷中田孝公自杀。

〔一〕田令既为王庭凑所害　原书作"田令既为成德所害"。田弘正尝兼中书令,故称"田令"。王庭凑以成德军叛,故称"成德"。

〔二〕后知力不可执密为遗表伏剑而死　原书"执"作"报"。资治通鉴系此事于卷二四二唐纪五八穆宗长庆元年与二年,旧唐书卷一四一、新唐书卷一四八田布传均载。

857 长庆中，京城妇人首饰，有以金碧珠翠；笄栉步摇，无不具美，谓之“百不知”〔一〕。妇人去眉，以丹紫三四横约于目上下，谓之“血晕妆”。

永乐大典卷之六千五百二十三妆血晕妆引唐语林亦载。

本条不知原出何书。

〔一〕百不知　永乐大典引文作“百不如”。

858 宝历中，敬宗皇帝欲幸骊山，时谏者至多，上意不决。拾遗张权舆伏紫宸殿下，叩头谏曰：“昔周幽王幸骊山，为戎所杀〔一〕；秦始皇葬骊山，国亡；明皇帝宫骊山〔二〕，而禄山乱；先皇帝幸骊山，而享年不长。”帝曰：“骊山若此之凶耶？我宜往以验彼言〔三〕。”后数日，自骊山回，语亲倖曰：“叩头者之言，安足信哉！”

本条原出杜牧樊川文集卷十二与人论谏书，文几全同。

〔一〕戎　樊川文集作“犬戎”。

〔二〕明皇帝　樊川文集作“玄宗皇帝”。

〔三〕往　樊川文集作“一往”。

859 文宗在藩邸，好读书。王邸无礼记、春秋、史记、周易、尚书、毛诗、论语；虽有，少成部帙。宫中内官得周易一部，密献。上即位后，捧以随辇。及朝廷无事，览书目，间取书便殿读之。乃诏兵部尚书王起、礼部尚书许康佐为侍讲学士，中书舍人柳公权为侍读学士。每有疑义，即召学士入便殿〔一〕，顾问讨论，率以为常，时谓“三侍学士”，恩宠异等。于是康佐进春秋列国经传六十卷，上善之。问康佐曰："吴人伐越，获俘以为阍，使守舟；馀祭观舟，阍以戈杀之〔二〕。阍是何人？杀吴子，复是何人？"康佐迟疑久之〔三〕，对曰："春秋义奥，臣穷究未精，不敢遽解。"上笑而释卷。

永乐大典卷之一万三千四百五十二士三侍学士引唐语林亦载。

本条原出补国史。资治通鉴卷二四五唐纪六一文宗太和九年考异曰："旧传以为上出易义以示群臣之时，已与训有诛宦官之谋。按补国史云：'许康佐进新注春秋列国经传六十卷，上问阍弑吴子馀祭事，康佐托以春秋义奥，臣穷究未精，不敢容易解陈。……'实录，'今年四月癸亥，许康佐进纂集左氏传三十卷。五月，乙巳朔，以御集左氏列国经传三十卷宣付史馆。'然则上与训谋诛宦官必在此际矣。然文宗与训语时，宦官必盈左右，恐亦未敢班班显言，如补国史所云也。"其中录引文字与本条相符，惟约而言之，故详略有异耳。

〔一〕即　聚珍本无，据永乐大典引文补。

〔二〕馀祭观舟阍以戈杀之　春秋哀公二十九年："阍弑吴子馀祭。"

〔三〕康佐迟疑久之　文宗问弑君之阍，乃喻其时逼迫君上之宦官，故许康佐迟疑不敢对。

860 郑注以方术进，举引朋党，荐周易博士李训，召入内署，为侍讲周易学士〔一〕。敏捷有口辩，涉猎五经，言及左氏，以探上意。上幸蓬莱殿阅书，召训问曰："康佐所进春秋列国经传，朕览之久矣。战国时事，历历明白。朕曾问康佐：吴人伐越，获俘以为阍，杀吴子馀祭；康佐云'穷究未精'，卿谓如何？”训曰：“吴人伐越获俘，俘即罪人，如今之所谓'生口'也。不杀，下蚕室肉刑，古谓之'阍寺'，即今之中使也。吴子，是国君长；馀祭，名也。使中使主守舟楫，馀祭往观之，为中使所杀。”上嗟叹。训曰：“君不近刑臣；近刑臣，即轻死之道也。吴子远贤良，亲刑臣，而有斯祸。鲁史书之，以垂鉴戒。”上曰：“左右密近刑臣多矣！馀祭之祸，安得不虑？”训曰：“陛下睿圣，留意于未萌。若欲去泰去甚，臣愿遵圣算。累圣知之而不能远，恶之而不能去，睿旨如此，天下幸甚！”时郑注任工部尚书、侍讲学士，乃与训斥逐贤良，阴构奸蠹，遂有甘露之事。

本条疑出国史补。此处所叙之事，乃承上条而来，二者当出同一文献。聚珍本编于869、870条之间。今将此条提前，与上相次。

〔一〕荐周易博士李训召入内署为侍讲周易学士　新唐书卷二百许康佐传：“帝读春秋至'阍弑吴子馀祭'，问：'阍何人邪？'康佐以中官方强，不敢对，帝嘻笑罢。后观书蓬莱殿，召李训问之，对曰：'古阍寺，今宦人也。君不近刑臣，以为轻死之道，孔子书之以为戒。'帝曰：'朕迩刑臣多矣，得不虑哉！'训曰：'列圣知而不能远，恶而不能去，陛下念之，宗庙福也。'于是内谋翦除矣。”

861 蓝田县尉直弘文馆柳珪，擢为右拾遗、弘文直学士，给事中萧仿、郑裔绰驳还制，曰：“陛下悬爵位，本待贤良，今命浇浮〔一〕，恐非惩劝。柳珪居家不禀义方，奉国岂尽忠节?”刑部尚书柳仲郢诣东上閤门进表,称“子珪才器庸劣,不当玷居谏垣;若诬以不孝,即非其实”。太子少师柳公权亦讼侵毁之枉。上令免珪官,家居修省。贞元、元和已来,士林家礼法,推韩滉〔二〕、韩皋、柳公绰、柳仲郢。一旦子称不孝,为士叹之。

本条原出东观奏记卷中。说郛(陶珽刊本)卷四三东观奏记卷中亦载。

〔一〕今　原书作“既”。

〔二〕韩滉　原书无,当据本书补。新唐书卷一六三柳珪传:“以蓝田尉直弘文馆,迁右拾遗,而给事中萧仿、郑裔绰谓珪不能事父,封还其诏。仲郢诉其子‘冒处谏职为不可,谓不孝则诬。请勒就养。’诏可。始,公绰治家埒韩滉,及珪被废,士人愧怅。”

862 韦温迁右丞。文宗时,姚勖按大狱,帝以为能,擢职方员外郎。温上言:“郎官清选,不可赏能吏。”帝问故,杨嗣复对曰:“勖,名臣后〔一〕,治行无疵。若吏才干而不入清选,他日孰肯当剧事者?此衰晋风,不可以法。”

本条不知原出何书。

〔一〕勖名臣后　据新唐书卷一二四姚勖传,知勖乃姚崇之后。

863 太和三年,左拾遗舒元褒等奏中丞温造凌供奉官事:“今月四日,左补阙李虞仲与温造街中相逢,造怒不回避,遂擒李虞仲祗奉人,笞其背者。臣等谨按国朝故事:供奉官街中,除宰相外,无所回避。”

本条不知原出何书。

864 陈夷行,字周道。文宗时,仙韶乐工尉迟璋授王府率,右拾遗李洵直当衙论奏。郑覃、杨嗣复嫌以细故,谓洵直近名,夷行曰:“谏官当衙,正须论宰相得失,彼贱工安足言?然亦不可置不用。”帝即徙璋。

本条不知原出何书。

865 新昌李相绅性暴不礼士。镇宣武,有士人遇于中道,不避〔一〕,乃为前驺所拘。绅命鞫之,乃宗室也。答款曰:“勤政楼前,尚容缓步;开封桥上,不许徐行。汴州岂大于帝都?尚书未尊于天子。”公览之失色,使逸去。

永乐大典卷之一万三千四百五十三士不礼士引唐语林亦载。

本条不知原出何书。侯鲭录卷六亦叙此事,然不注出处。

〔一〕不避　侯鲭录作“避不及”。

866 武翊黄〔一〕,府送为解头,及第为状头,宏词为敕头,时谓“武三头”,冠于一时。后惑于媵嬖薛荔〔二〕,苦其家妇卢氏,虽新昌李相绅以同年蔽之,而众论不容,终至流窜。

类说卷三二语林题作武氏三头。海录碎事卷十九引唐语林亦载。

本条原出岚斋集。姬侍类偶载“惑于媵婢薛荔”事,云出岚斋集。南部新书卷己亦载此事。

〔一〕武翊黄　南部新书作“武翊皇”。

〔二〕薛荔　南部新书作“薛荔”。

867 王并州璠，自河南尹拜右丞相。除目才到，少尹侯继有宴，以书邀之。王判后云〔一〕：“新命虽闻，旧衔尚在，遽为招命，堪入笑林。”洛中以为口实。故事：少尹与大尹游宴礼隔。虽除官，亦当俟正敕也。

本条原出因话录卷五徵部。

〔一〕后　原书作“书后”。

868 王沐，王涯之再从弟也。家于江南，老且穷。以涯作相，骑驴至京师，三十日始得见涯〔一〕，所望不过一簿尉耳，而涯见其潦倒〔二〕，无推引意。太和九年秋，沐干涯之嬖奴，导以所欲，涯始一召，许以微官处之。自是旦夕造涯〔三〕。及涯诛，仇士良收捕涯家族时，沐方在涯宅，以王氏之宗同坐〔四〕。

本条原出杜阳杂编卷中。太平广记卷一五六杜阳杂编题作王沐。说郛（陶珽刊本）卷四六杜阳杂编卷中亦载。又本条与 869 条原合为一条，今依原书分列。

〔一〕三十日始得见涯　原书作“经三十馀月，始得一见涯于门屏”。太平广记引文亦作“三十日”。资治通鉴卷二四五唐纪六一文宗太和九年叙此，曰：“留长安二岁馀，始得一见。”

〔二〕见其　原书无，当据本书补。

〔三〕自是旦夕造涯　原书作“自是旦夕造涯之门，以俟其命”。

〔四〕以王氏之宗同坐　原书作“以为族人,被执而腰斩之”。

869 舒守谦即元舆之宗[一],十年居元舆舍[二],未尝一日有间。至于车服饮馔,亦无异等。元舆谓之从子。取明经及第[三],历秘书郎。及持相印,许列清曹命之。无何,忽以非过怒守谦[四],朔旦伏谒,皆不得见,僮仆皆拒之。守谦乃辞往江南,元舆亦不问。翌日,出长安,咨嗟自失;行及昭应,闻元舆之祸。〔原注〕[五]时宰相收捕家族,不问亲疏皆戮。论者以王、舒福祸之异,皆若分定焉。

本条原出杜阳杂编卷中。太平广记卷一五六杜阳杂编题作舒元谦。说郛(陶珽刊本)卷四六杜阳杂编卷中亦载。又本条与 868 条原合为一条,今依原书分列。

〔一〕舒守谦即元舆之宗　太平广记引文作“舒元谦,元舆之族”。资治通鉴卷二四五唐纪六一文宗太和九年叙此,曰:“舒元舆有族子守谦”,太平广记作“元谦”者误。

〔二〕十年　原书作“经岁”。太平广记引文作“十年”。资治通鉴亦作“十年”。

〔三〕取　原书作“荐取”,当据补。

〔四〕忽　原书作“末年”。

〔五〕原注　此为苏鹗自注。

870 太和初,京师有轻薄徒,取贡士姓名,以义理编饰为词,号为“举人露布”。九年冬,就戮者多是儒士[一]。

本条原出因话录卷六羽部。

〔一〕多是　原书作“多出自”。

871 李瓒，故相宗闵之子。自桂州失守〔一〕，贬昭州司户，后量移卫州刺史〔二〕；给事中柳韬疏之，复贬。韬始与瓒相善，瓒先达而弃韬。瓒既重为所贬，性强躁，愤且死。郑舍人穀之父，瓒座主也〔三〕，乃为书曰：“与穀，受恩；未穀，极苦〔四〕。”累十点，笔落而卒。案〔五〕：此条末数语难解，疑有脱误。

本条原出玉泉笔端。传世各本均佚，永乐大典卷之一万三百一十死为贬愤死引，云出玉泉子闻见录。

〔一〕守　永乐大典引文作“律”，当据改。旧唐书卷一七六李宗闵传言瓒“出为桂管观察使。御军无政，为卒所逐，贬死”。

〔二〕卫州　永乐大典引文作“衡州”。

〔三〕郑舍人穀之父瓒座主也　永乐大典引文作“郑舍之穀，恩门之子也”。上“之”字当是“人”之误。劳格读书杂识卷七李瓒引唐语林六此文，下案语曰：“‘穀’疑作‘毂’，郑薰子，见新书郑畋传。瓒称薰是座主，知是(大中)八年进士。”

〔四〕与穀受恩未穀极苦　此处似用论语宪问“邦有道，穀”之意。“穀”指仕宦俸禄。永乐大典引文作“受恩未报，苦极。”据此知“穀”为“毂”误之说，亦未必是。

〔五〕案　此案语当是永乐大典编者或四库全书馆臣所加。

872 李司徒程善谑〔一〕。为夏口日，有客辞焉，相留住三两日[二],客曰:“业已行矣,舟船已在汉口。”曰:“此汉口不足信[三]。”又因与堂弟居守相石投盘饮酒[四],居守误收头子,纠者罚之[五]。司徒曰:“汝向忙闹时把堂印将去[六],又何辞焉?”饮家谓重四为堂印[七],盖讥居守太和九年冬朝廷有事之际而登庸也[八]。又与石话服食[九],云:“汝服钟乳否?”曰:“近服,甚觉得力。”司徒曰:“吾一不得乳力[一〇]。”盖讥其作相日无急难之效也。又尝于街西游宴,贪在博局,时已昏黑,从者迭报云:“鼓动。”司徒应声曰:“靴!靴!”其意谑鼓动似受慰之声以吊客,“靴”“靴”答之,连声索靴,言欲速去也。又在夏口时,官园纳芋头而馀者分给将校,其主将报之,军将谢芋头,司徒手拍头云:“着他了也。”然后传语:“此芋头不必谢也!”

类说卷三二语林题作不得一乳力,乃节引中间一段文字。

本条原出刘宾客嘉话录。太平广记卷二五一嘉话录题作李程,引至“盖讥居守太和九年冬朝廷有事之际而登庸也”一句。说郛(陶珽刊本)卷三六嘉话录亦载。

〔一〕李司徒程善谑　原书作“李二十六丈丞相善谑”。太平广记引文作“李二十六丞相程善谑”,句首有“唐刘禹锡云”五字。

〔二〕住　原书作“更住”。

〔三〕此汉口不足信　原书句下尚有“其客掩口而退”一句。

〔四〕又因与堂弟居守相石投盘饮酒　原书残存“又因堂弟”四字,当据本书补。太平广记引文“居守”作“留守”。

〔五〕纠者罚之　原书句下尚有“丞相曰:‘何罚之有?’”二句。

〔六〕汝向忙闹时把堂印将去　原书作“汝向闲时把他堂印将去”。“闲”乃误字，当据本书改。

〔七〕饮家谓重四为堂印　原书“饮家”作“饮酒家”，太平广记引文作“酒家”。“重四”谐“重事”，即重大事件。

〔八〕太和九年冬　原书误作“元年”，当据本书改。太平广记引文亦作“太和九年”。盖指是年十一月甘露之变。

〔九〕又与石话服食　自此句以下一百四十三字，原书佚，唐兰据本书补入。

〔一〇〕乳　与“汝”谐音。

873 徐晦嗜酒，沈传师善餐。杨嗣复云：“徐家肺，沈家脾，其安稳耶[一]？”

类说卷三二语林题作徐家肺沈家脾。

本条原出大唐传载。类说卷四五大唐传载题作嗜酒善飧。

〔一〕其　原书作“真”。

874 杜悰通贵日久，门下有术士李生者[一]，甚异。悰任四川节度[二]，马植罢黔中，方赴阙[三]，李一见，谓悰曰：“受相公恩久，思以报答，今有所报矣！黔中马中丞，非常人也，相公当厚遇之。”悰未之信。他日，又谓悰曰[四]：“相公将有祸，非马中丞不能救，乞厚结之。”悰始惊，乃用其言，发日，厚币赠之；乃令邸吏为植于阙下买宅[五]，为生之费无阙焉。寻除光禄卿[六]，报状至蜀，悰谓李曰：“贵人赴阙作光禄勋矣。”李曰：“姑待之。”稍进大理卿，迁刑部侍郎，充盐铁使[七]，悰始信之[八]。未几拜相。懿安皇太后崩。悰,懿安子婿也。忽内榜子索检责宰相元载故事[九]。植谕旨,延英力营救[一〇]。植素能回上意[一一],事遂止。

本条原出东观奏记卷上。说郛(陶珽刊本)卷四三东观奏记卷上亦载。资治通鉴卷二四八唐纪六四宣宗大中二年考异引东观奏记此文,司马光下案语曰:"植,会昌中已自黔中入为大理卿。悰今年二月始为西川节度。今不取。"又太平广记卷二二三李生一条与此同,云出前定录。

〔一〕生者　原书无此二字,而有注曰:"失其名。"

〔二〕四川　原书作"西川",当据改。

〔三〕方赴阙　原书下有"至西川"一句。

〔四〕他日又谓悰曰　原书作"一日,密于悰曰"。

〔五〕乃令邸吏　原书作"仍令吏"。

〔六〕寻除光禄卿　原书句上有"植至阙,方感悰,不知其旨"三句。小石山房丛书本东观奏记"方"下有"知"字。

〔七〕盐铁使　原书上有"诸道"二字。

〔八〕信之　原书作"惊忧"。

〔九〕索　原书无,考异引文有"索"。

〔一〇〕延英力营救　原书作"翌日,延英上前万端营救"。

〔一一〕植素能回上意　原书作"植素辨博,能回上意"。

875 杜邠公悰尝与同列言[一],平生不称意有三:其一,为澧州刺史;其二,贬司农卿;其三,自西川移镇广陵,舟次瞿塘遇风,侍者惊废,渴甚,自泼茶饮。后镇荆南[二],诸院姊妹多在渚宫寄寓,相国未尝拯济[三],节腊一无沾遗。有乘肩舆至府门诟骂者,亦不省问。所莅方镇,不理狱讼。

在凤翔洎西川,系囚无轻重,任其殍殕。人有从剑门得漆器文书[四],乃成都具狱案牍也。

本条原出北梦琐言卷三杜邠公不恤亲戚。南部新书卷辛亦载此事。

〔一〕杜邠公悰　原书下有"位极人臣,富贵无比"二句。

〔二〕后镇荆南　原书作"镇荆州日"。

〔三〕相国未尝拯济　原书上有"贫困尤甚"一句。

〔四〕得漆器文书　原书作"拾得裹漆器文书"。

876 欧阳琳父衮,亦中进士。琳与弟玭同在场屋,苦其贫匮,每诣先达,刺辄同幅,时人称之。杜邠公在岐下,以子裔休同年谒之。悰尝以事怪琳,客或有为琳释解者,且言"琳,衮之子",悰不答。久之,曰:"某自淮南赴阙,舟次龟山,风不可进,因策杖登岸徐步。适见一僧,方修道。前曰:'雪山和尚弟子教化。'某谓之曰:'何言弟子,饶你和尚也。'"

本条不知原出何书。

877 开成中,有龙复本者,无目,善听揣骨[一],言休咎;象简、竹笏,以手循之,必知官禄年寿。宋邧补阙有时名[二],搢绅靡不倾属,时永乐萧相寘亦居谏官,同日诣之,授以所持笏。复本听萧笏良久,置于案上,曰:"宰相笏。"次至宋笏,曰:"长官笏。"邧不乐。月馀,同列于中书,候见宰相。时李卫公方秉政。未见间,伫立谈谑。顷之,丞相出。宋以手板障面,笑未已,李公目之,谓左右曰:"宋补阙笑某何事?”闻者为忧之。数日,出为河清县令〔三〕,岁馀死。其后萧公自浙西观察使入判户部,顷之,为宰相〔四〕。

本条原出剧谈录卷上龙待诏相笏。太平广记卷二二四剧谈录题作龙复本。

〔一〕听　原书作“听声”,当据补。

〔二〕宋邧　原书与太平广记引文均作“宋祁”。下同。

〔三〕河清县　太平广记引文作“清河县”。

〔四〕为宰相　原书作“居廊庙,俱如复本之言”。

878 文宗时,有沙门能改塔〔一〕,履险若平。换塔杪一柱,人以为神〔二〕。上闻之曰:“塔固当人功所建,然当时匠者岂亦有神?”沙门后果以妖妄伏法。

本条原出因话录卷一宫部。

〔一〕沙门能改塔　原书作“正塔僧”。

〔二〕人以为神　原书作“倾都奔走,皆以为神”。

879 卢尚书弘宣与弟衢州简辞同在京师。一日,衢州早出,尚书问“有何除改”? 答曰:“无大除改,唯皮遐叔蜀中刺史。”尚书不知皮是遐叔姓,谓是宗人,曰〔一〕:“我弥当家〔二〕,没处得‘卢皮遐’来?”衢州为辨之,皆大笑。

本条原出因话录卷四角部之次谐戏附。

〔一〕曰　原书作“低头久之,曰”。

〔二〕弥　原书作“弭”。“我弥”即“我们”,唐人口语。

唐语林校证卷七

补遗 起武宗，至昭宗。

880 武宗时，李卫公尝奏处士王龟有志业，堪为谏官〔一〕。上曰："龟是谁子？"对曰："王起之子。"上曰："凡言处士者，当是山野之人；王龟父为大僚〔二〕，岂不自合有官〔三〕？"

本条原出因话录卷一宫部。绀珠集卷五、类说卷十四、说郛（陶珽刊本）卷二三因话录题作大僚子安得居山。又原书本条之后尚有一段文字，本书列为卷一120条。

〔一〕李卫公尝奏处士王龟有志业堪为谏官　原书作"李崖州尝面奏：处士王龟志业堪为谏官"。案刘禹锡有荐处士王龟状，见刘宾客文集卷十七。

〔二〕王龟父为大僚　原书作"王龟父大僚，安得居山野？"

〔三〕岂不自合有官　原书句下尚有"李无以对"一句。

881 李吉甫安邑宅〔一〕，及牛僧孺新昌宅。泓师号李宅为"玉杯"，牛宅为"金杯"〔二〕；玉一破无复全，金或伤尚可再制。牛宅本将作大匠康䛒宅〔三〕。䛒自辨冈阜形势,谓其宅当出宰相,每命相有案,䛒必延颈望之。宅竟为牛相所得〔四〕。

本条原出卢氏杂说。太平广记卷四九七卢氏杂说题作王锷。按此条实为王锷之又一说,故与王锷无关。续前定录亦载。

〔一〕李吉甫安邑宅　新唐书卷一四六李吉甫传:"吉甫居安邑里,时号'安邑李丞相'。"

〔二〕牛宅为金杯　太平广记引文无此句,当据本书补。

〔三〕牛宅本将作大匠康䛒宅　太平广记卷二六〇康䛒条,即叙康䛒冀命相事,文出明皇杂录,有注曰:"今新昌里西北牛相第,即䛒宅也。"新唐书卷一三三牛仙客传亦叙此事,而作康䛒。

〔四〕宅竟为牛相所得　太平广记引文作"宅竟为僧孺所得,李后为梁新所有。"

882 李卫公宅在安邑〔一〕,桑道茂谓之"玉碗"。韦相宅在新昌北街〔二〕,谓之"金杯"。

类说卷三二语林题作李相国宅。

本条原出剧谈录卷下李相国宅。原文甚繁,此处乃节录之文。又本条与883条原合为一条,本条在前。

〔一〕安邑　原书作"安邑坊东南隅"。

〔二〕韦相宅在新昌北街　原书作"又新昌北街牛相国宅,即玄宗朝将作监康䛒旧第"。"韦"乃"牛"之误,当据改。类说引文作"牟相宅在新昌北街","牟"乃"牛"之形讹。参看881条。

883 卢氏杂记〔一〕:泓师云:"长安永宁坊东南是金盏地,安邑里西是玉杯地〔二〕。"后永宁为王锷宅,安邑为马燧宅。后入官〔三〕,王宅赐袁弘及史宪诚等〔四〕,所谓"金盏破而成";马燧宅为奉诚园〔五〕,所谓"玉杯破而不完"矣。

本条原出卢氏杂说。太平广记卷四九七卢氏杂说题作王锷。白孔六帖卷一引卢氏杂说亦载。古今合璧事类备要别集卷十四引卢氏杂记亦载。大唐传载亦有此文。又本条与882条原合为一条,今依原书分列。

〔一〕卢氏杂记　此四字当是四库全书馆臣沿用永乐大典之标题。

〔二〕杯　太平广记引文与大唐传载作"盏"。

〔三〕入官　太平广记引文作"王、马皆进入官"。大唐传载"官"误"宫"。

〔四〕袁弘及史宪诚等　太平广记引文作"韩弘及史宪诚、李载义等"。大唐传载"韩弘"作"韩令弘"。案:此当作韩弘,旧唐书卷一五六、新唐书卷一五八有传,作"袁弘"或"韩令弘"者均误。

〔五〕马燧宅为奉诚园　太平广记引文与大唐传载均无"宅"字,当据本书补。国史补卷中:"马司徒之子畅,以第中大杏馈窦文场,文场以进。德宗未尝见,颇怪之,令使就第封杏树。畅惧,进宅,废为奉诚园,屋木尽拆入内也。"新唐书卷一五五马畅传曰:"奉诚园亭观,即其安邑里旧第云。"

884 李卫公在淮扬。李宗闵在湖州,拜宾客分司,卫公惧,遣专使致信好,宗闵不受,取路江西而过。顷之,卫公入相,过洛,宗闵忧惧,求厚善者致书,乞一见,欲自解。复书曰:“怨即不怨,见即无端。”初,卫公与宗闵早相善,中外致力,后位高,稍稍相倾。及宗闵在位,卫公为兵部尚书,次当大用,宗闵沮之,未效,卫公知而忧之。京兆尹杜悰即宗闵党。一日,见宗闵,曰〔一〕:“何戚戚也?”宗闵曰:“君揣我何念?”杜曰:“非大戎乎〔二〕?”曰:“是也。何以相救?”曰:“某即有策,顾相公不能用。”曰:“请言之。”杜曰:“大戎有词学而不由科第,至今怏怏。若令知贡举,必喜。”宗闵默然,曰:“更思其次。”曰:“与御史大夫,亦可平治慊恨。”宗闵曰:“此即得。”悰再三与约,遂诣安邑第。卫公迎之曰:“安得访此寂寞?”对曰:“靖安相公有意旨〔三〕,令某传达。”遂言亚相之拜。卫公惊喜垂涕,曰:“大门官〔四〕,小子岂敢当此荐拔?”寄谢重叠。其后宗闵复与杨虞卿议之,其事遂格〔五〕。

本条原出幽闲鼓吹。太平广记卷四九八幽闲鼓吹题作李宗闵。说郛(陶珽刊本)卷五二幽闲鼓吹亦载。资治通鉴卷二四四唐纪六十文宗太和六年叙此,王应麟困学纪闻卷十四考史曰:“通鉴载李德裕对杜悰,称‘小子’;闻御史大夫之命,惊喜泣下。致堂(读史管记二十五)谓德裕岂有是哉!杜悰,李宗闵之党,故追此语以陋文饶,史掇取之。以文饶为人大概观焉,无此事必矣。愚按:此事出张固幽闲鼓吹,杂说不足信也。”又本条与885条原合为一条,今依原书分列。

〔一〕见宗闵曰　原书作“谒封川,封川深念。杜公进曰”。

〔二〕非大戎乎　资治通鉴叙此,胡三省注:“兵部掌戎政,尚书其长也。故悰隐语谓之‘大戎’。”

〔三〕靖安相公　资治通鉴叙此，胡三省注：“李宗闵盖居靖安坊，因以称之。”

〔四〕大门官　资治通鉴叙此，胡三省注：“唐制：大朝会，御史大夫帅其属正百官之班序，迟明列于两观，故以为大门官。”

〔五〕其事遂格　原书作“竟为所驤，终致后祸”。

885 元和已来，宰相有两李少师，故以所居别之。永宁少师固言，性狷急，不为士大夫所称；靖安少师者，宗闵也〔一〕。

本条原出因话录卷二商部上。与884条原合为一条，今依原书分列。

〔一〕靖安少师者宗闵也　原书作“靖安少师，事具国史”。南部新书卷己：“近俗以权臣所居坊呼之：安邑，李吉甫也；靖安，李宗闵也；驿坊，韦澳也；乐和，李景让也；靖恭、修行，二杨也。皆放此。”

886 李卫公性简俭，不好声妓，往往经旬不饮酒，但好奇功名。在中书，不饮京城水，茶汤悉用常州惠山泉，时谓之“水递”。有相知僧允躬白公曰〔一〕：“公迹并伊、皋，但有末节尚损盛德。万里汲水，无乃劳乎？”公曰：“大凡末世浅俗，安有不嗜不欲者？舍此即物外世网，岂可萦系？然弟子于世，无常人嗜欲：不求货殖，不迩声色，无长夜之欢，未尝大醉。和尚又不许饮水，无乃虐乎？若敬从上人之命，即止水后，诛求聚敛，广畜姬侍，坐于钟鼓之间，使家败而身疾，又如之何？”允躬曰：“公不晓此意。公博识多闻，止知常州有惠山寺，不知脚下有惠山寺井泉。”公曰：“何也？”曰：“公见极南物极北有，即此义也。苏州所产，与汧、雍同；陇岂无吴县耶？所出蒲鱼菰鳖既同，彼人又能效苏之织纴，其他不可遍举。京中昊天观厨后井，俗传与惠山泉脉相通。”因取诸流水，与昊天水、惠山水称量，唯惠山与昊天等。公遂罢取惠山水〔二〕。

本条原出芝田录。类说卷十一芝田录题作惠山泉水递，与本条文字最为近似。绀珠集卷十芝田录题作水递。白孔六帖卷六引芝田录亦载。说郛（陶珽刊本）卷三八、（张宗祥辑明抄本）卷七四芝田录均载，唯甚简略。玉泉子亦叙此事，文字颇不同。太平广记卷三九九李德裕条之文字近于玉泉子，而云出自芝田录，或系误记。

〔一〕允躬　类说引文无此名。

〔二〕公遂罢取惠山水　类说引文作“遂罢水递”。

887 李卫公颇升寒素。旧府解有等第，卫公既贬，崔少保龟从在省，子殷梦为府解元。广文诸生为诗曰：“省司府局正绸缪，殷梦元知作解头。三百孤寒齐下泪〔一〕，一时南望李崖州。”卢渥司徒以府元为第五人，自此废等第。

本条不知原出何书。唐摭言卷七好放孤寒亦叙此事。

〔一〕三百　唐摭言作“八百”。

888 周瞻举进士，谒李卫公，月馀未得见。阍者曰："公讳'吉'〔一〕，君姓中有之。公每见名纸，即颦蹙。"瞻俟公归，突出肩舆前，讼曰："君讳偏傍，则赵壹之后数不至'三'，贾山之家语不言'出'，谢石之子何以立碑？李牧之男岂合书姓？"卫公遂入。论者谓两失之。

本条不知原出何书。

〔一〕公讳吉　德裕父名吉甫故也。

889 李卫公德裕以己非科第〔一〕，常嫉进士〔二〕。及为丞相，权要束手。或曰〔三〕：德裕初为某处从事时，同院有李评事者，进士也，与德裕官同。有举子投卷，误与德裕；举子即悟〔四〕，复请之曰："文轴当与及第李评事，非公也。"由是德裕多排斥之〔五〕。

本条原出玉泉子。太平广记卷一八二玉泉子题作李德裕。本书此条中间尚有一段，叙王起之事，与前后文字均无关涉。按之原书，乃另一段文字，四库全书馆臣妄阑入者。今依原书，另分一条；且按原条目顺序，将该条列于本卷903条之前。

〔一〕己非科第　原书作"己非由科第"，当据之补"由"字。

〔二〕进士　原书下有"举者"二字，当据补。

〔三〕或曰　原书无。当是四库全书馆臣所添。

〔四〕即　原书作"既"。

〔五〕多排斥之　原书作"志在排斥"。

890 李德裕自金陵追入朝，且欲大用〔一〕，虑为人所先，且欲急行，至平泉别墅，一夕秉烛周游〔二〕，不暇久留。及南贬，有甘露寺僧允躬者记其行事，空言无行实，尽仇怨假托为之。

永乐大典卷之八千八百四十四游秉烛川游引唐语林亦载，引至“不暇久留也”。

本条不知原出何书。

〔一〕且欲　永乐大典引文作“将”。

〔二〕周游　永乐大典引文作“川游”。

891 平泉庄在洛城三十里〔一〕，卉木台榭甚佳。有虚槛，引泉水，萦回穿凿，像巴峡洞庭十二峰九派，迄于海门〔二〕。有巨鱼胁骨一条，长二丈五尺，其上刻云：“会昌二年海州送到〔三〕。”在东南隅。平泉，即征士韦楚老拾遗别墅。楚老风韵高邈，好山水。卫公为丞相，以白衣擢升谏官。后归平泉，造门访之，楚老避于山谷〔四〕。卫公题诗云〔五〕：“昔日征黄绮〔六〕，余惭在凤池。今来招隐逸〔七〕，恨不见琼枝。”

本条原出剧谈录卷下李相国宅。太平广记卷四〇五剧谈录题作李德裕。白孔六帖卷九引剧谈录亦载。又本条与892条原合为一条，今依原书分列。

〔一〕在　原书作“去”，当据改。资治通鉴卷二六五唐纪八一昭宣帝天祐二年胡三省注引康骈曰：“平泉庄去洛城三十里。”

〔二〕迄于海门　原书下有“江山景物之状。竹间行径有平石，以手摩之，皆隐隐见云霞龙凤草树之形”四句。前三句各本均佚，刘世珩据太平广记引文补。

〔三〕二　原书作"六",太平广记引文作"二"。

〔四〕在东南隅平泉……楚老避于山谷　太平广记引文作注文列入。"在东南隅"作"庄东南隅","平泉"二字无。"楚老避于山谷"作"楚老避于山谷间,远其势也"。

〔五〕卫公题诗云　原书自此至末,亦作小字注文刻入。

〔六〕黄绮　原书作"黄诏",疑有误。

〔七〕隐逸　原书作"隐士"。

892 平泉庄周围十馀里,台榭百馀所〔一〕,四方奇花异草与松石,靡不置其后。石上皆刻"支遁"二字,后为人取去〔二〕。其所传雁翅桧〔三〕、珠子柏、莲房玉蕊等,仅有存者。〔原注〕〔四〕桧叶婆娑,如鸿雁之翅。柏实皆如珠子,丛生叶上,香闻数十步。莲房玉蕊,每跗萼之上,花分五朵,而实同其一房也。怪石名品甚众〔五〕,各为洛阳城族有力者取去。有礼星石〔六〕、狮子石,好事者传玩之〔七〕。〔原注〕礼星石,纵广一丈,厚尺馀〔八〕,上有斗极之象〔九〕。狮子石,高三四尺,孔窍千万,递相通贯,如狮子,首、尾、眼、鼻皆全。

本条原出贾氏谈录。类说卷十五贾氏谈录题作石上刻有道字。张淏云谷杂记卷四引贾氏谈录亦载。又本条与891条原合为一条,今依原书分列。

〔一〕平泉庄周围十馀里台榭百馀所　原书作"李德裕平泉庄,台榭百馀所",当据本书补上句"周围十馀里"。

〔二〕石上皆刻支遁二字后为人取去　原书存上句,而置于本条之末。"支遁"作"有道",与类说引文合,当据改。说郛(张宗祥辑明抄本)卷十六引宋杜绾云林石谱卷上平泉谷转引李德裕平泉庄记亦云皆镌"有道"二字。

〔三〕其所传　原书作“唯”，其上尚有“自制平泉花木记，今悉以绝矣”二句。

〔四〕原注　此注是张洎自注。自“香闻数十里”以下，守山阁丛书本原书已佚。

〔五〕怪石名品甚众　原书此为另一段文字。按文意，似以本书合为一段者为是。

〔六〕有　原书无，当据本书补。

〔七〕好事者传玩之　原书作“为陶学士徙置梁园别墅”。

〔八〕厚尺馀　原书作“长丈馀”，当据本书改。

〔九〕上有　原书作“文理成”。

893 李卫公历三朝，大权出门下者多矣，及南窜，怨嫌并集。途中感愤，有“十五馀年车马客，无人相送到崖州”之句。又书称“天下穷人，物情所弃”。镇浙西，甘露寺僧允躬颇受知。允躬迫于物议，不得已送至谪所。及归作书，言天厌神怒，百祸皆作，金币为鳄鱼所溺，室宇为天火所焚。谈者藉以传布，由允躬背恩所致。卫公既殁，子煜自象州武仙尉量移郴州郴尉〔一〕，亦死贬所。刘相邺为谏官，先世受恩，独上疏请复官爵，乞归葬。卫公门人，惟蹇士能报其德。

本条不知原出何书。

〔一〕象州武仙尉　陈寅恪李德裕贬死年月及归葬传说辨证：“两唐书德裕传书烨贬官皆作象州立山尉，东观奏记中作蒙州立山尉。唐语林柒‘李卫公历三朝’条作象州武仙尉。据旧唐书肆壹、新唐书肆叁上地理志，通典壹捌肆州郡典,元和郡县图志叁柒等立山属蒙州,不属象州。武仙则属象州。今证以(李烨)墓志,知独裴廷裕书不误,而王谠书则后人以意改之者也。”

894 李卫公在珠崖郡,北亭谓之望阙亭。公每登临,未尝不北睇悲咽。题诗云:“独上江亭望帝京〔一〕,鸟飞犹是半年程。碧山也恐人归去〔二〕,百匝千遭绕郡城。”又郡有一古寺,公因步游之,至一老禅院。坐久,见其内壁挂十馀葫芦,指曰:“中有药物乎?弟子颇足疲,愿得以救。”僧叹曰:“此非药也,皆人骼灰耳!此太尉当朝时,为私憾黜于此者。贫道悯之,因收其骸焚之,以贮其灰,俟其子孙来访耳!”公怅然如失,返步心痛。是夜卒。

类说卷三二语林题作葫芦贮骨灰。

本条不知原出何书。类说卷五一本事诗有登崖州城诗一条,仅录此诗一首,不知文字是否有残佚?说郛(陶珽刊本)卷二六宋胡珵苍梧杂志望阙亭条文字与此类同,然似非首出之文。南部新书卷己亦载本条文字前半部分。

〔一〕江亭　类说引文作“高楼”。

〔二〕碧山也恐人归去　类说引文作“青山似欲留人住”。说郛引文“人归去”作“难归去”。

895 陇西李胶,年少持才俊,历尚书郎,李太尉称之〔一〕,欲处之两掖。江夏卢相判大计〔二〕,白中书,欲取员外郎李胶权盐使。太尉不答,卢不敢再请胶。太尉曰:“某不识此人,亦无因缘,但见风仪标品,欲与谏议大夫。何为有此事?"卢曰:"某亦不识,但以要地嘱论。"因于袖中出文,乃仇士良书也。太尉归戒阍者,此人来不要通。后竟坐他罪,出为峡内郡丞。

本条不知原出何书。

〔一〕李太尉　指李德裕。

〔二〕江夏卢相　指卢商。商于大中元年罢为武昌军节度史,见新唐书卷一八二卢商传。

896 李卫公性简傲,多独居。阅览之倦,即效攻作庀器,其自修琴阮。唯与中书舍人裴璟相见,亦中表也,多访裴以外事。裴坡下送客还,公问:"今日有何新事?"曰:"今日坡下郎官集,送苏湖郡守,有饮饯。见一郎官,不容一同列,满坐嗤讶。"公曰:"谁?"曰:"仓部郎中崔骈作酒录事,不容仓部员外白敏中。"公问:"不容有由乎?"曰:"白员外后至。崔下四筹:三,白不敢辞;其一,遣自请罪名从命。崔曰:'也用到处出头出脑?'白委顿而回,去兼不叙别。"卫公不悦,遣马屈白员外至,曰:"公在员外,艺誉时称,久欲荐引。今翰林有阙,三两日行出。"寻以本官充学士。出崔为申州,又徙邢、洛、汾三州,后以疾废洛下。

本条或出玉泉子,或出芝田录(太平广记卷二六五崔骈条亦载此事,云出芝田录)。二书文字略有不同,与本书此条则出入颇多,故不再校勘,读者自行参阅可也。王谠或据另一种书改写。

897 宣宗即位于太极殿。时宰臣李德裕行册礼,及退,上谓宫侍曰:"适行近我者非太尉耶?此人每顾我,使我毛发森竖〔一〕。”后二日，遂出为荆南节度〔二〕。

本条原出贞陵遗事。资治通鉴卷二四八唐纪六四武宗会昌六年三月丁卯叙此事，四月壬申，“以门下侍郎、同平章政事李德裕同平章事，充荆南节度使。”考异引贞陵遗事，即此文。

〔一〕适行近我者非太尉耶此人每顾我使我毛发森竖　考异引文以“云云”二字略去，将之写入正文。“森竖”二字作“洒淅”，胡三省注：“洒淅，肃然之意，言可畏惮也。”

〔二〕荆南节度　考异引文作“荆门”。

898 杜牧少登第，恃才，喜酒色。初辟淮南牛僧孺幕，夜即游妓舍，厢虞候不敢禁，常以榜子申僧孺，僧孺不怪。逾年，因朔望起居，公留诸从事从容〔一〕，谓牧曰：“风声妇人若有顾盼者，可取置之所居，不可夜中独游。或昏夜不虞，奈何？”牧初拒讳，僧孺顾左右取一箧至，其间榜子百馀，皆厢司所申。牧乃愧谢。

本条疑出芝田录。绀珠集卷十、类说卷十一芝田录题作杜书记平善。苕溪渔隐丛话后集卷十五杜牧之、白孔六帖卷二八、古今合璧事类备要前集卷五三、说郛（陶珽刊本）卷三八、（张宗祥辑明抄本）卷七四引芝田录亦载。后山诗注卷九城南夜归寄赵大夫任渊注引芝田录亦载。各书文字近似，而与本条文字有异。不知王谠别有所据？抑或改写幅度较大之故？又本条与899、900条原合为一条，下条出于金华子，此条亦有可能为其佚文。兹姑分列为两条。

〔一〕从容　恳谈畅叙之意。唐人俗语。

899 杜牧，太师佑之孙，有名当世〔一〕。临终又为诗诲其二子曹师等〔二〕。曹师，名晦辞〔三〕；曹师弟，名德祥〔四〕。晦辞终淮南节度判官。德祥，昭宗时为礼部侍郎，知贡举，亦有名声。

本条原出金华子卷上。与898、900条原合为一条，今依原书分列。

〔一〕杜牧太师佑之孙有名当世　原书无此十一字，而另有一段文字叙其生平好尚与殁前感梦事。

〔二〕其二子曹师等　原书作"其二子曹师、㧙㧙等云"，其下附五古一首，本书略去。

〔三〕曹师名晦辞　原书"晦辞"二字附于上句"曹师"下，作注文列入，无"名"字。

〔四〕曹师弟名德祥　此亦以注文形式系于上句内，曹师弟作"㧙㧙"。

900 杜晦辞自吏部员外郎入浙西赵隐幕〔一〕。王郢叛，赵相以抚御失宜致仕，晦辞罢。时北门李相蔚在淮南，辟为判官，晦辞辞不就〔二〕，隐居于阳羡别墅，时论称之。永宁刘相邺在淮西〔三〕，辟为判官，方应召。晦辞亦好色〔四〕，赴淮南，路经常州，李赡给事为郡守，晦辞于坐间与官妓朱良别〔五〕，因掩袂大哭。赡曰："此风声贱人〔六〕，员外何必如此?"乃以步辇随而遣之。晦辞饮散，不及易服，步归舟中，以告其妻。妻不妒忌，亦许之。

本条原出金华子卷上。说郛（陶珽刊本）卷四六、（张宗祥辑明抄本）卷十一金华子杂编均载。又本条与898、899条原合为一条，今依原书分列。

〔一〕杜晦辞自吏部员外郎入浙西赵隐幕　原书作“自南曹郎为赵公隐从事于朱方”。周广业注：“元作西方，今从说郛校。”

〔二〕晦辞辞不就　原书作“晦辞以恩门休戚，辞不受命”。

〔三〕淮西　原书作“淮南”。新唐书卷一八三刘邺传言“邺为淮南节度使”。

〔四〕晦辞亦好色　原书作“狂于美色，有父遗风”。

〔五〕朱良　原书作“朱娘”，似以原书为是。说郛引文亦作“朱娘”。

〔六〕风声贱人　原书作“风声妇人”。案：金华子卷上“王昭辅尝话故钟陵平江西”一条，内有“收拾一风声妇人为歌姬”之句，周广业注：“案：裴廷裕东观奏记：驸马刘异上安平公主，主左右皆宫人。一日，以异姬人从入宫，上问‘为谁？’主曰：‘刘郎声音人。’自注云：‘俗呼如此。’然则‘风声妇人’亦‘声音人’之类也。”参看本书卷四 602 条注〔五〕。又上 898 条亦有“风声妇人”之说。

901 杜舍人牧，恃才名，颇纵声色。尝自言有鉴别之能。闻吴兴郡有佳色，罢宛陵幕，往观焉。使君闻其言，迎待颇厚。至郡旬日，继以酣饮，睨官妓曰：“未称所传也。”将离郡去。使君敬请所欲，曰：“愿泛彩舟，许人纵视，得以寓目。”使君甚悦。择日大具戏舟，讴棹较捷之乐，以鲜华相尚。牧循泛肆目，意一无所得。及暮将散，忽于曲岸见里妇携幼女，年方十馀岁〔一〕。牧悦之，召至与语。牧曰：

"今未带去[二],第存晚期耳!"遂赠罗缬一箧为质。妇辞曰:"他日无状,或恐为所累。"牧曰:"不然。余今西行,求典此郡。汝待我十年,不来而后嫁。"遂书于纸而别[三]。后十四年始出刺湖州。临郡三日,即命访之,女嫁已三载,有子二人矣。牧召母及女诘问,即出留书示之,乃曰:"其辞也直。"因赠诗曰:"自是寻春去较迟,不须惆怅怨芳时。狂风落尽深红色,绿叶成阴子满枝。"

本条原出阙史卷上杜紫微牧湖州。张君房丽情集(类说卷二九丽情集题作湖州髽髻女、苕溪渔隐丛话后集卷十五杜牧之引丽情集)亦载,然文字不类。

〔一〕年方十馀岁　阙史作"年邻小稔"。

〔二〕带　阙史作"必"。

〔三〕而别　阙史作"盟而后别"。

902 王起知举[一],将入贡院,请德裕所欲。德裕曰:"安问所欲?借如卢肇、丁稜、姚颉[二],不可在去流内也[三]。"起从之。

本条原出玉泉子。太平广记卷一八二玉泉子题作卢肇。北梦琐言卷三卢肇为进士状元亦载。又本书此条原置于889条中间,"或曰"二字之上。今依原书分列,且依原书条目顺序,置于903条之前。

〔一〕王起知举　原书上有"旧制:礼部放榜,先呈宰相。会昌□年"四句。太平广记引文作"会昌三年",北梦琐言同。

〔二〕姚颉　原书作"姚鹄",太平广记引文同。"颉"乃误字。唐诗纪事卷五丁稜、能改斋漫录卷十四类对内度启公稜等登条均叙此事，亦作“姚鹄”。唐摭言卷三慈恩寺题名游赏赋咏杂记叙王起门生，云：“姚鹄，字居云。”

〔三〕不可在去流内也　原书作“岂不可与及第耶！”太平广记引文作“岂可不与及第邪！”

903 进士放榜讫〔一〕，则群谒宰相。其道启词者出状元〔二〕，举止尤宜精审。时卢肇、丁稜及第。肇有故，次乃至稜。口讷，貌寝陋。迨引见，连曰〔三〕“稜等登……”，盖言“登科”而卒莫能成语，左右莫不大笑。后为人所谑〔四〕，云：“先辈善弹筝。”讳曰〔五〕：“无有。”曰：“诸公谒宰相日，先辈献艺，云‘稜等登，稜等登〔六〕’。”

本条原出玉泉子。太平广记卷一八二玉泉子题作丁稜。类说卷二五玉泉子题作稜等登科。

〔一〕进士放榜讫　原书作“卢肇、丁稜之及第也；先是，放榜讫”。

〔二〕道　原书作“导”。

〔三〕迨引见连曰　原书作“及引见，则俯而致词。意本言稜等登科，而稜赧然发汗，鞠躬移时，乃曰”。

〔四〕后为人所谑　原书作“翌日，友人戏之”。

〔五〕讳曰　原书作“稜曰”。

〔六〕稜等登　原书下有“岂非筝之声乎”一句。

904 李玭、王铎，进士同年也。玭常恐铎先大用。及路岩出镇，玭益失势；铎柔弱易制，中官贪之，先用铎焉〔一〕。玭知之〔二〕，挈酒一壶，谓铎曰：“公将登庸矣，吾恐不可及也。愿先事少接左右〔三〕。”铎妻疑置酖,使婢言之〔四〕。玭惊曰:“吾岂酖者?”即命大白满引而去。

本条原出玉泉子。太平广记卷四九九玉泉子题作李玭。

〔一〕中官贪之先用铎焉　原书作“中官爱焉。洎韦保衡将欲大拜,不能先于恩地,将命铎焉”。

〔二〕知之　原书上有“阴”字。

〔三〕愿先事少接左右　原书作“愿先是少接左右,可乎?”

〔四〕铎妻疑置酖使婢言之　原书作“即命酒饮铎,妻氏疑其堇焉。使女奴传言于铎曰:‘一身可矣,须为妻儿谋。’”

905 御史府有大夫、中丞〔一〕,杂事者,总台纲也。侍御史、殿中侍御史〔二〕,有内外弹〔三〕、四推、太仓、左藏库、左右巡,皆负重事也;不常备,有兼领者。监察使有祠祭使、馆驿使,与六察为八,分务东都〔四〕;又常一二巡因〔五〕,监决案覆,诸道不法事皆监察〔六〕;亦不常备,亦有兼领事者。御史不闻摄他官〔七〕,自武宗始。

本条不知原出何书。南部新书卷己亦载此说。

〔一〕御史府有大夫中丞　南部新书其上尚有“会昌葬端陵,蔡京自监察摄左拾遗行事。京自云”三句。

〔二〕殿中侍御史　南部新书无此五字,当据本书补。

〔三〕内外弹　南部新书无“内”字,当据本书补。

〔四〕东都　南部新书作“东都台”。

〔五〕因　南部新书作“囚”,当据改。

〔六〕诸道　南部新书作“四海九州之”。

〔七〕御史不闻摄他官　南部新书上有“故”字。自此句起,已非蔡京之语。

906 圣善寺银佛,天宝乱,为贼将截一耳〔一〕。后少傅白公奉佛,用银三铤添补〔二〕,然不及旧者。会昌拆寺,命中贵人毁像,收银送内库,中人以白公所添铸,比旧耳少银数十两,遂诣白公索馀银,恐涉隐没故也。

类说卷三二语林题作银佛。

本条原出尚书故实。说郛(陶珽刊本)卷三六尚书故实亦载。刘宾客嘉话录亦有此文,唐兰考为误入。说郛(陶珽刊本)卷三六嘉话录载此文,亦系误入。

〔一〕将截 原书误倒,当据本书改。

〔二〕用银 原书无"用"字,当据本书补。

907 京师贵牡丹,佛宇、道观多游览者。慈恩浴室院有花两丛,每开及五六百朵。僧恩振说〔一〕:会昌中朝士数人,同游僧舍。时东廊院有白花可爱,皆叹云:"世之所见者,但浅深紫而已〔二〕,竟未见深红者。"老僧笑曰〔三〕:"安得无之?但诸贤未见尔!"众于是访之,经宿不去。僧方言曰:"诸君好尚如此,贫道安得藏之?但未知不漏于人否?"众皆许之。僧乃自开一房,其间施设幡像,有板壁遮以幕。后于幕下启关,至一院,小堂甚华洁〔四〕,柏木为轩庑栏槛。有殷红牡丹一丛,婆娑数百朵〔五〕。初日照辉,朝露半晞。众共嗟赏,及暮而去。僧曰:"予栽培二十年,偶出语示人,自今未知能存否?"后有数少年诣僧,邀至曲江看花〔六〕,藉草而坐。弟子奔走报〔七〕:有数十人入院掘花,不可禁。坐中相视而笑。及归至寺,见以大畚盛之而去。少年徐谓僧曰:"知有名花,宅中咸欲一看,不敢豫请,盖恐难舍。已留金三十两、蜀茶二斤,以为报矣!"

本条原出剧谈录卷下慈恩寺牡丹。

〔一〕恩振　原书作"思振"。

〔二〕浅　原书作"浅红",当据补。

〔三〕老僧　原书上有"院主"二字。

〔四〕小堂　原书下有"两间"二字。

〔五〕数百朵　原书作"几及千朵"。

〔六〕后有数少年诣僧邀至曲江看花　原书作"信宿,有权要子弟与亲友数人同来入寺。至有花僧院,从容良久,引僧至曲江闲步"。

〔七〕弟子奔走报　原书作"忽有弟子奔走而来,云"。

908 宣宗在藩邸时,为武宗所薄,将中害者非一。一日,宣召打球,欲图之。中官奏:疮痍遍体,腥秽不可近。上命舁置殿下,果如所奏,遂释之。武宗尝梦为虎所逐,命京兆、同、华格虎以进。至宣宗即位,本命在寅,于属为虎。

永乐大典卷之七千一百五唐(宣宗二)引唐语林亦载。

本条不知原出何书。

909 宣宗即位〔一〕。宫中每欲行幸〔二〕,先以龙脑郁金藉地,上并禁止。每上殿,与学士从容〔三〕,未尝不论儒学〔四〕。颇留意于贡举,于殿柱题乡贡进士〔五〕。或宰臣出镇,赐诗遣之。凡欲对公卿,必整容貌,更衣盥手,然后方出。语及政事,终日忘倦。章表有不欲左右见者,率皆焚爇。倡优伎乐,终日嬉戏,上未尝顾笑,赐赉甚薄。有时微行人间,采听舆论,以观选士之得失〔六〕。

本条原出杜阳杂编卷下。说郛(陶珽刊本)卷四六杜阳杂编卷下亦载。又原书此条与卷三 391 条本为一条,此条在后。北梦琐言卷一亦载此事,即本书卷四 540 条。

〔一〕宣宗即位　原书作"及即位,时人比汉文帝,衣浣濯之衣,馔不兼味"。

〔二〕宫中每欲行幸　原书上有"先是"二字。

〔三〕学士　原书作"朝士"。

〔四〕未尝不论儒学　原书"未尝"下有"一日"二字。

〔五〕于殿柱题乡贡进士　原书作"常于殿柱上题乡贡进士字"。

〔六〕有时微行人间采听舆论以观选士之得失　原书无此三句。

910 宣宗时,越守进女乐〔一〕,有绝色。上初悦之。数日〔二〕,锡予盈积。忽晨兴不乐,曰:"明皇帝只一杨妃,天下至今未平,我岂敢忘?"召诣前曰:"应留汝不得。"左右奏"可以放还",上曰:"放还我必思之,可赐酖一杯〔三〕。"

本条原出续贞陵遗事。资治通鉴卷二四九唐纪六五宣宗大中十三年考异引原书此文讫,又云:"此太不近人情,恐誉之太过。今不取。"

〔一〕进　考异引文作"尝进"。

〔二〕日　考异引文作"月"。

〔三〕酖　考异引文作"酒"。按文义当是"酖"字。

911 宣宗多追录宪宗卿相子孙〔一〕。裴谂，度之子〔二〕，为学士，加承旨〔三〕。上幸翰林，谂寓直，便中谢。上曰："加官之喜，不与妻子相面，得否？便放卿归。"谂降阶蹈谢。却召，上以御盘内果实赐之，谂即以衫袖跪受〔四〕。上顾一宫嫔，取领下小帛，裹以赐谂。

本条原出东观奏记卷上。说郛(陶珽刊本)卷四三东观奏记卷上亦载。

〔一〕宣宗多追录宪宗卿相子孙　此在原书为另一条(即原书前一条)中文字。原文曰："上追感元和旧事，但闻是宪宗朝卿相子孙，必加擢用。"

〔二〕度之子　原书无此三字，而于文末追叙裴度之事。

〔三〕加承旨　原书作"一日，加承旨"。新唐书卷一七三裴谂传曰："为翰林学士，累迁工部侍郎，诏加承旨。"资治通鉴系此事于卷二四八唐纪六四宣宗大中二年，曰："翰林学士裴谂，度之子也。上幸翰林，面除承旨。"

〔四〕跪受　原书上有"张而"二字。

912 宣宗读元和实录，见故江西观察使韦丹政事卓异，问宰臣"孰为丹后"，周墀曰："臣近任江西〔一〕，见丹行事，遗爱馀风，至今在人。其子宙，见任河阳观察判官。"上曰："速与好官。"御史府闻之，奏为御史〔二〕。

本条原出东观奏记卷上。说郛(陶珽刊本)卷四三东观奏记卷上亦载。

〔一〕江西　原书下有“观察使”三字。

〔二〕御史　原书作“侍御史”，当据正。

913 宣宗时加赠故楚州刺史、赠尚书工部侍郎李德修为礼部尚书〔一〕。德修，吉甫长子。吉甫薨，太常谥曰“简”。度支郎中张仲方以宪宗好用兵，吉甫居辅弼之任，不得为“简”。仲方贬开州司马。宝历中，方征谏议大夫〔二〕。德修不欲同立朝，连牧舒、湖、楚三州〔三〕。时吉甫少子德裕任荆南节度使、检校司徒平章事。上即位，推恩德裕〔四〕，当追赠祖、父；乞回赠其兄，故有是命。

本条原出东观奏记卷上。说郛（陶珽刊本）卷四三东观奏记卷上亦载。

〔一〕赠尚书工部侍郎李德修为礼部尚书　原书无“赠”、“为”二字。小石山房丛书本、藕香零拾本东观奏记“修”作“脩”，下同。新唐书卷一四六李德修传同。

〔二〕方　原书作“仲方”，当据之补“仲”字。

〔三〕德修不欲同立朝连牧舒湖楚三州　新唐书李德修传：“宝历中为膳部员外郎。张仲方入为谏议大夫，德修不欲同朝，出为舒、湖、楚三州刺史。”

〔四〕推恩　原书作“普恩”。

914 武宗任李德裕。德裕虽丞相子，文学过人，性孤峭，嫉朋党〔一〕，挤牛僧儒、李宗闵、崔珙于岭外；杨嗣复、贞穆李公珏以会昌初册立事，亦七年岭表〔二〕。宣宗即位，岭南五相同日迁北〔三〕。

本条原出东观奏记卷上。说郛(陶珽刊本)卷四三东观奏记卷上亦载。原书此条与卷三392条本为一条,此条在前。

〔一〕嫉朋党　原书作"疾朋党如仇雠"。

〔二〕杨嗣复贞穆李公珏以会昌初册立事亦七年岭表　资治通鉴卷二四六唐纪六二文宗开成五年曰:"初,上(指武宗)之立非宰相意,故杨嗣复、李珏相继罢去。"又武宗会昌元年出杨嗣复为湖南观察使,李珏为桂管观察使,旋"遣中使就潭、桂州诛嗣复及珏",李德裕力谏乃免,更贬嗣复为潮州刺史,李珏为昭州刺史。原书于"李公珏"下有注:"庭裕亲外叔祖。"

〔三〕同日迁北　原书下有"以吏部尚书李珏为检校尚书右仆射,充淮南节度使"二句,其后乃接392条。

915 宣宗弧矢击鞠,皆尽其妙。所御马,衔勒之外,不加雕饰,而马尤矫捷;每持鞠杖,乘势奔跃,运鞠于空中,连击至数百,而马驰不止,迅若流电。二军老手,咸服其能。

本条不知原出何书。

916 清夜游西园图者,晋顾长康所画。有梁朝诸王跋尾处,云:"图上若干人,并食天厨〔一〕。"唐贞观中,褚河南装背,题处具在。其图本张维素家收得〔二〕,传至相国张公弘靖〔三〕。元和中,准宣索并钟元常写道德经同进入内〔四〕。〔原注〕〔五〕时张镇并州。进图表,李太尉卫公作。后中贵人崔潭峻自禁中将出,复流传人间。维素子周封,前泾州从事,秩满在京。一日,有人将此图求售,周封惊异之,遽以绢数匹赎得。经年,忽闻款关甚急,问之,见数人同称仇中尉传语评事,知清夜图在宅,计闲居家贫,请以绢三百匹易之。周封惮其逼胁,遽以图授使人。明日果赍绢至。后方知诈伪,乃是一豪士求江淮海盐院〔六〕,时王涯判盐铁〔七〕,酷好书画,谓此人曰:“为余访得此图,当遂公所请。”因为计取之耳。及十家事起〔八〕,后落在一粉铺家。未几,为郭侍郎家阍者以钱三百市之〔九〕,以献郭公。郭公卒〔一〇〕,又流传至令狐相家。宣宗一日尝问相国有何名画,相国具以图对,复进入内〔一一〕。

本条原出尚书故实。太平广记卷二一〇尚书故实题作顾恺之。绀珠集卷四尚书故实题作三百缣易清图,文甚简略。类说卷四五尚书故实题作清夜游西园图。白孔六帖卷三二引尚书故实亦载。说郛(陶珽刊本)卷三六尚书故实亦载。南部新书卷丙亦载此事,引至“褚河南装背”。

〔一〕并食天厨 原书句下有注:“语出诸子书,检寻未得。”

〔二〕本张维素家收得 原书句下有注:“维素,从申之子。”

〔三〕弘靖 原书作双行小注。

〔四〕准宣索 原书同。太平广记引文作“宣惟素”。

〔五〕原注 此处乃李绰自注。

〔六〕乃是一豪士求江淮海盐院 原书作“乃是一力足人求江淮大盐院”。

〔七〕王涯 太平广记引文作“王淮”,误。

〔八〕十家 指甘露之变中被族灭之王涯、贾餗、舒元舆、李训、王璠、郭行馀、郑注、罗立言、李孝本、韩约等十馀家,参看旧唐书卷十七下文宗本纪下。原书作“十二家”,太平广记引文作“王家”,“十二”当是“王”之形讹。

〔九〕郭侍郎　原书下有注:“承嘏”。

〔一〇〕卒　原书无,当据本书补。

〔一一〕复进入内　原书句下有注:“宾护亲见相国说”。

917 宣宗将命令狐绹为相,夜半幸含春亭召对,尽蜡烛一炬,方许归院〔一〕,仍赐金莲炬送之。院吏忽见金莲蜡烛,惊报院中曰:“驾来矣!”俄然绹至〔二〕。院吏谓绹曰:“金莲花引驾烛〔三〕,学士用之,得安否〔四〕?”顷刻有丞相之命〔五〕。

永乐大典卷之一万三千四百五十二士金莲烛送学士引唐语林亦载。与卷二242条合为一条,本条在前。

本条原出东观奏记卷上。类说卷七东宫奏记卷七题作金莲花炬。说郛(陶珽刊本)卷四三东观奏记卷上亦载。绀珠集卷五、类说卷二七唐宋遗史亦载,题作金莲烛。唐摭言卷十五杂记亦载此事。

〔一〕院　原书作“学士院”。

〔二〕绹　原书作“赵公”。

〔三〕引驾烛　原书上有“乃”字,当据补。

〔四〕得安　原书作“莫折事”。

〔五〕顷刻有丞相之命　新唐书卷一六六令狐绹传:“夜对禁中,烛尽,帝以乘舆、金莲华炬送还。院吏望见,以为天子来。及绹至,皆惊。俄同中书门下平章事。”

918 宣宗以左拾遗郑言为太常博士,郑朗自御史大夫为相；朗先为浙西观察使，左拾遗郑言实居幕中。朗议〔一〕：以谏官论时政得失，动关宰辅，请移言为博士〔二〕。至大中二年〔三〕，崔慎由自户部侍郎秉政，复以左拾遗杜蔚为太常博士；蔚亦慎由旧寮。遂为故事。

本条原出东观奏记卷中。说郛（陶珽刊本）卷四三东观奏记卷中亦载。

〔一〕议　原书作"建议"。

〔二〕请移言为博士　原书作"郑言必括囊形迹，请移为博士"。

〔三〕大中二年　原书作"大中十一年"。案新唐书卷六三宰相表下记大中十年"十二月壬辰，户部侍郎判户部事崔慎由为工部尚书、同中书门下平章事"。本书、原书均有误。

919 崔相慎由廉察浙西，左目生赘肉，欲蔽瞳人。医久无验。闻扬州有穆生善医眼〔一〕，托淮南判官杨收召之。收书报云〔二〕："穆生性粗疏，恐不可信。有谭简者，用心精审，胜穆生远甚。"遂致以来。既见，白崔曰："此立可去。但能安神不挠，独断于中，则必效矣。"崔曰："如约，虽妻子必不使知闻。"又曰："须用天日晴明〔三〕，亭午于静室疗之，始无忧矣。"问崔饮多少？曰："饮虽不多〔四〕，亦可引满。"谭生大喜。是日，崔引谭生于宅北楼，惟一小竖在〔五〕，更无人知者。谭生请崔饮酒，以刀圭去赘，以绛帛拭血，傅以药，遣报妻子知。后数日，征诏至金陵。及作相，谭生已卒。

永乐大典卷之一万九千六百三十七目医目引唐语林亦载。

本条原出因话录卷六羽部。与原书出入颇大，删削甚多。今不复细作校雠，请参看本书前言中之附表。

〔一〕穆生　原书作“穆中”。

〔二〕收书　原书“杨收”作“杨牧”，乃向崔慎由荐举穆生之人，杨请遗书崔铉致之。“收书报云”下文，乃崔铉书中语。

〔三〕天日　原书作“九日”。

〔四〕饮虽不多　原书作“户虽至小”，文字有误。

〔五〕小竖　原书言随行者除小竖外，尚有大将中善医者沈师象其人，永乐大典引文中尚见记载，本书略去。

920 大中三年，李褒侍郎知举，试尧仁如天赋。宿州李使君弟渎不识题，讯同铺，或曰：“止于‘尧之如天’耳！”渎不悟，乃为句曰：“云攒八彩之眉，电闪重瞳之目。”赋成将写，以字数不足，忧甚。同辈绐之曰：“但一联下添一‘者也’，当足矣。”褒览之大笑。

本条不知原出何书。

921 大中四年，进士冯涓登第，榜中文誉最高。是岁新罗国起楼〔一〕，厚赍金帛，奏请撰记，时人荣之。初官京兆参军，恩地即杜相审权也。杜有江西之拜，制书未行，先召长乐公密话〔二〕，垂延辟之命，欲以南昌笺奏任之，戒令勿泄。长乐公拜谢，辞出宅，速鞭而归，于通衢遇友人郑賨。见其喜形于色，驻马恳诘，长乐遽以恩地之辞告之〔三〕。荥阳寻捧刺京兆门谒贺，具言得于冯先辈也。京兆嗟愤，而鄙其浅露。洎制下开幕，冯不预焉。心绪忧疑，莫知所以。廉车发日，自灞桥乘肩舆〔四〕，门生咸在，长乐拜别。京兆公长揖冯曰："勉旃！"由是嚣浮之誉，遍于搢绅，竟不通显。中间又涉交通中贵〔五〕，愈招清议。官工部郎中〔六〕、眉州刺史。仕蜀，至御史大夫。

本条原出北梦琐言卷三杜审权斥冯涓。太平广记卷二六五北梦琐言题作冯涓。说郛（陶珽刊本）卷四九引作大中遗事，疑有误。唐诗纪事卷六六冯涓亦叙此事，唯不注出处。

〔一〕新罗国　原书作"暹罗国"，当据本书改。太平广记引文亦作"新罗国"。

〔二〕长乐公　即冯涓。长乐为唐代冯姓之著名郡望，此处乃借用。

〔三〕辞　原书作"辟"。

〔四〕灞桥　原书作"霸桥"，太平广记引文作"灞桥"。作"灞桥"者是。

〔五〕又　原书作"有"，当据本书改。

〔六〕官工部郎中　原书作"官止祠部郎中"。

922 崔郢中丞为京尹。三司使永达亭子宴丞郎〔一〕，崔乘醉突饮〔二〕，夏侯孜为户部使，问曰："尹曾任给、舍否？"崔曰："无。"孜曰："若不历给、舍，尹不合冲丞郎宴。"命酒纠下筹进罚爵，取三大器满饮之，良久方起。笞引马前军将至死。寻出为宾客分司〔三〕。

本条原出卢氏杂说。太平广记卷二三三卢氏杂说题作夏侯孜。说郛(陶珽刊本)卷四八卢氏杂说题作夏侯孜。永乐大典卷之一万二千四十四酒罚酒引卢氏杂说,即此文。南部新书卷辛亦载此事。玉泉子亦载,当系误入。

〔一〕永达亭子　各书其上均有“在”字,当据补。

〔二〕崔乘醉突饮　各书其下尚有“众人皆延之”一句。

〔三〕笞引马前军将至死寻出为宾客分司　太平广记、说郛引文无此二句。

923 太常卿封敖于私第上事。御史弹奏〔一〕,左迁国子祭酒。故事:太常卿上日,庭设九部乐,尽一时之盛。敖欲便于观阅,遂就私第视事。

本条原出东观奏记卷下。说郛(陶珽刊本)卷四三东观奏记卷下亦载。

〔一〕御史　原书下有“台”字。

924 大中十二年七月十四日退朝〔一〕,宰相夏侯孜独到衙门。以御史大夫李景让为检校吏部尚书,充剑南西川节度使。时中元休假,通事舍人无在馆者。麻案既出,孜受麻毕,乃召当直舍人冯图宣之〔二〕,捧麻皆两省胥吏。自此始令通事舍人休浣亦在馆〔三〕。

本条原出东观奏记卷下。说郛(陶珽刊本)卷四三东观奏记卷下亦载。南部新书卷丁亦载此事。

〔一〕大中十二年七月十四日退朝　原书无“大中”二字,“退朝”上有“三更三点”四字。

〔二〕舍人　原书作“中书舍人”。

〔三〕在馆　原书下有“候命”二字。

925 李景让为御史大夫。初，大夫不旬月，多拜丞相。台中故事：以百日内他人拜相为“辱台”。景让未旬，除剑南节度使。未几，请致仕。客有劝之曰：“仆射廉洁，纵薄于富贵，岂不为诸郎谋耶？”笑曰：“李景让儿讵饿死乎？”退居洛中，门无杂宾。李琢罢浙西，谒景让，且下马，不肯见；方去，命人斸其马台云。

本条不知原出何书。又本条与卷三 319 条多重文，可参看。

926 温庭筠字飞卿，彦博之裔孙。文章与李商隐齐名，时号“温、李”。连举进士，不中。宣宗时，谪为随县尉。制曰：“放骚人于湘浦，移贾谊于长沙。”舍人裴坦之词，世以为笑〔一〕。

本条原出东观奏记卷下。类说卷七东宫奏记题作温庭筠责词。说郛（陶珽刊本）卷四三东观奏记卷下亦载。

〔一〕世以为笑　原书作“制中自引‘骚人’、‘长沙’之事，君子讥之”。案本条文字已经王谠重行组织编写，然仍有形迹可循。

927 僧从诲住安国寺〔一〕，道行高洁，兼工诗，以文章应制。宣宗每择剧韵令赋，诲亦多称旨。累年供奉，望方袍之赐〔二〕，以耀法门。上两召至殿上，谓之曰：“朕不惜一副紫袈裟，但师头耳稍薄，恐不胜耳！”竟不赐。悒悒而卒。

本条原出东观奏记卷下。类说卷七东宫奏记题作从诲耳目薄。说郛(陶珽刊本)卷四三、(张宗祥辑明抄本)卷四、卷七五引东观奏记亦载。

〔一〕从诲　原书作“从晦”。下同。

〔二〕方袍　原书上有“紫”字,当据补。

928 南卓郎中与李修古中外兄弟〔一〕。修古性迂僻,卓常轻之。修古得许州从事,奏官敕下,许帅方大宴,递到开角,有卓与修古书。修古执书,喜白帅曰:“某与南二十三表兄弟平生相轻〔二〕,今日某为尚书幕客〔三〕,遂与某书〔四〕。”及开缄云:“即日卓老不死,生见李修古除目。”帅视书大笑〔五〕。

本条原出卢氏杂说。太平广记卷二五一卢氏杂说题作南卓。玉泉子亦载,当系误入。

〔一〕中外　太平广记引文作“亲表”。

〔二〕某与南二十三表兄弟平生相轻　太平广记引文“南”作“卓”,玉泉子作“南卓”。又“平生”一词,太平广记引文与玉泉子均作“多蒙”。

〔三〕为　太平广记引文与玉泉子作“忝为”。

〔四〕遂与某书　太平广记引文与玉泉子作“又奏署敕下,遽与某书,大奇”。

〔五〕帅视书大笑　太平广记引文作“帅请书看,合座大笑。李修古惭甚”。

929 诸葛武侯相蜀,制蛮蜑侵汉界。自吐蕃西至东,接夷陵境,七百馀年不复侵轶。自大中蜀守任人不当,有喻士珍者，受朝廷高爵，而与蛮坦习之，频为奸宄〔一〕。使蛮用五千人，日开辟川路，由此致南诏，扰攘西蜀——蜀于是凶荒穷困，人民相食——由沐浴川通蛮陬也。

本条不知原出何书。

〔一〕有喻士珍者受朝廷高爵而与蛮坦习之频为奸宄　新唐书卷二二二中南蛮中南诏传下："（咸通）五年，南诏回掠巂州以摇西南，西川节度使萧邺率属蛮鬼主邀南诏大度河，败之。明年，复来攻。会刺史喻士珍贪狯，阴掠两林东蛮口缚卖之，以易蛮金，故开门降，南诏尽杀戍卒，而士珍遂臣于蛮。"

930 大中初，吐蕃扰边。宣宗欲讨伐，延英问宰臣，白敏中奏"宜兴师"，请为都统。领兵数万，阵于平川。以生骑数千，伏山谷为奇兵〔一〕。有蕃将服绯茸裘、宝装带，乘白马，出入骁锐。兵未交，至阵前者数四，频来挑战。敏中诫士无得应之。有潞州小将，善射，跃马弯弧而前，连发两，中其颈，搏而杀之，取其服带，夺马而还。蕃兵大呼。士众鼓而前，追奔将及黑山，获马驼辎重不可胜计，降者数千人〔二〕。自此复得河湟故地。宣宗见捷书，云："我知敏中必破贼。"

本条原出剧谈录卷上李朱崖知白令公。太平广记卷一七〇剧谈录题作李德裕。又原书此条与卷三417条本是一条，此条在后。

〔一〕阵于平川以生骑数千伏山谷为奇兵　原书作"时犬戎列阵平川，以生骑数千伏藏山谷。既而得于谍者，遂设奇兵待之"。本书约之过简，与原书文意正相违逆。

〔二〕降者数千人　原书作“束手而降者三四千人”。

931 白敏中初入邠州幕府，罢游同州，谒幕府李凤侍御。久不出见，曰：“谁谓雀无角，何以穿我屋？〔一〕”坐客皆非之。后为相，凤除官过中书，曰：“此官人顷相遇同州，今日犹作常调等色！”

本条不知原出何书。

〔一〕谁谓雀无角何以穿我屋　诗经召南行露中句。

932 白敏中守司空兼门下侍郎，充邠宁行营都统，讨南山、平夏党项〔一〕。发日，以禁军三百人从。敏中请依裴度讨淮西故事，开幕择廷臣充大吏〔二〕，上允之。乃以左谏议大夫孙景昌为左庶子〔三〕、行军司马，驾部郎中、知制诰蒋某为右庶子〔四〕、节度副使，驾部员外郎李旬为节度判官〔五〕，户部员外郎李元为都统掌记，将军冉昈、陈君从为左右虞候〔六〕。

本条原出东观奏记卷上。说郛(陶珽刊本)卷四三东观奏记卷上亦载。

〔一〕讨南山平夏党项　资治通鉴卷二四九唐纪六五宣宗大中五年春叙此，胡三省注：“党项居庆州者，号东山部；居夏州者号平夏部；其窜居南山者，为南山党项。赵珣聚米图经：党项部落在银、夏以北，居川泽者，谓之平夏党项；在安、盐以南，居山谷者，谓之南山党项。”

〔二〕充大吏　原书作“不阻大吏”。本书似误。资治通鉴叙此，作“敏中请用裴度故事，择廷臣为将佐”。择廷臣量才录用，即不阻大吏之谓。

〔三〕孙景昌　原书作“孙商”。资治通鉴作“孙景商”。

〔四〕蒋某　藕香零拾本东观奏记于“某”字处加注：“名与庭裕私讳同”。稗海本作“名庭裕，私与讳同”，“私”“与”二字误倒。小石山房丛书本即作“蒋庭裕”。资治通鉴作“蒋伸”。

〔五〕李旬　原书作“李荀”。

〔六〕左右虞候　原书作“都虞候”。

933 白相敏中欲取前进士侯温为婿。其妻曰〔一〕：“公既姓白，又以侯氏子为婿，人必呼为‘白侯’〔二〕。”敏中遂止。敏中始婚也，已朱衣矣〔三〕，尝戏其妻为接脚夫人。安用此〔四〕？

本条原出玉泉子。说郛（陶珽刊本）卷四六、（张宗祥辑明抄本）卷十一玉泉子佚去“敏中始婚也”以下四句。太平广记卷一八四玉泉子题作白敏中，引文全。

〔一〕其妻曰　原书作“其妻卢氏曰：‘身为宰相，愿求为我婿者多矣。’”

〔二〕白侯　太平广记引文作“侯白”。二说均可通，未知孰是。“白侯”乃“白猴”之谐音。侯白著启颜录十卷，多滑稽之语，故白妻亦以为讳。

〔三〕朱衣　太平广记引文作“朱紫”。

〔四〕安用此　太平广记引文作“又妻出，辄导之以马。妻既憾其言，每出，必命撤其马，曰：‘吾接脚夫人，安用马也？’”本书文有夺讹。

934 万寿公主,宣宗之女〔一〕。将嫁,命择良婿。郑颢,宰相子,状元及第,有声名,待婚卢氏〔二〕。宰臣白敏中奏选尚〔三〕,颢深衔之。大中五年〔四〕,敏中免相,为邠宁行营都统。将行,奏曰:"顷者公主下嫁,责臣选婿。时郑颢赴婚楚州,行次郑州,臣堂帖追回,上副圣念。颢不乐为国婚,衔臣入骨髓。臣在中书,颢无如臣何,自此必媒孽臣短〔五〕,死无种矣!"上曰:"卿何言之晚耶〔六〕?"因命左右,殿中取一柽木小函〔七〕,扃钥甚固,谓敏中曰:"此是颢说卿文字,便以赐卿。若听其言,不任卿久矣〔八〕!"大中十二年,敏中任荆南节度使,暇日与前进士在销忧阁〔九〕,追感上恩,泣话此事,尽以此函中文字示之。

本条原出东观奏记卷上。说郛(陶珽刊本)卷四三东观奏记卷上亦载。原书此条与卷四602条本为一条,此条在后。

〔一〕宣宗之女 原书作"上爱女,钟爱独异"。

〔二〕待婚 小石山房丛书本、藕香零拾本东观奏记作"时昏"。稗海本仅存"婚"字。新唐书卷一一九郑颢传曰:"颢与卢氏婚,将授室而罢。"

〔三〕尚 稗海本东观奏记作"上"。

〔四〕大中五年 资治通鉴即系此事于卷二四九唐纪六五宣宗大中五年。

〔五〕自此 原书作"一去玉阶"。

〔六〕卿何言之晚耶 原书上有"朕知此事久"一句。

〔七〕殿 原书作"便殿"。

〔八〕久 原书作"如此"。

〔九〕前进士 原书下有"陈锴"一名,当据补。

935 宣宗时，御史冯缄三院退入台〔一〕，路逢集贤校理杨收，不为之却；缄为朝长，〔原注〕〔二〕台中故事，三院退朝入台，一人谓之朝长。取收仆笞之〔三〕。集贤大学士马植奏论："开元中幸丽正殿赐酒，大学士张说、学士副知院事徐坚以下十八人，不知先举酒者。说奏：'学士以德行相先，非其员吏〔四〕。'遂十八爵一时举酒。今冯缄笞收仆，是笞植仆隶一般，请黜之。"御史中丞令狐绹又引故事论救。上两释之。始著令：三馆学士不避行台。

本条原出东观奏记卷上。说郛（陶珽刊本）卷四三东观奏记卷上亦载。

〔一〕御史冯缄三院退入台　原书作"侍御史冯缄与三院退朝入台"。当据正。

〔二〕原注　此是裴庭裕自注。

〔三〕取收仆笞之　小石山房丛书本、藕香零拾本东观奏记作"拉收仆台中笞之"。

〔四〕其员吏　原书作"具员吏"。当据改。

936 令狐绹以姓氏少，宗族有归投者，多慰荐之。由是远近趋走，至有胡氏添"令"者。进士温庭筠戏为词曰："自从元老登庸后，天下诸'胡'悉带'令'。"

本条不知原出何书。南部新书卷庚亦叙此事。

937 令狐绹罢相〔一〕。其子滈进士〔二〕，在父未罢相前拔解及第。谏议大夫崔瑄上疏："滈弄父权，势倾天下。举人文卷须十月送纳〔三〕。岂可父为宰相，滈私干有司〔四〕？

请下御史推勘〔五〕。”疏留中不出。

本条原出北梦琐言卷一令狐滈预拔文解。说郛(陶珽刊本)卷四九引作大中遗事,误。

〔一〕令狐绹罢相　原书上有“唐大中末”一句。

〔二〕进士　原书作“应进士举”,当据之补正。

〔三〕十月　原书下有“前”字,当据补。

〔四〕滈私干有司　原书作“男私拔其解名,干挠主司,侮弄文法,恐奸欺得路,孤直杜门云云”。

〔五〕御史　原书作“御史台”。

938 邕州蔡大夫京者,故令狐相公楚镇滑台之日,因道场中见于僧中,令京挈瓶钵〔一〕。彭阳公曰:“此子眉目疏秀〔二〕,进退不慑,惜其卑幼,可以劝学乎?”师从之,乃得陪相国子弟〔三〕。后以进士举上第〔四〕,寻又学究登科,而作尉畿服。既为御史,覆狱淮南,李相绅忧悸而已〔五〕,颇得绣衣之称〔六〕。谪居澧州,为厉员外立所辱〔七〕。稍迁抚州刺史,作诗责商山四老:“秦末家家思逐鹿,商山四皓独忘机。如何须发霜相似〔八〕,更出深山定是非?”及假节邕交,道经湖口〔九〕,零陵郑太守史与京同年,远以酒乐相迓。坐有琼枝者,郑君之所爱,蔡强夺之,郑莫之竞。邕交所为,多如此,为德义者见鄙。行泊中兴颂所,黾勉不前〔一〇〕,题篇久之,似有怅怅之思。才到邕南,制御失律,伏法湘川。论者以妄责四皓,而欲买山于浯溪之间〔一一〕,不徒言哉!诗曰:“停桡积水中,举目孤烟外。借问浯溪人,谁家有山卖?”

本条原出云溪友议卷中买山谶。唐诗纪事卷四九蔡京亦载，唯不注出处。

〔一〕挈　原书作“挈于”，当据本书删“于”字。

〔二〕子　原书作“童”。

〔三〕相国子弟　原书下有注：“青州尚书绪、丞相绹、纶也”。

〔四〕以进士举上第　原书其下尚有“乃彭阳令狐公之举也”一句。令狐楚封彭阳郡公。

〔五〕忧悸而已　唐诗纪事卷四九蔡京叙此，作“忧悸而卒”。

〔六〕颇得绣衣之称　原书下有注：“吴汝南诣阙申冤，蔡君先榜之，曰：‘是主上忧国之时，乃臣下无私之日。’”

〔七〕为厉员外立所辱　原书作“厉员外玄所辱”，当据本书补“为”字。本书当据之改“立”为“玄”，唐诗纪事亦作“玄”。

〔八〕须　原书与唐诗纪事作“鬓”。

〔九〕湖口　原书作“湘口”。

〔一〇〕黾勉不前　原书下有注：“地名，在浯溪也。”

〔一一〕于　原书作“则”，当据本书改。

939 卢司空钧为郎官〔一〕，守衢州〔二〕。有进士贽谒〔三〕，公开卷阅其文十馀篇〔四〕，皆公所制也。语曰〔五〕：“君何许得此文？”对曰：“某苦心夏课所为。”公云：“此文乃某所为，尚能自诵。”客乃伏，言“某得此文，不知姓名，不悟员外撰述者。”

本条原出芝田录。类说卷十一芝田录题作恶文亲表一时奉献。又太平广记卷二六一大唐新语题作李秀才与唐诗纪事卷四七李播二文，情节与本条文字相同，而人物姓名不同，“卢钧”作

“李播”。

〔一〕卢司空钧　类说引文误作“芦君”。

〔二〕守衢州　类说引文作“出牧衢州”。旧唐书卷一七七、新唐书卷一八二卢钧传均不言有守衢州事。

〔三〕进士　类说引文作“一士”。

〔四〕馀　类说引文无。

〔五〕语　类说引文作“密语”。

940 卢象安仁，李藩侍郎门生，性简易。尝与同年生在藩座。久之，象起更衣，藩谓门生辈本风，言讫象适至，闻藩言，即拱曰：“是！不敢。”藩与门生不觉失笑。宣宗尝微行，遇象妻肩舆，左右皆走避，上即撤舆观之，大笑而去。时人盛传象妻丑。

本条不知原出何书。

941 大中十二年，李藩侍郎下崔相沆、长安令卢象同年。上巳日期集，卢称疾不至。沆忽于曲道遇象，侧席帽、映一毡车以避。沆时主罚，因举词曰：“低垂席帽，遥映毡车。白日在天，不识同年之面；青云得路，可知异日之心。”时人比之崔嘏、施肩吾。

本条不知原出何书。唐摭言卷三慈恩寺题名游赏赋咏杂记亦叙此事，文有不同。

942 相国韦公宙善治生。江陵府东有别业，良田美产，最号膏腴，而积稻如坻，皆为滞穗。大中初〔一〕，除广州节度。上以番禺珠翠之地[二],垂贪泉之戒,京兆从容奏对:"江陵庄积谷尚有七十堆[三],宙无所贪。"上曰:"此可谓之'足谷翁'也。"

本条原出北梦琐言卷三韦宙相足谷翁。太平广记卷四九九北梦琐言题作韦宙。类说卷四三北梦琐言题作足谷翁。说郛(陶珽刊本)卷四六北梦琐言亦载。说郛(张宗祥辑明抄本)卷四八北梦琐言题作韦宙足谷翁。侯鲭录卷六亦引,唯不注出处。

〔一〕大中　云自在龛丛书本北梦琐言作"咸通",下有校记曰:"原本作'大中',据广记四百九十九校改。按韦宙镇广州,史无年月。沈炳震方镇表列入懿宗初年,与广记合。"

〔二〕上　云自在龛丛书本北梦琐言作"懿宗","懿"下有校记曰:"原本作'宣',据广记校改,下同。"说郛(陶珽刊本)引文作"宣宗"。

〔三〕十　云自在龛丛书本北梦琐言作"千",下有校记曰:"原本作'十',据广记校改。"

943 崔侍郎安潜崇奉释氏[一],鲜茹荤血,唯于刑辟常自躬亲,僧人犯罪,未尝屈法。于厅前虑囚[二],必恤恻以尽其情;有大辟者,俾先示以判语,赐以酒食而付法[三]。镇西川三年,唯多蔬食。宴诸司,以面及蒟蒻之类染作颜色,用象豚肩、羊臑脍炙之属,皆逼真也。时人比于梁武。而频于使宅堂前弄傀儡子,军人百姓穿宅观看,一无禁止。而中壶预政,以玷盛德。

永乐大典卷之二千七百三十七崔崔善为引唐语林亦载。

本条原出北梦琐言卷三崔侍中省刑狱。

〔一〕侍郎　原书作“侍中”。新唐书卷一一四崔安潜传云僖宗时“检校太师兼侍中”。又云“安潜于吏事尤长，虽位将相，阅具狱，未尝不身听之。”

〔二〕厅　原书作“厅事”。

〔三〕付法　聚珍本作“付去”，据永乐大典引文改。原书作“付于法”。

944 韦楚老〔一〕，李宗闵之门生。自左拾遗辞官东归，居于金陵。常乘驴经市中〔二〕，貌陋而服衣布袍〔三〕，群儿陋之〔四〕。指画自言曰〔五〕：“上不属天，下不属地，中不累人，可谓大韦楚老〔六〕。”群儿皆笑〔七〕。与杜牧同年生，情好相得。初以谏官赴征，值牧分司东都，以诗送。及卒，又以诗哭之〔八〕。

本条原出金华子卷下。

〔一〕韦楚老　原书下有“少有诗名”一句。

〔二〕常乘驴经市中　原书作“常跨驴策杖经阛中过”。

〔三〕貌陋　原书作“貌古”。

〔四〕群儿陋之　原书作“群稚随而笑之”。

〔五〕指画自言曰　原书作“即以杖指画，厉声曰”。

〔六〕谓大　原书作“畏”。

〔七〕群儿皆笑　原书作“引群儿令笑，因吟咏而去。”

〔八〕与杜牧同年生……又以诗哭之　原书无此三十二字。

945 李相回〔一〕，旧名躔，累举未第。尝之洛桥，有二术士:一卜者,一筮者。乃先访筮者曰:“某欲改名赴举,如何?”筮者曰:“改名甚善。不改,终不成事。”乃访卜者邹先生[二],曰:“此行慎勿易,名将远布矣。然成遂之后,二十年间,名字终当改矣。今则已应天象,异时方测余言。”将行,又戒之曰:“郎中必享荣名,后当重任。引接后来,勿以白衣为隙,必为深累。”长庆二年及第。至武宗登极,与上同名,始改为回。从辛丑至庚申,二十年矣[三],乃曰:“筮短龟长,邹生之言中矣!”李公既为丞郎,永兴魏相为给事[四]。因省会,魏公曰:“昔求府解,侍郎为试官,送一百二人,独小生不蒙一解。今日还忝金章,厕诸公之列。”坐上皆惊[五]。李曰:“君今脱却紫衫,称魏秀才,仆为试官,依前不送。何得以旧事相让?”李寻为独坐,三台肃畏,而升相府。当时台官真拜者少[六]。后数年间,魏亦自同州入相。宣宗时,李丞相有九江、临川之行[七],跋涉江湖,喟然而叹曰:“不遵洛桥先生之戒[八],吾自取尤焉。”

本条原出云溪友议卷下龟长证。太平广记卷二一七云溪友议题作邹生。

〔一〕李相回　太平广记引文上有“武宗朝”一句。

〔二〕邹先生　原书作“邹生”。

〔三〕从辛丑至庚申二十年矣　原书与太平广记引文中此二句乃注文。

〔四〕永兴魏相　原书作“永兴魏相公謩”,太平广记引文作“魏謩”。

〔五〕坐上皆惊　原书与太平广记引文作“合坐皆惊此说,欲其逊容”。

〔六〕当时台官真拜者少　原书作“至今少台官之直拜也”。

〔七〕宣宗时李丞相有九江临川之行　太平广记引文作“而回累被贬谪”。

〔八〕不遵洛桥先生之戒　原书与太平广记引文无“不遵”二字，当据本书补。原书“桥”误作“侨”，当据本书改。

946 广州监军吴德鄘离京师〔一〕，病脚蹒跚，三载归，足疾复平。宣宗问之，遂为上说罗浮山人轩辕集之医。上闻之〔二〕，驿召集赴京师。既至，馆于南山亭院〔三〕，外庭不得见也。谏官屡以为言，上曰：“轩辕道人口不干世事，勿以为忧。”留岁馀放归。授朝散大夫〔四〕、广州司马，集不受。

本条原出东观奏记卷下。说郛（陶珽刊本）卷四三东观奏记卷下亦载。

〔一〕广州监军吴德鄘离京师　小石山房丛书本东观奏记误作“吴德励”。原书句上尚有“上晚岁酷好仙道”一句。

〔二〕上闻之　原书下有“甘心焉”一句。

〔三〕南山亭院　原书作“南亭院”。

〔四〕朝散大夫　原书作“朝奉大夫”。

947 罗浮生轩辕集，莫知何许人，有道术。宣宗召至京师。初若偶然，后皆可验。舍于禁中，往往以竹桐叶满手，再三挼之，成铜钱。或散发箕踞，久之用气上攻，其发条直如植。忽思归海上，上置酒内殿，召坐。上曰：“先生道高，不乐喧杂，今不可留矣！朕虽天下主，在位十馀年，兢栗不暇。今海内小康矣，所不知者寿耳。”集曰：“陛下五十年天子。"上喜。及帝崩,寿五十。

本条原出大中遗事。绀珠集卷十大中遗事分别题作挼叶成钱、气攻发直。类说卷二一大中遗事分别题作桐竹叶挼钱、气攻发。白孔六帖卷八、古今合璧事类备要外集卷六五均引大中遗事所载挼叶成钱事,白孔六帖卷三一又引大中遗事所载气攻发直事。说郛(陶珽刊本)卷四九、(张宗祥辑明抄本)卷七四大中遗事均载。各书引文皆不全。

948 旧制:三二岁,必于春时内殿赐宴宰辅及百官,备太常诸乐,设鱼龙曼衍之戏,连三日,抵暮方罢。宣宗妙于音律,每赐宴前,必制新曲,俾宫婢习之。至日,出数百人,衣以珠翠缇绣,分行列队,连袂而歌,其声清怨,殆不类人间。其曲有曰播皇猷者,率高冠方履,褒衣博带,趋赴俯仰,皆合规矩〔一〕;有曰葱岭西者,士女踏歌为队,其词大率言葱岭之士,乐河湟故地,归国而复为唐民也;有霓裳曲者,率皆执幡节,被羽服〔二〕,飘然有翔云飞鹤之势。如是者数十曲。教坊曲工遂写其曲奏于外,往往传于人间。

本条原出贞陵遗事。唐诗纪事卷二宣宗引令狐澄贞陵遗事,即此文。绀珠集卷十、类说卷二一、白孔六帖卷六一引大中遗事题作播皇猷。古今合璧事类备要外集卷十二引大中遗事亦载。

〔一〕皆合规矩　唐诗纪事引文下有"于于然有唐尧之风焉"一句。

〔二〕被羽服　唐诗纪事引文下有"态度凝澹"一句。

949 相国李公福〔一〕,庭有槐一本,抽三枝,直过堂舍屋脊〔二〕，一枝不及。相国同堂昆季三人：曰石，曰程，皆登宰相；惟福一人，历镇使相而已〔三〕。

本条原出北梦琐言卷三李氏瑞槐。玉泉子亦载。酉阳杂俎续集卷十支植下亦载。太平广记卷四〇七三枝槐条文与此同，唯不言出处，或据玉泉子，或据酉阳杂俎录入。古今合璧事类备要后集卷十三引此，误云出佥载。

〔一〕相国李公福　玉泉子、酉阳杂俎均作"相国李石"。各书下有"河中永乐有宅"一句，玉泉子"永"误"未"。

〔二〕堂舍　原书与玉泉子作"当舍"，酉阳杂俎作"堂前"。又聚珍本"舍"字作"合"，此显系误植，守山阁丛书本已改，今亦据之改正。

〔三〕历镇使相而已　玉泉子、酉阳杂俎均作"历七镇使相而已"，玉泉子其下尚有"盖一枝稍短尔"一句。

950 大中十二年，宣州将康全泰噪逐观察使郑熏，乃以宋州刺史温璋治其罪。时萧寘为浙西观察使，与宣州接连，遂擢用武臣李琢代寘，建镇海军节度使，以张掎角之势。兵罢后，或言琢虚立官健名目〔一〕，广占衣粮自入。宣宗命监察御史杨载往，按覆军籍，无一人虚者。载还奏之，谤者始不胜。

本条原出东观奏记卷下。说郛（陶珽刊本）卷四三东观奏记卷下亦载。

〔一〕或　原书作"谤者"。

951 越人仇甫，聚众攻陷剡县、诸暨等县〔一〕。宣宗用王式为浙东观察使，以武宁军健卒二千人送之。王生擒仇甫以献，斩于东市。

本条原出东观奏记卷下。说郛(陶珽刊本)卷四三东观奏记卷下亦载。

〔一〕聚众攻陷剡县诸暨等县　原书"聚众"下有"为乱"二字。此句之下尚有"浙左骚然"一句。

952 宣宗时，吴居中恩泽甚厚〔一〕。有谋于术者，欲败其事〔二〕，术者令书上尊号于袜。有告者，上召至，视之信然，居中弃市。

本条原出东观奏记卷中。说郛(陶珽刊本)卷四三东观奏记卷中亦载。

〔一〕吴居中　原书作"高品吴居中"。

〔二〕有谋于术者欲败其事　稗海本、藕香零拾本东观奏记作"访术者欲固其事"，与本书所言义正相反。小石山房丛书本东观奏记"访"误作"于"。

953 宣宗崩，内官定策立懿宗，入中书商议，命宰臣署状。宰相将有不同者，夏侯孜曰："三十年前，外大臣得与禁中事；三十年以来，外大臣固不得知。但是李氏子孙，内大臣立定，外大臣即北面事之，安有是非之说?"遂率同列署状。

本条不知原出何书。

954 大中末，京城小儿叠布蘸水，向日张之，谓之"晕出入”。案〔一〕:“晕出入”,苏鹗杜阳杂编作“捩晕”。懿宗自郓王即位,“晕”之言应矣〔二〕。

本条原出杜阳杂编卷下。说郛(陶珽刊本)卷四六杜阳杂编卷下亦载。参看本书卷一37条。

〔一〕案　此案语当是永乐大典编者或四库全书馆臣所加。

〔二〕晕　原书作“捩晕”。案:“捩晕”乃“来郓”之谐音。旧唐书卷十九上懿宗本纪亦记此事,则作“拔晕”。

955 宣宗制泰边陲曲,其辞云“海岳晏咸通〔一〕”,上即位,而年号“咸通”。

本条原出杜阳杂编卷下。说郛(陶珽刊本)卷四六杜阳杂编卷下亦载。南部新书卷庚亦载此事。又原书此条与卷一37条“仁孝出于天性”下文相合,此文在前。

〔一〕宣宗制泰边陲曲其辞云海岳晏咸通　旧唐书卷十九上懿宗本纪曰:“宣宗制泰边陲乐曲,词有‘海岳晏咸通’之句。”案懿宗本纪此下即接954条中之文字,其下始接本条下文。

956 懿宗祠南郊。旧例:青城御幄前设彩楼,命仆寺辈作乐,上登楼以观,众呼万岁。起居郎李璋上疏请罢,事不行〔一〕。

本条不知原出何书。

〔一〕起居郎李璋上疏请罢事不行　新唐书卷一五二李璋传:“旧制,设次郊丘,太仆盘车载乐,召群臣临观,璋奏罢之。”

957 懿宗尝幸左军，见观音像，礼之〔一〕，而像陷地四尺。问左右，对曰："陛下，中国之天子；菩萨，地上之道人〔二〕。"上悦之。

本条原出北梦琐言卷六同昌公主事。原书此条与本卷974条原是一条，此条在前。

〔一〕礼之　原书无，当据本书补。新唐书卷三五五行志系懿宗礼佛事于咸通五年十月。

〔二〕地上　原书作"边地"。

958 滑州城，北枕河堤，常有沦垫之患。贞元中，贾丞相耽凿八角井于城隅〔一〕，以镇河水〔二〕。咸通初〔三〕，刺史李橦以其事上闻，立贾公祠〔四〕，命从事韦岫纪其事。

本条原出贾氏谈录。类说卷十五贾氏谈录题作八角井。

〔一〕贾丞相耽　玉泉子亦记此事，作"贾相躭"。案贾耽，旧唐书卷一三八、新唐书卷一六六有传，作"躭"者误。

〔二〕以镇河水　原书句下尚有"自是郡邑无复漂溺之祸"一句。

〔三〕初　原书作"中"。

〔四〕立贾公祠　原书作"仍立魏公祠堂于河堤之上"。案贾耽封魏国公，见新、旧唐书本传。

959 政平坊安国观，明皇时玉真公主所建。门楼高九十尺，而柱端无斜〔一〕。殿南有精思院，琢玉为天尊老君之像，叶法善、罗公远、张果先生并图形于壁。院南池引御渠水注之，叠石像蓬莱、方丈、瀛洲三山。女冠多上阳宫人〔二〕。其东与国学相接。咸通中,有书生云〔三〕:“尝闻山池内步虚笙磬之音。”卢尚书有诗云〔四〕:“夕照纱窗起暗尘,青松绕殿不知春。闲看白首诵经者〔五〕,半是宫中歌舞人。”

永乐大典卷之一万八千二百二十四像天尊像引唐语林亦载,唯仅存“安国观,有琢玉为天尊老君之像”二句。

本条原出剧谈录卷下老君庙画。诗话总龟卷十六留题门下引剧谈录亦载。又原书此条与卷五712条本是一条,此条在后。

〔一〕斜　原书作“栱料”。

〔二〕宫人　原书作“退宫嫔御”。

〔三〕有书生云　原书下有“每清风朗月”一句。

〔四〕卢尚书　名已无考。

〔五〕闲　原书作“君”。

960 薛能尚书镇郓州,见举进士者必加异礼。李勋尚书先德为衙前将校,八座方为客司小弟子〔一〕,亦负文藻,潜慕进修,因舍归田里。未逾岁,服麻衣,执所业于元戎。左右具白其行止,不请引见。元戎曰:“此子慕善,才与不才,安可拒耶?”命召之入。见其人质清秀,复览其文卷,深器重之。乃出邮巡职牒一通与八座先德,俾罢职司闲居,恐妨令子进修尔〔二〕。果策名第,扬历清显,出为郓州节度也〔三〕。

本条原出北梦琐言卷三李勋尚书发愤。

〔一〕弟子　原书作“子弟”,当据改。

〔二〕尔　原书作“尔后”,属下句。

〔三〕出为郓州节度也　原书下有注曰："八座事，得之王屋山僧匡一，甚详。"

961 沈宣词尝为丽水令。自言家大梁时，厩常列骏马数十，而意常不足。咸通六年，客有马求售，洁白而毛鬣类朱，甚异之，酬以五十万，客许而直未及给，遽为将校王公遂所买。他日，谒公遂，问向时马，公遂曰："竟未尝乘。"因引出，至则奋眄，殆不可跨，公遂怒捶之，又仆，度终不可禁。翌日，令诸子乘之，亦如是；诸仆乘，亦如是，因求前所直售宣词。宣词得之，复如是。会魏帅李公蔚市贡马，前后至者皆不可。公阅马，一阅遂售之。后入飞龙，上最爱宠，为当时名马。

本条不知原出何书。

962 咸通十年停贡举。前一年，日者言：己丑年无文柄，值"至仁"必当重振；明年上加尊号，内有"至仁"两字，韩褒为补阙，上疏请复之。夏侯孜谓杨元翼云："李九丈行不得事，我行之。"九丈即卫公也。

本条不知原出何书。

963 皮日休，郑尚书愚门生。春闱内宴于曲江〔一〕，醉寝别榻，衣囊书筒，罗列旁侧，率皆新饰。同年崔昭符，镣之子，素易日休。亦醉。更衣，见日休卧；疑他相知也，就视，乃日休〔二〕，曰："勿呼之，渠方宗会矣！"以囊筒皆皮也。时人以为口实。

本条原出玉泉子。太平广记卷二六五玉泉子题作崔昭符。

〔一〕春闱　原书与太平广记引文作“春关”。

〔二〕疑他相知也就视乃日休　原书作“谓其素所熟狎者，即固问，且欲戏之。日休童仆剧前呼之。昭符知日休也”。太平广记引文“剧”作“遽”，当据改。

964 卢隐、李峭，皆王铎门生〔一〕，时议皆以衽席不修，屡黜辱。隐从兄携，少相狎，志欲引用〔二〕。及携为丞相，除右司员外郎〔三〕。时崔沆方为吏部侍郎〔四〕，谒携于私第，携欣然而出。沆曰：“卢员外入省〔五〕，时议未息；今复除纠司员外郎，省中所不敢从〔六〕。他曹惟相公命。”携大怒驰去〔七〕，曰：“舍弟极屈，即当上陈矣！”隐即放出。沆乃谒告，携即时替沆官。沆谓人曰〔八〕：“吾见丞郎出省郎，未见省郎出丞郎。”隐初自太常博士除水部员外郎，为右丞李景温抑焉〔九〕；迨右司之命，景温弟景庄复右辖，又抑之〔一〇〕。是时谏官有陈疏者，携曰：“谏官似狗，一狗吠，辄一时有声。”

本条原出玉泉子。太平广记卷一八八玉泉子题作卢隐。

〔一〕王铎　原书上有“滑帅”二字。

〔二〕少相狎志欲引用　原书无此二句。

〔三〕员外郎　原书无“外”，当据本书补。太平广记引文亦有“外”字。

〔四〕吏部侍郎　原书作“右丞”。

〔五〕入省　原书上有“前日”二字。

〔六〕所不敢从　原书作“固不敢辞”，当据本书改。

〔七〕去　原书作"入"。

〔八〕沆　原书无，当据本书补。太平广记引文有"沆"字。

〔九〕隐初自太常博士除水部员外郎为右丞李景温抑焉　原书与太平广记引文"抑"误作"揖"。新唐书卷一七七李景温传："累迁尚书右丞。卢携当国，弟隐由博士迁水部员外郎，材下资浅，人疾其冒，无敢绳，景温不许赴省。时故事久废，景温既举职，人皆韪其正。"

〔一〇〕景温弟景庄复右辖又抑之　原书作"景温之旨也，至是而遂其旨矣。"

965 李谱者，珏之子。自淮南赴举，路经蒲津，谒崔公铉，铉以子妻之，而性忌妒。谱，宰相子，怀不平，多争竞。铉忽召谱让之，谱初犹端笏，既忿，即横手板曰："谱及第不干丈人，官职不干丈人。"语未卒，铉掩耳而去。其妻竟怨愤而卒。

本条不知原出何书。

966 毕諴家本寒微〔一〕。咸通初〔二〕，其舅向为太湖县伍伯〔三〕，諴深耻之，常使人讽令解役，为除官。反复数四，竟不从命。乃特除选人杨载为太湖令。諴延之相第，嘱为舅除其猥籍，津送入京。杨令到任，具达諴意。伍伯曰："某贱人也，岂有外甥为宰相耶？"杨坚勉之，乃曰："某每岁秋夏征租，享六十千事例钱〔四〕，苟无败阙，终身优足。不审相公欲致何官耶？"杨乃具以闻諴，諴亦然其说，竟不夺其志也。又王蜀伪相庾传素〔五〕，与其从弟凝绩，曾宰蜀州唐兴县。郎吏有杨会者,微有才用〔六〕,庾氏昆弟深念之。洎迭秉蜀政,欲为杨会除长马以酬之。会曰:“某之吏役,远近皆知,忝冒为官,宁掩人口? 岂可将数千家供待,而博一虚名长马乎?”后虽假职名,止除检校官〔七〕,竟不舍县役,亦毕舅之次也。案〔八〕:此条采自孙光宪北梦琐言。杨会非懿宗时人,原附毕諴之舅事后,今仍其旧。

本条原出北梦琐言卷四毕舅知分(蜀杨会附)。太平广记卷四九九北梦琐言题作毕諴。

〔一〕毕諴　原书作“唐毕相諴”。

〔二〕咸通初　原书无此句。

〔三〕伍伯　原书有注:“伍伯,即今号杂职行杖者。”

〔四〕千　原书作“缗”。“缗”即“千”。

〔五〕又王蜀伪相庾传素　原书作“近者蜀相庾公传素”,云自在龛丛书本下有校记曰:“原本作‘傅’,据刘抄本校改。按古今姓氏书辨证,蜀人庾氏传美、传昌、传素、传言,他书或作‘傅’,或作‘博’,皆误。”

〔六〕微有才用　原书无此句,当据本书补。

〔七〕止　原书无。

〔八〕案　此案语当是四库全书馆臣所加。

967 咸通初,洛中谣曰:“勿鸡言,送汝树上去;勿鸭言,送汝水中去。”又曰:“勿笑父母不认汝。”及李纳为河南尹〔一〕,是年大水,纳观水于魏王堤上,波势浸盛,虑其覆溺,于是策马而回。时人语曰:“昔瓠子将坏,而王尊不去〔二〕;洛水未至,而李纳已回。”是时男女多栖于木,咸为所漂者,父母观之不能救。

本条不知原出何书。

〔一〕李纳为河南尹　李纳,两唐书作"李讷",新唐书卷一六二李讷传:"召为河南尹。时久雨,洛暴涨,讷行水魏王堤,惧漂汩,疾驰去,水遂大毁民庐。议者薄其材。"

〔二〕瓠子将坏而王尊不去　见汉书卷七六王尊传。

968 咸通中,有司天历生胡某〔一〕,以老还江南。后辟郡掾曹,辞不赴,归居建业〔二〕。卢符宝者〔三〕,亦知名士也。尝问:"近年宰相不满四人,岂非三台有异乎?"曰:"非三台也,乃紫微受灾耳! 自今十馀年未可备〔四〕。苟有之,即不免大祸。"后路岩、于惊〔五〕、王铎、韦保衡、杨收、刘邺、卢携相次拜,后不免〔六〕。

本条原出金华子卷下。与969条原合为一条,今依原书分列。

〔一〕胡某　原书作"姓吴",下有"在监三十年"一句。

〔二〕归居建业　原书作"归隐建邺旧里"。

〔三〕卢符宝　原书作"卢苻宝"。

〔四〕乃紫微受灾耳自今十馀年未可备　原书作"'紫微星受灾乎?'曰:'此十馀年内,数或可备'。"

〔五〕于惊　原书作"于公琮",旧唐书卷一四九、新唐书卷一〇四本传均作"于琮"。

〔六〕后不免　原书作"其后皆不免,惟于公琮赖长公主保护,获全于遣中耳。"新唐书卷一八三豆卢瑑传亦叙此事,曰:"初,咸通中,有治历者工言祸福,或问:'比宰相多不至四五,谓何?'答曰:'紫微方灾,然其人又将不免。'后杨收、韦保衡、路岩、卢携、刘邺、于琮、琢与（崔）沆，皆不得终云。”

969 池州李常侍宽，守江南数郡，皆请卢符宝为判官。及守陵阳，信子弟之谮，疏不召。卢忿，谓人曰：“李公面部所无者三：无子，无宅，无冢。”时有龙公满禅师，李氏所敬也，于坐难之曰：“今李氏子弟皆长成，何言无子？”卢曰：“非承家令器。”又曰：“今土墙甲第，花竹犹不知其数，何言无宅？”卢曰：“是王行立宅，李氏安得歌笑于其间？”时桂林大夫即常侍兄〔一〕，同营别业于金陵，甲第之盛，冠于邑下，人皆号为“土墙李家宅”。江南宫城西街内，石井栏在通衢中者，即宅内厅前井也。自创宅，即令家人王行立看守，仅数十年矣，故卢君有此言。座客闻之，莫不笑。及池阳寇起，宽死，将归葬新林，为贼所邀，舟人尽见杀，棺柩不知所在。诸子悉无成立。世乱，王行立独守其宅，竟死其中。

本条原出金华子。读画斋丛书本金华子文字已残佚，唯卷上有一条叙土墙事；绀珠集卷十、类说卷二五、锦绣万花谷后集卷三四、白孔六帖卷三一金华子题作面部三无，亦有节录文字，与此相合。新编分门古今类事卷十引金华子题作李宽三无，记事较完整，今据之略作校勘。又本条与968条原合为一条，今依原书分列。

〔一〕大夫　原书作“大父”，当据本书改。桂林大夫即桂管观察使，名未详。

970 路岩镇剑南〔一〕，出开远门街，恣为瓦石所击，故京兆尹温璋诸子之党也。初，李玭举薛能，岩取于省部，权京兆尹事〔二〕，至是谓能曰："临行劳以瓦砾相饯。"能徐举笏曰："故事：宰相出镇，府司无发人防守者〔三〕。"岩甚惭。

本条原出玉泉子。太平广记卷一八八玉泉子题作路岩。又原书此条与卷三394条本是一条，此条在前。

〔一〕路岩镇剑南　原书作"路岩出镇坤维也"。

〔二〕初李玭举薛能岩取于省部权京兆尹事　原书作"岩以薛能自尚书郎权京兆尹府事，李玭之举也"。太平广记引文"尚书郎"作"省郎"，"尹府"无"尹"字，本书当据之改"部"为"郎"，原书当据本书改作"京兆尹"。

〔三〕府司无发人防守者　资治通鉴卷二五二唐纪六八懿宗咸通十二年叙此，曰："府司无例发人防卫。"胡三省注："府司，谓京兆府所司。"

971 路相岩与崔雍同在崔相铉幕。雍恃己名声，因醉，抚岩背曰："路子路子！争得共崔雍同恩门？"岩恨之。岩为丞相。会和州不守，有石琮者讼之，乃赐雍死。

本条不知原出何书。

972 咸通末，曹相确、杨相收、徐相商、路相岩同为宰相。杨、路以弄权卖官，曹、徐但备员而已。长安谣曰："'确''确'无论事〔一〕，钱财总被'收'。'商'人都不管，货'赂'几时休〔二〕？"

本条不知原出何书。南部新书卷甲亦叙此事。

〔一〕无论事　南部新书作"无馀事"。

〔二〕赂　谐音“路”。

973 僖宗好蹴球、斗鸭为乐〔一〕，自以能于步打，谓俳优石野猪曰：“朕若步打进士〔二〕，当得状元。”野猪对曰：“或遇尧、舜、禹、汤作礼部侍郎，陛下不免且落第。”帝大笑〔三〕。

本条原出北梦琐言卷一宣宗称进士。类说卷四三北梦琐言题作步打进士。说郛（陶珽刊本）卷四六北梦琐言亦载。说郛（张宗祥辑明抄本）卷四八北梦琐言题作所好优劣。又原书此条与卷四540条本是一条，本条在后。

〔一〕鸭　原书作“鸡”。

〔二〕若　原书作“若作”，当据之补“作”。

〔三〕帝大笑　原书作“帝笑而已”。

974 黄寇入京〔一〕，郭妃不食〔二〕，奔赴行在，乞食于都城，时人嗟之〔三〕。

本条原出北梦琐言卷六同昌公主事。与下条975原合为一条，今依原书分列。又原书此条与本卷957条原是一条，本条在后。

〔一〕黄寇　指黄巢。原书无“黄”字。

〔二〕不食　原书作“不及”，与下句连属，当据改。

〔三〕乞食于都城时人嗟之　新唐书卷七七后妃传下言郭淑妃“遂流落闾里，不知所终”。

975 僖宗幸蜀，御座是明皇幸蜀故物；又舁御座人李再忠，经明皇时供奉，时以为异。〔原注〕案〔一〕：广明元年，上距天宝将百年，此说甚妄。

本条不知原出何书。与974条原合为一条，今依原书分列。

〔一〕案　此案语置于原注下，当是王谠所加。

976 僖宗入蜀。太史历本不及江东，而市有印货者，每差互朔晦，货者各征节候，因争执。里人拘而送公，执政曰："尔非争月之大小尽乎？同行经纪，一日半日，殊是小事。"遂叱去。而不知阴阳之历，吉凶是择，所误于众多矣。

本条不知原出何书。

977 僖宗幸蜀回，改元光启。俗谚云："军中名'血'为'光'，又字体'户口负戈'为'启'，其未宁乎？"俄而未久乱作，长安复陷。

本条不知原出何书。

978 升州上元县前有古浮图，尝有僧指云："为此，无县丞正位。"询之，自唐初并无县丞，诸司注授，勾留在京，纵有赴任者，不月馀必卒。唯广明中，有丞张逊，到任才月馀，节度周宝追命上府筑夹城讫，归县未久，与令争竞，移为睦州遂安尉。

本条不知原出何书。

979 刘瞻自丞相出镇荆南。郑畋为翰林承旨，草制云："居数亩之宫〔一〕，仍非己有〔二〕；却四方之赂〔三〕，惟畏人知。”路岩谓畋曰：“侍郎乃表荐刘相也！”出为同州刺史〔四〕。

本条疑出中朝故事。原文叙事颇详，此文乃约而言之。

〔一〕居数亩之宫　中朝故事作“安数亩之居”。

〔二〕仍　中朝故事作“乃”。

〔三〕赂　中朝故事作“贿”。

〔四〕同州刺史　中朝故事作“梧州刺史”。资治通鉴卷二五二唐纪六八懿宗咸通十一年九月叙此，亦云“岩谓畋曰：‘侍郎乃表荐刘相也！’坐贬梧州刺史。”

980 郑相畋与卢相携外兄弟，同在中书。后因议政喧竞〔一〕，扑碎砚〔二〕，王侍中铎笑之〔三〕，曰：“不意中书有瓦解之事！”

类说卷三二语林题作中书瓦解。

本条不知原出何书。吴淑事类赋注卷十五什物部砚下卢携怒以相投注引此文，云出唐书。古今合璧事类备要前集卷三九亦引，唯不注出处。太平广记卷二六一郑畋卢携条，出北梦琐言，与此相近。

〔一〕议政喧竞　事类赋注引文作“议黄巢事忿争”。

〔二〕扑碎砚　事类赋注引文作“卢拂衣起，掷砚相投”。

〔三〕笑之　事类赋注引文作“叹”。

981 太尉韦昭度，旧族名人，位非忝窃，而沙门僧澈潜荐之中禁，一二时相皆因之大拜〔一〕。悟达国师知玄乃澈之师，世常鄙之〔二〕。诸相在西川行在，每谒悟达，皆申跪礼，国师揖之，请于僧澈处吃茶。后韦掌武伐成都，田军容致书曰〔三〕：“伏以太尉相公：顷因和尚，方始登庸。在中书则开铺卖官，居翰林则倩人把笔〔四〕。”盖谓此也。

本条原出北梦琐言卷六田军容檄韦太尉。

〔一〕沙门僧澈潜荐之中禁一二时相皆因之大拜　原书作“沙门僧澈承恩，为人潜结中禁，京兆与一二时相皆因之大拜”。

〔二〕世　原书无，当据删。

〔三〕田军容致书　原书“书”作“檄书”。田军容即田令孜。新唐书卷一三三宦者下田令孜传：“有诏以令孜为十军十二卫观军容制置左右神策护驾使。”

〔四〕倩　原书作“借”。

982 卢澄为李司空蔚淮南从事，因酒席请一舞妓解籍，公不许，澄怒，词多不逊。公笑曰：“昔之狂司马，今也憨从事。”澄索彩具，蔚与赌贵兆，曰：“彩大者，秉大柄。”澄掷之得十一，席上皆失声；公徐掷之，得堂印。澄托醉而起。后数月，澄入南省；不数年，蔚入相。

本条不知原出何书。

983 翰林学士孙棨北里志云：“郑举举巧谈谐，常有名贤醵宴。乾符中，状元孙偓颇惑之〔一〕，与同年数人多至其舍，他人或不尽预。同年卢嗣业诉醵罚钱，致诗状元曰：‘未识都知面，频输复分钱。苦心亲笔砚，得志助花钿。徒步求秋赋，持杯给暮饘。力微多谢病，非不奉同年。’嗣业〔二〕，同年非旧知〔三〕，又力穷不遵醵罚〔四〕，故有此诗。曲内妓之头角者为都知〔五〕，举举、降真是也〔六〕。曲中一席四镮〔七〕，见烛即倍，新郎更倍，故曰'复分钱'。一日〔八〕，同年宴，举举有疾，不来，令同年李深之为酒纠。状元吟曰〔九〕：'南行忽见李深之，手舞如风令不疑〔一〇〕，任你风流称酝藉〔一一〕，天生不似郑都知。'"

本条原出北里志郑举举。亦有可能为王谠援引之书所转录之文。

〔一〕乾符中状元孙偓颇惑之　原书作"孙龙光为状元"。自注："名偓，文府弟，为状元在乾符五年。"

〔二〕嗣业　原书作"嗣业，简辞之子。少有词艺，无操守之誉"。自此起均作双行小注。

〔三〕同年非旧知　原书上有"与"字。

〔四〕又　原书作"多称"。

〔五〕都知　原书下有"分管诸妓，俾追召匀齐"二句。

〔六〕降真　原书作"绛真"，当据改。

〔七〕曲中　原书下有"常价"二字。

〔八〕一日　原书作"今左史刘郊文崇及第年，亦惑于举举。"

〔九〕状元吟曰　原书作"坐久，觉状元微哂，良久，乃吟一篇曰"。

〔一〇〕风　原书作"蜚"。

〔一一〕你　原书作"尔"。

984 杜让能，丞相审权之子；韦相保衡，审权之甥。保衡少不为让能所礼。保衡为相，让能久不中第。及登科，审权愤其沉厄,以一子出身奏监察御史。

本条不知原出何书。

985 崔相沆知贡举,得崔瀣[一]。时榜中同姓,瀣最为沆知。谭者称:"座主门生,沆瀣一气[二]。"

本条不知原出何书。南部新书卷戊、事文类聚卷二八亦载此事。

〔一〕崔相沆知贡举得崔瀣　南部新书作"乾符二年,崔沆放崔瀣"。

〔二〕一气　事文类聚引文作"一家"。全唐诗卷八七六崔沆放榜时人语亦作"一家"。

986 许棠初试进士,与薛能、陆肱齐名。薛擢第,尉盩厔;肱下第,游太原:棠并以诗送之。棠登第,薛已自京尹出镇徐州,陆亦出守南康,招棠为倅。初,高侍郎湜知举,棠纳卷,览其诗云:"退鹢已经三十载,登龙仅见一千人。"乃曰:"世复有屈于许棠者乎?"永临刘相[一],以其子希同年,留为淮南馆驿官。令和韵,棠嗜诗不通;南海仆射时为副使知府事[二],笑谓人曰:"相公令许棠和韵,可谓虐人也。"

本条不知原出何书。与987条原合为一条,今依原书分列。

〔一〕永临刘相　即刘邺。邺子希,见新唐书卷七一上宰相世系表一上。

〔二〕南海仆射　当是郑愚。参看卷三428条。

987 许棠常言于人曰："往者未成事〔一〕，年渐衰暮，行卷达官门下，身疲且重，上马极难。自喜得第来筋骨轻健，揽辔升降，犹愈于少年。则知一名，乃孤进之还丹〔二〕。"

本条原出金华子卷下。绀珠集卷十、类说卷二五、海录碎事卷十九金华子题作孤进还丹。又本条与986条原合为一条，今依原书分列。

〔一〕未成事　原书无。

〔二〕则知一名乃孤进之还丹　原书作"则知一名能疗身心之疾，真人世孤进之还丹也"。

988 华郁〔一〕，三衢人，早游田令孜门，擢进士第，历正郎金紫。李瑞，曲江人，亦受知于令孜，擢进士第，又为令孜宾佐。俱为孔鲁公所嫌〔二〕。文德中，与郁俱陷刑网。

本条原出唐摭言卷九恶得及第。

〔一〕华郁　原书作"黄郁"。

〔二〕孔鲁公　即孔纬。旧唐书卷一七九、新唐书卷一六三孔纬传均载封鲁国公事。

989 裴筠婚萧楚公女〔一〕，言定未几，便擢进士。罗隐以一绝刺之，略曰："细看月轮还有意，信知青桂近嫦娥。"

本条原出唐摭言卷九误掇恶名。白孔六帖卷二四引诗话亦载。

〔一〕萧楚公　即萧遘。旧唐书卷一七九、新唐书卷一〇一萧遘传均言封楚国公。

990 秦韬玉应进士举，出于单素，屡为有司所斥。京兆尹杨损奏复等列。时在选中。明日将出榜，其夕忽叩试院门，大声曰："大尹有帖！"试官沈光发之，曰："闻解榜内有人，曾与路岩作文书者，仰落下。"光以韬玉为问，损判曰："正是此。"

本条不知原出何书。

991 方干貌陋唇缺，味嗜鱼鲊，性多讥戏。萧中丞典杭，军倅吴杰患眸子赤；会宴于城楼饮，促召杰，杰至，目为风掠，不堪其苦，宪笑命近座女伶裂红巾方寸帖脸，以障风。干时在席，因为令戏杰曰："一盏酒，一捻盐〔一〕，止见门前悬箔，何处眼上垂帘？"杰还之曰："一盏酒，一脔鲊，止见半臂着襕，何处口唇开袴？"一席绝倒。尔后人多目干为"方开袴"。

本条不知原出何书。唐摭言卷一三矛盾亦有类似之记载。

〔一〕一捻盐　民间俗曲之名。教坊记曲名中有记载。

992 罗给事隐、顾博士云，俱受知于相国令狐公〔一〕。顾虽鹾商子，而风韵详整。罗，钱塘人〔二〕，乡音乖剌。相国子弟每有宴会，顾独预之，丰韵谈谐，不辨寒素之子也。顾赋为时所称〔三〕，而切于成名，尝有启事，陈于所知，只望丙科尽处，竟列名于尾科之前也〔四〕。罗既频不得意，未免怨望，意为贵子弟所排〔五〕，契阔东归。黄寇事平，朝贤意欲召之，韦贻范沮之，曰："某与之同舟而载〔六〕，虽未相识，舟人告云:‘此有朝官。’罗曰:‘是何朝官!我脚夹笔,可以敌得数辈。’必若登科通籍,吾徒为粃糠也。”由是不果召。

本条原出北梦琐言卷六罗顾升降。太平广记卷一八四北梦琐言题作韦贻范。

〔一〕令狐公　指令狐绹。

〔二〕钱塘人　原书上有“亦”字。

〔三〕赋　原书作“文赋”,当据改。

〔四〕竟列名于尾科之前也　原书“尾科”作“尾株”。句下有注曰:“令狐召学士话于梁震先辈,愚于梁公处闻之。”太平广记引文亦无此注。

〔五〕意　原书作“竟”。

〔六〕某　原书下有“曾”字。

993 驸马韦保衡为相,颇弄权势。及将败,长安小儿竞彩戏,谓之“打围”〔一〕。不旬日馀,韦祸及。

本条不知原出何书。南部新书卷辛亦叙此事。

〔一〕围　谐音“韦”。

994 大中十二年〔一〕,李卫公谪崖州〔二〕,历宣、懿两朝无宗相。至乾符二年,李蔚为相,俄罢去;历乾符、广明、中和、光启、文德、龙纪〔三〕、大顺、景福〔四〕、乾宁,悉无宗相,而宗室陵迟尤甚,居官者不过郡县长,处乡里者或为里胥。

本条原出岚斋集。侯鲭录卷八引岚斋集,即此文。

〔一〕大中十二年　侯鲭录引文作“大中二年”，当据改。资治通鉴卷二四八唐纪六四宣宗大中元年冬十二月戊午，“贬太子少保、分司李德裕为潮州司马”；二年秋九月甲子，“再贬潮州司马李德裕为崖州司户”。

〔二〕崖州　侯鲭录引文误作“广州”。

〔三〕龙纪　侯鲭录引文误作“龙化”，当据本书改。

〔四〕景福　侯鲭录引文误作“景祐”，当据本书改。

995 唐末，饮席之间多以“上行杯”“望远行”拽盏为主，“下次据”副之。既而僖宗西行，后方镇多为下位者所据，此其验也。

本条不知原出何书。

996 唐末士人之衣色尚黑，故有紫绿，有墨紫。迨兵起，士庶之衣俱皂，此其谶也。

本条不知原出何书。

997 唐末妇人梳髻，谓“拔丛”；以乱发为胎，垂障于目。解者云：“群众之计，目睹其乱发也。”

本条不知原出何书。

唐语林校证卷八

补遗 无时代。

998 宓犧氏以农官〔一〕；神农以火；黄帝以云；少昊以鸟；颛顼而名以民事〔二〕，又以五行为官名；卨作司徒，敬敷五教；禹作司空，以平水土；周则以天、地〔三〕、春、夏、秋、冬为官名。伏以古者命官，以天地、四气、五行、云龙为号者，皆上禀天时，下达人事，见圣人垂意，未有不及于惠民也〔四〕。后代不究深旨，率尔命官，仆射、侍中，尤为不可。秦有侍中、仆射，其初且非官名，唯供奉左右，是其职业。侍中，当西汉掌乘舆服〔五〕，下至亵器、虎子之类；虎子，溺器也。武帝以孔安国为侍中，以其儒者，特许掌御唾壶，朝廷荣之。班固云〔六〕："侍中，本丞相吏也，五人来往殿内奏事，故曰'侍中'。"又仆射者，射音夜，尤寡其义〔七〕。在秦有周青臣。孔衍注云："仆射，小官，扶左右者也。"亦曰"卫令仆射〔八〕，守门之夫。"在汉为武士门仆射〔九〕，在宫则曰宫门仆射、永巷仆射〔一〇〕：盖言"仆御"，执射之夫也，如今宦竖之首耳。皆因权倖,渐峻官名。开元元年,改左右仆射为左右丞相,是官号之不正也。又则天宠侍御者张昌宗〔一一〕,其官号曰“控鹤监”。向使五王未复唐德,则“控鹤”亦沾丞相之名也。

本条原出刊误卷上侍中仆射官号。说郛(陶珽刊本)卷十三李氏刊误题作侍中仆射官号。

〔一〕宓犧氏以农官　原书作“宓羲氏以龙名官”,当据改。曹植庖羲赞曰:“龙瑞名官,法地象天。”

〔二〕颛顼　原书作“自颛顼以降”,当据改。

〔三〕天地　原书无,当据本书补。说郛引文亦有。

〔四〕及　原书作“急”。

〔五〕服　原书作“服御”,当据补。

〔六〕班固　原书无,当据本书补。然汉书中无此说。

〔七〕射音夜尤寡其义　原书此二句作双行夹注。

〔八〕卫令仆射　原书作“主射”。

〔九〕门仆射　原书无。

〔一〇〕永巷仆射　原书上有“在永巷则曰”五字,当据补。

〔一一〕张昌宗　原书作“张景宗”,当从本书改。

999 两省官上事日,宰相临焉。上事者设床几,面南而坐,判三道案。宰相别施一床,连上事官床,南坐于西隅〔一〕,谓之“压角”。自常侍而下,以南为上,差舛相承,实乖礼敬。曷不为丞相设位于众官之南,常侍、谏议、给事、舍人循次而坐于丞相之下?尊卑有序,足以为仪。“压角”之来,莫究其始。开元礼及累朝典故并无其文。习俗因循,莫近于理。今请去“压角”,以释众疑。

本条原出刊误卷上压角。纬略卷四引唐国子祭酒李涪刊误题作压角。说郛(陶珽刊本)卷十三李氏刊误题作压角。

〔一〕南　原书无。

1000 凡言九寺,皆曰“棘卿”。周礼“三槐九棘”〔一〕:槐者,怀也;上佐天子,怀来四夷。棘者,言其赤心以奉其君,皆三公九卿之任也。唐世惟大理得言棘卿〔二〕,他寺则否〔三〕。九寺皆树棘木〔四〕,大理则于棘下讯鞫其罪,所谓“大司寇听刑于棘木之下”〔五〕。

本条原出刊误卷上九寺皆为棘卿。说郛(陶珽刊本)卷十三李氏刊误题作九寺皆为棘卿。

〔一〕周礼三槐九棘　见周礼秋官朝士。

〔二〕唐世　原书作“近代”。

〔三〕他　原书作“下”,当据本书改。

〔四〕寺　原书作“卿”,当据本书改。

〔五〕大司寇听刑于棘木之下　礼记王制中文。

1001 朝廷百司诸厅皆有壁记,叙官秩创置及迁授始末。原其作意,盖欲著前政履历,而发将来健羡焉。故为记之体,贵其说事详雅,不为苟饰,而近时作记,多措浮词,褒美人才,抑扬功阀〔一〕,殊失记事之本意。韦氏两京记云〔二〕:“郎官盛写壁记,以纪当厅前后迁除出入,寖以成俗。”然则壁记之起,当自国朝已来,始自台省,遂流郡邑耳。

本条原出封氏闻见记卷五壁记。说郛(陶珽刊本)卷四六、(张宗祥辑明抄本)卷四引封氏闻见记亦载。

〔一〕功阀　原书作"阀阅"。

〔二〕韦氏两京记　指韦述两京新记。此书原作五卷,今存一卷,即原书第三卷。日本天瀑山人刻入佚存丛书。

1002 官衔之名,盖兴近代。当时选曹补授〔一〕,须存资历,闻奏之时,先具旧官名品于前,次书拟官于后,使新旧相衔不断,故曰"官衔",亦曰"头衔"。所以名为"衔"者,言如人口衔物,取其连续之意。又如马之有衔以制其首;前马已进,后马续来,相次不绝者,古人谓之"衔尾相续"〔二〕,即其义也〔三〕。

类说卷三二语林题作官衔之名。海录碎事卷九上引语林亦载。

永乐大典卷之九千七百六十二衔官衔引唐语林亦载。

本条原出封氏闻见记卷五官衔。说郛(陶珽刊本)卷四六、(张宗祥辑明抄本)卷四引封氏闻见记亦载。南部新书卷庚亦载此文。

〔一〕当时选曹补授　原书作"当是选曹补受"。本书当据之改"时"为"是",原书当据本书改"受"为"授"。

〔二〕续　原书作"属"。

〔三〕即其义也　永乐大典引文其下尚有"亦曰头衔"四字。

1003 近代通谓府庭为公衙,公衙即古之公朝也。字本作"牙"。诗曰〔一〕:"祈父,予王之爪牙。"祈父,司马,掌武备。象猛兽,以爪牙为卫,故军前大旗谓“牙旗”,出师则有“建牙”、“祃牙”之事。是军中听号令,必至牙旗之下,称与府朝无异。近俗尚武,是以通呼“公府”为“公牙”〔二〕,“府门”为“牙门”,字称讹变〔三〕,转而为“衙”。汉书地理志冯翊有衙县,春秋时彭衙之地〔四〕,非公府之名。或云:公门外刻木为牙,立于门侧,以象兽牙;军将之行,置牙竿首,悬旗于上,其义一也。

类说卷三二语林题作公衙。能改斋漫录卷三辨误牙门、野客丛书卷十五亦曾引语林,即此文。

本条原出封氏闻见记卷五公牙。说郛(陶珽刊本)卷四六、(张宗祥辑明抄本)卷四引封氏闻见记亦载。南部新书卷庚亦载此文。

〔一〕诗　指诗经小雅祈父。

〔二〕牙　聚珍本作“衙”,此显系误植者,守山阁丛书本已据原书校正,今亦从之改正。

〔三〕称　原书作“稍”。

〔四〕汉书地理志冯翊有衙县春秋时彭衙之地　原书无,当据本书补。

1004 舆驾行幸,羽仪导从,谓之“卤簿”。自秦汉以来始有其名。蔡邕独断所载卤簿,有“小驾”、“大驾”、“法驾”之异,而不详卤簿之义。按字书:“卤,大楯也。”字亦作“樐”,又作“卤”〔一〕,音义皆同。以甲为之,所以扞敌。贾谊过秦论云“伏尸百万,流血漂卤”是也。甲楯有先后部伍之次,皆著之簿籍。天子出〔二〕,则案次道从,故谓之“卤簿”耳。仪卫具五兵,今不言他兵,独以甲楯为名者,行道之时，甲楯居外，馀兵在内，但言“卤簿”，是举凡也。南朝御史中丞、建康令俱有卤簿，人臣仪卫亦得同于君上，则卤簿之名不容别于他义也〔三〕。又百官从驾，谓之“扈从”，盖臣下侍从至尊，各供所职，犹仆御扈养以从上，故谓之“扈从”耳。上林赋云“扈从横行”，颜监释云：“谓跋扈纵恣而行也。”据颜此解，乃读“从”为“放纵”之“纵”，不取“行从”之义〔四〕，所未详也。

本条原出封氏闻见记卷五卤簿。

〔一〕卤　原书作“橹”，当据改。

〔二〕出　原书作“出入”，当据补。

〔三〕于　原书作“有”。

〔四〕乃读从为放纵之纵不取行从之义　原书作“乃读‘从’为‘放纵’，不敢取‘行从’之义”，文有衍夺，当据本书校正。

1005 御史台三院：一曰台院，其僚曰侍御史，众呼为“端公”。见宰相及台长，则曰“某姓侍御”。知杂事，谓之“杂端”。见台长，则曰“知杂侍御”。虽他官高秩兼之，其侍御号不改。见宰相，则曰“知杂某姓某官”。台院非知杂者，俗号“散端”。二曰殿院，其僚曰殿中侍御史，众呼为“侍御”。见宰相及台长杂端，则曰“某姓殿中”。最新入，知右巡；已次，知左巡：号“两巡使”。所主繁剧。及迁向上，则又入推，益为烦劳。惟其中间，则入清闲。故台中谚曰：“免巡未推，只得自如。”言其闲适也。厅有壁画，小山水甚工，云是吴道子真迹〔一〕。三曰察院，其僚曰监察御史，众呼亦曰“侍御史”〔二〕。见宰相及台长杂端，则曰“某姓监察”。若三院同见台长，则通曰“三院侍御”，而主簿纪其所行之事。每公堂食会，杂事不至，则无所检辖，唯相揖而已。杂事至，则尽用宪府之礼。杂端在南榻〔三〕，主簿在北榻，两院则分坐。虽举匕箸，皆绝谭笑。食毕，则主簿持黄卷揖曰：“请举事。”于是台院长白杂端曰〔四〕：“举事。”〔原注〕〔五〕欲上堂，三院长各于食堂之南廊下，先白杂端云：“合举事。”则举曰：“某姓侍御史〔原注〕有同姓者，则以第行别之。有某过〔六〕，请准条。”主簿书之。其两院皆仿此〔七〕。若举时差错，则最小殿中举院长，则最小侍御史举殿院长；又错，则向上人递举〔八〕。杂端失笑，则三院皆笑，谓之“烘堂”，悉免罚矣。凡见黄卷罚直，遇赦悉免〔九〕。台长到诸院，凡官吏有所罚，亦悉免。御史历三院虽至美〔一〇〕，而月满殿中推鞫之劳，惮于转两院，以向下侍御史便领推也，多不愿为，以此台中以“殿中转西院”为戏诅之词〔一一〕。每出入行步，侍御史在柱里，殿、察两院在柱外；有时殿中入柱里，则共咍之曰：“著〔原注〕直略反。去也。”三院御史主簿有事白端公，就其厅。若有中路白事，谓之“篸端”〔一二〕，有罚。殿中有免巡〔一三〕，遇正知巡者假故，则向上人又权知，谓之“蘸巡”。台官有亲爱除拜及喜庆之事，则谒院长、杂端、台长，谓之“取贺”。凡此皆因胥徒走卒之言，遂成故事。察院每上堂了各报，诸御史皆入立于南廊，便服靸鞋，以俟院长。立定，院长方出，相揖而序行。至殿院门，揖殿中，又序行；

至食堂前，揖侍御史。凡入门至食，凡数揖。祇揖者，古之肃拜也。台中无不揖，其酒无起谢之礼，但云“揖酒”而已。酒取合敬〔一四〕，故恐烦却揖〔一五〕。往往自台拜他官，执事亦误作“台揖”，人皆笑之。每赴朝序行，至待漏院偃息，则有“卧揖”；马上则有“马揖”〔一六〕。凡院长在厅院内，御史欲往他院，必先白，决罚又先白。察院有都厅，院长在本厅，诸人皆会话于都厅。〔原注〕御史初上，后遇杂端上堂，则举三愆九失仪，缘是新人，欲并罚也。未遇杂端上堂，其犯旧条并不罚。察院南院〔一七〕，会昌初监察御史郑路所葺。礼察厅〔一八〕，谓之“松厅”，南有古松也。刑察厅，谓之“魇厅”，寝于此多魇。兵察常主院中，茶必市蜀之佳者，贮于陶器，以防暑湿，御史躬亲缄启，故谓之“茶瓶厅”。吏察主院中入朝人次第名籍，谓之“朝簿厅”。吏察之上，则馆驿使。馆驿使之上，则监察使〔一九〕。同僚之冠也，谓之院长。台中敬长，三院皆有长。察院风彩尤峻。凡三院御史初拜，未朝谢，先谒院长；辞疾不见，则不得谢及上矣〔二〇〕。〔原注〕诸家御史台记多载当时御史事迹、戏笑之言，故事甚略。台中有仪注，后渐遗阙。虽有板榜，亦但录一时要节，自此转磨灭矣〔二一〕。

本条原出因话录卷五徵部。绀珠集卷五因话录各条分别题作御史三院、台中无不揖、诸察院厅名、南榻北榻。类说卷十四因话录各条分别题作御史三院、察院厅名。说郛（陶珽刊本）卷二三因话录各条分别题作御史三院、台中无不揖、诸察院厅名、南榻北榻。

〔一〕吴道子　原书作“吴道玄”。二者乃同一人。

〔二〕侍御史　原书作“侍御”，当据之删“史”字。

〔三〕榻　原书误作“揖”。下句同。

〔四〕台院长　原书无“长”字，当据本书补。

〔五〕原注　此乃赵璘自注。下同。

〔六〕侍御史　原书作“侍御”。

〔七〕其两院皆仿此　原书此句为注文。“仿”作“如”。

〔八〕又错则向上人递举　原书此二句为注文。“递”字原书误作“乃”，当据本书改。

〔九〕免　原书作“罚”，当据本书改。

〔一〇〕历　原书作“虚”，当据本书改。

〔一一〕西院　原书作“两院”，当据改。

〔一二〕篸　原书作“蓡”。下同。

〔一三〕有　原书作“已”，当据改。

〔一四〕取　原书误作“最”，当据本书改。

〔一五〕故恐烦却揖　原书作“以恐烦却损”。似以原书为是。

〔一六〕马上　原书作“上门”，似误。

〔一七〕察院南院　原书上有“亦曰”二字。

〔一八〕察　原书误作“祭”，当据本书改。

〔一九〕监察使　原书句下重“监察使”三字，当据补。

〔二〇〕谢　原书无，当据本书补。

〔二一〕自此转磨灭矣　原书作“自此转恐磨灭矣。因与亲友话及此，遂粗疏之”。

1006 御史主弹奏不法，肃清内外。唐兴，宰辅多自宪司登钧轴，故谓御史为宰相。杜鸿渐拜授之日，朝野倾羡。监察御史振举百司纲纪，名曰“入品宰相”。高宗朝，王本立、余衎始为御史里行，则天更置内供奉及员外试御史，有台使、里使，皆未正名也。其里行员外试者，俗名为“合口椒”，言最有毒；监察为“开口椒”，言稍毒散；殿中为“萝卜”，亦谓“生姜”，言虽辛辣而不能为患；侍御史谓之“掐毒”，言如蜂虿去其芒刺也。御史多以清苦介直获进，居常敝服羸马，至于殿庭。开元末，宰相以御史权重，遂制弹奏者先谘中丞、大夫，皆通许；又于中书、门下通状先白，然后得奏。自是御史不得特奏，威权大减。天宝中，宰相任人，不专清白。朝为清介，暮易其守，顺情希旨，纲维稍紊。御史罗希奭猜毒，吉温颇苛细，时称“罗钳吉网，望风气慑”。开元已前，诸节制并无宪官。自张守珪为幽州节度，加御史大夫，幕府始带宪官，由是方面威权益重。游宦之士，至以朝廷为闲地，谓幕府为要津。迁腾倏忽，坐致郎省，弹劾之职，遂不复举。

本条疑出封氏闻见记卷三风宪。原书存目而文已佚，赵贞信封氏闻见记校证从王国维校本以本书此文补入。

1007 御史旧例：初入台，陪直二十五日，节假五日〔一〕，谓之“伏豹”，亦曰“豹直”。百司州县初授官陪直者，皆有此名。杜易简解“伏豹”之义云：“宿直者，离家独宿，人情所贵〔二〕。其人初蒙策拜〔三〕，故以此相处。伏豹者，言众官皆出，此人独留，如伏藏之豹，伺候待搏，故云‘伏豹’耳。”韩琬则解为“爆直”，言如烧竹，遇节则爆。余以为南山赤豹〔四〕，爱其毛体，每雪霜雨雾〔五〕，诸禽兽皆出取食，唯赤豹深藏不出，古人以喻贤者隐居避世。鲍明远赋云〔六〕：“岂若南山赤豹，避雨雾而深藏。”此言“伏豹”、“豹直”者，盖取不出之意。初官陪直,已有“伏豹”之名,何必以遇节而比烧竹之“爆”也[七]?杜说虽不甚明,粗得其意,韩则疏矣。

本条原出封氏闻见记卷五豹直。绀珠集卷十封氏见闻记题作伏豹。类说卷六封氏见闻记题作豹直。南部新书卷庚亦载此文。

〔一〕五日　原书作“直日”,当据本书改。

〔二〕所贵　南部新书引文作“所违”。

〔三〕策拜　原书作“荣拜”。

〔四〕南山赤豹　原书上有“旧说”二字。

〔五〕每雪霜雨雾　原书作“每每雾露”,当据本书改。

〔六〕赋　指飞蛾赋。太平御览卷九五一引鲍明远飞蛾赋曰:“岂效南山之文豹,避雾雨而岩藏。”

〔七〕之爆　原书误倒,当据本书改。

1008 新官并宿本署,曰“爆直”,佥作“爆”迸之字。惠郎中实云[一]:“合作虎‘豹’字[二]。”言豹性洁,善服气,虽雪雨霜露,伏而不出,虑污其身。

本条原出资暇集卷中豹直。类说卷二九资暇集题作豹直。说郛(陶珽刊本)卷十四资暇录题作豹直。

〔一〕实　原书作“寔”。

〔二〕虎　原书作“武”,乃避本朝李虎之讳而改。

1009 唐制十八道节度,其后号九节度。其后河朔三镇,及四凶、二竖之乱,可考大略。明皇天宝元年,置十节度经略使以备边:曰安西,曰北庭,曰河西,以备西边;曰朔方、曰河东，曰范阳，以备北边；曰平卢，以备东边；曰陇右，曰剑南，以备西边；曰岭南五府经略，以备南边。节度之立，其初固止于沿边十道耳。自安禄山之乱，则内地始置九节度以讨之，曰：朔方郭子仪，淮西鲁炅，兴平李奂〔一〕，滑濮许叔冀，镇西李嗣业，郑蔡李广琛，河东李光弼，泽潞王思礼，河南崔光远。内地之置节度，其初犹止于九道耳。自朱氏之倡乱中原也，则自国门之外，皆方镇矣。盖其先也，欲以方镇御四夷，而其后也，则以方镇御方镇。十道既已兆乱，则内地必置九道，以除其乱；九道又兆乱，则关外近郡又不得不置矣。至代宗广德元年，以田承嗣为魏博节度，李怀仙为卢龙节度，李宝臣为成德节度，是谓河北三镇，各有其地。其风俗犷戾，过于蛮貊，吾知其河北之地，非复朝廷有矣。至于大历九年，相推戴而谓之四王：朱滔称冀王，田悦称魏王，王武俊称赵王，李纳称齐王。李希烈又以淮西称帝，朱泚又以关中称帝。裂土假王者"四凶"〔二〕，滔天僭帝者"二竖"，纷纷籍籍，不知其几也。盖唐之乱，非藩镇无以平之，而亦藩镇有以乱之。其初跋扈陆梁者，必得藩镇而后可以戡定其祸乱，而其后戡定祸乱者，亦足以称祸而致乱。故其所以去唐之乱者，藩镇也；而所以致唐之乱者，亦藩镇也。试以其一二论之。安氏之乱，怀恩平之也，而留三镇以遗患者，亦一怀恩也。将兵至京师，冒雨寒而来，姚令言之功也，而所以迎朱泚而趋京师者，亦一令言也。擒子期破田悦者，李宝臣之功，而释承嗣以为己资者，亦宝臣也。卒至于终唐之世，莫敢谁何者，由三镇始也。

本条不知原出何书。

〔一〕兴平李奂　册府元龟卷四四三将帅部作“兴平节度李奂”。资治通鉴卷二二〇唐纪三六肃宗乾元元年叙此，亦作“兴平李奂”。

〔二〕四凶　资治通鉴卷二二八唐纪四四德宗建中四年亦叙“四凶”事。

1010 露布，捷书之别名也。诸军破贼，则以帛书建诸竿上，兵部谓之“露布”。盖自汉以来有其名。所以露布者〔一〕，谓不封检，露而宣布，欲四方之速闻也。亦谓之“露板”〔二〕。魏晋奏事〔三〕，云“有警急，辄露板插羽”是也。宋时沈璞为盱眙太守〔四〕，与臧质固拒魏军，军退，质谓璞城主，使自上露板。后魏韩显宗大破齐军，不作露布，高祖怪而问之〔五〕，对曰：“顷间诸将〔六〕，获贼二三，驴马〔七〕，皆为露布，臣每哂之。近虽仰凭威灵，得摧丑竖，斩擒不多〔八〕，脱复高曳长缣，虚张功捷，尤而效之，其罪弥甚。所以敛毫卷帛，解上而已。”然则露布、露板〔九〕，古今通名也。隋文帝诏太常卿奇章公撰宣露布仪〔一〇〕。开皇九年平陈，元帅晋王以驲上露布，兵部请依新礼：“集百官及四方客使于朝堂，内史令称有诏，在位者皆拜；宣露布讫，蹈舞者三，又拜。郡县皆同。”唐因其礼〔一一〕。然露布大抵皆张皇国威〔一二〕，广谈帝德，动逾数千字，其能体要不烦者，鲜矣。

本条原出封氏闻见记卷四露布。说郛（陶珽刊本）卷四六、（张宗祥辑明抄本）卷四引封氏闻见记均载。

〔一〕所以露布　原书“所以”下有“名”字，当据补。

〔二〕板　原书作“版”。下同。

〔三〕魏晋　原书作“魏武”。当据本书改。

〔四〕沈璞　雅雨堂丛书本封氏闻见记下有注曰：“一作‘沈羡之’”。案宋书卷一百自序载臧质使沈璞自上露布事，璞字道真，则作沈羡之者误。

〔五〕高祖　原书作“高宗”。案魏书卷六十韩显宗传，此为高祖时事。

〔六〕间　原书作“闻”，当据改。

〔七〕驴马　原书同。魏书本传下有“数匹”二字，当据补。如此文义始足。

〔八〕得摧丑竖斩擒不多　原书佚去，当据本书补。雅雨堂丛书本有注云：“缺六字”，实则缺此八字。

〔九〕露布露板　原书仅存“露版”二字，佚“露布”二字，当据本书补。

〔一〇〕奇章公　原书作“牛宏”。

〔一一〕唐因其礼　原书作“自后因循，至今不改”。

〔一二〕然　原书作“近代诸”。

1011 古者阉尹擅权专制者多矣，其间不无忠孝，亦存编简。唐自安史以来，兵难荐臻，天子播越，亲衛戎柄，皆付大阉，鱼朝恩、窦文场乃其魁也。尔后置左右军、十二卫，观军容、处置、枢密、宣徽四院使，拟于四相也。十六宫使，皆宦者为之，分卿寺之职，朝廷班行备员而已〔一〕。供奉官紫衣入侍〔二〕，后军容使杨复恭俾具襴笏宣导，自复恭改作也。严遵美，内谒之最良也。尝典戎。唐末致仕于蜀郡[三]，鄙叟庸夫，时得亲狎。其子仕蜀，至阁门使。曾为一僧致紫袈裟，僧来感谢之，书记所谢之语于掌中。方属炎天，手汗模糊，文字莫辨。折腰而趋，流汗喘乏，只云："伏以军容。"寂无所道，抵视掌心良久，云："貌寝人微，凡事无能。"严曰："不敢，不敢。"退而大咍。严公物故，蜀朝册命赠，给事中窦雍坚不承命。虽偏霸之世，亦不苟且，士人多之。

本条原出北梦琐言卷六内官改创职事（窦给事附）。绀珠集卷六北梦琐言录中间一段，题作手汗模糊。

〔一〕朝廷班行　原书作"以权为班行"。

〔二〕紫衣　原书作"紫绶"。

〔三〕于　原书作"居"。

1012 邹山[一]，古之峄山[二]，始皇刻碑处，文字分明。始皇乘羊车以上，其路犹存。案：此地，春秋时邾文公卜迁于绎者也。始皇刻石纪功，其文李斯小篆。后魏太武帝登山，使人排倒之。然历代摹拓以为楷则，邑人疲于供命，聚薪其下，因野火焚之，由是残缺，不堪摹写，然由上官求请[三]，行李登陟，人吏转益劳弊。有县宰取旧文勒于石碑之上，凡成数片，置之县廨，须则拓取，自是山下之人，邑中之吏，得以息[四]。今人间有峄山碑[五]，皆新刻之碑也。其文云："刻此乐石。"学者不晓"乐石"之意，颜师古谓取泗滨磬石作此碑。始皇于琅邪、会稽诸山刻石，皆无此意[六]，唯峄山碑有之，故知然也。

本条原出封氏闻见记卷八峄山。绀珠集卷十、白孔六帖卷八七封氏见闻记题作乐石。类说卷六封氏见闻记题作峄山碑。海录碎事卷十九引封氏闻见记，录"乐石"一段。白孔六帖卷六二引封氏见闻录，亦引乐石一段。又原书此条与本卷1037条原合为一条。

〔一〕邹山　原书上有"邹山记云"一句。

〔二〕峄山　原书作"绎山"。

〔三〕由　原书作"犹"，当据改。

〔四〕息　原书作"休息"，当据补。

〔五〕人间　原书作"间"。

〔六〕意　原书作"语"。

1013 墓前碑碣，未详所起。案仪礼〔一〕：庙中有碑，所以系牲，并视日景。礼记云〔二〕："公室视丰碑，三家视桓楹。"丰碑、桓楹，天子、诸侯葬时下棺之柱，其上有孔，以穿綍索，悬棺而下，取其安审，事毕即闭圹中。臣子或书君父勋阀于碑上，后又立之于隧口，故谓之"神道碑"，言神灵之道也。古碑上往往有孔，是贯綍之遗象〔三〕。前汉碑甚少；后汉蔡邕、崔瑗之徒，多为人立碑；魏晋之后，其流浸盛〔四〕。碣亦碑之类也。周礼〔五〕："凡金玉锡石，楬而玺之。"注云："楬，如今题署物〔六〕。"汉书云〔七〕："瘗寺前，揭著其姓名。"注云："楬，椓杙也〔八〕。椓杙于瘗处而书死者之姓名。楬音揭。"然则物有标榜，皆谓之"楬"。郭景纯江赋云："峨眉为泉扬之楬〔九〕。"又变为"碣"。说文云："碣，特立石也。"据此则从木、从石两体皆通。隋之制：五品以上立碑，螭首龟趺，上不得过四尺〔一〇〕，载在丧葬令。近代碑碣稍众〔一一〕，有力之家多辇金帛以祈作者，虽人子罔极之心，顺情虚饰，遂成风俗。蔡邕云：“吾为人作碑多矣，唯郭有道无愧词〔一二〕。”隋文帝子齐王攸薨〔一三〕，僚佐请立碑，帝曰：“欲求名，一卷史书足矣；若不能，徒为后人作镇石耳。”诚哉是言！

本条原出封氏闻见记卷六碑碣。

〔一〕仪礼　原书无“礼”字，当据本书补。下为仪礼聘礼郑玄注中之文，曰：“宫必有碑，所以识日景，引阴阳也。凡碑引物者，宗庙则丽牲焉，以取毛血。”

〔二〕礼记　此为礼记檀弓下文。

〔三〕是贯綍之遗象　原书作“是贯綍索之像”。

〔四〕浸　原书作“寖”，当据改。

〔五〕周礼　此为周礼秋官职金中文。

〔六〕楬如今题署物　郑玄注：“今时之书，有所表识，谓之楬橥。”孙诒让周礼正义卷六九：“封演见闻记引此注，作‘楬，如今题署物。’疑臆改，不足据。”

〔七〕汉书　此为汉书卷九十尹赏传中文，曰：“瘗寺门桓东，楬著其姓名。”

〔八〕楬椓杙也　原书作“名楬，杙也”。颜师古注与原书同。

〔九〕峨眉为泉扬之楬　原书作“峨眉为泉阳之揭”，郭赋原文亦作“泉阳”，当据正。原书句下尚有“‘玉垒作东别之标’是也。其字本从木，后人以石为墓碣。”数句。

〔一〇〕上　原书作“趺上”。

〔一一〕碑碣　原书无“碣”，当据本书补。

〔一二〕郭有道　指郭有道碑。蔡邕之语见世说新语卷上之上德行"郭林宗至汝南造袁奉高"下刘孝标注引续汉书。

〔一三〕齐王攸　查隋书，此为秦孝王俊事，见卷四五文四子传。"徒为人作镇石"等语亦见此传。

1014 石碑皆有圆空〔一〕。盖碑者，悲也，本墟墓间物〔二〕。每一墓有四焉。初葬，穿绳于孔以下棺〔三〕，乃古悬窆之礼。礼曰〔四〕："公室视丰碑，三家视桓楹。"人因就纪其德，由是遂有碑表。数十年前，时有树德政碑，亦制圆空，不知根本甚矣〔五〕。后有悟之者，遂改焉。

本条原出尚书故实。类说卷四五尚书故实题作碑孔。古今合璧事类备要前集卷六八引尚书故实亦载。说郛(陶珽刊本)卷三六尚书故实亦载。

〔一〕石碑皆有圆空　原书作"古碑皆有圆空"，下有注曰："音孔。"说郛引文亦有。

〔二〕也本　原书二字误倒，当据本书改。

〔三〕穿绳于孔以下棺　原书"孔"作"空"。参看本书卷二201条。

〔四〕礼　礼记檀弓下中语。

〔五〕不知根本甚矣　原书作"不知根本，甚失"。

1015 人道尚右，以右为尊。礼先宾客，故西让客，主人在东，盖自卑也。后人或以东让客〔一〕，非礼也。盖缘见所在地〔二〕，所主在东，俗有东行南头之戏，此乃贵其为一方一境之主也。记曰："天子无客礼，莫敢为主焉。故君适其臣，升自阼阶，不敢有其室也。”注：“明飨君非也[三]。”唐之方镇及刺史[四]，入本部，于令长已下，礼绝宾主，犹近君臣。至于藩镇经管内支郡，则俱是古南面诸侯，但以使职监临，如台省之官至外地耳。既通宴飨，则异君臣，而用古天子升阶之仪[五]，非礼也。

本条原出因话录卷五徵部。绀珠集卷五因话录题作东让客非礼。类说卷十四因话录题作人道尚右。说郛（陶珽刊本）卷二三因话录题作东让客非礼。

〔一〕后人　原书作“今之人”。

〔二〕见所在地　原书作“所任在地”。

〔三〕明飨君非也　原书同。案礼记郊特牲郑玄此注作“明飨君非礼也。”当据之补“礼”字。

〔四〕唐　原书作“今”。

〔五〕阶　原书作“阼阶”，当据之补“阼”字。

1016 近代风俗，人子在膝下，每生日有酒食之事；孤露之后，不宜复以为欢会。梁孝元帝少时，每以载诞之辰[一]，辄设斋讲经，洎阮修容殁后，此事亦绝少[二]。太宗曾以降诞日感泣[三]。中宗常以降诞日宴侍臣内庭[四]，与学士联句柏梁体诗。然则唐以来[五]，此日皆有宴会。开元十七年，丞相张说奏：以八月端午降诞日为千秋节[六]，又改为天长节。肃宗因之，诞日为地平天成节[七]。代宗虽不为节，犹受四方进献。德宗即位[八]，诏公卿议，吏部尚书颜真卿奏[九]：“准礼经及历代帝王无降诞日，唯开元中始为之。复推本意：以为节者，喜圣寿无疆之庆，天下咸贺,故号节;若千秋万岁之后〔一〇〕,尚存此日以为节假,恐乖本意。”于是敕停之。

本条原出封氏闻见记卷四降诞。

〔一〕载诞之辰　原书作“诞载之晨”,当据本书改。

〔二〕绝少　原书无“少”字,当据改。

〔三〕太宗曾以降诞日感泣　原书叙此事颇详,此乃约言之。

〔四〕侍臣　原书下有“贵戚”一词。

〔五〕唐　原书作“国朝”。

〔六〕以八月端午降诞日为千秋节　原书作“以八月五日为千秋节”,当据改。原书其后略叙节日君臣赏乐之事,本书略去。

〔七〕诞日为地平天成节　原书作“以降诞日为天平地成节”。

〔八〕德宗　原书作“今上”。

〔九〕奏　原书此字与下句句首“准”字互倒,当据本书改。

〔一〇〕若千秋　原书作“曰‘千秋’”,则此三字当连上读。

1017 明皇朝,海内殷赡,送葬者或当冲设祭〔一〕,张施帏幕,有假花〔二〕、假果、粉人、粉帐之属〔三〕,然大不过方丈,室高不逾数尺,识者犹或非之。丧乱以来,此风大扇,祭盘帐幕,高至九十尺〔四〕,用床三、四百张,雕镌饰画,穷极技巧;馔具牲牢,复居其外。大历中,太原节度辛云京葬日〔五〕,诸道节度使使人修祭〔六〕,范阳祭盘最为高大,刻木为尉迟鄂公与突厥斗将之戏〔七〕,机关动作,不异于生。祭讫,灵车欲过,使者请曰:“对数未尽。”又停车,设项羽与汉祖会鸿门之象〔八〕,良久乃毕。缞绖者皆手擘布幕,辍哭观戏。事毕，孝子传语与使人，“祭盘大好，赏马两匹。”滑州节度令狐母亡〔九〕，邻境致祭，昭义节度初于淇门载船桅以充幕柱，至时嫌短，特于卫州大河船上取长桅代之。及昭义节度薛公薨〔一〇〕，归葬绛州，诸方并管内县涂阳城南设祭〔一一〕，每半里一祭，至漳河二十馀里〔一二〕，连延相次。大者费千馀贯，小者三、四百贯，互相窥觇，竞为新奇。柩车暂过，皆为弃物矣。盖自开辟至今，奠祭鬼神，未有如斯之盛者。

本条原出封氏闻见记卷六道祭。说郛(陶珽刊本)卷四六、(张宗祥辑明抄本)卷四引封氏闻见记亦载。

〔一〕冲　原书作“衢”。

〔二〕花　聚珍本作“老”，此显系误植，守山阁丛书本已改正，今亦据之改为“花”字。原书亦作“花”。

〔三〕帐　原书作“粻”，当据改。

〔四〕九十　原书作“八、九十”。

〔五〕辛云京　原书作“辛景云”，当据本书改。新唐书卷一四七辛云京传：“及葬，命中使吊祠，时将相祭者至七十馀幄，丧车移晷乃得去。”

〔六〕祭　原书无，而下句作“祭祭盘”，多一“祭”字，当移于此。

〔七〕尉迟鄂公　原书作“尉迟郑公”，当据本书改。旧唐书卷六八、新唐书卷八九尉迟敬德传均作“封鄂国公”。

〔八〕汉祖　原书作“汉高祖”，当据之补“高”字。

〔九〕令狐　指令狐彰。

〔一〇〕薛公　即薛嵩。

〔一一〕归葬绛州诸方并管内县涂阳城南设祭　原书作“绛忻诸方并管内滏阳城南设祭”。此处除当据原书改“涂阳”为“滏阳”外，其馀文字当以本书为是。盖薛嵩祖籍绛州，归葬之时，灵榇将由漳水而下，故于滏阳城南设祭也。

〔一二〕至　原书上有“南”字。

1018 俗间凶疏，本叙时序朔望，以表远感之怀，此合于情理。至有叙经斋七日，此出释教，不当形于书疏。

本条不知原出何书。

1019 准礼：父在，为所生母〔一〕；父为嫡子；夫为妻；皆杖周。自周礼已降，至于开元礼，及唐史二百六十年，并无有易斯议，未闻为兄弟杖者。自离乱已后，武臣为弟始行周杖之礼〔二〕，是宾佐不能以礼正之，致其谬误也。乾宁三年九月〔三〕，行吊于名士之家，睹其弟为兄杖，门人知旧来，无有言其乖礼者，实虑日久寖以为是。自今后，士子好礼者，于服式之中，慎而行之。

本条原出刊误卷下杖周议。说郛（陶珽刊本）卷十三李氏刊误题作杖周议。

〔一〕父在为所生母　原书作“父在，为母，为所生母”。当据补。

〔二〕武臣为弟始行周杖之礼　原书作“武臣为兄弟始行杖周之礼”，当据正。

〔三〕乾宁三年九月　原书句首有“予”字，当据补。

1020 今俗释服多用昏时，非礼也。按戴礼[一]：“鲁人有朝祥而暮歌者，子路笑之[二]。”夫子虽抑子路云：“三年之丧，亦已久矣。”而复曰：“逾月则其善。”明知月晦之朝，去缟从吉也，明日则逾月矣，故夫子怪其不待明日而歌。今之免服准式给晦日假者，盖以朝既从吉，使竟是日吉服，尽与亲宾相见，遍示礼终，至明日复参公务，无乐不为之义。又礼书皆云：前一夕除某物，废某物[三]。又曰“夙兴”云云，知前夕除废，为明晨之渐。凡曰释服，悉宜从朝矣。〔原注〕[四]今在脱服假内，反不见宾友也。礼云“大丧不避涕泣而见人”者[五]，言既不行求见人，人来求之[六]，不避涕泣，以表至哀无饰。今世卒哭之后[七]，朔望时节，辞不见宾客，非也。若尊高居丧，吊者以是日客多，不敢求见，遽自退去，宜矣，非所以辞也[八]。

本条原出资暇集卷中朝祥。说郛（陶珽刊本）卷十四资暇录题作朝祥。

〔一〕戴礼　原书作“戴记”。此为礼记檀弓上文。

〔二〕子路笑之　原书作“子路笑其是日便歌”。

〔三〕废某物　原书无此三字。

〔四〕原注　此是李匡文自注。

〔五〕礼云大丧不避涕泣而见人　见礼记杂记下，文曰：“唯父母之丧不避涕泣而见人。”

〔六〕求　原书作“见”。本书似误。

〔七〕世　原书作“见”。

〔八〕非所以辞也　原书作“若以为辞，未敢问命。”“问”当是“闻”之误。

1021 三日成服,圣人之制。世有至五日者,非也〔一〕。

本条原出资暇集卷中成服。说郛(陶珽刊本)卷十四资暇录题作成服。

〔一〕世有至五日者非也　原书作“今或见不详典礼,取信巫师,有至五日之僭者。”下尚有文申述,末有原注曰:“此见礼记第十八卷。”

1022 忌日请假,非古也。世说云〔一〕:“忌日惟不饮酒作乐。会稽王世子将以忌日送客至新亭〔二〕,主人欲作乐,王便起去,持弹往卫洗马墓弹鸟。”晋书又载〔三〕:桓玄“忌日与宾客游宴,惟至时一哭而已。”此前代忌日无假之证也。沈约答庾光禄书云:“忌日制忌〔四〕,应是晋、宋之间,其事未久。未至假前〔五〕,止是不为宴乐,本自不封闭〔六〕,如今世自处者。居丧再周之内,每至忌日,哭临受吊,无不见人之义。而除服之后,乃不见人。实由世人以忌日不乐,而不能竟日兴感,以对宾客,或弛懈〔七〕,故过自屏晦,不与外接。设假之由,实在于此。”颜延之〔八〕:“忌日感慕,故不接外宾,不理庶务。不能悲怆自居,何限于深藏也。世人或端坐奥室,不妨言笑〔九〕,迫有急卒〔一〇〕,宁无尽见之理?其不知礼意乎!”

本条原出封氏闻见记卷六忌日。

〔一〕世说　今本世说新语此处文字已佚,残文并见艺文类聚卷六十、太平御览卷三五〇,惟不及封书完整。

〔二〕将　原书无。

〔三〕晋书　见晋书卷九九桓玄传，文中"时"作"亡时"。

〔四〕制忌　原书无"忌"，赵贞信据秦篑刻本封氏闻见记补入"假"字。本书当据之改"忌"作"假"。

〔五〕未至　原书作"制"。

〔六〕自不　原书作"不自"，当据改。

〔七〕或　原书作"故"，当据本书改。

〔八〕颜延之　原书作"颜之推亦云："，其下乃是颜氏家训风操中文，封书与本书引文小有改动。此与颜延之无涉，本书大误。

〔九〕妨　原书作"好"。颜书作"妨"。

〔一〇〕迫有急卒　颜书同。原书误作"卒有急回"。

1023 李匡乂云〔一〕：晋书称阮咸善琵琶〔二〕，是即是矣〔三〕。按周书云〔四〕："武帝弹琵琶，后梁宣帝起舞，谓武帝曰：'陛下既弹五弦琴，臣何敢不同百兽舞？'"则周武帝所弹，乃是今之五弦。可知前代凡此类〔五〕，总号琵琶尔。又按风俗通云："以手批把〔六〕，谓之琵琶。自拨弹已后，惟今四弦始专琵琶之名。"因依而言，则刘餗所云〔七〕："贞观中，裴洛儿始弃拨，用手以抚琵琶〔八〕。"是又不知故事者之言也。又因此而征之，五弦之号，即出于后梁宣帝之语也。而今阮氏琵琶，正以手抚〔九〕，反不能占琵琶之名，失本义矣〔一〇〕。

本条原出资暇集卷下阮咸。乃是该条末端之原注。

〔一〕李匡乂云　原书无，当是王谠所加。

〔二〕晋书　见晋书卷四九阮咸传。

〔三〕是即是矣　原书作“此即是也”。

〔四〕周书　原书作“后周书”。此见周书卷四八萧詧传，然言“何敢不同百兽”者乃其子明帝萧岿。

〔五〕可　原书作“明”。

〔六〕批把　原书作“枇杷”。

〔七〕刘餗所云　见刘餗隋唐嘉话卷中。

〔八〕用手以抚琵琶　原书作“用□以指琵琶”。句有误，当据本书改。

〔九〕抚　原书作“指”。

〔一〇〕失　原书作“都失”。

1024 今有奕局，共取一道，人行五棋，谓之“蹙融”。“融”宜作“戎”。此戏生于黄帝蹙鞠，意在军戎也，殊非“圆融”之义。庾元规著座右方〔一〕，所言“蹙戎”，是也〔二〕。

本条原出资暇集卷中蹙融。绀珠集卷十二资暇集题作蹙戎。类说卷二九资暇集题作蹙融。说郛（陶珽刊本）卷十四资暇录题作蹙融。

〔一〕庾元规著座右方　隋书卷三四经籍志三录座右方八卷，庾元威撰。

〔二〕所言蹙戎是也　原书作“所言‘蹙戎’者，今之蹙融也。学者固已知之”。

1025 今之博戏，长行最盛。其具有局有子，黑、黄各十有五〔一〕，掷采之头有二〔二〕。其法生于握槊，变于双陆。天后梦双陆不胜，狄公言“宫中无子”是也〔三〕。后人新意，长行出焉。又有小双陆、围透、大点、小点、游谈、凤翼之名,然无如长行。鉴险易者,喻时事焉;适变通者,方易象焉。王公大臣,颇或耽玩,至于废庆吊,忘寝食。闾里用之,于是强名争胜〔四〕,谓之“撩零”;假借分画,谓之“囊家”。囊家什一而取,谓之“子头”〔五〕。有通宵而战者,有破产而输者。中世工者〔六〕,有浑镐〔七〕、崔师本。围棋次于长行,其中世工者,韦延扈、杨芃〔八〕。弹棋鲜有为之,中世工者,有吉达、高越首出焉。

本条原出国史补卷下叙博长行戏。太平广记卷二二八国史补题作杂戏。说郛(张宗祥辑明抄本)卷七五国史补亦载。本条与1026条原合为一条,今依原书分列。

〔一〕黑黄各十有五　原书句首有“子有”二字,当据补。太平广记引文有“子”字。

〔二〕头　原书与各本引文作“骰”。

〔三〕狄公言宫中无子　新唐书卷一一五狄仁杰传曾叙此事。

〔四〕闾里用之于是　原书作“及博徒是”,文有夺误,当据本书校正。

〔五〕子头　原书与各本引文均作“乞头”。学津讨原本下有注:“一作‘子’。”

〔六〕中世　原书作“近”。下同。

〔七〕浑镐　太平广记引文作“谭镐”。

〔八〕韦延扈杨芃　原书与太平广记引文作“韦延祐、杨芃”。学津讨原本于韦延祐下注曰:“一本作‘韦扈’。”案:太平广记卷二二八引嘉话录,题作韦延祐,叙延祐棋艺颇详。延祐或是韦扈之字。

1026 贞元中，董叔儒进博局，并经一卷，颇有新意，不行于世。

本条原出国史补卷下董叔儒博经。太平广记卷二二八国史补题作杂戏。说郛（张宗祥辑明抄本）卷七五国史补亦载。又本条与1025条原合为一条，今依原书分列。

1027 隋置明经、进士科，唐承隋，置秀才、明法、明字、明算，并前六科。主司则以考功郎中，后以考功员外郎。士人所趋，明经、进士二科而已。及大足元年，置拔萃，始于崔翘。开元十九年，置宏词，始于郑昕。开元二十四年，置平判入等，始于颜真卿。是年，考功员外郎李昂摘进士李权章句疵之，榜于通衢；权摘昂诗句之失，由是世难其事，乃命礼部侍郎主之。后有左补阙薛邕，中书舍人达奚珣、李韦〔一〕、李麟、姚子彦、张蒙、高郢、权德舆、卫次公、张弘靖、于允躬、韦贯之、李逢吉、李程、庾承宣、贾餗、沈珣、杜审权、李璠、裴恒、王铎、李蔚、赵骘、郑愚，太常少卿李建，尚书萧昕，仆射王起，常侍萧仿，黄门侍郎许孟容、郑显，刑部侍郎崔枢，户部侍郎韦昭度杂主之，而弘靖不以进士显。

本条不知原出何书。

〔一〕李韦　天宝九载知贡举者为"李暐"，当即此人。

1028 唐朝初〔一〕，明经取通两经，先帖文，乃案章疏试墨策十道；秀才试方略策三道；进士时务策五道〔二〕。考功员外郎职当考试。其后举人惮于方略之科，为秀才者殆绝，而多趋明经、进士。高宗时，进士特难其选。龙朔中〔三〕，敕左史董思恭与考功员外郎权原崇同试贡举。思恭吴士轻脱，泄进士问目，三司推，赃污狼藉，命西朝堂斩决〔四〕，告变，免死除名，流梧州。开耀元年，员外郎刘思立以进士惟试时务策〔五〕，恐复伤肤浅，请加试杂文两道，并帖小经〔六〕。明皇时，士子殷盛，每岁进士到省者常不减千馀人，在馆诸生更相造诣，互结朋党，以相倾夺，号之为"棚"，推声望者为"棚头"。权门贵盛，无不走也，以此荧惑主司视听。其不第者率多喧讼，考功不能御。开元二十四年冬，遂移贡举属于礼部，侍郎姚奕颇振纲纪焉。后明经停墨策，试口义，并时务策三道。进士改帖大经〔七〕，加论语。自是举司帖经〔八〕，多有聱牙、孤绝、例拔〔九〕、筑注之目。文士多于经不精，至有白首举场者，故进士以帖经为大厄〔一〇〕。天宝初，达奚珣、李岩相次知贡举〔一一〕。进士声名高而帖落者，时或试诗放过〔一二〕，谓之"赎帖"。十一年，杨国忠初知选事，进士孙季卿曾谒国忠，言礼部帖经之弊："举人有实材者，帖经既落，不得试文；若先试杂文，然后帖经，则无遗才矣。"国忠然之。无何，有敕进士先试帖，然仍前后开一行〔一三〕，是岁收人有倍常岁。又旧例：试杂文者，一诗一赋，或兼试颂论，而题目多为隐僻。策问五道，旧例：三道为时务策〔一四〕，一道为方略〔一五〕，一道为征事；近者方略之中或有异同〔一六〕，大抵非精究博赡之才，难以应乎兹选矣。故当代以进士登科为"登龙门"，解褐多拜清紧，十数年间拟迹庙堂。轻薄为之语曰："及第进士，俯视中、黄郎；落第进士，揖蒲、华长马〔一七〕。"又云："进士初擢第，头上七尺焰光。"好事者纪其姓名，自神龙以来迄于兹，名曰进士登科记，亦所以示前良〔一八〕，发起后进也。宝应二年，杨绾为礼部侍郎，奏：举人不先德行，率多浮薄，请依乡举里选。于是诏天下举秀才孝廉，而考试章条渐加繁密，至于升进德行，未之能也。其后应此科者益少〔一九〕，遂罢之，复为明经、进士。

本条原出封氏闻见记卷三贡举。原书此条与卷三 372 条、卷四 516 条、卷一 96 条本为一条，三者乃所举事例。

〔一〕唐朝初　原书作"国初"。

〔二〕进士　原书下有"试"字，当据补。

〔三〕龙朔中　原书误作"龙翔中"，当据本书改。册府元龟卷一五二帝王部亦叙此事，云是龙朔三年事。

〔四〕命西朝堂斩决　原书作"后于西堂朝次"，语有讹，当据本书改。册府元龟作"帝令于朝堂斩之。"唯记董思恭之官衔为右史，与本书异。

〔五〕惟　原书作"准"。

〔六〕小经　新唐书卷四四选举志上："凡礼记、春秋左氏传为大经，诗、周礼、仪礼为中经，易、尚书、春秋公羊传、穀梁传为小经。"

〔七〕大经　原书作"六经"，当据本书改。

〔八〕帖经　原书无，当据本书补。

〔九〕例拔　原书作"倒拔"，当据正。

〔一〇〕大厄　原书无"厄"，当据本书补。

〔一一〕李岩　原书作“李严”，当据本书改。

〔一二〕或试诗　原书作“谓试时”，当据本书改。

〔一三〕然　原书作“进”，赵贞信据天一阁本封氏闻见记改作“经”，本书亦当据改。此“经”字连上句读。

〔一四〕道　原书作“通”。下二句同。

〔一五〕方略　原书为“商”，下当夺一“略”字。

〔一六〕方略　原书作“商略”。

〔一七〕轻薄为之语曰及第进士俯视中黄郎落第进士揖蒲华长马　王鸣盛十七史商榷卷八一偏重进士立法之弊引封氏闻见记此文，曰：“此段似有误。‘揖’上疑脱‘平’字，‘马’字疑衍。及第进士，俯视中书、黄门两省郎官；落第尚可再举，一得即躐清要，故平揖近畿蒲州、华州之令长也。其立法之弊如此。”勋初案：王氏释“俯视中、黄郎”说诚是，而释“揖蒲、华长马”则有误。“长马”或系当时某一军职之俗称，见北梦琐言卷四毕舅知分（蜀杨会附），亦即本书卷七966条。

〔一八〕示　原书作“昭示”，当据之补“昭”字。

〔一九〕后　原书作“于”，当据本书改。

1029 唐制〔一〕：常举人之外，又有制科，搜扬拔擢，名目甚众。则天广收才彦，起家或拜中书舍人、员外郎，次拾遗、补阙。明皇尤加精选，下无滞才。然制举出身，名望虽美，犹居进士之下。仕宦自进士而历清贯，有八俊者：一曰进士出身，制策不入；二曰校书、正字不入；三曰畿尉不入；四曰监察御史、殿中丞不入〔二〕；五曰拾遗、补阙不入；六曰员外郎、郎中不入；七曰中书舍人、给事中不入；八曰中书侍郎、中书令不入[三]。言此八者尤加俊捷,直登宰相,不要历缩馀官也。朋僚迁拜,或以此更相讥弄。举人应及第者[四],关检无籍者[五],不得与第。陈章甫制策登科,吏部放榜,章甫上书:"昨见榜云[六]:'户部报无籍者。'昔傅说无姓,商后置于盐梅之地[七];屠羊隐名,楚王延以三旌之位[八]:未闻征籍也。范雎改姓易名为张禄先生,秦用之霸;张良为韩报仇,变姓名而游下邳,汉高用之为相。则知籍者,所以计赋耳[九],本防群小,不约贤路。若人有大才,不可以籍弃之;苟无良德,虽籍何为[一〇]?"所司不能夺,特谘执政收之。常举外,复有通五经、明一史[一一],及献文章并著述之辈[一二],或附中书考试[一三],亦同制举。

本条原出封氏闻见记卷三制科。

〔一〕唐制　原书作"国朝于"。

〔二〕殿中丞　原书无"丞"。

〔三〕七曰中书舍人给事中不入八曰中书侍郎中书令不入　原书佚去此二句,当据本书补。

〔四〕举人应及第者　原书句首有"旧"字,当据补。句末无"者"字,当据删。

〔五〕关　原书作"开",当据改。

〔六〕昨　原书误作"时",当据本书改。

〔七〕傅说无姓商后置于盐梅之地　指武丁举傅说为相事,见尚书说命。

〔八〕屠羊隐名楚王延以三旌之位　见庄子让王篇。楚王为楚昭王。

〔九〕赋　原书作"租赋"。

〔一〇〕虽籍何为　原书句下尚有责难员外之一番议论，本书略去。

〔一一〕明　原书无。

〔一二〕著述　原书上有"上"字。

〔一三〕或附中书考试　原书作"或付本司，或付中书考试。"本书误，当据改。

1030 春官氏每岁选升进士三十人，以备将相之任。是日，自状元已下，同诣座主宅。座主立于庭。一一而进曰："某外氏某家。"或曰"甥"，或曰"弟"。又曰："某大外氏某家。"又曰："外大外氏某家。"或曰"重表弟"，或曰"表甥孙"。又有同宗座主宜为侄，而反为叔。言叙既毕，拜礼得申。予辄议曰："春官氏选士得其人，止供职业耳，而俊造之士以经术待聘，获采拔于有司，则朝廷与春官氏皆何恩于举子？今使谢之，则与选士之旨，岂不异乎？至有海东之子，岭峤之人，皆与华族叙中表，从使拜首而已。论诸事体，又何有哉？"

本条不知原出何书。

1031 神龙元年已来，累为主司者：房光庭再，太极元年、开元元年。裴耀卿再，开元五年、六年。李纳四，开元七年、八年、九年、十年。严挺之三，开元十四年、十五年、十六年。裴敦复再，开元十九年、二十年。孙逖再，开元二十二年、二十三年。已前，并考功员外郎。姚奕再，开元二十四年、二十五年，始命春官小宗伯主之。崔翘三，开元二十七年、二十八年、二十九年。达奚珣四，天宝二年、三年、四年、五年。李岩三，天宝六年、七载、八载。李麟再，天宝十载、十一载。阳涣再，天宝十二载、十五载。裴士淹再，至德二年、三年。姚子彦再，乾元三年、上元二年。萧昕再，宝应二年、贞元三年。薛邕四，大历二年、三年、四年、五年。张渭三，大历六年、七年、八年。蒋涣再，大历九年、十年。常衮三，大历十年、十一年、十二年。潘炎再，大历十三年、十四年。鲍防三，兴元二年、贞元元年、二年。刘太真再，贞元四年、五年。顾少连再，贞元十年、十四年。吕渭三，贞元十一年、十二年、十三年。权德舆三，贞元十八年、十九年、二十年停举，永贞元年。崔邠再，元和元年、二年。韦贯之再，元和八年、九年。庾承宣再，元和十年、十一年。王起四，长庆二年、三年、会昌三年、四年。杨嗣复再，宝历元年、二年。崔郾再，太和元年、二年。郑澣再，太和三年、四年。贾餗再，太和五年、六年。高锴再，开成元年、二年。柳景再，开成五年、会昌元年。陈商再，会昌五年、六年。郑颢再，大中十年、十三年。

本条不知原出何书。徐松登科记考卷二八别录上有考证，可参看。

1032 董生言〔一〕：日常右转，星常左转。大凡不满三万〔二〕，日行周二十八舍、三百六十五度。然必有差，约八十年差一度。自汉文三年甲子冬至，日在斗二十二度，至唐兴元元年甲子冬至，日在斗九度，九百六十一年，差十三度矣。

本条原出国史补卷下董和通乾论。

〔一〕董生　指董和。原书句上尚有“董和，究天地阴阳历律之学，著通乾论十五卷成。至荆南，节度裴胄之问”，下接本文。“裴胄之”乃“裴胄”之误。

〔二〕三万　原书句下有“年”字，当据补。

1033 含元殿〔一〕，凿龙首冈以为址。彤墀扣砌，高五十馀尺。左右立栖凤、翔鸾二阙，龙尾道出于阙前，倚栏下视，南山如在掌中〔二〕。殿去五门二里，每元朔朝会，禁军御杖宿于殿庭，金甲葆戈，杂以绮绣；文武缨佩，蕃夷酋长皆序立。仰观玉座〔三〕，若在霄汉。

本条原出剧谈录卷下含元殿。

〔一〕含元殿　原书下有“国初建造”一句。

〔二〕南山　原书作“前山”。

〔三〕文武缨佩蕃夷酋长皆序立仰观玉座　原书作“罗列，文武缨珮序立。蕃夷酋长仰观玉座”，文有错乱，当据本书校正。

1034 太湖中有禹庙。山僧云：“禹导吴江以泄具区，会诸侯于此。”

本条不知原出何书。

1035 西明寺、慈恩寺多古画〔一〕，慈恩塔前壁有“湿耳狮子趺心花”，为时所重。圣善、敬爱两寺亦有古画，圣善寺木塔院多郑广文画并书，敬爱寺山亭院有画雉尾若丹砂子，上有进士房增题名处〔二〕。后有人题曰："姚家新婿是房郎，未解芳颜意欲狂。见说正调穿泪箭〔三〕，莫教射破寺家墙。"西北角有病龙院，并吴生画。

本条原出卢氏杂说。太平广记卷二一二卢氏杂说题作吴道玄。

〔一〕古画　太平广记引文作"名画"。

〔二〕敬爱寺山亭院有画雉尾若丹砂子上有进士房增题名处　太平广记引文作"敬爱山亭院有雉尾若真，砂子上有进士房鲁题名处。"

〔三〕泪　太平广记引文作"羽"，当据改。

1036 卢言旧宅在东都归德坊南街〔一〕。厅屋是杏木梁，西壁有韦冕郎中画马六匹〔二〕。

本条原出卢氏杂说。太平广记卷二一四卢氏杂说题作杂编。

〔一〕卢言旧宅　太平广记引文作"余旧宅"。

〔二〕韦冕　太平广记、图画见闻志引文作"韦旻"。此人新唐书卷七四上宰相世系表四上有记载，本书误。

1037 兖州邹县峄山〔一〕，南面半腹〔二〕，东西长数十步〔三〕。其处生桐〔四〕，相传以为禹贡"峄阳孤桐"者也。土人云：此桐所以异于常桐者，诸山皆发地土多〔五〕，惟此山大石攒倚，石间周回，皆通人行，山中空虚，故桐木响绝，以是珍而入贡也。按汉书地理志，下邳县西有葛峄山，古之峄阳下邳者是矣〔六〕。

本条原出封氏闻见记卷八峄山。与 1038 条原合为一条，今依原书分列。又原书此条与本卷 1012 条本为一条。

〔一〕邹县峄山　原书作“邹绎山”，当据本书补“县”字。“峄”“绎”异体相通。

〔二〕半腹　原书作“平复”，当据改。

〔三〕东西长数十步　原书句下有“广数步”一句，当据补。

〔四〕桐　原书作“梧桐”。

〔五〕土多　原书作“兼土”。

〔六〕汉书地理志下邳县西有葛峄山古之峄阳下邳者是矣　汉书卷二八上地理志第八上：“（东海郡）下邳：葛峄山在西，古文以为峄阳。”

1038 关西西风则雨〔一〕，东风则晴，皆以为常候。夫九州之地，洛阳为土中，风雨之所交也。今关西西风则雨，关东东风则雨，是风气各自其方而来，交于土中，阴阳和则雨成〔二〕。

本条当出封氏闻见记卷七西风则雨。与 1037 条原合为一条，守山阁丛书本唐语林校勘记云：“此当提行另起。闻见记卷七目有西风则雨条，注‘缺’，当即此条也。”今从之。

〔一〕关西西风则雨　赵贞信封氏闻见记校证据续博物志于此句之上补入“关东西风则晴，东风则雨”二句。

〔二〕阴阳和则雨成　赵贞信封氏闻见记校证据续博物志于此句之上补入“阳之专气为雹，阴之专气为霰”二句。

1039 相里汤阴县北有羑里城〔一〕，周回可三百馀步，其中平实，高于城外地丈馀，北开一门，相传文王演易之所〔二〕。曹子建诘纣文云："崇侯何功，乃用为辅？西伯何辜，囚之囹圄？囹圄既成，负土既盈，兴立炮烙，贼害忠贞。"观此意，见文王所囚之地，纣使负土实此城也。未详子建所据。今按：此东顿邱、临黄诸县多有古小城，周一里〔三〕，或一、二百步〔四〕，其中皆实。郭缘生述征记云："彭城东有秺城〔五〕，云是崇侯冢，自淮迄于河上〔六〕。城而实中谓之'秺'〔七〕，丘垅可阻谓之'固'。"然则城小而实〔八〕，皆古人因依立冢以为保固〔九〕，子建所云"负土既盈"，或承流俗之传耳。

本条原出封氏闻见记卷八羑里城。

〔一〕相里　原书作"相州"，当据改。

〔二〕相传文王演易之所　崔东壁丰镐考信别录卷二羑里城引封氏闻见记，有考辨。

〔三〕周一里　原书上有"或"字，当据补。

〔四〕或一二百步　原书作"或三百步"，"三"乃"一、二"之误。

〔五〕东　原书作"郡"。

〔六〕河上　原书"河"上衍一"淮"字，当据本书删。

〔七〕城而实中谓之秺　原书佚"中谓之"三字，当据本书补。

〔八〕城小　原书误倒为"小城"，当据本书改。

〔九〕冢　原书作"家"，当据本书改。

1040 晋文王欲修九龙堰，阮步兵举锄掘地，得古承水铜龙六枚，堰遂成。水历堨东注，谓之千金渠，晋世又广功焉。石人东胁下文云:“泰始七年六月二十三日大水,荡坏二堨,今改为堨。更于西开泄,名曰伐〔原注〕[一]一作“代”。龙渠。增高千金之旧一丈四尺,若五龙。岁久复坏,可转于西更开三堨。二渠合用二十三万五千六百九十八功。以其年十月二十二日起作,功重人少,到八年四月二十日毕。”伐龙渠,即九龙渠也。元魏修复故堨,朝廷太和中造石渠于水上。按桥西门之南颊文,称晋元康二年十一月二日毕。汉司空王梁为河南,将引穀水以溉京都,渠成而水下流。后张纯堰洛而通漕,是渠今引洛水,盖纯之创也。

本条不知原出何书。

〔一〕原注　此为王谠所加之注。

1041 凡造物由水,水由土[一]。故江东宜绫纱,宜纸,镜水之故也。蜀人织锦初成,必濯于江,然后文采焕发。郑人以荥水酿酒,近邑与远郊美数倍[二]。齐人以阿井煎胶,其井比旁井重数倍。

本条原出国史补卷下造物由水土。太平广记卷三九九国史补题作重水。

〔一〕凡造物由水水由土　太平广记引文作“凡物有水,水由土地。”原书作“凡物由水土”。似以本书文字为近是。

〔二〕近邑与远郊美数倍　太平广记引文作“近邑水重,斤两与远郊数倍。”本书与原书当据之补正,而太平广记亦当据本书与原书补一“美”字。

1042 蜀土旧无兔鸽。隋开皇中,荀秀镇益州〔一〕,命左右赍兔、鸽而往。今蜀中鸽尚稀而兔已众。戴祚西征记云〔二〕:"开封县东二佛寺〔三〕,余至此始见鸽,大小如鸠,戏时两两相对。"祚,江东人,晋末从刘裕西征姚泓,至开封县始识鸽,江东旧亦无鸽〔四〕。梁武时,侯景围台城,军士熏鼠捕鸽而食,数月之后,殿屋鼠鸽皆尽〔五〕。然则江东有鸽,亦当自北赍往耳。

本条原出封氏闻见记卷七蜀无兔鸽。案原书本条之末叙"太宗朝远方咸贡珍异草木",有残文,参见本书卷五631条。此乃唐代之事,而本条所言则与唐代无涉,体例失检,疑文字有舛误。

〔一〕蜀土旧无兔鸽隋开皇中荀秀镇益州　原书佚此三句,当据本书补。

〔二〕戴祚　字延之,以字行。西征记二卷,见隋书卷三三经籍志史部地理类。

〔三〕东　原书无。

〔四〕江东旧亦无鸽　原书句首有"则",当据补。

〔五〕殿屋　原书作"□殿",当据本书改。

1043 凡东南郡邑无不通水,故天下货利,舟楫居多。转运使岁运米二百万石以输关中,皆自通济渠入河也〔一〕。淮南篙工不能入黄河〔二〕。蜀之三峡,陕之三门,闽越之恶溪〔三〕,南康赣石,皆绝险之处,自有本土人为工〔四〕。大抵峡路峻急,故曰"朝离白帝,暮宿江陵。"四月、五月尤险,故曰"滟滪大如马,瞿唐不可下;滟滪大如牛,瞿唐不可留;滟滪大如襆,瞿唐不可触。"扬子、钱塘二江,则乘两潮发棹。

舟船之盛,尽于江西,编蒲为帆,大者八十馀幅〔五〕。自白沙溯流而上,常待东北风,谓之"信风"〔六〕。七月、八月有上信,三月有鸟信,五月麦信。暴风之候,有抛车云〔七〕,舟人必祭婆官而事僧伽。江湖语曰:"水不载万。"言大船不过八九千石。大历、贞元间,有俞大娘航船最大,居者养生送死婚嫁悉在其间。开巷为圃,操驾之工数百。南至江西,北至淮南,岁一往来,其利甚大,此则不啻载万也。洪、鄂水居颇多,与一屋殆相半〔八〕。凡大船必为富商所有,奏声乐〔九〕,役奴婢,以据舵楼之下。

本条原出国史补卷下叙舟楫之利。纬略卷六引国史补中花信麦信一段。绀珠集卷三国史补题作麦信风、抛车云。集注分类东坡先生诗卷之二十次韵关令送鱼徐师川注引唐国史补、卷一六月七日泊金陵阻风待钟山泉公书寄诗为谢李厚注引唐国史补亦载。又本条与1044条原合为一条,今依原书分列。

〔一〕通济渠入河　原书"河"下有"而至"二字。于"通济渠"下有注曰:"即汴河也。"

〔二〕淮南　原书作"江淮"。

〔三〕闽越　原书作"南越"。

〔四〕工　原书作"篙工"。

〔五〕八十馀幅　原书作"或数十幅"。

〔六〕信风　原书作"潮信",学津讨原本下有注曰:"一本作'信风'。"案徐师川注引文作"潮信风"。

〔七〕抛车云　李厚注引文作"炮车云"。

〔八〕一屋　原书作"邑"。

〔九〕奏声乐　原书"奏"下衍一"商"字。

1044 海舶〔一〕,外国船也,每岁至广州、安邑〔二〕。师子国船最大,梯上下数丈〔三〕,皆积百货〔四〕。至则本道辐辏〔五〕,都邑为喧阗。有番长为主人〔六〕,市舶使籍其名物,纳船脚,禁珍异,商有以欺诈入牢狱者〔七〕。船发海路,必养白鸽为信,船没则鸽归〔八〕。

本条原出国史补卷下狮子国海舶。绀珠集卷三、类说卷二六国史补题作舶鸽。又本条与1043条原合为一条,今依原书分列。

〔一〕海舶　原书作"南海舶"。

〔二〕广州安邑　原书作"安南、广州"。

〔三〕梯上下数丈　原书"梯"下有"而"字,当据补。

〔四〕百货　原书作"宝货"。

〔五〕辐辏　原书作"奏报",当据改。

〔六〕番长　原书作"蕃长"。

〔七〕商　原书作"蕃商"。

〔八〕船没则鸽归　原书作"舶没,则鸽虽数千里亦能归也。"

1045 龙门人皆言善于悬水接水〔一〕,上下如神,然寒食拜扫必于河滨〔二〕,终于水死也〔三〕。

本条原出国史补卷下龙门人善游。太平广记卷三九九国史补题作龙门。永乐大典卷之八千八百四十二游善游引唐国史补亦载。

〔一〕龙门人皆言善于悬水接水　原书作"龙门人皆言善游,于悬水接水"。太平广记与永乐大典引文亦有"游"字。

〔二〕拜扫　原书无"扫"字,当据太平广记引文与本书补。

〔三〕终于水死也　原书与太平广记、永乐大典引文作"终为水溺死也”。

1046 海上居人，时见飞楼如结构之状，甚壮丽者；太原以北晨行，则烟霭之中睹城阙状，如女墙雉堞者：皆天官书所谓蜃也〔一〕。

本条原出国史补卷下天官所书气。

〔一〕天官书所谓蜃也　原书作“天官书所说气也”。史记卷二七天官书：“海旁蜃气象楼台，广野气成宫阙然。云气各象其山川人民所聚积。”此即二书所本。

1047 建安郡建安县有大勤墟，中有石，无小大悉如砚形。旧说此墟人有好学而于义理不能疾晓，常自咎顽愚，每盛夏烈暑，乃肉袒以自负。后因雷雨，空中有人谓曰：“念尔恳诚，吾令尔墟内石大小俱成砚，苟用者，义理速解，以旌尔志。”雨止视之，果然。今俗谓之“孔砚”。

本条不知原出何书。

1048 轻纱〔一〕，夏中用者名为“冷子”，取其似蕉叶之轻健而名之〔二〕。

本条原出刘宾客嘉话录。太平广记卷二二八嘉话录题作杂戏，而上有“贞元中有杜劝，好长行，皆有佳名，各记有”十六字，与此不相联属，当是另一种文字而误缀者。

〔一〕轻纱　太平广记引文误作“轻妙”。

〔二〕蕉叶　太平广记引文作“蕉葛”。

1049 林邑献火珠，云得于罗刹国。

本条不知原出何书。

1050 风炉子，以周绕通风也。一说形象烽火〔一〕，名“烽炉子”〔二〕。

本条原出资暇集卷下风炉子。说郛（陶珽刊本）卷十四资暇录题作风炉子。

〔一〕烽火　原书无，当据本书补。

〔二〕名“烽炉子”　原书下有“理亦近焉”一句。

1051 茶拓子，始建中蜀相崔宁之女，以茶杯无衬，病其熨手，取楪子承之。既啜，杯倾，乃以蜡环楪中央〔一〕，其杯遂定。即命工以漆环代蜡。宁善之，为制名，遂行于世。其后传者，更环其底，以为百状焉〔二〕。〔原注〕〔三〕贞元初，青、郓犹绘为楪形〔四〕，以衬茶碗，别为一家之样。后人多云“拓子”〔五〕，非也。蜀相即昇平崔家〔六〕。

本条原出资暇集卷下茶托子。说郛（陶珽刊本）卷十四资暇录题作茶托子。

〔一〕楪中央　原书作“楪子之央”，当据本书补“中”字。

〔二〕以为百状焉　原书作“愈新其制，以至百状焉”。

〔三〕原注　此是李匡文之自注。

〔四〕犹绘为楪形　原书作“油缯为荷叶形”。“缯”为“绘”之误字。

〔五〕后人多云拓子　原书作“今人多云‘托子’始此”，当据之补“始此”二字。

〔六〕蜀　原书误作“烛”，当据本书改。

1052 元和中〔一〕，酌酒犹用樽杓，所以丞相高公有“斟酌”之誉〔二〕。数千人一樽一杓〔三〕，挹酒而散，了无所遗。其后稍用注子，形若罃，而盖、嘴、柄皆具。太和九年后，中贵人恶其名犯郑注〔四〕，乃去柄安系，若茗瓶而小异，名曰“偏提”，时亦以为便，且言柄有碍而屡倾侧。

本条原出资暇集卷下注子偏题。说郛（陶珽刊本）卷十四资暇录题作注子偏题。绀珠集卷十一刘冯事始亦叙此事。

〔一〕中　原书作“初”。

〔二〕丞相高公　指高郢。

〔三〕千　原书作“十”。当以作“十”为是。

〔四〕中贵人　刘冯事始作“仇士良”。

1053 被袋非古制，不知何时起也〔一〕，比者远游行则用。太和九年，以十家之累〔二〕，士人被窜谪〔三〕，人皆不自保〔四〕，常虞仓卒之遣，每出私第，咸备四时服用。旧以纽革为腰囊，置于殿乘，至是服用既繁，乃以被袋易之〔五〕。大中以来，吴人亦结丝为之，或有饷遗，豪徒玩而不用。

本条原出资暇集卷下被袋。说郛（陶珽刊本）卷十四资暇录题作被袋。

〔一〕何时　原书作“孰”。

〔二〕十家　指甘露之变中为宦官所族灭之十家，即李训、郑注、王涯、王璠、罗立言、郭行馀、贾餗、舒元舆、李孝本、韩约等十人之亲属。

〔三〕士人被　原书作“逦迤”。

〔四〕人　原书作“人人”。

〔五〕乃以被袋易之　原书无“袋”字，当据本书补。句下尚有“成俗于今”一句。

1054 都堂南门道中有古槐〔一〕，垂阴至广。相传夜深闻丝竹之音，省中即有入相者，俗谓之“音声树”。

本条原出因话录卷五徵部。太平广记卷一八七因话录题作省桥。类说卷十四因话录题作音声树。古今合璧事类备要后集卷十三、锦绣万花谷前集卷二三引因话录亦载。说郛（张宗祥辑明抄本）卷十五因话录亦载。南部新书卷甲亦载此事。类说卷四秦京杂记题作音声树，亦载此事。

〔一〕道中　原书作“东道”。太平广记引文作“道东”，南部新书亦作“道东”。

1055 丛有似蔷薇而异，其花叶稍大者，时人谓之“枚瑰”，〔原注〕音环〔一〕。实语讹强名也，当呼为“梅槐”。“槐”在灰部韵，音回〔二〕。按江陵记云“洪亭村下有梅槐村”〔三〕，当因梅与槐合生〔四〕，遂以名之。今似蔷薇者，得非分枝条而滋演哉〔五〕？至今叶形尚处梅、槐之间，可取此为证，且未见“枚瑰”之义也〔六〕。正使便为“玫瑰”字，岂百花中独珍是，取象于玫瑰耶？〔原注〕〔七〕玫瑰之“瑰”，音回，不音傀〔八〕。其音“傀”者，是琼瑰〔九〕。字书有证。

永乐大典卷之二千八百七枚枚瓌引唐语林亦载。

本条原出资暇集卷上梅槐。说郛（陶珽刊本）卷十四资暇录题作梅槐。

〔一〕原注音环　聚珍本无，今从永乐大典引文补。原书亦有，唯“环”作“瓌”。此是王谠自注，下同。“〔原注〕”二字乃据全书体例补入。

〔二〕槐在灰部韵音回　聚珍本无，今从永乐大典引文补。原书作“在灰部韵，音回。”

〔三〕梅槐村　原书作“梅槐树”。

〔四〕当　原书作“尝”。

〔五〕分枝条而滋演　永乐大典引文作“分枚条而演微”。原书“滋演”作“演胤”。

〔六〕枚櫰　永乐大典引文与原书均作“梅櫰”，义有未安，当据本书改。

〔七〕原注　原书此注已作正文列入。

〔八〕傀　原书作“瓌”。

〔九〕其音傀者是琼瑰　原书作“其瑰字音瓌者，是琼瑰；音回者，是玫瑰。”

1056 豆有红而圆长〔一〕，其首乌者，举世呼为“相思子”，非也，乃“甘草子”也〔二〕。相思子即红豆之异名也。其木斜斫之则有文，可为弹博局及琵琶槽。其树也，大株而白枝，叶似槐。其花与皂荚花无殊。其子若穞豆，处于甲中，通身皆红，李善云“其实赤如珊瑚”是也。

本条原出资暇集卷下相思子。说郛（陶珽刊本）卷十四资暇录题作相思子。又本条与1057条原合为一条，今依原书分列。

〔一〕红而圆长　原书作“圆而红”。

〔二〕非也乃甘草子也　原书无。

1057 又言〔一〕:甘草非国老之药者,乃南方藤名也。其丛似蔷薇而无刺,叶似夜合而黄细,其花浅紫而蕊黄,其实亦居甲中。以条叶俱甘,故谓之"甘草藤",土人但呼为"甘草"而已〔二〕。出在潮阳,而南漳亦有。

本条原出资暇集卷下甘草。说郛(陶珽刊本)卷十四资暇录题作甘草。又本条与1056条原合为一条,今依原书分列。

〔一〕又　原书作"所"。

〔二〕土人但呼为"甘草"而已　原书作"土人异呼为草而已"。

1058 雄麻有花,而雌者结实,欲识麻之雌雄,以此辨之。

本条不知原出何书。

1059 江东有吐蚊鸟〔一〕,夏则夜鸣,吐蚊于芦荻中,湖水尤甚〔二〕。

本条原出国史补卷下江东吐蚊鸟。绀珠集卷三国史补题作蚊母。类说卷二六国史补题作蚊母鸟。说郛(张宗祥辑明抄本)卷七五国史补亦载。北户录卷二蚊母扇条亦载吐蚊鸟事。

〔一〕江东有吐蚊鸟　原书作"江东有蚊母鸟,亦谓之吐蚊鸟"。

〔二〕湖水尤甚　原书作"湖州尤甚。南中又有蚊子树,实类枇杷,熟则自裂,蚊尽出而空壳矣。"

1060 月令：出土牛，以示农耕之早晚，谓为国之大计〔一〕，不失农时。故圣人急于养民，务成东作。今天下州郡，立春制一大牛〔二〕，饰以文彩，即以彩杖鞭之，既而破之，各持其土以祈丰稔，不亦乖乎？

本条原出刊误卷上出土牛。说郛（陶珽刊本）卷十三李氏刊误题作出土牛。

〔一〕谓为国之大计　原书作"谓于国城之南立土牛。其言立春在十二月望，策牛人近前，示其农早也；立春在十二月晦及正月朔，则策牛人当中，示其农中也；立春在正月望，策牛人在后，示其农晚也。为国之大计"。

〔二〕立春制一大牛　原书作"立春日制一土牛"。

1061 七夕者，七月七日夜。荆楚岁时记云："七夕，妇人穿七孔针，设瓜果于庭以乞巧。"今人乃以七月六日夜为之，至明晓望于彩缕，以冀织女遗丝，乃是七"晓"，非"夕"也。又取六夜穿七窍针，益谬矣。今贵家或连二宵陈乞巧之具，此不过苟悦童稚而已。

本条不知原出何书。

1062 唐世谒见尊者〔一〕，皆曰〔二〕："谨祗候起居。"起居者，动止也，理固不乖。近者复云"谨起居某官"，则"动止某官"〔三〕，其义何在？相承斯误，曾不经心。

本条原出刊误卷下起居。说郛（陶珽刊本）卷十三李氏刊误题作起居。

〔一〕唐世谒见尊者　原书作"今代谒见尊崇"。

〔二〕曰　原书无，文义不明，似当有。

〔三〕近者复云谨起居某官则动止某官　原书作“近者复云‘谨祇候起居某官’”。

1063 终军请长缨，世多云将系单于。按本传云〔一〕：“南越与汉和亲，乃遣军使越说其王，欲令入朝比内诸侯。自请愿受长缨，必羁南越王而致之阙下。”若系单于，乃贾谊之事。按班固云〔二〕：“谊欲试属国，施五饵三表以系单于。”乃贾谊之事也〔三〕。又陈思王表云〔四〕：“贾谊弱冠求试属国，请系单于之颈，而制其命〔五〕。”

本条原出资暇集卷上请长缨。说郛（陶珽刊本）卷十四资暇录题作请长缨。

〔一〕本传　原书作“汉书本传”。

〔二〕班固　原书作“班赞”。此指汉书卷四八贾谊传赞。

〔三〕乃贾谊之事也　原书作“且非以长缨系之也”。

〔四〕陈思王表　指曹植求自试表，见文选卷三七。

〔五〕而制其命　原书文字颇详，本书削节过甚，致文气不贯。此句之下尚有文字，今亦不录。

1064 有人检陆法言切韵，见其音字，遂云：“此吴儿直是翻字太僻〔一〕。”不知法言是河南陆，非吴郡也〔二〕。

本条原出因话录卷五徵部。与 1065 条原合为一条，今依原书分列。

〔一〕直　原书作“真”。

〔二〕不知法言是河南陆非吴郡也　陆法言事附隋书卷五八

陆爽传,云是“魏郡临漳人也。”苏氏演义卷上:“陆法言著切韵,时俗不晓其韵之清浊,皆以法言为吴人而为吴音也。……盖陆氏者,本江南之大姓,时人皆以法言为士龙、士衡之族,此大误也。法言本代北人,世为部落大人,号步陆孤氏。后魏孝文帝改为陆氏。及迁都洛阳,乃下令曰:‘从我入洛阳,皆以河南洛阳为望也。’”

1065 又有书生读经书甚精熟,不知近代事,因说骆宾王,遂云:“某识其孙李少府者,兄弟太多。”意谓“骆宾”是诸王封号也。

本条原出因话录卷五徵部。与 1064 条原合为一条,今依原书分列。

1066 毕罗者〔一〕,蕃中毕氏、罗氏好食此味,今字从“食”,非也。馄饨,以其象混沌之形,不可直书“混沌”,从“食”可矣。至如不托,言旧未有刀扣之时〔二〕,皆掌拓烹之〔三〕,刀扣既具,乃云“不托”;今俗字作“馎饦”,非也。〔原注〕〔四〕元和中,有奸僧鉴虚者,以羊之六腑特造一味〔五〕,传之于今。时人不得其名,遂以其号目之曰“鉴虚”。后俗字多作“鑑餹”,率多此类。

本条原出资暇集卷下毕罗。说郛(陶珽刊本)卷十四资暇录题作毕罗。

〔一〕毕罗　向达唐代长安与西域文明曰:“(毕罗)或因毕国得名,乃是今日中亚、印度、新疆等处伊斯兰教民族中所盛行之抓饭耳。……饆饠盖纯然为译音也。”

〔二〕刀扣　原书作“刀机”,当据改。下同。

〔三〕拓　原书作“托”,当据改。

〔四〕原注　此是李匡文之自注。

〔五〕六腑　原书作"大腑"，当据本书改。

1067 肆有以筐以筥，或倚或垂，以鬻鲜物者〔一〕，曰"星货铺"，言其列货丛杂如星之繁。今俗呼"星火铺"，误也。

永乐大典卷之一万四千五百七十六铺星货铺引唐语林亦载。

本条原出资暇集卷中星货。绀珠集卷十二资暇集题作星货铺。类说卷二九资暇集题作星火铺。说郛(陶珽刊本)卷十四资暇录题作星货。

〔一〕以鬻鲜物者　原书作"鳞其物以鬻者"。

1068 襄州汉高祖庙〔一〕，本为交甫解佩于汉皋之义，今为高祖〔二〕，误。

本条原出大唐传载。

〔一〕汉高祖庙　原书作"汉皋庙"。

〔二〕高祖　原书作"汉高祖"。

1069 每岁有司行祀典者，不可胜纪，一乡一里，必有祀庙〔一〕。南中有泉，流出山洞，常带树叶〔二〕，好事者目为"流桂泉"，后人乃立为汉高祖之神〔三〕，尸而祝之。又号为伍员庙者，必五分其髯，谓"五髭须"〔四〕。

本条原出国史补卷下叙祠庙之弊。绀珠集卷三、类说卷二六、白孔六帖卷九一引国史补题作流桂泉，白孔六帖"流""桂"二字误倒。太平御览卷九五七引此，云出唐书。又本条与1070条原合为一条，今依原书分列。

〔一〕必有祀庙　原书作“必有祠庙焉。为人祸福，其弊甚矣。”

〔二〕树叶　原书作“桂叶”，当据改。

〔三〕乃立为汉高祖之神　原书作“乃立栋宇，为汉高帝之神”。高祖刘姓，与“流”谐音，故此处为立栋宇。

〔四〕谓五髭须　原书作“谓之五髭须神。如此皆言有灵者多矣。”伍员字子胥，故谐音而附会成“五髭须”。

1070 江南有驿官〔一〕，以干事自任，白刺史曰〔二〕：“驿中已理，请一阅之。”初至为酒库，诸酝毕熟，其外画神，问：“何也?”曰：“杜康。”刺史曰：“公有馀也。”一室曰茶库也，诸茗毕贮，复有神，问：“何也?”曰：“陆鸿渐。”刺史益喜。又一室菹库，诸菹毕备，复有神，问：“何也?”曰：“蔡伯喈〔三〕。”刺史笑曰：“不须置此。”

本条原出国史补卷下菹库蔡伯喈。太平广记卷四九七国史补题作江西驿官。本条与1069条原合为一条，今依原书分列。

〔一〕江南　太平广记引文作“江西”。

〔二〕白刺史曰　原书作“典郡者初至，吏白曰”。

〔三〕蔡伯喈　此处取其为“菜百佳”之谐音。

1071 吴主孙皓每宴群臣，皆令尽醉。韦昭饮酒不多，皓密赐茶茗以代饮酒〔一〕。晋时谢安诣陆纳，无所供办〔二〕，设茶果而已。案：此古人亦饮茶耳，但不如今之溺之甚〔三〕。穷日尽夜，殆成风俗。

本条原出封氏闻见记卷六饮茶。与辑佚中1083条原为一条，此条在后。

〔一〕赐　原书作“使”。

〔二〕无所供办　原书句首重一“纳”字。

〔三〕今之　原书作“今人”，当据改。

1072 军中有透剑门伎。大宴日，庭中设幄数十步，若廊宇者，而编剑刃为榱栋之状。其人乘小马至门，审度端直，鞭马而过〔一〕，琤然闻剑动之声，既过而人马无伤。宣武军有小将善此伎，每飨军则为之，所获赏止于三四匹帛而已。一日，主者误漏其名，此人忿恨，诉于所管大将，得复召入。呈伎之际，极为调审。入数步，忽风起马惊，触剑而死。

本条原出因话录卷六羽部。

〔一〕其人乘小马至门审度端直鞭马而过　原书作“其人乘小马，至门审度，马调道端，下鞭而进”。

1073 壁州刺史邓宏庆，饮酒至“平”、“索”、“看”、“精”四字。酒令之设，本骰子、“卷白波”律令。自后闻以鞍马香球，或调笑抛打时上酒，“招”“摇”之号。其后“平”、“索”、“看”、“精”四字与律令全废，多以“瞻相”“下次据”上酒绝，人罕通者；“下次掘”一曲子打三曲，此出于军中。邠善师酒令闻于世。案〔一〕：此条文义难解，疑有脱误。

本条不知原出何书。国史补卷下饮酒四字令亦叙邓宏庆创“平”、“索”、“看”、“精”四字，而文与此不类。

〔一〕案　此案语当是四库全书馆臣所加。然此条文义之所以难解，乃由唐代习俗及民间口语隔阂所致，未必纯是文字脱误之故。

1074 饮坐作令〔一〕，有不误而饮罚爵者〔二〕，皆曰"虫伤旱潦"〔三〕。推其由，盖以为不偶之义〔四〕。"虫伤"宜为"虫霜"，盖言农田水旱之害〔五〕。呼曲子名，则"下兵"为"下平"，"阁罗凤"为"閤罗凤"。著词则"河内王"为"河奈王"〔六〕，"樯竿上"为"长竿上"。如斯之语甚多。

本条原出资暇集卷上虫霜旱潦。说郛(陶珽刊本)卷十四资暇录题作虫伤旱潦。

〔一〕作令　原书作"令作"。

〔二〕误　原书作"悟"，当据改。

〔三〕虫伤旱潦　原书其下尚有"或云'虫伤水旱'。"一句。

〔四〕推其由盖以为不偶之义　原书作"且以为薄命不偶，万口一音，未尝究四字之意，何也?"

〔五〕盖言农田水旱之害　原书作"盖言田农水旱之外，抑有虫蚀霜损。此四者，田农之大害，六典言之数矣"。

〔六〕河　原书作"何"。

1075 唐人酒令：白乐天诗："鞍马呼教住，骰槃喝遣输，长驱'波卷白'，连掷采盛卢〔一〕。"〔原注〕〔二〕骰盘、卷白波、莫走、鞍马，皆当时酒令。予按皇甫松所著醉乡日月三卷，载骰子令云：聚十只骰子齐掷，自出手六人，依采饮焉。堂印，本采人劝合席；碧油，劝掷外三人。骰子聚于一处，谓之"酒星”，依采聚散。骰子令中，改易不过三章，次改鞍马令，不过一章。又有旗旛令、闪壓令、抛打令。今人不复晓其法矣，唯优伶家犹用手打令以为戏云。

本条原出洪迈容斋续笔卷十六唐人酒令，宾退录卷四引此而有详论。此处当是永乐大典编者误题书名，四库全书馆臣从之误采入者。

〔一〕盛　原书作“成”，当据改。

〔二〕原注　此是白诗自注。

1076 有齿鞋匠与乐工居隔壁。齿鞋者母卒未殓，乐工理声不辍。匠者怒，因相诟成讼。乐工曰：“此某业也，苟不为，衣与食且废。”执政判曰：“此本业，安可丧辍？他日乐工有丧事，亦任尔齿鞋不辍。”

本条不知原出何书。

1077 初，诙谐自贺知章，轻薄自祖咏，谑语自贺兰广、郑涉。其后咏字有萧昕〔一〕，寓言有李纾〔二〕，隐语有张著，机警有李舟、张彧，歇后有姚岘、孙叔羽〔三〕，讹语、影带有李直方、独孤申叔，题目人有曹著。

本条原出国史补卷下诙谐等所自。绀珠集卷三、类说卷二六国史补题作诙谐等著名。

〔一〕其后　原书作“近代”。

〔二〕李纾　原书与类说引文作“李纡”。

〔三〕孙叔羽　原书作“叔孙羽”。

1078 有王某云：往岁任同州〔一〕，见御史出案回，止州驿，经宿不发。忽追杂案，又取印历，锁驿甚急，一州大扰。有老吏窃笑，乃因庖人以通宪胥，许百缣为赠。翌日未明，御史启驿门，尽还案牍，乘马而去。

永乐大典卷之二万三百十疾心疾引唐语林亦载。案永乐大典疾心疾下文字，参之国史补原书，当分三条，四库全书馆臣分别列入，即卷六789条、1079条与本条。然本条实与“心疾”无关，永乐大典馆臣误编而入。

本条原出国史补卷下御史扰同州。太平广记卷一八七国史补题作同州御史。

〔一〕任　原书与太平广记引文作“任官”。

1079 起居舍人韦绶以心疾废，校书郎李播亦以心疾废〔一〕。播常疑遇毒，锁井而饮。散骑常侍李益少有疑病〔二〕，亦心疾也。夫心者，灵府也，为物所中，终身不痊。多思虑，多疑惑，乃疾之本也。

永乐大典卷之二万三百十疾心疾引唐语林亦载。与卷六789条、1078条原合为一条。

本条原出国史补卷中韦李皆心疾。类说卷二六国史补题作心疾。

〔一〕李播　永乐大典引文作“李幡”。

〔二〕散骑常侍李益少有疑病　旧唐书卷一三七李益传曰：“少有痴病，而多猜忌，防闲妻妾，过为苛酷，而有散灰扃户之谭闻于时，故时谓妒痴为‘李益疾’。”新唐书卷二〇三文艺下李益传同。

唐语林校证辑佚

1080 唐建中初，士人韦生移家汝州，中路逢一僧，因与连镳，言论颇洽。日将夕，僧指路歧曰："此数里是贫道兰若，郎君能垂顾乎？"士人许之，因令家口先行，僧即处分从者供帐具食。行十馀里，不至，韦生问之，即指一处林烟曰："此是矣。"及至，又前进。日已昏夜，韦生疑之。素善弹，乃密于靴中取张卸弹，怀铜丸十馀，方责僧曰："弟子有程期，适偶贪上人清论，勉副相邀。今已行二十里，不至，何也？"僧但言且行是〔一〕。僧前行百馀步，韦生知其盗也，乃弹之僧〔二〕，正中其脑。僧初若不觉，凡五发中之，僧始扪中处，徐曰："郎君莫恶作剧。"韦生知无可奈何，亦不复弹。良久，至一庄墅。数十人列火炬出迎。僧延韦生坐一厅中，笑云："郎君勿忧。"因问左右："夫人下处如法无？"复曰："郎君且自慰安之，即就此也。"韦生见妻女别在一处，供帐甚盛。相顾涕泣。即就僧，僧前执韦生手曰："贫道，盗也。本无好意。不知郎君艺若此，非贫道亦不支也。今日固无他，幸不疑耳。适来贫道所中郎君弹悉在。"乃举手搦脑后，五丸坠焉。有顷布筵，具蒸犊，犊上劄刀子十馀，以蜜饼环之。揖韦生就座，复曰："贫道有义弟数人，欲令谒见。"言已，朱衣巨带者五六辈列于阶下。僧呼曰："拜郎君。汝等向遇郎君，即成齑粉矣！"食毕，僧曰："贫道久为此业，今向迟暮，欲改前非，不幸有一子，技过老僧，欲请郎君为老僧断之。"乃呼飞飞出参郎君。飞飞年才十六七，碧衣长袖，皮肉如腊〔三〕。僧曰："向后堂侍郎君。"僧乃授韦一剑及五丸，且曰："乞郎君尽艺杀之，无为老僧累也。"引韦入一堂中，乃反锁之。堂中四隅，明灯而已。飞飞当堂执一短鞭〔四〕。韦引弹，意必中，丸已敲落。不觉跃在梁上，循壁虚蹑，捷若猱玃。弹丸尽，不复中，韦乃运剑逐之，飞飞倏忽逗闪，去韦身不尺，韦断其鞭数节，竟不能伤。僧久乃开门，问韦："与老僧除得害乎？"韦具言之，僧怅然，顾飞飞曰："郎君证成汝为贼也，知复如何？"僧终夕与韦论剑及弧矢之事。天将晓，僧送韦路口，赠绢百匹，垂泣而别。

本条原出酉阳杂俎。太平广记卷一九四题作僧侠，云出唐语林，汪绍楹校曰："明抄本作出酉阳杂俎。"勋初案：此文见酉阳杂俎前集卷九盗侠，字句小有不同，然原为同一文字则无可疑。酉阳杂俎内尝纳入庐陵官下记中原有文字，不知此文是否出于该书？然唐语林成书较后，不及编入太平广记，故谈恺刻本之说不可信。

〔一〕是　酉阳杂俎作"至是"。

〔二〕僧　酉阳杂俎无，当据删。

〔三〕腊　汪绍楹校："明抄本'腊'作'脂'。"

〔四〕短鞭　酉阳杂俎作"短马鞭"。

1081 商则任廪丘尉，为性廉谨。县令、丞多贪浊，因宴会，以次舞。令、丞舞讫，劝则，则把手回身而已，令问其故，则曰："长官动手，赞府亦动手，唯有一个更动手，百姓何容活耶？"人皆大笑。嘲曰："令、丞但动手〔一〕，县尉只回身，因贫为刺史，得与属贫人。"

职官分纪卷四二尉引语林。锦绣万花谷前集卷十四转引。

本条不知原出何书。

〔一〕但　锦绣万花谷作"俱"，当据改。

1082 信州一窭士〔一〕。有人乞州图〔二〕，因浣染为裙，墨迹不落。会邻邀之〔三〕，出数妓，设酒。良久，一婢惊报云："君子误烧裙〔四〕。"其人遽问所损处，婢曰："正烧着大云寺门楼〔五〕。"

类说卷三二语林题作州图为裙。

本条不知原出何书。说郛（陶珽刊本）卷二四高怪群居解颐烧裾亦叙此事，然不言原出处。

〔一〕信州一窭士　说郛引文作"信州有一女子，落拓贫屡"。"屡"乃"窭"之误。作"女子"似亦有误。

〔二〕乞　说郛引文作"乞与"。

〔三〕邀　说郛引文作"过"。

〔四〕君子　说郛引文作"娘子"，当据改。

〔五〕门楼　说郛引文无"楼"字。

1083 李福妻裴忌妒。福镇滑台，有以女奴献者。福曰："吾官至节度使，指使者不过奴隶〔一〕，夫人得无甚乎？"裴曰："未知公所欲者。"福指所献奴，裴许诺。福赂左右：

"夫人沐发,必来告。"既告,福乃佯为腹痛,促召女奴;既往,左右亦以白裴[二]。裴遽出发盆中,跣问所苦。福业以病为言,即若不可忍状,裴乃以药小便中进之[三]。明日,监军、从事来问候,福具告之[四],大笑。

类说卷三二语林题作腹痛召女奴。古今合璧事类备要前集卷三十亦引,云出语林。

本条原出玉泉子。太平广记卷二七五玉泉子题作李福女奴。

〔一〕奴隶　原书作"老仆"。

〔二〕左右亦以白裴　原书作"左右以裴方沐,不可遽已,即白以所疾"。

〔三〕以药小便中　原书作"以药投儿溺中"。

〔四〕福具告之　原书下有"因笑曰:'一事无成,固当其分;所苦者,虚咽一瓯溺耳!'"数句。

1084 御史大夫李季卿宣慰江南,至临淮[一]。或言常伯熊善茶者[二],李公请之。伯熊着黄衫[三]、乌纱帽,手执茶器,口诵茶名,区别指点,左右刮目。茶熟,李公为啜两杯。至江外,又召陆鸿渐。渐身衣野服[四],随茶具而入,既坐,敷摊如伯熊故事[五]。公心鄙之。茶毕,令奴子取钱三十文酬前茶博士[六]。鸿渐久游江介,通狎胜流,至此羞愧,复著毁茶论。

类说卷三二语林题作煎茶博士。海录碎事卷六引语林亦载。

本条原出封氏闻见记卷六饮茶。原书此条与卷八 1071 条本是一条,此条在前。

〔一〕临淮　原书下有"县馆"二字。

〔二〕或言常伯熊善茶者　新唐书卷一九六隐逸陆羽传亦叙此事，云"有常伯熊者，因羽论复广著茶之功。"

〔三〕黄衫　原书作"黄被衫"。

〔四〕渐　原书作"鸿渐"，当据改。

〔五〕歎　原书误作"教"，当据本书改。

〔六〕前　原书作"煎"，当据改。

1085 令狐相绹，每朝廷大事，一取决于子滈，如元载之伯和，李吉甫之德裕。

类说卷三二语林题作政事取决于子。

本条不知原出何书。南部新书卷戊亦载此事。古今合璧事类备要前集卷二四亦载此事。

1086 士人初登荣进，迁除，尉贺欢宴〔一〕。谓之"烧尾宴"。尝有虎，变为人，惟尾不化，须焚除乃得成人。以蒙初授，如虎得为人，本尾犹在〔二〕。一云：新羊入群，诸羊所触，不相亲附，火烧其尾则定。

类说卷三二语林题作烧尾士人。

本条原出封氏闻见记卷五烧尾。侯鲭录卷六亦载，云出封氏闻见记。绀珠集卷十封氏见闻记题作烧尾。古今合璧事类备要前集卷三七烧尾宴引此，云出闻见记。说郛（陶珽刊本）卷四六、（张宗祥辑明抄本）卷四封氏闻见记亦载。又原书此条与卷五 654 条本为一条，此条在前。

〔一〕尉贺欢宴　原书作"朋僚慰贺，必盛置酒馔音乐以展欢宴。""尉"与"慰"，古字通。

〔二〕本尾犹在　原书句下尚有“体气既合，方为焚之，故云‘烧尾’”三句。

1087 人家有小虫，至微而向甚〔一〕，细寻之，卒不可见，谓之“窃虫”云。有此者不祥。此虫大如胡麻〔二〕，如鼠负〔三〕，有两头〔四〕，白色，振其头则有声。窗壁暗黑处多有之。拾遗孟昌朝贬贺州〔五〕，作窃虫赋，比之鬼，似不识此意〔六〕。

类说卷三二语林题作窃虫。

本条原出封氏闻见记卷八窃虫。

〔一〕向　原书作“响”，当据改。

〔二〕此虫大如胡麻　原书作“余曾睹此虫，大如半胡麻”。

〔三〕如鼠负　原书作“形类鼠妇”。

〔四〕头　原书作“角”。

〔五〕孟昌朝　原书作“孟匡朝”。

〔六〕意　原书作“虫”。

1088 有人患应病〔一〕，问医官苏澄，澄云：“古无此方。吾选本草〔二〕，尽天下药物，试将读之〔三〕。”每发一声，腹中辄应；惟至一药，再三无声〔四〕。澄因处方，以此药为主，其疾自除。

类说卷三二语林题作应病。

本条原出隋唐嘉话卷中。说郛（陶珽刊本）卷三六隋唐嘉话亦载。酉阳杂俎续集卷四贬误引此，云出刘餗传记。朝野佥载卷一张文仲条亦记此事，末云“一云：问医苏澄云”。

〔一〕应病　原书作“应声病”。酉阳杂俎引文作“应病”。

〔二〕吾选　原书作“吾所撰”,酉阳杂俎引文同原书。

〔三〕试将读之　原书下有“应有所觉”一句。

〔四〕再三无声　原书无“无”字,当据本书补。酉阳杂俎引文亦有。原书句下尚有“过至他药,复应如初”二句。

1089 杜河南兼聚书万卷,每卷后题云:“请俸写来手自校〔一〕,汝曹读之知圣道,坠之鬻之为不孝〔二〕。”

类说卷三二语林题作请俸写书。

本条原出大唐传载。太平广记卷二〇一传载题作杜兼。南部新书卷辛亦载此事。

〔一〕请俸写来　原书作“清俸买来”,太平广记引文作“倩俸写来”。

〔二〕坠之鬻之为不孝　原书作“鬻及借人为不孝”。新唐书卷一七二杜兼传曰:“家聚书至万卷,署其末,以坠鬻为不孝戒子孙云。”

1090 李远为杭州刺史,嗜啖绿头鸭。贵客经过,无他馈饷,相厚者乃绿头鸭一对而已。

类说卷三二语林题作嗜绿头鸭。

本条不知原出何书。

1091 文宗以前无门状。自李卫公贵盛〔一〕,百官无以希取其意,以旧刺〔原注〕〔二〕即今之名纸。留其御候起居〔三〕,号为门状。

类说卷三二语林题作门状。

本条原出资暇集卷下门状。说郛(陶珽刊本)卷十四资暇录题作门状,(张宗祥辑明抄本)卷五八资暇集亦载。

〔一〕自李卫公贵盛　原书作"自朱崖李相贵盛于武宗朝"。

〔二〕原注　类说引文无此二字,据全书体例补。此为李匡文之自注。

〔三〕以旧刺留其御候起居　原书作"以为旧刺轻,相扇留具衔候起居状"。当据之校正。

1092 王彦伯医既著〔一〕,列三、四灶〔二〕,煮药于庭。老幼塞门来请。彦伯指曰:"热者饮此,寒者饮此,风者、气者饮此。"皆饮而去〔三〕。

白孔六帖卷十一灶引唐语林。

本条原出国史补卷中王彦伯视疾。太平广记卷二一九国史补题作王彦伯。绀珠集卷三国史补题作王彦伯医。类说卷二六国史补题作医道将行。说郛(张宗祥辑明抄本)卷七五国史补亦载。侯鲭录卷六亦载,唯不注出处。

〔一〕医既著　原书作"自言医道将行"。

〔二〕三四灶　绀珠集引文作"四五釜"。

〔三〕皆饮而去　原书作"皆饮之而去。翌日,各负钱帛来酬,无不效者"。

1093 陆肱,宣宗时除刺史。有录事参军,颇尚修洁。肱召问曰:"录事参军有几?"对曰:"有三。下等懦政虐刑,贪财鬻狱,即惧太守出。"

白孔六帖卷四七囹狱引唐语林。古今合璧事类备要外集卷二一刑法门囹狱亦引唐语林。

本条不知原出何书。

1094 赵璧弹五弦琴,人问其术,璧曰:“吾之五弦也〔一〕,始则心驱之,中则神遇之,终则天随之。方吾浩然,眼如耳,如鼻〔二〕,不知五弦之为璧,璧之为五弦也。”

白孔六帖卷六二琴引语林。

本条原出国史补卷下赵璧说五弦。

〔一〕之　原书下有“于”字,当据补。

〔二〕如　原书上有“目”字,当据补。

1095 韩会与名辈号“四夔”〔一〕,会首而善歌妙绝〔二〕。

白孔六帖卷六一歌引唐语林。

本条原出国史补卷下韩会歌妙绝。太平广记卷二〇四国史补题作韩会。

〔一〕四夔　新唐书卷一五〇崔造传:“崔造,字玄宰,深州安平人。永泰中,与韩会、卢东美、张正则三人友善,居上元,好言当世事,皆自谓王佐才,故人号‘四夔’。”南部新书卷丙亦载。

〔二〕会首　原书作“会为夔头”。

1096 周郑客唐衢,有文学,老而无成。善哭〔一〕,发声哀切,闻者泣下〔二〕。常游太原,遇享军,酒酣乃哭,满座不乐,主人为罢〔三〕。

白孔六帖卷六四哭引唐语林。

本条原出国史补卷中唐衢唯善哭。太平广记卷四九七国史补题作唐衢。

〔一〕善哭　原书上有"唯"字。

〔二〕闻者泣下　太平广记引文作"遇人事有可伤者,衢辄哭之,闻者涕泣"。

〔三〕罢　原书作"罢宴"。

1097 陈谏强记〔一〕。染人岁籍所染绫帛,寻丈尺寸,为簿合围,谏泛览,悉记之〔二〕。

白孔六帖卷八四染引唐语林。

本条原出国史补卷中陈谏阅染簿。

〔一〕陈谏　原书作"陈谏者,市人"。

〔二〕悉记之　原书其下尚有"州县籍帐,凡所一阅,终身不忘"数句。新唐书卷一六八陈谏传:"谏警敏,尝览染署岁簿,悉能言其尺寸。所治,一阅籍,终身不忘。"

1098 卢昂主福建盐铁〔一〕,有瑟瑟枕,大如斗〔二〕。宪宗召市人估其直〔三〕,或云"至宝无价",或云"美石,非真瑟瑟"。

程大昌演繁露卷十五瑟瑟引唐语林,下缀己语云:"则今世所传瑟瑟,或皆炼石为之耶?"纬略卷五瑟瑟尝转引此文。

本条原出国史补卷中卢昂瑟瑟枕。太平广记卷二四三国史补题作卢昂。

〔一〕主福建盐铁　原书下有"赃罪大发"一句。

〔二〕大如斗　原书作“大如半斗，以金床承之。御史中丞孟简案鞫旬月，乃得而进”。

〔三〕宪宗　旧唐书卷一六三卢简辞传：“福建盐铁院官卢昂坐赃三十万，简辞按之，于其家得金床、瑟瑟枕，大如斗。昭愍见之曰：‘此宫中所无，而卢昂为吏可知也。’”新唐书卷一七七卢简辞传同。昭愍即敬宗。

1099 崔殷梦知举，吏部尚书归仁晦托弟仁泽，殷梦唯唯而已。无何，仁晦复诣托之，至于三四。殷梦敛色端笏，曰：“某见进表让此官矣。”仁晦始悟己姓，殷梦讳也。

容斋续笔卷十一唐人避讳条引语林。洪氏又云：“按宰相世系表，其父名龟从。”“龟”“归”声谐，故崔殷梦以为家讳。

本条不知原出何书。

1100 高宗朝改门下省为东台，中书为西台，尚书省为文昌台，故御史台呼南台。南朝同〔一〕。武后朝，御史有左、右肃政之号〔二〕，当时亦谓之左台、右台，则宪府未曾有东台、西台之称，惟俗间呼在京为西台，东都为东台。李栖筠为御史大夫，后人不名者，呼为“西台”，不知出何故事？岂以其名上有“栖”字故邪？赵璘历祠部郎〔三〕，同舍多以祠曹为目，璘因质之曰：“祠部，改后唯有职祠、司禋二号，无祠曹之名。”为以后汉疏宠辟司徒府，转为辞曹，掌天下狱讼，其平决无不厌伏；又晋朝荆州人为羊祜〔四〕讳嫌名，改户曹为祠曹，故误呼耳。

永乐大典卷之二千六百六台西台引唐语林。

本条原出因话录卷五徵部。演繁露卷七东台西台南台引前一部分,下注"话卷五"。

〔一〕南朝同　原书作双行夹注"南朝同也"。

〔二〕御史　原书作"御史台"。

〔三〕赵璘历祠部郎　原书此句作"又呼杜门下黄裳"。自此句下全佚,当据本书补。又原书以下所叙者乃别一事。

〔四〕祐　"祜"之误写。

1101 武宗王才人有宠。帝身长大,才人亦类。帝每从禽作乐,才人必从。常令才人与帝同装束。苑中射猎,帝与才人南北走马,左右有奏事者,往往误奏于才人前,帝以为乐。帝好道术,召天下方士殆尽。五年秋,王才人谓宣徽使曰:"圣人日日对药炉,服神丹,言我取不死。今身上变差事,道士称换骨皆如此,某独为忧也。"宣徽使固求变见状,才人忍泪不敢语。外人虽未知帝得疾,但讶稀畋猎也。明年正月,不御紫宸殿、不开延英门向百日,中外始公言帝病。顷刻无才人见,卧起益酸痛,饮食益辛苦。一日,帝熟顾才人曰:"吾气息奄微,情虑杳杳,将不久矣!顾以别汝。"对曰:"陛下春秋鼎盛,又尝服不死药,圣寿必无疆,何忽出不祥语?"帝曰:"吾于汝且同外庭臣耶?恶用作形迹意!脱不如汝所对,而千秋万岁,何以报我?"才人欲恸,恐惊帝,乃曰:"帝若忽厌四海,妾当同日死。"帝哽咽闭目不喘息者少顷,忽曰:"诚如汝言,当何为?"曰:"妾止于缢。"帝引手取巾授才人曰:"以此!以此!"帝遂向壁不语。后数日,帝疾亟。才人久侍帝,归寝,浓妆洁服如常日。乃尽取服玩与内家,持帝所授巾至前,见帝已崩,自缢而绝。宣宗即位,赠贵妃,命与端陵同日时掩。其圹在端陵柏城内西南。又有名才人随灵驾行慢城内,每夕望端陵焚钱帛衣物,风吹火燔所止。

永乐大典卷之二千九百七十二人才人引唐语林。

本条原出蔡京王贵妃传。资治通鉴卷二四八唐纪六四武宗会昌六年八月叙此,考异引蔡京王贵妃传曰:"帝疾亟,才人久视帝而归燕息处,浓妆袈服如常日,乃取所玩用物散与内家净尽;持帝所授巾至帝前,已见升遐,容易自缢,而仆于御座下,以缢为名而得卒。"与本书此条合,故知文字出于此传。考异又引康骈剧谈录曰:"孟才人善歌,有宠于武宗。属一旦圣体不豫,召而问之曰:'我或不讳,汝将何之?'对曰:'若陛下万岁之后,无复生为!'是日令于御前歌河满子一曲,声调凄咽,闻者涕零。及宫车晏驾,哀恸数日而殒,窆于端陵之侧。"司马光曰:"此事恐正是王才人,传闻不同。"剧谈录文见卷上孟才人善歌。

1102 武宁节度使康季荣不恤军士,部曲噪而逐之,投于岭外。上以直金吾大将军田牟曾为徐州〔一〕,有政声,开延英召对,再命往镇。

永乐大典卷之一万八千二百九将军士逐将引唐语林。

本条原出东观奏记卷下。

〔一〕直金吾大将军田牟　原书作"左金吾大将军"。资治通鉴卷二四九唐纪六五宣宗大中十三年四月叙此事,亦作"左金吾大将军"。

附　录

唐语林援据原书提要

目录

说明

一、为便读者对照，唐语林援据原书之书名与顺序，同于原序目中所列之书名与顺序。

二、诸书异名，写入(　)内。

三、羼入唐语林中之书，取其重要而不太为人所知者酌予介绍，附于原序目中书名之后。

国史补(唐国史补、唐史补)

作者李肇,生平不详。可知者,元和七年(812)之前曾任华州参军,元和十三年(818)自监察御史充翰林学士,长庆元年(821)十二月自司勋员外郎贬为澧州刺史,大和初官中书舍人,死于开成元年(836)之前。国史补一书,作于长庆年间任尚书左司郎中时。李肇娴于典籍与掌故,曾著翰林志一卷、经史释题二卷、国史补三卷,后书记载唐开元至长庆一百多年之间的轶事琐闻,涉及面广,颇为翔实可据。其中不少条目曾为新旧唐书与资治通鉴等书所采纳,而如本书卷五735条叙柳浑事,亦为史家所斥,但此类为数甚少。李肇自序标明宗旨曰:"续传记(即隋唐嘉话)而有不为。言报应,叙鬼神,征梦卜,近帷箔,悉去之;纪事实,探物理,辨疑惑,示劝戒,采风俗,助谈笑,则书之。"态度纯正,颇为后世所称许。欧阳修作归田录,即以此为准式。宋代类书总集、笔记小说、诗文笺注,征引前人说部时,无不重视此书。王谠作唐语林,征引国史补达一百数十条之多,占采录各书之首。而王氏于援引时,细节上常作改动,文字不如原书生动,然如卷三450条之考广文馆设置年代,卷六848条之考历史事实,都对国史补中的记载作了订正。只是王谠也有误解文意反而致误的地方,如卷六771条误解"雪"字,卷六782条叙窦申事而误读原文,都是很严重的疏漏。后人援用之时,仍当细加辨析。此书除历史部分外,有关文学、哲学与社会风俗等方面也有生动记叙，例如对“元和体”与李邕、崔颢、王维、李白、韦应物、李益、韩愈、元稹、白居易等人的记载，传奇小说的写作，考试制度与职官制度的流变，崇尚门第与游宴的风气等等，都是后人经常征引的史料。全书共分三卷，凡三百零八条，每条均用五字为标题。郡斋读书志、文献通考作二卷，清周中孚郑堂读书记以为“二”乃“三”之误。传世有津逮秘书本、学津讨原本、得月簃丛书本等多种。1957 年古典文学出版社曾据学津讨原本排印，1979 年上海古籍出版社又重印。今亦从学津讨原本校录。又汲古阁有影写宋刊本，傅增湘曾据之校录，见藏园群书题记卷四。国史补卷下内外诸使名中原缺“有时而置者”至“删定使三”二十字，影宋本不缺，傅增湘据此为例，称抄本为奇珍可贵；然本书卷五 746 条转录此文，文无缺误，可见唐语林中“奇珍可贵”之处亦复不鲜，整理唐宋笔记小说时可起重要作用。

补国史（后史补）

新唐书卷五八艺文志二杂史类载林恩补国史十卷，原注：“僖宗时进士。”玉海卷四七艺文杂史著录林恩补国史十卷，引中兴书目曰：“补国史六卷，载德宗以后二十三年事。其条目次序差互。”原书已佚。容斋四笔卷十一册府元龟云：“资治通鉴则不然，以唐朝一代言之，……大中吐蕃尚婢婢等事，用林恩后史补，…… 皆本末粲然。然则杂史、琐记、家传，岂可尽废也？”此书太平御览、太平广记、绀珠集、类说等书中均无节录之文，只有唐语林中保存着完整的文字，如卷一 106 条叙高崇文伐蜀，卷二 152 条叙唐与南诏交恶，首尾井然，提供了这一事件的完整资料。察其体例，近于纪事本末一类。内容虽然也有失实之处，但还是保存了很多原始的资料，吉光片羽，弥足珍贵。

因话录

作者赵璘，字泽章，生卒年不详。可知者，约生于宪宗元和初，文宗大和八年（834）登进士第，开成三年（838）举拔萃科，宣宗大中七年（853）为左补阙，曾为裴坦从事，后官汉州刺史、衢州刺史。他出身于南阳赵氏后徙平原（今属河北）的一支，是德宗朝宰相赵宗儒的侄孙，关中贵族柳氏的外孙。因为家世的关系，多识前言往行和朝廷典故，书中所言，常是一些家族和亲戚之间的见闻或轶事，也有很多亲身经历的记叙。东观奏记卷上记载他曾采访诸科目记，撰成登科记十三卷，本书卷四 542 条即转录此事。岑仲勉说：“赵录事，余尝以他史料参合勘之，殊少大疵谬，实晚唐笔记之上乘。”然此书传世缺乏好的版本，文字经过后人改动，增加了一些错误。如卷一宫部记郭子仪祭代宗独孤妃事，云：“时予外伯祖殿中侍御史”，注：“讳芳，字伯存。”实则此时之掌书记为柳并，唐语林卷二191条叙此，齐之鸾本、历代小史本不误。而因话录卷二商部记郭子仪礼敬赵夫人一条，亦即唐语林卷四598条，亦误改柳并为柳芳。书中还有一些道听途说的故事，或杂以神怪，也不太可信。文中几次提到写作年代，而上下相距颇久，盖草稿乃陆续写就，而定稿之时则在僖宗初年（874）左右。全书六卷，共分五部，计：卷一宫部，为君，记帝王；卷二、卷三商部，为臣，记公卿百僚；卷四角部，为人，记不仕者，附以谐戏；卷五徵部，为事，多记典故；卷六羽部，为物，记见闻杂物，无所归附者均纳之。各条文字长短不一，王谠采入时，有些长的条文已彻底改写，如卷七919条、卷四577条，与原书出入颇大；有些短小的条文，则改动甚微，或一字不改。因话录亦有佚文，可据唐语林补入，如辑佚之1100条。传世有重辑百川学海本、唐宋丛书本、唐人说荟本、唐代丛书本等多种，均作一卷；有稗乘本，作三卷。今从稗海六卷本校录，1957年古典文学出版社曾据此本排印，1979年上海古籍出版社又重印。

谭宾录

新唐书卷五九艺文志三小说家类载“胡璩谭宾录十卷”，原注：“字子温，文、武时人。”郡斋读书志亦著录于小说类，且曰“皆唐朝史之所遗”。宋史卷二〇六艺文志五小说类作胡璩撰，五卷，"璩"或系"璩"之误。此书八千卷楼与皕宋楼均藏有旧钞本十卷，然系纂辑而成，非原书。绀珠集卷三、类说卷十五、说郛（张宗祥辑明抄本）卷三、卷七三均曾录引，太平广记中也有佚文。而太平广记卷一七六引谭宾录一条，题作郭子仪，旧唐书卷一二〇郭子仪传采录，上冠"史臣裴垍曰"字样，疑谈宾录中的一些文字原来大都冠有说者姓名。"谭宾"云者，即记录宾客谈论之意，后原书散佚，各家转录时，删去说者之名，因而难以尽知其说之所自出。本书所录之卷六753"赵涓为监察御史"一条，并见太平广记卷一七一，知是谭宾录之文，而旧唐书卷一三七赵涓传叙此事，文几全同，其他条目亦有类似情况，曾为旧唐书据原样录入，说明此类材料原出国史，故有很高的史料价值，应予重视。

齐集（岚斋集）

齐集一名，古今书目均无记载，实乃岚斋集之误。盖"斋"形讹为"齐"，而又夺一"岚"字。新唐书卷五九艺文志三小说家类载李跃岚斋集二十五卷，宋史卷二〇三艺文志二传记类载李跃岚斋集一卷，疑后人或以其分卷过繁，或过于残佚，故合之为一卷。遂初堂书目亦载，入小说类。此书目下仅存文字五条，本书录有三条，足征王谠采录者有岚斋集一书，非所谓"齐集"也。

幽闲鼓吹

新唐书卷五九艺文志三小说家类著录"张固幽闲鼓吹一卷",郡斋读书志同,提要曰:"右唐张固撰,纪唐二十馀事。懿、僖间人。"然郭茂倩乐府诗集卷七九作张同,当系形讹。此书有顾氏文房小说本,乃据宋本刻出,顾元庆跋曰:"是书为有唐张固撰,共二十五篇。固在懿、僖间,采摭宣宗遗事,简当精核,诚可以补史氏之遗。"大部分的材料确是已经采入新唐书和资治通鉴等书。其中一些关于文人的轶事,如白居易献诗顾况,李贺献诗韩愈等,尤为脍炙人口,尽管后人对这些事情的真实性有不同看法,但却足以觇知唐人风气,至可宝贵。然顾氏文房小说本幽闲鼓吹实作二十六篇,四库全书总目提要以为顾氏将元载之事误分为两条,实则这两条内容不同,一为元载事,一为元伯和事,理当分列;而书中潘炎与子孟阳两条却是应当合为一条,因所叙者均为潘炎妻刘氏事,所以唐语林卷三 382 条即合之为一条,列于识鉴门,这样方与顾氏二十五篇之数相合。又此书所记者大都为宣宗时事,但也并非仅限此一朝,观本书所引即可知。传世有续百川学海本、宝颜堂秘笈本、学海类编本等多种,今从顾氏文房小说本校录。1958 年中华书局上海编辑所曾据顾氏文房小说本排印。说郛(陶珽刊本)卷五二幽闲鼓吹亦据顾元庆本印入,足证此书已非陶宗仪之原物。

尚书故实（张尚书故实、尚书谭录、尚书故事）

作者李绰，字肩孟，晚唐人。赵郡李氏南祖房吏部侍郎纾曾孙宽中之子。晚唐时任礼部郎中，著有秦中岁时记、辇下岁时记等多种。唐亡之后，不仕，避乱于南方。此书宋史艺文志凡两载，一见于史部传记类，一见于子部小说家类，后者“绰”下加注曰：一作“纬”，“实”下加注曰：一作“事”。按各家目录记此书作者均作李绰，“纬”字当系误写。尚书其人，崇文总目以为即张延赏，新唐书艺文志承用，郡斋读书志和直斋书录解题都已表示不信，后书曰：“唐李绰撰，又名尚书谈录。首言宾护尚书河东张公三代相门，谓嘉贞、延赏、弘靖也。弘靖卢龙失御，贬宾客分司。绰，唐末人，未必及弘靖。弘靖之后，文规、次宗、彦远皆不登八座，未详所谓。唐志即以为延赏，尤不然。”尚书究为何人，实难断言。李绰自序云：“绰避难圃田，寓居佛庙，叨遂迎尘，每容侍话。”当是黄巢起义之后，与河东张尚书于郑州中牟县避难，闲居无事，记录张氏之言而作，所以书名一作尚书谭录也。书凡一卷，记载的事不限于唐代，有关书画考证等方面的内容很多，虽偶有失实处，然精确可据者亦不少，颇为后人所重。传世有重辑百川学海本、宝颜堂秘笈本、畿辅丛书本等多种，今从宝颜堂秘笈本校录。

松窗录（松窗杂录、松窗杂记、松窗小录、摭异记）

此书作者、书名均多异说。新唐书卷五九艺文志三小说家类载松窗录一卷，不著撰人。郡斋读书志杂史类载松窗录一卷，云“唐韦叡撰，记唐故事。”宋史卷二〇六艺文志五小说家类作松窗小录一卷，李濬撰。唐诗纪事卷十引此，作皮日休松窗录。吴曾能改斋漫录卷三引此，作王叡松窗录。白孔六帖卷十三引此，作王歆松窗录。说郛（陶珽刊本）卷五二收入此书，则题名摭异记，而说郛（张宗祥辑明抄本）卷四收入杜荀鹤松窗杂录一种，又是另一种书，与此无涉。按书前自序曰：“濬忆童儿时即历闻公卿间叙国朝故事，次兼多语其□事特异者，取其必实之迹，暇日辍成一小轴，题曰松窗杂录。”则是书名以作松窗杂录为宜，而作者名为李濬或韦叡，则难于确说。顾氏文房小说本梓行较早，题“唐李濬编”；陆心源皕宋楼藏书志卷六二子部小说类记载，他藏有仿宋刊本松窗杂录一卷，亦题唐李濬撰。这与崇文总目传记类中的记载也相同。如作者确是李濬，则当是唐僖宗时人，全唐文卷八一六有李濬慧山寺家山记一文，乾符六年书，可以为证。此书记唐初至文宗时事，而以玄宗一朝为多。唐语林中收入的各条，大体均与玄宗有关，故事性很强，只是有关起居注的一条，王谠引入卷二 184、185 条，删削过甚，与原书出入颇多。顾氏文房小说本、奇晋斋丛书本均作松窗杂录一卷，稽古堂丛钞本、贵池先哲遗书本均作松窗杂记一卷。今从顾氏文房小说本校录。1958 年中华书局上海编辑所曾据顾氏文房小说本排印。

庐陵官下记

作者段成式,字柯古,临淄邹平人。约生于贞元十九年(803),殁于咸通四年(863)。唐初功臣段志玄之后。父段文昌,穆宗时宰相。成式少时荫为校书郎,官至太常少卿。政治上与李德裕接近。生平事迹附旧唐书卷一六七段文昌传、新唐书卷八九段志玄传。段氏以家世之故,博闻多识,文名藉甚,与李商隐、温庭筠齐名。直斋书录解题卷十一小说家类载庐陵官下记二卷,“段成式撰,为吉州刺史时也”。吉州即庐陵郡。原书已佚,仅类说卷六存文六则,说郛(陶珽刊本)卷十七存文十六则,然与唐语林中条文均不合。查古今合璧事类备要前集卷十一引庐陵官下记,叙玄宗起凉殿事,即本书卷四 481 条,足证唐语林中确曾征引此书。而唐语林卷二中又有 179、181、186 条、卷四 595 等数条尚见于段氏另一著作酉阳杂俎之中,则又说明庐陵官下记中的若干文字后已编入酉阳杂俎之中。酉阳杂俎一书世所习见,今不再介绍。

次柳氏旧闻(明皇十七事、柳氏史、柳史)

作者李德裕,武宗时名相,新、旧唐书均有传。此书前有自序，言德宗上元年间，史官柳芳谪徙黔中，高力士也贬斥在巫州，相与周旋，因得闻禁中事，记为一书，名问高力士。文宗大和中诏求其书未获，李德裕之父吉甫曾与柳芳之子冕交往，尝闻其说，以告德裕，遂追忆录进，取名次柳氏旧闻。旧唐书卷十七下文宗纪载大和八年九月己未"宰臣李德裕进御臣要略及柳氏旧闻三卷"，即指此事。全书十七条，均记玄宗遗事，颇夸张神异，然可备异闻。王谠录引此书，语涉怪异者，仅取有关张果、无畏的故事两条，而这是唐代最著名的道术之士，其馀均采涉及政治者，文字改动不大。绀珠集卷五、类说卷二一、说郛（陶珽刊本）卷五二、学海类编本均题作明皇十七事，太平广记引作柳氏史，说郛（张宗祥辑明抄本）卷五常侍言旨引作柳史，且引其佚文一条，四库全书总目卷一四〇次柳氏旧闻提要即据说郛所载常侍言旨的这条记载，云："知此书初名桯史，后改题今名。又知此书本十八条，删此一条，今存十七。"则以陶珽刊本中误将柳史之"柳"字误植为"桯"字，观张宗祥辑明抄本即可知。绀珠集、类说引文中颇有出于"明皇十七事"之外者，实乃戎幕闲谈之文，后人以此二书均出李德裕而合编，遂致篇章混杂。传世有重辑百川学海本、顾氏文房小说本、宝颜堂秘笈本、稗乘本、学海类编本、郎园先生全书本等多种，今从顾氏文房小说本校录。上海图书馆藏有清张氏青芝山堂抄本一卷。

桂苑谈丛（桂苑丛谈）

新唐书卷五七艺文志三小说家类载桂苑丛谭一卷，原注：“冯翊子子休。”郡斋读书后志卷一杂史类载桂苑丛谈一卷，“右题云冯翊子子休撰。杂记唐朝杂事，僖、昭时。当是五代人。”又引李淑邯郸书目云“姓严”。则是作者严某，字子休，号冯翊子。陈继儒刻入宝颜堂续秘笈，误题为“唐子休冯翊”。此书所记，上起懿宗咸通时，下至唐末，前列正文十条，均有标题，中多叙述怪异游侠之事。后有史遗十八条，则是杂抄各种书籍上的材料，及另一书而误附入者。除宝颜堂续秘笈本外，尚有续百川学海本、唐人说荟本等多种，1958 年中华书局上海编辑所曾据宝颜堂续秘笈本排印。

纪闻谈

直斋书录解题小说家类著录纪闻谭三卷，“蜀潘远撰。馆阁书目按：‘李淑作潘遗。’今考邯郸书目，亦作潘远，其曰‘遗’者，本误也。所记隋唐遗事。”而宋史卷二〇六艺文志五小说家类即作潘遗纪闻谈一卷。原书已佚，绀珠集卷九、类说卷五二、说郛（张宗祥辑明抄本）卷七三有引文，宋人著作中亦偶有征引，然与本书无重合者。古今合璧事类备要外集卷四九引纪闻谭一条，叙锦帐三十重事，与因话录卷一宫部“玄宗柳婕好”条相合，亦即本书卷四594条,可知潘氏此书乃杂抄前代典籍而成者。又直斋书录解题小说家类尚有窗间纪闻一卷,下云"称陈子兼撰,未知何人。杂论诗文经传,亦间述所闻事。"颇疑王谠所录者或为此书,因唐语林卷一45、47两条均作"陈子曰",而所叙之事,正与陈振孙所言相合故也。

东观奏记(东宫奏记)

此书作者各家目录均作裴廷裕,唯直斋书录解题卷五杂史类载此书,则作"裴延裕撰"。资治通鉴宣宗大中二年考异曰:"裴延裕后作廷裕,必有一误。"而"廷裕"或有写作"庭裕"者。裴为闻喜人,昭宗大顺中官右补阙兼史馆修撰,与柳玭等纂修宣宗实录,因日历、起居注等均已散佚,只能采摘宣宗一朝耳目闻睹,编年排列。因在史馆所作,故称"东观";因奏记于晋国公杜让能,以备史阁讨论,故称"奏记"。可知此书即裴氏所上之监修稿本。书前有自序,所言亦约略如是。新唐书卷五八艺文志二杂史类载裴廷裕东观奏记三卷,原注:"大顺中,诏修宣、懿、僖实录,以日历、注记亡阙,因摭宣宗政事,奏记于监修国史杜让能。廷裕,字膺馀,昭宗时翰林学士,左散骑常侍。贬湖南,卒。"类说采入此书而改题东宫奏记,大误。唐摭言卷十三言裴廷裕"文思敏捷,号下水船"。然其行文颇有冗沓杂乱处,例如本书卷一30条,反而不如王谠改削之后文笔清顺。又裴氏政见偏于牛党，故于该党中人时多美言，但记载的事件一般还能符合事实。传世有稗海本、续粤雅堂丛书本、小石山房丛书本、藕香零拾本。缪荃孙跋曰：“其书专记宣宗一朝之政绩。书中事实，颇具首尾，通鉴采及三十二条，考异一条，在唐朝杂史中最称翔实。”只是缪氏重刊刻时改字太多，有时将不相干的材料并入，转失其真。例如卷六861条言萧仿、郑裔绰为柳珪不孝驳还诏书，藕香零拾本于郑裔绰前插入郑公舆一名，实则郑公舆之驳还诏书乃因杨汉公事，与柳珪无关，可见缪荃孙在校勘时有以意为之之处，其统计数字亦不甚精确。今用稗海本校录，参以小石山房丛书本、藕香零拾本。小石山房丛书本时见脱误，最劣。

贞陵遗事（大中遗事）

贞陵为宣宗陵墓之名，大中为宣宗的年号。绀珠集卷十、类说卷二一、说郛（陶珽刊本）卷四九、（张宗祥辑明抄本）卷七四作大中遗事，资治通鉴考异则作贞陵遗事。原书已佚。文渊阁书目卷六载有令狐澄贞陵遗事一册，则是此书之佚，当在明中叶之后。新唐书卷五八艺文志二杂史类载令狐澄贞陵遗事二卷，原注：“绹子也。乾符中书舍人。”金华子卷上有令狐滈与令狐澄皆有才藻之说，唐语林录入卷三，为421条。然旧唐书卷一七二、新唐书卷一六六令狐绹传，皆云“子滈、涣、沨”，而不及澄。

旧唐书且以令狐澄为令狐楚之弟令狐定子缄之长子。然据新唐书卷七五下宰相世系表五下，则令狐澄又为绹之子，而沨乃缄之子。同为新唐书之文，而矛盾若是。疑世系表乃据谱牒之类写成，而令狐绹传则据旧唐书中之传文写成；旧传有误，新传随之亦误。方崧卿韩集举正叙录云有"唐令狐氏本。右唐令狐绹之子澄所藏本，咸通十一年书。"陈景云韩集点勘卷二则以为旧唐书本传可信，然亦未有显证。金石录第一千九百十八著录"唐令狐楚登白楼赋，令狐澄书，咸通二年二月。"似以祖孙关系解释比较合适。总之，诸说之中似以金华子之说为是，而周广业以为令狐澄即令狐涣，则未必然矣。

续贞陵遗事(续大中遗事)

新唐书卷五八艺文志二杂史类载柳玭续贞陵遗事一卷。玭为柳公绰之孙，事迹附旧唐书卷一六五、新唐书卷一六三柳公绰传。又柳玭与裴廷裕同奉诏修宣宗实录，见上东观奏记提要，此书或即修史所得之作。直斋书录解题杂史类载贞陵遗事二卷、续一卷，下云："唐中书舍人令狐澄撰，吏部侍郎柳玭续之。澄所记十七事，玭所续十四事。"类说卷二一大中遗事题下云"柳玭续事附"而不再分别。原书久佚，今据资治通鉴考异辑出两条。

常侍言旨（柳常侍言旨）

郡斋读书志卷三下小说类载常侍言旨一卷，“右唐柳理记其世父登所著。六章，上清、刘幽求二传附。”直斋书录解题卷十一小说家类亦载柳常侍言旨一卷，唐柳理撰。常侍者，其世父芳也。凡六章，末有刘幽求及上清传。”按柳登尝官右散骑常侍，见旧唐书卷一四九、新唐书卷一三二柳登传。直斋书录解题释“常侍”有误。柳芳子二人，即登、冕，柳理为冕之子，参看郡斋读书志小说类中家学要录一书提要。常侍言旨原书已佚，说郛（陶珽刊本）卷四九、（张宗祥辑明抄本）卷五均曾录用，唐人说荟本中条目多与其他书中条目重出，不可信。上清传与刘幽求传乃柳理创作之传奇小说，故附于书后。上清传世所习见，刘幽求传则未见传本，本书卷三475条虽已残泐，然叙刘幽求事周折多姿，与上清传风格一致，当是此文无疑。由是可知，王谠著书时曾从常侍言旨中采录此二传文。

传载（大唐传载、传载录、传记）

新唐书卷五八艺文志二杂史类有传载一卷，与唐语林原序目书名正合。作者不明，但可确定为唐人。以唐人而纪唐事，自然不必加上“唐”或“大唐”等字样。四库全书总目编者习见通行本称大唐传载，遂谓唐宋艺文志均不载此书，失察之甚。1958 年中华书局上海编辑所据守山阁丛书本排印，在出版说明中又说“唐书艺文志史部有僖宗时进士传载一卷，大概就是指的这书”，则是又把“僖宗时进士”五字误缀于上，实则这是上列一书“林恩补国史十卷”下所附的原注，指的是林恩为僖宗时进士。诸书介绍时粗心大意，反而增加了不少混乱。此书文字简短，近于随笔。记载的内容很广泛，诸如公卿轶事，历史传说，典章制度，民情风俗，其中有关历史事实的一些文字，曾为新旧唐书、资治通鉴等书所采用，其他记叙唐代社会琐屑小事的一些文字，或有助于考订。所记之事，上起唐初，下至中唐。自序称：“八年夏，南行岭峤，暇日泷舟，传其所闻而载之，故曰传载。”此指文宗大和八年事。严杰考定此书作者为韦瓘。序中所言之“泷舟”，乃指泷水行舟。韦瓘于大和八年谪官康州刺史，故序称穷愁而撰是书。韦瓘为韦夏卿弟正卿之子，事迹附新唐书韦夏卿传。此书时与他书相混，类说卷四五作大唐传载，太平广记作传载。说郛（张宗祥辑明抄本）卷三八所著录之传载，则是刘餗传记，而太平广记中有些标名传记的条文，则又是传载中的文字。大约传载、传记二名相混之故，大唐传载中的一些条文，又与今本隋唐嘉话相混，参看本书附录之二书目录即可知。此书世无善本。北京图书馆有清顺治四年孙明志抄本。守山阁丛书本从四库全书本刻出，个别地方根据太平广记、唐语林进行过校勘，在刻本中算是较好的一种，但工作做得很不够。王说采择此书颇多，文字出入不大，因此后人全面整理此书时，还可利用唐语林做很多考核补正的工作。

云溪友议

作者范摅，唐僖宗时人。生长吴地（今江苏苏州地区），后移居越州会稽郡，此地有若耶溪，别名五云溪，故自号五云溪人。云溪友议由此取名。全书纪事六十五条，诗话占十之七八，逸篇琐事，颇赖以传。因为这是唐人说唐诗，耳目所接，终较后人为近，所以韦縠才调集、计有功唐诗纪事等书都曾取资于是。然摅本处士，放浪山水之间，结交的人有局限，所记道听途说，传闻失实之处甚多。例如本书卷四 484 条记李白作蜀道难为房、杜"危之"之说，对后世影响甚大，而并不可信。又如 490 条记李绅的一条，夸张过甚，几全不可信。新唐书卷一八一李绅传言开成初为河南尹，"绅治刚严"，恶少"皆望风遁去"，与云溪友议所言有合拍处，然范书又云"骡子营骚动军府"，则张冠李戴，与史实不合。"骡子营"乃蔡州军事，见旧唐书卷一四五吴元济传与一六一刘沔传。吴传云："地既少马，而广畜骡，乘之教战，谓之'骡子军'，尤称勇悍，而甲仗皆画为雷公星文以为厌胜。"可知此事与李绅全然无涉。其他几条亦有类似情况，无法一一辨析。新唐书艺文志、郡斋读书志著录此书，作三卷，直斋书录解题小说家类作云溪友议十二卷，又云"唐志三卷"，说明宋代已有分卷不同的两种本子。四部丛刊续编影印明刊本为三卷本，前有范氏自序，纪事每条以三字为标题，可能比较接近原著面貌。后面还附有张元济校勘记一卷。1957年古典文学出版社曾据以排印，今亦从之校录。稗海本为十二卷本，佚自序与条文前之三字标题，文字讹夺亦较三卷本为多。嘉业堂丛书本亦为三卷本，后附刘承干校勘记三卷。

开天传信记（传信记、开元传信记、开元记）

直斋书录解题卷五杂史类载"开天传信记一卷，唐吏部员外郎郑棨撰，杂记开元天宝时事。"郡斋读书志杂史类误作"开元传信记"，而释此书得名，亦曰"纪开元、天宝传闻之事，故曰'传信'"。又此书原本署名其官衔亦作吏部员外郎。资治通鉴考异引此书时则署名郑綮。綮于昭宗时尝任相。事迹见旧唐书卷一七九、新唐书卷一八三本传，然二史不载其任吏部员外郎事。按太平广记卷三二颜真卿一条，中引戎幕闲谈之文，内有"开天传信记详而载焉"之句，可知此书早在文宗之前已问世。郑棨事迹不详，与郑綮为二人。书中记开元天宝故事三十二条，自云"簿领之暇，搜求遗逸，期于必信"，故取名开天传信记。然亦有传闻失实及语涉神怪之处，如本书卷一94条叙道流妖术即是，不过也有不少条目曾为史书采录。王谠改写之文，与唐诗纪事为近，或更近于郑棨原本之真。传世有百川学海本、学津讨原本等数种，今从学津讨原本校录。又八千卷楼旧藏明覆宋本一种，今在南京图书馆。

戎幕闲谈

作者韦绚，事迹见后刘公嘉话提要。原书久佚，类说卷五二、说郛（陶珽刊本）卷四六、（张宗祥辑明抄本）卷七中有引文，太平广记亦有征引。说郛且附韦氏原序，曰："赞皇公博物好奇，尤善语古今异事。当镇蜀时，宾佐宣吐，亹亹不知倦焉。乃谓绚曰：'能题而记之，亦足以资于闻见。'绚遂操觚录之，号为戎幕闲谈。大和五年（831）十一月二十三日巡官韦绚引。"可知"戎幕"云者，乃李德裕时任西川节度使之故。又绀珠集卷五、类说卷二一明皇十七事中比其他本子的明皇十七事（即次柳氏旧闻）多出很多条文，实即此书文字。如上二书中"颜郎衫色如此"一条，与太平广记卷二二四范氏尼条中文字相合，而太平广记正作"出戎幕闲谈"。可知本书卷六759条亦从戎幕闲谈中出。所以如此，则以明皇十七事出于李德裕手，戎幕闲谈出于李德裕口，因而宋人将之合刊成一册。此亦可见唐语林中录有此书之详细文字，至可宝贵。

明皇杂录

作者郑处诲，德宗时宰相郑馀庆之孙，事迹附旧唐书卷一五八、新唐书卷一六五郑馀庆传。新唐书本传曰："先是，李德裕次柳氏旧闻，处诲谓未详，更撰明皇杂录，为时盛传。"崇文总目署作者之名曰"原释赵元"，高似孙史略卷五署作者之名曰"赵元一"，则是误与撰奉天录四卷之作者相混。书中内容好言怪异，真伪杂糅，不尽实录。玉海卷五八艺文录引中兴书目曰："明皇杂录二卷，大中九年校书郎郑处诲杂记玄宗承平之事，虽微必录，已见于太史者不言。"各家目录记载卷数不一。新唐书艺文志杂史类作二卷；郡斋读书志杂史类著录，二卷之外，尚有别录一卷，"题补阙所载十二事"；直斋书录解题杂史类作一卷；四库全书总目列入小说家类，二卷之外尚有别录一卷。后出之墨海金壶本，有补遗一卷；今通行之守山阁丛书本明皇杂录，于正文上下卷之外，亦有补遗一卷，补遗不知是否即别录？而守山阁丛书本后尚附校勘记，且附逸文多条，最称完备。然太平广记、类说、绀珠集等书中仍有文字未辑入，故今人尚可作进一步之加工整理。王谠编唐语林，采摘此书条文不多。

异闻集（异闻录、异闻记、异闻集传）

异闻集是水平很高的一部唐人传奇总集。新唐书卷五九艺文志三小说家类著录陈翰异闻集十卷,原注:"唐末屯田员外郎。"晁公武郡斋读书志卷三下小说类著录异闻集十卷,"右唐陈翰编,以传记所载唐朝奇怪事类为一书。"原书已佚,只是太平广记中还引有佚文二十馀篇,绀珠集卷十有佚文二十五篇,类说卷二八亦有佚文二十五篇,朱、曾二书所引者均为节录之文。现在能够考知的,约有四十馀篇传奇出于此书,如枕中记、李娃传、霍小玉传、南柯太守传、柳毅传、上清传等文均是。颇疑虬须客传原来也收在这异闻集里,而唐语林原序目中所阙的书名,四库全书馆臣以为一作虬须客传者,似以唐阙史的可能者为大。因为唐阙史中条文见于唐语林者颇多,此书性质又与其他四十九种为近故也。

大唐说纂(说纂、唐说纂)

新唐书卷五九艺文志三小说家类著录李繁说纂四卷,容斋四笔卷八双陆不胜条曰:"艺文志有李繁大唐说纂四卷,今罕得其书,予家有之。凡所纪事,率不过数十字,极为简要,新史大抵采用之。"李繁为李泌之子,事迹附旧唐书卷一三〇、新唐书卷一三九李泌传,然均不言其曾撰说纂。直斋书录解题卷十一载大唐说纂四卷,"不著名氏。分门类事,若世说。止有十二门,恐非全书。"而宋史卷二〇六艺文志五小说家类录唐说纂四卷,亦不著作者名字,则此书是否李繁所撰,尚属疑问。原书久佚,宋代著作中偶有提及者，然与唐语林中文字则无可印证。

刊误（李氏刊误）

作者李涪，陇西人，唐宗室宰相李福之子。生卒不详，活动年代在僖宗、昭宗时。曾任国子祭酒、常侍、宗正卿、尚书等职。新唐书卷二二四下叛臣下王行瑜传记载："始，行瑜乱，宗正卿李涪盛陈其忠，必悔过。至是帝怒，放死岭南。"其时当在乾宁二年（895）。然刊误卷下杖周议中自云："予乾宁三年九月行吊于名士之家"，则是乾宁二年放死之说不确；北梦琐言卷六言李涪于光化中尚与诸朝士避地梁川，其时年事已甚高。原书奉陵条曰："予省事六十年"，说明著书之时已在六十之后，而北梦琐言卷九曰："广明以前，切韵多用吴音，而清、青之字，不必分用。涪改切韵，全刊吴音。当方进而闻于宰相，佥许之。"说明刊误之作，广明之时已经着手。全书二卷，分五十篇，乃正文四十九篇，外加自序一篇。这是一部探究和考订典故的著作，上卷多考礼制，引古制以明唐末之失；下卷更扩及其他问题，诸如明训诂，正读音，议史实，正风俗，颇为笃实。其以"刊误"为名，即刊正当代各种误说之意。李涪因家世之故，识见既广，学问亦佳，故所言颇有可采者。例如下卷评陆法言切韵一条，就一直受到后代音韵学家的重视。北京图书馆藏有吴慈培影宋抄本。传世尚有百川学海本、古今逸史本、格致丛书本、学津讨原本、榕园丛书本等多种。哈佛燕京学社曾编有李涪刊误引得,即据榕园丛书本编纂,颇便使用,今即据榕园丛书本校录。

卢氏杂说(卢氏杂记、卢言杂说、杂说、卢氏小说)

新唐书艺文志小说家类著录卢氏杂说一卷,不著撰人。崇文总目小说类著录卢言杂说一卷,当即此书。直斋书录解题小说家类著录卢氏杂记一卷,题唐卢言撰。书已散佚,绀珠集卷九、类说卷四九、说郛(陶珽刊本)卷四八辑有一卷,然与他本参校,知非全书。太平广记引文六十六条,其中十一条见今本玉泉子,盖玉泉子亦非原书故也。按新唐书卷一〇五李德裕传言大理卿卢言等人言德裕"'罔上不道',乃贬为崖州司户参军",而太平广记卷二五六李德裕条,原出卢氏杂说,引时人作诗贬斥李氏,可证此书作者正是审理李德裕一案之人。又新唐书卷一七二杜中立传云:"京师恶少优戏道中,具驺唱珂卫,自谓'卢言京兆',驱放自如。中立部从吏捕系,立箠死。""卢言京兆"也者,似当解作卢言所说之京兆尹故事。颇疑此处乃指卢氏杂说中京兆尹崔郢受辱之事,见太平广记卷二三三夏侯孜条,亦即本书卷七 922 条。恶少藉此表示蔑视京师之长官,故杜中立怒而杀之。于此可知此书传播颇广。又白氏长庆集卷三三有三月三日祓禊洛滨诗,内云开成二年三月三日河南尹李待价约东都之官员于洛滨祓禊，裴晋公首赋一章，和作者有驾部员外郎卢言其人，可知卢言乃当时文士。又据唐尚书省郎官石柱题名，知卢言尝任左司郎中与户部郎中。作者经历如此，故言朝廷掌故与士大夫之琐事，科举轶闻，颇可信据。唐诗纪事等书均曾征引卢氏杂说中文。

剧谈录

作者康軿，字驾言，池州（今安徽贵池）人。新唐书卷五九艺文志三小说家类有康軿剧谈录三卷，原注："字驾言，乾符进士第。"郡斋读书志卷三下则作唐軿，而原书署名则作康骈，颇为混淆。据新唐书卷一八九田頵传："頵善遇士，若杨夔、康軿、夏侯淑、殷文圭、王希羽等，皆为上客。"然则以作"康軿"者为是。唐诗纪事卷六八亦有相同之记载。康氏尝官崇文馆校书郎。后京师大乱，退居故乡，追记昔时"新见异闻"，乃于乾宁二年写成此书。正像书名所示，颇多侈陈怪异，如神鬼灵应和武侠故事等，属于传奇一类，不尽实录。全书计四十馀条，文中常杂诗赋，篇末时附议论。新志、晁书记此书作三卷，然康氏自序"分为二编"，而传世诸本均作二卷。有明刊本、津逮秘书本、稽古堂丛刻本、学津讨原本、啸园丛书本、贵池先哲遗书本等多种。后书最便应用，因刘世珩曾用太平广记等书校勘，辑有逸文，卷前据稽古堂丛刻本移入康氏自序，刻印亦精。1958 年古典文学出版社即据之排印,今亦从之校录。所不足者,刘氏没有注意到采用唐语林来进行校勘,以致有些与唐语林相合的文字,可以确定为康氏原文的,反而根据太平广记引文加以改动,例如本书卷一 121 条、卷六 818 条等条目中都有这种情况;又如原书中有遗佚的文字,可以根据唐语林补入的,也未曾添补,如本书卷六 807 条的第一个原注即是。康氏文笔繁缛,王谠改写时,出入很大,如卷三 417 条、卷七 930 条等,几近于改写,故引用时应与原书核对。

玉泉笔端(玉泉子、玉泉笔论、玉泉子真录、玉泉子闻见录、玉泉子见闻真录)

宋史卷二〇六艺文志五小说家类有玉泉笔论五卷,"论"字或系"端"字之误。直斋书录解题卷十一小说家类著录玉泉笔端三卷又别一卷,下云:"不著名氏。有序,中和三年作。末有跋云'扶风李昭德家藏之书也',即故淮海相公孙。又称'黄巢陷洛之明年'。跋亦不知何人。别一本号玉泉子,比此本少数条,而多五十二条,无序跋。录其所多者为一卷。"则是陈氏著录之时已有数种本子传世。类说卷二五玉泉子中录文十八条,与今本不同者居半,或即别出于玉泉笔端之另一种本子。宋代之时玉泉笔端与玉泉子中条目多相合者,似后者乃改编本。王谠著书时用玉泉笔端,而所录条文,见之于今本玉泉子,足觇二书重出之处甚多,与陈氏所言相合。新唐书卷五九艺文志三小说家类载玉泉子见闻真录五卷，后人或简称“真录”，或简称“闻见录”，乃一书异称。说郛（陶珽刊本）卷四六、（张宗祥辑明抄本）卷十一录玉泉子真录，内“令狐楚镇东平”一条，不见今本玉泉子，而王谠录之于唐语林，即卷六854条。又永乐大典卷之一万三百一十死为愤贬死引李瓒一条，一万八千二百八将杖杀军将引薛元赏一条，云出玉泉子闻见录，均不见今本玉泉子，而王谠分别录入唐语林，为卷六871条、卷三313条。可知玉泉子、玉泉笔端、玉泉子闻见真录诸书，乃宋人将唐代此一小说重行编纂而出现的各种不同书名，内容相同处甚多。此亦小说流传过程中常见的现象，后人自可根据今本玉泉子对唐语林中有关文字进行校勘。然今本玉泉子颇杂乱，仅存八十二条，大都从太平广记引文转录，很多条文出自卢氏杂说等书，则是此书迭经改编，与玉泉笔端有所不同矣。此书所记多为唐代士大夫与士人的琐事，傍及报应迷信等杂事，内容庞杂，然如言及科举、婚姻等轶闻，亦可供参考。王谠所录大体属于言之有据者，若干故事也已采入正史。传世有稗海本，1958年中华书局上海编辑所即据之排印，今亦从之校录。又南京图书馆藏有明刊本玉泉子一种。北京图书馆藏有明抄本玉泉子闻见真录一卷，卷末又题作玉泉子，内容与刻本同，亦非原书。

金华子杂编（金华子、金华子新编、刘氏新编、刘氏杂编）

郡斋读书志小说类著录金华子三卷，“右唐刘崇远撰。金华子，崇远自号也。录唐大中后事。一本题曰刘氏杂编。”直斋书录解题小说家类著录金华子新编三卷，“大理司直刘崇远撰。五代时人。记大中以后杂事。”宋史艺文志小说家类作金华子杂编三卷。上述诸书异名同实，观本书即可知。按此书作者应题南唐刘崇远。崇远家本河南，乃广南节度使刘崇龟从弟。黄巢起义时，避乱江南，曾仕文林郎、大理司直。书前有自序，言少慕赤松子兄弟，“恍若游于金华之境”，因自号金华子。书中多神奇鬼怪之谈，然记宣宗以后之事，唐末藩镇之乱，社会风气之恶，将相仕人贤能与否，颇有可资取用者。资治通鉴即曾采择多条。原书久佚，四库全书馆臣从永乐大典中辑出，分为上下两卷。后出之反约篇本、榕园丛书本、读画斋丛书本，均从四库全书本刻出。然四库全书馆臣工作草率，即如永乐大典卷之一万一千一府恩府引金华子杂编一条，即唐语林卷二记马戴自痛不得尽忠于故府之249条，首尾完整，四库全书馆臣仅节引至“而动天下之浮议”一句，后出各本因之亦残缺不全。读画斋丛书本刻入周广业之校注，后附补文四条，附文一条，最称详备，1958年中华书局上海编辑所即据之排印，今亦从之校录。然周氏之校辑工作亦嫌草率，未能广征博考，仅从绀珠集与说郛等书中略事征引，而同类之书，如类说卷二五中尚有佚文两条，亦未补入。甚至常见之书，如资治通鉴考异中录引之文字，如本书卷三423懿宗条，亦未顾及。而周氏工作中最不足之处，在于未能利用唐语林进行校补，例如本书卷二160王式条、卷二249马戴条、卷七968李宽条，均可取以补足全文，惜弃而不用，以致文多残缺，于此可见金华子一书有待于校辑者甚多，亦可见唐语林中保存之文献颇有发掘之价值。

皮氏见闻（皮氏见闻录、见闻录）

郡斋读书志小说类著录皮氏见闻录五卷，“右皮光业撰。光业，唐末为钱镠从事，记当时诡异见闻。”尹洙大理寺丞皮子良墓志铭曰：“曾祖日休，避广明之难，徙籍会稽。及钱氏王其地，遂依之。官太常博士，赠礼部尚书。祖光业，佐吴越国，为其丞相。父粲，元帅府判官。归朝，历鸿胪少卿。……初，尚书以文章取重于咸通、乾符世，降及丞相、鸿胪，皆以文雄江东，三世俱有编集，总百卷馀。”此书崇文总目与宋史艺文志均记作十三卷，秘书省续四库书目记作十二卷。原书已佚，今参之资治通鉴考异等书，得一条。

大唐新语（大唐世说新语、唐世说新语、唐新语）

新唐书卷五八艺文志二杂史类载刘肃大唐新语十三

卷,原注:“元和中江都主簿”。而原书前有宪宗元和丁亥(807)自序,署衔“登仕郎前守江州浔阳县主簿”,内言“今起自国初,迄于大历。事关政教,言涉文词。”后有总论一篇,说明此书为继承荀爽汉语而作,乃取事之可资鉴戒者,模仿世说新语的体例,分匡赞、规谏等三十门类。陈寅恪说:“刘氏之书虽号为杂史,然其中除谐谑一篇,稍嫌芜杂外,大都出自国史。”如本书卷二168姚崇拒太平公主一条,出自吴兢升平源,开元时期之国史为吴兢所撰,故此条当出国史。而本书所录之大多数条文,可与新旧唐书、资治通鉴、唐会要等书相参证。王谠录存此书,改动最少。但他引用的条文,集中在卷一匡赞、规谏、卷二极谏、刚正四门之中,其他各门录引甚少,文字亦多出入,不知何故?也有可能这些文字有异的条文,王氏引自刘肃依据的原书,犹如本书中已经发现了的好多条文出自隋唐嘉话一样,今已无法一一考证,只能首先标上大唐新语一名。刘氏自序此书“题曰大唐世说新语”,明人刻书时有用此名者,“世说”二字或系明人添入。也有人称之为唐世说新语。有万历三十一年潘玄度刻本、王世贞刻本、冯梦祯刻本、稗海本等多种。1957年古典文学出版社曾据稗海本排印,今亦从之校录。此本卷末无总论一篇。1984年中华书局唐宋史料笔记丛刊有许德楠、李鼎霞点校本,已将总论附入。

刘公嘉话（刘宾客嘉话录、刘禹锡佳话、嘉话、嘉话录、刘公佳话、刘公嘉话录、宾客佳话）

此书书名异说甚多。刘公，即刘禹锡。一作“刘宾客”者，则以刘禹锡曾官太子宾客之故。记录者为韦绚。绚，字文明，京兆人。顺宗朝宰相韦执谊之子。尝官江陵少尹、起居舍人、义武军节度使。书前有自序，称穆宗长庆元年从刘氏于白帝城问学，宣宗大中十年（856）于江陵任少尹时整理昔日笔记而成一卷，然其中间偶而也载有文宗时事。刘禹锡为唐代著名文人与学者，与韦执谊同为参与王叔文集团之主要人物，视韦绚为子侄辈，故所言颇亲切深入。内容除陈历史事实、文坛掌故外，还讨论经传、诗文及方言等项，内中不乏学术上的珍贵材料，一直为后代文士所重视。然而也有一些侈陈天命怪异的言论。宋代原书已散佚，传世者有顾氏文房小说本、学海类编本、稽古堂丛刻本，实则诸书同出一源，都出自南宋孝宗乾道九年（1173）卞圜依据家藏先人手校本所刻。全书计一百十三条，其中可考定为原本所有者只四十五条，其他搀入尚书故实、续齐谐记、隋唐嘉话等书计六十八条。或者因为此书简称嘉话，和隋唐嘉话一书最易混淆，所以宋人著作中已经常将二书混而称之。近人唐兰著刘宾客嘉话录的校辑与辨伪，除将上述诸书混入者另行编纂外，又据唐语林等书补入五十六条，是为此书校订最精的一种本子。唐文载文史第四辑，1965 年 6 月中华书局出版。其时永乐大典影印本初出，唐氏未曾引用，故尚有缺漏。如永乐大典卷之一万二千四十四酒罚酒内引刘公嘉话言顾少连事一条，唐氏未收；又卷之二千九百七十九人知人内元伯和一条，即本书卷五737条，亦出刘公嘉话录，唐氏亦未收。此外本书卷六811条，原出剧谈录，今本佚去，而太平广记卷七六内尚见记载，唐氏则误以为出刘宾客嘉话录。此亦有待于后人为之加工整理者。依靠唐语林，固然有助于恢复嘉话录的原貌，但许多条目混杂在一起，错误的句子又很多，颇不利阅读。今采各家之说，一一分列，细加校雠，或对读者有所助益。

羯鼓录

新唐书卷五七艺文志一乐类载南卓羯鼓录一卷。南卓，字昭嗣，生于贞元七年（791）或稍后；文宗时曾任拾遗，武宗时任侍御史，会昌元年、二年为洛阳令，又任郎中；武宗末宣宗初，先后任商、蔡、婺等州刺史，又任黔南观察使，大中八年（854）卒。曾与裴度、白居易、刘禹锡、陈商、沈亚之等人交往。南卓多才多艺，著述甚多，羯鼓录一书乃记录风行唐代之乐器"羯鼓"之专著。文献通考经籍考乐类引崇文总目曰："羯鼓夷乐，与都昙答鼓皆列于九部。至开元中始盛行于世。卓所记，多开元天宝时曲云。"全书内分前后二录，前录成于宣宗大中二年，后录成于四年。内除详叙羯鼓之源流形状、附录羯鼓诸宫曲名外,尚记载与此相关之音乐故事,体近小说,故为王谠所取,大量采纳。传世有续百川学海本、宝颜堂秘笈本、墨海金壶本、守山阁丛书本等多种。钱熙祚羯鼓录跋曰:"诸本承讹袭谬,几不辩所语之云何。偶检御览、广记、唐语林、类说等,颇引羯鼓录,为之参互校订,并注其彼此异同于下。"而在上述几种书中,唐语林一书占重要地位,许多文字,各本均误,而唐语林独得其真。因为守山阁丛书本曾作仔细校订,最便应用,1956年古典文学出版社曾据以排印,今亦从之校录。

芝田录

新唐书卷五八艺文志三小说家类曾加著录,而不著撰人。郡斋读书志卷三下小说类著录芝田录一卷,"右叙谓尝憩缑氏,故取潘岳西征赋名其书。记隋唐杂事,未详何人。总六百条。"按潘岳西征赋无"芝田"之句,惟曹植洛神赋有句云:"税驾乎蘅皋,秣驷乎芝田。"文选李善注引十洲记曰:"钟山,仙家耕田种芝草。"此处取之喻神异之事。潘岳西征赋云云当系误记。原书已佚,绀珠集卷十、类说卷十一、说郛(陶珽刊本)卷三八、(张宗祥辑明抄本)卷三均曾著录,太平广记亦曾录引。说郛本署丁用晦撰,宋无名氏新编分门古今类事卷十八刘毅斋名条、古今合璧事类备要续集卷三均引作丁用晦芝田录。丁氏事迹不详。书中所记之事,有的出于前人成说,也不限于隋唐两代。和他书互校，可知唐语林中引用之文，最为完整，例如卷七886条叙“水递”事，就比各书引用者大为丰富。于此可见唐语林在辑录小说时有重要价值。

资暇集（资暇、资暇录）

郡斋读书志小说类著录资暇三卷，“右唐李匡乂济翁撰。序称世俗之谈，类多讹误，虽有见闻，嘿不敢证，故著此书。上篇正误，中篇谭原，下篇本物，以资休暇云。”新唐书艺文志小说家类著录李匡文资暇三卷，直斋书录解题杂家类著录“资暇集二卷，唐李匡文济翁撰。”崇文总目、宋史艺文志则记作资暇录，陆游渭南文集卷二八有跋资暇集一文。唐语林中之文，原书与齐之鸾本作“李匡文”者，聚珍本均改作“李匡乂”。据余嘉锡等人考证，作者之名以作李匡文为是，但这也还未能成为定论。旧说李氏为唐宗室，乃李勉之从孙，宰相李夷简之子，僖宗中和时任太子宾客，昭宗时官宗正少卿。然据岑仲勉考证，此书卷下李环饧条称李听为从叔，“则著书人直陇西一系，非宗室子也。”所可知者，李氏曾任房州刺史，资暇集当写成于僖宗乾符中和年间。此书乃考订旧文之作，兼及名物、训诂、风俗、礼制，颇多精到之见，亦小有舛误。宋代喜谈考证者常加引用，或与之辩驳。传世有顾氏文房小说本、学海类编本、续知不足斋丛书本、墨海金壶本等多种。说郛（陶珽刊本）中之资暇集与顾氏文房小说本全同，当是覆刻顾本而成。顾本早出，后出之书一般均据此覆刻，今亦据之校录。王谠引文，大体与顾氏文房小说本相合，二者文字偶有异同，亦可相互参照校正。又顾本常将注文羼入正文，而唐语林中文字不误，可资参证处甚多。

杜阳杂编（杜阳编）

作者苏鹗，字德祥，唐僖宗光启二年（886）进士。家在武功杜阳川，故取以为书名。生平无甚可考，知为初唐时宰相苏颋的族人。全书三卷，所记者，上起代宗广德元年（763），下至懿宗咸通十四年（873），凡十朝之事。内容多述四方异闻与奇技宝物，继承的是王嘉拾遗记、郭宪洞冥记等书的传统，和酉阳杂俎中物异等部分相类，虚幻夸饰，不尽可信。书中有注四十一处，作者每用以提示所述内容之出处，又时于文末说明此说得之何人，似乎信而有征，然仍难以证实。但如卷下记懿宗朝迎佛骨事等，则有裨于治史。其文铺张缛艳，颇为后代所重，宋人引用此书者甚多。王谠录引的条文，取其与史实有关者，属于杜阳杂编中最平实可信的部分，往往是从整段文字中节录出来的。如本书卷一37条，见杜阳杂编卷下，内分“懿宗皇帝器度沉厚”、“大中末京城小儿叠布蘸水”、“宣宗制泰边陲曲”三条，王谠将“上仁孝之道出于天性”一段紧接“懿宗皇帝器度沉厚”一条之后，缀合为37条；又将

"大中末京城小儿叠布蘸水"、"宣宗制泰边陲曲"另外编录。然而原本杜阳杂编的面貌究竟如何,可也难以推断了。传世有稗海本、学津讨原本等多种,今从稗海本校录。1958年中华书局上海编辑所有排印本。又上海市文物保管委员会有明陈汝元校之旧抄二卷本一种。

本事诗

作者孟棨,字初中。生平不详,仅知文宗开成中曾在梧州任职。书前有自序,末云"时光启二年十一月,大驾在褒中,前尚书司勋郎中赐紫金鱼袋孟启序",说明此书作于僖宗出幸兴元前后。新唐书卷六〇艺文志四总集文史类载孟启本事诗一卷,然他书称引常作孟棨。郡斋读书志总集类著录续本事诗二卷,云是"自有序云'比览孟初中本事诗'",知孟字初中,则其名当以"启"字为是。全书共分情感、事感、高逸、怨愤、征异、征咎、嘲戏七门,以类相聚,介绍一些诗篇的背景材料,也是诗文著作中一种新的体例。其中只有乐昌公主、宋武帝两条为六朝时事,其他都是唐人之事,内如刘禹锡玄都观观桃等文,都是脍炙人口的文坛轶事,但如骆宾王于灵隐寺为僧替宋之问续诗等事,则并不可信。书中材料大都为采录前人作品改写而成,有的则采自唐人传奇。唐语林中条文,可直接认定为出之于本事诗者不多,不知唐语林有残佚之故,还是本事诗有遗佚之故?传世有顾氏文房小说本、津逮秘书本、历代诗话续编本等多种，1957 年古典文学出版社曾据历代诗话续编本排印。

玉堂闲话（开元天宝遗事）

崇文总目卷二传记类著录玉堂闲话十卷，王仁裕撰。资治通鉴考异、绀珠集卷十二、类说卷五四均曾录引，太平广记采录尤多，计有一百六十条，然无一条与唐语林中文字重合者。王仁裕为五代时显宦，自唐末任秦州节度判官始，历仕前蜀、后唐、晋、汉、周各朝，周显德三年（956）卒，旧五代史卷一二八、新五代史卷五七有传。按唐末以后每称翰林院为“玉堂”，王仁裕长期充任翰林学士，其著作自然可用“玉堂”来标名。但此书可能并非由他亲自编定，所以中间多见客观介绍王氏的文字。各种书目记载此书，作十卷、三卷不等，一人所作之书，处同一时代，卷数的多寡不应出入太大，而秘书省续四库书目中又有王仁裕续玉堂闲话一卷。按照宋代编刻小说的惯例，这里当有书贾将王氏其他的书重行纂辑，改称玉堂闲话的情况，从而卷数出入之大如此。王氏著述甚富，有入洛记一卷、南行记一卷、见闻录三卷、唐末见闻录八卷等多种。王仁裕还著有开元天宝遗事一书。查唐语林中引用开元天宝遗事有十条之多，而原序目中却无此书之名，可以推知，这里也是一书异名的关系，唐语林所依据的玉堂闲话即开元天宝遗事，前者当系书贾所改之名。能改斋漫录卷十四类对有诉失蔬圃一条，首云采自“国初范质玉堂闲话”，此书各种书目均无著录，或因玉堂闲话中曾记范质之事而传误。郡斋读书志传记类著录开元天宝遗事四卷，“右汉王仁裕撰。仁裕仕蜀至翰林学士。蜀亡，仁裕至镐京，采摭民言，得开元天宝遗事一百五十九条。”直斋书录解题传记类著录开元天宝遗事二卷，“五代太子少保天水王仁裕德辇撰。所记一百五十九条。”此书记录唐代民间传说，有关朝臣文士之琐事，虽不尽可信，然可广异闻，供参考。容斋随笔卷一浅妄书摘其疏谬者四事，以为好事者托名王仁裕撰，然司马光著资治通鉴时已曾采录，苏轼有读开元天宝遗事四绝句，说明此书作于五代宋初之时，年代相合，洪迈之说亦未有显证。传世有明建业张氏铜活字本、顾氏文房小说本、艺圃搜奇本等多种，今从顾氏文房小说本校录。

中朝故事

郡斋读书志杂史类著录中朝故事二卷，“右伪唐尉迟偓撰。记懿、昭、哀三朝故事，故曰‘中朝’。”直斋书录解题、文献通考、宋史艺文志均记作二卷，崇文总目、通志则记作三卷，通志卷六五艺文略三杂史类名下注曰：“伪唐尉迟枢撰，记宣、懿、昭三宗事。”“枢”乃“偓”之误。尉迟偓事迹不详，四库全书据浙江鲍士恭家藏本著录，书首旧题“朝议郎守给事中修国史骁骑赐紫金鱼袋臣尉迟偓奉旨纂进”，考定尉迟偓为南唐史官，此书乃承命而作。李昪自以为出太宗之后，承唐统绪，称长安为“中朝”。所记之事，真伪不一，宋祁修新唐书、司马光著资治通鉴时曾加采录，然资治通鉴考异中亦曾斥其鄙妄无稽。四库全书著录者仍分上下两卷，上卷多记君臣事迹及朝廷制度，可信成分多；下卷杂录神异怪幻之事，不尽可据。八千卷楼旧藏影宋抄本一种，今在南京图书馆。传世者尚有随庵徐氏丛书本，1958 年中华书局上海编辑所曾据之排印，今亦从之校录。

北梦琐言

作者孙光宪，字孟文，自号葆光子。书中署名“富春孙光宪”，“富春”是孙姓的郡望，实际上是陵州贵平（今四川仁寿县东）人。孙光宪在唐时曾为陵州判官，后唐明宗天成初避地江陵，为割据者高季兴幕下掌书记，历事高从诲、保融、继冲三世，累官荆南节度副使、检校秘书少监。后劝高继冲献地降宋，又任新朝黄州刺史。卒于宋太祖开宝元年（968）。孙氏为唐末宋初的笃学之士，著作很多，直斋书录解题卷十一小说家类载北梦琐言三十卷，“黄州刺史、陵井孙光宪孟文撰。载唐末、五代及诸国杂事。光宪仕荆南高从晦，三世在幕府。‘北梦’者，言在梦泽之北也。”因为此书乃居江陵时所作，其地在古云梦泽之北，故称“北梦”。自序亦曰：“禹贡云‘云土梦作义'，传有'畋于江南之梦'，鄙从事于荆江之北，题曰北梦琐言。"序中又言"每聆一事，未敢孤信，三复参校，然始濡毫。"说明他的写作态度相当谨严。每条之首常题某人所说，或在条文之末注明得自何人，也是言必有据的意思。有些条目则是采用前人的现成材料改写而成，如卷三李氏瑞槐一条，即本书卷七 949 条，言李福之事，乃据玉泉子或酉阳杂俎写成。书中内容甚为广泛，诸如历史事实、名人言行、民情风俗等，向为研究晚唐五代史者所重视。其中还记录了许多中晚唐及五代时的文人的轶事，诸如顾况、白居易、李商隐、温庭筠、皮日休、聂夷中、杜荀鹤、罗隐、韦庄、和凝等，还记载了有关文士温卷等情事，都是研究文史的好材料。但也有不少关于神怪谶应的记载，殊为无谓。原书三十卷，王谠采录之文，仅限于前六卷。传世有稗海本、雅雨堂丛书本、摛藻堂四库全书荟要本、光绪五年仁邑公局刻本、云自在龛丛书本。后者有校语，且自太平广记中辑出逸文四卷，最称完善。叶景葵卷盦书跋曰："北梦琐言缪艺风三校本，根据商本，广记本，刘、吴两抄本，前后二十馀年，用力勤劬，校笔整饬。"今即据之校录。1959 年中华书局上海编辑所曾据此书排印，且附雅雨堂本二十卷目录与逸文四卷目录，更便应用。1981 年上海古籍出版社又印行林艾园点校本，对此作了进一步的加工提高。上海图书馆有原藏吴骞拜经楼之旧抄本，即缪荃孙所依据之吴本。

唐会要

此书前后经由数人编成。郡斋读书后志卷二类书类著录唐会要一百卷,“右皇朝王溥撰。初,唐苏冕叙高祖至德宗九朝沿革损益之制。大中七年(853),诏崔铉等撰次德宗以来事至宣宗大中六年以续冕书,溥又采宣宗以后事,共成百卷。建隆二年(961)正月奏御,史简礼备,太祖览而嘉之,诏藏于史阁,赐物有差。”直斋书录解题卷五典故类著录时叙述略同,中有云“杭州刺史苏弁与兄冕纂国朝故事为是书。”新唐书卷五九艺文志三类书类著录苏冕会要四十卷,又续会要四十卷,由杨绍复等九人撰,崔铉监修。王溥,晋阳人,宋史卷二四九有传。是书记载唐代制度沿革损益,颇为详核,如识量、忠谏、举贤、委任、崇奖等门,亦颇载事迹。其细琐典故,不能归入门目者,则别为杂录,附于各条之后。唐语林中之条文即出于杂录中,而集中于初盛唐时。唐会要初仅有抄本传世,后有武英殿聚珍本。江苏书局据之覆刻,商务印书馆据之排印,即国学基本丛书本。1955 年中华书局用旧纸型重印,今即从之校录。

柳氏叙训(柳氏训序、柳氏家训序)

郡斋读书志传记类著录柳氏序训一卷,“唐柳玭叙其祖公绰已下内外事迹,以训其子孙。”新唐书卷一六三柳玭传中尚附有四条，而全书已佚。容斋四笔卷十一册府元龟条叙宋真宗命儒臣编修君臣事迹，编修官上言：“又有子孙追述先德，叙家世，如李繁邺侯传、柳氏序训、魏公家传之类，或隐己之恶，或攘人之善，并多溢美，故匪信书。”

魏郑公故事

此书情况不明。直斋书录解题卷五典故类载魏郑公谏录五卷，“唐尚书吏部郎中瑯邪王綝撰。綝字方庆，以字行。相武后。其为吏部，当在高宗时。馆阁书目作‘王琳’，误也。所录魏公进谏奏对之语。又名魏文贞公故事。”此书尚存，而与唐语林之文字不合。新唐书卷五八艺文志二故事类有张大业魏文贞故事八卷，又有刘祎之文贞公故事六卷，不知二家之中哪一种书又名魏郑公故事？崇文总目传记类录刘祎之文贞公故事三卷，后代就难得见到此书的记录了。资治通鉴考异中引用过张大业魏文贞故事，但与唐语林中文字无可印证。

国朝传记（隋唐嘉话、隋唐佳话、传记、传载、国史纂异、国史异纂、国朝杂记、小说、小说旧闻）

作者刘餗，字鼎卿，史学家刘知几次子，新、旧唐书附刘子玄传。天宝初，历集贤殿学士，兼修国史，终右补阙。

他著作多种，而国朝传记一书，有关它的书名和编纂，却是异说纷纭，颇难清理。旧唐书卷一〇二本传上说他著有国朝传记，新唐书艺文志中著录时重出，杂传记类有国朝传记三卷，小说家类有刘餗传记三卷，原注："一作国史异纂。"传记当是国朝传记的简称。李肇国史补序曰："昔刘餗集小说，涉南北朝至开元，著为传记。"而后代又有刘餗著小说之说，资治通鉴考异引小说若干条，诗话总龟引小说旧闻若干条，均见于隋唐嘉话，则是小说一名或为宋代重刻此书时依据李肇序中所言而改拟之名。直斋书录解题小说家类著录"刘餗小说三卷，唐右补阙刘餗鼎卿撰"，其下又著录隋唐嘉话一卷，刘餗撰。宋史艺文志中也有隋唐嘉话一卷，列在刘餗的传记和小说之间。宋史杂乱，可以不论。疑隋唐嘉话一书，乃坊贾选辑国朝传记（或国史异纂、小说）而成者；隋唐嘉话一名，也是根据内容重新拟制的。因为"国朝"、"国史"云云，已经不合事实；"小说"一名，又嫌浮泛，且易与前代殷芸小说相混。其他一些异名，如国朝杂记、国史异纂，则是国朝传记、国史异纂的讹写，与后者具有同样的缺点。而传记一名，又易与传载相混，所以国朝传记和大唐传载中的条文，或是类书中著录二书的条文，常有错乱的情况。明代嘉靖时，顾元庆将此书刻入顾氏文房小说，书尾注明"夷白斋宋版重雕"。看来顾氏依据的原本成书甚早，王谠所依据的底本，编次似乎与此相同，参看本书卷五 629 条的校勘文字可以推知。顾氏依据的当是宋代国朝传记三卷本，但他采用了更易为人理解的隋唐嘉话一名，后代翻刻此书者沿用，于是从明代起，国朝传记、国史异纂、小说等名反而废弃不用了。总之，国朝传记即隋唐嘉话，则是覆核各书可以证明的。刘餗出身于史学家庭，自己也是著名的史家，书中所记，虽亦偶有疵病，而大体翔实，足资参证。内中许多条目，曾为新旧唐书、资治通鉴等书所吸收，大唐新语等书也大量采择沿用其记载，李肇则续此而作国史补，宋代文人也常引用此书，可见刘餗的这部著作在唐宋两代颇著声誉。唐语林中有关初唐时的材料，出于此书者为多。王谠录引时，文字有改动，而内容出入不大。然此书以书名混淆不清之故，后人或以为隋唐嘉话乃后人假托刘餗之名而编的伪书，所以四库全书总目等目录书都没有著录。又此书除顾氏文房小说本外，尚有稽古堂丛刻本，亦三卷，与顾书同，似出一源。1957 年古典文学出版社曾据顾氏文房小说本排印。1979 年中华书局唐宋史料笔记丛刊有程毅中点校本，最佳。今以顾氏文房小说本为主，参之程毅中点校本，进行校录。

会昌解颐（会昌解颐录）

新唐书艺文志小说家类著录会昌解颐录四卷，不著撰人。宋史艺文志小说家类著录作五卷，亦不著撰人。通志艺文略则作一卷。说郛（陶珽刊本）卷四九存一卷，署包谞撰，不知何据？太平广记及王铚补侍儿小名录引有佚文。唐语林中之条文,可直接定为出于此书者未见,然王书多诙谐趣事,当有出于此书者,以其无确证,仍无法标出。

洛中记异(洛中纪异录)

郡斋读书志卷三下小说类著录洛中纪异十卷,"右皇朝秦再思撰,记五代及国初谶应杂事。"原书久佚。说郛(陶珽刊本)卷四九、(张宗祥辑明抄本)卷三与卷二十各一卷,然与唐语林中条文无重合者。宋人笔记中偶亦引及此书,然亦未发现有与唐语林文字相重合者。

乾䐑子(乾馔子)

郡斋读书志小说类著录乾馔子三卷,"右唐温庭筠撰。序谓语怪以悦宾,无异馔味之适口,故以'乾馔'名篇。"直斋书录解题小说家类著录乾䐑子三卷,"唐温庭筠飞卿撰。序言'不爵不觥,非炰非炙,能悦诸心,聊甘众口,庶乎乾䐑之义。''䐑'与'馔'同字,从肉,见古礼经。"此书新唐书艺文志作三卷,遂初堂书目作一卷。洪迈夷坚支癸序曰:"唐史所标百馀家,六百三十五卷,班班其传,整齐可玩者,若牛奇章、李复言之玄怪,陈翰之异闻,胡璩之谈宾,温庭筠之乾䐑,段成式之酉阳杂俎,张读之宣室志,卢子之逸史,薛渔思之河东记耳。馀多不足读。"乾𦠆子原书已佚，绀珠集卷七录文二十条，说郛（陶珽刊本）卷二三录文七条，太平广记及考古质疑诸书亦有引文。龙威秘书五集有乾𦠆子一卷，夏承焘以为伪作，见温飞卿系年。

闻奇录

直斋书录解题卷十一小说家类著录闻奇录一卷，"不著名氏，当是唐末人"。宋史卷二〇六艺文志五小说家类有闻奇录三卷，不著撰人。原书久佚。太平广记曾有征引。说郛（陶珽刊本）卷一一七亦曾录存三十六条，而作者署名于逖，或非此书。

贾氏谈录（贾公谈录、贾黄中谈录）

直斋书录解题卷七传记类著录贾公谈录一卷，"序言庚午衔命宋都，闻于补阙贾黄中，凡二十六条，而不著其名。别本题清辉殿学士张洎，盖洎自江南奉使也。庚午实开宝三年（970）。"张洎，字思黯，改字偕仁，全椒人。初仕南唐，为知制诰、中书舍人；入宋，为史馆修撰、翰林学士，后官至参知政事，宋史卷二六七有传。贾黄中亦尝任相，宋史卷二六五有传，中叙其多知台阁故事，谈论亹亹，听者忘倦。此书所录皆唐代轶闻。郡斋读书志称凡录三十馀事，后散佚，四库全书馆臣从永乐大典中辑出，益以类说、说郛诸书所载，共得二十六条，再加上说郛中的自序，乃为传世最详备之本，守山阁丛书本据此刻出，且作校订，最称完善。然而四库全书馆臣采录永乐大典中贾氏谈录时草率从事，文字大段脱落，如本书卷一1条，略作比较即可明了。而且四库全书馆臣和守山阁丛书编者钱熙祚等人都没有注意唐语林中引用的文字。比较起来，唐语林中多数条文要比守山阁丛书中凑合起来的文字完整而近真，凡此参阅卷五710条、卷七892条即可知。此书叙及之事，有裨治史，如牛李党争、周秦行纪为韦瓘所撰等，后人均据此书为说。传世尚有胡心耘刻本等多种，今从守山阁丛书本校录。应该注意的是，贾氏谈录尚有较完整之抄本传世。傅增湘藏园群书题记续集卷三贾氏谈录内叙及他所得的一种旧写本，"平泉庄一条，四库本文字前后倒置，正文小注又复淆乱，……是抄本之佳，实远出四库之上。"可与本书892条中文字相印证。又此旧写本内著录原文三十一条完然无缺，惜未见。北京图书馆藏海日楼旧抄本一种，前有目录，凡二十九条，颇有可补今本不足者，今亦据之参证。

虬须客传（虬髯客传，张虬须传）

此文作者说法不一。崇文总目卷二传记类、通志卷六五艺文略三传记类录虬须客传一卷，均不署撰人。容斋随笔卷十二王珪李靖条、宋史卷二〇六艺文志五小说家类亦题之曰虬须客传，且曰杜光庭作。苏鹗苏氏演义曰："近代学者著张虬须传，颇行于世。"苏鹗为唐末人，僖宗光启年间中进士，与杜光庭同时，不当称之为"近代学者"。或是杜光庭曾删削旧篇，编入神仙感遇传，故有杜氏所撰之说。道藏恭字卷四、云笈七签卷一一二录神仙感遇传，内收虬须客一文，即已署名杜光庭，其后顾氏文房小说本等亦同此说。直斋书录解题卷十一小说家类著录豪异秘纂一卷，云："无名氏。所录五事，其扶馀国王一则，即所谓虬须客者也。"而说郛（陶珽刊本）卷一一二、（张宗祥辑明抄本）卷三四所载豪异秘纂中正有此文，作者署名张说，明刻虞初志卷二与五朝小说、唐人说荟等书中亦署张说撰。然张说为唐初人，是否能够写出这样一篇篇幅巨大技巧非常成熟的小说，亦有可疑。总之，虬须客传之作者问题尚需进一步考索。唐语林中之文，与顾氏文房小说本与太平广记引文为近，只是开端略去李靖至杨素家见红拂女一节，径从挟张氏归太原叙起，而文中仍称张某曰虬须，此亦可见王谠录引之文尚属早期之作。较之顾氏文房小说本与太平广记引文，或更近于此文原貌。又此文于宋代曾编入总集，而王谠录引之五十种小说，无单独成文者，颇疑虬须客传亦曾录入异闻集中。故此文是否应列入此五十种小说之总目，亦难断言。今以无可参证，姑从四库全书馆臣之说另列。

封氏闻见记(封氏见闻记、封氏见闻录、封氏见闻志)

作者封演,渤海蓨人。初为太学生,天宝末年进士中第,曾为昭义节度使薛嵩的僚属,官屯田郎中权邢州刺史;后又仕于田承嗣处,在田悦时任司刑侍郎。封氏闻见记一书,作于贞元十六年(800)之后,书前署衔曰检校尚书吏部郎中兼御史中丞,看来仍在藩镇处任职,但已不知此时究在何处。1926年时凤翔封宝桢于成都重刻此书,于缘起内详叙封演生平,纯出编造,不可信据。新唐书艺文志杂传记类著录封氏闻见记五卷,直斋书录解题著录于小说家类,作二卷;郡斋读书志著录于小说类,作五卷,且曰:"右唐封演撰。分门记儒道、经籍、人物、地理、杂事,且辨俗说讹谬,盖著其所闻如此。"四库全书总目提要中更细析之曰:"唐人小说多涉荒怪,此书独语必征实。前六卷多陈掌故,七、八两卷多记古迹及杂论,均足以资考证。末二卷则全载当时士大夫轶事,嘉言善行居多。惟末附谐语数条而已。"因为它涉及面广,论断又颇精审,所以颇受后人重视。王士禛于唐摭言跋中说:"唐人说部流传至今者绝少,此书洎封氏闻见记皆秘本可贵重。"近代通行者多为十卷本,有学海类编本、雅雨堂丛书本、江都秦黉刻本、秦恩复刻石研斋四种本、学津讨原本、畿辅丛书本等多种。雅雨堂本早出,近人赵贞信以此为底本,而用各本详校,成封氏闻见记校证十卷,由哈佛燕京学社印出,最称详备。其后岑仲勉著跋封氏闻见记,作了大量的纠讹和补充。1958 年赵氏又将详校本精简成一小册，名封氏闻见记校注，由中华书局出版，最便应用。但封书于宋元时已多残佚，明人根据几种本子抄补，卢见曾据之刻入雅雨堂丛书，仍有不少条目残缺。赵贞信据王国维校本援引唐语林中文字补足了好些条目，并且纠正了原有文字的好些缺误，说明二书可以相互校正的地方很多，此亦可见唐语林一书在保存和整理唐代文献上有重要的价值。

御史台记（御史台记事）

御史台记十二卷，新唐书艺文志入乙部史录职官类，今已散佚。作者韩琬，字茂贞，睿宗、玄宗时人，新唐书卷一一二有传。韩琬长于史学，著有续史记一百三十卷、南征记十卷等多种，而他本人又长期担任监察官，历任监察御史、按察使、殿中侍御史等职，所以他写作的御史台记，源源本本，颇有可观。直斋书录解题卷六职官类此书提要曰："唐殿中侍御史南阳韩琬茂贞撰。自唐初迄开元五年，御史姓名、行事及官制沿革，皆详著之。第八卷为琬著传，九卷以后为右台；右台创于武后，废于中宗，岁月盖不久也。末有杂说五十七条。"按唐代著作御史台记有多种，因话录卷五曰："诸家御史台记，多载当时御史事迹、戏笑之言，故事甚略。"本书卷五羼入的 648 条，正是所谓"戏笑之言"；又卷八 1007 条引韩琬释"爆直"之说，亦当出于御史台记，此说为封演所斥，可见其中亦有疏误处。资治通鉴考异引用此书颇多，而亦时加驳正。

教坊记

新唐书卷五七艺文志一乐类著录崔令钦教坊记一卷。令钦，唐玄宗至德宗时人。开元年间官左金吾仓曹参军；天宝年间迁著作佐郎，转礼部员外郎；肃宗时改官仓部郎中。后入蜀，任万州刺史，终国子司业。此书作于安史之乱避地润州之时，乃追思昔日长安声乐繁荣而作。唐代设置教坊，掌管歌舞、伎艺、百戏等各种娱乐活动的教习和演出事务。唐玄宗时，教坊的活动趋于鼎盛，但缺少这方面的系统记载，教坊记中叙述了关于教坊的制度、人物、轶闻、琐事，特别是记录了三百二十七个曲名，保留了唐代乐曲的丰富资料。此书有古今逸史本、格致丛书本等多种。古典文学出版社印中国文学参考资料小丛书中有单行本，即一辑第八册。中国古典戏曲论著集成第一集中所收的本子经过整理，较为完整。任半塘教坊记笺订（1964 年中华书局上海编辑所版）考证甚详，可参看。

邺侯家传

邺侯是李泌的封号。李泌，字长源，历仕肃宗、代宗、德宗三朝，后且出任宰相。他好神仙道术，言行外似浮诞，实则足智多谋，屡次挽救朝廷危局，是唐代一位表现奇特的政治家。此文为其子李繁所作。李繁有才无行，后以捕杀亳州“剧贼”，受舒元舆的诬陷，下狱而死。直斋书录解题卷七传记类著录邺侯家传十卷，“唐亳州刺史京兆李繁撰。繁，宰相泌之子。坐事下狱，知且死。恐先人功业泯灭，从吏求废纸拙笔为传。按中兴书目有柳玭后序，今无之。”新唐书即据此录入李繁传中。家传原书已佚，只在类书、总集中偶有征引。洪迈容斋四笔卷十一册府元龟条言此书事多溢美，而观其残文，颇多侈陈怪异，体近小说，只有部分史实可以相信。

前定录

新唐书卷五七艺文志三小说家类载钟簵前定录一卷。簵一作“辂”，大和中人，官崇文馆校书郎，生平不详。全书凡二十三则，叙前定之事，寓劝戒之意。阙史卷下郑少尹及第曰：“世传前定录，所载事类实繁，其间亦有邻委曲以成其验者。”说明其中故事颇有出于编造者。即如本书卷六 778 条，虽托王生善筮以明灵验，而故事亦委婉可观。有学津讨原本，今从之校录。

阙史（唐阙史）

作者高彦休，号参寥子，生于唐宣宗大中八年

(854)，卒年不详。僖宗乾符甲午举进士，时年二十一，中和四年(884)之前曾任淮南节度使高骈从事，官衔为摄盐铁巡官朝议郎守京兆府咸阳县尉柱国。此书作于中和四年，史略卷五录阙史三卷，"唐高彦休记大历以后至乾符事"，内容可信者多，而部分故事有神怪色彩。文笔多变易求新，人称涩体，故尝为人所讥。新唐书艺文志小说家类著录此书，作三卷，传世有知不足斋丛书本，仍如高氏自序，分上下卷，共五十一篇。今即从之校录。但资治通鉴考异及新编分门古今类事等类书所引文字，颇有出于今本之外者。张耒右史集卷四八称贾长卿尝辨此书所载白居易母堕井事，此本无之，吴骞拜经楼诗话卷二引陈振孙白香山年谱元和十年乙未六月言其母看花堕井，云出高彦休阙史，而"直斋所记彦休之语如此。今鲍氏所刻唐阙史，不载此事，非全本也。"太平广记引文与今本差异甚大，文字似经改写。

北里志(北里志)

作者孙棨，字文威，唐僖宗时人，曾官侍御史、中书舍人。此书写于中和四年，记载前此长安城北平康里中歌妓的情况，故名北里志。唐代士子常是流连于秦楼楚馆，书中保留了一些文士和歌妓的诗歌，反映了当时文士生活的一个方面，也为后世研究唐代文史者提供了资料。书凡一卷，有续百川学海本、古今说海本等数种。1957

年古典文学出版社据古今说海本排印，而用说郛（张宗祥辑明抄本）卷十二引文校过。今从之校录。

闽川名士传（闽中名士传、闽中名仕传）

新唐书卷五八艺文志二杂传记类著录黄璞闽川名士传一卷，原注："字绍山，大顺中进士第。"郡斋读书志卷二下传记类著录闽川名士传三卷，"右唐黄璞撰。唐神龙以来闽人知名于世者，效楚国先贤传为之。"直斋书录解题卷七传记类著录"闽川名士传一卷，唐崇文馆校书郎黄璞，所记人物，自薛令之而下，凡五十四人。"玉海卷五八艺文传著录唐闽川名士传："（中兴）书目三卷，唐崇文馆校书郎黄璞所著也。著录凡五十有三，起神龙，讫大顺，历岁二百，上春官第者才四十有三。"原书已佚，太平广记录文六条，说郛（陶珽刊本）卷五八录文三条，类书中亦偶有征引。

抒情诗（抒情集、唐贤抒情）

新唐书艺文志著录卢瓌抒情诗二卷，入总集类。崇文总目、宋史艺文志同，均作二卷。通志艺文略入诗总集类，遂初堂书目则入小说类。原书已佚，太平广记引文共十九条；诗话总龟引文共十八条，然有重出与误入者，实存十六条。作者生平不详，文中屡言僖宗时事，当为唐末人。按“抒情”一词，出于楚辞惜诵：“惜诵以致愍兮，发愤以抒情。”此书以此命名，表明著作宗旨，实为记载唐人吟咏故事之专集，与本事诗之性质为近，唯其文字过于简短，缺乏故事情节描写，比之本事诗更为质朴，比之云溪友议显得呆板而缺乏情致，然保存了一些中晚唐诗人的轶闻与诗歌，仍可供参考。

唐摭言（摭言）

作者王定保，生于唐懿宗咸通十一年（870），死于南汉刘龑大有十三年（940）。书前署称“唐光化进士瑯琊王定保撰”，瑯琊乃指郡望，本人则生长在南昌（今江西南昌），故书中多言江西事。王定保于光化三年进士及第，后为容管巡官。唐末世乱，不能北返，乃至湖南依马殷，又至广州事刘隐（后改名龑），晚年由宁远节度使入为中书侍郎同平章事。此书之成，当在后梁贞明二、三年（916、917）之间。其时唐亡已及十载，然仍惓惓有故国之思。书中详记唐代的科举制度，保存了不少骚人墨客、文坛风习的珍贵资料。王氏自述闻之于陆扆、吴融、李渥、颜荛、王溥、王涣、卢延让、杨赞图、崔籍若等，而王氏亦即吴融之婿。李慈铭越缦堂读书记卷八曰：“唐人登科记等尽佚，仅存此书，故为考科名者所不可少。”传世者有稗海本，内有删节。雅雨堂丛书本、学津讨原本均十五卷，文字较全。1957 年古典文学出版社曾据雅雨堂丛书本排印，后中华书局上海编辑所与上海古籍出版社又重印。今从之校录。此本后附蒋光煦斠补隅录中之唐摭言校勘记。又余嘉锡四库提要辨证中考此书时引刘毓崧说述王氏历史颇详，岑仲勉跋唐摭言一文对书中一些史料上的错误作了纠正，可供参考。

宋元明三代书目著录

昭德先生郡斋读书志卷第三下小说类：唐语林十卷。

右未详撰人。效世说体，分门记唐世事，新增嗜好等十七门，馀仍旧云。

遂初堂书目小说类：唐语林。

直斋书录解题卷十一小说家类：唐语林八卷，长安王谠正甫撰。以唐小说五十家，仿世说分门三十五，又益十七，为五十二门。中兴书目"十一卷"，而阙记事以下十五门；又云"一本八卷"。今本亦止八卷，而门目皆不阙。

通志卷六八艺文略六小说：唐语林八卷。

玉海卷五五艺文著书杂著：唐语林。宋朝王谠以唐小说五十家，取其要者，仿世说，分五十二门，为唐语林十一卷。今本起德行，讫俚俗，自故事以下五门阙。一本八卷。

宋史卷二百六艺文志五子小说家类：王谠唐语林十一卷。

永乐大典目录卷三二支卷之八百十四诗诗话五十六唐

语林等书。勋初案：此卷已佚。

杨士奇文渊阁书目卷十一盈字号第六厨书目：唐语林一部，三册，阙。唐语林一部，三册，阙。

叶盛菉竹堂书目卷二类书：唐语林三册。

李廷相濮阳蒲汀李先生家藏目录西间朝西头柜一层：唐语林四本。

赵用贤赵定宇书目稗统后编：唐语林。稗统续编：唐语林一本。勋初案：稗统为笔记小说丛书之摘抄。

焦竑国史经籍志卷四下子类小说家：唐语林八卷。

晁瑮晁氏宝文堂书目卷中子杂：唐语林。

陈第世善堂藏书目录卷上史类杂记：唐语林八卷王谠。

高儒百川书志卷八子小说家：唐语林十卷。未详撰人。

祁承爜澹生堂藏书目小说家佳话：唐语林二卷（载

历代小史)。

徐𤊹徐氏家藏书目卷四小说类:唐语林八卷。

赵琦美脉望馆书目暑字号子类八小说:唐语林三本。

佚名近古堂书目卷上小说类:唐语林。

王道明笠泽堂书目小说家:唐语林四册,宋王谠撰。

佚名西吴韩氏书目小说:唐语林。

钱谦益绛云楼书目卷二小说类:唐语林十卷。亡名氏,宋史作王谠,其书效世说体。勋初案:书目小注为清代陈景云所加。

前人序跋与题记

齐之鸾唐语林序

史外文馀，采辑之帙，非事别语别，不能使闻者兴，谈者慕。唯临川世说，蔚有奇情，昔人评其机锋似沉，滑稽又冷，可以为谈之宗，信善述也。是后唐有语林，殆又滥觞于是者乎？间尝得而讽味之，其意象词致，乃更不同，盖世说清旷简远，而语林精博典质；世说情胜，语林实胜：其大较也。且夫操牍以为文也，不曰"树帜"、"脱颖"之难乎！学士才人苦心大篇而讫无俊赏者为不少矣，则酬应之顷，单言只辞，不经虑谋而神理超畅，又其最难者也。唐人惩江左玄虚，矫以浑淡，故今所述，似多要确。虽其折之以道，未必尽然，而笔舌翩翩，意兴悠寄，神奇爽媚，非苦非烦，譬之石中片玉，砂中遗金，缟中尺锦，胾中禁脔，沟中牺尊，青黄之断，要不可以常品视之。信哉！艺苑之奇珍也，其为书亦非赘矣。惜予所得本多谬，稍尝正之，而县吏剧俗，莫能详也。复命庠生顾应时、沈维俾加校勘焉。又有不能意晓者，并令阙疑承误，以俟善本。二生遽请梓行，因诺而僭书其端。

皇明嘉靖二年岁次癸未三月既望桐城齐之鸾叙

四库全书唐语林提要

臣等谨案：唐语林八卷，宋王谠撰。陈振孙书录解题云："长安王谠正甫以唐小说五十家，仿世说分门三十五，又益十七门，为五十二门。"晁公武郡斋读书志云："未详撰人。效世说体，分门记唐世名言，新增嗜好等十七门，馀皆仍旧。"马端临经籍考引陈氏之言，入小说家，又引晁氏之言，入杂家，两门互见，实一书也。惟陈氏作八卷，晁氏作十卷，其数不合，然陈氏又云馆阁书目十一卷，阙记事以下十五门，另一本亦止八卷，而门目皆不阙，盖传写分并，故两本不同耳。谠之名不见史传，考书中裴佶一条，"佶"字空格，注云"御名"。宋惟徽宗讳佶，则谠为崇宁大观间人矣。是书虽仿世说，而所记典章故实，嘉言懿行，多与正史相发明，视刘义庆之专尚清谈者不同。且所采诸书，存者已少，其裒集之功，尤不可没。惜其刊本久佚，故明谢肇淛五杂俎引杨慎语，谓"语林罕传，人亦鲜知"。惟武英殿书库所藏，有明嘉靖初桐城齐之鸾所刻残本，分为上下二卷，自德行至贤媛，止十八门。前有之鸾自序，称所得非善本。其字画漫漶，篇次错乱，几不可读。今以永乐大典所载参互校订，删其重复，增多四百馀条，又得原序目一篇，载所采书名及门类总目，当日体例尚可考见其梗概。盖明初全书犹存也。惟是永乐大典各条散于逐韵之下，其本来门目，难以臆求，谨略以时代为次，补于刻本之后，无时代者又后之，共为四卷。又刻本上下二卷，篇页过繁，今每卷各析为二，仍为八卷，以还其旧。此书久无校本，讹脱甚众，文义往往难通，谨取新、旧唐书及诸家说部一一详为勘正；其必不可知者，则姑仍原本，庶不失阙疑之义焉。

勋初案：此提要据武英殿聚珍本唐语林卷首所载四库馆臣上书著录。四库全书总目载于卷一四一子部小说家类二。

四库全书简明目录唐语林提要

残本唐语林八卷。宋王谠撰。原本久佚，今从永乐大典校补。其体例虽仿世说新语，而所记故实、嘉言懿行，多与正史相发明。与刘义庆之标举清谈，用意又殊。

勋初案：此提要载于四库全书简明目录卷十四子部十二小说家类。

余嘉锡四库全书唐语林提要辨证

唐语林八卷。宋王谠撰。陈振孙书录解题云："长安王谠正甫，以唐小说五十家，仿世说分三十五门，又益十七门，为五十二门。"晁公武郡斋读书志云："未详撰人。效世说体分门，记唐世名言，新增嗜好等十七门，馀皆仍旧。"谠之名不见史传。考书中裴佶一条，"佶"字空格，注云"御名"，宋惟徽宗讳佶，则谠为崇宁、大观间人矣。

嘉锡案：陆心源仪顾堂题跋卷九云："谠，吕大防子婿也。元祐四年除国子监丞，右司谏吴安诗言其不协公论，大防亦自请改除，改少府监丞。见李焘通鉴四百三十卷。"嘉锡更考之，谠之事迹可见者，尚不止此。长编卷四百十三云："右正言刘安世言，宰相吕大防任中书侍郎日，堂除其女婿王谠京东排岸司。"此奏见尽言集卷一。又卷四百五十七注引邵伯温辨诬云："杨畏因吕相之婿王谠见吕相，吕相爱之。"邵博闻见后录卷十五云："吕微仲丞相作法云秀和尚碑，意欲得东坡书石，不敢自言，委甥王谠言之。"王昶金石萃编卷一百二十八，有吕公等华岳题名云："紫微吕公祈雪，汶上卢讷、洛阳程旨、樊川王谠从。熙宁癸丑仲冬十九日谠题。"癸丑者，熙宁六年也。王氏跋谓紫微吕公为吕公弼，余案宋史吕大防传，大防以熙宁四年知华州，其先尝直舍人院知制诰，故称为紫微吕公。然则是大防，非公弼也。谠名虽不见史传，而其事固有可考矣。

四库全书总目齐之鸾本唐语林提要

残本唐语林二卷内府藏本不著撰人名氏。以永乐大典所载考之，即王谠之书，佚其八卷耳。前有明嘉靖间桐城齐之鸾序，亦称所得非善本。今已采掇永乐大典，重为补缀成帙，别著于录。此残缺之本，已为土苴；以其为谠之原书，久行于世，故仍附存其目焉。

勋初案：此文原载四库全书总目卷一四三子部小说家类存目一。

陆心源唐语林跋

唐语林八卷，宋王谠撰。原本久佚，此则乾隆中馆臣从永乐大典录出，以聚珍板印行者也。直斋书录解题云：长安王谠正甫以唐小说五十家，仿世说，分三十五门，又益十七门，为五十二门。提要云：谠之名不见于史传。考书中裴佶一条，"佶"字空格，注云："御名。"宋惟徽宗讳佶，则谠为崇宁、大观间人矣。案：谠，吕大防子婿也，元祐四年七月除国子监丞，右司谏吴安诗言其不协公论，大防亦自请改除，改少府监丞，见李焘通鉴四百三十卷。（仪顾堂题跋卷九）

周锡瓒校齐之鸾本唐语林题记

唐语林三卷抄本。唐语林未见完本。见者，齐之鸾所刻上下二卷尔。今假士礼居新购旧抄三卷校之，乃知刻本即发源于抄本，行款字形一一相同，惟改三卷为二卷，以致分卷处有几页不对，间有改正误字，明人刻书妄改，往往如此。刻本中有旧校者夹签云：李希烈前一页缺，别本上中下卷者，亦缺二卷廿九号。似刻本又有一本，或即将三卷本后改二卷。其卷首分门，"文学"二字独细小，重添可见矣。余因将分卷之页重抄，兼补缺页，细心校改，以复不全三卷之旧，而刻本之五页抽出者，仍钉于后，著明刻妄改之非。黄跋述书之原委甚详，亦录之，以为读

是书者考焉。时嘉庆甲子八月九日，香严居士周锡瓒识。（士礼居藏书题跋记续卷上附）

黄丕烈唐语林抄本题记

唐语林三卷抄本。此旧抄本唐语林三卷，一卷载德行、言语、政事，二卷载文学、方正、雅量、识鉴，三卷载赏誉、品藻、规箴、夙慧、容止、企羡、栖逸、贤媛，共十五门。以陈氏书录解题、晁氏郡斋读书志核之，盖不全本也。陈云“八卷”，晁云“十卷”，在宋已有二本。明时百川书志亦云十卷，当是晁所见本，然后来藏书家罕有著录。伏读四库全书总目云：明以来“刊本久佚，故明谢肇淛五杂俎引杨慎语，谓‘语林罕传，人亦鲜知’。惟武英殿书库所藏，有明嘉靖初桐城齐之鸾所刻残本，分为上、下二卷，自德行至贤媛，止十八门。前有齐之鸾自序，称所得非善本。其字画漫漶，篇次错乱，几不可读。”审是，则明所存者，亦止此德行至贤媛矣。四库乃从永乐大典校补。此三卷虽不全，尚是照宋抄本，卷中宋讳皆缺其文，可为确证。扬州书贾携书数十种求售，苦无当意者，此本实为罕秘，以白金二两四钱易之。今日天气老晴，础润皆收，垂帘北窗下，午饭后书此。荛翁黄丕烈，时甲子六月六日。（士礼居藏书题跋记续卷上）

勋初案：莫友芝郘亭知见传本书目卷十一子部小说家类载唐语林八卷，宋王谠撰。嘉靖初桐城齐之鸾刊，二卷，不全。又有聚珍本、闽覆本、惜阴轩本、墨海金壶本、守山阁本。张钧衡眉批曰:“顷见有刊本,关饭瓌用黄荛圃旧抄校本。黄云旧抄实三卷,刻本即出于彼,而强并为二卷。”

黄丕烈齐之鸾本唐语林卷首题记

此本上下二卷,系硬分者。余得旧抄,实分三卷,盖视晁、陈两家所云卷数,已不全矣。明人好作聪明,往往不肯为旧贯之仍,故分并皆由自造,今以旧抄勘之,不特文义皆同,即行款亦合,惟于分卷处有几叶或挤或排之稍异尔。此迹显然,莫可掩饰,特未见原本,无从指摘。甚矣,明人刻书之不可信如此! 荛翁。(士礼居藏书题跋记续卷上)

李盛铎唐语林题记

唐语林二卷〔宋王谠撰,明嘉靖刻本〕

明刊本。半叶十行,行二十二字。白口,四周双边。陆心源群书校补以明刻校聚珍本:夙慧多三条,企羡多一条,贤媛多九条,此本正同;惟夙慧门此本适缺是叶,贤媛末叶亦缺,又上卷缺首二叶,当觅他本抄补。(木犀轩藏书题记及书录书录卷三小说家类)

傅增湘唐语林抄本题记

唐语林三卷,宋王谠撰。旧写本,十行二十字。有黄荛圃跋二则。录后：（第一跋已录，见前，不复出。勋初识）。第二跋前录周锡瓒跋。前已录过，不复记。末云："道光壬午初冬，漪塘先生以小通津山房诗文稿见示，属为载入新修郡志艺文门，因拜读一过，见题跋中有此一则，其原本即余家藏本也，缘录于后，以见当时奇文共赏之心云尔。荛夫。孙美镠书。"（盛伯羲遗书，壬子五月中旬入都见。）（藏园群书经眼录卷九子部三）

傅增湘齐之鸾本唐语林题记

明嘉靖二年癸未桐城齐之鸾刊本，十行二十二字，白口，四周双栏，有自序一篇，有黄丕烈跋二则，后跋为甲子六月六日，当是其孙美镠所书。两跋皆见刻本。又有周锡瓒跋，录后：（周跋已录，见前，不复出。勋初识。）钤有："建庆"朱、"明珠易得"、"张氏印章"、"文绪私印"、"字成化"、"汪鸣琼印"、"灵鹣阁书"各印，又士礼居印、江标各藏印。（此书与麟原集均邓秋枚所藏，蒋孟蘋持去。癸亥十月十一日记于上海。）（藏园群书经眼录卷九子部三）

周中孚唐语林题记

唐语林八卷墨海金壶本。宋王谠撰。谠，字正甫，长安人。以其书考之，盖崇宁、大观人也。四库全书著录，书录解题、通考同。读书志作十卷，未详撰人；宋志又作十一卷。陈氏称正甫"以唐小说五十家，仿世说分门三十五，又益十七，为五十二门。中兴书目'十一卷',而阙记事以下十五门。又云:'一本八卷'。今本亦止八卷,而门目皆不阙"。然则作十卷、十一卷者,皆所据之本不同也。自明以来,其书已佚,仅存嘉靖初桐城齐之鸾所刻残本二卷,凡德行、言语、政事、文学、方正、雅量、识鉴、赏誉、品藻、规箴、夙慧、豪爽、容止、自新、企羡、伤逝、栖逸、贤媛十八门。今馆臣析为四卷,又从永乐大典校补四卷,以复陈、马两家之旧。至原分门目,已不可考见,因略以时代为次,无时代者编附于后,而存其原序目于首。所记故实言行,多与新、旧唐书相发明,非标举清谈,如刘氏书之用意也。张若云即遵武英殿聚珍版校梓,冠以提要一篇,说郛、历代小史均止节录一卷而已。(郑堂读书记卷六四子部十二之二小说家类、杂事中)

李慈铭唐语林题记

唐语林宋王谠撰。夜阅宋王谠唐语林,亦守山阁本,凡八卷,即武英殿聚珍本。其前四卷为明齐之鸾原刻,后四卷则从永乐大典各韵下辑入者,故别之曰"补遗",而不系门目。王氏本仿世说三十五门,又益以嗜好至计策十七门,为五十二门。采集小说五十家,大典中尚载其所采书名原序目及门类总目,今诸书多或亡佚,赖此存其梗概,且所载多嘉言韵事,为考唐事者所不可少之书。钱氏系以校勘记一卷,多取诸书之间存者,以相参考,时足正今本沿刻之误。

同治癸酉正月二十四日(越缦堂读书记八文学(6)杂记)

耿文光唐语林题记

唐语林八卷宋王谠撰。惜阴轩本　原本久佚。四库馆本采自永乐大典,李锡龄重刊。前有引书目。原本采小说五十家,分为五十二门,其上三十五门出世说,下十七门,正甫所续,总号唐语林。大典所载,凡四十八家,聚珍本以封演闻见记、虬须客传补入,以还五十家之旧。第八卷记御史台记三篇甚详。诸家所记,多载当时御史事迹,戏笑之言,此则录其要节,多记典章故实。其他嘉言懿行,多与正史相发明。虽仿世说之体,与刘义庆之专尚清谈者异矣。

李氏跋曰:五十家书存者已少。升庵谓"语林罕传,人亦鲜知。"明嘉靖初有桐城齐之鸾刊本,分为上下二卷,自序云自得非善本。四库馆本辑自永乐大典,分齐本二卷为四卷,补遗四卷,仍为八卷。(万卷精华楼藏书记卷九九子部十二小说家类一)

钱熙祚守山阁丛书本唐语林校勘记(小序)

说郛录唐语林,寥寥数条,其标题大略适与齐之鸾残本合，知陶南村所见本已不完矣。然齐刻虽漫漶，颇有出永乐大典外者。试以所引原书证之，互有出入；其语林是而今本原书讹阙，反藉以订正者亦不少。既遵四库本付梓，复采列异同，附记卷末，以备参考。己亥白露前一日，钱熙祚锡之甫识。

勋初案：校勘记原文文繁不录。又此校勘记并载钱氏家刻书目卷五。

孙星华唐语林校勘记跋

按北宋王谠正甫集唐人小说五十家，仿世说体成唐语林，自前明中叶刊本即经散佚，乾隆时四库馆臣搜永乐大典所载，参以齐之鸾所刻残本，仍照原本葺为八卷，用聚珍版印行传布后，乃有金山钱氏守山阁本，三原李氏惜阴书塾本，盖皆从聚珍本翻雕者也。近日归安陆氏刻群书校补，谓得明刻全本，搜出十四条，皆聚珍本所漏采，爰取五条，刻为拾遗，馀已见于钱氏守山阁本校勘记者，不复复刻。据钱氏跋云"齐本虽漫漶，然颇有可订正今本原书讹阙者，因采列异同，作校勘记"等语，其雠勘极为矜慎，援据亦甚详明。惟钱氏虽称系照聚珍本翻雕，乃与闽刻此本又复间有异同，且有钱本误而此本不误者；钱本误两条作一条，于记中标明应另条提行而此本并不误联者。互对一周，或增或删，并以篇叶稍繁，分为两卷，仍依钱氏之式，刊附卷尾，以备参考。且闽刻原本误字不少，现附此记,则书版可省剜改之烦。缮刻既毕,爰缀数语。光绪甲午仲秋会稽孙星华识。

勋初案:孙氏此跋与下跋均载广雅书局刻本唐语林卷尾。孙氏云"近日归安陆氏刻群书校补,谓得明刻全本,搜出十四条,皆聚珍本所漏采。"实则陆氏仅云"唐语林今所见者惟聚珍本。余所蓄明刊本多十四条,今校补如左。"初不言此十四条乃从明刻全本搜出也。而陆心源皕宋楼藏书志卷六三子部小说类二著录"唐语林八卷明刊本朱竹垞旧藏　宋王谠撰徐之鸾序",孙氏之误或由此而起。然陆氏此处文字颇多舛误。"徐"乃"齐"之误。齐之鸾本上下二卷,何八卷之有?群书校补中之十四条文字即从齐之鸾本唐语林中辑出。又孙星华所作之校勘记亦文繁不录。

孙星华唐语林拾遗跋

按近人归安陆氏从明刊全本采出十五条,刻入其群书校补中,然企羡门一条,贤媛门七条,守山阁校勘记已悉采附,并有校语,陆氏盖偶未见。兹故仅择取五条,刻为拾遗,馀详校勘记。孙星华识。

唐语林校证参考书目

尚书　阮元刻十三经注疏本

诗经　阮元刻十三经注疏本

周礼　阮元刻十三经注疏本

周礼正义　孙诒让　四部备要本

仪礼　阮元刻十三经注疏本

礼记　阮元刻十三经注疏本

左传　阮元刻十三经注疏本

公羊传　阮元刻十三经注疏本

穀梁传　阮元刻十三经注疏本

论语　阮元刻十三经注疏本

孟子　阮元刻十三经注疏本

经典释文　陆德明　四部丛刊本

尔雅注疏　阮元刻十三经注疏本

广雅疏证　王念孙　四部备要本

史记　中华书局排印新式标点本

汉书　中华书局排印新式标点本

后汉书　中华书局排印新式标点本

后汉书集解　王先谦　商务印书馆排印本

三国志　中华书局排印新式标点本

晋书　中华书局排印新式标点本

宋书　中华书局排印新式标点本

魏书　中华书局排印新式标点本

北齐书　中华书局排印新式标点本

周书　中华书局排印新式标点本

隋书　中华书局排印新式标点本

南史　中华书局排印新式标点本

北史　中华书局排印新式标点本

旧唐书　中华书局排印新式标点本

新唐书　中华书局排印新式标点本

新唐书纠谬　吴缜　四部丛刊二编本

旧五代史　中华书局排印新式标点本

新五代史　中华书局排印新式标点本

隋唐五代史　吕思勉　中华书局上海编辑所排印本

隋唐史　岑仲勉　中华书局排印本

宋史　中华书局排印新式标点本

战国策　士礼居丛书本

册府元龟　中华书局影印本

资治通鉴(附考异)　中华书局排印新式标点本

资治通鉴丛论　刘乃和、宋衍申主编　河南人民出版社排印本

续资治通鉴长编　李焘　浙江书局本

唐方镇年表　吴廷燮　中华书局排印本

唐方镇年表正补　岑仲勉　中华书局排印本唐方镇年表附

宋高僧传　释赞宁　大正新修大藏经本

唐才子传　辛文房　古典文学出版社排印本

刘禹锡年谱　卞孝萱　中华书局上海编辑所排印本

白文公年谱　陈振孙　四部备要本白香山诗集附

白居易年谱　朱金城　上海古籍出版社排印本

李贺年谱　朱自清　上海古籍出版社排印本朱自清古典文学论文集卷下

唐宋词人年谱　夏承焘　上海古籍出版社排印本

水经注　王先谦合校　四部备要本

两京新记　韦述　佚存丛书本

元和郡县图志　李吉甫　岱南阁丛书本

太平寰宇记　乐史　古逸丛书本

唐两京城坊考　徐松　连筠簃丛书本

唐代长安与西域文明　向达　三联书店排印本

通典　杜佑　商务印书馆万有文库本

职官分纪　孙逢吉　台湾商务印书馆影印故宫博物院藏文渊阁四库全书本

唐登科记考　徐松　南菁书院丛书本

唐郎官石柱题名考　劳格、赵钺　月河精舍丛钞本

唐御史台精舍题名考　劳格、赵钺　月河精舍丛钞本

翰林学士壁记注补　岑仲勉　历史语言研究所集刊第十五本

元和姓纂　林宝　孙星衍刊本

元和姓纂四校记　岑仲勉　商务印书馆排印本

古今姓氏书辨证　邓名世　守山阁丛书本

通鉴学　张须　开明书店排印本

虬须客传的作者问题　王运熙　光明日报 1958 年 3 月 2 日

关于南柯太守传的撰写时间　卞孝萱　江汉学报 1962 年第 11 期

教坊记作者崔令钦的时代　张旭光　中华文史论丛 1981 年第 1 期

南卓考　卞孝萱　中华文史论丛第四辑

关于唐语林作者王谠　颜中其　中国历史文献研究集刊第一集

苏轼王大年哀辞质疑　顾吉辰、俞如云　文史第十六辑

唐史馀沈　岑仲勉　上海古籍出版社排印本

唐集质疑　岑仲勉　上海古籍出版社排印本唐人行第录附

崇文总目　钱东垣辑释　汗筠斋丛书本

秘书省续编到四库阙书目　商务印书馆排印本宋史艺文志附编

中兴馆阁书目　商务印书馆排印本宋史艺文志附编

中兴馆阁续书目　商务印书馆排印本宋史艺文志附编

昭德先生郡斋读书志后志附志　晁公武、赵希弁　商务印书馆万有文库本

遂初堂书目　尤袤　海山仙馆丛书本

史略　高似孙　古逸丛书本
直斋书录解题　陈振孙　江苏书局本
通志　郑樵　商务印书馆万有文库本
玉海　王应麟　浙江书局本
文献通考　马端临　商务印书馆万有文库本
永乐大典目录　姚广孝等　连筠簃丛书本
文渊阁书目　杨士奇等　读画斋丛书本
菉竹堂书目　叶盛　粤雅堂丛书本
濮阳蒲汀李先生家藏目录　李廷相　玉简斋丛书本
赵定宇书目　赵用贤　古典文学出版社影印本
国史经籍志　焦竑　粤雅堂丛书本
晁氏宝文堂书目　晁瑮　古典文学出版社排印本
世善堂藏书目录　陈第　知不足斋丛书本
百川书志　高儒　古典文学出版社排印本
澹生堂藏书目　祁承㸁　八千卷楼藏原钞本
徐氏家藏书目　徐𤊹　书目文献出版社影印明清书目题跋丛刊
脉望馆书目　赵琦美　玉简斋丛书本
近古堂书目　失名　玉简斋丛书本
笠泽堂书目　王道明　北京图书馆出版社影印本
西吴韩氏书目　失名　清抄本
绛云楼书目　钱谦益　粤雅堂丛书本
四库全书总目　中华书局影印本
四库未收书目提要　阮元　中华书局影印本四库全

书总目附录

四库提要辨证　余嘉锡　中华书局排印本

四库简明目录标注　邵懿辰、邵章　中华书局上海编辑所排印本

日本国见在书目　藤原佐世　古逸丛书本

皕宋楼藏书志　陆心源　十万卷楼自刻本

钱氏家刻书目　钱培荪　家刻本

郘亭知见传本书目　莫友芝　国学扶轮社刊适园藏本

武英殿聚珍版丛书目　陶湘　自刊本

中国丛书综录　上海图书馆编　中华书局上海编辑所排印本

水经注等八种古籍引用书目汇编　马念祖　中华书局上海编辑所排印本

东坡题跋　苏轼　津逮秘书本

仪顾堂题跋　陆心源　潜园总集本

士礼居藏书题跋记续　黄丕烈　灵鹣阁丛书本

郑堂读书记　周中孚　商务印书馆排印本

越缦堂读书记　李慈铭　商务印书馆排印本

万卷精华楼藏书记　耿文光　山西省文献委员会排印本

木犀轩藏书题记及书录　李盛铎　北京大学出版社排印本

藏园群书题记、续集　傅增湘　自刊本

藏园群书经眼录　傅增湘　中华书局排印本
卷庵书跋　叶景葵　古典文学出版社排印本
跋封氏闻见记　岑仲勉　历史语言研究所集刊第九本
跋唐摭言　岑仲勉　历史语言研究所集刊第九本
宝刻丛编　陈思　十万卷楼丛书本
寰宇访碑录　孙星衍、邢澍　平津馆丛书本
图画见闻志　郭若虚　上海美术出版社排印本
古小说简目　程毅中　中华书局排印本
中国文言小说书目　袁行霈、侯忠义　北京大学出版社排印本
异闻集考　程毅中　文史第七辑
异闻集考补　方诗铭　文史第十一辑
丽情集考　程毅中　文史第十一辑
大唐传载考　严杰　古籍整理研究学刊 1990 年第5期
玉泉子考　严杰　古籍整理研究学刊 1992 年第 3 期
唐代小说琐记　程毅中　文学遗产 1980 年第 2 期
颜氏家训　颜之推　四部丛刊本
安禄山事迹　姚汝能　藕香零拾本
苏氏演义　苏鹗　商务印书馆排印本
酉阳杂俎　段成式　中华书局排印本
乐府杂录　段安节　守山阁丛书本
江邻几杂志　江休复　稗海本

山家清事　林洪　涵芬楼影印顾氏文房小说本
梦溪笔谈　沈括　中华书局上海编辑所排印本
石林燕语　叶梦得　中华书局排印本
靖康缃素杂记　黄朝英　守山阁丛书本
能改斋漫录　吴曾　上海古籍出版社排印本
云谷杂记　张淏　海山仙馆丛书本
学林　王观国　湖海楼丛书本
容斋随笔、续笔、三笔、四笔、五笔　洪迈　上海古籍出版社排印本
演繁露　程大昌　学津讨原本
纬略　高似孙　守山阁丛书本
五总志　吴炯　知不足斋丛书本
老学庵笔记　陆游　中华书局排印本
扪虱新语　陈善　津逮秘书本
瓮牖闲评　袁文　聚珍版丛书本
续释常谈　龚颐正　丛书集成本
野客丛书　王楙　稗海本
考古质疑　叶大庆　海山仙馆丛书本
贵耳集　张端义　学津讨原本
宾退录　赵与旹　学海类编本
困学纪闻　王应麟　商务印书馆排印本
碧鸡漫志　王灼　知不足斋丛书本
五杂组　谢肇淛　中华书局上海编辑所排印本
古夫于亭杂录　王士禛　原刊本

丰镐考信录　崔东壁　亚东图书馆刊崔东壁遗书本
读书杂识　劳格　月河精舍丛钞本
纯常子枝语　文廷式　广陵古籍刻印社刊本
太平广记　李昉等人　中华书局排印本
绀珠集　传朱胜非　明刊本
类说　曾慥　古籍出版刊行社影印本
姬侍类偶　周守忠　明抄本
说郛　陶宗仪　陶珽刊本　商务印书馆排印张宗祥辑明抄本
艺文类聚　中华书局排印本
初学记　中华书局排印本
太平御览　中华书局影印本
白孔六帖　明刊本
事类赋注　吴淑　剑光阁刊本
岁时广记　陈元靓　学海类编本
海录碎事　叶廷珪　日本文化刊本
五色线　津逮秘书本
新编分门古今类事　十万卷楼丛书本
锦绣万花谷前集、后集、续集　明刊本
事文类聚前集、后集、续集、别集　祝穆　明刊本
补侍儿小名录　王铚　稗海本
古今合璧事类备要前集、后集、续集、别集、外集　谢维新、虞载　明三衢夏氏刊本
重刊增广类林杂说　王朋寿　嘉业堂丛书本

广博物志　董斯张　乾隆辛巳高晖堂重刊本
近事会元　李上交　知不足斋丛书本
云仙杂记　冯贽　四部丛刊续编本
西京杂记　传葛洪　中华书局排印本
语林　裴启　鲁迅古小说钩沉本
世说新语　刘义庆　上海古籍出版社影印本
异苑　刘敬叔　学津讨原本
朝野佥载　张鷟　中华书局排印赵守俨点校本
教坊记　崔令钦　古典文学出版社排印本
教坊记笺订　任半塘　中华书局上海编辑所排印本
卓异记　传李翱　涵芬楼影印顾氏文房小说本
独异志　李冗　中华书局排印本
北户录　段公路　十万卷楼丛书本
南部新书　钱易　古典文学出版社排印本
归田录　欧阳修　学津讨原本
续世说　孔平仲　守山阁丛书本
侯鲭录　赵令畤　知不足斋丛书本
夷坚志　洪迈　中华书局排印本
续博物志　李石　稗海本
云林石谱　杜绾　学津讨原本
绿窗新话　皇都风月主人　古典文学出版社排印本
优语录　任二北　上海文艺出版社排印本
庄子　四部丛刊本
易林　焦延寿　四部丛刊本

云笈七签　张君房　四部丛刊本

楚辞　四部丛刊本

曹子建集　四部丛刊本

鲍参军集　四部丛刊本

韩昌黎全集　四部备要本

韩集举正　方崧卿　商务印书馆影印四库全书珍本初集本

韩集点勘　陈景云　四部备要本

刘宾客文集　四部丛刊本

元氏长庆集　文学古籍刊行社影印明影宋抄本

白氏长庆集　文学古籍刊行社影印宋刊本

元白诗笺证稿　陈寅恪　上海古籍出版社排印本

李白和徐凝的庐山瀑布诗　程千帆　长江 1979 年第 2 期

“捉不良”与“不良”　赵守俨　学林漫录第三集

李德裕贬死年月及归葬传说辨证　陈寅恪　上海古籍出版社排印本金明馆丛稿二编

河南集　尹洙　四部丛刊本

王荆文公诗笺注　李壁笺注　中华书局排印本

集注分类东坡先生诗　四部丛刊本

右史集　张耒　四部丛刊本

黄山谷诗集　任渊、史容注　世界书局影印本

后山诗注　任渊注　四部丛刊本

济北晁先生鸡肋集　晁补之　四部丛刊本

渭南文集　陆游　四部丛刊本

文选　李善注　中华书局影印胡克家刊本　六臣注　四部丛刊本

唐钞文选集注汇存　周勋初纂辑　上海古籍出版社影印本

文苑英华　中华书局影印本

乐府诗集　郭茂倩　文学古籍刊行社影印本

全上古三代秦汉晋南北朝文　严可均　中华书局影印本

全汉三国晋南北朝诗　丁福保　中华书局排印本

古谣谚　杜文澜　中华书局排印本

永乐大典　中华书局影印本

永乐大典(天理图书馆善本丛书汉籍之部第十一卷)日本八木书店影印本

全唐诗　中华书局排印本

全唐文　中华书局影印本

唐人小说　汪辟疆　中华书局上海编辑所排印本

唐宋传奇集　鲁迅　文学古籍刊行社排印本

临汉隐居诗话　魏泰　历代诗话本

西清诗话　蔡絛　哈佛燕京学社排印宋诗话辑佚本

优古堂诗话　吴开　读画斋丛书本

碧溪诗话　黄彻　历代诗话续编本

诗话总龟前集、后集　阮阅　四部丛刊本

四六话　王铚　学津讨原本

韵语阳秋　葛立方　历代诗话本

唐诗纪事　计有功　中华书局上海编辑所排印本

苕溪渔隐丛话前集、后集　胡仔　人民文学出版社排印本

诗林广记前集、后集　蔡正孙　中华书局排印本

诗薮　胡应麟　上海古籍出版社排印本

渔洋诗话　王士禛　清诗话本

拜经楼诗话　吴骞　清诗话本

渤澥一勺　王仲荦　中华文史论丛第四辑

唐语林援据原书索引

目录

说明

一、为便读者查检，唐语林所援据之五十种原书，采用现代通行之书名。

二、小说中有同一故事数见于诸书之情况，原出之书下不加标记，重出之书下加＊号标示。某一故事有可能出于某一书者，则于该书条目之下加？号标示。每条上的数字，即为正文该条序码。

三、羼入唐语林中之书，附于五十种原书之后，另行编目。

大唐新语

大唐传载

中朝故事

玉泉子

刊误

本事诗

北梦琐言

皮氏见闻录

次柳氏旧闻

戎幕闲谈

因话录

芝田录

杜阳杂编

松窗杂录

酉阳杂俎〔庐陵官下记〕

虬须客传

东观奏记

131　京兆府进士明经解送
132　牛丛且赐绯
133　上慎重服章之赐
134　处分语
135　李君奭
136　宣宗迁转词学之臣皆守常法
153　宣宗临轩戒敕边将
154　监军使从坐
155　宣宗平诸州叛乱
245　郑漳李邺改充夔王已下侍读
316　懿安合配享宪宗
317　韦澳不可犯
318　李景让夏侯孜立朝有风采
392　李珏
393　麦熟而徐师乱
505　柳公权误尊号
542　宣宗索登科记
572　宣宗幸青龙寺
602　刘郎音声人
824　郑太后
834　裴坦欲盖而彰
861　柳仲郢子珪称不孝
874　马植救杜悰
911　宣宗加裴谂承旨
912　宣宗问韦丹后
913　李德修
914　岭南五相同日迁北
917　赐金莲炬送令狐绹
918　宰相旧寮不居谏职
923　太常封敖于私第上事
924　通事舍人不在馆
926　温庭筠谪制
927　从晦耳目簿
932　白敏中开幕择廷臣充大吏
934　郑颢不乐为国婚
935　三馆学士不避行台
946　轩辕集召赴京师
950　武臣李琢
951　王式擒仇甫
952　吴居中弃市
1102　武宁军士逐将

尚书故实

10　李勉置金于墓＊
17　李约葬死商胡
461　柳芳暗记李幼奇诗
711　潞州启圣宫
906　白公补银佛耳
916　清夜游西园图
1014　石碑皆有圆空

明皇杂录

377　安禄山两足亦有黑子＊
459　朋字未正？
675　张果＊
676　冯绍正
698　李龟年羯鼓棬＊

金华子

封氏闻见记

柳氏叙训

贞陵遗事

幽闲鼓吹

纪闻谭

唐会要

桂苑丛谈

乾䐁子

常侍言旨

开元天宝遗事

开天传信记

异闻集

国史补

587　陆羽得姓氏
588　韩愈登华山
589　三处士高卑
609　李廙有清德
610　李华赋节妇
633　妾报父冤事
663　言语容貌类萧志忠?
671　玄宗幸长安
704　王摩诘辨画
722　灵澈莲花漏
723　母喜严武死
732　刘沮迁幸议
735　路嗣恭入觐
739　都卢缘橦歌
740　郑珣瑜罢相
746　内外诸使名
749　苗夫人贵盛
768　京兆府筵馔
769　韩皋劫吕渭
770　李令勋臣首
771　马燧雪怀光
772　和解二勋臣
773　李马不举乐
774　韩滉自负米
775　张凤翔被害
780　卢杞论官猪
781　裴延龄画雕
782　窦申号鹊喜
784　崔昭行贿事
787　行状比桓文
788　韦太尉设教
789　刘辟为乱阶
790　韦聿白方语
791　耻科第为资
792　汴州佛流汗
793　崔膺性狂率
794　李实荐萧祐
795　误造郑云逵
796　求碑志救贫
800　郎官分判制
801　叙诸曹题目
802　度支判出入
803　当直夜发敕
804　省中四军紫
814　叙风俗所侈
820　晋公祭王义
823　李锜裂襟书
829　曲名想夫怜
845　百官待漏院
846　申明同省敕
848　何儒亮访叔
852　郎官判南曹
853　韦山甫服饵
856　田孝公自杀
1025　叙博长行戏
1026　董叔儒博经
1032　董和通乾论
1041　造物由水土

补国史

云溪友议

岚斋集

隋唐嘉话

262 褚遂良为太宗哀策文
263 沈三兄诗第一
264 山东士大夫类例
265 卫道弼曹绍夔
325 太宗鹞死怀中
326 西域胡僧
327 王义方太直
328 身虽死法终不可改
329 狄仁杰除神庙七百馀所
330 日知在此人莫觅死
361 畏卿等嗔不幸山南
362 宠辱不惊考中上
363 唾面自干
378 汉中王瑀?
395 温仆射魏郑公争突厥事
396 侯君集有他心
397 张率更求玉磬
398 郑公见秦王破阵乐
399 羚羊角碎佛牙
400 张僧繇旧迹
401 徐敬业讨贼
402 张沛
403 萧至忠败
409 朕以全树借汝*
426 戴至德
439 高孝基以子孙相托
440 虞监五善
471 宇文士及割肉
472 虞监写列女传
473 贾嘉隐
495 无忌之贵也少
508 魏元忠立朝必得常处
515 魏元忠得名
563 薛元超平生三恨
564 上官侍郎仪
565 姚宋毕李
574 魏徵殂逝一镜亡矣
575 石渠东观之中无复人矣
590 阿婆面是堂主
604 文德皇后贺魏徵直言
605 杜才幹妻
612 太宗据险邀虏
614 李卫公
615 单雄信
616 褚河南争立武后
617 周憬
619 李卫公从征辽
620 大业已定而反疑臣
621 敬德富不易妻
622 薛驸马无才气
623 马周陈世事
625 欧阳询观索靖碑
626 送葬者有鼓吹
627 渠自有门
628 赵公无忌欧阳率更戏以嘲谑
629 美人食人乳不饭
630 金篁
632 李勣奉诏即去

资暇集

贾氏谈录

羯鼓录

剧谈录

刘宾客嘉话录

卢氏杂说

537　文宗为庄恪太子选妃
541　乡贡进士李道龙
552　茫茫队
553　薄徒领袖
554　著绯进士
670　摸床稜宰相
676　冯绍正 *
683　热洛河
703　吴道子画驴
704　王摩诘辨画 *
707　大作家在那边
797　姚令公甍谢
831　选人名衔谨领讫
881　牛宅本将作大匠康訔宅
883　金盏破而成玉杯破而不完
922　尹不合冲丞郎宴
928　南卓轻李修古
1035　寺多书画
1036　卢言旧宅

谭宾录

49　秦叔宝 *
167　苏颋贤能 *
372　贡举 *
635　秦鸣鹤针百会 *
753　赵涓
781　裴延龄画雕 *

续贞陵遗事

146　韦澳征郑光欠租
910　宣宗甙绝色女乐

未知从出者

2　外甥与儿侄连名
25　孙瑴念温凊
26　宣宗作雍和殿于十六宅
27　宣宗谒太庙
28　介福之堂
29　宣宗戒万寿公主
33　李玭厚于中外亲戚
35　王咸独行
36　崔枢
38　沈颜得颜鲁公临川所沉碑
44　杜司徒范仆射言
45　唐若山郭尚父
46　法钦
47　无兵无诗无书
86　太宗原囚徒
99　李纳欲进奉
100　李栖筠崔沔拆公主水碾
103　船场
104　韩晋公惩里胥
112　朱克融将灭之征
115　韦顗
119　宰相出入坐檐子
122　李推官决衙前虞候
123　卢钧补左右都押衙
137　罗程
138　左右护军

王贵妃传

北里志

抒情诗

前定录

容斋随笔

唐摭言

教坊记

御史台记

闽中名士传

樊川文集

邺侯家传

阙史

颜真卿集

唐语林人名索引

说明

一、本索引依拼音排列。

二、书中人名,不论见于正文、原注或案语,一律编入。人名下的数字,即为正文条目序码。

三、同一人名之异称,用(　)表示,附于书中所用名字或常用名字之后。

C

D

E

F

G

H

J

K

L

M

N

O

P

Q

R

S

T

W

X

Y

Z